HEYNE BÜCHER

SCIENCE FICTION

Herausgegeben
von Wolfgang Jeschke

Von **Joan D. Vinge** erschien in der Reihe
HEYNE SCIENCE FICTION & FANTASY:

Der TIAMAT-ZYKLUS:

Die Schneekönigin · 0603950
Die Sommerkönigin
Teil 1: Der Wandel der Welt · 0605070
Teil 2: Die Abkehr der Welt · 0605071

Der PSION-ZYKLUS:

Psion · 0604230
Katzenpfote · 0604718

JOAN D. VINGE

DIE SOMMERKÖNIGIN

ZWEITER TEIL

Die Abkehr der Welt

Roman

Deutsche Erstausgabe

WILHELM HEYNE VERLAG
MÜNCHEN

HEYNE SCIENCE FICTION & FANTASY
Band 0605071

Titel der amerikanischen Originalausgabe
THE SUMMER QUEEN
(Zweiter Teil)
THE RETURN
Deutsch von Ingrid Herrmann
Das Umschlagbild malte Michael Whelan

Redaktion: Wolfgang Jeschke

Erstausgabe by Warner Books, New York

Printed in Germany 1993
Umschlaggestaltung: Atelier Ingrid Schütz, München
Technische Betreuung: Manfred Spinola
Satz: Schaber Satz- und Datentechnik, Wels
Druck und Bindung: Elsnerdruck, Berlin

ISBN 3-453-07238-3

Für Unser Aller Mutter
Für meine Mutter
Und für meine Kinder

Ich schulde vielen Menschen Dank, die mir geholfen haben, daß dieses Buch — endlich — doch zustande kam. Mein besonderer Dank gilt Michail Jeffers und John Warner, die mich auf *Hamlet's Mill*[*] aufmerksam machten; Giorgio de Santillana und Hertha von Dechend, den Autoren von *Hamlet's Mill;* sowie Barbara Luedtke, Jim Frenkel, Vernor Vinge, Brian Thomsen, der Clarion West Klasse von '88, Deborah Kahn Cunningham, Lolly Boyer, Steve und Julia Sabbagh, Merrilee Heifetz und Richard Plantagenet, König von England, der vielleicht die am meisten verkannte historische Gestalt ist.

---

[*] Giorgio de Santillana/Hertha von Dechend, *Die Mühle des Hamlet. Ein Essay über Mythos und die Struktur der Zeit,* übers. von Beate Ziegs, Berlin, Kammerer & Unverzagt: 1992, Computerkultur 8, ca. 550 S., zahlr. Abb.

Do
You know nothing? Do you see nothing? Do you remember Nothing?
I remember
›Those are pearls that were his eyes.‹
Are you alive, or not? Is there nothing in your head?*

— T. S. Eliot

There's someone in my head, but it's not me.

— Pink Floyd

The mills of gods grind slowly,
and the result is usually pain.

— Georgio de Santillana/
Hertha von Dechend

---

* Weißt
Du gar nichts? Siehst du gar nichts? Erinnerst du dich an nichts?
Ich erinnere mich an
›Those are pearls that were his eyes.‹
Bist du lebendig oder nicht? Hast du nichts im Kopf?

— *Das Wüste Land — 2. Eine Schachpartie,*
aus T. S. Eliot, Gedichte, Suhrkamp Verlag, Frankfurt a. M.

Zweiter Teil

Die Abkehr der Welt

After such knowledge, what forgiveness?
... Unnatural vices
Are fathered by our heroism. Virtues
Are forced upon us by our impudent crimes.
These tears are shaken from the wrath bearing tree.*

— T. S. Eliot

---

* Gibt es Erlaß für diese Art Erkennen?
... Unser Heldensinn
Wird Vater von abartigen Lastern. Tugend
Wird uns aufgenötigt von unseren Schandtaten.
Vom Baum des Grimms gerüttelt diese Tränen.

— Gerontion,
aus T. S. Eliot, *Gedichte,* Suhrkamp Verlag, Frankfurt a. M.

Karbunkel

Jerusha PalaThion möchte Sie sprechen, Sir«, meldete die Stimme seines Gehilfen.

»Schicken Sie sie herein.« BZ Gundhalinu stand auf, und sein verkrampfter Körper sagte ihm, daß er viel zu lange vor dem Computerschreibtisch gesessen hatte. Er streckte sich, bis die Gelenke knackten, und schüttelte sich den Kopf von Zahlen und Müdigkeit frei.

Sein Gehilfe, Stathis, führte Jerusha PalaThion in sein Büro. Seit seiner Ankunft auf Tiamat war fast ein halbes Jahr vergangen, doch erst jetzt suchte sie ihn persönlich auf. In der Tür blieb sie stehen und inspizierte zuerst den Raum mit dem Blick eines geschulten Beobachters, ehe sie sich ihm zuwandte. »Richter Gundhalinu«, sagte sie und lächelte gedankenverloren. Ihre Hand zuckte leicht, wie wenn sie salutieren wollte, und sie betrachtete ihn mit einer Mischung aus Verwunderung und Stolz.

»Kommandantin«, entgegnete er. Er salutierte förmlich und redete sie mit ihrem alten Rang an, auch wenn ihre jetzige Position dies kaum rechtfertigte.

Zackig erwiderte Jerusha den Salut, wobei ihr Lächeln eine Spur ironisch wurde. »Es ist schon lange her, seit wir uns so begrüßten, BZ. Das letzte Mal war es bei unserem Abschied.«

»Ich besitze immer noch die Kommandantenabzeichen von Ihrer alten Uniform.« Auch er schmunzelte, als er sich erinnerte. »Damals sagten Sie mir, ich würde sie eines Tages brauchen. Ich war zwar skeptisch, aber Sie behielten recht.« Er schüttelte den Kopf.

»Und jetzt sind Sie sogar über diesen Rang hinausgewachsen.« Mit einem Kopfnicken deutete sie auf das Kleeblatt.

Er bedeutete ihr, sie möge sich setzen. »Nehmen Sie sich etwas zu essen; ich hatte noch nichts zum Lunch.« Als er auf die Uhr blickte, merkte er, daß es fast Zeit fürs Dinner war. Auf dem niedrigen Tisch stand eine Platte mit einer nicht angerührten Mahlzeit. Er setzte sich Jerusha gegenüber auf einen der massiven Holzstühle aus einheimischer Produktion. Andere Möbel gab es nicht eher, bis die technologischen Bedürfnisse der neuen Regierung erfüllt waren, und die Schiffe weniger wichtige Güter transportieren konnten. »Ich brauche ohnehin noch ein paar Minuten Zeit, um meinen Kopf zu klären. Fast den ganzen Nachmittag lang habe ich mich mit Zahlen beschäftigt, und das auf die harte Tour. Bei den Göttern, ich hatte ganz vergessen, mit welchen Schwierigkeiten wir früher hier zu kämpfen hatten ...« Als er seinen Dienst auf Tiamat versehen hatte, gab es jede Menge Embargos und Restriktionen, so daß sich selbst die Polizei mit veralteten, unzulänglichen Datensystemen begnügen mußte.

»Damals waren Sie nicht mal in die Hälfte der Dinge eingeweiht, die sich hier abspielten«, sagte Jerusha und nahm sich ein Stückchen kalten Fisch. »Sie waren ja nur Inspektor. Als ich Polizeikommandantin wurde, merkte ich, was Bürokratie bedeutet; aber mittlerweile haben Sie das sicher selbst erfahren.«

»Seit mehreren Jahren schlage ich mich mit der Bürokratie herum — leider.« Er nickte und zog eine Grimasse. Dann wählte er sich einen Happen Grillgemüse und begann zu essen. Es war kalt und fettig, doch da er sehr hungrig war, störte es ihn nicht.

»Seit wir uns verabschiedeten, ist eine Menge Wasser unter der Brücke hindurchgeflossen. Was haben Sie all die Jahre lang so getrieben, BZ? Ich habe da verschiedene — na ja, sagen wir, Gerüchte gehört.« Sie betrachtete angelegentlich die Wände und die Zimmerdecke. Dann fixierte sie ihn mit einem bedeutungsvollen Blick und berührte ihr Ohr. Er nickte. Ihr Gespräch wurde aufgezeichnet, alles, was in diesem Raum geredet wurde, hielt man fest.

»Auf Nummer Vier habe ich die Stardrive Technologie entwickelt, und dann ging ich nach Kharemough zurück.« Er hob ein wenig die Achseln. »Auf beiden Welten erhielt ich exzellente Lektionen in Bürokratie.«

Sie sah ihn an und wußte, daß mehr hinter diesen abwiegelnden Worten steckte. »Sagten Sie nicht, nach allem, was hier auf Tiamat passiert sei, würden Sie nie wieder nach Kharemough zurückgehen?«

Er wandte den Blick ab; ihm fielen die Narben ein, die er damals getragen hatte — die Beweise für seinen gescheiterten Selbstmordversuch und sein angeschlagenes Selbstbewußtsein. »Damals sagte ich, es gäbe zwei Welten, die ich niemals wiedersehen würde — Tiamat und Kharemough. Aber die Ereignisse auf Nummer Vier haben für mich vieles geändert.«

»Sie entdeckten die Wahrheit über den Feuersee.« Sie schüttelte den Kopf. »Diesen Teil der Geschichte kenne ich. Außerdem wurden Sie ein Sibyl.« Wieder lächelte sie. »Als Erklärung dürfte mir das eigentlich genügen.«

»Und wie ist es Ihnen ergangen?« fragte er. »Als wir uns das letzte Mal unterhielten, betrat ich das letzte Schiff, das von Tiamat abflog — und Sie blieben zurück. Ich bin mir immer noch nicht sicher, woher Sie den Mut zum Bleiben nahmen, wenn Sie annehmen mußten, es sei für immer. Ich hätte es nicht über mich gebracht ...« Er schüttelte den Kopf.

»Es war nicht nur Mut, sondern auch zu einem guten Teil Verzweiflung — und Stolz«, antwortete sie. »Nicht zuletzt Liebe ...« Er wußte, daß sie nicht die Liebe zur Gerechtigkeit meinte, oder zu irgendeinem edlen Ideal; sie meinte die Liebe zu einem Menschen. Er errötete, als hätte sie seine eigenen, verborgensten Gedanken ausgesprochen. Resolut sagte er sich, daß sie von ihrem eigenen Leben erzählte, und nicht von seinem, und er wunderte sich, was sie in den Jahren seit dem Abschied erlebt haben mochte.

»Wirklich?« fragte er leise. Als sie seine Vorgesetzte war, die einzige Frau in der Polizeitruppe, war sie ihm immer unnahbar vorgekommen; er konnte es kaum glauben, daß jemand ihren Schutzpanzer durchbrochen und ihr Herz erobert hatte ... und das auch noch unter seinen Augen, ohne daß er etwas davon bemerkt hatte. »Wer?«

»Ngenet ran Ahase Miroe.«

Sich die Nase reibend, kramte er in seinem Gedächtnis. »Bei allen Göttern ...«, platzte er heraus. »Der? Ausgerechnet? Dieser Schmuggler?«

Sie lächelte traurig und nickte. »Genau der.«

Er schüttelte den Kopf. »Ein sehr ungleiches Paar«, murmelte er.

»Wir waren uns ähnlicher, als Sie denken«, widersprach sie bedrückt. »In Freud und Leid.«

»Deshalb sind Sie also geblieben.«

»Es war nicht der einzige Grund.« Eine Spur des alten Trotzes flackerte wieder in ihrem Blick auf. »Ich sagte Ihnen bereits bei unserem Abschied, ich sei kein Feigling. Aber seit ich die Wahrheit kannte, fand ich den Mut, auf mein Herz zu vertrauen. Ich wußte, welche Persönlichkeit in Mond steckt, und daß sie vorhatte, den Wechsel zu einer echten Chance für Tiamat zu nutzen. Miroe wollte sie dabei unterstützen. Es war eine Aufgabe, für die wir beide gern unser Leben geopfert hätten.«

Sein Lächeln erlosch, als er den Ausdruck auf ihrem Gesicht bemerkte. »Sind Sie noch verheiratet?« fragte er behutsam.

Sie schüttelte den Kopf. »Miroe starb vor über einem Jahr. Es war ein Unfall, er stürzte zu Tode.«

»Das tut mir leid«, erwiderte er; jetzt verstand er, wieso sie sich so schmerzlich und tiefgreifend verändert hatte. Ihr Blick war immer noch klug und kritisch, doch irgend etwas fehlte. Seit ihrem Abschied hatte sie fast zwanzig schwere Jahre auf einer rauhen Welt zugebracht, aber es war weniger ihr Körper, der gealtert schien. Es kam ihm vor, als hätte sie den Charakterzug verloren, den er stets am meisten an ihr bewundert hatte: ihre Fähigkeit, dem Schicksal zu trotzen.

»Ich vermisse ihn immer noch ... jeden Tag.«

»Haben Sie Kinder?« fragte er, um die beklemmende Stille zu durchbrechen.

Sie schüttelte den Kopf, und es fiel ihm nicht leicht, ihre Miene zu deuten. Zum Schluß überwog die Neugier, und sie schaute ihn an, sprach jedoch nicht die Frage aus, die er in ihren Augen las. Betont lässig nahm sie sich ein Stückchen gepökeltes Fleisch. »Aber jetzt liegt die Vergangenheit endgültig hinter uns«, meinte sie. »Sie ist Geschichte. Der Wechsel ist da, wir müssen unser altes Leben abstreifen und ein neues probieren.«

»Ich dachte, das geschähe nur nach den traditionellen Ritualen, wenn die Meeresmutter ihren Segen gegeben hat«, wandte er lächelnd ein.

Jerusha hob die Brauen. »Erzählen Sie mir jetzt bloß nicht, daß Sie daran glauben.«

Er schüttelte den Kopf. »Sie etwa?«

Sie zuckte die Achseln. »Aber die Dinge haben sich geändert, ob es uns paßt oder nicht.« Prüfend sah sie ihn an. »Irgendwie hatten wir alle Angst, daß die Hegemonie uns nach ihrer Rückkehr wieder in den Staub treten würde.«

Wir alle. Seine Mundwinkel zuckten, als er hörte, daß sie sich zu den Tiamatanern zählte. *Aber wieso auch nicht?* Sie hatte den größten Teil ihres Lebens hier verbracht. Newhaven, ihre Heimatwelt, mußte für sie nur noch der Schatten einer Erinnerung sein. Er betrachtete seinen Stiefel, der auf seinem Knie ruhte. »Die Hegemonie hat immer noch einen festen Tritt. Ich versuche, sie daran zu hindern, zu oft an der falschen Stelle zuzutreten. Das ist der eigentliche Grund, weshalb ich Sie bat, zu mir zu kommen. Ich will mich mit jemandem besprechen, der sich auf Tiamat gut auskennt, und gleichzeitig über die Vorgehensweise der Hegemonie im Bilde ist. Ich brauche jemanden, dem ich vertrauen kann. Für mich ist es wichtig zu wissen, welche Stimmung in Karbunkel vorherrscht, und wie sich unsere Anwesenheit auswirkt, im Guten wie im Schlechten. Wenn ich etwas verbessern kann ...«

Seit fast einem halben Standardjahr waren sie nun hier, und Gundhalinus Zeit und Aufmerksamkeit wurden stark beansprucht. Doch die Erneuerung ihrer Operationsbasis machte rasche Fortschritte, weil viel von der zurückgelassenen Technologie intakt geblieben war. Im Gegensatz zu den früheren Sommerköniginnen hatte Mond nicht angeordnet, sämtliche Gerätschaften der Außenweltler ins Meer zu werfen. Bei vielen Systemen brauchten sie lediglich die Mikroprozessoren auszuwechseln, die die Hegemonie bei ihrem endgültigen Abflug durch einen elektromagnetischen Impuls zerstört hatte.

Das bedeutete, daß sie eine Menge der mitgebrachten Ausrüstung dazu benutzen konnten, sich das Leben bequemer zu gestalten, wie sie es von Kharemough her gewöhnt waren. Die Moral seiner Mitarbeiter und Berater hatte dadurch Auftrieb erhalten. Er war fest davon überzeugt, daß dieser Umstand sein Argument unterstützte, den bereits erreichten Fortschritt auf Tiamat nicht wieder zunichte zu machen. Diese Einstellung sorgte nicht nur für ein gutes gesellschaftliches Klima, sondern war obendrein wirtschaftlich sinnvoll, denn wenn sie den Einheimischen die modernen Errungenschaften ließen, konnten sie ihre eigenen Pläne um so zügiger vorantreiben.

»Ich führe hier einen heiklen Balanceakt durch; es ist überaus wichtig, mit beiden Seiten so gut wie möglich zu kooperieren.« *Wenn es geht.*

»Bis jetzt scheint ja alles reibungslos zu klappen«, meinte Jerusha. »Mond — die Königin — und die meisten Tiamataner finden es sehr beruhigend, daß Sie die Entwicklung dieser Welt nicht unterdrückt haben. Aber bis jetzt war es ja auch einfach, gut miteinander auszukommen, weil noch nicht viele Außenweltler hier sind. Sobald Tiamat wieder für den Zuzug freigegeben wird, fangen die Komplikationen an. Wann werden Sie die Erlaubnis geben, daß Zivilisten wieder unkontrolliert einreisen dürfen? Wann öffnen sich die Schleusen für Handel und Kontakte?«

Er wischte sich die Hände an dem Schwamm neben seinem Teller ab. »Weil wir unserem Organisationsplan voraus sind, wollte ich bereits nächsten Monat die ersten Zivilisten hereinlassen. Nach und nach erhöhen wir dann die Zahl, um die Dinge im Gleichgewicht zu halten. Elemente aus der Unterwelt möchte ich möglichst lange fernhalten. Ich will nicht, daß Karbunkel wieder zu dem wird, was es früher war — eine bequeme Zuflucht für den Abschaum der Galaxis.«

»Daran war hauptsächlich Arienrhod schuld«, sagte Jerusha und beugte sich vor. »Sie ließ es zu, daß Kriminelle sich hinter dem Rechtsgrundsatz der Unabhängigkeit hier auf Tiamat verschanzten, weil sie uns Blauen damit eins auswischen wollte. Mit der neuen Königin werden Sie dieses Problem nicht haben.«

Er nickte und trank ein Glas Saft; überrascht schmeckte er das herbe, würzige Aroma einer Frucht, die er seit über zehn Jahren nicht mehr gekostet hatte. »Das weiß ich, den Göttern sei Dank. Aber es gibt andere Mittel und Wege, sich Einfluß zu verschaffen, auch wenn man nicht mit offenen Armen empfangen wird ... das wissen Sie genauso gut wie ich, und vielleicht besser als die Königin.« *Mittel und Wege, von denen nicht einmal Jerusha PalaThion im Traum etwas ahnte.* Er blickte wieder hoch. »Ich möchte den Kulturschock so gering wie möglich halten, der einfach eintreten muß, sobald

Handelswaren wieder leicht zugänglich werden, und die Habgier um sich greift.«

»Sprechen Sie von Tiamat, oder generell?«

»Ich meine jeden — einschließlich der Tiamataner. Das ist der zweite Grund, weshalb ich heute mit Ihnen sprechen wollte. Ich möchte Sie fragen, ob Sie nicht vielleicht Lust hätten, meine Chefinspektorin zu werden.«

Jerusha setzte sich gerade hin und starrte ihn ungläubig an. »Ist das Ihr Ernst?« fragte sie und fing unvermittelt an zu lachen. »Natürlich — in so einer Angelegenheit würden Sie gewiß nicht scherzen. Aber warum fragen Sie ausgerechnet mich?«

»Wegen all der Dinge, über die wir gerade geredet haben. Wir beide kennen uns schon sehr lange, und wir wissen, was wir voneinander zu halten haben.« Er lächelte kurz. »Sie werden nie Angst haben, mir die Wahrheit zu sagen. Zu viele meiner eigenen Leute sind für mich unbekannte Größen, oder Personen, die ich selbst nicht für gewisse Ämter ausgesucht hätte. Ich muß mich mit Leuten umgeben, die mir Rückendeckung verschaffen, wenn Sie so wollen; wenn dieses Unterfangen hier gelingen soll, dann brauche ich zuverlässige und vertrauenswürdige Mitstreiter.« *Die mein Überleben garantieren.* »Für den Posten der Chefinspektorin sind Sie ideal geeignet. Die derzeitige Polizeitruppe ist unerfahren im Umgang mit der tiamatanischen Gesellschaft. Vhanu, meinem Polizeikommandanten, würde ich mein Leben anvertrauen, er arbeitet schon seit Jahren für mich. Aber er kennt sich hier nicht aus. Und offengestanden, erinnert er mich an mich selbst, als ich in seinem Alter war.« Wehmütig lächelnd dachte er an seine Dienstzeit auf Tiamat zurück, und wie lange es gedauert hatte, bis er die Lektion, die ihm diese Welt verpaßte, auch wirklich begriff.

Jerusha nickte, und er sah es ihr an, daß sie ihn verstand. »Ich bin ein paarmal mit ihm zusammengetroffen«, erzählte sie. »Die Ähnlichkeit mit Ihnen fiel mir gleich auf.«

Dann lehnte sie sich wieder zurück und schwieg lange. »Haben Sie Ihren Plan mit Vhanu besprochen?«

Gundhalinu nickte.

»Und wie denkt er darüber?«

»Er ist dagegen«, antwortete er darauf wahrheitsgemäß.

»Und wie wird die Truppe reagieren, wenn man ihnen eine Frau — obendrein eine Abtrünnige, eine Verräterin — als Chefin aufzwingt?«

»Sind Sie eine Abtrünnige, oder sind Sie eine ehemalige Polizeikommandantin mit jahrelanger wertvoller Erfahrung im aktiven Dienst? Bin ich ein gescheiterter Selbstmörder, oder ein Held der Hegemonie? Es kommt immer auf die Perspektive an.« Er lächelte müde und zuckte die Achseln. »Und daß Sie eine Frau sind, fällt bei den Kharemoughis weniger ins Gewicht als bei Ihrem eigenen Volk. In der Truppe dienen bereits ein paar Frauen, und mit der Zeit möchte ich noch mehr anwerben.«

Grübelnd biß sie sich auf die Lippe.

»Sie sind doch noch nie vor einer Herausforderung davongelaufen.« Er bedrängte sie, weil er nicht auf ihre Unterstützung verzichten wollte.

»Das stimmt«, murmelte sie, und in ihrem knappen Grinsen vermeinte er eine Spur ihrer alten Hartgesottenheit zu erkennen; ihre Augen blickten lebhaft, als sie über seinen Vorschlag nachdachte. Doch dann senkte sie den Blick und schüttelte den Kopf. »Ich kann nicht. Vielen Dank, daß Sie mich gefragt haben, BZ, aber ich kann nicht.«

»Warum nicht?« fragte er; vor Enttäuschung hätte er am liebsten laut gebrüllt. »Warum denn nicht?«

»Weil die Königin mich braucht. Sie stützt sich auf mich ... aus denselben Gründen, aus denen Sie mich abwerben wollen. Ich kann nicht beiden von euch dienen, und Sie können sich auf niemanden verlassen, dessen Interessen geteilt sind.«

Er beugte sich vor; seine Hände, die er zwischen den Knien gefaltet hielt, verkrampften sich. »Arbeiten Sie nur für mich, Jerusha«, beschwor er sie, »dann gibt es für Sie keine Interessenskonflikte.«

Lange starrte sie ihn an; plötzlich begriff er, daß sie ihn genauso brauchte wie er sie. »Götter ...«, murmelte sie. »Lassen Sie mich darüber nachdenken, BZ. Einen solchen Entschluß muß ich erst überschlafen.«

»Nehmen Sie sich soviel Zeit, wie Sie brauchen.« Er nickte und fühlte, wie die Spannung von ihm abfiel. »Sagen Sie mir nur, daß Sie den Vorschlag nicht von vornherein ablehnen.«

»Das tue ich keineswegs«, antwortete sie und stand auf.

»Werden Sie mit ... der Königin sprechen?« Um ein Haar hätte er ihren Vornamen genannt. Auch er erhob sich von seinem Platz.

»Ich glaube schon.« Neugierig sah sie ihn an.

»Dann richten Sie ihr von mir aus, daß ich meine Leute zu einer vorläufigen Schonzeit für die Mers überreden konnte, während wir Studien durchführen. Wie lange dieses Abkommen halten wird, weiß ich nicht. Das Zentrale Koordinations-Komitee auf Kharemough macht mir schon die Hölle heiß; sagen Sie ihr, mehr könnte ich zur Zeit nicht bewirken.«

»Das wird sie gern hören, und ich bin auch froh darüber. Vielen Dank. Ich kann mir vorstellen, wie man Sie unter Druck setzt — bei den Göttern, es muß ja noch viel schlimmer sein, wenn sich die Zentralregierung fast ohne Zeitverschiebung einmischen kann. Ich weiß, wie groß die Gier nach dem Wasser des Lebens ist, und ich weiß auch, daß man sie nur schwer daran hindern kann, sich einfach zu nehmen, was sie wollen. Diese Erfahrungen habe ich selbst gemacht.«

Er schnitt eine Grimasse. »Hoffentlich versteht die

Königin das auch. Jedesmal, wenn ich sie im Palast aufsuche, drängt sie auf drastische Veränderungen; gleichzeitig verlangt sie von mir, ich solle die Jagd auf die Mers grundsätzlich verbieten. Das ist ein bißchen viel auf einmal. Ich habe versucht, ihr zu erklären, daß wir schrittweise vorgehen müssen; zuerst muß Tiamat ein bestimmtes technologisches Niveau erreicht haben, ehe es den anderen Welten der Hegemonie gleichgestellt wird. Jede rapide Veränderung um ihrer selbst willen würde allen nur schaden, und Tiamat ginge es schlechter als zuvor. Außerdem gibt die Hegemonie nichts umsonst, sie verlangt Gegenleistungen, wie die Tiamataner auch.«

»Das versteht sie sehr wohl«, erwiderte Jerusha. »Aber sie weiß auch, daß die Hegemonie ihr Volk für Barbaren hält — zu Unrecht. Sie ist bereit, Kompromisse zu schließen und der Hegemonie auf halbem Weg entgegenzukommen, sofern diese auch Zugeständnisse macht. Außerdem möchte sie der Hegemonie begreiflich machen, daß sie einen gegensätzlichen Standpunkt vertritt. Was Tiamat betrifft, so handelte die Hegemonie immer nach dem Grundsatz: Was euch gehört, gehört auch uns, aber was uns gehört, ist unveräußerlich.«

»Ich tue ja, was ich kann«, versetzte er gereizt. »Aber sie muß sich in acht nehmen. Ich wünschte mir, sie könnte ... Wenn wir nur ...« Jählings wandte er den Blick ab. »Verdammt!« flüsterte er. *Verdammt. Verdammt.*

»Ich weiß Bescheid, BZ«, sagte Jerusha und sah ihn verständnisvoll an. »Sie wünscht es sich auch.« Sie lächelte. »Wahrscheinlich ist es unser aller Wunsch.«

Er sah sie wieder an. »Auf Kharemough gibt es ein altes Sprichwort: Es gibt zwei Tragödien im Leben; wenn einem sein Herzenswunsch nie erfüllt wird — und wenn er in Erfüllung geht.«

Sie lachte leise. »Wenn man auf Newhaven jemanden verfluchen will, sagt man: mögest du alles bekommen, was du dir wünschst; mögest du von hochgestellten

Leuten bemerkt werden; und mögest du in interessanten Zeiten leben.«

Nun lächelte auch er, und zu seiner Erleichterung stellte er fest, daß er seinen Sinn für das Absurde nicht verloren hatte. »Dann besteht für mich wohl keine Hoffnung mehr.« Er hielt ihr die Hand entgegen, und sie umklammerte sein Handgelenk nach einheimischer Sitte. »Teilen Sie mir Ihren Entschluß mit. Grüßen Sie die Königin von mir, und ...« — er zögerte, als er im Geist die Gesichter ihrer Kinder sah — »... und ihre Familie.«

Sie nickte. »Das werde ich tun«, erwiderte sie ernst.

Er sah ihr nach, wie sie sein Büro verließ. Sobald sich die Tür hinter ihr schloß, begann sein Intercom zu summen; er ignorierte das Geräusch, und lauschte auf etwas ganz anderes.

Karbunkel

Jerusha, gut, daß du da bist.«

Die Königin hob die Hände und strahlte sie an; Jerusha versuchte, das Lächeln zu erwidern. Mond zeigte auf den mit Daten gefüllten Bildschirm, der wie ein Zauberspiegel in der Schreibtischplatte schimmerte. »Den ganzen Nachmittag lang habe ich daran gearbeitet, und auf einmal sperrte er sich gegen alle meine Befehle. Ich sagte ihm, ich sei die Königin, aber das schien ihn nicht zu beeindrucken.« Sie lachte halb amüsiert, halb verzweifelt. »Und sämtliche Anleitungen sind in Sandhi geschrieben.«

Jerusha beugte sich über ihre Schulter und prüfte den Bildschirm. »Ich kann nicht einmal mehr genug Sandhi, um die Beschriftung an einer Toilettentür zu lesen, geschweige denn ein Computerhandbuch.« Das geschriebene Sandhi bestand aus Ideogrammen und wies keine Ähnlichkeit mit der gesprochenen Sprache auf. »Ich konnte es aber noch nie gut ... Ist das Programm gespeichert?« Mond nickte. »Dann schalte das System einfach ab und fang noch mal von vorn an. Es ist lästig, aber bei mir hat es bis jetzt immer geklappt.«

Mond blickte ein wenig verstört drein, aber sie zuckte die Achseln und schaltete den Computer aus.

»Ah ja! Das ist schon besser! Ich danke dir.« Mond drehte ihren Stuhl herum und lehnte sich zurück. »War es Gedankenübertragung, oder wolltest du etwas mit mir besprechen?« Als Jerusha dem Blick aus ihren Augen begegnete, kam es ihr beinahe so vor, als könne Mond tatsächlich Gedanken lesen.

»Ich habe wirklich etwas auf dem Herzen.« Sie setzte

sich auf den Stuhl neben dem Schreibtisch und betrachtete angelegentlich ihre Hände — die Runzeln, die knotigen Gelenke, die Schwielen, an die sie sich nach so vielen Jahren längst gewöhnt hatte.

»Wie geht es dir denn?« fragte Mond leise. »Vermißt du jetzt, wo die Hegemonie zurück ist, Miroe nicht mehr so sehr, oder ist alles nur noch schlimmer geworden?«

Jerusha fiel ein, daß sie seit vielen Wochen kein privates Gespräch mehr geführt hatten, dazu hatte die Zeit nie gereicht. »Ich glaube, beides trifft zu.«

»Ich verstehe, was du meinst.« Mond schaute in die Ferne, wie wenn ihre Gedanken abschweiften. Abwesend spielte sie mit einer Haarsträhne. »Die Anwesenheit der Hegemonie verstärkt alles mit doppelter Kraft.« Sie betrachtete das Computerterminal. Es gehörte zu einem System, das während ihrer gesamten Regierungszeit nutzlos und tot dagelegen hatte, und erst vor kurzem neu aktiviert worden war. Jerusha fand es erstaunlich, wie rasch Mond gelernt hatte, mit dieser Technologie umzugehen. »Und alles bekommt eine doppelte Bedeutung.«

In diesen Worten erkannte Jerusha BZ Gundhalinu, wie sein Bild in einem Spiegel. »Du solltest mit BZ sprechen, Mond.«

»Ich spreche ja mit ihm, wir treffen uns mehrmals pro Woche.« Ihre Augen füllten sich wieder mit einem Ausdruck. »Aber niemals allein. Ich kann nicht, Jerusha.«

»Wovor hast du Angst?« Jerusha hob die Brauen. »Was, glaubst du, könnte er tun?«

»Es geht darum, was ich vielleicht tun könnte.« Sie wurde rot. »Wenn ich ihn anschaue, wenn ich ihn reden höre ... Dabei dachte ich, gegen solche Gefühle sei ich immun geworden ... etwas in mir sei abgestorben. Nachdem ich Funke verloren hatte, erhoffte ich mir vom Leben nur noch Ruhe ... Frieden.« Sie schüttelte den

Kopf. »Ich kenne BZ ja kaum, Jerusha, unsere Bekanntschaft liegt viele Jahre zurück. Trotzdem begehre ich ihn, wenn er bei mir ist ...« Sie ballte die Fäuste. »Ich kann das gar nicht verstehen, ich weiß nicht einmal, ob es an ihm liegt oder an mir. Aber ich kann mir selbst nicht mehr trauen ...« Sie verstummte.

»Das ist das Törichtste, was du in zwanzig Jahren von dir gegeben hast«, versetzte Jerusha kopfschüttelnd. »Du bist es ihm schuldig, mit ihm unter vier Augen zu sprechen. Ihr müßt miteinander reden ... über die Kinder.« Mond blickte ablehnend drein. »Glaubst du etwa, er ist ahnungslos? Er weiß Bescheid.«

Überrascht sah Mond sie an. »Du hast mit ihm gesprochen?«

Jerusha nickte.

»Und wie geht es ihm?«

»Er steckt bis zum Hals in Bürokratie. Aber ich glaube nicht, daß er seinen Beschluß bereut — bis jetzt jedenfalls.«

»Worüber habt ihr euch unterhalten?« Monds Gesichtsausdruck änderte sich abrupt. »Jerusha, spielst du mit dem Gedanken, Tiamat zu verlassen?«

»Nein.« Fast hätte Jerusha gelacht, als sie diese abwegige Frage hörte. »Nein ... Er bat mich, zu ihm zu kommen.« Sie holte tief Luft. »Er bot mir einen Posten an, Mond. Ich soll Chefinspektorin werden.«

Fragend starrte Mond sie an. »Aber dann würdest du doch für die Hegemonie arbeiten.«

Schon wieder. Jerusha hörte den Zweifel heraus und wunderte sich nicht. Als sie damals für die Hegemonie gearbeitet hatte, galt sie als Feindin dieser Welt, obwohl sie die Situation selbst nicht so sah. »Ich würde für BZ arbeiten«, antwortete sie.

»Und was würde aus deiner Position als Polizeipräsidentin?«

»Wenn ich den Posten der Chefinspektorin annähme, wüßte ich gleich mehrere Leute, denen ich zutraue, mein Amt weiterführen zu können. Ich würde dafür sorgen, daß es gut besetzt wird.«

»Hast du dich schon entschlossen?«

Um ein Haar hätte Jerusha den Kopf geschüttelt, doch blitzartig wurde ihr klar, daß ihr Entschluß feststand. »Ich glaube, drüben kann ich mehr Gutes bewirken«, sagte sie bedächtig, »so daß wir alle davon profitieren. Ich kenne beide Seiten. BZ braucht Leute mit meiner Erfahrung, die ihm den Rücken decken.«

»Und wer wird mich jetzt beschützen?« fragte Mond ein wenig traurig.

»BZ kümmert sich darum.« Jerusha lächelte. »Und ich bin ja auch noch da.« Wieder betrachtete sie ihre Hände, und ihr Lächeln erlosch. »Mond, seit Miroe tot ist, habe ich das Gefühl, ich versinke immer tiefer. Alles was ich bin, was ich habe und was ich tue, genügt mir nicht mehr. Ich glaube, ich *brauche* diese Aufgabe. Ich brauche die Herausforderung, das Kopfzerbrechen, die Konfrontationen und die Probleme — ich brauche einen ordentlichen Kulturschock, um mein Leben wieder in Gang zu bringen.« Sie blickte auf das Terminal, das hinter Mond ruhte wie ein starres Auge. »Und nach fast zwanzig Jahren sehne ich mich immer noch nach Action.«

Mond kniff die Lippen zusammen und nickte. In ihrem Blick lag Verständnis; aber auch Enttäuschung und Kummer.

»Nur äußerlich wird sich etwas ändern«, sagte sie, wobei sie nicht genau wußte, wen sie eigentlich trösten wollte. »Wir stehen alle auf einer Seite und arbeiten für ein gemeinsames Ziel. Das wird immer so bleiben.«

Mond drehte sich um und betrachtete das trügerisch warme, glänzende Auge des Terminals. »Das einzig Beständige«, sagte sie, »ist der Wechsel.«

Karbunkel

»Sie kommen früh, Richter Gundhalinu«, sagte die blinde Frau.

Verdutzt blieb Gundhalinu in der muschelförmigen Tür zur Versammlungshalle des Palastes stehen. An dem großen runden Tisch mitten im Raum saß nur Fate Ravenglass, die Leiterin des Sibyllen-College. Ihre verhüllten Augen waren in seine Richtung gewandt. Außer ihr befand sich niemand in der Halle, der ihr hätte sagen können, wer durch die Tür trat. »Woher wissen Sie, daß ich es bin?« fragte er neugierig und ging zu ihr.

»Sie sind ganz leicht an ihrem Gang zu erkennen«, erklärte sie lächelnd.

»Ach so.« Er schmunzelte und hoffte, sie möge das Lächeln aus seiner Stimme heraushören. Vor ihr blieb er stehen und stützte sich mit den Armen an einer Stuhllehne ab. »Sie sind aber auch ziemlich früh hier, Fate Ravenglass.« Als er ihr ins Gesicht schaute, wurde er verlegen; er war den Umgang mit blinden Menschen nicht gewöhnt.

Sie nickte. »Ja; Tor brachte mich hierher, bevor sie zu einer geschäftlichen Besprechung ging.« Sie legte den Kopf schräg. »Aber Sie kommen doch sicher nicht so früh und ohne Begleitung, weil Sie sich mit mir unterhalten wollen«, setzte sie betont freundlich hinzu.

»Nein«, räumte er ein und sah sich in der Halle mit den vielen leeren Torbögen um. »Erzählen Sie mir«, wechselte er das Thema, »wieso es damals, als es noch verboten war, mitten in Karbunkel eine Sibylle gab, und wie Sie es die ganze Zeit über geheimhalten konnten?«

»Während eines Festivals, vor vielen Jahren, hat mich

ein Mann in der Nacht der Masken angesteckt.« Ihre Finger bewegten sich nervös auf der Tischplatte.

Götter! Er wußte, was das bedeutete. »War es ein Versehen?«

»Nein.« Sie richtete ihre blicklosen Augen auf ihn, wie wenn sie ihn sehen könnte. »Es war Absicht. Wieso fragen Sie mich das, Richter Gundhalinu?«

Er setzte sich neben sie. »Mir ist etwas ähnliches passiert«, sagte er, ohne ihre Frage direkt zu beantworten.

»Dann sind Sie auch ein Sibyl?«

»Ja«, bestätigte er überrascht, doch dann fiel ihm ein, daß sie das Kleeblatt und die Tätowierung ja nicht sehen konnte; es wunderte ihn, daß niemand daran gedacht hatte, sie über seinen Sibyllenstatus aufzuklären.

»Hatten Sie damals Angst?« fragte sie.

»Und ob. Ich dachte, ich verlöre den Verstand.«

Sie gab ein mitfühlendes Geräusch von sich.

»Hat ein Außenweltler Sie angesteckt?«

Sie nickte. »Ich glaube ja, obwohl er behauptete, er sei ein Sommer ... Jahrelang schleppte ich das Geheimnis mit mir herum, weil ich Angst hatte, man könnte mich aus der Stadt verbannen, wenn es herauskäme.«

Gundhalinu preßte die Lippen zusammen; er fragte sich, wieso ein Sibyl absichtlich eine blinde Frau mit dem Virus infizierte, und sie dann in einer Stadt alleinließ, in der man Sibyllen haßte und fürchtete. »Und Sie gingen nicht eher in den Transfer, bis M ... bis die neue Königin Ihnen die Wahrheit sagte?«

»So war es nicht. Ich benutzte den Transfer schon früher.«

Überrascht hob er den Kopf. »Wie ...?«

»Manchmal kamen Leute zu mir, um mir Fragen zu stellen. Wie sie mich fanden, weiß ich nicht, aber keiner verriet mein Geheimnis, obwohl sie alle Außenweltler waren. Ich erkannte sie an ihrem speziellen Händedruck und daran, wie sie sich vorstellten; sie sagten, sie seien Fremde, fern von ihren Heimatwelten.«

»Ein spezieller Händedruck?« Gundhalinu erstarrte. »Etwa ... so?« Er nahm ihre Hand und machte mit dem Finger das Geheimzeichen der Survey-Loge.

Mit einem Ruck entzog sie ihm die Hand. »Ja! Woher wissen Sie das?«

»Es gibt einen Geheimbund, der sich darum bemüht, die Zustände in der Hegemonie und in anderen Teilen des Alten Imperiums zu verbessern.«

»Und Sie gehören diesem Bund an?«

»Ja.«

»Dessen Ziel es ist, den Menschen zu helfen?«

»Ja«, wiederholte er ein wenig unsicher.

»Indem man arglose Leute ohne deren Einwilligung mit dem Sibyllenvirus ansteckt?«

»Nein.« Er verzog das Gesicht. »Der Sibyl, der Ihnen das angetan hat, muß einen sehr triftigen Grund dafür gehabt haben ... Es tut mir leid.«

»Ist es Ihnen genauso ergangen wie mir?« fragte sie nach längerem Schweigen.

»Nein.« Er holte tief Luft und stieß sie mit einem Seufzer wieder aus. »Ich bin völlig grundlos angesteckt worden.« Aber wenn es nicht passiert wäre, hätte er nicht das Geheimnis des Feuersees gelüftet, und dann gäbe es immer noch keinen Stardrive ... Song war verrückt, das Virus hatte sie in den Wahnsinn getrieben. Ihre Mutter, Hahn, die ihn gebeten hatte, das Mädchen zu suchen, gehörte indessen der Loge an. Stand sie womöglich in einem viel höheren Rang, als er ahnte? Verlief sein Schicksal gar nicht zufällig, sondern folgte es einem verborgenen Muster? War alles nur passiert, damit er nach Tiamat zurückkehren konnte? Götter — es war zum Verrücktwerden, wenn er erst einmal anfing, darüber nachzudenken. »Es war ein Zufall.«

Sie furchte die Stirn, wie wenn sie den Zweifel aus seiner Stimme heraushörte. Aber sie sagte nur: »Ich bin froh, daß Sie mir das erzählt haben. Ich wollte immer gern glauben, daß mein Los eine bestimmte Bedeutung hat. Vor Jahren wußte ich nur, was die Sommerleute von den Sibyllen behaupteten, und was die Winterleute über die Sommer sagten. Trotzdem kamen ständig Außenweltler zu mir ... Und manchmal wurde ich von der anderen Seite in den Transfer gerufen. Jahrelang war ich die einzige, die durch den Transfer Fragen über Karbunkel beantworten konnte. Ich hatte mir immer gewünscht, daß mein Schicksal einen Sinn hat, daß meine Gabe wichtig ist.«

»Sie ist wichtig«, bekräftigte Gundhalinu. »Wichtiger, als Sie überhaupt ermessen können.« Er blickte in ihre Augen, die in dem runzligen, geduldigen Gesicht wie dunkle Fenster wirkten. »Dann haben Sie die Menschen, die zu Ihnen kamen, also nie gesehen?« *Hatte die Loge mit Absicht eine Blinde ausgesucht?*

»Doch — in gewisser Weise sah ich sie schon. Damals war ich nicht völlig blind — ich hatte einen optischen Sensor von der Außenwelt. Immerhin sah ich genug, um mein Handwerk auszuüben. Ich war Maskenmacherin, und die Maske der Sommerkönigin, die beim letzten Großen Fest vergeben wurde, stammte von mir.«

»Ich erinnere mich«, sagte er, und es kam ihm vor wie ein Traum. Mond hatte ihn im Hospital besucht, wo er im Fieberdelirium lag. Die Maske der Sommerkönigin trug sie im Arm, um ihm zu zeigen, daß sie gewonnen hatte ... Er riß sich aus seinen Grübeleien. »Dann verloren Sie Ihre Sehfähigkeit, als wir beim Letzten Abschied die technologischen Geräte deaktivierten.«

Sie nickte.

»Ich sorge dafür, daß Sie so schnell wie möglich einen neuen optischen Sensor bekommen.«

»Danke«, murmelte sie überrascht.

Er nickte zur Bekräftigung, doch dann fiel ihm ein, daß sie diese Geste ja nicht sehen konnte. Schließlich nahm er ihre Hand und machte mit den Fingern ein bestimmtes Zeichen.

Sie lächelte, und als er seine Hand wieder zurückziehen wollte, hielt sie sie fest. »Darf ich Ihr Gesicht berühren?« fragte sie.

Er war verblüfft, doch er verstand ihren Wunsch; behutsam führte er ihre Finger, bis sie auf seiner Wange ruhten.

Durch das verborgene Fenster beobachtete Mond die beiden Gestalten, die nebeneinander an dem runden Tisch saßen. Sie sah, wie Fate Gundhalinus Gesicht abtastete, bis sie sich ein Bild von ihm machen konnte.

Mond erinnerte sich, wie sich seine Haut unter ihren Händen angefühlt hatte, sie spürte wieder den sanften Druck seiner Lippen auf ihren Händen, auf ihrem Mund ... Als sie spürte, wie sie rot wurde, wandte sie sich vom Fenster ab; sie ärgerte sich, wie ihr Körper sie verriet ... vor Erregung begannen ihren Nerven zu prikkeln. Schon bereute sie es, daß sie hinter dem verborgenen Fenster Posten bezogen und darauf gewartet hatte, einen ersten Blick auf sein Gesicht zu erhaschen.

Dieses Fenster, das von der Versammlungshalle aus wie ein Wandgemälde wirkte, war eine Einrichtung Arienrhods. Sie hatte überall im Palast Winkel angelegt, von denen aus sie Menschen beobachten konnte. Es war eine ihrer vielen Listen, heimlich Leute auszuspähen, und sie dann zu verraten.

Aber ... Sie konnte nicht anders, sie blickte abermals durch das Fenster. Sie mußte ihn sehen — dieses eine Mal ... Wenn sie ihn nicht vorher angeschaut hatte, fiel es ihr schwer, in der Öffentlichkeit Gleichgültigkeit zu heucheln und sich hinter einer teilnahmslosen Maske zu verstecken. Zu diesem Treffen war er früh gekommen, und ohne einen seiner Begleiter; so früh, daß selbst ihre Ratgeber noch nicht anwesend waren. Sie war fest davon überzeugt, daß er es nur aus einem einzigen Grund getan hatte — und daß es nicht Fate Ravenglass war, die er unter vier Augen sprechen wollte ...

Nun betraten drei weitere Leute den Raum — alle Mitglieder ihres Rates. Fate und BZ drehten sich um, und sie konnte sein Gesicht nicht mehr sehen. Während sie ihre Hand gegen das Fenster drückte, fragte sie sich, wann sie diese hartnäckige Sehnsucht nicht mehr spüren würde, den verzweifelten Wunsch, ihn anzuschauen. Nie hätte sie gedacht, daß sie nach so vielen Jahren noch diese intensiven Gefühle empfinden würde. Aber als sie ihm das erste Mal wieder gegenüberstand, begriff sie, daß sie die ganze Zeit über tagtäglich sein Gesicht gesehen hatte — bei ihrem Sohn ... seinem Sohn ...

Sie biß sich auf die Lippe. Hatte sie deshalb ständig an ihn denken müssen? Oder lebte in ihr nur die Erinnerung an die einzige Nacht, die sie miteinander verbracht hatten? Sie war sich nicht sicher, weshalb sie von ihren Gefühlen für ihn so besessen war. Lag es vielleicht daran, daß sie es nie geschafft hatte, ihre vielschichtigen Emotionen zu entwirren? Wenn sie ihre Ehe, ihre Kinder, die Zukunft ihrer eigenen Welt retten wollte, durfte sie nicht schwach werden; sie durfte sich nie mit ihm allein treffen, bevor sie ihre Gefühle nicht vollständig unter Kontrolle hatte.

Noch mehr Leute betraten den Raum, dieses Mal Außenweltler, und der Zauber verflog; sie wandte sich von dem Fenster ab. Als sie durch die Tür gehen wollte, stutzte sie; ihr Mann versperrte ihr den Weg. »Funke ...«

Er spähte an ihr vorbei durch das Fenster; es dauerte eine geraume Weile, ehe er den Blick abwandte. Sie spürte, wie sie rot wurde; in seinen Augen lag ein stummer Vorwurf, doch sie wußte nicht, was sie sagen sollte, denn daß sie spioniert hatte, lag auf der Hand, und herausreden konnte sie sich nicht.

»Deine Heimlichtuerei kannst du dir sparen«, meinte er angewidert. »Nimm ihn dir ruhig zum Liebhaber, wenn du ihn nach zwanzig Jahren immer noch unwiderstehlich findest.«

»Das will ich aber nicht.«

»Was willst du dann? Mit mir kannst du ja auch nichts mehr anfangen.« Er schlug sich mit der Hand auf die Brust. »Seit zwanzig Jahren versuche ich, dich zurückzugewinnen, deine Liebe, deinen Respekt zu verdienen; ich laufe dir hinterher, bettele um jede Berührung, jeden Beweis, daß du dir noch etwas aus mir machst. Aber du hast dich nur immer weiter von mir entfernt ...« Er schüttelte den Kopf. »Die ganze Zeit lang liebtest du eine Erinnerung, das habe ich immer geahnt. Aber solange er eine Erinnerung blieb, konnte ich damit leben ...« Er zeigte auf das Fenster. »*Damit* kann ich nicht leben. Ich ertrage es nicht, ihn zu sehen, beobachten zu müssen, wie du ihn anhimmelst ... Die Wahrheit macht mich krank! Nicht einmal Ariele und Tammis gehören mir. Sie sind seine Kinder!«

Er wandte sich von ihr ab, und ihr Gesicht nahm einen verzweifelten Ausdruck an. »Das stimmt nicht. Sie waren immer deine Kinder! Und ich war immer deine Frau. Ich liebe *dich* ...«

Wütend starrte er sie an. »Hältst du mich für blind? Oder dumm? Sie sind nicht meine Kinder! Und du bist nicht meine Frau, jedenfalls nicht in einer Weise, die zählt.« Sein Zorn erlosch. »Ich kann nicht mehr. Mach, was du willst ... aber lüg mich nicht mehr an.« Er ging fort, ohne sich einmal umzusehen.

Allein stand sei da, wie versteinert. Sie konnte sich erst wieder rühren, als seine Schritte verhallt waren. Dann schöpfte sie tief Atem. Sie wandte den Blick von dem leeren Korridor ab und schaute durch das Fenster. Die Gesichter dahinter waren ihr zugekehrt, wie wenn man sie sehen könnte. Vermutlich hatte man ihren Streit bis in der Versammlungshalle gehört. Doch schon drehten sich die Leute wieder um und setzten unschlüssige Mienen auf. Sie fragte sich, wieviel von dem Wortwechsel man wohl verstanden hatte.

Sie ballte die Fäuste, bis ihre Hände einen Krampf bekamen, und ihre Fingerknöchel weiß hervortraten. Langsam verließ sie ihr Versteck. Gemessenen Schrittes betrat sie die Halle, wo mittlerweile ein Dutzend Leute darauf warteten, mit ihr über die Zukunft Tiamats zu entscheiden.

Sie merkte, daß Gundhalinus Blick auf ihr ruhte, doch sie widerstand der Versuchung, ihn direkt anzuschauen. Erschöpft fragte sie sich, wie sie die nächsten Stunde, den nächsten Tag überstehen sollte; sie wußte nicht, woher sie die Kraft nehmen sollte, die sie für ihr Amt als Königin brauchte. In Gedanken stellte sie sich die Maske der Sommerkönigin vor, die Fate Ravenglass ihr an jenem schicksalhaften Tag vor einer halben Ewigkeit aufs Haupt gesetzt hatte. Sich an diese Erinnerung klammernd, mimte sie heitere Gelassenheit, während sie auf die Repräsentanten der alten und der neuen Zeit zuging.

Karbunkel

»Ach, Tor, das ist ja super! Einfach *phantastisch!*« Ariele Dawntreaders schlanke, sehnige Gestalt hing förmlich über der transparenten Tischplatte; fasziniert spähte sie in die Tiefe. Jede ihrer Bewegungen war von Geklimper begleitet, denn ihr Bodystocking war mit winzigen, funkelnden Silberplättchen besetzt. »Und genauso sah dein Club vor dem Wechsel aus?« Die jungen Leute, die Ariele umringten, ergingen sich in entzückten Ausrufen. An diesem Abend eröffnete Tor Starhiker im Labyrinth den ersten Spielclub im Stil der Außenweltler.

Tor hatte überall in der Stadt ausrangierte elektronische Spielautomaten gekauft, egal, wie abgenutzt oder defekt sie waren; dann ließ sie sie reparieren und mit neuen Mikroprozessoren ausrüsten, die es plötzlich wieder im Handel gab. Mit dem Einverständnis der Königin war sie so allen Unternehmern der Außenwelt zuvorgekommen, die vor den Palasttoren und in der Blauen Allee ein großes Geschrei anstimmten; sie bedrängten die einheimische wie die fremde Regierung, in den halbleeren Gebäuden des Labyrinths Vergnügungslokale und Geschäfte einrichten zu dürfen. Der Oberste Richter hatte den Zustrom von Außenweltlern und ihrem technologischen Spielzeug gebremst, und so eine Entwicklung verzögert, der die Tiamataner mit einer Mischung aus Neugier und Furcht entgegenfieberten. Bis jetzt hatte er Händlern und Technikern aus nützlichen Branchen eindeutig den Vorzug gegeben.

Ariele kannte ausschließlich Staunen und Begeisterung. Sie verstand nicht, wieso jemand, einschließlich ihrer Mutter, die neuen, atemberaubenden Möglichkeiten ihrer sich verändernden Stadt mit Zurückhaltung oder Skepsis betrachten konnte. Ihr Leben lang hatte sie nach diesen Wundern gelechzt, doch erst, als sie sie mit eigenen Augen sah, wußte sie, was ihr bisher gefehlt hatte.

»Schön, daß es dir gefällt, Herzchen.« Tor faßte über den Tisch und tätschelte ihr mit ihrer juwelengeschmückten Hand die Wange. »Amüsier dich gut, heute abend geht für dich und deine Freunde alles auf Kosten des Hauses. Aber das hier ist nur eine schwache Kopie meines früheren Clubs. Für mich besteht der wichtigste Unterschied darin, daß das Lokal dieses Mal wirklich *mir* gehört. Warte ab, bis erst die modernste Technologie ins Land kommt, dann gehen dir die Augen über. Das Labyrinth ... bei den Göttern, ich hätte nie gedacht, daß es noch einmal zum Leben erweckt würde!« Sie schüttelte den Kopf, daß das silberne Netz über ihrem angegrauten Haar funkelte.

Staunend sah Ariele sie an; es kam ihr vor, als sähe sie an diesem Abend die richtige Tor Starhiker zum erstenmal, obwohl sie sie ihr Leben lang gekannt hatte. Jetzt befand sich Tor in ihrem Element, in das sie hineingehörte. Ariele wünschte sich, ihre Augen würden genauso strahlen, wenn sie irgendwann einmal, in ferner Zukunft, so alt wie Tor sein würde.

»Bei allen Göttern, Ariele ...« Tor stutzte, als sie Getränke und Spielchips an die jungen Leute verteilte. »Was hast du mit deinem Haar gemacht?«

»Ich trage es jetzt kurz, wie die Außenweltler.« Ariele schüttelte den Kopf, der sich unheimlich leicht anfühlte, wie wenn ihr mit dem taillenlangen Haar auch eine innere Last abgenommen worden wäre. Erst an diesem Nachmittag hatte sie einen Außenweltler-Frisiersalon aufgesucht; das restliche Haar war kaum einen Zoll lang und stand wie Katzenfell von ihrem Kopf ab. Elco Teel hatte ihr diese Frisur aufgeschwatzt, doch nachdem sie den Anfang gemacht hatte, traute sich keiner mehr zu kneifen. Die meisten aus ihrer Clique hatten frischgeschorene Köpfe, wobei ein Haarschnitt bizarrer war als der andere. »Gefällt es dir nicht?«

Tor hob die Brauen, nickte und schmunzelte. »Ich find's toll. Aber deine Mutter wird toben.«

Ariele grinste. »Hoffentlich«, sagte sie, doch sie merkte, wie ihr das Lächeln verging. »Jetzt sehe ich wenigstens nicht mehr so aus wie sie.« Nochmals den Kopf schüttelnd stand sie vom Tisch auf und nahm ihr Getränk mit. Als sie daran nippte, stellte sie zu ihrer Freude und Überraschung fest, daß Tor es doch tatsächlich mit einem Schuß Alkohol gewürzt hatte. »Danke, Tor.«

Tor winkte gutmütig ab und entfernte sich von dem Tisch, auf dem plötzlich das Hologramm einer fremdartigen Stadt erblühte. Arieles Ausruf der Verwunderung ging in dem erstaunten Gemurmel ihrer Freunde unter. Sie stand zwischen Elco Teel und Tilby Atwater und beobachtete, wie eifrige Außenweltler sich mit ihren Ellbogen durch die Menge boxten; begierig scharten sie sich um das Hologramm, um sich auf ein neues Spiel zu stürzen, das ihnen längst bekannt sein mußte.

Ariele schaute zu und versuchte, die Spielregeln aufzuschnappen. Ab und zu murmelte sie eine Bemerkung, gab einen leisen Schrei von sich und zeigte aufgeregt mit dem Finger — wie alle anderen. Gleichzeitig bemühten sich die jungen Tiamataner, so zu tun, als ob sie das alles schon kennen würden. Dazu hämmerte eine importierte Musik einen lauten, eindringlichen Rhythmus.

Nach einer Weile gingen Ariele und ihre Clique weiter, schlenderten von einem Tisch zum anderen, an ihren Getränken nippend und verstohlen das bunt zusammengewürfelte Publikum musternd, das den Club füllte; Menschen aller Schläge und Größen, mit den unterschiedlichsten Haaren und Frisuren, Augenfarben und Hautschattierungen, die Ariele noch vor einem Jahr für unmöglich gehalten hätte. Sie genoß den Anblick der Vielfalt, den sichtbaren Beweis dafür, welche endlosen Möglichkeiten das Leben bot.

»Götter.« Hinter ihr sprach Tilbys Schwester Sular verlegen den Außenweltler-Fluch aus. »Wie kann man nur genügend Punkte sammeln, um einen Waffenstillstand zu bewirken? Diese Spiele sind unmöglich — selbst die Außenweltler können nicht gewinnen.« Sie deutete auf einen Spieler, der sich mit rotem Gesicht vom Tisch abwandte und davonstakste, während vor ihnen die Trümmer einer vernichteten Welt schimmerten.

»Der da kann es«, murmelte Ariele und stieß Tilby mit der Schulter an. Sie beobachtete einen Mann, der zwei Tische weiter saß und sich mit etwas beschäftigte, das ihr völlig schleierhaft blieb; doch nach den staunenden Ausrufen und dem Gelächter der Zuschauer zu urteilen, schien er ein brillanter Spieler zu sein. Fasziniert verfolgten die Umstehenden jede seiner Bewegungen. »Schau ihn dir an, Tilby; oh, bei den Titten der Herrin, den muß ich mir aus der Nähe ansehen, kommst du mit?« Er war hellhäutig genug, um als Tiamataner durchzugehen, aber wegen der bizarren Tätowierungen, die die gesamte Länge seiner Arme bedeckten, hielt sie ihn für einen Außenweltler. Sein Gesicht war von einer verwegenen Schönheit, und seine Hände tanzten förmlich in dem herniederregnenden Phantomgold. Neugierig versuchte sie, zwischen den sich bewegenden Leuten einen Blick auf seinen Körper zu erhaschen.

»Hmm«, machte Tilby und zerstrubbelte sich den Schopf. »Natürlich.«

»Aber ich habe ihn zuerst entdeckt«, herrschte Ariele sie an und hielt sie zurück, als sie losmarschieren wollte.

Tilby zog einen Schmollmund, und Elco Teel meinte: »Du bist pervers, Ariele — wie kannst du diesen Typ attraktiv finden? Sieh dir doch nur seine Haut an. Glaubst du, er wurde mit diesen Flecken geboren, oder ist es eine Krankheit ...?«

»Das sind Tätowierungen, wie du ganz genau weißt«, entgegnete sie von oben herab. »Wie bei den Sibyllen.«

»Wohl kaum.« Er verzog das Gesicht.

Ariele hob den Mittelfinger und senkte ihn bedeutungsvoll vor seinem Gesicht nach unten.

»Ob er *überall* tätowiert ist?« fragte Tilby mit großen Augen.

»Das läßt sich feststellen.« Ariele ließ sie einfach stehen und zwängte sich durch die Menge. Doch als sie den Spieltisch erreichte, an dem der Außenweltler saß, zog er seine Hände aus der goldenen Halluzination heraus, die langsam in der Luft verblaßte. Ehe er sich davonstehlen konnte, drängte sie sich an ihn heran; energisch schob sie einen jungen Burschen mit nachtschwarzer Haut und ebensolchen Haaren; und einen Zwerg, der kaum bis zur Tischplatte reichte, beiseite. In den Gesichtern der beiden malte sich Überraschung, während der Spieler selbst sie aus seinen strahlendblauen Augen nur gelangweilt anschaute. Herausfordernd schmiegte sie sich an seine Hüfte und griff nach seinem Arm. »Kannst du mir das beibringen?« fragte sie.

Einen Augenblick lang starrte er sie verständnislos an. Mit ihrem Körper drückte sie ihn gegen den Tisch.

»Boss ...«, sagte der zu klein geratene Mann hinter ihr.

Der Spieler winkte ungeduldig ab, und der Knirps schwieg. Dann schüttelte der Außenweltler leicht den Kopf, doch es war keine Weigerung; seine Mundwinkel hoben sich zu einem amüsierten Lächeln, nur sein Blick blieb teilnahmslos. »Sicher«, sagte er. Er umfaßte sie und ließ die Hände bis zu ihren paillettenbesetzten Hüften hinabgleiten. Dann drehte er sie um, daß sie ihr Gesicht dem Spieltisch zukehrte. Sie spürte, wie er sich unsanft gegen sie lehnte und sein erigiertes Glied in ihren Rücken preßte.

Er nahm ihre Hände, streifte die Filigranhandschuhe darüber und hob sie an, wie wenn sie auf einem Instrument spielen sollte. Ein Glühwürmchenschwarm tanzte vor ihren Augen. Vage bekam sie mit, daß ihre Freunde sie umringten und sie mit einer Mischung aus Neid und Vergnügen beobachteten, als das Spiel begann.

Er paßte ihre Hände seinem Rhythmus an, murmelte ihr Erklärungen und Anfeuerungen ins Ohr, während sie sich anstrengte, seinen anmutigen Bewegungen zu folgen. »Entspann dich«, flüsterte er. »Ob du gewinnst, ist unwichtig. Nur auf das Spiel kommt es an, laß dich einfach treiben, wie in einem Fluß ...«

Sie ließ sich treiben, und wurde von einer Aufwallung ihre Gefühle davongeschwemmt. Das Licht, die Musik, der Druck seines warmen Körpers, stachelten den Hunger in ihr an; im Rücken spürte sie den Beweis seiner Erregung, und ihr schwindelte. Sie ging völlig auf in der Hitze der Sinne und im Fluß ihrer Gefühle, bis sie mit dem Mann zu verschmelzen schien; ihre Bewegungen waren auch die seinen, sie schaute mit seinen Augen, und als das Gold auf sie herabregnete, geriet sie in einen Rausch des Gewinnens; sie hörte die staunenden Ausrufe der Zuschauer, Applaus, Gelächter, sah die strahlenden Gesichter ihrer Freunde, und das glänzende Gold ...

Auf einmal ließen ihre Hände sie im Stich; als sie nach dem goldenen Strahl fassen wollte, griff sie daneben und daneben und daneben ... Der Bann, unter dem sie stand, brach, und plötzlich merkte sie, daß die Hände des Außenweltlers, der die ihren durch das komplizierte Ritual geführt hatten, nicht mehr da waren. Überrascht und erstaunt sah sie, daß das Licht dunkler wurde; die Zuschauer begannen zu murren und zerstreuten sich. Langsam pellte sie das goldene Netzwerk von ihren tauben Fingern. Keine phantastisch geschmückten Arme umfaßten sie, der warme, erregende Druck in ihrem Rücken war fort.

Als sie sich umdrehte, stellte sie fest, daß der Außenweltler verschwunden war, und sie wußte nicht einmal, wann er sie alleingelassen hatte; ohne ein Wort zu sagen, hatte er sich verdrückt.

Ihre Freunde scharten sich um sie, überschütteten sie mit dümmlichen, eifersüchtigen Sticheleien und Lob; Worte, die genauso unecht waren wie der goldene Regen. Elco Teel stand neben ihr und grinste hämisch, als er ihren Gesichtsausdruck sah. »Er ist zu gerissen für dich, meine kleine Mutteranbeterin.« So nannten die Außenweltler die Tiamataner, wenn sie sie beleidigen wollten, und sie zog die Stirn kraus. »Du bist in deine eigene Falle getappt«, murmelte er schadenfroh. Kurzerhand rammte sie ihm ihr Knie in die Leisten — nicht so fest, daß er umkippte, aber heftig genug, daß er zu fluchen anfing.

»Miststück!« murmelte er, doch er lächelte dabei.

»War das nicht schön?« Sie küßte ihn und ließ es zu, daß seine Zunge in ihren Mund glitt. Dabei schloß sie die Augen und stellte sich vor, der Außenweltler würde sie küssen.

In der Gruppe bewegten sie sich durch die Menge, gemeinsam fühlten sie sich stark unter den Außenweltlern, deren Zahl ständig zunahm. Sie spielten, beobachteten und lernten; angesichts der Blasiertheit der Fremden kamen sie sich linkisch und provinziell vor. Als Tor ihnen nach drei Drinks nichts mehr zu trinken gab, verkrümelten sie sich aus dem Club und trieben sich draußen herum, auf der Suche nach schlichteren und vertrauteren Zerstreuungen.

Als sie am Eingang zur Olivinalle vorbeikamen, blieb Ariele stehen und spähte die Straße entlang. Seit sie sich zurückerinnern konnte, war in dem sonderbar barocken, bienenstockartigen Gebäude der Sitz des Sibyllen-Colleges gewesen, das ihre Mutter gegründet hatte. Doch nun war die Straße wieder in ›Blaue Allee‹ umbenannt worden und beherbergte aufs neue die Behörden der Außenweltler; hier lagen die Büros der Administration, es war Außenweltlerterritorium, und die Zeiten, in denen sie als kleines Kind hier hin und her gelaufen war, waren endgültig vorbei.

Trotz der späten Stunde waren in der Blauen Allee noch Leute unterwegs, die meisten trugen die blauen Uniformen der Hegemonischen Polizei. Früher durfte sie hier ein und aus gehen, spielen, und niemand hatte das Recht gehabt, sie daran zu hindern. Sie wußte genau, wenn sie jetzt die Straße betrat, würde man sie anhalten, befragen und wieder fortschicken — höflich, weil sie die Tochter der Königin war, aber bestimmt, wie wenn man sie für eine Plage oder Bedrohung hielte.

»Komm weiter, Ari«, drängte Brein und zog an ihrem Arm, als sie sich nicht vom Fleck rührte.

»Warte.« Sie schüttelte seine Hand ab und beobachtete die drei Gestalten, die sich dem Eingang der Allee näherten. Sie waren in ein Gespräch vertieft, und in kein angenehmes, wie man ihnen schon von weitem ansah. Der Mann in der Mitte war BZ Gundhalinu, der Oberste Richter; zu seiner Rechten ging der Polizeikommandant, zur Linken Jerusha PalaThion; sie trug auch eine blaugraue Uniform mit den Abzeichen einer Chefinspektorin.

An diesen Anblick hatte sie sich immer noch nicht gewöhnt, und auch nicht daran, Jerusha zwischen diesen Fremden mit ihren sonderbaren Gesichtern zu sehen. Erst jetzt fiel ihr auf, wie anders Jerusha selbst aussah, früher hatte sie den Unterschied nie bemerkt.

Die drei erreichten die Ecke und schritten bergab. Nur Vhanu, der Polizeikommandant, blickte in ihre Richtung; er runzelte kurz die Stirn und schaute wieder geradeaus.

»Hallo, Tante Jerusha«, rief Ariele und hörte, wie das Echo spottend von den Häuserwänden zurückgeworfen wurde.

Jerusha blieb stehen; sie und die beiden Männer drehten sich um. Verdutzt betrachtete sie das Grüppchen schrill gekleideter, junger Tiamataner. Ariele trat einen Schritt vor und wartete dann, bis Jerusha sie erkannte.

»Ariele?« Halb neugierig, halb erstaunt kam Jerusha zu ihr. Ariele lehnte sich gegen Elco Teel und murmelte ihm ein paar Instruktionen ins Ohr. Er nickte und grinste.

»Ariele«, wiederholte Jerusha; Ariele sah, daß die ältere Frau sie mißbilligend anstarrte. »Was hast du mit deinem Haar gemacht?«

Wie Ariele gehofft hatte, kam der Oberste Richter Jerusha hinterher; nur der Polizeikommandant blieb an seinem Platz stehen. Sie merkte, wie Gundhalinu leicht zurückprallte, als er sie erkannte. Seit Monaten hatte sie ihn nicht mehr aus der Nähe gesehen. Hinter ihr murmelte Elco etwas, und ihre Freunde kicherten. *Er war derjenige.* Der Blaue, der ihre Mutter gevögelt hatte, bevor sie geboren wurde. Der ihren Vater, den sie sehr liebte, veranlaßt hatte, sie wie eine Fremde zu behandeln und sich wortlos von ihr abzuwenden. Der nach Tiamat gekommen war, um ihre Familie auseinanderzureißen ...

Sie bildete sich ein, schon wieder den Blick aus Gundhalinus Augen aufzufangen, mit dem er sie bereits früher betrachtet hatte — eine sonderbare Mischung aus Unsicherheit und Sehnsucht. Es steckte kein sexuelles Verlangen dahinter, aber ein Gefühl, das genauso tief und stark war ... so würde ein Mann sein lange vermißtes Kind ansehen. Die Vorstellung verursachte ihr ein flaues Gefühl im Magen. »Hallo, Ariele«, sagte er auf Tiamatanisch; er sprach leise und mit einem leichten Akzent.

Trotzig wandte sie den Blick von ihm ab. »Ich wollte eine Außenweltler-Frisur.« Von Gundhalinu betont keine Notiz nehmend, beantwortete sie Jerushas Frage, während sie mit der Hand durch ihren Schopf kämmte. »Wir lieben alles, was von der Außenwelt kommt.« Sie stemmte die Hände auf die Hüften und stellte im Kreis ihrer herausgeputzten Clique ihre glitzernde Kleidung zur Schau.

»Nur nicht die Außenweltler«, ergänzte Elco Teel giftig, wie sie ihn instruiert hatte.

»Das stimmt«, murmelte sie und legte schmachtend den Kopf an seine Schulter. Dabei lächelte sie zufrieden. »Schade, daß sie nicht alle dort bleiben, wo sie hingehören.« Sie warf Gundhalinu einen gehässigen Blick zu.

Er schaute zu Boden. »Gute Nacht, Jerusha«, murmelte er seiner Chefinspektorin zu. Dann sah er Ariele wieder an, und es kam ihr so vor, wie wenn er noch etwas sagen wollte. Aber er nahm sie nur in Augenschein, wie wenn er sich ihr Bild einprägen wollte. Schließlich drehte er sich um und ging zu dem anderen Kharemoughi zurück, der immer noch demonstrativ Abstand hielt; sein dunkles Gesicht wirkte verschlossen und mißtrauisch. Gemeinsam gingen sie die Straße hinunter.

Jerusha sah ihnen hinterher, bevor sie sich wieder dem Grüppchen Tiamataner zuwandte. Ariele las Verärgerung und Tadel in ihrem Blick. Jerusha machte den Mund auf — doch dann besann sie sich anders, wie vorhin Gundhalinu, und behielt für sich, was sie eigentlich hatte aussprechen wollen. Statt dessen meinte sie: »Du siehst aus wie eine Nutte.«

»Was ist eine Nutte?« fragte Ariele.

»Eine Hure«, erklärte Jerusha nüchtern. »In dieser Aufmachung siehst du aus wie eine Hure.«

Ariele zog die Stirn kraus und merkte, wie sie rot wurde. Vor der Ankunft der Außenweltler hatte sie diesen Ausdruck noch nie gehört. »Du aber auch«, erwiderte sie ruppig. Sie warf den Kopf hoch und gab ihren Freunden dadurch zu verstehen, daß sie ihr folgen sollten. Sie fühlte ihre streichelnden Hände, hörte, wie man sie beglückwünschte, wie man blöde kicherte und murmelte; in ihren Ohren klangen die Stimmen wie das sinnlose Geschrei der Seevögel, als sie losmarschierte und die Frau stehenließ, die einmal die loyalste Beschützerin ihrer Mutter gewesen war und vielleicht auch die ihre.

Gundhalinu seufzte schwer und rieb sich das Gesicht, während er mit Vhanu den Weg fortsetzte. Dieser blickte ihn prüfend an und beobachtete dann die Schar von tiamatanischen Jugendlichen, die sie eben überholte, rüde Bemerkungen und schrille Pfiffe ausstoßend. Vhanu gab einen Laut des Abscheus von sich. »Verbrecher«, murmelte er auf Sandhi.

Gundhalinu gab keine Antwort, sondern beobachtete die Teenager; sein Blick folgte einem weißblonden Haarschopf, der in der Gruppe auf und ab wippte, und er wartete darauf, ob Ariele Dawntreader sich nach ihm umschaute. »Entschuldigung, NR — was sagten Sie?« Er riß sich aus seinen Gedanken, als er merkte, daß Vhanu immer noch zu ihm sprach.

Vhanu zeigte auf die Tiamataner, die in der Menschenmenge vor ihnen untertauchten. »Ich sagte, genauso hatte ich es kommen sehen. Sie lachen uns aus, dieses elende Pack!«

»Auf Tiamatanisch, bitte, NR«, unterbrach Gundhalinu ihn abrupt. »Sprechen Sie Tiamatanisch, nicht Sandhi. Wir brauchen alle noch eine Menge Übung.«

Vhanu sah ihn an und zügelte seine offensichtliche Ungeduld. »Wie Sie wünschen. Diese elenden kleinen ...« Er brach ab, weil ihm der passende Ausdruck in der Fremdsprache nicht einfiel. »Sie kleiden sich wie wir, und sie schneiden sich das Haar ab, aber deshalb sind sie noch lange nicht unseresgleichen. Sie benehmen sich immer noch wie ... wie ... *Dashtanu.*« In seiner Not verfiel er wieder in Sandhi. *Barbaren.* »Verflucht, PalaThion peitscht uns zusammen mit den neuen Rekruten durch diese Indoktrinations-Sitzungen. Bei allen Göttern, selbst Sie und ich haben uns die Bänder doch mindestens ein halbes Dutzend Mal reingezogen. Ich kenne den Inhalt Wort für Wort auswendig.«

»Es macht einen guten Eindruck, wenn die Truppe sieht, daß wir das Material auch studieren«, sagte Gundhalinu in sachlichem Ton, wobei er sich resigniert fragte, wann Vhanu endlich anfangen würde, von den Informationen zu profitieren.

»Aber es kommt doch nicht darauf an — und diesen Punkt scheint PalaThion überhaupt nicht zu verstehen —, daß wir lernen, wie die Tiamataner leben, sprechen und denken. Sie müssen sich *uns* anpassen. Solange ihnen das nicht gelingt, bleiben sie *Dashtanu* in modischer Kleidung, nicht wert, Bürger der Hegemonie zu sein und in den vollen Genuß dieser Privilegien zu kommen. Sehen Sie sich doch nur diese kleine *Yiskat* an, diese Schlampe, der wir gerade begegnet sind. Sie ist die Tochter der Königin und führt sich auf wie eine *Mekru*. Man sollte sie öffentlich auspeitschen lassen, das hätte mehr Wirkung als ...«

»Vhanu!« Gundhalinu verbiß sich seinen aufwallenden Zorn, als sein Begleiter ihn verdutzt ansah. »Hauptsächlich kommt es darauf an, daß beide Seiten versuchen, sich gegenseitig zu verstehen. Das weiß Jerusha PalaThion nicht nur, sondern sie handelt auch danach. Deshalb wollte ich, daß sie zusammen mit Ihnen die Truppe ausbildet. Und wenn wir mehr Kooperation und weniger Pfiffe einheimsen wollen, müssen wir uns ebenfalls danach richten. Verstehen Sie, was ich meine?«

Vhanu nickte steif. »Aber bei allen meinen Vorfahren«, sagte er mit scharfer Stimme, »Sie haben doch selbst gehört, was sie heute abend nach dem Treffen sagte: Sie sei davon überzeugt, daß jetzt jeder wisse, warum jedes intelligente Lebewesen mit dem gleichen Respekt behandelt werden müsse ... Aber wehe dem der noch einmal einen Eingeborenen als ›Mutteranbeter‹ bezeichnete; der könne gleich seinen Sold abholen und die Uniform abgeben. Das kann sie doch nicht mit Gewalt durchsetzen.«

»Warum denn nicht?« entgegnete Gundhalinu. »Ihre neuen Methoden finden meine volle Unterstützung — und die Ihre hoffentlich auch.«

Vhanu blickte ihn forschend an und hob die Schultern. »Doch, ja.«

Gundhalinu betrachtete die vorbeieilenden Passanten. »Eines habe ich im Laufe der Jahre gelernt, NR: aufgeklärter Egoismus bewirkt mehr Gutes als das bloße Verständnis einer Situation.«

»Schon möglich«, räumte Vhanu mürrisch ein. Er blickte zur Seite, als ein Betrunkener ihnen etwas zurief; ein Fischkopf, der aus irgeneiner Allee geworfen wurde, klatschte gegen das unsichtbare Energiefeld seines Körperschilds und landete vor seinen Füßen. »Vielleicht sollte man ihr raten, dieselben Methoden bei den Eingeborenen anzuwenden, die sie ja so gut kennt.«

Gundhalinu schob den Fischkopf mit der Schuhspitze beiseite. »Wie kommen Sie eigentlich mit den örtlichen Konstablern zurecht?«

»Überraschend gut, alles in allem«, gab Vhanu zu. »Sie scheinen froh zu sein, daß wir ihnen helfen, mit der wachsenden Bevölkerung der Stadt fertigzuwerden. Die einheimischen Konstabler sind tüchtig und kompetent, aber sie kennen ihre Grenzen.«

»PalaThion hat sie ausgebildet«, sagte Gundhalinu. »Geben Sie ihr eine Chance, und lassen Sie sie beweisen, was sie für uns tun kann. Sowohl für uns wie für die Einheimischen gelten jetzt andere Regeln. Wenn die Tiamataner nicht begreifen, daß wir sie vor unseren eigenen Leuten beschützen wollen, dann wird es nicht bei Pfiffen und geworfenen Fischköpfen bleiben; dann eskaliert die Gewalt.«

»Sie sagten doch, PalaThion habe während der Regierungszeit der Schneekönigin hier als Polizeikommandantin gedient.« Vhanu schloß mit einer Geste die gesamte Stadt ein. »Sind die Zustände denn schlimmer geworden, seit die Sommerkönigin an der Macht ist?«

»Nicht schlimmer, sondern anders«, erwiderte Gundhalinu und schüttelte den Kopf. Sie traten zur Seite, um der beinahe geräuschlos fahrenden Trambahn auszuweichen. »Damals bestand die Truppe größtenteils aus Newhavenesern, sturen, verbissenen Leuten. Sie begriffen überhaupt nichts. Und die Schneekönigin hatte ihre eigenen Gründe, um uns das Leben schwer zu machen; darin war sie eine Meisterin. Sie begünstigte die kriminellen Elemente auf Tiamat, weil sie genau wußte, daß die rechtmäßige Regierung ihr Volk ausbeutete. Jetzt können wir der neuen Königin beweisen, daß sich das geändert hat — daß beide Seiten von der neuen Beziehung profitieren können.«

»Also ehrlich, BZ, welche Schätze — außer dem Wasser des Lebens — hätte Tiamat uns denn zu bieten? Ich habe nichts gesehen ...«

»Ein gutes Argument, Kommandant Vhanu«, sagte jemand auf Tiamatanisch hinter ihnen.

Gundhalinu drehte sich um; er staunte, daß jemand, und dazu noch ein Einheimischer, sein Gespräch mit Vhanu so ungezwungen unterbrach. Er erkannte Kirard Set Wayaways vom Stadtrat — vage entsann er sich, daß er damals ein Günstling der Schneekönigin gewesen war. Wayaways hatte damals jeden — auch ihn —, der nicht in Arienrhods Gunst stand, mit spöttischer Überheblichkeit behandelt. Bei ihrer ersten Begegnung sah Wayaways nicht älter als zwanzig Standardjahre aus, obwohl gemunkelt wurde, er sei an die sechzig. Doch ohne das Wasser des Lebens hatte die Zeit auch ihn gezeichnet. Mit stiller Genugtuung nahm Gundhalinu die Falten im Gesicht wahr.

»Wieso geht ihr zu Fuß, wenn ihr doch unsere neuen öffentlichen Verkehrsmittel benutzen könnt?« Wayaways deutete auf eine Tram, die gerade an ihnen vorbeifuhr.

»Wir haben nicht weit zu gehen«, erwiderte Gundhalinu und blickte die Straße entlang. »Wenn ich einen ganzen Tag lang bei Konferenzen und vor dem Computer gesessen habe, ziehe ich einen Fußmarsch vor.«

»Eine gute Idee. Man sagt, körperliche Bewegung sei eine der Möglichkeiten, um jung zu bleiben.« Wayaways zeigte sein zynisches Lächeln, an das Gundhalinu sich nur mit Abscheu erinnerte.

»Für mich die beste.« Gundhalinu wollte weitergehen, um das Gespräch zu beenden.

»Haben Sie sich deshalb entschlossen, aus der Tram auszusteigen und uns zu begleiten?« fragte Vhanu, mehr aus beruflicher denn aus persönlicher Neugier. Ausnahmsweise ärgerte sich Gundhalinu über das unverdrossene Pflichtbewußtsein seines Freundes.

»Nein, das war eigentlich nicht der Grund.« Wayaways nahm die Frage als Vorwand, um sich ihnen anzuschließen, als sie weitergingen. Gundhalinu furchte die Stirn. »Ich fand es lediglich interessant, daß zwei Spitzenvertreter unserer neuen Hegemonischen Regierung durch die Straßen laufen wie jeder gewöhnliche Bürger. Es ist eine angenehme Überraschung, daß Sie kein Hovercraft benutzen.«

»Jetzt ist Ihre Neugier hoffentlich befriedigt«, versetzte Gundhalinu kurzangebunden. »Entschuldigen Sie, Ältester Wayaways, aber wir haben etwas Privates zu besprechen.«

»Über das Wasser des Lebens ...?« Wayaways nickte. »Kommandant Vhanu äußerte doch, daß unser ärmlich ausgestatteter Planet der Hegemonie als Gegenleistung für die vielen Vorteile, die sie uns verschafft, kaum etwas zu bieten hätte — außer dem Wasser des Lebens. Ich finde, er hat hundertprozentig recht. Deshalb war ich ja so unhöflich, mich in das Gespräch einzumischen.«

Vhanu blickte Wayaways an, wobei sein anfängliches Mißtrauen zu schwinden schien. Wie, sagten Sie, sei Ihr Name?«

»Ich hatte meinen Namen noch gar nicht genannt.

Wir sind uns sicher schon einmal begegnet, haben aber noch nie richtig miteinander gesprochen. Ich bin Kirard Set Wayaways Winter, ein Berater der Königin.« Er hielt ihm die Hand mit nach oben gerichteter Fläche entgegen; Vhanu berührte sie kurz mit seiner Handfläche. Wayaways sah wieder Gundhalinu an. »Unter den gegebenen Umständen war ich sehr überrascht, daß Sie die Jagd auf Mers vorläufig untersagt haben, Richter Gundhalinu. Ich hatte angenommen, es läge Ihnen am Herzen, der Hegemonie schnellstmöglich zu beweisen, daß die Rückkehr nach Tiamat nicht nur technisch durchführbar, sondern wirtschaftlich profitabel ist.«

Gundhalinu erwiderte seinen Blick: »Wieso Sie das überrascht Wayaways, weiß ich nicht, denn die Ächtung der Merjagd geschieht ja auf ausdrücklichen Wunsch der Königin. Bevor an eine Wiederaufnahme der Jagd auch nur gedacht werden kann, muß feststehen, ob die Mers eine intelligente Spezies sind oder nicht. Zur Zeit wird in dieser Richtung geforscht. Als Mitglied des Stadtrats müßten Sie darüber eigentlich im Bilde sein.«

Wayaways hob die Schultern. »Natürlich wissen wir alle, wie — besessen — sich die Königin auf einmal mit der Erforschung der Mers beschäftigt. Als Angehörige des Sommervolks ist sie konservativer eingestellt als ihre Vorgängerin. Aber deshalb sind wir noch lange nicht der Ansicht, daß ihre Weisungen klug sind. Und ich bin fest davon überzeugt, daß die meisten aus Ihrem Volk nicht unbedingt die Meinung der Königin teilen, die Mers müßten für alle Ewigkeit geschützt werden.« Er hob die Augenbrauen.

Gundhalinu furchte die Stirn. Er fragte sich, wie gut informiert Wayaways in Wirklichkeit war, oder ob er nur bluffte. Konnte er wissen, welche Kämpfe er mit seinen eigenen Mitarbeitern — Vhanu eingeschlossen — auszufechten hatte, um sich ihre Unterstützung zu sichern? Daß das Zentrale Komitee nur äußerst widerwillig seine

Zustimmung zur vorläufigen Aussetzung der Merjagd gegeben hatte? »Es besteht auch noch die Frage, ob die Mers nicht gänzlich aussterben, wenn sie weiterhin hemmungslos abgeschlachtet werden — egal, ob sie intelligente Lebewesen sind oder nicht. Und man muß prüfen, ob sich das Wasser des Lebens nicht vielleicht auf synthetischem Wege erzeugen läßt ...« Er benutzte dieselben Argumente, mit denen er seine eigenen Berater zu überzeugen versucht hatte; er war sich nicht sicher, wieso er sich überhaupt bemüßigt fühlte, sich vor Wayaways zu rechtfertigen, aber etwas in dessen Ton warnte ihn, auf der Hut zu sein. Dieses Gefühl behagte ihm genauso wenig wie der Mann selbst. »Haben Sie denn ein persönliches Interesse an dieser Angelegenheit?« fragte er provozierend. »Ich entsinne mich, Ihre Anträge gelesen zu haben. Sie waren der erste, der darum ersuchte, auf Ihrem Grundbesitz zu jagen.«

Wayaways machte eine vage Geste. »Ist das verboten?«

»Nein«, räumte Gundhalinu ein und merkte, daß Vhanu ihn von der Seite ansah.

»Warum sollte ich dann keinen Antrag einreichen? Das habe ich früher immer getan. Aber Sie sind zu jung, um sich daran erinnern zu können ...« Er zuckte die Achseln. »Wie lange waren Sie eigentlich auf Tiamat? Fünf Jahre vor dem Wechsel kamen Sie hierher, nicht? Ich entsinne mich noch, Sie bei Hof gesehen zu haben, zusammen mit Kommandantin — Chefinspektorin — PalaThion, die damals noch im Range einer Inspektorin stand. Da fällt mir ein amüsanter Vorfall ein ...« Er brach ab, als Gundhalinus Miene sich verfinsterte. »Aber Ihre Begegnung mit Starbuck haben Sie sicher schon lange vergessen. Noch lebhafter ist mir dieser spektakuläre heroische Augenblick im Gedächtnis, als während des Großen Festes der junge Inspektor Gundhalinu in die Halle der Winde gestürmt kam, um zu verhindern, daß Arienrhod Mond Dawntreader in die Grube werfen ließ. Im Handstreich und ganz allein retteten Sie die Frau, die dann die neue Königin wurde.«

»Bei den Göttern«, murmelte Vhanu auf Sandhi und starrte Gundhalinu an, als sähe er ihn zum erstenmal. »Davon haben Sie mir noch nie etwas erzählt, BZ.«

»Er übertreibt«, erwiderte Gundhalinu abrupt, wobei auch er Sandhi sprach. »Mond Dawntreader hat sich selbst gerettet.« Er wechselte wieder auf Tiamatanisch über. »Haben Sie etwa vergessen, wie sie den Wind bezähmte, während Sie zusammen mit dem Pöbel in der Halle der Winde standen?«

»Keineswegs«, entgegnete Wayaways und schüttelte den Kopf. »Es war unglaublich. Wie macht sie das nur, hat Sie es Ihnen erzählt? — Aber Sie sind viel zu bescheiden, Richter. Wenn Sie Ihre Autorität als Polizist nicht ins Feld geführt hätten, wäre Mond Dawntreader vom Mob in die Grube gestürzt worden.«

»Vater aller meiner Vorfahren«, sagte Vhanu. »Wieso wollte die Schneekönigin Mond Dawntreader überhaupt töten? Arienrhod konnte doch gar nicht wissen, daß sie die Sommerkönigin werden würde.«

»Nun ja, Mond war ...« Wayaways zögerte und sah Gundhalinu plötzlich mit einem durchdringenden Blick an — »... eine Sibylle. Sie wissen ja, Kommandant, mit welchen abergläubischen und dummen Vorurteilen wir die Sibyllen behandelten, ehe die Sommerkönigin uns aufklärte.« Er lachte, und Gundhalinu kniff die Lippen zusammen. »Aber es steckte noch mehr dahinter... Zum Beispiel war da noch die Geschichte mit Funke Dawntreader, mit dem Mond versprochen war. Die Königin hielt ihn sich als Liebhaber, und Mond wollte ihn zurückerobern. Eifersucht hat der Historie schon immer neue, zufällige Impulse gegeben, wissen Sie ... Aber Ihnen brauche ich das wohl nicht zu erklären, wenn man bedenkt, in welchen Positionen Sie sich selbst befinden. Listig flitzte sein Blick zwischen Vhanu und Gundhalinu hin und her. »Kein Wunder, daß die Königin Sie so gern mag, Richter. Schon damals muß sie Ihnen ja viel bedeutet haben, wenn Sie bereit waren, Ihr Leben für sie zu riskieren.«

»Ich tat nur meine Pflicht als vereidigter Polizist«, sagte Gundhalinu stirnrunzelnd. »Mehr nicht.«

»Aber nach so langer Zeit kehrten Sie nach Tiamat zurück, und Sie wußten, daß sie Königin ist. Und mit welchem Eifer Sie ihre Politik unterstützen ...«

»Was damals passiert ist, hat keinerlei Einfluß auf die Gegenwart.«

»Wie lernten Sie Mond Dawntreader eigentlich kennen, BZ?« fragte Vhanu, einen kleinen Skandal witternd.

»Ach was, das hat er Ihnen nie erzählt?« rief Wayaways in gespielter Überraschung.

»Es ist eine lange, und in keiner Weise interessante Geschichte«, versetzte Gundhalinu schroff.

»Aber nicht die Version, die ich kenne«, widersprach Wayaways. »Sie handelt von Techschmugglern und nomadisierenden Räuberbanden im Landesinnern; Sie und Mond waren im Outback verschollen ...«

»Wir sind da.« Gundhalinu blieb stehen und schnitt Wayaways brüsk das Wort ab. Er blickte auf das neu angebrachte Schild über dem alten Eingangsportal, das die wiedereröffnete Survey-Halle kennzeichnete. Dann wandte er sich an Wayaways und betrachtete ihn mit einem kalten, warnenden Blick. »Ein anderes Mal«, sagte er und legte Vhanu die Hand auf die Schulter.

Wayaways nickte und zuckte die Achseln. »Bis später«, erwiderte er und trat einen Schritt zurück. »Ich wünsche Ihnen einen angenehmen Abend. Für Fremde wie Sie, die sich fern von Ihrer Heimatwelt befinden, muß die Survey Halle eine Oase der Ruhe und des Friedens sein.« Zum Abschied hob er die Hand drehte sich um und verschwand in der Menge.

Gundhalinu starrte dem Tiamataner hinterher; innerlich bebend, schwankte er zwischen dem Wunsch,

Wayaways nachzulaufen und der Erleichterung, ihn endlich loszusein. Schließlich sah er Vhanu an.

»Ob das eine zufällige Bemerkung war?« überlegte Vhanu: Seine Miene war skeptisch.

Gundhalinu schüttelte den Kopf. »Nein.«

»Ich dachte, Tiamataner wären keine Logenmitglieder.«

»Das dachte ich auch.« Gundhalinu betrachtete den dunklen schattigen Gebäudeeingang, über dem das uralte Symbol für Ordnung, der Stern mit dem Kompaß, angebracht war. In diesen Hallen hatte er noch nie einen Tiamataner gesehen, auch nicht während seiner früheren Dienstjahre auf Tiamat. Man hatte ihm gesagt, Einheimische seien von der Mitgliedschaft ausgeschlossen, und das hatte er einfach akzeptiert. Aber damals hatte er die Loge auch noch für einen harmlosen gesellschaftlichen Club gehalten. Von dem, was er jetzt wußte, hatte er nicht einmal etwas geahnt, auch nicht, welche geheimnisvolle Bedeutung dem Zeichen über der Tür innewohnte. Er spähte in die Menge der Passanten, die an ihm vorbeiflanierte. Von Wayaways keine Spur.

»Er muß den Ausdruck während der letzten Besatzungszeit aufgeschnappt haben. Anscheinend hat er eine Menge Informationen gesammelt.« In Vhanus Blick mischte sich Neugier mit Besorgnis und Zweifel.

»Er war ein Benutzer … Ich halte nichts für ausgeschlossen«, sagte Gunhalinu mit gerunzelter Stirn. *Auch nicht, daß er ein Mitglied der Loge ist.* Aber er gehörte nicht dem Kreis an, der ihnen bekannt war, und dem sie dienten.

»Wie meinen Sie das? Hat er Menschen benutzt?« fragte Vhanu.

»Das Wasser des Lebens.« Gundhalinus Mundwinkel zogen sich nach unten. »Menschen benutzte er natürlich auch. Sie dürfen ihm nicht alles glauben, was er sagt.«

»Ich werd's mir merken.« Vhanu nickte. Doch Gundhalinu spürte, wie sein Freund ihn nachdenklich ansah.

Er verscheuchte seine Bedenken und verfluchte insgeheim Wayaways, weil er ihn dazu brachte, an dem Mann zu zweifeln, auf den er sich bis jetzt immer verlassen hatte; und weil er Vhanu dazu verführte, ihm zu mißtrauen, und wenn es auch nur für einen Augenblick war. Er trat in den dunklen Torbogen, stieß die alte verglaste Tür auf und stand im Licht.

Im großen und ganzen sah es in der Survey-Halle aus wie früher; unten war ein großer Saal für gesellschaftliche Anlässe, darüber befanden sich kleinere Büros und Konferenzzimmer. Aber jetzt wußte er, daß in den Räumen weitere Räume verborgen waren, ineinander verschachtelt wie samathanische Votiv-Kästchen. Der Hauptsaal war immer noch ziemlich karg eingerichtet, er enthielt nur wenige Andenken an fremde Welten; früher hatten massenhaft Souvenirs die Wände und Regale geschmückte, eine Ansammlung von Erinnerungsstücken, die Besucher aus fernen Welten in anderthalb Jahrhunderten zusammengetragen hatten. Er fragte sich, was aus der alten Kollektion geworden war; vermutlich hatten die Einheimischen sich die Dinge genommen oder weggeworfen.

An diesem Abend war der Saal nicht gut besucht, obwohl ein offizielles Treffen anberaumt war. Auf Tiamat gab es einfach noch nicht genug Survey-Mitglieder, um die Halle zu füllen. Zum Glück war es so spät geworden, daß sie das langweilige Eröffnungsritual verpaßt hatten. Die meisten der Männer, und einige wenige Frauen, standen in Grüppchen herum, unterhielten sich, aßen und tranken, oder drängten sich auf gepolsterten Bänken um die trübe beleuchteten Spieltische, von denen es ein Dutzend gab.

Die Luft war geschwängert vom Duft verschiedener aufputschender Drogen, allesamt legal, denn die Mehrzahl der hier Anwesenden trug die Uniform der Hegemonischen Polizei. Gundhalinu fragte sich, was diese Leute wohl denken würden, wenn sie wüßten, welche bewußtseinsverändernden Substanzen in manchen der hinteren Räume benutzt wurden. Man hatte ihn gezwungen, einige dieser Drogen selbst zu nehmen — unter strenger Aufsicht —, um ihn in die tieferen Schichten seines Geistes zu führen und seine Konzentrationsfähigkeit zu stärken.

Einige der Zivilpersonen trugen bunt zusammengewürfelte Kleidung, die die verschiedenen Stilrichtungen innerhalb der Hegemonie wiedergab. Gewohnheitsmäßig nahm er jeden Außenseiter in Augenschein; er sah lose fallende Roben, praktische Overalls, spitzenverzierte, stutzerhafte Fummel ... Sein Blick fiel auf eine Gestalt, die sich gegen die Umfassung des unechten Kamins lehnte. Sie trug Pluderhosen und eine dunkelblaue Tunika; Gesicht und Kopf wurden fast gänzlich von einem kunstvoll geschlungenen, nachtblauen Tuch verdeckt. Gundhalinu sah nur die Augen, die ihn durch eine Lücke in den Stoffalten anstarrten. In Gedanken assoziierte er diese Tracht mit Ondinee. Auf dieser Welt verhüllten die Frauen ihr Gesicht, wenn sie sich unter Fremden befanden, aber nicht die Männer; und diese Person hier war eindeutig gekleidet wie ein Mann. Allerdings hatte er von einem freidenkerischen Kult gehört, der der auf Ondinee herrschenden Theokratie die Stirn bot; in dieser Gemeinschaft gingen die Frauen unverschleiert und wurden nicht wie Sklavinnen behandelt, die Männer hingegen bedeckten ihre Gesichter, nicht nur, um ihre geistige Freiheit zu demonstrieren, sondern auch um sich vor Verfolgung durch die Regierung zu schützen.

Als der Mann merkte, daß Gundhalinu ihn beobachtete, wandte er jählings das Gesicht ab und beschäftigte sich angelegentlich mit einem Gegenstand auf dem Kaminsims.

Gundhalinu kam zu dem Schluß, daß er es sich wahrscheinlich nur eingebildet hatte, der Mann würde ihn anstarren; vermutlich waren seine Nerven überreizt.

Vhanu unterhielt sich mit YA Tilhonne, Pernattes Großneffen. Mithra Kitaro, die Polizei-Inspektorin, die er zum erstenmal bei KR Aspundh getroffen hatte, kam zu ihm und fragte ihn nach seinen Wünschen. Er verlangte Lilander, weil er fand, er dürfe sich diesen Genuß ruhig gönnen. Dann setzte er sich auf eine Bank und aktivierte den Spieltisch; eigentlich hatte er keine Lust zum Spielen, doch er wollte so tun, als ob er sich beschäftigte, um eine Weile ungestört nachdenken zu können.

Er war sich nicht sicher, was Kirard Set Wayaways mit ihrem unverhofften Zusammentreffen bezwecken wollte, aber seine Absichten waren gewiß nicht harmlos. Er nahm sich vor, am nächsten Tag mit Jerusha PalaThion unter vier Augen darüber zu sprechen.

Nach einer Weile ertappte er sich dabei, wie er immer wieder Ausschau nach dem Ondineaner hielt. Der war ein paar Schritte weitergegangen und unterhielt sich mit einem Kharemoughi, der Gundhalinu den Rücken zukehrte. Der Ondineaner spähte über die Schulter seines Gesprächspartners, wie um zu prüfen, ob er immer noch beobachtet würde.

Kitaro kam und brachte ihm ein hohes, lilagetöntes Glas mit Lilander. Als sie ihm das Getränk reichte, berührte er leicht ihren Arm. Unauffällig deutete er auf den Ondineaner und fragte: »Kennen Sie diesen Mann?

Kitaro warf einen flüchtigen Blick auf ihn. »Ich weiß nur, daß er ein Fremder, fern von seiner Heimatwelt, ist.«

»Sind Sie sicher?«

Überrascht sah sie ihn an. »Aber natürlich, Richter. Sonst wäre er nicht hier.« Dafür sorgte nicht nur menschliche Überwachung sondern auch ein verdecktes Prüfverfahren. »Außerdem habe ich ihn schon früher hier gesehen. Stimmt irgend etwas nicht?«

»Es ist alles in Ordnung. Ich war nur neugierig. Wahrscheinlich habe ich diese Uniform zu lange getragen.« Er zeigte auf Kitaros blauen Rock. »Ein Mann, der sein Gesicht nicht zeigen will, macht mich nervös.« Doch in seinem Innersten wußte er, daß die Dinge nicht so einfach lagen. Nicht das verhüllte Gesicht des Fremden bereitete ihm Sorgen. Seine Körperhaltung, seine Art, sich zu bewegen, kamen Gundhalinu vertraut vor. Er erkannte Körpersprache, wie er das Werk eines bestimmten Künstlers erkennen würde. Doch der Teil seines Unterbewußtseins, der die Information längst verarbeitet hatte, gab die Signale noch nicht an den bewußten Verstand weiter.

An dem Lilander nippend, kostete er das süße Aroma aus und beruhigte seine Nerven. Vielleicht spielte ihm seine Phantasie auch nur einen Streich — kein Wunder, nach einem aufreibenden Tag voller Debatten und einem Abend, an dem sich die unerquicklichen Begegnungen zu häufen schienen. Trotzdem stand er wieder auf und steuerte diskret auf den Ondineaner zu, der es immer wieder schaffte, ihm auszuweichen ... oder bildete er sich das etwa auch nur ein? Aber sein Instinkt sagte ihm, daß er diesen Mann von irgendwoher kannte.

Er erreichte den Kamin mit den schwungvoll geschnitzten Pfeilern und der Kollektion von Kuriositäten auf dem Sims. Vorsichtig nahm er das Objekt in die Hand, mit dem der Ondineaner sich so ausgiebig beschäftigt hatte. Es war eine silberne Phiole, ähnlich einer Parfumflasche. Er betrachtete sie eine Weile und überlegte, wo er so etwas schon einmal gesehen hatte. Plötzlich ging ihm ein Licht auf: Dieses Fläschchen war ein Gefäß für das Wasser des Lebens; nicht der Likör war gemeint, sondern das echte Elixier, das aus dem Blut der Mers gewonnen wurde.

Er drehte es zwischen den Fingern und behandelte es mit äußerster Vorsicht. Vor ein paar Tagen hatte das

Fläschchen noch nicht auf dem Sims gestanden. Woher stammte es? Wer mochte es dort hingestellt haben? Forschend spähte er durch den Raum. *Oder hatte der Ondineaner es mitgebracht?* Der Mann kehrte ihm nun den Rücken zu, aber Gundhalinu war fest davon überzeugt, daß er ihn trotzdem scharf beobachtete. *Das Wasser des Lebens ...* Seit seiner Ankunft auf Tiamat lag ihm dieses Problem auf dem Herzen. In den vergangenen Wochen und Tagen hatte er sich unentwegt damit beschäftigt, während er mit der Justiz und den Vertretern des Zentralen Koodinations-Komitees um einen Kompromiß rang. Wie er nun diese Phiole in Händen hielt, kam es ihm beinahe so vor, als habe seine eigene Einbildungskraft sie hierhergezaubert.

Aber das war natürlich Unsinn. Jemand hatte das Fläschchen absichtlich in diese Halle geschmuggelt — es konnte kein Zufall sein. Aus einer Gürteltasche unter seinem Rock zog er einen Scanner, der zur Polizeiausrüstung gehörte, und den er aus Gewohnheit immer noch bei sich trug. Er vermaß und prüfte die Phiole, stellte fest, was über ihr Alter und ihre Herkunft bekannt war, und er nahm auch die Fingerabdrücke eines jeden Menschen auf, die das Objekt jemals angefaßt hatten.

Danach steckte er den Scanner in die Tasche zurück und stellte die Phiole wieder auf den Kaminsims. Verstohlen versuchte er herauszufinden, wer ihn bei seinem Tun beobachtete. Lediglich der Ondineaner starrte ihn an. Er hielt sich am entgegengesetzten Ende des Raums auf, und Gundhalinu ging zu ihm hin; unentwegt blickte er ihm dabei in die Augen. Als er an VX Sandrine vorbeikam, hielt der ihn am Arm fest; eine Entschuldigung murmelnd, befreite sich Gundhalinu und ging weiter, den Ondineaner fixierend. Der Fremde stand stocksteif da und erwiderte seinen Blick, bis er ihn fast erreicht hatte. Dann drehte er sich plötzlich um und tauchte in einem dunklen Türbogen unter.

Gundhalinu setzte ihm hinterher; jählings blieb er

stehen, als der Piepser an seinem Gürtel sich plötzlich meldete. Fluchend sagte er sich, daß eine Meldung zu dieser späten Stunde sehr dringend sein mußte. Er warf einen Blick über die Schulter und suchte nach einem Ort, wo er die Nachricht entgegennehmen konnte; als er sich wieder umdrehte, war der vor ihm liegende, trübe beleuchtete Korridor leer. Wütend fluchte er aufs neue. In der Tür stehend, stellte er den Anruf auf seinem Funkgerät durch.

»Justizbehörde«, meldete sich eine Stimme.

»Hier spricht Richter Gundhalinu«, antwortete er. »Sie haben eine Nachricht für mich?«

»Richter Gundhalinu?« Die Stimme klang verdutzt. »Nein Sir, es liegt keine Nachricht für Sie vor.«

»Sie haben mich doch gerade angerufen«, schnauzte Gundhalinu. »Es muß eine Nachricht da sein.«

»Nein, Sir ...« Die Stimme klang verlegen. »Das muß ein Irrtum sein, niemand hat nach Ihnen verlangt. Hier ging überhaupt kein Anruf ein.«

»Na schön«, versetzte er barsch. »Danke.« Mit einer ärgerlichen Handbewegung schaltete er das Funkgerät ab. Er ging in die große Halle zurück und steuerte auf Vhanu zu, der sich mit JK Wybenalle, einem Vertreter des Zentralen Komitees, unterhielt. Sie standen an einem Buffet mit einheimischen Speisen; zubereitet wurden sie in einem überraschend gutgeführten Restaurant mit dem seltsamen Namen *Stasis.*

»... Und was mag das wohl sein?« fragte Wybenalle auf Sandhi, indem er mit einer silbernen Gabel ein weiches, glänzendes Stück Fleisch aufspießte.

Gundhalinu faßte an ihm vorbei und nahm für sich selbst einen Happen. Er steckte ihn in den Mund und kaute. Das Fleisch war stark gewürzt und bißfest, wie er es in Erinnerung hatte. »Kosten Sie ruhig«, drängte er auf Sandhi, weil Wybenalle darauf bestand, seine Muttersprache zu sprechen. »Es schmeckt köstlich.«

Wybenalle sah ihn mit hochgezogenen Brauen an und

bemerkte deshalb nicht Vhanus verblüffte Miene. Gundhalinu lächelte.

»Interessant«, sagte Wybenalle und kaute bedächtig. »Was ist es?«

»Eingelegter *Squam*«, erklärte Gundhalinu. »Eine einheimische Meeresschnecke, glaube ich.«

Die hellen Sprenkel aus Wybenalles schmalem braunen Gesicht nahmen eine weiße, anämische Färbung an. Er hörte auf zu kauen und schluckte den Bissen Squam krampfhaft hinunter.

»Das hier sollten Sie auch noch probieren ...« Gundhalinu zeigte auf kleine Küchlein mit Fischrogen.

»Entschuldigen Sie mich ...«, murmelte Wybenalle und sah sich mit verzweifelten Blicken im Raum um.

»Wir wachsen, oder wir sterben ...« Gundhalinu lächelte freundlich, während Wybenalle zu den Toiletten eilte. »Stimmt's, Vhanu?« Er sah seinen Polizeikommandanten an, und sein Grinsen wurde breiter.

Vhanu zog eine Grimasse. »Finden Sie, daß Sie klug gehandelt haben?« fragte er auf Sandhi.

»Nein.« Gundhalinu schüttelte den Kopf, doch er hörte nicht auf zu lächeln. »Und es war auch nicht sehr nett. Aber bei allen meinen heiligen Ahnen, in den letzten Wochen hat dieser Mann mir genug Kummer für ein ganzes Leben bereitet. Da habe ich mir gestattet, ein bißchen gemein zu sein.« Er zuckte die Achseln und merkte, wie verkrampft seine Muskeln waren. Aus der Gürteltasche holte er den Scanner. »Ich habe hier ein paar Daten, die Sie für mich überprüfen sollen, NR.«

Vhanu zückte seinen eigenen Scanner und kopierte die Angaben, die Gundhalinu der Phiole entnommen hatte. »Morgen abend dürfte die Analyse fertig sein. Ist das früh genug?«

»Auf jeden Fall.« Gundhalinu nickte. »Es ist nicht eilig«, beantwortete er Vhanus unausgesprochene Frage. »Ich interessiere mich nur für einen der Gegenstände, die auf dem Kaminsims dort drüben stehen.« Während er in die Richtung deutete, schaute er zu dem Torbogen hin, durch den der Ondineaner verschwunden war. Er wußte nicht, wieso er Vhanu nicht mehr verriet; fürchtete er sich, sein Verdacht könne absurd klingen, oder steckte mehr dahinter? Vielleicht sah er morgen vieles klarer.

Vhanu blickte hoch, als Kitaro zu ihnen kam. »Entschuldigen Sie, *Sathranu*«, sagte sie. »Im Obergeschoß beginnt gleich das *Tanspiel* — möchten Sie auch mitmachen?«

Gundhalinu nickte.

»Tan?« wiederholte jemand hinter ihnen. »Darf ich auch mitspielen?

Kitaro schüttelte den Kopf. »Es tut mir leid, aber die Runde ist bereits komplett. Beim nächsten Mal vielleicht ...« Der Mann zuckte die Achseln und entfernte sich.

Sie folgten Kitaro in den rückwärtigen Teil der Halle und dann eine Wendeltreppe hinauf. In der zweiten Etage betraten sie das Spielzimmer, wo fünf Personen bereits auf sie warteten; im Schneidersitz hockten sie auf Fußbodenmatten um das runde Spielbrett. Gundhalinu betrachtete das komplizierte geometrische Muster. Das Brett, eine Intarsienarbeit aus perfekt eingepaßten farbigen Holzstückchen, stammte von Tsieh-pun. Die Handwerkskunst bewundernd, nahm er auf dem Boden Platz. Vhanu setzte sich ihm gegenüber; nachdem Kitaro die Tür geschlossen hatte, hockte sie sich mit überkreuzten Beinen an seine linke Seite. Jeder, der durch das einzige Fenster des Zimmers spähte, mußte annehmen, daß ein Tanspiel im Gange war.

Doch in Wahrheit taten sie etwas ganz anderes; in diesem privaten Gemach in der Survey-Halle wurde manipuliert und intrigiert; man spielte das Große Spiel, in das nur wenige Auserwählte eingeweiht waren. Gundhalinu blickte sich in dem Kreis um; er kannte alle

Anwesenden, die bis auf eine Ausnahme Kharemoughis waren. Der Außenseiter war ein Geschäftsmann von Nummer Vier; Kitaro war die einzige Frau, und außer ihm die einzige Sibylle in dieser Runde.

Wieder betrachtete er das Tanbrett, die Spielsteine aus buntglitzernden Kristallen, die beinahe hypnotisch wirkenden Muster aus Holz. Die verzwickte Geometrie des Bretts war ineinander verschachtelt und wies unzählige Feinheiten auf; um den siebenten und den vierzehnten Grad in der Loge zu erreichen, hatte er lernen müssen, diese Vexierrätsel zu entschlüsseln ... und erst beim zweiten Mal entdeckte er, was ihm beim ersten Mal alles verborgen geblieben war. Hinterher hatte er sich über seine eigene Blindheit gewundert.

Tan war angeblich so alt wie das Große Spiel selbst, wenn nicht noch älter. Es gab ein komplettes Adhani des zwölften Grades, das aufgebaut war wie ein Tanbrett und einem mystischen genetischen Code glich. Teile des numerischen Symbolismus bezogen sich auf Muster, die in der realen Welt wiederkehrten; manches blieb ihm völlig unverständlich, obwohl es in sich schlüssig schien. Mitunter gemahnten ihn Dinge an abergläubischen Hokuspokus — bis jetzt. Vielleicht mußte er noch einmal das Tanspiel studieren, um auf seinem Weg zur Erkenntnis in einen höheren Grad eingeführt zu werden. Möglicherweise sah er dann die Komplexität des menschlichen Schicksals klarer; das ständig auf der schmalen Trennlinie zwischen Ordnung und Chaos balancierte.

Kitaro nahm die funkelnden bunten Spielsteine und warf sie lässig auf das Brett, während sie die Rolle der Fragestellerin übernahm und anfing zu rezitieren. Er merkte sich, wo die Steine hinfielen; sie verteilten sich über das ganze Brett, zeigten jedoch eine signifikante Anhäufung von einstelligen Zahlen. Der Geschäftsmann van Nummer Vier sammelte die Steine ein und warf sie aufs neue, als er die erste Antwort gab. Das

Frage-und-Antwort-Ritual ging weiter und erreichte Vhanu; dann kam der Beamte neben ihm an die Reihe. Die Spielsteine klapperten gegen den Brettrand und gruppierten sich neu.

Gundhalinu behielt das Ergebnis jedes einzelnen Wurfs im Kopf und suchte nach dem übergeordneten Muster, das sich zum Schluß ergeben würde; er bemühte sich, es zu verstehen, egal, ob er an dessen Symbolträchtigkeit glaubte oder nicht. Das Zeremoniell des Fragens und Antwortgebens war das gleiche, das man auch drunten in der Survey-Halle benutzte, wenn dort offizielle Treffen stattfanden. Aber die Fragen, die man hier stellte, lauteten anders, und auch die Antworten waren nicht dieselben.

Früher hatte er geglaubt, die Rituale in der Loge seien vollkommen ohne Bedeutung. Doch diese sich wiederholende Zeremonie sang in seinem Kopf: Ordnung und Chaos, das zufällige Wirken des Schicksals, ein heikler Balanceakt nach den universellen Gesetzen der Bewegung. Wieder fiel ihm der Ondineaner ein. Er hob den Blick vom Spielbrett und schaute durch das große Fenster zur Halle; in diesem Augenblick formten die fallenden Steine ein Muster und stoben gleich darauf wieder auseinander.

»Wer hat diese Gemeinschaft ins Leben gerufen, uns Pflichten auferlegt und uns die Macht des Wissens gezeigt?« fragte Kitaro.

»Mede«, antwortete Abbidoes neben ihm.

Gundhalinu blickte auf das Spielbrett und nahm die Steine in die Hand. »Ilmarinen.« Indem er die Steine warf, sprach er den Namen seines Ahnen aus. Er beobachtete, wie die Steine fielen, und stutzte, als das Muster in seinen Gedanken sich leicht veränderte. »Vanamoinen ...«, murmelte er wie ein Echo Kitaros, die neben ihm saß und die korrekte Antwort gab.

Wieder spähte Gundhalinu durch das Fenster, ungeachtet der tadelnden Blicke, die einige Leute ihm zuwarfen. Halb rechnete er damit, daß ein Gesicht ihm entgegenstarrte — durch ein Tuch verborgen, die Haut schwarz gefärbt, die Augen ein intensives Indigoblau, aber mit dem brennenden Blick eines Wahnsinnigen.

Das Fenster blieb leer. Aber er hatte Kullervo tatsächlich gesehen: *Kullervo; Kullervo war hier.* Er biß sich auf die Lippe, um den Namen nicht laut hinauszuschreien und das Ritual endgültig und auf unverzeihliche Weise zu stören. Er kämpfte um seine Selbstbeherrschung, erkannte die Bedeutung des Musters, und wußte, wie wichtig es war, die Konzentration der Gruppe nicht zu blockieren.

Er spielte seine Rolle in der Zeremonie, streute Spuren wie Spielsteine und deutete ihr Schema ... Heute abend war Kullervo hiergewesen in Verkleidung ... und nicht zum erstenmal. Aber Kullervo gehörte zur Bruderschaft ... Es gab Strömungen in der Loge, die durch die Macht des Wissens korrumpiert waren; Cliquen nutzten geheime Informationen und Einfluß, um ganze menschliche Gemeinschaften zu vergiften und zu destabilisieren, stärkten in dem entstehenden Chaos ihre Machtpositionen und heimsten Gewinne ein. Es waren Personen, die die ursprünglichen Werte und Überzeugungen der Loge pervertiert hatten ... Sie waren für die Ermordung seiner Brüder verantwortlich und hatten versucht, seine Rückkehr nach Tiamat zu verhindern.

Wieso war Kullervo an diesem Abend hierhergekommen und hatte — absichtlich, davon war er überzeugt — seine Aufmerksamkeit auf sich gelenkt? Plötzlich fiel ihm das Fläschchen auf dem Kaminsims ein. Selbst wenn Kullervo es nicht selbst dort hingestellt hatte, er sorgte dafür, daß er es überhaupt bemerkte. *Wieso?* fragte sich Gundhalinu. Kullervo arbeitete für die Bruderschaft; er war auf biotechnischem Gebiet ein Genie und wußte mehr über Technoviren als jeder andere lebende Mensch in der Hegemonie.

Blitzartig kam ihm die Erleuchtung: *Es ging um das*

Wasser des Lebens. Die Bruderschaft war hier bereits am Werk, schlich sich in die neue Gesellschaft ein, und er hatte es versäumt, Vorsichtsmaßnahmen dagegen zu treffen. Die Bruderschaft begehrte das Wasser des Lebens für sich selbst — und Reede Kullervo sollte es beschaffen.

Trotzdem blieb die Frage offen, was Reede Kullervo in der Survey-Halle gesucht hatte? Wahrscheinlich wollte er spionieren, herausfinden, wie stark und organisiert seine Feinde waren. Doch er hatte bewußt Gundhalinus Aufmerksamkeit auf sich gezogen und absichtlich Spuren vor dem einzigen Menschen ausgelegt, der sie zu lesen verstand.

Die Spielsteine klapperten, und man wartete auf die letzte Antwort; Gundhalinu starrte auf das Element, das die Steine formten, und das sich in seinem Kopf zu einem endgültigen Bild umzugestalten begann.

»Gibt es irgendwelche Fragen, die nach einer Antwort verlangen?« murmelte Kitaro und blickte in die nachdenklichen Gesichter.

»Ja«, sagte Gundhalinu. »Heute abend war ein Mann hier und gab sich für einen von uns aus. Soeben fiel mir wieder ein, wer er ist. Er gehört zur Bruderschaft — er hat mir am Feuersee den Stardrive gestohlen. Sein Name lautet Reede Kulleva Kullervo.«

Vhanu glotzte ihn über den Tisch hinweg an. »Der Schmied?« murmelte er. »Bei den Göttern — es heißt, der Schmied sei für alles verantwortlich, angefangen von dem illegalen Stardrive-Markt bis zur Hälfte des Drogenhandels, der uns von Ondinee her überschwemmt. Man bringt ihn mit Thanin Jaakola in Verbindung ...«

Gundhalinu erstarrte. »Das wußte ich nicht. Wie lange geht das schon so?«

»Seit der Geschichte mit dem Stardrive«, erwiderte Vhanu.

Gundhalinu schnitt eine Grimasse. »Vhanu, Sie haben doch Scannerdaten über seinen Lebenslauf. Ich ließ ihn schon einmal über offizielle Kanäle durchrecherchieren, aber die Informationen genügten mir nicht. Setzen Sie alle unsere Mittel ein, und stellen Sie fest, wer und was er in Wirklichkeit ist. Mir scheint, für uns könnte es lebenswichtig werden, zu erfahren, was er eigentlich will.«

»Lassen Sie ihn von der Polizei festnehmen«, schlug Vhanu mit plötzlichem Eifer vor. »Wir deaktivieren ihn und unterziehen ihn einer tiefenpsychologischen Befragung. Götter, wenn es uns gelingt, den Schmied zu fangen! Für uns — für die Goldene Mitte — wäre das ein phänomenaler Sieg!«

»Nein«, wehrte Gundhalinu angewidert ab. Verblüfft starrte Vhanu ihn an. »Nein, NR«, wiederholte er in mäßigerem Ton und schüttelte den Kopf. »Ich glaube ... ich glaube ... die Folgen wären unvorhersehbar.« Denn Kullervo war zu unberechenbar. Er versuchte sich vorzustellen, welche Wirkung eine tiefenpsychologische Befragung auf Kullervos labile Persönlichkeit haben könnte. Ein totaler Zusammenbruch wäre die mögliche Konsequenz. Er war sich nicht sicher, wieso er auf Kullervo Rücksicht nahm, nach allem, was er ihm am Feuersee angetan hatte. Er wußte nur, daß er diesem Hirn nicht schaden wollte ... und seltsamerweise auch nicht der Seele dieses Mannes. »Wir sollten ihn lieber heimlich beobachten und herausfinden, was er im Schilde führt. Notfalls kann man ihn immer noch ausschalten. So schnell verläßt er Tiamat nicht wieder, davon bin ich überzeugt.«

Vhanu nickte zögernd.

»Wir lassen nach ihm fahnden«, sagte Kitaro. »So schnell wie möglich.«

Gundhalinu nickte; er hörte kaum zu, als Abbidoes die nächste Frage stellte ... Seine Gedanken kreisten um Reede Kullervo, diesen mysteriösen Mann, der voller Widersprüche steckte. Plötzlich merkte Gundhalinu, wie sehr er sich Antworten auf seine Fragen wünschte, und wieviel ihm daran lag, Kullervo zu treffen und ihn zur Rede zu stellen. Das Muster, das sie beide miteinander verband, war noch unvollständig; sie hatten noch ein paar Rechnungen zu begleichen ...

Karbunkel

Als Funke Dawntreader Tor Starhikers neuen Spielclub betrat, war ihm zumute, als hätte er ein Déjà-vu. Nichts hatte sich verändert. Das sagte ihm sein Gedächtnis, obwohl der Club auf den ersten Blick anders zu sein schien als sämtliche Lokale, durch die er früher gezogen war, ausgestattet mit einem unbegrenzten Kredit, den dekadenten Wüstling spielend, als hinge sein Leben davon ab; er, der heimliche Starbuck, schnüffelte für Arienrhod herum, damit sie den Außenweltlern immer einen Schritt voraus war.

Aber das *Gefühl* stimmte; sein Unterbewußtsein kannte diesen Ort. Früher hatte Tor Starhiker den besten Club in der Straße geführt, und jetzt gehörte ihr schon wieder der beste Club, auch wenn es am Mangel an Konkurrenz lag. Er entdeckte sie am anderen Ende des Raums — nun sah sie wenigstens aus wie sie selbst und verkleidete sich nicht bis zur Unkenntlichkeit, wie in den alten Tagen. Damals hatte sie ihren Typ völlig verändert, um die bizarren Phantasien des Außenweltlers zu befriedigen, dem der Club in Wahrheit gehörte, diesem lebendig gewordenen Alptraum, den sie die Quelle nannten.

Tor winkte ihm grüßend zu. Er nickte, ging aber nicht zu ihr. Eigentlich hatte er gar nicht hierherkommen wollen, das hatte er sich jedenfalls eingeredet, doch dann war er durch die Tür getreten wie ein Mann, der haltlos einen glitschigen Abhang hinunterrutscht ...

»Hallo, Funke.« Jemand hielt ihn am Arm fest und drehte ihn herum.

»Emerine«, sagte er gelinde überrascht. Sie lächelte ihn an, und er sah, wie sich die Altersfältchen um ihre vollen Lippen vertieften. Lange hatte er sie nicht aus der Nähe angeschaut — die Veränderungen in ihrem Gesicht waren erschreckend; er hingegen war langsam gealtert, ganz allmählich im Lauf der Jahre. Trotzdem war sie immer noch eine wunderschöne Frau, mit langen schwarzen Haaren und meergrünen Augen. »So allein?« fragte sie mit leisem Vorwurf. »Komm mit und leiste uns Gesellschaft. Sie zog ihn mit sich.

Bereitwillig folgte er ihr in einen stillen Winkel, wo Kirard Set Wayaways und ein halbes Dutzend seiner alten Freunde saßen. Nebenbei bekam er mit, daß Kirard Sets Frau in der Clique fehlte.

Als er sich zu ihnen setzte, verstärkte sich sein Gefühl, rückwärts in der Zeit zu versinken; streichelnde Hände begrüßten ihn, die Lichteffekte und die grotesken Hintergrundgeräusche von den Spielautomaten lullten ihn wie unter Hypnose ein.

»Koste davon.« Kirard Set schob ihm eine Flasche Tlaloc und einen Becher zu. »Ein Überbleibsel aus den alten Zeiten, so wie wir. Kaum zu glauben, nicht wahr?«

Er schwenkte die Hand und verpestete die Luft mit einer Qualmwolke, die nach Zimt roch. »Es kommt mir fast so vor wie damals ...« Er lächelte wehmütig. »Ich fühle mich wieder jung — wie neugeboren. Götter, erst jetzt wird mir bewußt, wie jämmerlich mir zumute war, als ich nur noch auf den Tod wartete. Nun kann ich mich wenigstens wieder auf etwas freuen.«

»Ja.« Funke nickte; verständnisvoll lauschte er den sentimentalen Äußerungen am Tisch. Unterdessen nippte er an dem Tlaloc, dessen bittersüßer Geschmack sich auf seiner Zunge verteilte, und genau seiner Stimmung entsprach. Er stieß einen Seufzer aus.

»Für eine ganz gewöhnliche Dockarbeiterin hat Tor Starhiker sich aber ganz schön gemausert, ich muß schon sagen.« Kirard Set hob den Kopf und spähte in den Raum hinein. »Mit Hilfe der Königin und einer angeborenen Schläue hat sie es weit gebracht.« Er stützte sein Kinn mit den Händen ab.

»Was wurde aus dem Restaurant?« fragte Funke und lehnte sich zurück.

»Sie ist immer noch Teilhaberin, aber die Führung überläßt sie jetzt Shotwyn ganz allein. Wie man hört, geht das Geschäft besser denn je, aber Organisation ist nicht gerade Shotwyns Stärke. Mit seinen Nerven ist er am Ende.« Kirard Set lachte glucksend.

»Er wird sich wohl nach einer anderen Hilfe umsehen müssen ...«, meinte Cabber Lu Greenfield mit hämischem Grinsen.

Am Tisch wurde ausgelassen gelacht, bis Funke mit einstimmte.

»Gut so!« rief Kirard Set mit glänzenden Augen. Er streckte die Hand aus und drückte Funkes Arm. »So gefällst du mir. Wir haben dich alle sehr vermißt, weißt du.«

Funke sah ihn an und wartete auf die übliche giftige Stichelei; zu seiner Überraschung hielt Kirard Set sich jedoch zurück. Überall sah er nur lächelnde Gesichter, und wie zustimmend genickt wurde. »Ich glaube, ich hatte ganz vergessen, wie sehr ich auch die alten Zeiten vermißte«, murmelte er. Er wandte den Blick von den neugierig starrenden Freunden ab und kam sich plötzlich vor, als säße er in einem Raum mit Spiegelwänden.

Sich planlos im Club umschauend, nahm er die stimulierenden Lichter und Geräusche in sich auf.

»Sieh mal«, rief Emerine und zeigte mit dem Finger. »Ist das nicht dein Sohn, Tammis?«

Funke entdeckte Tammis in der Menge, als der Junge sich bei der Erwähnung seines Namens überrascht umdrehte. Schuldbewußt starrte Tammis die Gruppe an, schwenkte wieder herum und verkrümelte sich.

»Was hat das zu bedeuten?« murmelte Emerine. »Ich dachte, dein Sohn sei glücklich verheiratet, Funke. Was macht er hier, ganz allein, und offensichtlich mit einem schlechten Gewissen?«

Funke runzelte die Stirn, und seine Hand umklammerte den Becher; die verdeckte Anspielung entging ihm nicht. »Er ist nicht mein Sohn.« Er trank einen Schluck Tlaloc, doch dieses Mal schmeckte er nur die Bitternis heraus.

»Ach, komm«, sagte Kirard Set scheinheilig. »Das finde ich ein bißchen zu hart. Nur, weil er wie eine verlorene Seele hier herumirrt, wie wir alle, Eheprobleme hat und nach etwas sucht, das er daheim nicht bekommen kann ...«

In plötzlich aufwallender Wut stierte Funke ihn an; er erinnerte sich an das Hochzeitsfest und an den Vorfall auf der Treppe. »Er ist nicht mein Sohn«, wiederholte er mit tonloser Stimme. »Ich habe keine Kinder.« Im Geist sah er Ariele vor sich, und welcher Ausdruck auf ihrem Gesicht lag, als er vor dem verstecken Alkoven, in dem seine Frau BZ Gundhalinu wie eine Voyeurin beobachtete, beinahe mit ihr zusammengeprallt wäre. Ihrem Gesicht, das so sehr dem ihrer Mutter glich, sah er an, daß sie jedes Wort von seinem Streit mit Mond gehört hatte: *Nicht einmal Ariele und Tammis gehören mir... Sie sind seine Kinder!*

»Da?« hatte sie gesagt und ihn am Ärmel festgehalten. »Da!« schrie sie, als er sich losriß und wortlos an ihr vorbeistürmte; in diesem Moment konnte er ihren bloßen Anblick nicht ertragen. Seit dieser Zeit hatte weder mit ihr noch mit ihrem Bruder gesprochen.

Kirard Set hob die Brauen. »Willst du damit sagen, daß die Gerüchte tatsächlich stimmen? Ich meine, daß Mond und dieser Außenweltler — der als Oberster Richter hierher zurückkam ...? Steht er wirklich zwischen dir und Mond? Und unterstützt er deshalb so eifrig alle ihre Schrullen?«

Funke zuckte die Achseln. »Ja«, murmelte er.

»Das tut mir leid«, sagte Kirard Set, wie wenn er es ehrlich meinte. Skeptisch sah Funke ihn an und fragte sich, wie viele Gerüchte dieser Art er wohl selbst in Umlauf gesetzt hatte. »Treffen sie sich wirklich — heimlich?«

Funke schüttelte den Kopf und betrachtete angelegentlich seine Hände. »Nein. Sie will es nicht. In ihrer Position würde sie das zu sehr kompromittieren. Aber wann immer sie im selben Raum zusammen sind, lieben sie sich mit Blicken ...« Er schloß die Augen, doch das Bild wollte nicht weichen.

»Mein alter Freund.« Wieder berührte Kirard Set seinen Arm. »Diese Schlacht hattest du schon vor langer Zeit verloren, auch wenn du jetzt erst zu bluten anfängst. Seit Jahren ist Mond nicht mehr die Frau, die du einmal geliebt und respektiert hast; das weißt du selbst. Überlasse sie und diesen eingebildeten Kharemoughi ihren nutzlosen Träumen. Es gibt hier Mittel und Wege, die uns wieder offenstehen, und die uns Dinge verschaffen, die du nie für möglich halten würdest ...«

Funkes Neugier war jetzt geweckt. »Wovon sprichst du?«

»Wir gehören einem ... Geheimbund an, der Mitglieder auf allen Welten der Hegemonie hat; er besteht schon seit undenklichen Zeiten und ist von jeder Regierung und Gruppe unabhängig, einschließlich der Hegemonie selbst. Wir haben unsere eigenen Gesetze und Ziele, und unsere Belohnungen übersteigen alles, was du dir in deiner Phantasie vorstellen kannst. Bist du interessiert?«

Funke wich Kirard Sets durchdringendem Blick aus und schaute in die anderen Gesichter am Tisch. Es waren alles Leute, die er aus der Zeit der Winterherrschaft kannte — oder zu kennen glaubte. Damals, als er noch ein grüner Junge aus dem Sommervolk war und danach gierte, in ihre glitzernde, raffinierte Traumwelt aufgenommen zu werden, hätte er alles getan, um dazuzugehören ...

Und er hatte jede Schändlichkeit begangen, die sie von ihm verlangten, bis er glaubte, daß ihm keine Gemeinheit fremd war, daß es nichts mehr gab, das ihn noch überraschen, abstoßen oder erniedrigen konnte; daß er abgebrüht und abgestumpft sei ...

Plötzlich vergegenwärtigte er sich, daß er wieder so sein wollte; außer Nervenkitzel wollte er keine Empfindungen mehr spüren ... »Erzähl mir mehr davon«, bat er.

Kirard Set schmunzelte. »Bevor wir dich näher einweihen, mußt du in den Zirkel aufgenommen werden.« Während Kirard Set sprach, legte ihm jemand unter dem Tisch die Hand aufs Knie. Überrascht zuckte Funke zusammen, als die Hand seinen Schenkel drückte und die Innenseite seines Beins hinaufwanderte. »Zuerst mußt du beweisen, daß du unserem Kreis wirklich beitreten willst«, fuhr Kirard Set glattzüngig fort. »Wir müssen deine Zuverlässigkeit erproben — dein Engagement, deine Empfänglichkeit, deine Flexibilität — deine Ausdauer.«

Eine zweite Hand gesellte sich unter dem Tisch zu der ersten und glitt zwischen seine Schenkel; dreist umfaßte sie sein Glied, das plötzlich schmerzhaft gegen den Stoff der Hose drängte. Noch mehr Hände erforschten seine Genitalien, massierten sein Glied, streichelten es, als wollten sie ihn wichsen, während seine eigenen Hände sich auf der Tischplatte verkrampften; aber er machte nicht den Versuch, die Annäherungen abzuwehren.

Derweil beobachtete Kirard Set ihn scharf und mit einem wissenden Ausdruck. »Ich glaube, die Herausforderung wird dir liegen. Ich weiß, daß du damit Erfolg haben wirst.« Er deutete auf die Tür. »Sollen wir gehen?«

Funke trank seinen Becher leer; seine Hand zitterte,

und der Tlaloc raste bittersüß durch seine Sinne. »Von mir aus«, flüsterte er. Er stemmte sich hoch, umgeben von Körpern, die sich dicht an ihn drängten. Die Hitze, die sie verströmten, machte ihn schwindelig, als viele Hände ihn zur Tür bugsierten.

Ngenets Plantage

»Aber, Boss, von der Stadt bis hierher dauert der Flug mindestens eine Stunde.«

»Du sollst zurückfliegen, hab ich gesagt!« Ärgerlich deutete Reede nach Norden auf die öde Küstenlinie. »Verdammt, das Hovercraft ist doch wie eine Fackel auf jedem Beobachtungsschirm zu sehen. In dieser Gegend darf sich niemand aufhalten, nicht mal Gundhalinus Forschungsteams. Die Plantage gehört PalaThion.«

»Der Chefinspektorin?« Niburu runzelte die Stirn.

Reede nickte, und seine Gereiztheit wuchs. »Ja, du Idiot. Sie hat sie von ihrem Mann geerbt; die beiden sind hier draußen heimisch geworden.«

»Und was machen wir dann hier?« Verwundert schaute Niburu auf die verlassene, felsige Küste, die grünen Hügel und den kalten, grauen Himmel.

»Weil die Quelle will, daß es an dieser Stelle passiert.« Bei diesen Worten hatte Reede einen blutigen Geschmack im Mund. Niburu erbleichte. »Und jetzt verpiß dich von hier!« Er schubste seinen Piloten zum Hovercraft zurück. »Wenn ich dich brauche, rufe ich dich.«

Ohne weiteren Protest stieg Niburu in den Schwebegleiter, doch als er die Tür versiegelte, sah Reede den Ausdruck von Zweifel und Besorgnis in seinen Augen. Reede wandte den Blick ab. Er starrte auf seine Ausrüstung, die in dem grobkörnigen, glitzernden Sand lag, bis das Hovercraft vom Strand abhob und nordwärts verschwand.

Er schaute erst wieder hoch, als er sicher sein konnte, endlich allein zu sein. Das Getöse der Brandung, die gegen das Ufer rauschte, kam ihm unwirklich vor, wie wenn der Lärm nur in seinem Kopf sei, und er von einer nahezu betäubenden Stille umgeben wäre. Tief Luft holend, inhalierte er die kalte Meeresbrise, hielt den Atem an und drehte sich langsam um; versonnen betrachtete er die nebelverhangenen Hügel, die ihn in dieses zweidimensionale Universum auf einem Streifen nassen Sandes einschlossen. Er spähte den von Felsvorsprüngen gesäumten Strand entlang, bis der Dunst ihm die Sicht versperrte.

Zum Schluß wandte er sich dem Meer zu; wie ein straff gespannter, silberner Vorhang erstreckte es sich bis zum diesigen Horizont, wo es sich mit dem Himmel vermählte. Die Tiamataner verehrten die See als eine allmächtige, allesverschlingende Göttin. *»Die Herrin gibt«*, sagten sie, »und die Herrin nimmt.«

Während er ein paar Schritte auf die weißen Wellenkämme zutaumelte, schlang er die Arme um seine Brust und redete sich ein, es sei der Wind, der ihn frösteln ließ. »Tiamat ...«, flüsterte er.

Über den abschüssigen, schimmernden Sand wagte er sich weiter vor. Es war Ebbe, aber der Gezeitenwechsel setzte ein. Er zwang sich dazu, bis zu der Stelle zu gehen, wo das Meer auf das Land traf; die nächste heranrollende Welle zischte schäumend über den Sand, brach sich an seinen Beinen und umschlang ihn mit einer flüssigen Umarmung wie ein lebendiges Wesen. Das eisige Wasser klatschte gegen seine Schienbeine und durchtränkte den Stoff der Hose.

Er drehte sich um und rannte zu der Stelle am Strand zurück, wo seine Ausrüstung lag; nach Luft schnappend, ließ er sich zu Boden fallen. Seine Finger krallten sich in den lockeren Sand, und ein paarmal ballte er die Fäuste.

Wie ein Kind, das sich bei unbekannten nächtlichen Geräuschen in Decken hüllt, so duckte er sich in seinen schweren Parka. Er beobachtete das Meer, das in einem endlosen Rhythmus näher kam und sich wieder zurückzog.

Endlich fiel ihm das Atmen wieder leichter. Kopfschüttelnd stand er auf, mit leerem Blick, und schleuderte eine Handvoll Sand fort. Der kalte, klamme Wind fand jede Lücke in seiner dicken Kleidung und machte sein Elend vollkommen. Die Mutteranbeter nannten dies Frühling und liefen in Hemdärmeln draußen herum, aber er fror sich den Hintern ab. Um sich aufzuwärmen, mußte er weitergehen. Die Merkolonie, die er beim Überfliegen entdeckt hatte, lag ungefähr einen Kilometer zurück. Näher hatte er nicht landen wollen, um weder die Mers noch Menschen aufzuschrecken. Er nahm seinen Beutel mit der Ausrüstung, schulterte das wuchtige Stunnergewehr und stapfte in Richtung Norden.

Seit drei Monaten war er auf Tiamat, doch dies war sein erster Ausflug außerhalb der Stadt. Sobald die Technik es erlaubte, hatte die Quelle ihn hierhergeschickt, wo er das Technovirus, welches das Wasser des Lebens genannt wurde, analysieren und reproduzieren sollte. TerFauw, der Newhaveneser, der ihn als Leibeigenen gebrandmarkt hatte, war mitgekommen; er fungierte als sein Aufseher, teilte ihm die Wünsche der Quelle mit, und belohnte ihn jeden Abend mit dem Wasser des Todes, weil er wieder einen Tag überlebt hatte. Niburu und Ananke waren immer noch bei ihm; man hatte ihnen erlaubt, zusammenzubleiben, warum, wußte er nicht genau.

Es hatte ihn beunruhigt, aber eigentlich nicht überrascht, daß Gundhalinu bereits vor ihm auf Tiamat eingetroffen war. Wenn er es recht bedachte, so war eine Wiederbegegnung mit ihm unvermeidlich gewesen. Doch nun war Gundhalinu Chef der Hegemonischen Regierung, und Reede Kullervo ein Sklave. Ihn wurmte die Ironie des Schicksals, während er den Strand entlangstapfte und darüber nachsann. Obwohl er wie ein freier Mann durch Karbunkels Straßen lief, erinnerte ihn das ewig wache Auge in seiner Hand ständig an den Tag, an dem er die Selbstbestimmung über sein eigenes Leben verloren hatte.

Es wunderte ihn nicht, daß Gundhalinu auch das Wasser des Lebens erforschte, wobei er Resultate und Daten benutzte, die ihm Tiamats Königin verschaffte; angeblich setzte sie sich fanatisch für den Schutz der Mers ein. Selbst zu Forschungszwecken durften sie nicht mehr getötet werden, und die Hegemonie mußte ganz versessen darauf sein, das Wasser des Lebens auf anderem Wege zu bekommen. Vermutlich suchten sie nach einer Möglichkeit, es synthetisch herzustellen — so wie er ... Und Gundhalinu wußte mehr über Smartmatter, als jeder andere lebende Mensch, außer ihm selbst. Er hatte Gundhalinu viel beigebracht, und ihn dann am Leben gelassen, damit er sein Wissen nutzen konnte ... Das war der größte Fehler gewesen, den er je begangen hatte.

Aber Gundhalinu war nicht nur der Forschung wegen auf Tiamat. Er versuchte, eine Welt zu regieren. Die Umstände hatten ihn gezwungen, Verantwortung zu delegieren — mittlerweile war er nicht mehr der Leiter des Forschungsprojekts. Reede hatte sich in den Besitz der Daten gebracht, die Gundhalinu wieder einmal arglos für ihn zusammengetragen hatte; dieses Mal wirkte er jedoch im Verborgenen und ließ sich das Material, das er brauchte, durch heimliche Helfer der Bruderschaft besorgen.

Auf direktem Weg konnte er sich Gundhalinu nicht nähern ... Der neue Oberste Richter der Hegemonie durfte nicht einmal ahnen, daß er sich in der Nähe dieser Welt aufhielt. Trotzdem hatte ein perverser Zug an ihm ihn dazu angestachelt, Gundhalinus Aufmerksamkeit zu erregen; er hatte ihn beobachtet, sich in sein Blickfeld gedrängt, Spuren ausgelegt. Dadurch zettelte er ein tückisches Kräftemessen zwischen der Goldenen

Mitte und der Bruderschaft an — ein weiterer Beweis für ihn selbst und andere, die davon erführen, daß er vollkommen verrückt sein mußte. Im Gehen tastete er unter seiner Bekleidung nach der Kette, die er immer noch um den Hals trug; er befingerte den Anhänger und einen Ring, die warm und geschützt an seinem Herzen lagen.

Zu Beginn seiner Arbeit hatte er die Daten benutzt, die er den Forschern der Hegemonie gestohlen hatte. Doch viele Angaben waren entweder zu unpräzise oder vollkommen bedeutungslos. Es gab endlose linguistische Analysen und theoretische Studien über die Gesänge der Mers, die Informationen waren mit legendenhaften Einzelheiten durchsetzt — alles Dinge, die er einfach als nutzlos hätte abtun sollen. Dennoch geriet er immer in eine Art Verzückung, wenn er den Liedern der Mers lauschte, die angefüllt waren mit Freude, Melancholie und bitterem Kummer; die Gesänge verliefen nach einer Art liturgischem Muster — ein auf Frage und Antwort beruhender Wechselgesang, in dessen Geheimnis er jedoch nicht eindringen konnte.

Er hatte so lange über den Aufzeichnungen gebrütet, bis er alles wußte, was es auf dieser Welt über die Mers zu wissen gab; bis sie ihn mit ihren Liedern in seinen Träumen heimsuchten ... Trotzdem brüllte ihm ein Teil seines zerrütteten Geistes zu, daß er bereits mehr wußte als jeder andere lebende Mensch, nicht nur über das Technovirus, das die Mers zu dem machte, was sie waren, sondern über diese Geschöpfe selbst; wenn er sich doch nur erinnern könnte ... *erinnern ... erinnern ...*

Blinzelnd riß er sich aus seinen Wachträumen und merkte, daß er immer noch allein mit dem Ozean war; verbissen trottete er den endlosen schmalen Strand entlang, der Grenzlinie zwischen Wasser und Land. Er lauschte dem Brüllen und Tosen der Wellen, dem Gekreisch der Vögel, das durch keinen menschlichen Laut gestört wurde.

Vor ihm ragte plötzlich ein Felswall aus dem Nebel auf; vor langer Zeit war eine Gesteinslawine auf den Strand niedergeprasselt und bildete nun einen natürlichen Wellenbrecher, der die beiderseits liegenden sichelförmigen Buchten schützte. Die Felsen reichten weit ins Wasser hinein; entweder mußte er außen herumwaten oder darüberklettern. Ihm war klar, daß nur eine Möglichkeit blieb; resigniert beobachtete er die Wellen zu seinen Füßen, die Sand und Seetang immer höher den Strand hinauftrieben.

Er hatte mit den Daten über die Mers gespielt — ohne zu einem konkreten Ergebnis zu gelangen, aber jede Menge Ausflüchte findend, um das Unvermeidliche vor sich herzuschieben — den Tag, an dem er Karbunkels muschelförmigen Bauch verlassen und einen Mer töten mußte, um sein Blut zu gewinnen.

Er wußte, daß kein Weg daran vorbeiführte; ohne eine echte Blutprobe zu studieren, blieb jede Analyse des Technovirus unvollständig. Zu seiner Überraschung hatte Gundhalinus Forschungsteam mit keiner einzigen Blutprobe experimentiert. Selbst wenn die Königin auch zu Forschungszwecken keine Jagd auf Mers erlaubte, so mußte es doch möglich sein, an das Blut eines lebenden Tieres zu gelangen. Er hatte gelesen, daß die gesamte Merkolonie einem Artgenossen, der angegriffen wurde oder in eine andere Notlage geriet, zu Hilfe eilte. Deshalb hatten die Jäger sie einfach getötet und ihnen das Blut abgezapft. Das war die einfachste und schnellste Methode, und man hatte immer darauf vertraut, daß sich die Population während der Abwesenheit der Hegemonie wieder erholen würde.

Aber bei den Mitteln, die Gundhalinu zur Verfügung standen, mußte es ihm möglich sein, einen Mer von seiner Herde abzusondern, zu betäuben und ihm etwas Blut zu entnehmen. Wieder einmal fragte er sich, wieso dies nicht geschehen war. Das Versäumnis war offensichtlich, fast kam es ihm vor, als verzögere Gundhalinu absichtlich die Forschung — oder er suchte nach etwas anderem.

Reede grübelte über das pseudo-linguistische Kauderwelsch der Merlieder nach. Sie enthielten wirklich bedeutungsvolle, wenn auch unvollständige Muster; das brauchte ihm keiner zu sagen, das spürte er tief in seinem Innern. *Und die Bedeutung war wichtig.* Irgend etwas rührte und regte sich in seinem Hirn, und er begann zu fluchen. Es war ein Gedanke, eine Erkenntnis, doch sie wurde gefangengehalten und konnte sich nicht befreien. »Nicht mit mir!« brüllte er wütend. Die Felswand warf seine Worte zurück, und der Nebel verschluckte sie.

Vielleicht verschleppte Gundhalinu die Studien, weil er befürchtete, das Wiedereinführen einer Smartmatter-Droge in größerem Maßstab könnte die Hegemonie zugrunde richten, wie es damals mit dem Alten Imperium geschehen war. Gundhalinu sorgte sich viel zu sehr um das Allgemeinwohl — als ob er etwas verhindern könnte. Wenn er nicht zur Tat schritt, dann würde sich ein anderer finden — es fand sich immer jemand —, der sich nicht um die Konsequenzen scherte. Das war Gundhalinus Fehler, er dämpfte seine natürlichen Instinkte; er traute nicht einmal sich selbst hundertprozentig. Reede erinnerte sich, wie begeistert und erlöst Gundhalinu manchmal ausgesehen hatte, wenn sie zusammen arbeiteten ... Doch der Schrecken war nie weit entfernt. Nie hatte er sich zuviel zugemutet, aber mit Reede als treibender Kraft war er auch vor keiner Herausforderung zurückgewichen. Gemeinsam hatten sie ein Wunder bewirkt — allen Widrigkeiten des Schicksals zum Trotz.

Jählings blieb er stehen, als die schwarze Wand aus Vulkangestein ihm den Weg versperrte. Langsam ging er weiter und faßte den Felsen an; er spürte die rauhe, poröse Oberfläche unter seiner Hand, die Berührung gab ihm Halt. Umkehren konnte er nicht, ausweichen auch nicht; ihm blieb gar nichts anderes übrig, als das Hindernis zu übersteigen.

Unbekümmert und ohne zu überlegen fing er an zu klettern; er zog sich hoch, setzte über Spalten, auf seinen Instinkt und seine perfekt ausgeprägten Reflexe vertrauend, wenn er von einem ausgezackten Felssims zum nächsten stieg. Irgendwo hoch über ihm schoß Wasser in einer Fontäne nach oben; eine Welle, die die herandonnernde Flut in einen natürlichen Trichter preßte, und die dann auf ihn herabregnete.

Tief drunten bewegten sich Schatten, wenn das Meer sich in Gesteinsspalten zwängte und den Fels erbarmungslos unterhöhlte ... nur darauf lauernd, daß er einen falschen Schritt machte. Als er merkte, daß der Stein, auf dem er stand, plötzlich zu schwanken begann, sprang er weiter, um dann schweratmend eine steile Wand hinaufzuklettern.

Er erreichte den Scheitelpunkt der Gesteinslawine, suchte sich einen festen Halt und hob den Kopf; ungehindert spähte er ins Weite, und endlich sah er sie, wie sie auf ihn warteten. *Die Mers ...*

Er beobachtete, wie sie sich drunten bewegten, sie waren zu Dutzenden; ihre Stimmen drangen schwach durch das Tosen des Ozeans. Eine namenlose, grundlose Freude füllte die Leere in seinem Geist und in seiner Seele, und er gab einen Laut von sich, der halb Lachen, halb Staunen war. »Ich kenne euch«, flüsterte er. »Ich kenne euch ... ihr gehört mir ...«

Fluchend schüttelte er den Kopf, die sinnlosen Worte erschreckten ihn. Als er sein Gewehr von der Schulter nahm, verscheuchte eine Anwandlung von Verzweiflung das wilde, tiefempfundene Glück. Plötzlich wußte er, daß er ein infames Verbrechen beging, eine Perversion, eine Selbstverleugnung, die ihn auf ewig verdammen würden. Doch warum diese Tat so schrecklich war, wußte er nicht, er hatte nicht mal eine Ahnung, auf welchem Wege ihn diese Erkenntnis erreichte.

Die Quelle hatte ihn hergeschickt, um Antworten zu finden; die Quelle verlangte von ihm, daß er einen Mer tötete und dessen Blut analysierte. Wenn er versagte oder sich widersetzte, so stand seine Strafe bereits fest. Ihm war so elend zumute, wie wenn er sich anschickte, sein eigenes Kind zu ermorden. Die Stimme des Meeres klang wie das finstere Gelächter von Göttern, und er wußte, daß sie sich über ihn lustig machten.

»Ihr seid nichts weiter als Tiere, verdammt noch mal!« Eine Wut stieg in ihm auf und verschlang Angst und Trauer — und jenen anderen Zorn, der ihn daran hindern wollte, diesen Frevel zu begehen. Man hatte ihm befohlen zu töten, und er würde den Befehl ausführen. Er mußte sich nur dieses gesichtslose, seelenfressende, korrupte Monstrum vorstellen, das ihn hierhergeschickt hatte, um in eine mörderische Stimmung zu gelangen; dann wollte er töten, mußte töten ... egal wen, oder was ...

Er stieg die andere Seite der Gesteinslawine herunter, vorsichtig, jähe Bewegungen vermeidend, um die Mers nicht frühzeitig auf sich aufmerksam zu machen. Er mußte so nahe an sie herankommen, daß er gleich mit dem ersten Schuß einen Mer töten konnte, denn er wußte nicht, wie sie auf den Lärm reagieren würden. Sobald er einen getötet hatte, die anderen jedoch nicht flohen, wollte er sie mit einem Sonar-Scrambler, den die Merjäger immer benutzten, in wilde Panik versetzen und ins Wasser treiben, damit er mit dem Kadaver allein war.

Mittlerweile hatte er sich ihnen so weit genähert, daß er die Farben ihres Fells deutlich erkennen konnte, die braungescheckten Rücken, das V aus goldenem Pelz auf der Brust der Weibchen. Ihre Köpfe wiegten sich anmutig auf langen, schlanken Hälsen, die Augen blickten ungemein friedlich. Wenn sie auf ihren Flossen über Land watschelten, wirkten sie nicht besonders graziös, doch in ihrem Bemühen und ihrer Würde rührten sie an sein Herz. *Sie sind mir gut gelungen, sie haben eine kräftige Konstitution; ich habe sie gemacht ...*

Wieder begann er zu fluchen und beschäftigte sich mit dem Stunner; er wollte nicht wahrhaben, wie verletzlich die arglosen Kreaturen dort drunten waren — er konzentrierte sich ganz auf seine Wut. Er stellte sich gerade hin, balancierte auf der Felsschräge und legte das Gewehr an. Im Zielfernrohr suchte er sich ein vereinzeltes Tier; dann holte er tief Luft, hielt den Atem an und gab sich selbst den Befehl zum Feuern.

Zu seiner Rechten sprühte eine Fontäne aus einem Blasloch und regnete auf ihn hernieder. Durchnäßt und geblendet von dem eiskalten Wasser, rutschte er auf der glatten Felskante ab. Er ließ das Gewehr fallen und hörte, wie es die Felsen hinunterpolterte, während er verzweifelt nach einem Halt suchte.

Hinter ihm befand sich ein Gesteinsvorsprung; er griff danach und spürte den grausamen Zug in den Armen, als sein gesamtes Körpergewicht daran hing. Doch an dem algenüberwucherten, glitschigen Fels rutschten seine Finger ab; er merkte, wie er abstürzte, dem Stunner hinterher, hinein in den felsigen Rachen.

Im Fallen schrie er; er schrie noch einmal, als sein Sturz jählings aufgehalten wurde. Verstört schüttelte er den Kopf; er hatte sich auf die Zunge gebissen und schmeckte Blut. Als sein Blick sich klärte, sah er vor sich schwarzen Fels ... Er war ringsum von schwarzem Gestein umgeben, als stecke er in einem Brunnenschacht fest.

Weit droben erspähte er einen blauen Spalt, mehr konnte er vom Himmel nicht sehen. Seine Hände, die wie Insektenflügel flatterten, versperrten ihm die Sicht. Als er vergeblich versuchte, sie nach unten zu zwängen, durchzuckte ein Schmerz seine gesamte linke Körperhälfte. Wie ein Käfer in einer Pinzette, so saß er eingeklemmt in schwarzem Fels.

Seine Füße berührten keinen Grund, und die Beine

konnte er höchstens ein paar Zoll weit bewegen; sie fühlten sich taub an. Angestrengt starrte er nach unten, an den Gesteinszacken vorbei, und sah unruhige Lichtreflexe auf Wasser. Eine Woge rollte in sein Gefängnis, brach sich an seiner Hüfte und durchkühlte ihn bis ins Mark. Das Wasser reichte ihm jetzt fast bis zur Taille ... und die Flut stieg.

Als er das begriff, geriet er in Panik; es war, als sei er in ein Meer aus Säure gefallen, die ihm bereits das Fleisch vom Gebein fraß. In seinen hysterischen Bemühungen, sich zu befreien, verrenkte er sich den Arm, bis der Schmerz ihn blendete, und er nur noch tiefer ins Wasser hineingetrieben wurde. Die Angst schnürte ihm die Kehle zu; krampfhaft schluckend, kämpfte er darum, die Nerven zu behalten. In seinem Rucksack befand sich ein Funkgerät; er konnte Hilfe herbeirufen, doch dazu mußte er es erst zu fassen kriegen. Niburu würde kommen, ihn herausziehen und retten. Die Zeit reichte aus, er mußte nur an seinen Rucksack gelangen.

Wieder versuchte er, seine Position zu verändern, doch dieses Mal war er vorsichtig; um nicht die Balance zu verlieren, tastete er die glatten, unnachgiebigen Wände ab, vergebens nach einem festen Halt suchend. Jede hastige Bewegung verursachte ihm Schmerzen, und seine Verzweiflung wuchs. Mit den Beinen suchte er im Wasser nach einem Stand, doch sie tauchten nur ins Leere.

Sein fruchtloser Kampf dauerte Stunden, doch er wollte nicht wahrhaben, was er im Grunde von Anfang an gewußt hatte: daß es für ihn keine Rettung gab. Auf seiner Armbanduhr, dicht vor seinen Augen, sah er, wie die Zeit vorrückte ... Es war *seine* Zeit, die auslief. Obwohl er am ganzen Körper heftig zitterte, schien er jedes Gefühl verloren zu haben; selbst seine zerschundenen Hände waren taub vor Kälte und Mangel an Blutzufuhr. Das einzige, was an ihm noch funktionierte, war sein Verstand; jede qualvolle, erniedrigende Sekunde seines nahen Endes nahm er wahr.

Er kam nicht an sein Funkgerät heran; und selbst wenn er es jetzt noch erreicht hätte, bliebe für Niburu nicht mehr genügend Zeit, hierherzufliegen und ihn vor dem Ertrinken zu retten. Die kalte, unerbittliche See leckte bereits an seinem Hals.

Er stöhnte leise; seine nutzlosen Hände ballten sich in der Luft zu Fäusten. Wieder schwappte eine Woge in sein Gefängnis, und einen Moment lang umspülte das Wasser sein Kinn. Ein graugrünes, mit Fangarmen bewehrtes Getier klammerte sich an seinen Parka und betastete sein Gesicht mit einer rosafarbenen, pulsierenden Körperausstülpung, ehe es wieder davondriftete. Er schloß die Augen und fühlte, wie sein Mund bebte ... Dann spürte er, wie an seinem im Wasser baumelnden Fuß gerüttelt wurde ... einmal ... zweimal. Fluchend begann er wie wild zu zappeln, bis die Schmerzen ihn wieder lähmten.

Irgend etwas schnellte neben ihm aus dem Wasser. Mit einem Ruck drehte er den Kopf herum — schnappte keuchend nach Luft und starrte in die dunklen, unergründlichen Augen eines Mers. Überrascht schrie er auf, und der Mer neigte den Kopf schräg. Er näherte sich seinem Gesicht, beschnupperte ihn und stubste ihn neugierig mit der Nase an.

»Nein!« Er stieß dem Mer den Kopf ins Gesicht und strampelte mit den Füßen. »Geh weg! Verdammt noch mal, rühr mich nicht an, rühr mich nicht an!«

Erschrocken zuckte der Mer zurück und tauchte unter. Abermals spürte er, wie an seinen Beinen gerüttelt wurde — heftig — und dann nichts mehr.

Wieder allein, fühlte er, wie die See sein Kinn mit einer kalten Gier küßte, wie wenn er der auserwählte Liebhaber des Todes wäre ... und der Tod wurde langsam ungeduldig. Heiße Tränen rannen über sein Gesicht, tropften in seinen Mund; sie schmeckten salzig, wie das Meer. Er weinte, als die See anschwoll und ihm die Tränen abwischte.

»Hallo!«

Der Laut reichte zu ihm herunter, wurde von den Felswänden zurückgeworfen ... das bizarre Gekreisch von Vögeln oder die fernen Stimmen der Mers. Doch er hob das Gesicht dem Himmel entgegen und stierte ins Licht. Unverhofft schlug eine Welle über seinem Kopf zusammen, er schluckte Wasser und hustete.

... dir helfen ...«

Dieses Mal war er sich sicher, daß er richtig gehört hatte; eine helle, klare Stimme rief ihm auf Tiamatanisch etwas zu. Er schüttelte den Kopf, um den Blick zu klären, und dann sah er die Gestalt einer Frau. Wie eine unwirkliche Silhouette hob sie sich gegen den hellen Hintergrund ab und spähte vom Rand des Felsabsturzes zu ihm herunter. Sie schien ganz aus Licht zu bestehen, ein unglaublich heller Glanz hüllte sie ein. Die Tiamataner nannten die See eine Göttin, die Mutter, *die Herrin, die gibt und nimmt ...*

»Hilf mir«, keuchte er auf Trade und dann auf Tiamatanisch. »Bitte, hilf mir ... Es tut mir leid ... Verzeih mir ... Rette mich ...«

»Ich komme hinunter« rief sie. »Ich komme ...« Die strahlende Vision einer weiblichen Gestalt wurde plötzlich Wirklichkeit, als sie sich bewegte und das Tageslicht abwechselnd blockierte und wieder in den Schacht hereinließ. Während sie behende die steilen, tückischen Tunnelwände herabkletterte, beobachtete er ihre bloßen Füße und ihre muskulösen, hellen Beine. Schließlich kniete sie über seinem Kopf auf einem Felssims nieder; der kalte Stein drückte gegen ihre im Licht irisierenden Schultern, und ihr silbernes Haar zerspleißte das Licht. Sie beugte sich vor und streckte die Arme nach ihm aus.

Die nächste Welle schwappte über seinen Kopf hinweg, füllte seine Augen und den Mund mit Wasser; er rang nach Luft, würgte und spuckte aus.

Ihre Hände umklammerten die seinen, er spürte ihr warmes, festes Fleisch, das seine vor Kälte abgestorbenen Finger berührte. »Es wird alles gut werden«, sagte sie, als er wieder zu schluchzen begann. »Keine Angst, ich hole dich hier heraus.« Ihre Hand streichelte flüchtig sein Gesicht.

»Ich bin eingeklemmt«, sagte er mit einer Stimme, die ihm selbst fremd vorkam. »Ich stecke fest, ich kann mich nicht bewegen.«

»Vielleicht kann ich dich an den Händen soweit herausziehen, daß du das Sims erreichst.« Wieder umfaßte sie seine Hände; er biß die Zähne zusammen, als sie sich langsam auf dem schmalen Felsband aufrichtete und an seinen Armen zog. Der Zug wurde stärker, und er schrie, als er die Schmerzen in den Schultern nicht mehr ertragen konnte.

Sie sank auf die Knie, ohne seine Hände loszulassen. »Bist du verletzt?«

Krampfhaft klammerte er sich an sie. »Ich schaff es nicht.« Er spuckte Wasser, hustete und atmete tief die nach Ozean riechende Luft ein. »Brauchst ... brauchst ein Seil. In meinem Rucksack ...«

Er spürte, wie sie ihre Stellung veränderte und an seiner Schulter vorbeifaßte. »Ich komme an deinen Rucksack nicht heran.«

»O Götter!« stöhnte er, ohne zu wissen, in welcher Sprache. »Nicht so ...«

»Wir holen dich hier heraus«, erklärte sie resolut. »Wir schaffen es schon! Silky!« rief sie und stieß eine Reihe von sonderbaren Trillern und Schnalzlauten aus.

Die Laute waren ihm unverständlich — dennoch rührten sie etwas in seinem Innern an, das heftig reagierte und antworten wollte. Er öffnete die Augen und merkte erst jetzt, daß er sie geschlossen hatte. Als er den Kopf drehte und ihrem Blick folgte, sah er zu seiner Überraschung des Gesicht des Mers dicht neben sich im Wasser. »Nein!« brüllte er. »Nein!«

»Laß dir von ihr helfen!« forderte ihn die Frau auf. »Wir wollen dir doch nur helfen. Laß uns ...«

Mit brennenden Augen sah er zu ihr hinauf.

»Du bist eingeklemmt. Sie wird dich von unten hochschieben, wenn es geht. Hast du verstanden? Halt durch, mach dich bereit!«

Er nickte, als der Mer untertauchte. Dann fühlte er, wie sich zu seinen Füßen etwas bewegte; probehalber stieß der Mer seine Beine an, wie er es bereits zuvor getan hatte. Er zwang sich dazu, die Beine stillzuhalten, obwohl alles in ihm danach schrie, den Kontakt abzuwehren. Das nächste Mal prallte der Leib des Mers heftiger gegen den seinen, als er versuchte, ihn in die Höhe zu stemmen. Er fluchte, als der Ruck durch seinen ganzen Körper ging, bis ihm die Zähne klapperten. Doch er merkte auch, daß sich etwas bewegte — sein schmerzender Körper rieb sich am Felsen.

Wieder stieß der Mer ihn an, indem er den Rücken gegen seine Füße warf. Dieses Mal war er besser darauf vorbereitet; er versteifte die Beine, um die Kraft des Schlages zu verstärken. In diesem Moment rollte die nächste Welle in den Spalt. Sein Körper wurde hochgehoben, rutschte den Felsen hinauf und trieb plötzlich frei im Wasser.

Er stieß einen Triumphschrei aus. Die Frau zog und zerrte ihn auf das Sims, auf dem sie kauerte, während der Mer von unten nachhalf.

Endlich lag er auf dem Fels, schöpfte tief und zittrig Atem, fühlte den festen Stein, der ihn nun trug, ihn vor dem Wasser schützte, und ihn nicht länger in einer tödlichen Umklammerung gefangenhielt. Er hielt sich daran fest, während es in seinem leeren Kopf summte und rauschte; in diesen Augenblicken spürte er weder Schmerzen noch nahm er Notiz von der Frau, die ihn gerettet hatte. Derweil stöberte sie in seinem Rucksack nach dem Seil, knüpfte es um seine Taille und band das andere Ende an ihrem Körper fest. Dann half sie ihm, sich soweit aufzurichten, bis er auf dem Felsen kniete. »Kannst du allein hochklettern? Wenn nicht, dann hole ich Hilfe.«

Er blickte hoch und prüfte die steilen, zerklüfteten Wände der Felsspalte. »Ich schaff's«, sagte er. »Aber du führst.«

Sie nickte und sah ihn eine Weile an, wie wenn sie sich nicht schlüssig wäre; doch dann fing sie an zu klettern. Er merkte sich jede einzelne Stelle, wo sie ihre Hände und Füße aufsetzte. Als das Seil sich zwischen ihnen straffte, stellte er sich schwankend hin. Ein Schwindelanfall übermannte ihn, und eine Weile mußte er sich gegen die Felswand lehnen. Schließlich riß er sich zusammen und kletterte der Frau mit grimmiger Entschlossenheit hinterher.

Sein Körper ließ ihn nicht im Stich. Zerschlagen, steif und zitternd vor Kälte, bewerkstelligte er den Anstieg; mit Geschicklichkeit und Balance machte er wett, daß er einen Arm kaum benutzen konnte. Zum erstenmal in seinem Leben war er dankbar für das Wasser des Todes.

Endlich erreichten sie den Rand der Spalte. Ein einziges Mal lachte er auf, triumphierend und über die Schönheit des Tages staunend, während er abermals an der gleichen Stelle stand, an der er beim erstenmal nichts als Mordgier gekannt hatte.

Die Frau kletterte bereits den Abhang hinunter zum Strand. Er zögerte, doch dann spürte er, wie das Seil um seine Taille sich straffte. Zu abgekämpft, um sich zu sträuben, ging er ihr hinterher.

Drunten, auf dem dunklen Geröllstrand, wartete sie auf ihn, mitten zwischen den Mers. Wie Kristall brachen sich die Wellen an ihren bloßen Beinen, Schaum umwirbelte ihre Fesseln wie vom Wind geblähte Spitzenröcke. Jetzt machte sich die Erschöpfung bei ihm bemerkbar, und er sackte gegen einen Felsblock, unsagbar froh, wieder festen Grund unter den Füßen zu haben. In seiner Nähe ruhten die Mers am Strand und beobachteten ihn sorglos und ohne erkennbare Neugier; dafür starrte die Frau ihn durchdringend an.

Er blieb so weit vom Wasser und den Mers entfernt, wie das Seil es zuließ. Als er den Blick der jungen Frau erwiderte, sah er, daß sie sehr jung war, fast noch ein Mädchen. Zu seinem gelinden Schreck vergegenwärtigte er sich, daß er sie bis vor kurzem noch für eine Göttin gehalten hatte. Jetzt, da er sie in aller Deutlichkeit sah, war sie nicht mehr von einer silbernen Aura umgeben, und ihr Körper strahlte auch keine irisierenden Regenbogenfarben ab.

Aber ihr Haar war fast weiß, und sie hatte das exotische Aussehen, das ihm bei einigen der Eingeborenen aufgefallen war; sie hatte einen sehr hellen Teint und war von einer beunruhigenden Schönheit. Ihr importierter Wetsuit schillerte in allen Farben, wenn das Sonnenlicht darauffiel. Mittlerweile hatte sich der Nebel verzogen, und die Sonne schien, von einer Corona aus Regenbögen umgeben, durch den glänzenden Dunst des Himmels.

Er betrachtete das Seil an seiner Taille, das ihn wie eine Nabelschnur mit der Frau verband; stumm saß er da, lauschte den Stimmen der Mers und dem Lied der Wellen. Schließlich legte er eine Hand um das Seil und hielt es fest, schickte sich jedoch nicht an, es aufzuknüpfen.

»Was machst du hier?« fragte sie ihn, als er schwieg. Dieselbe Frage wollte er ihr stellen, traute sich jedoch nicht.

Er zögerte. »Ich ... äh ... ich bin ein Forscher.«

»Kamst du hierher, um die Mers zu studieren?«

»Ja«, erwiderte er, als sein vor Müdigkeit betäubtes Gehirn keine bessere Antwort fand.

»Für die Hegemonie?« Sie deutete ein Stirnrunzeln an.

Etwas in ihrer Miene und an ihrem Tonfall veranlaßten ihn, »Nein« zu sagen.

»Arbeitest du dann für meine Mutter?«

»Wer ist deine Mutter?«

Sie sah ihn erstaunt an. »Die Königin.«

Die Sommerkönigin. Götter! Er biß sich auf die Zunge. »Du bist ihre Tochter?« vergewisserte er sich unnötigerweise. Er war überrascht. Natürlich wußte er, daß die Königin eine Tochter hatte, aber die galt allgemein als launisches, verwöhntes Balg.

»Da sie meine Mutter ist, muß ich wohl ihre Tochter sein.« Das Mädchen kam auf ihn zu. »Ich bin Ariele Dawntreader.« Vor ihm blieb sie stehen und betrachtete mit entnervender Intensität sein Gesicht. Er starrte zurück und versuchte zu entscheiden, welche Farbe ihre Augen wirklich hatten. »Bist du verletzt?« fragte sie und berührte seine schmerzende Schulter.

Er zuckte zusammen. Sie zog die Hand fort; aber es war kein Schmerz mehr, sondern die Erinnerung daran, die ihn noch so empfindlich machte. Er senkte den Blick und vermied es, sie anzuschauen; es war ihm peinlich, wie sie ihn gefunden hatte, hilflos, kurz vor dem Ertrinken, ein Opfer seiner eigenen Dummheit und flennend wie ein Baby.

Während er zur Seite schaute, entdeckte er in seiner Nähe einen Merling, der ihn mit ungewöhnlichem Interesse beobachtete, während seine Artgenossen keine Notiz von den Menschen nahmen. Er erinnerte sich an den Mer, der ihn in der Felsspalte aufgespürt hatte, und fragte sich, ob es vielleicht derselbe war. Feststellen konnte er es nicht, in seinen Augen sahen alle Mers gleich aus.

»Ich glaube, ich kenne dich ...«, murmelte Ariele Dawntreader unvermittelt. »Kann das sein?«

Er sah sie wieder an. »Nein«, widersprach er mit heiserer Stimme, während er sie prüfend musterte.

»Du warst doch in Tor Starhikers Spielclub, an dem Abend, als er eröffnet wurde. Du hast mir geholfen, den Sternenregen zu gewinnen ...« In ihre achatfarbenen

Augen trat ein sonderbarer Ausdruck, und sie rückte ein bißchen näher an ihn heran.

»Ich erinnere mich nicht an dich«, entgegnete er unverblümt, womit er die Wahrheit aussprach. Dann legte er seine Hand auf die plötzlich wieder schmerzende Schulter.

Seine sture, abweisende Haltung schien Ariele Dawntreader zu verunsichern; mit flackerndem Blick schaute sie zu Boden. »Du bist kein Tiamataner«, wechselte sie das Thema. »Woher kommst du?«

»Von der Außenwelt.«

Sie sah ihn an und hob die Brauen. »Hast du keine Heimat?«

»Ich habe an vielen Orten gelebt.« Er hob die Schultern — um es sofort zu bereuen.

Ohne zu blinzeln, starrte sie ihn an.

»Und was machst du hier?« fragte er schließlich, die Betonung auf *du* legend.

»Ich studiere ebenfalls die Mers; wir versuchen schon lange, uns mit ihnen zu verständigen, da warst du noch gar nicht hier.« Es klang stolz und herausfordernd.

»Ich weiß«, entgegnete er. Am liebsten hätte er sie gefragt, warum, im Namen des Render, die Königin so erpicht darauf war, sich mit den Mers zu verständigen, wenn ihnen nicht mal eine Blutprobe entnommen werden durfte. Doch er hielt vorsichtshalber den Mund, weil er Angst hatte, er könnte seine Unwissenheit verraten.

Vielleicht hing alles mit diesem mystischen, religiösen Blödsinn zusammen, dem die Sommerkönigin angeblich verfallen war.

Wieder betrachtete er ihre Tochter, die mit bloßen Beinen und strähnigem Haar vor ihm stand, und nicht älter aussah als fünfzehn. In ihrer resoluten, vollkommenen Unschuld schien sie an diesen Ort zu gehören, wie die Mers, die Felsen und die See. Plötzlich sah er sie wie eine Vision, die aus seinem Gedächtnis emporstieg — in einem mit silbernen Pailletten besetzten Bodysuit tauchte sie in der schummerigen Spielhölle neben ihm auf, preßte ihren Körper gegen seinen, und unverhoffterweise reagierte er sofort mit einer Erektion ... Er schüttelte den Kopf und merkte, wie Ariele ihn verwirrt anstarrte. Sie kam ihm genauso rätselhaft und unergründlich vor wie die Kreaturen, die sie umringten ... wie die meisten Tiamataner; wie die meisten Menschen überhaupt ...

Mit vor Kälte weißen Fingern massierte er sich das Gesicht. »Als ich da drunten in dem Loch feststeckte, hast du da wirklich mit dem Mer gesprochen, oder habe ich es mir nur eingebildet?« Ihm fiel ein, daß er sich noch gar nicht für seine Rettung bei ihr bedankt hatte; er tat es auch jetzt nicht.

Sie wandte sich um und rief: »Silky!« Dann gab sie eine Reihe von Trillern und Schnalzlauten von sich, so selbstverständlich, als gehörten sie zu einer menschlichen Sprache.

Der Mer, der ihn anscheinend so aufmerksam beobachtet hatte, drehte den Kopf und watschelte über den Strand auf sie zu. Es war ein junges Tier, kleiner als die Ausgewachsenen, und an dem goldenen V auf der Brust erkannte man, daß es ein Weibchen war. Er beobachtete den Merling, wie er näher kam, zupfte an seinem Ohr und wäre plötzlich am liebsten davongelaufen, so fremdartig mutete ihn das Geschöpf an. Gleichzeitig hätte er zu gern das dichte, gescheckte Fell gestreichelt, und irgendwoher wußte er ganz genau, wie tief und weich das seidige Unterhaar war ... »Gehört dieser Mer dir?« fragte er.

Sie sah ihn an, als hätte er eine Obszönität von sich gegeben. »Die Mers gehören niemandem. Sie ist eher eine Freundin. Tante Jerusha — ich meine, Kommandantin PalaThion — zog sie auf, als sie ihre Mutter verlor ... Sie heißt Silky.« Ariele zeigte auf den Merling und unterhielt sich weiter mit ihm in der Mersprache.

Das Geschöpf stieß Pfiffe aus und mußte plötzlich niesen. Ariele lachte, legte die Arme um Silkys schlanken Hals, und der Merling stupste sie sanft mit der Nase an. »Sie fragt dich gerade, wie *du* heißt.«

»Das stimmt doch gar nicht«, erwiderte Reede. Er beugte sich vor, und der Kopf des Merlings bewegte sich auf seine ausgestreckte Hand zu. Als Reede den pelzigen Körper berührte, machten seine Lippen und seine Zunge plötzlich die gleichen fremdartigen Laute wie dieses sonderbare Geschöpf — als ob er ihm antworten wollte.

Ariele Dawntreader riß Mund und Augen auf. »Du kennst ja ihre Sprache!« staunte sie.

Beinahe verzweifelt wandte er den Blick ab; er hatte keine Ahnung, was er gerade gesagt hatte, woher sein Mund wußte, wie die Laute zu formen waren, was ihn dazu trieb, Kontakt mit dem Mer herzustellen und sein wolkenweiches Fell unter seiner Hand zu spüren.

Er sank im Sand auf die Knie, nicht wissend, ob es absichtlich geschah oder ob sein halberfrorener Körper einfach nachgab; es war ihm auch gleichgültig. Der Mer löste sich aus Ariele Dawntreaders Umarmung, um ihn mit seiner Schnauze zu erforschen; er schnüffelte, leckte, stieß ihn an, die ganze Zeit über vor sich hinmurmelnd, wie wenn er Konversation machen wollte. Reede schloß die Augen, ließ sich einfach treiben und hörte sich selbst in dieser unbekannten Sprache antworten.

Wie lange dieser Austausch dauerte, wußte er nicht, denn das ihm vertraute Zeitmaß hörte in diesem Moment auf zu existieren, und die Ewigkeit begann. Doch als der Merling ihn schließlich in Ruhe ließ, sich von ihm abwandte und unbeholfen zu seinen Artgenossen zurückwatschelte, spürte er, daß er wirklich lebte, daß er real war. Plötzlich war er glücklich über sein ödes Gefängnis aus Gewalt und Schmerzen, weil es ihm diesen Augenblick ermöglicht hatte, in dem sich der Kreis schloß, er selbst wieder zu einer Ganzheit wurde und von einer Zukunft träumen durfte.

»Du verstehst sie ja«, wiederholte Ariele immer wieder, aber vielleicht täuschten seine überreizten Nerven ihm auch nur ein Echo vor. »Du verstehst sie wirklich ... Du kannst uns ihre Sprache beibringen ...«

Er schüttelte den Kopf, außerstande, ein einziges menschliches Wort zu sprechen; außerstande, ihr die Wahrheit zu sagen, selbst wenn seine Zunge ihm gehorcht hätte. Er versuchte aufzustehen; er wollte fortgehen, das Weite suchen, ehe er gänzlich die Kontrolle über sich verlor.

Er fiel in den Sand zurück; wie gelähmt hockte er zwischen den Kieseln, als sein Körper ihm nicht gehorchte. Ariele kniete neben ihn nieder und sprach unentwegt auf ihn ein, aber er verstand nicht, was sie sagte. Sie zerrte an ihm und versuchte, ihm auf die Füße zu helfen.

Widerstrebend, aber völlig ohne eigenen Willen, tat er, was sie von ihm verlangte, und beim nächsten Versuch konnte er aufstehen. Sie fuhr fort, ihm Fragen zu stellen, und auf einmal verstand er wieder.

»... hierher gekommen? Wo ist dein Boot? Dein Boot?« wiederholte sie mit besorgter Miene.

»Ich habe keins«, murmelte er, als er endlich seine Stimme wiederfand.

Sie blickte verständnislos drein. »Wie kamst du dann hierher?«

»Ich bin gelaufe ...« Er spürte, wie sie ihn mit ihrem ganzen Körper abstützte; auf einmal fiel ihm wieder der Vorfall in der Spielhölle ein, und wie sein unruhiges Fleisch sich gegen seinen Willen nach einer Frau sehnte.

»Von Karbunkel?« fragte sie ungläubig.

»Nein.« Er runzelte die Stirn. »Den Strand entlang. Ich bin hierher geflogen.« Er blickte über die Schulter. »Aber den Piloten habe ich wieder weggeschickt.«

»Dann bringe ich dich mit meinem Boot zur Stadt.

Komm weiter, du kannst hier nicht mehr länger stehenbleiben, sonst erfrierst du noch; und deine Schulter muß auch behandelt werden.« Sie zeigte auf einen Punkt an der Küste und versuchte, ihn in diese Richtung zu bugsieren.

»Nein«, murmelte er, »ich rufe mein Hovercraft.« Von Schmerzen gepeinigt, nahm er den Rucksack ab und kramte in den durchnäßten Sachen nach seinem Funkgerät. Endlich fand er es, triefend vor Nässe, und gab den Code ein. Keine Antwort. Er schüttelte das Gerät, bis Tropfen herausflogen, aber es blieb stumm, tot. Er warf es hin und trat mit dem Fuß danach.

Hinunterblickend entdeckte er das um seine Taille geknotete Seil. In einem Wutanfall riß er daran, wie wenn es an seiner Verwirrung und Demütigung schuld wäre ... oder seinen jämmerlichen Zustand symbolisierte. Aber selbst seine Finger wollten ihm nicht mehr gehorchen; er kam sich vor, als sei er in einen surrealen Raum abgeglitten, wo sein Körper nicht mehr funktionierte. Frustriert fluchend sah er, daß das andere Ende des Seils immer noch um Ariele Dawntreaders Körper geschlungen war.

Gelassen hob sie das Stück Seil auf, das zwischen ihnen im Sand lag, und wickelte es um ihre Hand, bis es sich straffte. »Es kann Tage dauern, bis jemand kommt und nach dir sucht. Bis dahin bist du krank oder an Unterkühlung gestorben. Komm jetzt«, sagte sie freundlich. »Auf dem Boot habe ich trockene Bekleidung und auch etwas Wein. Komm mit mir.« Ihre Finger glitten unter das Seil um seiner Taille und zogen leicht daran; geschickt löste sie den Knoten und befreite ihn, ehe sie sich selbst die Schlinge abstreifte. »Laß dich von mir in die Stadt zurückbringen. Unterwegs können wir uns über die Mers unterhalten.«

»Na schön«, murmelte er und spürte, wie ein sonderbarer Fatalismus von ihm Besitz ergriff. Er wehrte sich nicht, als sie stützend einen Arm um seine Taille legte und ihn den Strand entlang zu dem Boot führte, das in der Ferne mit gerefften Segeln wartete. »Ja«, sagte er, und irgendwie wußte er, daß er nicht mit seiner eigenen Stimme sprach. »Ich muß mit jemandem reden — über die Mers.«

Karbunkel

»... Wenn du schon mal da bist, dann bring auch gleich ein neues Faß Kelp-Bier mit und stell es auf, klar, Pollux?« Tor Starhiker drehte sich an der Bar um und betrachtete den glänzenden, halbmenschlichen, gesichtslosen Körper ihres kürzlich geleasten Servo.

Der nickte, und die beiden roten Lichter der visuellen Sensoren richteten sich starr auf sie. »Ja, Tor«, antwortete er.

Sie seufzte enttäuscht. »Du weißt, wie das geht?«

»Ja.«

»Dann fang endlich an!« Sie gab dem Servo einen Wink, und der schnurrte los, ohne Widerspruch und ohne Gefühle. Sie sah ihm hinterher, wie er im Lagerraum verschwand. »Scheiße«, fluchte sie und seufzte wieder.

»Was ist los?« fragte jemand hinter ihr. Sie drehte sich wieder zur Bar um, und war eigentlich nicht überrascht, als sie sah, wer sie angesprochen hatte. Seit Eröffnung des Lokals war er so etwas wie ein Stammkunde, und seit ungefähr zwei Wochen kam er jeden Abend in den Club. Er stammte von der Außenwelt und hatte einen komischen Namen, den sie sich einfach nicht merken konnte, obwohl er seit kurzem ständig an der Bar hockte und sich mit ihr unterhielt. *Niburu,* richtig, so hieß er. *Kedalion Niburu. »Du kannst Kedalion zu mir sagen«,* hatte er ihr angeboten.

Sie zuckte die Achseln und streifte sich den herabgerutschten Träger ihres Kleides wieder über die Schulter. »Er ist nicht derselbe«, sagte sie mit einem Blick auf die Tür, durch die der Servo gerade verschwunden war.

»Vor dem Letzten Abflug hatte ich auch so einen, aber dieser hier ist ganz anders. Er sieht aus wie der alte und hat sogar denselben Namen, deshalb dachte ich, er könnte genauso sein. Ich dachte ... das klingt vielleicht blöd aber ich hatte gehofft, er würde sich vielleicht an mich erinnern. Wir beide ... wir beide kamen wirklich toll miteinander aus. Für eine Maschine hatte er richtiggehend Charakter.«

Niburu lachte, aber nicht, weil er sich über Tor lustig machen wollte. »Woran merkst du, daß er sich nicht an dich erinnert?«

Sie beugte sich über die Bar und sah die Lachfältchen an seinen Augen. Er hatte ein angenehmes Lächeln, und wenn er an der Bar saß, vergaß man leicht, wie klein er war. Sie selbst war auch nicht groß, doch er reichte ihr kaum bis zur Schulter. Als sie ihn das erste Mal im Club sah, glaubte sie, er sei noch ein Kind und hätte ihn um ein Haar hinausgeworfen. »Das übliche?« fragte sie.

Er nickte. »Und einen Drink für meinen Freund.« Er deutete über die Schulter; sie sah den jungen Ondineaner, der meistens bei ihm war, an einem der Spieltische stehen.

Sie schenkte Getränke aus und schob ihm die Gläser zu. Der Servo tauchte aus dem Hinterzimmer auf, volle Fässer und Behälter balancierend, wie wenn sie nichts wiegen würden. Dann klinkte er sie in die Abfüllgeräte ein. »Ich weiß, daß er nicht derselbe ist, weil er unseren Witz nicht kennt.«

»Euren Witz?« wunderte sich Niburu.

»Der alte Servo, mit dem ich zusammenarbeitete, konnte einfach alles! Götter, er war einmalig. Ich ließ ihn sogar meine Kleider aussuchen. Aber all die Jahre lang, egal, was ich auch tat, sagte er immer nur: ›Wie du meinst, Tor.‹ Es sollte ein Witz sein, es war unser ganz persönlicher Witz ... Aber mit Sicherheit wußte ich das erst, als er fortging und es zugab.«

»Ich habe gehört, daß sie mitunter so werden.« Niburu nippte an seinem Getränk. »Ich war noch nie lange mit einem zusammen, aber ihre Programmierung soll angeblich so interaktiv sein, daß sie eine eigene Persönlichkeit entwickeln. Deshalb werden sie immer überholt und neu programmiert, wenn ein Vertrag ausläuft, und müssen wieder ganz von vorn anfangen.«

Sie kniff die Lippen zusammen. »Ich weiß. Er ... er wollte nicht weggehen. Er wollte nämlich nicht vergessen. Ich glaube, daß er Angst hatte, man könnte ihn einfach verschwinden lassen ... Aber das ist doch eigentlich gar nicht möglich, oder? Daß sie so empfinden können, meine ich.«

Er zuckte die Achseln. »Ich kann mir nicht vorstellen, daß sie echte Gefühle haben, schließlich sind sie nichts weiter als Maschinen. Die Kharemoughis lieben Dinge, die gehorsam sind und nicht widersprechen.«

»Als ich dann sah, daß dieses Modell verfügbar war, dachte ich mir ... na ja, vielleicht erinnert er sich doch? Es hätte ja sein können, daß er zu mir zurück will.« Sie preßte die Lippen aufeinander.

Eine Weile sah er sie verständnisvoll an. Dann schaute er wieder auf sein Getränk. »Wahrscheinlich ist er gar nicht derselbe, den du früher hattest, weißt du. Die Pollux-Modelle sind ziemlich unterschiedlich, meistens für Schwerarbeit geeignet, mit ein paar Zusatzfunktionen.«

»Das weiß ich«, versetzte sie ein bißchen schroff. »Früher habe ich im Hafen gearbeitet. Aber er ist wirklich dasselbe Modell. Allerdings erinnert er sich an nichts. *Der* dürfte mir nicht meine Kleider aussuchen, er ist bloß eine Maschine.« Der Servo kam zu ihr, blieb regungslos stehen und wartete auf weitere Befehle. »Mix ein paar Drinks«, sagte sie und deutete auf die Gäste, die an der Bar Schlange standen, während sie sich unterhielt. Ohne Kommentar führte der Servo ihre Anweisung aus.

»Du hast ihn noch nicht lange?« erkundigte sich Niburu und sah dem Servo zu.

»Erst gestern abgeholt.«

»Na ja«, lächelte er, »werdet erst mal richtig miteinander bekannt; *ihm* mußt du auch Zeit lassen, ihr habt euch doch gerade erst getroffen.«

Sie schaute ihn an und spürte, wie sich ihre Mundwinkel zu einem zögernden Grinsen hoben. »Vielleicht hast du recht. Ich werde einfach abwarten.«

Der Ondineaner, der offenbar Ananke hieß, kam zu Niburu an die Bar und holte seinen Drink ab.

»Hier«, sagte Tor und schob ihm eine Schale mit gerösteten Kernen zu. »Für den Quoll.«

»Danke.« Schüchtern lächelnd nickte er ihr zu. Er sprach selten mehr als zwei, drei Worte mit ihr, aber er schien ganz in Ordnung zu sein, und sie mochte sein Schoßtier. Jetzt holte er den Quoll aus der Schlinge und setzte ihn auf den Tresen. Prustende Geräusche von sich gebend vergrub der seine Nase in der Schüssel mit Kernen und begann zu fressen. Der Ondineaner nahm sich selbst eine Handvoll Körner und kaute zufrieden.

Tor streichelte den Rücken des Tieres, und es schnurrte lauter. Ein paar Gäste beschwerten sich, sie wollten ihre Drinks nicht in Gesellschaft eines haarigen Viehs zu sich nehmen, aber Tor kümmerte sich nicht um ihr Gemurre; schließlich war es ihr Club. Zwar gab es in der Straße mittlerweile noch mehr Spielhöllen, aber ihr Lokal war immer brechend voll.

»Wo bleibt denn der geheimnisvolle Mann heute abend?« Normalerweise kamen Niburu und Ananke immer in Begleitung eines Außenweltlers namens Kullervo. Sie wußte, daß die zwei für ihn arbeiteten, und sie wußte auch, in wessen Diensten Kullervo stand. Das Brandzeichen, das alle drei in den Handflächen trugen, hatte sie oft genug gesehen, damals, vor dem Großen Abzug, als sie für die Quelle Persiponës Spielhölle leitete. Als sie das erste Mal in ihrem neuen Club die Brandmale wiedersah, wäre ihr fast schlecht geworden. Doch dann sagte sie sich, die Tatsache, daß diese drei Männer in ihrem Lokal verkehrten, bedeutete noch lange nicht, daß die Quelle sich wieder für sie interessierte oder daß er sich persönlich auf Tiamat aufhielt. Jetzt lagen die Dinge anders; die Quelle konnte sich nicht mehr hinter Tiamatern verschanzen und aus dem Verborgenen heraus dunkle Geschäfte machen. Die Gesetze hatten sich geändert, wie alles andere auch.

Sie hatte keine Ahnung, wozu die Quelle Kullervo nach Tiamat geschickt hatte; es war ihr auch egal, solange sie nicht hineingezogen wurde. Nur weil die drei für einen Kriminellen arbeiteten, sanken sie deshalb noch lange nicht in ihrer Achtung. Einmal hätte sie um ein Haar einen Mann geheiratet, der für die Quelle tätig war.

Bisher hatte sie Kullervo nur erlebt, wie er an ihren Tischen gewann — pausenlos gewann er, egal bei welchem Spiel; aber da er sich nur selten zum Spielen hinreißen ließ, machte es ihr nichts aus; seinen gesamten Gewinn gab er immer sofort an seine beiden Männer weiter, die ihn unweigerlich gleich wieder verloren. Ihre anderen Gäste fanden das aufregend.

»Er wollte uns hier treffen.« Niburu zuckte die Achseln und lächelte. »Warum fragst du? Vermißt du ihn?«

Tor lachte. »Ich nicht, aber Ariele Dawntreader hat sich nach ihm erkundigt.«

»Da ist er ja.« Ananke zeigte mit dem Daumen über die Schulter.

Tor blickte in die Richtung und entdeckte Kullervo, der in dem flackernden Lichterspiel auf sie zukam. Tor schaute ihn länger an, als sie eigentlich wollte — teils, weil sie sein Gesicht faszinierend fand, und teils, weil er sie irgendwie nervös machte. Der Ausdruck in seinen Augen wirkte immer ein wenig irr; wenn sie ihn ansah, durchlief sie immer ein irrationaler Schauer aus Horror und Mitleid, obwohl er ihr gegenüber noch nie auch nur die Stimme erhoben hatte. Für sie blieb er der geheimnisvolle Mann, nicht, weil er etwas Absonderliches getan hätte, sondern weil er so seltsam auf sie wirkte.

Sie blickte zu dem Tisch hinüber, an dem Ariele Dawntreader mit ihrer Clique saß; sie war neugierig, ob das Mädchen Kullervos Kommen schon bemerkt hatte; doch, sie hatte ihn gesehen. Sie war bereits aufgesprungen und dabei, sich ihm in den Weg zu stellen. Elco Teel Graymount wieselte ihr hinterher, hielt sie am Arm fest und zischelte ihr etwas ins Ohr, was sie jedoch sehr ungnädig aufnahm. Sie schüttelte seine Hand ab, furchte die Stirn und schlängelte sich weiter durch den vollen, lauten Raum. Kurz bevor Kullervo die Bar erreichte, holte sie ihn ein und sprach ihn an.

Tor sah, wie sich Arieles Gesicht veränderte, als er stehenblieb und sich ihr zuwandte — die Augen strahlten, die Wangen röteten sich, ihr ganzer Körper spannte sich vor freudiger Erwartung. Noch nie hatte Tor Ariele so lebendig gesehen, auch als Kind nicht. Sie wußte genau, was dieser Wandel bedeutete: Ariele war verliebt. Doch sie fragte sich, worin das Mädchen sich verknallt hatte — war es Kullervos Mysteriosität, seine Wildheit, der Hauch von Gefahr, der ihn umgab. Sie hoffte, es sei nicht so. Vielleicht hatte sie sich auch in sein Gesicht verliebt; vor dreißig Jahren hätte ein Mann mit diesem Aussehen ihr sofort den Kopf verdreht. Zu gern hätte sie gewußt, ob die Königin über Arieles Schwärmerei im Bilde war.

Kullervo kehrte ihr den Rücken zu, während er mit Ariele sprach, deshalb konnte sie seine Reaktion nicht sehen. Aber seit kurzem kam er jeden Abend in den Club — wie Ariele —, und jedesmal landeten die beiden in einem ihrer Privatzimmer. Jetzt nickte Kullervo, und sie gingen zusammen fort. Doch zu ihrer Überraschung merkte Tor, daß Kullervo das Mädchen kein einziges Mal berührte — und Ariele ihn auch nicht —, bis sie ihrem Blickfeld entschwanden.

Sie widmete sich wieder Niburu und Ananke, die dieselbe Szene beobachtet hatten, Niburu erwiderte Anankes fragenden Blick, schüttelte den Kopf und hob die Schultern.

Tor beugte sich über den Tresen. »Hör mal«, sagte sie, »ist sie auch sicher bei ihm?«

»Sicher?« wiederholte Niburu verständnislos.

»Sie ist die Tochter der Königin. Außerdem kenne ich sie von klein auf, sie bedeutet mir viel. Von eurem Boss weiß ich gar nichts, ich habe nur seine Tätowierungen gesehen ...« *Und seine Augen ...*

Niburu nickte. »Die Tätowierungen bedeuten nicht das, was du denkst.« Er zögerte. »Und von Reede machst du dir wahrscheinlich auch falsche Vorstellungen. Sie ist vollkommen sicher bei ihm. Er ist nicht ... *so einer!* Und im übrigen ...« — er wandte sich an Ananke — »ist er in letzter Zeit ziemlich gutgelaunt.«

»Das stimmt«, pflichtete Ananke ihm bei. »Seit ein paar Tagen nennt er mich nicht mehr einen hirnlosen Idioten.« Er nippte an seinem Drink und nahm sich noch eine Handvoll Kerne. Der Quoll zwickte ihn mit ärgerlichem Knurren. »Entschuldige«, murmelte er.

»Ich habe noch nie gesehen, daß Ariele jemanden so anhimmelte. Mögen die Götter wissen, was die Königin dazu sagen wird, wenn sie erfährt, daß sich ihre Tochter mit einem Leibeigenen der Quelle eingelassen hat.«

Niburu prallte sichtlich zurück, als sie diesen Namen aussprach. »Reede ist kein Gauner«, erklärte er steif.

»Ach nein? Was ist er dann?«

Niburu furchte die Stirn, aber sie hätte schwören mögen, daß er unsicher dreinschaute. »Von Beruf ist er Biochemiker. Er leitet Jaakolas Forschungsabteilung.«

Sie stemmte die Hände auf die Hüften. »Und ich bin die Sommerkönigin. Komm, Kleiner, ich weiß, was das eingebrannte Auge in euren Handflächen bedeutet. Die Quelle brandmarkt keinen Boss.«

Niburu klappte den Mund auf, um zu antworten,

doch Ananke schnitt eine eindringliche Grimasse und legte ihm die Hand auf den Arm. Also atmete Niburu bloß seufzend aus und murmelte: »Denk, was du willst, Tor.« Achselzuckend leerte er sein Glas mit einem Zug und wischte sich den Mund ab. Ein gebrandmarkter Mietling irgendeines Unterweltkartells war nicht viel besser dran als ein Sklave.

Tor vermutete, mit ihren Bemerkungen über Kullervo habe sie auch Niburus Stolz verletzt; wahrscheinlich wollte er sie glauben machen, sein Boss sei etwas Besonderes, weil er selbst dann auch besser dastünde.

»Die Königin braucht sich über Reede keine Gedanken zu machen«, sagte er nun. »Denn er schläft nicht mit ihrer Tochter.«

Tor starrte ihn an. »Und was, zum Henker, treiben sie dann jede Nacht in meinem Privatzimmer?«

Niburu hob die Schultern. »Er sagt, sie würden sich unterhalten.«

Tor gab ein ordinäres Geräusch von sich.

»Angeblich sprechen sie über die Mers, weil sie sich beide dafür interessieren. Das ist aber auch schon alles.«

»Und das glaubst du.« Es war keine Frage, sondern eine Feststellung.

Er nickte. »Sie ist überhaupt nicht sein Typ. Seine Frau war eine Ondineanerin.«

»Frau?« wiederholte sie. »War?« Sie fand, für einen solchen Lebenslauf sähe Reede Kullervo viel zu jung aus.

»Sie starb ... bei einem Unfall.« Er senkte den Blick. »Seitdem habe ich ihn nur mit ondineanischen Frauen zusammen gesehen, selbst hier. Und nie zweimal mit derselben.«

Tor war beunruhigt; der Blick, mit dem Ariele Kullervo ansah, hatte nichts mit dem Wunsch nach angeregter Unterhaltung zu tun. »Na ja«, sagte sie nach einer Weile, »ich weiß nicht, ob das eine gute oder schlechte

Nachricht ist ... Ich kann nur soviel sagen, so gern ich das Mädchen auch habe, ein interessanter Gesprächspartner ist sie nicht.«

»Es ist wirklich ungewöhnlich, Kedalion«, mischte sich Ananke ein und spähte durch den Raum. »Seit ein paar Wochen hängen wir jeden Abend hier herum, so was hat er früher nie gemacht.«

»Du hast recht ...« Kedalion Niburu nickte nachdenklich.

Ananke fing den Quoll ein, der sich an den Körnern gütlich getan hatte und nun auf Entdeckungsreise ging. Behutsam setzte er ihn wieder in die Schlinge an seiner Seite. »Hast du Lust auf ein Spiel?«

»Später vielleicht.« Niburu winkte ab. »Geh ruhig schon vor, ich trinke in Ruhe aus.«

Tor blickte auf sein leeres Glas. Sie merkte, daß Ananke es auch anschaute; ein Lächeln zuckte um seine Mundwinkel, als er danach sie ansah. Achselzuckend entfernte er sich von der Bar und mischte sich unter die Leute.

Tor wandte sich wieder Niburu zu und merkte, daß er ihr in den Ausschnitt starrte. Lächelnd richtete sie sich auf und strich lässig mit den Händen über ihre in Seide gehüllten Rundungen. Niburu hob die Brauen; sie dachte sich, eigentlich sollte sie sich über die schummerige Beleuchtung im Club freuen und dankbar sein, daß jemand sie in ihrem Alter immer noch ansehnlich fand. »Noch mal dasselbe?« Sie zeigte auf Niburus leeres Glas.

»Ja, gern.« Er grinste einfältig.

»Pollux!« Sie trat einen Schritt zurück und sah zu, wie der Servo den Drink einschenkte. Ohne ein Wort zu sagen, ging er dann weiter und bediente andere Kunden. »Na ja, wenigstens macht er seinen Job. Und ich kann mich derweil den Gästen widmen. Jeder will mit dem Barkeeper sprechen.« Aus einem Kästchen unter dem Tresen holte sie ein Drogenstäbchen und zündete es an;

sie inhalierte den aromatischen Rauch, der von der Spitze emporkräuselte.

»Ja, ich weiß.« Niburu grinste immer noch dümmlich. Er hob das Glas an und schaute den Tresen entlang. »Wie ich hörte, hattest du früher ein Restaurant ... Ich koche nämlich selbst gern«, setzte er hinzu.

»Was für Gerichte?« Mit ungespielter Neugier sah sie ihn an.

»Hausmannskost, einfach und sättigend; stark gewürzt ...« Er hob den Blick und schaute ihr in die Augen.

»Mein Partner war für die Küche zuständig.« Als sie den Ausdruck auf seinem Gesicht sah, schmunzelte sie. »Ich esse nur gern. Aber dann wurde ich seine Kocherei leid — zu exotisch.« Ihre Mundwinkel zuckten. »Einen Club zu führen gefällt mir besser.«

»Ich mag deinen Stil«, bekannte Niburu. »Dein Club ist das einzige Lokal im Labyrinth, wo sich noch ein richtiger Mensch persönlich um einen kümmert. Das ist so schön altmodisch. Der Gast bekommt den Eindruck, daß dir an ihm als Mensch genausoviel liegt wie an seinem Kredit.« Hoffnungsvoll sah er sie an.

»Danke.« Der Drogenqualm vermittelte ihr ein wohliges Gefühl; sie stützte die Ellbogen auf den Tresen und gewährte Niburu einen offenherzigen Einblick in ihr Dekolleté. »Wie schön, daß es dir aufgefallen ist ... Früher, als ich für die Quelle einen Club führte, hatte ich einen richtigen Barkeeper. So was zahlt sich immer aus.«

Er blickte überrascht drein, wie wenn er ihr vorhin nicht abgenommen hätte, daß sie über die Quelle Bescheid wüßte. »Du hast tatsächlich für Jaakola gearbeitet? Hier?«

Sie nickte. »Als Aushängeschild, um den Schein zu wahren; so war das früher hier üblich. Jetzt bin ich mein eigener Herr, und ich werde mich nie wieder benutzen lassen. Sie blickte auf seine Hände, doch das Brandmal war nicht zu sehen. Als sie dann in ihre eigenen, unmarkierten Handflächen schaute, brach ihr plötzlich der Schweiß aus.

»Wenn man die Wahl hat ...«, murmelte Niburu und ballte eine Hand zur Faust.

»Wie kamst du an dein Brandzeichen?« fragte sie mitfühlend.

»Es traf uns alle zusammen, mich, Ananke und Reede. Bevor Reede anfing, für die Quelle zu arbeiten, waren wir seine Crew. Ich bin sein Pilot«, erklärte er mit eigensinnigem Stolz.

Sie hob die silbern bestäubten Augenbrauen; gemeine Leibeigene hatten keine Privatpiloten, auch dann nicht, wenn sie für die Quelle arbeiteten. Nur ein Boss hatte einen Anspruch auf diesen Service. Vielleicht hatte Niburu ihr wirklich die Wahrheit gesagt und gar nicht geprahlt. Sie fragte sich, aus welchem Grund die Quelle einen seiner Spitzenleute verstümmelte wie einen ganz gewöhnlichen Vasallen, ihn dermaßen demütigte und dann noch von ihm verlangte, daß er ihm loyal diente. Sie schüttelte den Kopf; der Quelle traute sie jede Grausamkeit zu, ungeachtet der Motive. »Hör mal, mit der Quelle will ich nie wieder etwas zu tun haben, kapiert?«

»Vollkommen.« Niburu nickte. »Keine Sorge, eine Begegnung mit dem wünsche ich keinem ...« Tief Luft holend, riß er sich aus seiner finsteren Stimmung. »Übrigens, was machst du eigentlich nach Lokalschluß?«

Ihr Mund zuckte, und sie richtete sich wieder gerade auf. »Ich gehe schlafen.«

»Allein?«

Sie sah ihn an. »Ja, falls dich das etwas angeht.«

Er hob die Hände. »Ich dachte mir nur, du wünschst dir vielleicht etwas Gesellschaft.«

»Wieso ich?« fragte sie mißtrauisch. Im Club gab es genug andere Frauen, die nur darauf warteten, angesprochen zu werden; jüngere, hübschere, Amateurinnen und Professionelle.

»Weil ich nur mit Frauen schlafe, die mir sympathisch sind.«

»Ich könnte deine Mutter sein ... fast.«

»Du siehst aber gar nicht wie meine Mutter aus.«

»Und was ist mit deiner Frau?«

»Ich habe keine; war nie verheiratet.«

»Warum nicht?«

»Bin zuviel unterwegs. Und du?«

»Ich bin zuviel am selben Ort.« Langsam wurde sie ungeduldig. »Vorhin habe ich ›Kleiner‹ zu dir gesagt.«

»Ich bin schlimmere Beschimpfungen gewöhnt. Und da, wo ich herkomme, gilt das als Kompliment.«

»Sieh doch«, murmelte sie und fühlte sich gegen ihren Willen geschmeichelt, »du bist wirklich zu klein für mich.«

Er lehnte sich auf dem Barhocker zurück. »Du meinst wohl, du bist für mich zu alt.«

Sie wurde rot. »Nicht da, wo's drauf ankommt.«

»Und wo's bei mir drauf ankommt, bin ich auch nicht zu kurz geraten.«

Unwillkürlich mußte sie grinsen, und damit gab sie sich geschlagen. »Na schön«, sagte sie. »Wieso eigentlich nicht, zur Hölle noch mal? Um drei schließt der Club. Wenn du dann noch hier bist, sehen wir weiter ...«

Allein betrat Tammis Dawntreader Tor Starhikers Club; schlaflos und ziellos wie die übrigen Gäste. Im Vorbeigehen betrachtete er die Gesichter, während er sich tiefer in das Labyrinth aus illusorischen Vergnügungen und flüchtigen Phantasien vorarbeitete, wo Verführung und Zerstörung ein prekäres Gleichgewicht bildeten. Er forschte, ob er einen der Gäste kannte, bereit, in die Anonymität abzutauchen, ehe jemand seinen Namen rief.

Zu seiner Erleichterung erspähte er weder seine Schwester noch ihre Winter-Clique. Im allgemeinen begannen sie ihren Zug durch die Gemeinde in Starhikers

Club; wahrscheinlich waren sie bereits weitergegangen. Er mied die Bar, wo Tor die Stellung hielt; heute abend hatte er keine Lust, sich mit ihr zu unterhalten, obschon er wußte, daß sie ihm nie anders als freundlich begegnen würde. Doch Freundlichkeit hatte er weder verdient, noch konnte er jetzt ein gutes Wort vertragen.

Nach Glücksspiel war ihm auch nicht zumute; diese Beschäftigung erinnerte ihn zu sehr an sein nutzloses, unausgefülltes Leben. Wie eine verlorene Seele irrte er durch die Menge, sah fremden Leuten beim Spielen zu, ließ sich durch das flackernde Licht- und Schattenspiel die Sinne verwirren. Laute Musik und von Parfüms und Drogen geschwängerte Luft betäubten ihn, bis er für eine Weile seine persönlichen Kümmernisse vergessen konnte.

Zum Schluß fand er sich im hinteren Teil des Clubs wieder, wo sich weniger Leute aufhielten. Hier entdeckte er in einer Nische jemand, der genauso allein war wie er. Diesen Außenweltler mit dem nachtschwarzen Gesicht, der schlanken, grazilen Figur, dem Haar, das glänzte wie Gagat, und indigoblauen Augen hatte er bereits früher schon gesehen. Er käme von Ondinee, hatte man ihm gesagt, war nicht viel älter als er selbst und gehörte einem ziemlich auffallenden Trio an. Einer seiner Kumpane war der kleinste Mann, den er je gesehen hatte, der andere war tätowiert und besaß beim Glücksspiel eine beinahe unheimliche Geschicklichkeit; seine Schwester war gerade dabei, diesen jungen Außenweltler ihrer Trophäensammlung einzuverleiben.

Der Ondineaner saß zurückgelehnt in der Ecke und hatte einen Fuß auf die Sitzbank gestellt; anstelle eines Schuhs trug er einen Lederfußling mit abgeschnittenen Zehen. Er machte eine gelangweilte Miene und jonglierte mit einer Hand Beeren. Gelegentlich ließ er eine fallen — absichtlich —, und eine katzengroße Kreatur schoß vor, um sie zu fressen.

Neugier und ein anderes, stärkeres Gefühl trieben

Tammis zu ihm hin; vor der Nische blieb er stehen und beobachtete den Ondineaner beim Jonglieren. Schließlich blickte der hoch und erschrak, weil er einen Zuschauer hatte.

»Du kannst das sehr gut«, sagte Tammis schüchtern. »Ich wünschte, ich könnte auch Jonglieren.«

Der Ondineaner nickte und grinste zögernd. »Du bist ein Sibyl. Ich wünschte, ich könnte auch einer sein.« Er fing die Beeren nacheinander auf und legte sie in eine Schale zurück.

»Darf ich mich zu dir setzen?« Tammis deutete auf die Nischen hinter ihm, wo kein einziger Platz mehr frei war.

Der Ondineaner zuckte die Achseln, wie wenn es ihm einerlei wäre. Doch als Tammis ihm gegenüber Platz nahm, ließ er ihn nicht aus den Augen; Tammis kannte diesen Blick, der alles andere als gleichgültig war.

»Was für ein Tier ist das?« fragte Tammis, als die pelzige Kreatur auf der Tischplatte ihn anstarrte, wie wenn sie ihn studieren wollte. Sie hatte Augen wie glänzende schwarze Knöpfe.

»Ein Quoll«, antwortete der Ondineaner und streichelte sanft über das Fell; dabei schaute er Tammis halb skeptisch, halb unsicher an. Zwitschernd und grummelnd rutschte der Quoll auf seinen kurzen Beinchen näher an den Jungen heran.

»Hast du ihn von Ondinee mitgebracht?«

Der Ondineaner nickte und nahm sich noch eine Beere; eifrig trippelte der Quoll nach vorn. Die Beere rutschte ihm aus den Fingern und fiel unter den Tisch. Nach unten blickend, hangelte er mit seinem Fuß danach; als er ihn wieder hochzog, hielt er die Beere zwischen den Zehen, so geschickt, daß sie nicht mal gequetscht war. Nachdem er die Beere an den Quoll verfüttert hatte, sah er Tammis an, wie um zu prüfen, ob seine kleine Vorstellung Eindruck gemacht hätte. »Du hast genug gefressen«, murmelte er, als der Quoll nach weiteren Beeren Ausschau hielt. Langsam verzehrte er selbst die restlichen Beeren in der Schale, wobei er seine ebenmäßigen, weißen Zähne zeigte. Als nur noch eine Beere in der Schale lag, schob er sie Tammis zu. Der aß sie und staunte, wie süß sie schmeckte.

»Wie heißt er?« fragte Tammis und deutete mit einem Kopfnicken auf den Quoll.

Der Ondineaner zuckte die Achseln. »Er hat sich mir nie vorgestellt.«

Tammis grinste.

»Ich kenne dich«, sagte der Ondineaner langsam. »Ich habe dich schon oft hier gesehen. Du bist der Sohn der Königin, nicht wahr? Ihr Bruder?«

Ariele. Natürlich kannte er Ariele ... Tammis war überrascht und ein wenig erfreut, weil der Ondineaner von ihm Notiz genommen hatte. Er nickte. »Ich heiße Tammis.«

»Und ich Ananke.« Plötzlich schien der Ondineaner wieder verlegen zu werden. Er legte seine Hand mit der Innenfläche nach oben auf den Tisch und starrte sie an. »Du bist ein Sibyl, wie die Königin. Wirst du eines Tages der König sein?« fragte er leise.

Tammis sah die Narbe in der Hand, die ihn anstarrte wie ein seltsames Auge. »Nein.« Er schüttelte den Kopf; er spürte Anankes Nervosität und wollte ihn beruhigen. »Meine Schwester wird Königin, falls sie es will. Wie bist du denn daran gekommen?« Er riskierte die Vertraulichkeit und zeigte auf die Narbe, die graublau von der helleren Haut abstach.

»Das Mal bedeutet, daß ich für jemanden arbeite, der die Quelle genannt wird«, erklärte Ananke mit tonloser Stimme.

Tammis blinzelte und wechselte das Thema. »Wo sind deine Freunde heute abend?«

Einen Moment lang starrte Ananke ihn verdutzt oder verwirrt an. »Kedalion ist da drüben« — er deutete auf die Bar — »und wartet wohl nur darauf, daß die Zeit vergeht. Angeblich will die Besitzerin des Clubs ihn später mit zu sich nach Hause nehmen. Reede ist mit deiner Schwester zusammen.« Seine Stimme klang teilnahmslos, und er sah Tammis nicht an.

»Und was machst du hier?« fragte Tammis.

Ananke hob die Schultern. »Ich lungere bloß hier herum. Ich muß auf Reede warten.«

»Du mußt?«

Sein Mund zuckte. »Wir kümmern uns um Reede.« Er hob den Kopf und schüttelte das lange, glänzende Haar nach hinten. Diese ungewollt sinnliche Geste erinnerte an eine große Katze. »Machst du dir Sorgen um deine Schwester?«

»Nein.«

Ananke blickte ihn noch eine Zeitlang an und zuckte dann abermals die Achseln. »Wieso bist du dann hier?«

Tammis schaute in seine Augen, die so tiefblau waren, daß sie beinahe schwarz wirkten. »Weil ich heute nacht nicht allein sein möchte«, erwiderte er leise.

Ananke wollte die Hand ausstrecken, um den Quoll zu streicheln, doch er zögerte. Dann griff er hastig nach dem Tier, wie um zu vertuschen, daß er bei Tammis' Worten gestutzt hatte. Aber er wandte den Blick nicht ab. »Wer will das schon ...«, sagte er. »Jeder ist auf die Dauer nicht gern allein.« Nun blickte er doch zu Boden, und seine Lippen zuckten seltsam.

Tammis streckte gleichfalls die Hand aus und begann auch, den Rücken des Quolls zu streicheln; seine Finger tasteten sich vor, bis sie zaghaft Anankes Hand berührten. »Wir könnten weggehen ... irgendwo anders hin.«

Ananke erstarrte und glotzte auf die ineinander verflochtenen blassen und dunklen Finger. Langsam, beinahe widerstrebend, zog er seine Hand zurück. Er schüttelte den Kopf. »Das geht nicht«, murmelte er. »Ich muß hier bleiben und auf Reede warten.« Er hob die Schultern, wie wenn er eine Last von seinem Rücken abschütteln wollte. »Es gehört zu unserem Job, daß wir uns um ihn kümmern.«

Tammis zauderte; er erkannte Angst in Anankes Augen, doch auch eine plötzliche, hilflose Sehnsucht.

Ananke schüttelte den Kopf; sein mitternachtsschwarzes Haar bewegte sich in einer aufreizenden Weise um die Schultern, die Tammis' Begehren weckte. Er schaute weg. »Ich kann wirklich nicht.«

»Vielleicht ein anderes Mal?«

Es geht nicht.« Er hob den Kopf, um Tammis' Blick zu erwidern. »Es wird nie gehen.« Ein Schauer durchlief ihn, er ballte die schmalen Hände zu Fäusten und versteckte sie unter dem Tisch.

Tammis starrte ihn eine geraume Zeitlang an; er glaubte genau zu wissen, was in Ananke vorging. Er holte tief Luft, kämpfte gegen seine überhitzten Phantasien an, bis eine Wärme ganz anderer Art ihn durchströmte. »Das sage ich mir auch immer ...«, sagte er zum Schluß. »Aber ich meine es nie ernst. Deshalb bin ich heute abend hier, und nicht daheim bei meiner Frau. Weil ich nicht weiß, was ich will.«

»Du hast eine Frau?« murmelte Ananke.

Tammis senkte den Blick. »Ich kann es ihr nicht erklären — warum ich so empfinde. Ich kann es niemandem erklären, der mir nahesteht. Ich kann es mir ja selbst nicht erklären.«

Ananke nickte. In seinen Augen dämmerten Verständnis und Staunen. »Ja«, sagte er leise, »mir geht es genauso. Mich hat nie jemand verstanden, und ich habe keinen, dem ich mich mitteilen kann. Kedalion und Reede ... sie sind so was wie meine Familie, aber wenn sie es jemals herausfänden, würde ich sie verlieren ... Ich hasse diese Vorurteile über Männer und Frauen, die Unterschiede zwischen ihnen, die Rollenverteilung. Auf meiner Heimatwelt eckte ich damit an, ich dachte mir, wenn ich von dort fortkäme, würde alles anders, es müßte doch einen Ort geben, wo ich besser zurecht käme. Aber ich habe immer noch Angst, was mit mir passiert, wenn jemand herausfindet, wie ich in Wirklichkeit bin.«

»Vielleicht hast du auch Angst, du könntest eines Tages merken, daß sie im Recht sind und du nicht ... oder daß deine Wünsche in Erfüllung gehen, ohne daß es dich befriedigt, weil dein eigentliches Problem ganz woanders liegt ... weil es keine richtigen Antworten gibt.« Ananke nickte bedächtig; seine Miene drückte denselben Kummer aus, der auch Tammis quälte. »Und deshalb würdest du nie ...?«

Gesenkten Blickes schüttelte Ananke den Kopf. Er legte die Hände wieder auf den Tisch und faltete sie.

»Auch nicht mit?« *Mit jemandem, der dich versteht ... mit mir?*

Ananke schaute wieder hoch; die Augen hatten einen unnatürlichen Glanz, und der Blick war voller Sorgen und Zweifel. »Nein«, flüsterte er.

Tammis starrte ihn an und beobachtete, wie er seine Gefühle wieder in den Griff bekam. »Und warum nicht?« fragte er schließlich mit sanfter Stimme.

»Weil es im Grunde um etwas ganz anderes geht ...« Ananke lehnte sich gegen die spiegelverkleidete Wand und schlang die Arme um seinen Körper. Seine Miene drückte Traurigkeit aus. Der Glanz in seinen Augen war erloschen, sie blickten stumpf, ohne Tränen und ohne Hoffnung.

»Möchtest du darüber sprechen?«

Ananke schüttelte den Kopf. »Das würde auch nichts ändern«, meinte er.

Tammis nickte müde. »Dann gibt es wohl nichts mehr zu sagen. Das beste wird sein, wenn ich jetzt gehe.« Er faßte nach dem Sibyllenmedaillon, das auf seinem Hemd hing.

Ananke nickte und blickte zur Seite.

»Es tut mir leid ...« Tammis stand auf; er bedauerte es, daß er nichts tun konnte, um zu helfen.

Karbunkel

Bei den Göttern, wie ich die frische Luft vermisse! An diesem Ort kriegt man ja Platzangst: er ist muffig, *uralt*, stinkt und hat ein Echo. Ständig bilde ich mir ein, aus dem Augenwinkel *Dinge* zu sehen. Man fühlt sich wie in einer Falle ... Es ist *unnatürlich*.«

Aus seiner Versunkenheit gerissen, schob sich Gundhalinu den Simulator-Kopfset von den Augen; neben ihm ließ sich Vhanu auf einen Sitz fallen, gefolgt von Kitaro und Akroyalin, einen der beigeordneten Richter. Gundhalinus Blick konzentrierte sich wieder auf den großen Saal der Survey-Halle, dann schaute er in die Gesichter der Neuankömmlinge. »Hier, NR, probieren Sie einen von diesen.« Er streckte sich, nahm den Kopfset ab und reichte ihn Vhanu. »Sie sind gerade eingetroffen. Nehmen Sie Urlaub, ohne ihren Sessel zu verlassen.« Er hatte soeben eine vollsensorische Rekreation in dem Wüstenkurort auf Kharemough genossen, in den sein Vater die Familie öfter mitgenommen hatte. Als er noch ein Kind war, fuhren sie jeden Herbst zu den heißen Quellen, denn sein Vater fand, die asketischen Bedingungen dort, die Hitze und Einsamkeit, seien eine Wohltat für Körper und Seele.

Früher hatte Gundhalinu diesen Ort nie besonders gemocht. Zu seiner Überraschung befand sich jedoch ein Sensorband davon in der Kollektion von rekreierenden Filmen. Und dann stellte er nach all den Jahren fest, daß sein Vater mit der Wahl des Urlaubsortes recht gehabt hatte. Selbst die Illusion, bis zur Brust in sprudelndem, mineralisch gefärbtem Wasser zu sitzen, hatte ihn erfrischt und seine Spannkraft erneuert, wie wenn er tatsächlich dort gewesen wäre. Genüßlich sog er den schwachen Duft nach Kupfer und Schwefel ein, labte sich an dem Bild der bizarren, verwitterten roten Sandsteinformationen ringsum. Das Gestein wies ein wellenförmiges Muster auf, und ihm war, als befände er sich mitten in einer Muschel, die im Widerschein der Sonne glühte.

Er riß sich aus dem tückischen Tagtraum, den Nachhall des Kopfset-Programms — eine gestohlene Erinnerung, eine Vision, die man ihm mittels eines Prozesses, den er immer noch nicht verstand, bei seiner Initiation in die Survey-Loge eingepflanzt hatte. Hatte er damals tatsächlich seine eigene Welt gesehen, durch die Augen eines anderen Mannes, in einer Zeit vor der Kolonisierung? — Hatte er vielleicht durch die Augen eines seiner Ahnen geschaut? War das Band mit diesen Bildern zufällig in die Auswahl gelangt oder versuchte jemand, ihm Denkanstöße zu geben, sein Gedächtnis zu stimulieren, ihm zu einer Erkenntnis zu verhelfen? *Es gibt Zufälle, verdammt noch mal!* Ärgerlich über sich selbst, schüttelte er den Kopf; erst dann merkte er, daß Vhanu unentwegt weitergesprochen hatte, ohne daß er ihm zuhörte. »Wie bitte?« fragte er.

»Das Band muß wirklich gut sein«, sagte Vhanu und nahm ihm den Kopfset aus der Hand. »Sie wollten es gar nicht loslassen.«

»Kharemough«, murmelte Gundhalinu und erwiderte das Lächeln.

»Die einzig sehenswerte Welt«, meinte Akroyalin.

»Karbunkel ist auch nicht beengter als unsere Orbitalstädte daheim«, entgegnete Gundhalinu. »Auf Tiamat gibt es viel zu sehen und zu unternehmen — und es wird mit jedem Tag mehr. Wenn man aus der Stadt heraus will, kann man immer noch die Küste entlangfahren.«

»Ich habe mal eine Tagestour unternommen. Hinter Karbunkel gibt es nichts als Nebel, Fische und Aberglauben. Auf diesem Planeten scheint die Zeit stehengeblieben zu sein.« Vhanu schüttelte den Kopf. »Und das viele Wasser ... Ich fand es erdrückend.«

»Ach, kommen Sie«, hänselte ihn Kitaro. »Wo bleibt Ihr Sinn für Abenteuer?«

»Die Worte ›Sinn‹ und ›Abenteuer‹ gehören nicht zusammen, wenn Sie mich fragen«, erklärte Akroyalin und streifte sie mit einem gleichgültigen Blick. In der Survey-Halle galt die Regel, daß weltlicher Rang und Status an der Tür abgelegt wurden; Gundhalinu fiel auf, daß sich einige Mitglieder mit diesem Gleichheitsgrundsatz schwerer taten als andere. Kitaro preßte die Lippen zusammen, erwiderte jedoch nichts. Akroyalin stemmte sich von seinem Platz hoch und ging quer durchs Zimmer.

»Na ja, diese Bänder ergänzen wenigstens unseren ziemlich schmalen Vorrat an Rekreations-Mitteln«, meinte Vhanu und hielt den Kopfset hoch. »Obwohl jetzt; wo wir ein Schiff besteigen und in annehmbarer Zeit heimreisen können, alles halb so schlimm ist.«

»Es wird noch viele Jahre dauern, bis ein Urlaub daheim oder auf einer anderen Welt genauso unproblematisch sein wird wie der Gebrauch eines Kopfsets«, bemerkte Kitaro trocken. »Besonders für arme, unterbezahlte Kulis wie mich. Begnügen Sie sich mit Vergnügungen aus zweiter Hand, bevor jemand Ihnen zuvorkommt.«

Vhanu sah sie an und hob die Augenbrauen. Doch dann setzte er achselzuckend den Kopfset auf. Gundhalinu sah, wie er erstarrte und dann unwillkürlich seufzte, während die Bilder von ihm Besitz ergriffen.

Zufrieden lächelnd beugte sich Kitaro über den niedrigen Tisch, der sie von Gundhalinu trennte. »Ich habe was für Sie«, murmelte sie, und ihr Lächeln erlosch. Sie überzeugte sich, daß sie auch nicht beobachtet wurden, und steckte ihm einen Datenknopf zu. Klein und unscheinbar wie eine Nuß, lag er in seiner Hand. Er trug weder das Siegel der Regierung noch andere Markierungen. Gespannt blickte er Kitaro an.

Sie nickte. »Die Informationen, die Sie haben wollten. Aber Sie müssen sich alles gleich beim ersten Mal merken, die Daten werden unmittelbar nach dem Lesen gelöscht.«

Er blickte auf das Ding in seiner Hand, dann schaute er zu Vhanu hin, der in eine andere Welt versunken war.

»Sie allein haben den erforderlichen Grad, um an diese Informationen zu gelangen«, sagte Kitaro.

Er nickte. Während er aufstand, steckte er den Datenknopf in seine Tasche. »Sagen Sie, Kitaro ... wissen Sie, was dieses Band enthält?«

Sie lächelte mit unergründlicher Miene. »Hauptsache, Sie wissen Bescheid, Richter.«

Er erwiderte ihr Lächeln, entschuldigte sich und suchte sich einen Platz, wo er ungestört war. Schließlich fand er ein leeres Meditationszimmer und schloß sich darin ein. Nachdem er es sich mit überkreuzten Beinen in den Kissen bequem gemacht hatte, schob er den Knopf in das elektronische Gerät an seinem Gürtel. Dann drückte er sich einen Kontaktfühler auf die Stirn, wie ein drittes Auge.

Er schloß die Augen und aktivierte das Gerät. Ein vages, dissonantes Klingeln tönte in seinen Ohren, Bilder entstanden ... immer mehr, bis innerhalb weniger Sekunden ein Blizzard aus unzusammenhängenden Informationen seinen Geist in Schnee erstickte. Er geriet in Panik, als er merkte, daß man ihm eine komplette Datenbank zum Studieren gegeben hatte; viel mehr Angaben, als er in einer einzigen Sitzung ohne Nervenschäden verkraften konnte, und der weitaus größte Teil dieser Informationen beschäftigte sich nur am Rande mit Reede Kullervo.

Wer immer ihm dieses Band zur Verfügung gestellt hatte, mußte wissen, daß eine Sitzung allein dafür nicht genügte. Verzweifelt fragte er sich, wieso man ihm das antat — es sei denn, man hatte wirklich keine Ahnung, welche Informationen er benötigte. Wie bei einem Orakel, so überließ man es ihm, die richtigen Fragen zu stellen ...

Man muß die richtigen Fragen stellen. Irgendwo in diesem Inferno aus Daten gab es einen Prozessor, der seine Fragen zu den Informationen lenkte, die er brauchte. Er wandte die Techniken an, die er in der Survey-Loge gelernt hatte, um seine ausufernden physischen und emotionalen Reaktionen zu konzentrieren; nach und nach grenzte er seinen Fokus ein, bis kein Blizzard mehr in seinem Hirn tobte, sondern seine bewußten Gedanken nur noch um sein Thema kreisten: *»Frage: Reede Kulleva Kullervo.«* Er wiederholte den Befehl mit der Stimme und wartete.

Die Informationen waren holographisch codiert; sie entfalteten sich wie eine Erinnerung, als ob die Bilder schon immer in seinem Kopf geschlummert hätten ... Vor seinen Augen entstand ein vollkommen deutliches Abbild von Reede Kullervos Gesicht, und er spürte einen Stich, genauso schmerzhaft, wie der Tritt damals gewesen war, mit dem Reede ihm am Feuersee die Rippen gebrochen hatte. Gundhalinu durchlebte noch einmal die Enttäuschung, als seine Freundschaft und sein Vertrauen mißbraucht wurden; die Sehnsucht, das Hyper-Reale zu erreichen, die ihn damals tagtäglich neu beseelt hatte; die gemischten Gefühle, die seine Zeit mit Reede Kullervo begleiteten, während sie gemeinsam darum kämpften, das Chaos in Ordnung zu verwandeln.

Vollkommen ruhig saß Gundhalinu da und bezähmte den plötzlichen Ansturm von Empfindungen. Normalerweise erlebte er nur solche extremen emotionalen Aufwallungen, wenn er in einen höheren Grad der Loge initiiert wurde; über die Heftigkeit seiner Reaktionen hatte er immer gestaunt. *»Frage: Was ist über den Lebenslauf von Reede Kullvero bekannt?«*

Er wartete ... Wieder kam es ihm vor, wie wenn er sich einfach nur an die Angaben erinnerte, die er über den Datenspeicher der Polizei erhalten hatte: Kullervo stammte von Samathe; geboren und aufgewachsen in einer der untermeerischen Minenstädte. Er war vorbestraft, und in den örtlichen Spielhöllen berühmt für seine unheimliche Geschicklichkeit. Von der Schule verwiesen, kein Schulabschluß. Mit siebzehn ermordete er seinen Vater und tauchte danach unter, vermutlich in der Bruderschaft.

»Frage: Warum tötete er seinen Vater?« Sein Geist produzierte ein Bild von Kullervos Vater — ein Gesicht mit harten Augen, einem schmallippigen, bitteren Mund, keine erkennbare Ähnlichkeit mit dem Sohn. Ein Minenarbeiter, der wegen wiederholten Drogenmißbrauchs oft blau machte. Beschuldigt, er würde Frau und Kinder mißhandeln, doch die Ehefrau zog die Anzeigen immer wieder zurück oder leugnete später alles ab.

»Frage: Wie wurde der Vater getötet?« Tod durch Ertrinken. Er sah den Leichnam, wie man ihn gefunden hatte: mit weitaufgerissenen, staunenden Augen trieb er in einem untermeerischen Zugangsbrunnen ...

Er hat versucht, mich zu ertränken, dieser Bastard! Ich bringe ihn um! Dieses Mal war es eine echte Erinnerung; ihm fiel ein, was Reede gesagt hatte, nachdem er am Ufer des Flusses, der durch Sanctuary verlief, wieder zu sich kam — in den Augen der blanke Terror. Erst jetzt verstand er, worüber Reede in diesem Moment faselte. *Mildernde Umstände ...* Er wußte nicht, ob es eine Dateneingabe oder sein eigenes Urteil war.

Doch nichts von alldem erklärte, wieso Kullervo sich zu einem genialen Biochemiker gemausert hatte. Im Gegenteil ...

»Frage: Was geschah mit Reede Kullervo, nachdem er Samathe verließ?«

Jählings wurde es dunkel in seinem Hirn; dann begann eine Stimme in seinem Kopf zu murmeln und stellte ihm eine Frage. Es gab drei mögliche Antworten darauf, alle richtig, doch jede präziser als die letzte. Er hatte sie auf drei verschiedenen Ebenen der Survey-Loge gelernt. Er gab die aufrichtigste Antwort, die er kannte, und wartete ab.

Nach einer Weile spürte er, wie neue Daten in sein Hirn eingespeist wurden: Kullervos Bild spukte vor seinen Augen. Er konnte zusehen, wie seine Gestalt verschwommen wurde und sich zu verändern schien, wie wenn Reedes Widersprüchlichkeit sichtbar gemacht werden sollte ... bis er sich in zwei Personen aufzuspalten schien, von denen jedoch keine feste Umrisse besaß. *Bei allen Göttern ...*, murmelte Gundhalinu leise. Denn irgendwie kam ihm das andere Gesicht, das das von Kullervo überlagerte, merkwürdig vertraut vor; fast fiel ihm der passende Name dafür ein ... Doch er schwieg und ließ die Geschichte auf sich einwirken.

Er sah eine Frau, eine exotische, mitternachtsschwarze, ondineanische Schönheit, eine einflußreiche Gestalt in der Schattenwelt der Bruderschaft — sie war mit Reede zusammen, umarmte ihn, wickelte ihn in ihre Macht ein wie in einen finsteren Mantel, zog ihn mit sich in die dunkle, interstellare Unterwelt ... um ihn dort zu verschlingen.

Unverhofft verbreiterte sich die Vision; wie durch eine sanfte Explosion befreit, erkannte er das größere Muster — den Makrokosmos der Survey-Loge, die bis in die Tiefen der Zeit hinabreichte und die weit verstreuten Welten des einstigen Imperiums umspannte.

Er sah, wie das Muster zersplitterte, als der Untergang des Imperiums die ehemaligen Mitgliedswelten isolierte. Neue, unbedeutende Zusammenschlüsse von Planeten kämpften um Integration und die Wiederaufnahme von Kontakten; Bündnisse spalteten sich von der Survey-Loge ab, lösten sich in noch kleinere Cliquen auf, als die Zeit voranschritt, und man das gemeinsame politische Ziel aus den Augen verlor... Einzelne Mitglieder erlagen der Versuchung, sich durch die Macht korrumpieren zu lassen, bis die heilige Pflicht pervertiert wurde. Die Bruderschaft trieb die Abkehr von den wahren Glaubenssätzen bis zum Exzeß, sie übte Macht aus, um den eigenen Profit zu mehren, und das alles im Namen des Chaos.

Aber in den höchsten Graden der Loge hatte das Streben nach Ordnung überlebt, die ursprüngliche Moral war noch intakt, und man setzte Dinge in Bewegung, die nicht nur die Zukunft einer einzigen Welt beeinflußten, sondern bis in die hintersten Winkel des Alten Imperiums hineinreichten. Als er bei Aspundh war, hatte er einen Einblick in diese höheren Ebenen erhalten... und plötzlich wurde ihm klar, daß ihm auch jetzt ein Zugang in diesen innersten Kreis gewährt wurde.

Zu einer Zeit, als er die Survey-Loge noch für einen harmlosen gesellschaftlichen Club hielt, waren durch das Sibyllennetz Informationen in die inneren Zirkel durchgesickert, wonach Vanamoinen, der Erschaffer der Sibyllenmaschinerie, immer noch existierte ... *Vanamoinen.* Wieder sah er Vanamoinens Gesicht, als dieser ihn anschaute und lächelte; und er hörte ihn sagen: »*Sieh dir die Sterne an, Ilma ...*« Vanamoinen war schon vor Tausenden von Jahren gestorben; doch der Abdruck seines Geistes wurde irgendwo innerhalb der Sibyllenmatrix verwahrt. Und nun, seiner eigenen, unerforschlichen Logik folgend, hatte der Sibyllengeist beschlossen, ihn nach Jahrtausenden wieder zum Leben zu erwecken.

Vater aller meiner Ahnen. Staunend schüttelte Gundhalinu den Kopf. Das geheime Wissen war nicht nur einer einzigen, auserwählten Faktion der Survey-Loge zugänglich gemacht worden, sondern hatte sich wie durch Osmose in den zahlreichen Cliquen verbreitet, die innerhalb der Hegemonie als die Epigonen der Loge galten — egal, wie diese Gruppierungen zu Chaos oder Ordnung standen. »*Frage: Ausschließlich innerhalb der*

Hegemonie? Warum? Wieso nicht auch andernorts? Oder weiß man woanders auch Bescheid?«

Aber darüber erhielt er keine Auskunft. Er wußte nur, daß ein Machtkampf entbrannt war, von dem er nicht einmal etwas geahnt hatte, während er sich in der Survey-Halle selbstvergessen Zufallsspielen hingab. Er sah, wie überall in der Hegemonie um die Kontrolle über Vanamoinens Geist und Seele gerungen wurde ... erkannte die schemenhafte Gestalt einer Frau, die Vanamoinens Seele in ihren Händen hielt, in den Händen der Bruderschaft. Wie flüssiges Licht wurde Vanamoinens Geist in die Nervenbahnen eines lebendigen Menschen gegossen, eines Mannes, der einen eigenen Geist und eine eigene Seele hatte ... und dessen Gesicht er kannte — *Reede Kullervo!*

Reedes Bild änderte sich wieder, dieses Mal stieß es wie ein Speer in die tiefsten Schichten seines Bewußtseins hinein. Nun wußte er, was die sich wandelnde Vision bedeutete, und er beobachte, wie ein Gesicht das andere überlappte, bis das neue Antlitz weder Reede nach Vanamoinen glich, sondern ein unkenntliches, verschwommenes Gebilde war. So entstand *Der Schmied:* teils Mensch, teils Legende. Er schaute zu, wie das Bild zerlief und sich auflöste, jede Menschenähnlichkeit verlor; zurück blieb ein nacktes Licht, die blendende Brillanz eines Genies, dessen Wissen und Erkenntnisse freigesetzt worden waren, um eine unbekannte Aufgabe zu lösen.

Gundhalinu erinnerte sich an die Geschichten über die Götter in Ketten von Tsieh-pun, urgewaltige Geister, die, wenn sie befreit wurden, von einem Menschen Besitz ergriffen und ihre unwilligen Opfer zu tollkühnen Taten oder den abscheulichsten Verbrechen trieben.

Bei allen Göttern ... dachte er wieder, bis ins Innerste seiner Seele betroffen. Er versuchte seine wirren Gedanken zu ordnen, wobei er plötzlich nicht mehr wußte, welche Richtung einzuschlagen war. *»Frage: Warum?«*

Es kam keine Antwort; auch kein Test, ob er befugt war, dieses Geheimnis zu erfahren, aber auch keine Weigerung. Sein Geist blieb völlig leer. Frustriert und ungläubig schüttelte er den Kopf. War Vanamoinen nur deshalb zurückgeholt worden, um ihm dabei zu helfen, das Rätsel des Feuersees zu lösen, um der Hegemonie — oder ihrem heimlichen Fundament — den Stardrive wiederzugeben?

Doch diesen Gedanken verwarf er sogleich wieder. Vanamoinens Seele hatte jahrtausendelang geschlafen. Es bedurfte schon eines dringlicheren Anliegens als die expansionistischen Träume der Kharemoughis, um den Sibyllengeist zu veranlassen, ihn auf die Ebene der Realzeit zurückzurufen und ihn der Qual auszusetzen, seinen Geist einem anderen Mann aufzupfropfen. Trotzdem gab es keine Antwort.

»*Frage*«, murmelte er nach längerem Schweigen. »*Wie wurde es gemacht? Smartmatter?*« Noch immer tat sich nichts in seinem Gehirn.

»*Frage: War es vielleicht ein Unfall?*« — Er preßte den elektronischen Fühler an seine Stirn, weil er nicht mehr ausschloß, daß er möglicherweise defekt war.

Nein. Soviel stand eindeutig fest; Vanamoinens Rückkehr war beabsichtigt. Aber mehr wollte ihm sein Geist nicht verraten: keiner der möglichen Gründe wurde bestätigt, eine Erklärung blieb aus. Es war ihm völlig schleierhaft, wieso Reede Kullervo als Gefäß für Vanamoinens Erinnerungen diente.

»*Frage: Bin ich nicht befugt, die Antworten zu kennen?*« Keine Antwort. Vor Enttäuschung fluchte er; er wußte nicht, ob seine Quelle ihn nicht einweihen konnte, oder nicht einweihen wollte.

»*Frage: Ist Reede Kullervo jetzt auf Tiamat? Was will er hier? Um der Götter willen, verratet mir doch wenigstens das!*« Der Nachsatz war aus schierer Verzweiflung geboren, im Ernst rechnete er nicht mit einer Antwort.

Bestätigung. Abermals sah er Bilder: Reede, wie er

durch Karbunkels Straßen schlenderte; Gundhalinu erkannte seine beiden Begleiter, es waren dieselben Männer, die er damals auf Nummer Vier bei sich gehabt hatte; Reede, wie er sich mit einem hünenhaften Kerl von Newhaven stritt ... Er sah die Brandwunde in seiner Handfläche; das offene Auge starrte ihn an.

Gundhalinu fluchte laut. Dieses Brandzeichen kannte er — damit markierte die Quelle seinen Besitz. Also war Reede ein Sklave und kein gleichberechtigter oder willfähriger Partner. Als er vor dem Großen Exodus auf Tiamat diente, hatte er das Symbol oft genug gesehen. Damals residierte Thanin Jaakola auf dieser Welt; er manipulierte den interhegemonischen Drogenhandel von Karbunkel aus, der für die Acht Welten eine Art Zwischenhalt war. Er hatte Arienrhod die Viren verkauft, die sie gegen ihr eigenes Volk einsetzen wollte, in einem letzten, verzweifelten Akt, um Königin zu bleiben. Sie war damit nicht durchgekommmen ... die Quelle blieb unbehelligt.

Jetzt kannte Gundhalinu den Grund dafür: Der Drogenboss Jaakola war lediglich die exponierte Spitze einer abgefeimten, bösen Organisation, deren Einfluß und Machtbereich er während seiner Dienstzeit als Blauer nicht einmal erahnt hatte. Jaakola gehörte der Bruderschaft an und stand in einem so hohen Rang, daß er nicht sicher sein konnte, wie weit seine Befehlsgewalt wirklich reichte. In der Unterwelt der Hegemonie wirkte seine Existenz wie ein Schwarzes Loch; jeden, der in seine Nähe kam, zog er unerbittlich hinab in die Finsternis. Selbst sein Bild war in Gundhalinus Gedanken als dunkler Schatten wiedergegeben.

Und nun besaß er den Schmied. Jaakola hatte den Machtkampf innerhalb der Ränge der Bruderschaft gewonnen. Ihm gehörten Kullervos pervertierte Brillanz und somit die neue Stardrive-Technologie. Er hatte keine Zeit verschwendet, sondern von beiden Potentialen unverzüglich Gebrauch gemacht. Reede war nur aus einem einzigen Grund hier auf Tiamat: er sollte mit dem Wasser des Lebens dasselbe Wunder bewerkstelligen wie mit dem Stardrive-Plasma.

Das Wasser des Lebens ... Gundhalinus Konzentration ließ nach, und er erging sich in eigenen Spekulationen; er überdachte die Konsequenzen, die Kullervos Anwesenheit auf Tiamat mit sich brachte, die daraus resultierenden Verwicklungen — dabei vergaß er, daß er ja noch eine Frage gestellt hatte.

In seinen Gedanken tauchte plötzlich Reede Kullervo auf, ein Wirrwarr von Bildern stürmte auf ihn ein; in seinen wilden, glänzenden Augen lag ein Ausdruck, den Gundhalinu kannte; einmal hatte er ihn bei sich selbst gesehen, als er in einen Spiegel schaute ... *Was will er hier?* hatte seine Frage gelautet. Und die Antwort hieß: *Tod.*

Gundhalinu riß sich den Kontaktfühler von der Stirn — und drückte ihn genauso plötzlich wieder auf die Haut. Doch es tat sich nichts. Zu spät fiel ihm ein, daß Kitaro ihn gewarnt hatte, es gäbe nur eine Chance. Die Daten waren gelöscht.

Er stand auf — und blieb dann ein paar Herztakte lang reglos im Meditationszimmer stehen. Ein einziger Gedanke beherrschte ihn: *Ich muß Reede Kullervo finden.*

Er würde Vhanu darauf ansetzen. Nein, lieber nicht; Vhanu würde natürlich über alles Bescheid wissen wollen, und mittlerweile wußte Gundhalinu, daß Vhanu nichts allein auf Treu und Glauben hin unternahm. Er würde eine Erklärung dafür verlangen, wieso man Kullervo nicht ganz offen festnehmen, verhören und nach den Gesetzen der Hegemonie aburteilen konnte, wie jeden anderen gemeinen Verbrecher — denn ein Krimineller war er ja.

Doch diese Lösung brächte überhaupt nichts, niemandem wäre dadurch geholfen. Kullervo durfte nicht einfach ausgeschaltet werden — dazu war er viel zu wertvoll. *Aber vielleicht konnte man ihn zum Übertritt veranlassen ...* Vanamoinen würde die Ordnung wählen, und nicht das Chaos; wenn man ihm die Chance gäbe, würde er sich mit der Goldenen Mitte verbünden. Wenn die Goldene Mitte klug genug war, um sich mit Kullervo zusammenzutun ... Doch genau in diesem Punkt hegte Gundhalinu Zweifel.

Darüber nachgrübelnd, ging er zur Tür. Kitaro hatte ihm die Informationen besorgt; er konnte sie darum bitten, Reede Kullervo zu suchen, und ihn unter Umgehung der offiziellen polizeilichen Instanzenwege zu ihm zu bringen. Er verabscheute ein solches Vorgehen, es paßte ihm nicht, Vhanu im dunkeln tappen zu lassen; doch ihm blieb gar keine andere Wahl.

Als er in die große Halle zurückkam, war Vhanu immer noch in den visuell-sensorischen Zerstreuungen versunken. Er lächelte, denn aus eigener Erfahrung wußte er, wie hypnotisch diese Bänder wirkten, und wie süchtig man nach ihnen werden konnte, obwohl sie nur emotional interaktiv waren, und nicht die Nervenbahnen anzapften, wie die Holos in manchen Spielhöllen. Den Verlockungen vertrauter Szenen von daheim war schwer zu widerstehen — doch manchmal waren die Verlockungen des Fremdartigen noch stärker. Er erinnerte sich, wie er als Knabe Tiamat erlebt hatte: noch Tage nach einer sensorischen Sitzung hatte er die exotischen Düfte dieser Welt in der Nase, hörte die musikalische Sprache der Einheimischen, wurde verfolgt von einer strahlenden Vision Karbunkels, der Stadt im Norden, vom Meer aus gesehen ...

Kitaro lehnte in ihrem Sessel, mit einem Stiefel auf dem niedrigen Tischchen, und unterhielt sich mit einem Händler von Außenwelt über die restriktive Handelspolitik. Zuerst staunte Gundhalinu, daß sie immer noch auf ihrem Platz saß, bis er ihren Blick auffing. Sie unterbrach das Gespräch, schickte den Händler ohne viel Umstände fort, und Gundhalinu merkte, daß sie nur auf ihn gewartet hatte. »Sind alle Ihre Fragen beantwortet worden?« erkundigte sie sich.

Er lächelte betrübt. »An dem Tag, an dem alle meine Fragen beantwortet worden sind, werde ich wohl sterben ... hoffentlich. Aber die Informationen reichten aus, um mir klarzumachen, wie wenig ich über die wirklichen Vorgänge hier auf dem laufenden bin.« Er zuckte die Achseln und erklärte ihr seine Wünsche, wobei er nervös zu dem selbstvergessenen Vhanu hinüberschielte.

Kitaro lauschte, ruhigen Blicks und mit neutraler Miene. »Ich mache mich sofort an die Arbeit, Richter«, sagte sie. »Es wird seine Zeit dauern, bis ein Zusammentreffen, wie Sie es wünschen, arrangiert werden kann. Kullervo steckt so tief im Treibsand der Bruderschaft, daß nicht leicht an ihn heranzukommen ist.«

Er nickte. »Ich verstehe. Falls Sie Unterstützung brauchen, sage ich PalaThion Bescheid. Ihr können Sie vertrauen.«

Sie wandte den Blick von ihm ab, als Tilhonne, der Minister für Kommunikation, auf sie zusteuerte, im Schlepp Akroyalin und Sandrine. Tilhonnes jungenhaftes Gesicht glänzte wichtigtuerisch, wie bei jemandem, der eine interessante Neuigkeit überbringt. Er stellte sich hinter Vhanus Sessel und schaltete dessen Kopfset ab.

Fluchend fuhr Vhanu in die Höhe; er riß sich den Kopfset herunter und blickte wütend über die Schulter.

»Eine Nachricht, die Sie sicher auch gern hören werden«, platzte Tilhonne heraus, ehe Vhanu loslegen konnte. Er blickte Gundhalinu mit einem Lächeln an, das dieser als unabsichtlich selbstgefällig interpretierte. »Soeben erfuhr ich von meinem Onkel, daß die Hegemonische Gesellschaft sich zu ihrem ersten offiziellen Besuch des neuen Tiamat rüstet.«

Gundhalinu erschrak. »Wann?«

»Die Gesellschaft ist gerade erst nach Kharemough zurückgekehrt. Zuerst müssen die Schiffe mit dem neuen Stardrive-Antrieb ausgerüstet werden. Das Zentrale Koordinations-Komitee schätzt, daß sie schon in einem halben Jahr hier sein können. Sie weichen von dem ursprünglichen Reiseplan ab — damit wird sowohl unserem Status auf Tiamat als auch der Bedeutung des Stardrive, der uns eine neue Freiheit und Macht verschafft hat, Rechnung getragen.«

»Der Hauptgrund für diesen Eifer dürfte wohl die Gier nach dem Wasser des Lebens sein. Beim Bootsmann!« murmelte Gundhalinu — nebenbei fiel ihm ein, daß er diese Phrase von Jerusha PalaThion aufgeschnappt hatte.

Tilhonne lachte. »Bei den Göttern, BZ, Sie machen ein Gesicht, als hätte ich Ihnen eine schlechte Nachricht überbracht. Kommen Sie, alter Knabe, fassen Sie es als Kompliment auf.« Er schlug Gundhalinu auf die Schulter.

»Ich fühle mich wirklich geschmeichelt«, erwiderte Gundhalinu und bemerkte, daß Vhanu eine grüblerische Miene aufgesetzt hatte. »Ich denke nur an die Konsequenzen.« *Die Komplikationen.* Seine Hände zuckten nervös. »Das ist ein bedeutsames Ereignis.«

»Ich habe gehört, daß die Tiamataner früher zu Ehren des Premierministers immer ein rauschendes Fest veranstaltet haben«, sagte Sandrine. »Ich finde, diese Tradition sollten wir ruhig wiederbeleben. Ein bißchen Unterhaltung können wir gut brauchen.«

»Mit gewissen Einschränkungen«, konterte Gundhalinu trocken.

»Spielen Sie auf den Brauch an, die Königin zu opfern?« fragte Vhanu.

»Ja.« Beunruhigt blickte Gundhalinu zur Seite.

»Nun ja, bei meinen heiligen Ahnen«, sagte Vhanu, »mir scheint das ein sehr effektiver Weg zu sein, um einen echten Wandel zu bewirken. Sollte das nicht auch der Sinn der Sache sein? Nannten Sie dieses Ereignis nicht auch den Wechsel?«

»Wenn sie bei unserer Rückkehr die Sommerkönigin ins Meer geworfen hätten, hätten wir jetzt nicht so verdammt viele Probleme wegen der Merjagd«, näselte Tilhonne. »Die Winter drängen schon wieder an die Macht; sie wollen sie davonjagen ...«

»Wer will das?« Gundhalinu runzelte die Stirn. »Wer redet darüber?«

Tilhonne zuckte die Achseln. »Götter, ich kann mir die Namen nicht merken, sie klingen alle gleich. Aber ich habe es von mehr als einem Winter gehört.«

»Hieß einer von ihnen vielleicht Kirard Set Wayaways?«

Tilhonne nickte. »Wayaways, ja. Er gehört dem Stadtrat an nicht? Ziemlich smart, für jemanden aus der Provinz. Und ehrgeizig. Der weiß, aus welcher Richtung der Wind weht. Wegen verschiedener örtlicher Angelegenheiten suchte er mich in Begleitung einer Delegation ein paarmal auf.«

»Ja, ich kenne ihn auch«, sagte Akroyalin.

»Ist das nicht der Mann, der uns neulich auf der Straße ansprach?« fragte Vhanu.

Gundhalinu preßte die Lippen zusammen und nickte.

»Stimmt, er ist intelligent und gut informiert ... vielleicht schon ein bißchen zu gut ...« Vhanu blickte erst Kitaro und dann wieder Gundhalinu an. »Man sollte ihn auf jeden Fall ernst nehmen.« Er nickte nachdenklich.

»Es gibt nur einen Punkt in dieser Unterhaltung, den ich ernst zu nehmen wünsche«, sagte Gundhalinu barsch. »Das Thema Menschenopfer wird außerhalb dieser vier Wände nicht diskutiert, verstanden?«

Sie nickten und zuckten die Achseln; dabei sahen sie ihn, der eine mehr, der andere weniger, resigniert und verständnislos an.

»Dann wünsche ich Ihnen allen eine gute Nacht.«

Gundhalinu machte auf dem Absatz kehrt und verließ den Raum. Doch wie ein Schatten folgte ihm die Gewißheit, daß über dieses Thema noch lange nicht das letzte Wort gesprochen war; ebensogut war er sich darüber im klaren, daß er noch viel von Reede Kullervo hören würde.

Karbunkel

Während Funke Dawntreader Kirard Set Wayaways durch Persiponës Spielhölle folgte, beschlich ihn wieder einmal das Gefühl, er schritte rückwärts durch die Zeit. Vor dem Letzten Abflug hatte es in Karbunkel auch eine Spielhölle mit diesem Namen gegeben, die der Quelle gehörte; und damals wie heute machte er Geschäfte mit dieser rätselhaften Gestalt. Manchmal kam es ihm vor, als verliefe sein Leben plötzlich in umgekehrter Richtung, als sei das Morgen zum Gestern geworden, als verwandelten sich Erinnerungen in Realität, während die Wirklichkeit immer mehr zu einem Traum verblaßte.

Nein! Diese Gedanken durfte er sich nicht erlauben. Er betastete die Konturen des Anhängers, den er unter seinem Hemd trug; er trug ihn ständig, wie früher das Medaillon, das seinem Vater, einem Außenweltler, gehört hatte. Die Form glich auffallend dem Symbol über dem Eingang der Survey-Halle, die ein Stück weiter die Straße hinauf lag, und wo BZ Gundhalinu regelmäßig verkehrte — nur befand sich in der Mitte seines Anhängers ein Solii, einer der wertvollsten Edelsteine, die es gab.

Die Ähnlichkeit war kein Zufall. Das, und noch viel mehr, hatte er gelernt, seit er ein Mitglied der Bruderschaft — und der Survey-Loge — geworden war. Gundhalinu hatte durchgesetzt, daß die örtliche Survey-Halle auch Tiamataner zuließ; gemeinsam mit Kirard Set war Funke einer der ersten gewesen, die dort Mitglied wurden. Seitdem hatte sich sein Leben von Grund auf verändert.

Sobald er erst einmal von der Existenz des Großen Spiels erfahren hatte, und selbst dabei mitmischte, erweiterte sich seine Vorstellung vom Universum und seiner eigenen Rolle darin um ein tausendfaches. Er spürte die Entropie, die auf allen Ebenen gegenwärtig war, den endlosen Kampf zwischen Ordnung und Chaos und wie leicht das Chaos in einem einzigen Streich die Ordnung besiegen konnte, egal, wie sehr sich bestimmte Menschen bemühten, einen geraden Kurs zu steuern. Das Chaos hatte sein Leben ständig beeinflußt und ihn mehr als einmal aus der Bahn geworfen. Nun hatte er endlich aufgehört, gegen den Strom der Entropie zu schwimmen, und die Flucht nach vorn angetreten. Jetzt sah er alles ganz deutlich trotz der Finsternis.

Sie gelangten in einen dunklen Gang im hinteren Teil des Clubs; der Lärm aus der Spielhölle verstummte plötzlich, wie wenn sie durch eine Art Energiefeld getreten wären — was vielleicht sogar der Fall war, obwohl er nichts gefühlt hatte, außer dem kalten, erwartungsvollen Schauer, der ihn an dieser Stelle immer überlief.

Sie bestiegen den Lift am Ende des Korridors — einen schlichten, unauffälligen Kasten, der ebensogut ein Schrank hätte sein können, und wahrscheinlich auch für einen durchging. Nachdem sich die Tür geschlossen hatte, spürte er eine Bewegung; er glaubte, es ginge nach oben, obwohl er sich nicht sicher war. Er wußte nicht einmal, ob sie bei jedem seiner Besuche immer am selben Punkt hielten, denn er vermochte nicht abzuschätzen, wie lange die Fahrt mit dem Lift dauerte. Vielleicht wurde der Ort der Zusammenkunft jedesmal gewechselt — er hielt es für sehr gut möglich.

Die glatte Tür vor ihm glitt auf, und er schaute in ein Konferenzzimmer. Es war nicht der Raum, in dem er früher schon gewesen war, und in dem mehr als zwei Dutzend Mitglieder der Bruderschaft Platz fanden. Dieses Zimmer war kleiner, ansonsten jedoch fast identisch, mit Wänden, deren Farben langsam, auf eine beinahe halluzinogene Weise changierten. Nervös wandte er den Blick von dem Farbenspiel ab und konzentrierte sich auf den Mann, der allein an einem Tisch saß.

»Guten Tag, Reede Kullervo«, grüßte Kirard Set.

Kullervo lachte einmal kurz auf, als hätte Kirard Set etwas unglaublich Dummes gesagt. Angewidert schaute er weg und trommelte mit den Fingerknöcheln einen schnellen, penetranten Rhythmus auf die Tischplatte. »Ihr kommt spät«, sagte er, eine Wand anstarrend.

Funke fragte sich, ob er ihn und Kirard Set meinte. Sie kamen nicht zu spät, obwohl er mit dieser Begegnung nicht gerechnet hatte. Seine Abneigung gegen Kullervo wuchs. Der Mann war ihm von Anfang an unsympathisch gewesen; Kullervo gab sich mal mürrisch, mal feindselig, und alle behandelte er von oben herab. Außerdem gewann Funke immer mehr den Eindruck, daß er nicht nur launisch, sondern tatsächlich verrückt war. Funke hatte ihn lediglich für einen Leibeigenen der Quelle gehalten, und er staunte, daß man ihn in diesen intimen Kreis überhaupt einließ. »Wo bleiben die anderen?« fragte er.

»Die Pläne wurden geändert«, sagte eine Stimme, die aus den Wänden zu kommen schien. *Die Quelle.* Der Klang jagte ihm eine Gänsehaut über den Rücken, obwohl die physische Manifestation dieser Kreatur erst jetzt begann. Am Kopfende des Tisches verdichtete sich ein Schatten, scheinbar aus dem Nichts. Die Dunkelheit vertiefte sich, bis eine konturlose, aber nicht abzuleugnende Präsenz im Raum weilte. Funke sagte sich, es müsse eine Projektion, ein Hologramm sein. Doch er wußte, daß das Wesen, das dahintersteckte, irgendwo in der Nähe war. Widerstrebend setzte er sich zu Reede und Kirard Set an den Tisch.

»Eine Situation trat ein, die es erforderlich machte, das Treffen zu verschieben«, fuhr die brüchige Stimme der Quelle fort. »Aber die Bruderschaft möchte hören, welche Fortschritte du in deinen verschiedenen Aktivitäten gemacht hast, deshalb bin ich hier, um deinen Bericht entgegenzunehmen. Funke Dawntreader.«

Funke hörte auf, Kullervo zu betrachten, der den sich formenden Schatten mit wilden, haßerfüllten Blicken angestarrt hatte, während ihm der Schweiß von der Stirn perlte, und die Lippen zuckten.

Statt dessen richtete Funke nun seine Aufmerksamkeit auf die Quelle, ohne jedoch genau hinzuschauen.

»Wie geht es deiner entzückenden Gemahlin, der Königin? Konntest du sie davon überzeugen, daß es für sie besser wäre, wenn sie ihre Protektion auf uns ausdehnte und diesen Hafen ...« Die Stimme klang belustigt, »auch für andere Handelsgüter öffnete, wie es ihre Mutter getan hat?«

Funke schüttelte den Kopf. »Noch nicht.«

Die Quelle gab ein angewidertes Geräusch von sich. »Dann ist deine Frau also immer noch ihrem ehemaligen Liebhaber, diesem neuen Obersten Richter, hörig?«

Funke spürte, wie seine Lippen schmal wurden; er fühlte, wie Kirard Set und Kullervo ihn beobachteten. »Die Königin, meine Gemahlin«, antwortete er, »bekommt alles, was sie braucht, von der Hegemonie.« Mit starren Lippen versuchte er zu lächeln. »Im Gegensatz zu Arienrhod braucht sie uns also nicht.« Er zuckte die Achseln. Kullervo prustete vor Vergnügen; Kirard Set hob die Mundwinkel in ungewolltem Respekt.

»Wie schade.« Der Schatten am Tischende veränderte sich in einer Weise, die sich nicht beschreiben ließ. »Nun, im wirklichen Leben gibt es auf jede Frage immer mehrere Antworten ... Kirard Set Wayaways — wie geht es deiner reizenden Familie?«

Funke rückte sich auf seinem Platz zurecht, als die Quelle seine Aufmerksamkeit von ihm abwandte.

»Meinen Sohn gelüstet es nach Ariele Dawntreader, wie immer; meine Frau gelüstet es nach allem, wodurch sie sich jünger fühlt. Ich glaube, diese Woche ist ein Schönheitschirurg an der Reihe.«

»Und wie wurde das Gerücht aufgenommen, daß beim Besuch der Hegemonischen Gesellschaft das Wintervolk wieder an die Macht kommt?«

»Sehr gut«, murmelte Kirard Set mit leicht überheblichem Lächeln. »Die meisten Winterleute sind dafür. Selbst die Sommerleute sind so vom Fortschritt besessen, daß sie eine Veränderung der Machtverhältnisse akzeptieren würden, falls die Königin sich weiterhin weigert, das Wasser des Lebens gegen hochwertige Handelsgüter einzutauschen ... vorausgesetzt, der Wechsel findet auf traditionellem Wege statt. Was unseren Zielen natürlich wunderbar entgegenkommt.«

»Was bedeutet das, ›auf traditionellem Wege‹?« Funke beugte sich vor.

»Daß die Königin im Meer ertränkt wird, was denn sonst«, erwiderte Kirard Set.

Fassungslos starrte Funke ihn an; seltsamerweise war er sich mit einem Teil seines Bewußtseins darüber im klaren, wie absurd er aussehen mußte. »Du mutterloser Bastard! Du sitzt hier und sagst mir ins Gesicht, daß du planst, meine Frau beim Fest opfern zu lassen, wie wenn es darum ginge, deinen Schneider zu wechseln? Hast du vor, auch mich zu ertränken, wie Arienrhod es damals beabsichtigte?« — Er stemmte sich halb aus dem Sessel hoch.

»Bei den Göttern.« Kirard Set hob beschwichtigend die Hände. »Nach so vielen Jahren bist du immer noch ein Heißsporn. Setz dich wieder hin, Funke, und laß mich erklären.«

»Es besteht keine echte Gefahr, daß die Königin geopfert wird ... oder du, Dawntreader«, mischte sich die Quelle mit kalter Stimme ein. »Das ist nicht der Sinn der Übung. Wenn du jemals in unsere Kreise aufsteigen willst, mußt du lernen, nicht jedes Wort für bare Münze zu nehmen. Du wirst nie deine Möglichkeiten und Chancen erkennen, wenn du so naiv bist, alles zu glauben, was du siehst oder hörst.«

Funke lehnte sich in seinen Sessel zurück und brachte es irgendwie fertig, sich seinen Zorn nicht anmerken zu lassen. »Verzeihung«, murmelte er. »Dann kläre mich bitte auf.«

»Es geht um die Königin, das ist richtig; aber in erster Linie geht es um deinen Rivalen, BZ Gundhalinu. Er liebt deine Frau — und nur er hat die Macht, sich über ihre Befehle hinwegzusetzen und das Wasser des Lebens zum Handel freizugeben. Wir wollen ihn vor die Wahl stellen, was ihm wichtiger ist — das Leben der Mers, oder das Leben der Königin. Egal, wie er sich entscheidet, es wird ihm viel Ärger und Kummer bescheren ... Wenn er darüber zu befinden hat, wer geopfert werden soll — die Königin oder die Mers —, was glaubst du, wie seine Entscheidung ausfallen wird?«

Funke schwieg eine geraume Weile. »Wahrscheinlich läßt er eher die Mers sterben ... Aber genau das verlangt doch die Goldene Mitte von ihm; denn dann kontrolliert sie die Verteilung des Wassers des Lebens, und nicht die Bruderschaft. Welchen Vorteil hätten wir davon?«

»Während der kurzen Zeit, bis wir unsere eigenen Vorräte haben, gelangen wir einfach in den Genuß dieses Elixiers. Solange das Wasser des Lebens hergestellt wird, bekommen wir immer unseren Anteil, dafür ist gesorgt. Auf längere Sicht gesehen hat es viele Vorteile, wenn wir dem Obersten Richter diesen Konflikt aufzwingen, aber jemand wie du ist gar nicht imstande, alle zu erkennen. Du, als getreues Mitglied der Bruderschaft, wirst dich vorerst mit der Auskunft zufriedengeben müssen, daß dir selbst kein Schaden zugefügt wird; der Mann hingegen, der versucht, dir deine Frau zu stehlen, wird schwer zu leiden haben.«

»Er will dir nicht nur deine Frau wegnehmen, sondern auch deine Kinder«, murmelte Kirard Set und hob eine Augenbraue. »Wie verkraften Ariele und Tammis eigentlich das ganze Hin und Her?«

Funke maß ihn mit einem kalten Blick. »Ich sagte dir schon einmal, ich habe keine Kinder. Wahrscheinlich weißt du besser, wie es ihnen geht, als ich.«

Kirard Set zog eine Grimasse, wie wenn er sich entschuldigen wollte. »Nun, ich glaube, zur Zeit kennt Kullervo sich mit Arieles intimsten Gefühlen wohl am besten aus. Was meinst du dazu, Kullervo?«

Funke wandte sich Kullervo zu; es krampfte ihm das Herz zusammen, wenn er sich seine Tochter — *nicht meine Tochter, sondern …* — seine Tochter vorstellte, wie sie sich von diesem morbiden Typen besteigen ließ.

Kullervo erstarrte und hörte auf, an seinen Fingerknöcheln zu nagen. Er faltete die Hände und legte sie auf den Tisch. Funke sah die Abdrücke seiner Zähne in der Haut. »Hattest du schon mal Darmparasiten, Wayaways?« fragte er, seine Hände betrachtend.

»Nein«, antwortete Kirard Set verdutzt.

»Schade«, meinte Kullervo.

»Ja …«, murmelte die Quelle, »erzähl uns ein bißchen über deine Beziehung zu Ariele, Reede. Seit einiger Zeit bist du fast jede Nacht mit ihr zusammen. Seit Mundilfoere ist sie die erste …« Er legte eine Kunstpause ein, und Funke sa, wie Kullervo den Atem anhielt. »Erinnert sie dich an deine verlorene Liebste?« In den Worten schwang eine finstere Drohung mit. »Liegt es vielleicht an ihr, daß du bis jetzt noch keine Blutprobe zu Forschungszwecken beschafft hast?«

»Nein.« Kullervos Gesicht wurde grau, als hätte er plötzlich so starke Schmerzen, daß er nicht einmal mehr laut aufschreien konnte. Er holte tief Luft. »Ich sagte dir doch, was passiert ist«, fuhr er mit gepreßter Stimme fort. »Ich stürzte hin und verlor meine Waffe … Ariele Dawntreader kennt sich mit den Mers gut aus, sie verbringt viel Zeit mit ihnen. Ich gebe mich mit ihr ab, weil ich von ihrem Wissen profitieren will. Als Frau ist sie nicht mein Typ.« Beinahe trotzig starrte er den dunklen Schatten an. »Ich habe sie noch nie berührt.« Er streifte

Funke mit einem flüchtigen Blick und schaute wieder weg.

»Du hast sie also nur ausgefragt, weiter nichts?« vergewisserte sich die Quelle spöttisch.

»Ja.« bekräftigte Kullervo.

»Ja?« wiederholte die Quelle mit leisem Tadel.

Kullervo kniff den Mund zusammen. »Ja, *Meister.*« Den Blick hielt er gesenkt. Von seinen Lippen klang die Anrede mehr wie ein Fluch, und nicht wie die Unterwürfigkeitsbezeugung eines Lakaien.

»Dawntreader...«, sagte die Quelle unvermittelt; Funke schaute auf die Finsternis. »Besitzt du nicht auch etwas, das meinen Mann, Kullervo, interessieren könnte?«

Funke merkte, wie sich sein Mund verkrampfte. »Was meinst du?«

»Soviel ich weiß, studierst du seit deinem Rücktritt die Mers und hast beträchtliches Datenmaterial über sie gesammelt.«

»Seit meinem Rücktritt?« wiederholte Funke gedehnt.

»Seit deinem Rücktritt als Arienrhods Starbuck; seit deinem Rücktritt als Schlächter der Mers«, verdeutlichte die Quelle. »Stimmt das?«

Funke spürte den Ärger wie ätzende Säure in sich hochsteigen. Er fragte sich, ob man dieses Treffen nur veranstaltet hatte, um zu prüfen, wieviel an Grausamkeit er ertragen konnte. Wie ein Krebstumor breitete sich seine Paranoia aus, bis ihm plötzlich einfiel, was die Quelle vorhin zu ihm gesagt hatte: In der Bruderschaft würde er nie weit kommen, wenn er nicht lernte, unter die Oberfläche zu schauen. Vielleicht testeten sie ihn wirklich: seine Loyalität; seine Fähigkeit, sein aufbrausendes Temperament zu zügeln; seine psychische Widerstandskraft.

Er starrte das hypnotisierende Farbenspiel an der Wand an, bis er sich wieder unter Kontrolle hatte. »Es stimmt«, antwortete er ruhig. »Mein Verhältnis zu den

Mers könnte man wohl als eine Art Haßliebe bezeichnen.« Er sah zu Kullervo hin. »Weshalb interessierst du dich für die Mers, Kullervo?« fragte er mit betont neutraler Stimme; er sagte sich, er müsse sich auf alles gefaßt machen, sogar mit der Möglichkeit, daß Kullervo Verstand besaß.

Kullervos rastlose Hände hatte begonnen, auffallend zu zittern, obwohl er sie fest gefaltet hielt. Der schwere Ring mit den beiden gefaßten Soliis klapperte plötzlich laut auf der harten Tischplatte; hastig zog er die Hände zurück und versteckte sie in seinem Schoß. »Wohl auch aus einer Haßliebe heraus«, murmelte er.

»Du bist viel zu bescheiden, Reede«, mischte sich die Quelle ein. »Mein Mann, Kullervo, ist ein genialer Biotechniker ... er ist auch unter dem Namen Der Schmied bekannt. Er weiß mehr über Smartmatter als jeder lebende Mensch ... einschließlich er selbst.« Er kicherte säuerlich. »Sein einzigartiger Geist arbeitet daran, das Wasser des Lebens synthetisch herzustellen. Ihm ist es auch zu verdanken, daß es wieder den Stardrive gibt. Ohne seine Hilfe wäre es BZ Gundhalinu nie gelungen, das Plasma zu reprogrammieren.«

Funke starrte Kullervo an; auch Kirard Set riß vor Staunen und Verblüffung die Augen auf. Um ein Haar hätte Funke laut losgelacht, es mußte ein absurder Witz sein, aber er begriff die Pointe nicht.

»Habe ich recht, Reede?« fragte die Quelle mit sanftem Drängen.

Reede richtete sich in seinem Sessel auf und begegnete ihren skeptischen Blicken mit einer Mischung aus Trotz und Stolz. Mit bebenden Fingern berührte er sein Ohr, und der aufwendige Ohrschmuck aus Kristallen, den er trug, begann leise in dem stillen Raum zu klirren. »Ja«, flüsterte er.

Einen Moment lang überkam Funke das unheimliche Gefühl, aus Kullervos Augen sähe ihn eine vollkommen andere, fremde Person an. Gleichzeitig schlug seine

Skepsis in Überzeugung um, und eine bodenlose, schwarze Angst erfüllte ihn; plötzlich bildete er sich ein, der Schatten, der die Quelle war, breite sich über das gesamte Zimmer aus. »Ich stelle dir die Daten so schnell wie möglich zur Verfügung«, sagte Funke zu der Präsenz, die in Reedes Augen gefangen war. »Ich habe keine Ahnung, ob du etwas damit anfangen kannst, aber ich stelle dir meine Aufzeichnungen zur Verfügung.«

Kullervo nickte ruckhaft; dann schaute er wieder fort, während an seiner Wange ein Muskel zuckte.

»Stell dein Licht nicht unter den Scheffel, Dawntreader«, murmelte die Quelle. »Du besitzt eine bemerkenswerte Intelligenz. Bis jetzt hast du dein Leben auf dieser rückständigen Welt unter Analphabeten vergeudet, doch jetzt bist du von Menschen umgeben, die deine Talente zu würdigen wissen. Du hast also nicht umsonst jahrelang gearbeitet und studiert. Also troll dich und sorge dafür, daß deine Resultate nützlich verwendet werden.«

Überrascht starrte Funke in die Dunkelheit. »Ist die Konferenz vorbei?« wunderte er sich, während er sich bemühte, das unverhoffte Lob mit seiner plötzlichen Entlassung in Einklang zu bringen.

»Was dich betrifft, ja«, antwortete die Quelle in einem Tonfall, der ihn seine Frage bereuen ließ. »Gewisse Angelegenheiten der Bruderschaft gehen dich nichts an; ich will mich noch mit Wayaways und meinem Mann Reede beraten. Du hast in diesem Prozeß bereits deine Schuldigkeit getan, Dawntreader, dessen sei dir gewiß.«

Funke stand auf und vermied es, die anderen Männer anzusehen. Er nickte kurz und verließ den Tisch; die Türen des Lifts glitten auf, als hätten sie nur auf sein Kommen gewartet.

»Reede ...«, tönte die Stimme der Quelle, sobald Funke Dawntreader im Lift verschwunden war.

Reede riß sich aus seinen Grübeleien; am liebsten hätte er mit Funke getauscht, der soeben weggeschickt worden war. Er sah, wie Wayaways zufrieden dreinblickte, weil Dawntreader gehen mußte, und er durfte bleiben; er machte eine Miene, wie wenn er über alles Bescheid wüßte. Bereits während Arienrhods Regierungszeit hatte er der Bruderschaft angehört, doch noch immer ahnte er nicht, in welchen Sumpf er hineingezogen wurde. Reede erwiderte Wayaways starrenden Blick, und dann spürte er, wie dessen arrogante Häme abflaute, als sie auf seine eigene, namenlose Verzweiflung prallte.

Nach einer Weile wandte sich Reede wieder dem Schatten zu; er zwang sich, der vage angedeuteten, humanoiden Form inmitten der Schwärze zu begegnen. »Worum geht es?« fragte er mit rauher Stimme. Er wußte, daß die Quelle persönlich auf Tiamat weilte; was immer sich hinter dieser Projektion befand, sah ihn ganz deutlich; sah, wie er schwitzte und litt, erkannte die verräterischen Symptome des Verfalls, weil er schon zu lange auf das Wasser des Todes gewartet hatte. Er wußte nicht, weshalb man ihm die Dosis vorenthielt, ob der Entzug als Strafe oder als Druckmittel gedacht war; er wußte nur, daß es mit Absicht geschah, und daß er das Motiv gleich erfahren würde.

»Ariele Dawntreader«, nuschelte die Quelle.

»Was?« fragte Reede verständnislos.

»Ich weiß, daß es zwischen dir und der Tochter der Königin nicht zu Intimitäten gekommen ist, daß ihr euch nur unterhalten habt. Aber sie will mehr als das. Sie will dich, Reede.«

Reede erstarrte. »Na und?« entgegnete er. »Hauptsache, sie redet über die Mers.«

»Was sie über die Mers weiß, ist unseren Zielen nicht dienlich, das muß dir doch klar sein. Wieso triffst du dich dann noch mit ihr?«

»Ihre Informationen sind durchaus nützlich«, widersprach er. »Ich brauche sämtliche Daten, die ich kriegen kann.«

»Was du brauchst, ist eine Blutprobe! Sie hat dir das Leben gerettet ... und dich daran gehindert, dir das zu verschaffen, was dir als einziges helfen könnte, das Technovirus zu kopieren. Sie hat deine Forschung gebremst, anstatt sie zu fördern; ihretwegen hast du sogar angefangen, dich zu fragen, ob du ein Gewissen hast, stimmt's?«

Reede spürte, wie er rot wurde. Er schaute Wayaways an, denn nur er konnte der Quelle diese Informationen zugetragen haben. »Soll ich sie fallenlassen? Na schön, dann sehe ich sie nicht mehr. Kein Problem.«

»Nein«, widersprach die Quelle leise, »das will ich gar nicht. Was sie über die Mers weiß, ist unbedeutend ... Trotzdem ist sie wichtig für uns.«

Reede schielte zum Lift hinüber; plötzlich verstand er, warum die Quelle Dawntreader weggeschickt hatte. Er fixierte die Wand und ließ die changierenden Farben auf sich einwirken. Als das Schweigen andauerte, schnürte sich seine Kehle zusammen. *Aber er wollte nicht fragen; er würde sich beherrschen.*

»Was führst du im Schilde?« erkundigte sich dann Wayaways an seiner Stelle.

»Mein Mann Reede soll sie verführen.«

Mit einem Ruck drehte Reede den Kopf herum; Wayaways Vergnügen verwandelte sich in Überraschung, als er sah, wie sehr Kullervo der Plan anwiderte.

»Es dürfte ganz einfach sein, Reede. Wayaways meint, daß Ariele viel mehr auf ihre Großmutter Arienrhod herauskommt als auf ihre Mutter ... und daß sie ganz verrückt nach dir ist. Du brauchst ihr nur zu geben, was sie will, sie wird sicher nicht enttäuscht sein. Mundilfoere hast du auch nie enttäuscht.«

Fluchend sprang Reede auf die Füße. Ein Schwindelanfall packte ihn, und er sank in seinen Sessel zurück. Wayaway beobachtete ihn wie ein Voyeur. Mehr fassungslos als verneinend schüttelte Reede den Kopf. »Warum nur …?« fragte er verständnislos.

»Um sie dadurch an uns zu binden. Ich bekomme Macht über sie und über ihre Mutter.«

Abermals schüttelte er den Kopf. »Was soll das ganze? Misch der Königin eine Prise von irgendeiner Droge in die Suppe, wenn du sie gefügig machen willst. Wozu diese Spielchen?«

»Weil es mein Spiel ist, und du bist meine Spielfigur«, sagte die Finsternis. »Du sollst sie in dich verliebt machen; das ist deine Strafe, weil du mich belogen hast, und weil du aus Rücksicht auf das Mädchen deine Forschung vernachlässigst.«

Reede spürte einen kaum zu unterdrückenden Brechreiz. »Ich arbeite doch daran, du Bastard! Ich besorge mir die Blutprobe — notfalls töte ich einen verdammten Mer mit den bloßen Händen. Ich gebe dir alles, was du willst, aber nicht das Mädchen. Das lasse ich nicht zu.«

»Ich dachte, sie sei dir gleichgültig.«

»Das ist sie auch.«

»Oder liegt es an Mundilfoere?«

Reede zuckte in ohnmächtiger Wut. Wayaways wich ihm aus, als er abermals aufsprang. Blindlings taumelte Reede zum Lift, obwohl er wußte, daß er ein Gefangener war und den Raum nur verlassen konnte, wenn die Quelle es ihm erlaubte.

»Reede.« Beim Klang der Stimme blieb er jählings stehen. »Ich habe hier, was du brauchst.«

Langsam drehte sich Reede um und konzentrierte mühsam den Blick auf den Tisch. Dann stürzte er darauf zu, schnappte sich die Phiole, bevor sie wieder verschwinden konnte, und entleerte den Inhalt in seinen Mund.

Doch als er ihn herunterschlucken wollte, krampfte sich seine Kehle zusammen — Lippen und Zunge verrieten ihm, daß etwas nicht stimmte. Er spuckte aus; ein Mundvoll warmes Blut benetzte sein Hemd, seine Hände und den Tisch — wie rotes Erbrochenes. »Scheiße!« keuchte er. »Scheiße!« Als er die tropfenden Hände schüttelte, fielen rote Spritzer auf Wayaways; der begann vor Ekel zu fluchen.

»Wessen Blut war das?« schrie Reede die Finsternis an. »Wessen Blut? Wessen Blut?« Er wischte sich den Mund mit dem Ärmel ab, der sich rot färbte. Wieder spie er aus.

»Merblut«, sagte die Quelle. »Das du für deine Forschung brauchst, wie ich schon sagte. Da du es selbst nicht konntest, hatte Wayaways mir geholfen, es zu besorgen. Den Rest der Probe findest du im Labor. Ich will, daß du dich dorthin begibst und arbeitest.«

Reede betrachtete seine zitternden, blutverschmierten Hände und die leere Phiole, die auf dem Tisch lag. »Das geht nicht. In diesem Zustand kann ich nicht arbeiten. Ich brauche ...«

»Ich weiß, was du brauchst«, sagte die Quelle leise. »Das findest du auch in deinem Labor. Und jetzt ... geh!«

Reede wischte sich die Hände an seinem Hemd ab und schluckte die aufsteigende Galle herunter. Mit morbider Faszination starrte der Tiamataner ihn an. Unvermittelt beugte Reede sich vor und schlug Wayaways mit der flachen Hand kräftig ins Gesicht. Dann richtete er sich wieder auf und ging zum Lift. Dieses Mal öffneten sich die Türen und ließen ihn ein.

Kirard Set rieb sich das Gesicht; er schwankte zwischen Wut und fassungslosem Staunen, während er zusah, wie Reede in den Lift stieg und verschwand. Schließlich richtete er den Blick wieder auf die amorphe schwarze Masse, die von sich behauptete, die Quelle zu sein; erst jetzt fiel ihm auf, daß er mit diesem Schatten allein war.

Noch nie zuvor war er mit der Quelle allein gewesen. und nach allem, was er soeben beobachtet hatte, wußte er nicht recht, ob er diese unverhoffte Audienz begrüßen oder fürchten sollte.

»Wayaways ...«, sagte die zerstörte Stimme.

Kirard Set bemühte sich, aufmerksam und gelassen auszusehen.

»... du zeigst großes Talent. Bis jetzt war ich mit deinen Bemühungen zufrieden. Du scheinst ein Mensch zu sein, der nicht lange fackelt, wenn er ein bestimmtes Ziel durchsetzen will. Ich rechne damit, daß du es in der Bruderschaft noch weit bringen und deinen gerechten Lohn einheimsen wirst.«

Kirard Set lächelte gekünstelt; doch mit einer Hand rieb er sich das noch immer brennende Gesicht.

»Nimm dir Kullervos unmögliches Benehmen nicht so zu Herzen«, murmelte die Quelle. »Er hat viele Probleme, und bald wird er noch mehr bekommen. Vielleicht möchtest du mir dabei helfen, ihm das Leben schwer zu machen ... Ich will, daß seine Beziehung zu Ariele Dawntreader sich festigt, doch damit das geschieht, muß ich nachhelfen. Zwar gehört Reede Kullervo mir ... aber er führt sich gern auf, als hätte er noch einen eigenen Willen. Er gab einen vergnügten Laut von sich. »Diese vom Unstern verfolgten Romanze bedarf der zusätzlichen Förderung. Du kannst mir bei meinen Plänen helfen.«

Kirard Set nickte eifrig und preßte eine Hand gegen die schmerzende Wange.

»Ich möchte, daß du folgendes unternimmst ...«

Karbunkel

Mond erreichte mit Clavally Bluestone Fate Ravenglass' Haus und klopfte an die Tür. Sie hörte sich nähernde Schritte und eine vertraute Stimme, dann das Quieken einer Katze, die versehentlich zwischen Füße geriet. Die obere Hälfte der Tür schwang auf, und sie schauten in Fates blinde Augen: Fate lächelte, wie wenn sie ihre Besucher sehen könnte, denn sie hatte sie erwartet.

»Kommt herein, kommt herein!« Während Mond und Clavally sie begrüßten, öffnete sie die untere Türhälfte; als sie eintraten, huschten ihnen zwei Katzen mit geflecktem Fell um die Beine. Vor ein paar Jahren war Fates alter, grauer Kater endlich eingegangen, und Tor hatte ihr gleich zwei neue Kätzchen geschenkt, als die Katze des Restaurants Junge bekam. »Wonach riecht das?« Sie schnüffelte übertrieben. »Habt ihr etwa euer Mittagessen mitgebracht? Heißt das, daß ihr heute nicht nur gekommen seid, um über College-Angelegenheiten zu sprechen?«

»Nun ja, essen müssen wir alle, und warum sollten wir nicht beim Lunch ein bißchen plaudern?« entgegnete Clavally fröhlich. Sie stellte den zugedeckten Korb auf den Tisch im vorderen Zimmer ab, das früher einmal eine Werkstatt gewesen war, als Fate noch Masken herstellte. Nun, da das College in den Palast verlegt worden war, und die Stadt sich langsam mit Fremden füllte, ging Fate immer weniger nach draußen, und die beiden Frauen wußten das. Bedingt durch ihr Alter und die zunehmenden Schwierigkeiten, war sie fast ständig ans Haus gebunden.

»Was gibt es Neues?« Fate ging zu einem Stuhl, innerhalb ihrer eigenen vier Wände bewegte sie sich sicher; sie bedeutete Mond und Clavally, Platz zu nehmen. »War eine von euch schon in Tors Club? Wie ich höre, blüht das Geschäft. Das freut mich für sie, denn ich weiß, daß sie dort in ihrem Element ist. Leider sehe ich sie kaum noch, und das ist wirklich ein Jammer.« Die Worte sollten resolut und optimistisch klingen, doch Mond hörte die Einsamkeit und das Bedauern heraus.

»Nein«, antworteten Mond und Clavally wie im Chor. Lächelnd blickten sie einander an. »Ich habe zu viel zu tun«, erklärte Mond.

»Mir ist es dort zu laut«, sagte Clavally. Sie machte den Korb auf und reichte Fleischpasteten herum. »Das ist was für die Außenweltler, die gar nicht wissen, was Stille ist, und für junge Leute, die keine Ruhe wollen.«

»Ihr solltet euch schämen«, sagte Fate und schnalzte mit der Zunge; sie nahm eine Pastete entgegen, deren Verpackung unentzifferbare Schriftzeichen einer Außenwelt trug. Nachdem sie den Duft der Pastete eingesogen hatte, biß sie vorsichtig ein kleines Stück ab, seufzte und nickte beifällig. »Das schmeckt nicht schlecht, wißt ihr ... Ihr solltet euch unbedingt die Zeit nehmen und den Club aufsuchen. Ihr seid noch jung und müßt euer Leben genießen. Probiert ruhig mal etwas Neues aus, und dann erzählt mir, wie es war.«

»Für einen erschöpfenden Bericht schicke ich dir am besten Ariele«, murmelte Mond, »falls sie jemals wieder mit mir spricht. Wenn Tor es zulassen würde, wäre sie schon in den Club umgezogen.«

»Ach, komm«, sagte Clavally, »so schlimm ist es aber wirklich nicht. Sie hält sich genau so oft draußen auf der Plantage auf, wie sie mit Elco Teel und dieser Clique durch das Labyrinth zieht. Sie wird sich schon wieder fangen. Alle junge Leute sind schier verrückt nach den

Zerstreuungen der Außenweltler, weil sie so etwas bisher noch nicht kannten. Mit der Zeit werden sie diese Vergnügungen auch leid werden.«

»Wie denn, wenn es jede Woche etwas Neues gibt? Die Jugendlichen haben jeden Halt und jede Orientierung verloren, sie lassen sich einfach treiben.« Mond spürte, wie scharf ihre Stimme klang; es waren weniger die Verlockungen des Labyrinths, über die sie sich ärgerte, sondern die Art, wie Ariele darauf ansprach. »Zum Glück ist deine Merovy vernünftiger; sie denkt an die Zukunft.«

»Wie geht es Merovy?« erkundigte sich Fate. »Hat sie schon ihre Zeit als Assistenzärztin beendet? Und was macht Tammis? Jetzt, wo ich nicht mehr ins College gehe, vermisse ich seine Stimme und seine Musik. Und Dana?«

»Dana geht es gut. Seit er das neue Medikament einnimmt, hat sich sein Rücken sehr gebessert; die Arthritis ist praktisch geheilt. Und Merovy erhält in zwei Wochen ihre Lizenz«, erzählte Clavally.

»Wunderbar.« Fate lächelte. »Und was macht Tammis?« hakte sie nach, als Clavally nichts mehr sagte. »Die beiden passen so gut zusammen, sie haben sicher eine vielversprechende Zukunft vor sich.«

»Sie können nicht klagen«, antwortete Clavally, doch der Enthusiasmus war aus ihrer Stimme gewichen. Mond schaute sie verdutzt an. »Die beiden sind mit ihrer Arbeit sehr beschäftigt ... Merovy meint, daß sie viel zu wenig Zeit miteinander verbringen.«

Fates Gesichtsausdruck veränderte sich. »Wenn sie erst mit ihren Studien fertig sind, können sie sich einander wieder mehr widmen.«

»Ich weiß nicht.« Clavally blickte zu Boden. »Vielleicht ... ich hoffe es.«

»Ich wußte gar nicht, daß sie Probleme haben«, sagte Mond betroffen. »Tammis hat mir gar nichts davon erzählt ...« Er unterhielt sich mit ihr überhaupt nicht mehr über sein privates Leben, und sie hatte es nicht einmal bemerkt. Wenn sie sich sahen, redeten sie über die Mers oder über Forschungsarbeiten, Persönliches kam nicht zur Sprache. Und Ariele mied sie, als hätte ihre Mutter eine ansteckende Krankheit.

In letzter Zeit machte Tammis wirklich einen niedergeschlagenen Eindruck, fand sie, und Ariele schien immer eigensinniger zu werden. Allerdings hatte sie bis jetzt noch nicht über die Gründe nachgedacht — ebensowenig wie sie sich Gedanken darüber machte, weshalb die beiden ihr noch nicht die Frage gestellt hatten, die sie zweifellos bewegen mußte: Die Frage, wer ihr wirklicher Vater war. Doch sie hatten nicht gefragt … und sie hatte nichts als Erleichterung dabei empfunden.

Sie hätte das Thema anschneiden müssen, und nicht ihre Kinder. Aber sie war viel zu beschäftigt mit den Angelegenheiten der Hegemonie … und mit ihren problematischen Gefühlen für die beiden Männer, die gleichermaßen den Titel ›Vater‹ für sich beanspruchen durften. Sie hatte sich egozentrisch verhalten wie Arienrhod. Gewissensbisse quälten sie. Plötzlich war ihr der Appetit vergangen, und lustlos knabberte sie an ihrem Essen. »Ich will versuchen, mit ihm zu reden«, sagte sie. *Versuchen.* Sie versuchte es schon seit Monaten, jedoch ohne Erfolg.

»Und wie geht es Funke?« preschte Fate energisch und mit gutem Willen vor, als die peinliche Stille anhielt. »Er war schon lange nicht mehr bei mir. Arbeitet er immer noch an dem Programm, wie man eine unvollständige Fugenstruktur durch neue Segmente ergänzen kann? Sagte er nicht, es sei, wie wenn man Löcher in einem kunstvollen, mathematischen Netz flicken würde? Sein Verstand erstaunt mich immer wieder.«

Mit dem Finger zog Mond die alten Leimspuren auf dem Tisch nach und dachte daran, daß sie von diesem Projekt ihres Mannes nicht die geringste Ahnung hatte.

»Ich weiß es nicht. In letzter Zeit hält er sich nur noch selten im Palast auf. Er ... macht Geschäfte mit irgendwelchen Winterleuten, die er noch von früher her kennt ... als er mit Arienrhod zusammenlebte.« Ihre Stimme wurde immer leiser, bis sie kaum noch zu hören war.

»Ach so«, erwiderte Fate nur. Ihr leerer Blick wanderte durch das Zimmer. Mond fragte sich, was sie in ihren Gedanken wohl sehen mochte.

»Aber wir sind nicht gekommen, um dir mit unseren privaten Problemen, die vermutlich gar nicht so wichtig sind, den Tag zu verderben«, sagte Clavally mit gekünsteltem Lächeln. »Alles verändert sich, worüber wir heute weinen, bringt uns morgen vielleicht schon zum Lachen.«

»Da wir gerade von Veränderungen sprechen ...« Mond schlug gleichfalls einen leichtherzigen Ton an. »Die Regierung der Außenweltler hat mich davon in Kenntnis gesetzt, daß bereits in wenigen Monaten der Premierminister und die Hegemonische Gesellschaft Tiamat ihren schon traditionellen Besuch abstatten werden.«

»In wenigen Monaten?« staunte Fate. »Ist das nicht ein bißchen früh? Sonst kamen sie doch alle ... zweiundzwanzig Jahre, nicht wahr?«

»Vergiß nicht; ohne den Stardrive hätten sie mit ihrem Besuch noch hundert Jahre warten müssen.« Mond lächelte. »Sie freuen sich so darüber, uns als neues Juwel in ihrer Krone zu haben, daß sie mit ihrer eigenen Tradition brechen und uns außerplanmäßig besuchen.« Ihre Stimme und ihr Lächeln wurden ironisch.

»Tatsächlich?« wunderte sich Fate.

»So lautet ihre Begründung«, erwiderte Mond. »Was sie in Wahrheit denken, ist eine andere Sache. Aber die Außenweltler hätten gern, daß wir bei der Ankunft unser traditionelles Fest ausrichten, um ›die neue Vereinigung unserer Kulturen‹, wie sie es nennen, zu feiern.

Ich habe zugesagt — warum auch nicht?« Sie merkte, wie sich etwas in ihr regte, es war wie ein neues Erwachen, ein Hauch von Frühling. »Wir sollten Veränderungen freudig begrüßen, wie wir es auf unsere Weise immer getan haben; denn wir werden uns dem Wechsel anpassen müssen, ob wir wollen oder nicht. Das ist ja auch die Bedeutung des Festivals, seit jeher hat es symbolisiert, daß wir eine Veränderung als etwas Schönes und Begrüßenswertes auffassen, das gefeiert werden muß, damit man diesen Augenblick nicht vergißt.«

»Wird es auch eine Nacht der Masken geben?« fragte Fate, indem sie sich vorbeugte.

»Selbstverständlich.« Mond berührte ihre Hand und dachte an die Maske der Sommerkönigin. »Wir müssen unser altes Leben in einem angemessenen Ritual abwerfen, weil uns das neue Leben bereits geschenkt wurde.«

»Aber es dauert Jahre — Jahrzehnte —, um genügend Masken für alle herzustellen. Früher haben ganze Familien von Maskenmachern von einem Festival zum nächsten gearbeitet, damit die Masken fertig wurden ...« Mond sah Fate die Enttäuschung am Gesicht an; dieses Mal würde sie keine Maske mehr anfertigen.

»Heutzutage gibt es Fabriken«, sagte Mond und drückte Fates Hand. »Sie übernehmen die Serienarbeit. Dieses Mal sind die Masken keine Kunstwerke mehr, aber sie werden fertig sein. Und auf das nächste Fest können wir uns besser vorbereiten. Tor hat mir einen Mann namens Coldwater empfohlen; sie meint, er würde die Masken für uns herstellen, und sein Betrieb sei nach einigen geringfügigen Umstellungen gut dafür ausgerüstet. Sie glaubt auch, daß wir auf diese Weise eine Menge von dem Schund verwerten können, mit dem die Außenweltler uns so reichlich beschenken.« Sie pellte die Plastikfolie von ihrer Fleischpastete. »Den Müll kann man wieder in Rohstoffe umwandeln und daraus die Formen für die Masken pressen. Tor dachte sich, wenn du Lust hast, dann könntest du vielleicht Coldwater in Angelegenheiten wie Muster und Verzierungen beraten ...«

Fates Miene hellte sich auf, während sie Mond zuhörte und sich überlegte, welche Vorteile der Wechsel ihr wohl brächte. »Ja ... ja, das könnte ich sicher tun. Ich ...«

Es klopfte an der Tür; alle drei erschraken. »Heute reißen die Überraschungen nicht ab«, meinte Fate.

Clavally wollte aufstehen; Mond winkte ab und ging selbst zur Tür. Die Verwunderung der beiden Frauen blieb unausgesprochen, war aber spürbar. Unschlüssig griff Mond nach dem Türknauf; aus irgendeinem Grund rechnete sie damit, daß Funke hergekommen war, um Fate zu besuchen, um ihr all die Dinge anzuvertrauen, über die er mit seiner Frau nicht mehr sprach. Plötzlich brannte sie darauf, ihm zu erzählen, daß ein neuerlicher Wechsel kurz bevorstand, daß sie eine zweite Chance bekämen, ihr altes Leben wegzuwerfen und ein neues zu beginnen ... Sie öffnete die Tür.

Nach Luft schnappend, starrte sie auf ein Gesicht, das sie am wenigsten erwartet hätte. »BZ«, flüsterte sie. Sie sah, daß er genauso überrascht war wie sie.

»Mond?« Prüfend musterte er die Hausfassade, spähte an ihr vorbei ins Innere des Hauses, und zum Schluß schaute er ihr wieder ins Gesicht. »Wohnt hier eine Fate Ravenglass?«

Sie nickte und trat zur Seite, während sie die untere Türhälfte öffnete, um ihn hereinzulassen. Er war allein, ohne Leibwächter, und nicht in Uniform. Statt dessen trug er eine weitärmelige Tunika und lange Hosen, einen dunklen Mantel und einen Hut mit breiter Krempe; es war die Alltagstracht eines Geschäftsmanns oder Händlers von Kharemough. Auf der Straße hätte sie ihn keines zweiten Blicks gewürdigt. Er hingegen staunte über ihre traditionelle Kleidung, die sie bevorzugte, sofern politische und zeremonielle Anlässe sie nicht zwangen, ihre Garderobe den Erwartungen anderer anzupassen.

Er trat ins Zimmer und blinzelte, um seine Augen an das Dämmerlicht zu gewöhnen. Als er endlich den Blick von Mond abwenden konnte, bemerkte er Clavally und Fate.

»Richter Gundhalinu«, stellte Fate mit ruhiger Stimme fest.

Er deutete ein Lächeln an. »Sie haben mich an meinem Gang erkannt.«

»Sie tragen keine Uniform, und sie haben anderes Schuhwerk an«, sagte sie. »Aber ich erkenne Sie trotzdem. Willkommen. Was führt Sie zu mir?«

»Ich habe Ihnen etwas mitgebracht, Fate Ravenglass.« Er ging weiter ins Zimmer hinein, und Mond folgte ihm, wobei sie auf die Katzen achtete. Schweigend sah sie zu, wie er etwas aus seinem Mantel zog und es auf die leimverschmierte Tischplatte legte. Nachdem er den Behälter geöffnet hatte, holte er sehr vorsichtig etwas heraus — ein glitzerndes, grobmaschiges Netz, das den Kopfsets ähnelte, die viele Außenweltler benutzten. Doch ein Gebilde wie dieses hatte Mond noch bei keinem gesehen.

»Hier ...« BZ legte das Netz auf Fates Stirn und streifte ihr unendlich behutsam die Schlingen über. Fasziniert beobachtete Mond, wie die sich ausbreitenden Fäden lebendig zu werden schienen und sich wie von selbst Fates Kopfform anpaßten.

Fate, die die ganze Zeit über regungslos dagesessen hatte, stieß plötzlich einen leisen Schrei aus und schien zu erstarren; sie hob eine Hand, aber nicht um das Netz abzustreifen oder um es zu berühren. Sie griff nach Gundhalinu; langsam erhob sie sich von ihrem Stuhl, während er sie an die Hand nahm und sie führte, bis sie dicht vor ihm stand und ihm ins Gesicht schaute. Ihre Augen füllten sich mit einem Ausdruck des Staunens. »Richter Gundhalinu«, murmelte sie. »Ich kann Sie sehen!« Sie hob die Hand an sein Gesicht und streichelte seine Wange, wie wenn sie sich vergewissern müßte, daß sie nicht träumte.

»Gut«, sagte er leise auf Tiamatanisch, das er fast akzentfrei sprach. »Das ist gut ... so soll es auch sein.« Er lächelte.

Fate wandte sich von ihm ab; sie bewegte sich unsicher, weil sie die plötzlichen visuellen Eindrücke erst mit ihren anderen Sinneswahrnehmungen koordinieren mußte. Sie richtete den Blick auf Mond und sah sie geraume Zeit an. Obwohl ihre Augen immer noch verschlossenen Fenstern glichen, merkte man an ihrem Gesichtsausdruck, daß sie sehen konnte. Fates zögerndes Lächeln wurde strahlender, als sie endlich glauben konnte, was ihr widerfahren war. »Herrin ... Mond ... Ich erinnere mich an dich«, murmelte sie. »O ja, meine Liebe ... Ich weiß noch genau, wie du an meine Tür kamst, wie ein verirrtes Kind. Ich erinnere mich an den Augenblick, als ich dir die Maske der Sommerkönigin aufsetzte.« Beinahe zärtlich streichelte sie Monds Wange; dann ging sie zu Clavally, die sie noch nie zuvor gesehen hatte. »Du bist genauso, wie ich dich mir immer vorgestellt habe, Clavally Bluestone«, stellte sie zufrieden fest. Clavally nahm ihre Hand und drückte sie.

Danach wandte sich Fate wieder Gundhalinu zu; dieses Mal hob sie die Hand und berührte die glänzenden Fäden, die sich um ihren Kopf schmiegten. »Mit diesem Sensor sehe ich viel besser als mit dem alten, den ich vor dem Letzten Abflug besaß. Selbst in meinen Träumen habe ich nie so klar gesehen ...« Ihre Hände zitterten leicht.

»Das ist das beste Sensorsystem, das man ohne einen chirurgischen Eingriff bekommen kann.«

»Ich danke Ihnen«, murmelte Fate. Ihre ruhelosen Augen forschten in seinem Gesicht. »Ich hatte es schon ganz vergessen.«

»Mein Versprechen?« fragte er. »Aber ich nicht. Leider hat es eine Weile gedauert, bis die Bürokratie diesen Sonderwunsch genehmigt hat.«

»Richter Gundhalinu«, sagte Clavally und sprach die Frage aus, die auch Mond bewegte. »Warum haben Sie das getan?«

Er sah sie an, wie wenn er sich wunderte, daß jemand diese Frage überhaupt stellen konnte. Dann schaute er wieder zu Fate hin, die überglücklich das ganze Zimmer inspizierte. »Um ein altes Unrecht wiedergutzumachen.«

»Sprechen Sie vom Letzten Abflug?« fragte Mond; sie dachte an die vielen Dinge, die die Hegemonie beim Abschied mutwillig zerstört hatte, wie Fates Sehfähigkeit.

»Ach, ihr Schönen!« Fate bückte sich und streichelte die Katzen, die sich um ihre Beine herumschlängelten. »Seht euch an, ich hätte nie gedacht, daß ihr ein so buntes Fell habt.«

BZ schüttelte den Kopf; er erwiderte Monds Blick, doch in seinen Augen lag ein Geheimnis, das er für sich behielt. »Ich denke an ein noch älteres Unrecht — und an ein persönlicheres.«

Mit je einer zappelnden Katze unter dem Arm richtete Fate sich wieder auf. »Sie sind ein Sibyl, Richter Gundhalinu« stellte sie fest, während sie sein Kleeblattmedaillon betrachtete. »Ja«, antwortete er mit merkwürdig gepreßter Stimme.

Mond faßte ihr eigenes Sibyllenabzeichen an, als ihr auffiel, daß jeder in diesem Zimmer zum Sibyllennetz gehörte. Gundhalinus Blick flackerte unruhig von einem Gesicht zum anderen, wie wenn ihm dieselbe Erkenntnis gekommen wäre. Zum Schluß schaute er wieder Mond an; seine Blicke streichelten ihre Wangen, ihr helles, zu Zöpfen geflochtenes Haar, wanderte über ihre schlichte, praktische Bekleidung. Sie waren nichts weiter als zwei gewöhnliche Menschen; hier war sie nicht die Königin, und er nicht der Oberste Richter.

Überdeutlich erinnerte sie sich an eine Szene, die vor einem halben Menschenleben stattgefunden hatte: damals war sie als Fremde zur Festivalzeit in diese sonderbare Stadt-Welt gekommen. Er hatte ihr in die Augen geschaut, und dabei ihr Herz durchbohrt, als sei es aus Glas.

Jählings wandte er den Blick ab. »Ich muß wieder gehen«, murmelte er. »Meine Leute denken, ich sei nur zur Mittagspause fort.«

Fate lächelte ihn an und setzte die Katzen auf den Boden zurück. In einer stummen Abschiedsgeste streckte sie beide Hände nach ihm aus. Er berührte sie kurz; schweigend und ein bißchen neidisch sah Mond zu. »Seien Sie gesegnet«, sagte Fate.

Er erwiderte ihr Lächeln. »Wenn ich mein Werk hier vollenden soll, brauche ich Fates Segen«, erwiderte er. Nachdem er allen zugenickt hatte, ging er zur Tür.

»Warten Sie«, sagte Mond. Er drehte sich noch einmal um, und Mond nahm ihre nicht angerührte Fleischpastete vom Tisch. »Nehmen Sie für unterwegs etwas zu essen mit ... Richter Gundhalinu.« Verlegen reichte sie ihm die Pastete und benutzte den Vorwand, um ihn flüchtig zu berühren. Seine Finger umschlossen für einen kurzen Moment die ihren, als er ihr das Essen aus der Hand nahm. Während er sie anlächelte; schaute er ihr in die Augen. Sie sah die ungestillte Sehnsucht in seinem Blick, ehe er kehrtmachte und zur Tür hinausging.

Langsam drehte sie sich um und merkte, wie Clavally und Fate sie anstarrten. Sie wurde rot und senkte den Blick, weil sie ihrer unausgesprochenen Neugier nicht begegnen wollte.

»Er ist ein guter Mensch«, sagte Clavally nach einer Weile; es klang, als sei sie von der Feststellung überrascht. »Von einem Außenweltler, zumal einem so einflußreichen Mann, hätte ich diese Geste nicht erwartet.«

»Soviel anders als wir sind sie gar nicht«, murmelte Mond. Sie zupfte an ihren Ärmeln und hob wieder den Kopf. »Sie sind auch Menschen, und wollen dasselbe wie wir ...«

Fate schüttelte den Kopf; mit einem sonderbaren Ausdruck sah sie Mond an. Doch dann betrachtete sie ihre Hände, die sie hin und her drehte. Vorsichtig durchquerte sie das Zimmer und ging zu der bemalten hölzernen Truhe, die unter dem Rautenfenster stand. Sie hob den Deckel und begann darin herumzustöbern. Mit einem leisen Ausruf holte sie etwas heraus und hielt es in die Höhe. Ein Lichtstrahl blitzte auf und traf Monds Augen. Sie merkte, daß Fate einen Spiegel in der Hand hielt.

Fate drehte sich zum Licht und betrachtete ihr Bild, das sie seit fast zwanzig Jahren nicht mehr gesehen hatte. Langsam hob sie eine zitternde Hand, fuhr mit dem Finger die tiefen Furchen nach, die das Alter in ihr Gesicht gegraben hatte; dann berührte sie ihr weißes Haar, das noch dunkel gewesen war, als sie das letzte Mal in einen Spiegel geschaut hatte. Sie ließ die Hand wieder sinken. Bedächtig legte sie den Spiegel in die Truhe zurück und schloß den Deckel. Als sie sich wieder den beiden anderen Frauen zuwandte, fand sie in ihren Mienen bestätigt, was sie selbst gesehen hatte.

»Ich fühle mich noch genauso wie früher. Woher kommt dieser Körper?« — Hilflos spreizte sie die Finger.

Mond schaute zu Boden; auch Clavally senkte den Blick. Sie zwang sich, den Kopf zu heben, und plötzlich sah sie die Frau, die sie schon so lange kannte, in einem gänzlich neuen Licht. »Fate«, rief sie, als ihr eine Idee kam. »Die Nacht der Masken ...«

Fate straffte den Rücken; ihre Miene erhellte sich, als sie sich aus den Erinnerungen an das letzte Festival riß, in die Gegenwart zurückkehrte und die Hände nach der Zukunft ausstreckte.

»Ja, natürlich!« sagte sie und ging zu den Frauen zurück. »Ich kann wieder selbständig arbeiten. Ich werde nur wenige Masken herstellen, aber die sind dann etwas ganz Besonderes. Meine Liebe, du bekommst eine Maske, die einer Königin würdig ist.«

Karbunkel

»... wie Sie aus Ihren Displays ersehen, unterstützt der Bericht eindeutig den Bürger Wayaways. Die Angaben beweisen, daß das Volk bei der Rückkehr der Hegemonie die Sommerkönigin durch eine vom Wintervolk auserwählte Herrscherin ersetzen möchte, wie dies in der Vergangenheit stets geschehen ist. Traditiongemäß vollzieht man den Wechsel während des sogenannten Festivals, wenn der Besuch des Premierministers gefeiert wird ...«

Echarthes Daten huschten über den Bildschirm; derweil faltete Gundhalinu heimlich einen Fetzen Einwickelpapier in immer kleinere Dreiecke. Er blickte hoch, behielt die Hände jedoch unter dem torusförmigen Tisch, der das Ratszimmer beherrschte. Flüchtig betrachtete er die Mitglieder der Justiz und der Regierung, die an dem Tisch saßen; er stellte sich vor, wie früher die Angehörigen des Sibyllen-College und die Sprecher der Bürgerschaft Tiamats diese Plätze eingenommen hatten. Nur eine Person war in beiden Gremien vertreten: Kirard Set Wayaways.

Gundhalinu merkte, daß Wayaways ihn anstarrte, wie wenn er ihn schon die ganze Zeit lang beobachtet hätte.

Der Tiamataner lächelte hinterhältig; mittlerweile haßte Gundhalinu dieses Grinsen, jedesmal, wenn er es sah, stieg eine kalte, irrationale Wut in ihm hoch, die ihn blind machte gegenüber jeder Vernunft. Er zwang sich dazu, Wayaways Blick standzuhalten und erstickte seinen Ärger durch Selbstdisziplin.

Wayaways hatte nachdrücklich dafür gesorgt, daß jeder im Raum von ihm Notiz nahm, und in der Survey-Halle war er ein ständiger Gast. Offiziell repräsentierte er den Stadtrat, er gehörte der Lobby an, die sich für eine Wiederaufnahme der Merjagd starkmachte — und er opponierte gegen die Königin, die er, Gerüchten zufolge, früher vorbehaltlos unterstützt hatte.

Vor einigen Wochen hatte er Gundhalinu in dessen Büro aufgesucht. Er gab sich charmant und wohlinformiert, während er mit kaum verhohlener Boshaftigkeit andeutete, er gedächte, dem Rat gewisse Informationen bezüglich dem Obersten Richter der Hegemonie und der Sommerkönigin zuzuspielen, falls die Merjagd weiterhin geächtet würde.

Gundhalinu hörte ihm schweigend zu; hinterher spielte er Wayaways das Gespräch, das er heimlich mitgeschnitten hatte, noch einmal vor. Die kompromittierenden Stellen waren jedoch gelöscht, so daß nur die Passagen übrigblieben, in denen Wayaways ihn zu bestechen und zu erpressen versuchte. »Ich weiß, daß Sie Freunde haben«, hatte Gundhalinu leise gesagt, »aber ich habe auch welche. Verlassen Sie mein Büro, so lange Sie noch ein freier Mann sind.«

Wayaways hatte den Kopf eingezogen, und fortan blieben die direkten Attacken aus. Statt dessen scharwenzelte er hinter seinem Rücken um die anderen Ratsmitglieder herum. Er drängte nicht mehr offen darauf, die Merjagd wieder zuzulassen, denn Gundhalinu hatte sich über das Votum des Rats hinweggesetzt und entschieden, alle Angelegenheiten bezüglich der Mers unterstünden traditionsgemäß Tiamatanischem Gesetz, und das letzte Wort hätte die Königin. Verbissen war Wayaways seiner Argumentation gefolgt, um das Tiamatanische Gesetz mit einem einzigen, bösartigen Streich, gegen ihn ins Feld zu führen.

»Ich habe Zweifel an der Behauptung, daß die Mehrheit der Tiamataner mit der Sommerkönigin unzufrieden ist und sie absetzen möchte«, widersprach Gundhalinu. »Diese Daten sind nicht beweiskräftig. Und selbst wenn sie es wären, so sind wir gar nicht in der Lage, die Königin zu stürzen.«

»Es ist gar nicht davon die Rede, daß wir selbst einschreiten, Richter«, fiel Echarthe ihm ins Wort. »Das regeln die Tiamataner seit jeher selbst. Ich empfehle lediglich, dafür zu sorgen, daß diese Tradition auch stattfindet, wenn die Hegemonische Gesellschaft hier eintrifft.«

»Dann hätten wir wirklich einen Grund zum Feiern«, meinte Sandrine mit säuerlichem Lächeln. »Wenn diese verdammte Mutteranbeterin erst weg ist, und die Winter die Dinge in die Hand nehmen, wäre unser Problem mit der Beschaffung des Wassers des Lebens gelöst.« Rings um den Tisch wurde gelacht und beifällig gemurmelt.

»Engstirnige Ansichten und Drohungen gegen ein einheimisches Staatsoberhaupt sind für mich kein Thema für Witze«, schnauzte Gundhalinu. Vhanu, der neben ihm saß, hob die Brauen.

Sandrine runzelte die Stirn und machte keinen Hehl aus seiner Verärgerung. »Ich wußte nicht, daß ich einen Witz gemacht hatte.«

»Wenn es kein Witz sein sollte, dann war es Verrat«, entgegnete Gundhalinu. »Ich habe ausdrücklich befohlen, daß die Polizeikräfte die Tiamataner mit Respekt zu behandeln haben. Diese Order gilt auch für Vertreter der Regierung.«

»BZ«, murmelte Vhanu auf Sandhi und drückte leicht seinen Arm. »Hier sind wir doch unter uns. Wir alle sind Techniker und verstehen einander. Eine Situation wie diese wäre auch unter den günstigsten Umständen nur schwer zu meistern, und die Umstände sind alles andere als rosig. Bitte, erlauben Sie uns, daß wir uns ein bißchen gehenlassen.«

Gundhalinu holte tief Luft. »Vielleicht haben Sie recht«, antwortete er leise auf Sandhi und merkte, wie fremd ihm seine Muttersprache geworden war; er hatte sogar angefangen, auf Tiamatanisch zu denken.

»Seit Sie hierhergekommen sind, haben Sie unsere Rechte als Volk eloquent verteidigt, Richter Gundhalinu«, sagte Wayaways. »Dafür sind Ihnen die Tiamataner sehr dankbar.« Er hob die Hände in einer Art Achselzucken. »Wieso sind Sie plötzlich gegen eine Tradition wie den Wechsel, den es bei uns schon lange vor dem Hegemonischen Zyklus des Abzugs und der Rückkehr gegeben hat?«

»Eben weil dieser Brauch so uralt ist, will ich ihn abschaffen«, erklärte Gundhalinu, der sich wieder in der Gewalt hatte. »Jetzt herrscht hier eine neue Ordnung, und die Gesetzmäßigkeit des Wechsels ist damit hinfällig geworden. Er hat keine sinnvolle Funktion mehr, sondern wäre ein Akt reiner Barbarei. Die meisten Neuerungen, die eure Königin während unserer Abwesenheit eingeführt hat, finden meine Billigung, weil sie gut sind, und weil sie der Beziehung entsprechen, die ich zwischen unseren beiden Völkern aufbauen will — jetzt, da der Kontakt von Dauer ist. Menschenopfer passen nicht mehr in diese Welt.«

»Aber sie sind Bestandteil unserer Religion.« Wayaways deutete auf die Daten, die der Bildschirm zeigte, und seine Stimme nahm einen empörten Klang an. Seine kalten, wissenden Blicke verhöhnten Gundhalinu. »Mit diesem Argument verteidigten Sie doch die Haltung der Königin bezüglich der Mers, erinnern Sie sich noch? Sollten Sie die Entscheidung darüber, ob die alten Rituale noch eine Bedeutung haben, nicht lieber uns überlassen? Oder haben Sie vielleicht ein persönliches Interesse am Wohlergehen der Sommerkönigin, weil Sie so entschieden alles ablehnen, was ihr gefährlich werden könnte?«

Gundhalinu merkte, daß Vhanu ihn überrascht ansah; er hörte auch, wie die anderen Konferenzteilnehmer miteinander tuschelten.

»Ich habe die Gründe genannt, weshalb ich gegen eine weitere Ausübung dieses Brauchs bin; näher brauche ich sie nicht zu erklären«, versetzte er kurzangebunden.

»Aber die Tatsache bleibt bestehen, Richter«, mischte sich Vhanu ein, »daß die Beseitigung der Sommerkönigin unseren Interessen sehr entgegenkäme. Sie ist eigensinnig und fanatisch; sie regiert auf Lebenszeit, und in absehbarer Zeit wird sie nicht eines natürlichen Todes sterben. Ich finde, wir sollten diese Möglichkeit, die Königin loszuwerden, ernsthaft in Betracht ziehen.«

Gundhalinu warf ihm einen raschen Blick zu und schaute gleich wieder weg; er hatte Angst, sich durch seine Miene zu verraten.

»Der Premierminister und die Hegemonische Gesellschaft werden uns die Hölle heißmachen, wenn sie ankommen, und kein Wasser des Lebens vorfinden«, meinte Borskad, der Minister für Handel.

»Dann gibt es kein Festival, sondern einen Aufstand«, prophezeite Wayaways. »Wenn Sie versuchen, ein Ritual zu verhindern, das ein fundamentaler Bestandteil unserer Kultur ist, wird es zu öffentlichen Protesten und Ausschreitungen kommen, das garantiere ich.«

»Drohen Sie etwa der Hegemonie, Bürger Wayaways?« fragte Gundhalinu mit scharfer Stimme.

Wayaways erstarrte und lehnte sich in seinen Sessel zurück.

»Der Premierminister und die Hegemonische Gesellschaft sind reine Repräsentationsfiguren ohne echte Macht«, erklärte Gundhalinu gereizt, während er den Blicken der anderen standhielt. »Von den komplexen Problemen, mit denen wir es hier zu tun haben, verstehen sie nicht das geringste.«

»Aber das Zentrale Komitee verfügt über viel Einfluß«, hielt Tilhonne entgegen. »Mein Onkel hat bereits angedroht, höchstpersönlich hier aufzukreuzen und herauszufinden, was im Namen seiner heiligen Ahnen vorgeht, wenn wir nicht bald zu einem Kompromiß mit der Königin kommen. Sollte es bei der Ankunft der Hegemonischen Gesellschaft zu Unruhen kommen, genügt ihm das als Vorwand, um Ermittlungen einzuleiten. Das könnte unser aller Karrieren ruinieren.« Bei der Aussicht darauf blickte er höchst unglücklich drein.

Gundhalinu wußte, daß Tilhonnes Sorge wohlbegründet war. Seine Autonomie auf Tiamat dauerte nur so lange, wie er nicht unangenehm auffiel. Nachdenklich starrte er auf das Siegel der Hegemonie an der Wand, Acht Welten, die durch einen strahlenden Durchbruch der Sonne symbolisiert wurden.

Mehrere Stimmen hoben sich, ungeduldig, besorgt — die Diskussion kreiste um ein einziges Thema, dessen war er sich ganz sicher — und dabei ging es nicht um das Wohlergehen der Sommerkönigin.

»Ich schlage vor, daß wir über die Petition des Bürgers Wayaways abstimmen«, meldete sich Borskad, den Blick auf seinen Bildschirm geheftet. »Er verlangt einen totalen Wechsel, einschließlich der Wiedereinsetzung des Wintervolks an die Macht; das Prozedere wird durch die traditionellen theokratischen Rituale geregelt.«

»Das lasse ich nicht zu«, sagte Gundhalinu. Er drückte auf den Schalter und löschte die Daten auf dem Monitor mit einem automatischen Veto.

Echarthe gab seinen Wunsch ein; einer nach dem anderen am Tisch stimmte ab, beobachtet von Wayaways, der die Hände im Schoß gefaltet hielt und lächelte. Zum Schluß stand fest, daß Gundhalinu überstimmt worden war, und der Text der Petition erschien wieder auf den Bildschirmen.

»Sie haben verloren, Richter«, stellte Borskad fest und ließ zufrieden seine Fingerknöchel knacken. »Man muß den Tiamatanern erlauben, ihre eigene Regierung zu wählen.«

»Das lasse ich nicht zu«, wiederholte Gundhalinu ahne Umschweife. »Ich lasse die Polizei einschreiten.«

»Das können Sie gar nicht, BZ«, murmelte Vhanu neben ihm. Gundhalinu drehte sich um und sah ihn an. »Die Befehlsgewalt liegt ausschließlich bei mir«, fuhr Vhanu fort. Gundhalinu las Bedauern und Unbehagen in seinem Blick, aber keine Zweifel. »Sie können es nicht verhindern.«

Gundhalinu wandte sich wieder den anderen Konferenzteilnehmern zu; alle schienen fest entschlossen zu sein. »Verdammt, ich erlaube es nicht, daß die Königin geopfert wird!«

»Es geht aber nicht anders, Richter«, entgegnete Borskad unverblümt. »Die Hegemonie will das Wasser des Lebens. Wenn wir es nicht beschaffen — so oder so —, dann suchen sie sich andere, die weniger Skrupel haben.«

»Wir haben gar keine Wahl.« Vhanu schüttelte den Kopf. »Diese Frau gefährdet mit ihren lästigen Forderungen unser aller Positionen — einschließlich Ihr Amt, BZ. Lieber opfere ich die Königin als die gesamte Regierung, habe ich nicht recht? Wir haben soviel Zeit und Mühe in dieses Projekt investiert, daß ich nicht alles wieder verlieren möchte. Doch genau das wird eintreten, wenn wir nicht rasch etwas unternehmen.«

»Es sei denn ...« Wayaways sprach den Satz nicht zu Ende, sondern wartete, bis völlige Stille eingetreten war.

»Es sei denn — *was?*« hakte Gundhalinu nach; ihm war klar, daß seine Demütigung mit zu Wayaways Plan gehörte.

»Es sei denn, Sie ändern Ihre bisherige Haltung und geben die Jagd auf die Mers frei. Dann bekäme jeder, was er wollte — die Hegemonie kriegt das Wasser des Lebens, die Tiamataner profitieren von dem Handel, und Sie hätten die Königin gerettet. Auf diese Weise wären alle glücklich und zufrieden — mit Ausnahme der Königin, vielleicht, aber ich glaube, daß selbst sie eine Enttäuschung dem Tod vorzieht. Ich bin sicher, daß das Volk sie als Königin behalten wird, solange wir bekommen, was wir wollen. Für eine Sommer war sie wirklich eine ziemlich aufgeklärte Frau, bis sie sich in diesen religiösen Wahn verrannte, die Mers seien heilig.«

Wieder begann ein allgemeines Gemurmel; Kirard Set Wayaways' Vorschlag wurde beifällig aufgenommen, und man bedrängte Gundhalinu, er möge zustimmen. Mitten unter den Teilnehmern saß Wayaways, und starrte ihn über den Tisch hinweg schweigend an.

»Das klingt sehr vernünftig«, wisperte Vhanu in Gundhalinus Ohr; seine Stimme klang verschwörerisch und ermutigend zugleich.

Gundhalinu preßte die Lippen zusammen und erwiderte Wayaways' Blick. *Entweder die Mers sterben, oder die Königin wird geopfert,* verrieten seine Augen. *Die Entscheidung liegt bei dir.*

»Also gut ...« Gundhalinu senkte den Blick. »Also gut«, wiederholte er mit kräftiger Stimme, wie wenn er die Situation noch im Griff hätte. »Ich ziehe das Jagdverbot zurück. Aber es wird keine Opfer und keinen Wechsel nach altem Brauch mehr geben. Von jetzt an müssen die Sommer und die Winter neue Wege des Zusammenlebens finden.«

»Sie sind ein gerechter und weiser Mann, Richter Gundhalinu«, bemerkte Wayaways lächelnd.

»Die Ratssitzung wird vertagt.« Gundhalinu schaltete seinen Monitor ab und zerknüllte das Papier, in dem die Fleischpastete eingewickelt gewesen war, in der Faust.

Karbunkel

»Die Königin, Sir.«

Mond ging an dem uniformierten Adjutanten vorbei, als er für sie Platz machte. Verlegen wandte sie den Blick ab, denn der Mann schien zu merken, daß sie ihn viel zu lang anstarrte. Seit sie den Regierungskomplex betreten hatte, waren ihr nur Außenweltler begegnet, und das verstärkte in ihr das Gefühl, daß sie ihre eigene, sichere Welt verließ und in das Unbekannte eindrang. Sie versuchte, sich nicht wie in einem feindlichen Lager vorzukommen, doch dieser Vergleich drängte sich ihr unwillkürlich auf. Auch der Adjutant hatte sie angestarrt, aber in seinem Blick lag nur Neugier, weiter nichts.

Sie ging ins Büro; die vertraute Umgebung war durch viele neue, unbekannte Dinge verfremdet. BZ Gundhalinu, der Oberste Richter von Tiamat, wartete hinter seinem Schreibtisch auf sie, der gleichzeitig ein Computerterminal war — die elektronischen Systeme waren aktiviert, und der ganze Mechanismus wirkte auf sie so sonderbar wie die fremdartigen Menschen, die diese Apparate nach Tiamat einführten. Sie fragte sich, wie lange es wohl dauern mochte, bis die Einheimischen und die Außenweltler sich aneinander gewöhnt hätten — falls das überhaupt möglich war.

BZ blickte freudig überrascht drein. Als sie seinen Gesichtsausdruck sah, verflüchtigte sich ihre Unsicherheit, und plötzlich hatte sie nicht mehr das Gefühl, einen Fremden vor sich zu haben. Als er lächelte, krampfte sich ihr Herz schmerzhaft zusammen, doch daran war sie bereits so gewöhnt, daß sie sich nichts anmerken ließ. Sie vergegenwärtigte sich, weshalb sie gekommen war — nicht, um BZ Gundhalinu zu treffen —, und das würde er gleich erfahren.

Er stand auf. »Herrin«, sagte er und neigte ehrerbietig den Kopf. Die förmliche Anrede paßte nicht recht zu dem Ausdruck in seinen Augen. »Welch unverhofftes Vergnügen. Willkommen in meinem Büro.« Lächelnd kam er um den Schreibtisch herum.

»Ich stelle Ihnen gern mein Büro zur Verfügung, Richter Gundhalinu«, erwiderte sie und hielt ihm so die Hand entgegen, daß er sie auf tiamatanische Sitte begrüßen mußte. Mit sanftem, kräftigem Griff nahm er ihre Hand und behielt sie eine Spur länger in der seinen, als nötig. Nachdem er sie losließ, schloß sie die Finger um die warme Handfläche und ließ den Arm wieder sinken. Fragend schaute er sie an, und ihr Lächeln wurde wehmütig. »Das war nämlich mein Büro, als sich hier noch das Sibyllencollege traf.« Die Zusammenkünfte fanden nun im Palast statt.

»Ach so«, entgegnete er ein bißchen linkisch. Er wandte sich an den Adjutanten, der wartend in der Tür stand. »Danke Stathis. Sorgen Sie dafür, daß ich nicht gestört werde, solange ich mich mit der Königin unterhalte.« Der Adjutant salutierte und verließ den Raum; als sich die Tür hinter ihm schloß, waren sie endlich allein.

Eine Zeitlang rührte sich BZ nicht vom Fleck. Mond spürte, wie befangen und gehemmt sie beide waren. »Bitte, setzen Sie sich.« Er deutete auf einen niedrigen Sessel und nahm wieder hinter dem Schreibtisch Platz.

»Es ist das erste Mal, daß Sie mich ... hier ...« — um ein Haar hätte er schon wieder *in meinem Büro* gesagt — »aufsuchen. Daraus schließe ich, daß Sie in einer wichtigen Angelegenheit kommen, Herrin. Was kann ich für Sie tun?« Jede ihrer früheren Begegnungen hatten im Palast stattgefunden, wenn sie ihn um einen Besuch gebeten hatte. Zu diesen Treffen kamen beide gewöhnlich von einer Schar Beratern umringt; wenn sie in der Nacht nach einer Zusammenkunft mit ihm schlaflos im Bett lag und noch einmal jedes seiner Worte, jede seiner Gesten, nachempfand, fragte sie sich, ob er seine Begleiter stets aus denselben Gründen mitbrachte wie sie. Seit seiner Ankunft auf Tiamat war sie noch nie mit ihm allein gewesen; und heute traf sie ihn zum erstenmal auf dem Territorium der Hegemonie. Er beugte sich über den Schreibtisch vor, und in seinem Blick lag die stumme Frage, die sie ihm nicht beantworten konnte.

»Ich komme zu Ihnen ...«, begann sie und brach wieder ab. Sie wich seinen intensiven Blicken aus. »Ich möchte wissen, wieso Sie Ihre Ansichten über die Merjagd geändert haben«, fragte sie übergangslos, auf leere Floskeln verzichtend.

Verständnis, Frustration und ein Ausdruck, der Resignation hätte sein können, leuchteten in seinen Augen auf und erloschen jedoch so rasch, daß sie nicht sicher sein konnte, ob sie diese Empfindungen auch richtig gedeutet hatte. »Ich verstehe«, erwiderte er.

»Warum wurde das Jagdverbot aufgehoben? Sie wissen, daß ich das Töten der Mers untersagt habe — sie unterstehen dem Schutz des Sommervolks. Sie haben kein Recht ...«

Er preßte die Lippen zusammen, und plötzlich wirkte sein Gesicht müde und verhärmt. »Ich konnte nicht anders.«

Sie runzelte die Stirn. »Das ist nicht wahr.« Eine kalte Wut stieg in ihr hoch, weil sie sich verraten fühlte. »Sie wissen, was ich Ihnen über die Mers erzählte ... Sie wissen, was der Transfer über die Mers bekanntgibt: sie sind eine intelligente Spezies.« Sie hatte es vor ihm und seinen Ratgebern demonstriert; indem sie BZ selbst als Sibyl benutzte, stellte sie ihm die Frage und ließ ihn im Beisein der Regierungsvertreter die Antwort aussprechen. »Alle haben es gehört!«

Er betrachtete seine Hände, die auf der Tischplatte ruhten, und sah danach wieder sie an. »Die Wahrheit hat schon früher nicht ausgereicht, um die Jagd auf Mers zu verhindern. Dabei ist es geblieben.« Er schüttelte den Kopf. »Mond, ich habe das Unvermeidliche so lange hinausgezögert, wie es ging. Ich habe Forschungsteams losgeschickt und sie eure Daten analysieren lassen. Ich weiß, was los ist — aber ich kann weder meine Leute noch das Zentrale Koordinations-Komitee zur Einsicht bringen. Die sehen nur, was sie sehen wollen.

Das Sibyllennetz kann bis in alle Ewigkeit behaupten, die Mers seien intelligente Wesen; aber, verdammt noch mal, die Mers tun nichts, um diese Theorie zu unterstützen, jedenfalls verhalten sie sich nach menschlichen Maßstäben nicht intelligent. Sie geben uns bei der Lösung dieses Problems keine Hilfestellung, sie begreifen nicht einmal, worum es geht. Entweder ist ihre Gesellschaft zu subtil — oder zu fremdartig. Die unabhängigen Gutachten sind zu vage, um bestimmte Leute daran zu hindern, sich das Wasser des Lebens zu beschaffen. Und selbst wenn die Forschungsergebnisse eindeutig wären ...«

»Ja, was dann?« fragte sie und ballte die Fäuste, bis die Fingerknöchel ganz weiß unter der Haut hervortraten.

»Diese Menschen wollen das Wasser des Lebens, und zwar sofort!« Ihrem Groll begegnete er mit einem jähen Temperamentsausbruch. »Die meisten von ihnen nehmen zu Hause wichtige Positionen ein.«

Zu Hause. Ihr war klar, daß er damit *Kharemough* meinte. »Aber hier geht es nicht nur um das Recht der Mers auf Leben — es geht nicht nur um Völkermord«, versetzte sie erbittert. »Wenn die Merpopulation dezimiert wird, gerät die gesamte Hegemonie in Gefahr — alle Welten, die einmal zum Alten Imperium gehörten!«

Verständnislos starrte er sie an. »Wieso?« fragte er. »Nur weil es dann keine Mers mehr gibt? Das ist diesen Leuten *egal*, verstehen Sie das nicht?«

»Nein!« Sie stand auf und schüttelte den Kopf. »*Sie* sind derjenige, der nichts begreift. Hier geht es um mehr — um viel mehr! Wenn man es ihnen nur sagen könnte, wäre es ihnen bestimmt nicht egal!«

»Was müßte man ihnen sagen?« Seine Stimme klang gereizt. Wieder beugte er sich vor. »Gibt es noch etwas? Was haben Sie mir verschwiegen?«

»Ich weiß, daß ... daß ...« Ihre Kehle schnürte sich zusammen, ihre Augen verengten sich zu schmalen Schlitzen, und unwillkürlich ballte sie die Fäuste. Sie schüttelte den Kopf und kämpfte mit aller Macht gegen diesen Krampf an, doch er wollte sich nicht lösen. »Ich weiß, was ich weiß«, flüsterte sie; ohne Gundhalinu anzusehen, ließ sie sich wieder zurück auf ihren Sessel fallen.

»Götter ...«, murmelte er; er rieb sich das Gesicht und lehnte sich zurück. »Vater aller meiner Vorfahren, Mond, ich habe alles Menschenmögliche getan — für Sie und für Ihre Welt. Ich habe die Jagdquoten für die Mers neu festgesetzt und so niedrig gehalten, wie es überhaupt nur ging. Ich habe nicht aufgehört, mit meinen Beratern zu diskutieren. Wenigstens akzeptieren sie, daß die Merjagd begrenzt sein *muß* — da diese Geschöpfe sonst sehr bald aussterben würden, und diese Logik begreifen selbst sie. Außerdem stelle ich Ihnen weiterhin sämtliche Hilfsmittel zur Verfügung, die Sie zur Erforschung der Mers brauchen. Meine Leute beschäftigen sich bereits damit, ob es möglich sein wird, die Geburtenrate der Mers zu erhöhen, oder ihnen Blut abzunehmen, ohne sie dabei zu töten.«

Voller Abscheu schaute sie ihn an.

»Das ist die reale Welt, verdammt noch mal!« fluchte er, und sie hörte, daß er selbst Ekel empfand. »Wir müssen kompromißbereit sein und auch nachgeben können, wenn wir überleben wollen. Etwas anderes bleibt uns gar nicht übrig.«

»Wir haben immer eine Wahl«, entgegnete sie. Ihre Verzweiflung lastete auf ihr wie ein Stein; das Wissen, daß sie ein Geheimnis kannte, ohne es je einem anderen Menschen mitteilen zu dürfen, zerfraß sie innerlich.

»Mond«, sagte er leise. »Ich wurde vor die Wahl gestellt: ich mußte entweder die Mers opfern ... oder dich.«

Entgeistert starrte sie ihn an.

»Gewisse Cliquen aus dem Wintervolk bedrängen die Hegemonie, bei der Ankunft der Hegemonischen Gesellschaft einen neuen Wechsel zu initiieren. Die Winter wollen wieder an die Macht ... und du sollst ins Meer geworfen werden. Und bestimmte Gruppen meiner Leute — denen auch der Vertreter des Zentralen Komitees angehört — unterstützen diesen Wunsch. Ich habe versucht, dich zu warnen, daß ich diesen Balanceakt nicht auf Dauer durchhalten kann. Ich mußte mich entscheiden — das Leben der Mers gegen dein Leben. Und ich entschied mich für dich.«

»Unser aller Mutter«, murmelte Mond; es klang wie ein Gebet. Ein Schauder durchlief sie, und sie senkte den Blick. »Wie konnte das passieren?«

»Mond«, sagte er, »wir balancieren über der Grube, begreifst du nicht? Wenn wir uns zu schnell oder zu langsam bewegen, wenn wir nicht den richtigen Ton in einer bestimmten Abfolge treffen, dann fegt der Sturm der Veränderung uns beide hinweg. Gestern bei der Konferenz wäre es um ein Haar passiert. Die Hegemonie hat die technologische Entwicklung, die du hier begonnen hast, nur deshalb nicht zerstört, weil ich schon auf Kharemough begonnen habe, sie davon zu überzeugen, daß es für eine Umkehr zu spät ist. Jetzt, wo sie wissen, daß das Geheimnis der Sibyllen bekannt ist, konnte ich ihnen begreiflich machen, daß es wirtschaftlich und politisch klüger ist, den Tiamatanern zu geben, was sie wollen. Aber dafür verlangen sie einen Preis — es gibt nichts umsonst. Die Hegemonie kam aus einem einzigen Grund nach Tiamat zurück: sie will das Wasser des Lebens. Und sie wird es sich nehmen, ob es uns paßt oder nicht. Tiamat kann eine Gegenleistung verlangen — es kann aber auch leer ausgehen. Um der Götter willen, Mond, ich bemühe mich wirklich, dir zu helfen. Sag mir, daß du das verstehst!«

Sie hob den Kopf; vor ohnmächtiger Wut vermochte sie nicht klar zu denken. Durch eine Ewigkeit, durch Entfernung und durch quälende Zweifel von ihm entfremdet, starrte sie ihn an. In seinem Gesicht erkannte sie das Vergangene und das Gegenwärtige, sie sah den Geliebten und den Fremden, und auch das glänzende Sibyllenmedaillon, das sich hell von dem schwarzen Hemd abhob. Sie preßte sich die Hand gegen die Augen, ließ sie wieder sinken, und ihr Blick klärte sich. »Ja«, murmelte sie. »Ich verstehe dich. Ich weiß, wieviel du für ... für uns getan hast, seit die Hegemonie zurückgekehrt ist.«

Er nickte und senkte den Blick; wie ausgelaugt kam er sich vor.

Langsam stand sie auf; sie sah ein, daß es nichts mehr gab, womit sie die Jagd verhindern konnten, weil sie den wahren Grund, weshalb der Schutz der Mers so wichtig war, nicht verraten durfte.

Sie drehte sich um und betrachtete das Bild an der Wand; eine sinnliche Komposition aus Farben und Atmosphäre, es wirkte ruhig und dennoch ungeheuer lebendig, solide und vergänglich zugleich, wie ein erstarrter Augenblick, in dem der gemächlich kreisende Tanz von Öl auf Wasser eingefangen wurde. Ein Bild wie dieses hatte sie noch nie gesehen; als das Büro noch ihr gehörte, hatte es nicht dort gehangen.

Sie hörte, wie BZ sich von seinem Sessel erhob und zu ihr kam. Plötzlich spürte sie das Klopfen ihres Herzens, so laut, daß sie sich fragte, ob er es auch hören könne.

»Seit ich wieder hier bin, hatten wir noch nie eine Gelegenheit, ungestört miteinander zu sprechen«, sagte er. Sein Tiamatanisch klang auf einmal gespreizt und unbeholfen. Neugierig sah sie ihn an. Er hob die Hand und zeigte auf das Bild. »Das hat meine Frau gemalt; sie ist Künstlerin.«

Verdutzt starrte Mond ihn an. »Ach?« machte sie. Ihr Gesicht fing an zu brennen. »Ach.« Mit verschränkten Armen blickte sie eine geraume Zeitlang auf das Bild. »Bist ... bist du schon lange verheiratet?« Sie fragte sich, ob er ihr in diesem Augenblick von seiner Heirat erzählte, um sich zu revanchieren, weil sie ihn im Zorn aufgesucht hatte und ihm wegen der Merjagd Vorwürfe machte — oder ob er einfach keinen anderen Weg gefunden hatte, es ihr zu sagen. Sie spürte einen tiefen, heftigen Schmerz — und sie war wütend auf ihn, weil er sie seit seiner Rückkehr in einer Art und Weise angesehen hatte, als hätte er nur Augen für sie. Gleichzeitig haderte sie mit sich selbst, weil sie kein Recht hatte, sich solche Dinge einzubilden.«

»Seit ungefähr drei Jahren.«

»Ach«, sagte sie noch einmal; krampfhaft suchte sie nach ein paar angemessenen Worten. »Hast du — Kinder?«

Auf das Bild schauend zögerte er. »Ich habe einen Sohn; er ist ungefähr sechs Monate alt. Erst kürzlich schickte mir meine Frau ein Hologramm von ihm. Er sieht sehr hübsch aus.« Seine Mundwinkel hoben sich zu einem wehmütigen Lächeln, doch seine Augen füllten sich mit einem sorgenvollen Ausdruck. »Es war eine Vernunftehe«, bekannte er schließlich. »Ich mußte dafür sorgen, daß sich jemand um meinen Familienbesitz kümmert, wenn ich nicht auf Kharemough bin. Angehörige des Auswärtigen Dienstes treffen oft solche Vorkehrungen.«

»Ach so.« Während sie das Bild betrachtete, traf sie die davon ausgehende Sinnlichkeit wie eine Woge aus Hitze. *Aber hast du sie geliebt?* Sie würgte an der Frage wie an einem Bissen bitteren Brots. »Wirst du dein Kind denn nie sehen?« fragte sie.

»Ich weiß es nicht«, murmelte er kaum hörbar, als sei seine Kehle zugeschnürt. »Mond ...« Er fuhr sich mit den Fingern durchs Haar. »Tammis und Ariele ... Funke ist nicht ihr Vater, oder?«

Sie spürte eine Anwandlung von Panik.

»Sie sind meine Kinder, stimmt's?« fuhr er mit rauher Stimme fort. »Funke nahm das Wasser des Lebens, er konnte dich gar nicht schwängern.«

Sie starrte ihn an. »Ist das wirklich wahr? Daß das Wasser des Lebens einen Menschen steril macht?«

»Er nickte. »Sie sind meine Kinder ...«, wiederholte er mit einem leicht staunenden Unterton. »Unsere Kinder ...«

Jahrelang hatte sie sich gefragt, von wem Tammis und Ariele wirklich waren; und auch Funke mußte sich diese Frage gestellt haben. Nie war sie sich sicher gewesen, hätte es auch gar nicht sein wollen — genau wie Funke —, bis zu dem Augenblick, als BZ wieder vor ihr stand und sie in sein Gesicht schaute. »Ja.« Endlich, nach so langer Zeit, die absolute Gewißheit. Sie sah Gundhalinu an, erinnerte sich, wie er früher ausgesehen hatte, und erkannte die Veränderungen. Als sie sich kennenlernten, war er mehrere Jahre älter gewesen als sie; nun, bedingt durch die Kapricen des Schicksals und der Raumzeit, waren sie beinahe gleichaltrig. »Danke«, sagte sie schließlich mit gepreßter Stimme. »Ich danke dir für die Kinder.«

»Weiß Funke Bescheid?«

»Ich ... Ja. Er weiß es. Er weiß es ...« Nervös zupfte sie an dem glatten, blaugrünen Stoff ihres Kleides. Seit Funke sie dabei ertappt hatte, wie sie — nach Arienrhods Manier — seinen Rivalen durch ein geheimes Fenster beobachtete, schliefen sie in getrennten Betten.

»Wie faßt er es auf?« fragte BZ.

»Nicht gut.« Sie hielt den Blick abgewendet. Selbst tagsüber sah sie ihren Gemahl kaum. Er arbeitete weder mit ihr, noch mit dem College, noch mit jemand anders, den sie kannte, zusammen. Er schloß sich in seine privaten Gemächer ein, vergrub sich in Studien und Berechnungen, verschanzte sich hinter neuen Technologien. Oder er ging aus. *Ich gehe weg,* sagte er dann, verriet aber nie, wohin es ihn zog. Sie hatte gehört, daß er viel Zeit im Labyrinth verbrachte ... in Gesellschaft des Winteradels, von dem er sich einst abgekehrt hatte wie von seiner Vergangenheit; er machte sich mit denselben Leuten gemein, die wollten, daß sie dem Meer geopfert wurde.

»Wie kommt ihr miteinander aus?« wollte BZ wissen, als sie beharrlich schwieg.

»Nicht gut«, sagte sie wieder, ihn dabei anschauend.

»Es tut mir leid.« Seufzend schüttelte er den Kopf. »Ich bin wirklich nicht zurückgekommen, um dir Kummer zu bereiten, Mond. Ich ...« Er brach ab. Scheu hob er die Hand und berührte ihren Arm: sie sah, wie plötzlich Hoffnung in seinen Augen aufleuchtete.

»Ich weiß«, flüsterte sie. Sie konnte nicht zurückweichen, wie wenn seine Berührung sie gelähmt hätte. Wie von selbst hob sich nun ihre Hand und streckte sich ihm entgegen. Sie zwang sich dazu, den Arm zu senken. »Nein«, wisperte sie. »Bitte nicht.«

Er zog seine Hand zurück. Dann schüttelte er den Kopf, wie wenn er nicht begreifen könne, was über ihn gekommen sei, wie wenn er nicht mehr wüßte, wie es weitergehen solle. »Und was ist mit Ariele und Tammis?« fragte er nach längerem Schweigen.

»Wie meinst du das?«

»Haben sie eine Ahnung, daß ...«

Sie wandte den Blick ab. »Ich ... ich bringe es nicht

übers Herz, mit ihnen darüber zu reden. Ich habe den Kontakt zu meinen eigenen Kindern verloren.« In Gedanken sah sie Tammis' bekümmerte Augen, und wie er ihr jedesmal auswich, wenn sie den Versuch machte, mit ihm über seine Probleme zu sprechen; Ariele hingegen äffte in ihrem Trotz immer mehr das Benehmen des Mannes nach, den sie nur als ihren Vater gekannt hatte und der sich fast völlig von seiner gesamten Familie zurückgezogen hatte. Plötzlich wurde ihr bewußt, daß sie es noch nie verstanden hatte, mit ihren Kindern und ihrem Gemahl zu reden; und jetzt war es zu spät, um die Situation zu ändern.

»Vielleicht sollte ich versuchen ...«, begann BZ.

»Nein.« Sie blickte zur Tür.

»Glaubst du, nach so langer Zeit hätte ich meine Rechte als Vater verwirkt? Wenn ich damals gewußt hätte, daß du schwanger bist, Mond, hätte ich dich nie verlassen ...«

»Das ist es nicht.« Sie schüttelte den Kopf. *Doch was war es dann?* Sie preßte die Lippen zusammen. »Funke ist immer noch mein Gemahl. Mit diesem Problem müssen wir allein fertigwerden.« Während sie sprach, merkte sie, wie sie ihn aus ihrem Leben ausschloß. Sie schaute ihm ins Gesicht. »Sag mir ... sag mir, daß du verstehst.«

Er zog eine Grimasse und nickte: Jählings wandte er sich ab und ging zu seinem Schreibtisch. Mit einer raschen Handbewegung berührte er verschiedene Tasten des Computersystems.

»Was machst du da?« wunderte sie sich.

Er hob den Kopf. »Ich lösche unser Gespräch.«

Sie erschrak, als sie begriff, daß alles, was in diesem Zimmer geschah, von der Hegemonie kontrolliert wurde, falls BZ Gundhalinu nichts dagegen unternahm. Auf schmerzhafte und peinliche Weise wurde sie daran erinnert, daß dies nicht mehr ihr Territorium war, wo sie sich in Sicherheit wähnen durfte. Sie blieb an ihrem

Platz stehen und schaute Gunhalinu eine geraume Weile an. »Ich muß jetzt gehen.«

Er nickte. Doch ein paar Herztakte lang verharrte sie, außerstande, zur Tür zu gehen. Als er aber nichts mehr sagte, drehte sie sich um und verließ den Raum, ohne ihn noch einmal anzuschauen.

Karbunkel

Tammis ging durch die Hallen des Medizinischen Zentrums in Karbunkel; der Krampf in seiner Brust hinderte ihn daran, viel von seiner Umgebung wahrzunehmen. Er schaute niemandem in die Augen, der ihm begegnete. Zum Glück hatte Merovy ihm den Gebäudekomplex gezeigt, so daß er ohne zu fragen den Weg zu ihr fand.

Der größte Teil des Personals stammte auch jetzt noch von der Außenwelt; diese Menschen waren ihm fremd, und praktisch jedes medizinische Gerät, das er unterwegs sah, war importiert. Die Funktionsweise dieser Apparaturen konnte er meistens nicht einmal erraten.

Offenbar hatten die Außenweltler eine panische Angst davor, weit weg von daheim, auf dieser rückständigen Welt, gestrandet zu sein, ohne die vertraute Technologie zur Verfügung zu haben, die sie vor allerlei Fährnissen und Plagen bewahren konnte. Allerdings hatte es ihr Gewissen nicht belastet, dachte er mißmutig, die Einheimischen ohne jede medizinische Versorgung zurückzulassen, wenn sie sich früher für über hundert Jahre auf Tiamat rar machten.

Wenigstens genoß sein Volk von jetzt an ständige medizinische Fürsorge. Er dachte an den schlimmen Rükken seines Schwiegervaters und versuchte, Danaquil Lus wegen dankbar zu sein. Und nun hatte der neue Oberste Richter das Medtech Trainings-Programm ins Leben gerufen, an dem Merovy teilnahm. Ein Motiv für diesen hehren Schritt war Pragmatismus gewesen, davon war Tammis fest überzeugt — denn von Anfang an hatte das Hospital unter Personalmangel gelitten.

Trotzdem schien es dem Obersten Richter ernsthaft daran gelegen zu sein, die Beziehungen zwischen den Tiamatanern und den Außenweltlern zu verbessern. Flüchtig fragte er sich, ob er das alles nur tat, um bei der Sommerkönigin einen guten Eindruck zu machen... Verdrossen überlegte er, ob Elco Teel und die anderen recht hatten, wenn sie hinter seinem Rücken tuschelten, BZ Gundhalinu habe früher ein Verhältnis mit seiner Mutter gehabt. Jedesmal, wenn er in das dunkle, fremdartige Gesicht des Obersten Richters schaute, glaubte er tatsächlich, sich darin wiederzuerkennen ...

Seine Schwester war wütend davongestakst, als er ihr von seinen Vermutungen erzählt hatte; seine Mutter hatte blaß und zerstreut Ausflüchte gemurmelt, wann immer er versuchte, dieses heikle Thema anzuschneiden. Seinen Vater hatte er lieber nicht gefragt, denn seit dem Vorfall auf seiner Hochzeit würdigte der ihn kaum noch eines Blickes. Merovy behauptete, sie könne keine Ähnlichkeit zwischen ihm und BZ Gundhalinu entdekken ... — doch als sie das sagte, konnte sie ihm nicht in die Augen schauen.

Merovy. Er sah sich in den Sälen des medizinischen Komplexes um, kam an einer schimmernden, stillen Maschine vorbei, deren Funktion Merovy ihm einmal erklärte hatte; mittlerweile hatte er jedoch wieder alles vergessen.

Merovy ... Plötzlich dachte er an nichts anderes mehr. Er war hierhergekommen, um sie etwas zu fragen. *Warum ...?* Warum sie vergangene Nacht nicht zu Hause gewesen sei, als er heimkam ... warum sie ihm nur einen Zettel hinterlassen hatte, der noch feucht war von ihren Tränen, und auf dem stand, sie würde ihn verlassen. Wenn er wollte, könnte er ja heute zu einer Aussprache in die Klinik kommen. Keine weiteren Erklärungen, kein persönliches Wort. Doch es bedurfte keiner Erklärung, weshalb sie nicht mehr bei ihm bleiben wollte, dachte er mit wundem Herzen.

Jemand begrüßte ihn mit seinem Namen — ein Fremder, ein Techniker, der Merovys Ausbildung überwachte. »Ihre Frau ist in Zimmer zweihundertzwölf.«

Gesenkten Blick bedankte er sich für die Auskunft. Er wagte es nicht, hochzuschauen, aus Angst jeder könne ihm sein schlechtes Gewissen ansehen und wüßte genau, wieso er hier war, wieso seine Frau ihn verlassen hatte, wieso ...

Er betrat das Labor, in dem Merovy arbeitete; sie saß an einem Terminal, das volle, braune Haar war zu einem adretten Zopf geflochten. Vor ihr flackerte ein sich veränderndes Datenmodell in der Luft; geschickt und konzentriert kontrollierte sie die Metamorphose. Bereits als Kind hatte sie ihren Vater leiden sehen, und nachdem sie erleben durfte, wie die Medizin der Außenweltler ihm half, stand ihr Entschluß fest, im Gesundheitswesen zu arbeiten. In ihrem ganzen Leben hatte sie sich nichts sehnlicher gewünscht, als Medizin zu studieren — mit einer einzigen Ausnahme: es hatte einmal eine Zeit gegeben, da war er ihr Hauptlebensinhalt gewesen.

»Merovy«, sagte er leise.

Erschrocken, aber nicht überrascht, drehte sie sich um. »Ich bin froh, daß du gekommen bist, sagte sie; doch die Worte klangen hohl.

»Du hast mich doch darum gebeten.« In einer halb fragenden, halb beschwichtigenden Geste, streckte er die Hände aus. »Hätten wir uns nicht zu Hause unterhalten können?«

»Heute nacht kamst du ja nicht nach Hause. Ich habe stundenlang auf dich gewartet.«

»Ich mußte arbeiten ...«

»Lüg mich nicht an!« Ihr Gesicht rötete sich; sie stand auf. »Wir haben oft genug versucht, uns auszusprechen. Umsonst.«

»Merovy ... es tut mir leid.« Er schüttelte den Kopf und starrte zu Boden. »Dieses Mal wird es anders sein, das schwöre ich dir.«

»Das sagst du immer! Aber nie ändert sich was!« Ihre Augen füllten sich mit Tränen des Zorns und des Kummers. »Du willst mich gar nicht haben, du benutzt mich nur als Tarnung, hinter der du dich verschanzen kannst. Ich weiß genau, daß die anderen über mich lachen. In aller Öffentlichkeit macht man sich über mich lustig, wenn du mich wieder mal alleingelassen hast. Wieso willst du eigentlich, daß ich zu dir zurückkomme? Ich bin kein Knabe — ich würde mich gern in einen verwandeln, aber das geht nicht. Schade, daß ich kein Mann werden kann, dann würdest du mich vielleicht genauso lieben wie ich dich.«

»Ich will nicht, daß du dich veränderst.« Er ballte die Fäuste; am liebsten hätte er Merovy umarmt, aber er wußte, daß er damit alles nur schlimmer machen würde.

»Du weißt selbst nicht, was du eigentlich willst.« Sie drehte sich um und ging zu einer Schrankwand. Nachdem sie eine Frage eingetippt hatte, öffnete sich ein Modul, und sie nahm etwas heraus. Als sie zu Tammis zurückkam, hielt sie ein Blatt mit einer Reihe von medizinischen Pflastern in der Hand. »Hier«, sagte sie mit gepreßter Stimme. »Nimm das mit und klebe dir eine Woche lang jeden Tag ein Pflaster auf die Haut. Du bist geschlechtskrank.«

Er wurde rot; mit tauben Fingern nahm er ihr die Pflaster aus der Hand. »Woher weißt du das?« flüsterte er fassungslos.

Ihr Blick wurde kalt und starr. »Weil du mich angesteckt hast.«

Er schloß die Augen.

»Wenn du dich einmal entscheiden solltest, was du wirklich willst, können wir uns wieder unterhalten. Vorher nicht.« Ihr Mund bebte, aber er sah ihr an, daß sie es ernst meinte und nicht nachgeben würde.

Der Kummer schnürte ihm die Kehle zu. Er wandte sich ab und verließ den Raum.

Karbunkel

Mond Dawntreader stand allein zwischen den Docks, die wie Seetang auf dem glatten Meer unter der Stadt trieben. Sie schaute auf das grünschwarze Wasser hinab, das zwischen den Lücken im Pier schwappte, und sie daran erinnerte, wie instabil der Grund war, auf dem sie stand. Öllachen und fremdartige, nicht zu identifizierende Absonderungen malten schillernde Muster auf die undurchdringliche Schwärze zwischen den verankerten Schiffen. Mond beobachtete, wie die Farbenspiele sich ständig veränderten; sie lauschte den vertrauten Rufen und den hallenden Geräuschen, sog die Düfte des Ozeans und der Schiffe ein, und verspürte so etwas wie Nostalgie.

Doch sie sehnte sich nicht mehr nach der Vergangenheit zurück, es drängte sie nicht, wie früher, die Stätten ihrer Kindheit aufzusuchen. Sie hatte auch nicht mehr das Gefühl, ihr Leben in der Stadt sei nichts weiter als ein langer Traum. Ihre alte Welt gab es nicht mehr; nicht nur das sich ändernde Klima und der Wandel in der Bevölkerung hatten sie verdrängt, sondern die Jahre selbst, die Abertausenden Augenblicke, die sich wie vom Wind angetriebener Sand über ihre Erinnerungen legten. Jetzt konnte sie sich das Mädchen, das sie einst gewesen war, nicht mehr vorstellen: das Mädchen, das nie in einer Stadt leben wollte, sondern tagaus, tagein, den Wind, die Sonne und den Regen auf der Haut spüren wollte; das Mädchen, das an die Meeresmutter glaubte, und fest davon überzeugt war, daß SIE über ihrer aller Leben wachte und jedes Gebet hörte. Im Laufe der Zeit waren diese Erinnerungen verblaßt, bis ihr jetziges Dasein ihr ganz natürlich vorkam.

Den Blick hebend, spürte sie Karbunkels Gegenwart; wie eine gigantische Muschel wölbte sich die Stadt über dem Hafen. Doch in diesem Moment empfand sie diese allumfassende Umarmung nicht als tröstlichen Schutz, sondern sie kam ihr erdrückend und bedrohlich vor, wie ein heranrückendes Unwetter. Ihr rastloser Blick wanderte zur Rampe, die von der Stadt in den Hafen hinabführte, und endlich erspähte sie Capella Goodventures vertraute Gestalt. Sie erinnerte sich daran, wie sie schon einmal hier gestanden hatte — ein halbes Leben war es her —, sie, die neuerwählte Sommerkönigin, die Zeit brauchte, um Frieden zu schließen mit Funke ... — und mit dem Meer. Damals hatte Capella Goodventure sie verfolgt wie ein Schatten, sie hatte ihr nachspioniert und sie verurteilt.

Doch nun mußte sie mit Capella Goodventure unter vier Augen sprechen; hier, bei den Docks, waren sie ungestörter als an jedem anderen Ort in der Stadt, und unbeobachteter als im Palast. Ihre Leibwachen, die sie seit der Rückkehr der Außenweltler ständig begleiteten, hielten sich in respektvoller Entfernung und beobachteten aufmerksam die Umgebung.

Capella Goodventure erreichte sie und begrüßte sie mit einem Kopfnicken. In ihrem Blick lagen Respekt und ein gewisser Anflug von Herzlichkeit. »Was willst du von mir, Herrin?« fragte sie neugierig.

»Ich brauche deine Unterstützung, aber nicht für mich selbst, sondern für die Mers. Der Oberste Richter hat das Jagdverbot aufgehoben.«

Capella Goodventure kniff die Lippen zusammen. »Ich wußte, daß es so weit kommen würde. Hinter seiner scheinheiligen Fassade ist er nichts weiter als ein Außenweltler.«

Mond verbiß sich eine Erklärung; während sie vorhin durch die Straßen Karbunkels schritt, waren ihr genau die gleichen Vorurteile und Anschuldigungen in den Sinn gekommen. Sie hatte gelernt, Capella Goodventure zu respektieren und sogar zu mögen. Aber die Frau wich nicht von einmal gefaßten Überzeugungen ab, und sie mißtraute allen Außenweltlern, deren Regierung sie nicht anerkannte, sondern als eine Heimsuchung auffaßte. Als Mond in ihr Gesicht schaute, das von tiefen Furchen durchzogen und von mitleidlosem Starrsinn geprägt war, bekam sie plötzlich Angst, sie selbst könne eines Tages auch so aussehen. Sie ließ sich auf keine Diskussion ein, sondern sagte lediglich: »Es liegt nicht in meiner Macht, die Außenweltler aufzuhalten, aber ich habe vor, sie in jeder erdenklichen Art und Weise zu behindern.«

Capella Goodventures Augen funkelten lebhaft. »Was sollen wir tun?«

»Wenn die Sommerleute draußen auf dem Meer sind und entdecken, daß irgendwo eine Jagd im Gange ist, sollen sie versuchen, die Außenweltler nach Kräften zu stören — jedoch ohne sich selbst dabei in Gefahr zu bringen. Man kann die Schiffe und die Ausrüstung der Hegemonie sabotieren. Und wenn Jäger anrücken, kann man die Merkolonien verscheuchen.« Die Mers hatten nie begriffen, welche Gefahr ihnen von Jägern drohten. Sie schienen außerstande zu sein, die Unberechenbarkeit und Brutalität der Menschen zu verstehen.

»Natürlich«, sagte Capella Goodventure. »Aber leicht wird es nicht sein. Die Außenweltler verfügen über Technologie ...« Aus ihrem Mund klang das Wort wie ein Fluch. »Dagegen ist schwer anzukämpfen.«

»Ich weiß.« Mond nickte. »Ich versorge euch mit Geräten, die die Schiffe der Außenweltler aufspüren und ihre technische Ausrüstung zum Auffinden der Mers stören. Ihr bekommt von mir Apparate, die Schallwellen erzeugen; mit denen kann man die Mers in Panik versetzen und zu ihrem eigenen Schutz vertreiben. Die Vorstellung gefällt mir auch nicht«, betonte Mond, als sie Capellas Stirnrunzeln sah, »aber es ist sicher besser, die Außenweltler mit ihrer eigenen Technologie zu bekämpfen, als zuzusehen, wie die Mers abgeschlachtet werden. Findest du nicht auch?«

Gereizt zupfte Capella an ihrem Halstuch aus grobem Stoff. »Du weißt sehr gut, daß ich mit der Technologie der Außenweltler nicht das geringste zu tun haben will. Ihre Geräte zu verwenden, selbst um sie damit zu bekämpfen, geht mir gewaltig gegen den Strich.«

Mond hatte schon Angst, die Frau könne sich gegen ihren Vorschlag sperren. Doch dann hob Capella Goodventure die Schultern und schob die Fäuste tief in die Taschen ihrer weitgeschnittenen Hose. »Aber um die Mers zu schützen — und nicht, weil du mich darum gebeten hättest, das merk dir wohl! —, gehe ich auf das Angebot ein. Wenn es denn der Wille der Herrin ist, sollen unsere Schiffe mit Geräten ausgerüstet werden, die helfen, die Kinder des Ozeans zu beschützen. Die Herrin wird uns beizeiten wissen lassen, was wir tun sollen.« Sie beugte sich über das Geländer und spuckte ehrfurchtsvoll dreimal ins Wasser, um daraufhin andächtig zu lauschen. Erst dann merkte Mond, daß Capella nicht zu ihr, sondern zu der Meeresmutter höchstselbst gesprochen hatte.

»Ich danke dir, Capella Goodventure.« Mond lächelte zufrieden. »Die Herrin wird sich über deinen Eifer freuen.« Dann richtete sie selbst ein kurzes Gebet an das namenlose, leblose Ding, dem sie beide voller Hingabe und Engagement dienten.

Karbunkel

»Verdammt, Boss, du kommst spät!«

Reede blieb am Eingang zu Starhikers Club stehen, als Niburu sich ihm unversehens in den Weg stellte. »Na und?« fragte er. Da er wußte, daß Ariele Dawntreader hier auf ihn wartete, mit diesem gewissen Blick in den Augen, wäre er beinahe gar nicht gekommen. Doch dann sagte er sich, er müsse in den Club gehen, und wenn nur, um diese verlogene Beziehung abzubrechen. Von nun an mußte er dafür sorgen, daß Ariele sich von ihm fernhielt ohne Ausnahme. Durch ihre Freundschaft waren sie aufgefallen, sie hatte ihm Scherereien bereitet und ihn verwundbar gemacht. Aber nicht nur er war gefährdet, sondern Ariele auch. Solange er das Brandzeichen der Quelle trug, konnte er sich engere Bindungen an Menschen nicht leisten.

Wieder versuchte er sich einzureden, daß die Gespräche mit Ariele für ihn nichts weiter als eine Gewohnheit waren. Sie liebte die Mers, sie erzählte ihm, wie sie mit dem Ozean aufgewachsen war, wie wenn dies die natürlichste, schönste Sache der Welt wäre. Er hatte sich zu ihr hingezogen gefühlt, weil sie zu Tiamat und zu dieser sonderbaren Stadt, Karbunkel, gehörte, die einen Teil seiner zerstörten Seele zum Klingen brachte wie in einem köstlichen, unerklärlichen Déjà-vu ... und nicht etwa, weil er tatsächlich etwas für das Mädchen empfand. Aber wenn er sich mit ihr unterhielt, durchströmte ihn ein Gefühl des Friedens, und er spürte, daß er ein Mensch war; denn sie betrachtete ihn mit sehnsüchtigen Blicken, wie wenn er ein ganz normaler, gesunder

Mann wäre ... Doch Gewohnheiten konnte man ablegen.

Einmal hatte Ariele ihm das Leben gerettet; mit wilder Entschlossenheit sagte er sich, daß er sich jetzt revanchierte, indem er den Kontakt mit ihr abbrach.

»Ariele ...«, begann Niburu.

»Was ist mit ihr?« fragte Reede barsch. Er umklammerte Niburus Schulter; vor Schmerz zuckte der viel kleinere Mann zusammen.

»Sie ist gerade weggegangen.« Niburu deutete auf die Straße.

Reede ließ ihn los und spähte in die Menge der Passanten. Einmal bildete er sich ein, einen silberweißen Haarschopf zu entdecken, aber sicher war er sich nicht. »Na und?« wiederholte er, froh, daß das Schicksal ihm einen Aufschub gewährte. Er wollte sich an Niburu vorbei in den Club drängen.

»Reede!« brüllte Niburu verzweifelt. »Hör mir endlich zu, du Bastard!«

Ungläubig lächelnd drehte Reede sich um.

»Ich glaube, sie steckt in Schwierigkeiten.«

Reede ging zu ihm zurück. »Wie kommst du darauf?«

»Sie hat hier auf dich gewartet, wie immer. Dann fing dieser Elco Teel an, sie zu bedrängen, sie solle mit ihm zu irgendeiner Party gehen, aber sie wollte nicht. Auf einmal veränderte sie sich. Wie aus heiterem Himmel fiel sie ihm um den Hals, und kurz darauf zogen sie gemeinsam ab.«

Reede furchte die Stirn. »Sie ging also zu einer Party.« Er gab ein Grunzen von sich. »Denkst du, daß mich das interessiert?«

Niburu hielt ihn am Ärmel fest, als er wieder gehen wollte. »Ich sagte, sie hat sich *verändert*. Es war nicht, wie wenn sie ganz plötzlich ihre Meinung änderte, etwas ging mit ihr vor. Tor hat es auch gesehen, sie glaubt, Elco Teel hätte Ariele irgendwas gegeben.«

Tor — die Frau, der der Club gehörte. Ihm fiel ein, daß Niburu ein Verhältnis mit ihr hatte. »Sie hat ihn fast aufgefressen, Boss, in aller Öffentlichkeit. Mir kam das auch komisch vor. Tor meint, wenn dir was an ihr liegt, solltest du der Sache mal nachgehen.«

Fluchend spähte Reede wieder die Straße auf und ab, sah aber niemand, der Ariele hätte sein können. »In welche Richtung gingen sie?«

»Ich habe Ananke hinterhergeschickt. Du kannst ihn über Funk aufspüren.«

Überrascht sah Reede auf ihn hinab. »Gut.« Er nickte und berührte kurz Niburus Schulter. Dann schaltete er den Tracer ein und suchte Anankes Signal.

»Soll ich mitkommen, Boss?«

Er schüttelte den Kopf. »Nein.«

»Ich kann mit dir Schritt halten. Und wenn es Ärger gibt ...«

»Wenn es Ärger gibt, dann sind es nicht deine Beine, die mir in die Quere kommen, sondern dein verdammtes Gewissen.« Reede machte auf dem Absatz kehrt und tauchte in der Menge unter.

Die Spur führte ihn die Spirale der Straße hinunter, und nicht hinauf, wie er erwartet hatte. Denn droben lagen die Stadthäuser der reichen Winterleute und der Außenweltler. Statt dessen steuerten Ananke und die beiden Leute, denen er folgte, eine ziemlich verrufene Gegend an, wo das Labyrinth auf die Untere Stadt traf; dort wohnten die meisten Sommer, nahe am Meer — wo ganze Alleen nur von Lagerhäusern und Fabrikhallen gesäumt waren, und wo Dinge passierten, über die niemand am nächsten Tag sprechen wollte.

Als er merkte, wohin die Richtung führte, ging er schneller; unterwegs begegneten ihm immer weniger Menschen. Schließlich gelangte er an den Eingang zu einer Allee, die vollkommen verlassen dalag. Nach kurzem Zögern bog er in die Straße ein, weil sein Tracer ihm durch ein beharrliches, monotones Signal anzeigte, daß die Gegend doch nicht so einsam war, wie es den Anschein hatte.

Immer tiefer drang er in den leeren, schweigenden Schlund hinein. Er faßte in seine Jacke, zog den Stunner heraus und prüfte die Ladung; derweil pirschte er wie eine Raubkatze auf der Jagd die drohend aufragenden, uralten Häuserfronten entlang. Endlich hörte er einen Laut, das schwache Echo von Stimmen; langsam betrat er eine klaustrophoisch enge Passage zwischen zwei Lagerhallen.

»Ananke!« flüsterte er, als er eine im Schatten lauernde, vertraute Gestalt wahrnahm.

Ananke wirbelte herum, und Reede sah, wie Metall aufblitzte; innerhalb eines einzigen Herztakts verwandelte sich die grimmige Furcht auf Anankes Gesicht in verblüffte Erleichterung. »Boss ...«, stöhnte er und lehnte sich matt gegen die Wand. In einer Hand hielt er den Dolch, den er sonst immer im Gürtel trug, und den er, soweit Reede wußte, noch nie gezückt hatte. »Ich wollte gerade reingehen.«

Nun konnte Reede die Stimmen deutlich hören. Mit einem Wink bedeutete er Ananke, er solle beiseite rükken; dann kletterte er auf den Stapel von Kisten, um durch die schmutzstarrende winzige Fensterscheibe zu sehen, die Ananke an einem Punkt saubergewischt hatte. In der Lagerhalle war eine Party in vollem Gange; ohne lange hinzusehen wußte Reede, um welche Art von Fete es sich handelte. Trotzdem schaute er noch ein Weilchen zu, gespannt nach einem bekannten Gesicht forschend, einem silberweißen Haarschopf ... *Da!*

Er sprang nach unten und sah Ananke an. »Ist das deine ganze Bewaffnung«, fragte er, auf den Dolch zeigend.

Ananke zog eine Grimasse. »Tut mir leid, Boss, ich ...«

»Halt die Klappe! Nimm das hier.« Reede zückte sein eigenes Messer und gab es dem Jungen. »Um der Götter willen — paß ja auf, daß du niemanden aus Versehen damit tötest. Ist die Tür abgesperrt?«

»Ich weiß nicht.«

Reede gab einen knurrenden Laut von sich und drängte sich an ihm vorbei. Die Tür war verriegelt. Den programmierten Alarm ignorierend, gab er eine Override-Sequenz ein und stieß die Tür auf. Sie hetzten einen kurzen Korridor entlang; jemand, der die Ursache für den blökenden Signalton erkunden wollte, kam ihnen entgegen. Reede knallte ihm den mit einem Gewicht beschwerten Griff des Stunners ins Gesicht, und der Mann ging zu Boden, ohne einen Muckser von sich zu geben.

Reede machte einen großen Schritt über ihn hinweg und betrat eine Halle, dichtauf gefolgt von Ananke. An den Wänden des Lagerraums stapelten sich Kisten und Maschinen, auf dem kahlen, freien Platz in der Mitte hatte man Transportmatten ausgebreitet. Auf einer umgekippten Kiste befand sich eine Auswahl von billigen Drogen; um die Matten scharten sich ungefähr ein Dutzend Leute, die meisten von ihnen Außenweltler, fast alles Männer, grobschlächtig aussehende Schwerstarbeiter; vermutlich Gebrandmarkte.

Ein wenig abseits stand Elco Teel mit drei jungen Winterleuten aus seiner Clique, einem Jungen und zwei Mädchen. Sie gafften, kicherten und zeigten mit Fingern; dann entdeckte Reede, was ihre Aufmerksamkeit derart fesselte.

Mitten im Raum stand Ariele Dawntreader auf den Matten, umringt von einem Rudel unruhiger Männer. Der Träger ihres langen, bunten Gewandes war von der Schulter gerutscht, und von der Taille aufwärts war sie nackt. Der wildfremde Mann, den sie hingebungsvoll küßte, knetete ihre Brüste; von hinten näherte sich ein anderer und zog ihr das Kleid noch weiter herunter. Pfiffe und Gejohle hallten von den Wänden der trostlosen Halle wider.

Fluchend wollte Ananke nach vorn stürmen. Reede drängte ihn zur Seite, hob den Stunner, zielte und drückte ab. Der Außenweltler, der hinter Ariele stand und gerade dabei war, von hinten in sie einzudringen, faßte sich quiekend zwischen die Beine. Dann brach er auf dem Boden zusammen und landete in einer Pfütze seines eigenen Darminhalts, weil die Schließmuskeln plötzlich versagten.

»Ariele!«

Die Menschen im Raum wandten sich ihnen zu. Der Außenweltler, der Ariele von vorn begrapschte, ließ sie los und stieß sie von sich, als sie versuchte, sich an ihn zu klammern. Taumelnd drehte sie sich um und starrte ebenfalls Reede an. Ihr Blick war glasig und leer. Mit einem seltsamen Zucken des Kopfes sah sie an sich hinab und schaute dann wieder zu Reede hin.

Die Waffe schwenkend, trat Reede in die Halle. Niemand rührte sich vom Fleck, alle schienen vor Staunen und Entsetzen wie gelähmt zu sein. »Ananke«, sagte er und zeigte auf Elco Teel, »du hältst diese kleinen Perverslinge da drüben in Schach. Paß auf, daß sie nicht weglaufen.« In jeder Faust ein Messer, baute sich Ananke vor den jungen Leuten auf. »Und jetzt zu euch«, sprach Reede die mürrischen, schweigenden Männer an, die Ariele immer noch umringten.

Einer der Kerle machte einen Schritt auf ihn zu. Reede hob den Stunner, und der Typ wich zurück. Doch an den berechnenden Blicken der Männer merkte er, wie ihnen allmählich dämmerte, daß sie in der Überzahl waren. Nervös schaute Ananke zu ihm hin.

»Ich rufe jetzt die Blauen und melde, was hier für eine Nummer geschoben wird«, drohte Reede. »Ihr Wichser könnt weiter hier herumhängen und euch mit der Tochter der Königin vergnügen, bis die Blauen anrücken … Ihr könnt aber auch die Kurve kratzen und sehen, wie weit ihr kommt.« Mit der freien Hand gab er einen Rufcode in sein Funkgerät ein.

Einer nach dem anderen trotteten die Außenweltler los — dieses Mal in Richtung Tür. Reede hielt den Stunner auf sie gerichtet. Panik machte sich unter den Leuten breit, und sie begannen zu rennen: In einer halben Minute hatten sie die Lagerhalle verlassen, den nach Kot stinkenden Kerl, den er gelähmt hatte, mit sich schleifend. Hinter ihnen knallte die Tür ins Schloß. Reede war sicher, daß die Männer nicht zurückkommen würden.

Langsam ging er zu Ariele, die benommen auf den Matten stand und versuchte, ihre Kleidung in Ordnung zu bringen. Als sie Reede sah, streckte sie die Arme nach ihm aus. »Reede ...«, flüsterte sie.

Reede steckte den Stunner in seinen Gürtel und schob ihre Hände weg. Er nahm den Träger ihres Gewands und zog ihr den weichen, glänzenden Stoff wieder über die Brüste. Den Blick hielt er dabei auf ihr Gesicht geheftet, und seine Bewegungen waren sanft, aber unpersönlich. Sie schlang die Arme um ihn und zog ihn an ihre Brust. »Hör auf«, sagte er leise und befreite sich aus der Umklammerung. »Bleib, wo du bist.« Er durchquerte den Raum und steuerte auf Elco Teel und seine Clique zu; zu seinem Verdruß merkte er, daß Ariele ihm nachkam. Reede betrachtete Elco Teels schmollendes, verängstigtes Gesicht; seine Gefährten wirkten genauso eingeschüchtert und trotzig.

»Hast du wirklich die Blauen gerufen?« raunte Ananke und starrte ihn an.

Reede lachte. »Nein«, sagte er; Ananke entspannte sich sichtlich, und auch die jungen Winter atmeten auf. Dann erstarrte Reede, weil Ariele sich von hinten an ihn herandrängte und ihre Hände unter sein Hemd schob. Gereizt stieß er sie weg. Eines der Wintermädchen gab ein hohes, nervöses Kichern von sich, als sie zusah, wie Ariele unverdrossen fortfuhr, Reedes Glied zu betasten.

»Findest du das komisch?« sagte Ananke plötzlich.

Seine Stimme klang so hart und bitter, daß Reede ihn überrascht anglotzte. »Glaubst du, wenn du über sie lachst, könnte dir nichts passieren? Fühlst du dich dann vor *denen* sicher?« Mit einem Ruck seines Kopfes deutete er auf Elco Teel und die anderen jungen Burschen. »Das nächste Mal bist du vielleicht dran, Schwester!«

Das Mädchen funkelte ihn wütend an, schmiegte sich an Elco Teel und umklammerte seinen Arm.

Reede trat vor und packte den Kragen ihres teuren, beinahe durchsichtigen Kleides. Mit einem einzigen, brutalen Ruck riß er es bis zur Taille auf. »Und wenn du Pech hast, bringen sie dich vorher nicht erst in Stimmung, meine Süße!«

Schreiend wich das Mädchen vor ihm zurück und raffte die Fetzen ihres Kleids zusammen. Elco Teel machte ein wütendes Gesicht, aber er unternahm nichts, um ihr zu helfen. Die anderen Winter gafften mit weitaufgerissenen Augen.

Reede kehrte ihnen den Rücken zu und bugsierte Ariele davon; zu seinem Ärger spürte er, wie er eine Erektion bekam. Er wandte sich wieder Elco Teel zu und streckte die Hand nach Ananke aus. Schweigend und widerwillig gab Ananke ihm sein Messer zurück. Reede hob die Klinge, bis die Spitze Elco Teels Hals berührte. »Ich habe die Blauen nicht gerufen, weil ich lieber selbst mit dir abrechnen will, junger Mann; und ich möchte mich nicht von den Blauen daran hindern lassen.«

Elco Teel wurde blaß; sein ganzer Körper schien vor der Messerklinge zusammenzuschrumpfen.

»Das war kein spontaner Einfall, was, Elco Teel?« knurrte Reede und zog eine feine Linie in den bebenden Hals. Selbst Ariele war ganz still geworden und lauschte; sie berührte ihn nicht mehr, obwohl ein Teil seines Bewußtseins sie immer noch fühlte und ihren Duft wahrnahm.

Er wandte sich wieder dem jungen Winter zu. »Dein Alter hat dich zu diesem Streich angestiftet, und dein

Vater bekam den Auftrag wiederum von der Quelle, stimmt's?«

»Ich weiß es nicht«, stammelte Elco. »Ja — vielleicht ... Da gab mir die Droge! Er sagte mir, ich könnte es euch beiden heimzahlen — weil du sie mir weggenommen hast ...«

Reedes Hand fuhr nach unten, und vor Schmerzen schrie Elco Teel auf.

Seelenruhig trat Reede einen Schritt zurück, um sein Werk zu inspizieren. Taumelnd und wimmernd starrte Elco auf seine teure Kleidung, die jetzt in Fetzen von ihm herunterhing; vom Hals bis zum Bauchnabel verlief eine dünne Wunde, aus der das Blut tröpfelte.

Reede packte Elcos Kinn und hob den Kopf des Jungen brutal an. »Hör mir gut zu, du kleines Miststück! Sag deinem Vater ... sag ihm, es hätte nicht geklappt! Richte ihm aus, daß er sich auf sehr unsicherem Boden bewegt! Diese Sache geht nur mich und die Quelle etwas an. Das ist eine Warnung. Das nächste Mal müssen sie dich erst zusammensetzen wie ein Puzzlespiel, wenn sie dich begraben wollen ... Und das ist noch harmlos, verglichen mit dem, was ich mit deinem Vater anstellen werde. Kannst du dir das alles merken?«

»J-ja«, wimmerte Elco Teel. Tränen liefen ihm über die Wangen.

»Dann hau ab und sag's ihm!« Reede wischte die Messerklinge an den Fetzen von Elco Teels Hemd sauber und trat einen Schritt zurück, damit der Junge und seine Freunde das Weite suchen konnten. Elco Teel voran, flitzten sie los.

Reede sah ihnen hinterher und lauschte auf das Zuschlagen der Tür. Dann erst steckte er sein Messer weg.

Auch Ananke verwahrte seinen Dolch. Der Ausdruck auf seinem Gesicht verriet eine Mischung aus Bewunderung und Besorgnis. »Und was wird jetzt passieren?« fragte er.

»Was meinst du?«

»Die Quelle ...«

Reede zog eine Grimasse; zu einem Verdruß merkte er, daß Ananke sich nicht nur um seine eigene Person, sondern auch um ihn, Reede, sorgte. Als Antwort zuckte er lediglich die Achseln.

Unverhofft streichelten ihn wieder sanfte Hände, und er schrak zusammen. Ariele war bei ihm, liebkoste ihn und küßte seine Wange. Dieses Mal gab sie sich ein bißchen zurückhaltender, dennoch fing sein Körper an zu vibrieren, als stünde er unter Strom. »Hör auf damit«, murmelte er; aber auf einmal fiel es ihm schwer, sich von ihr zu lösen, wie wenn etwas seine Bewegungen verlangsamte und seine Entschlußkraft lähmte.

Unsicher stand Ananke da und beobachtete die beiden.

»Lauf in den Club zurück und such Niburu«, ordnete Reede an. »Sag ihm, alles sei in Ordnung.«

Ananke sah Ariele an. »Und was wird aus ...?«

»Ich kümmere mich um sie.«

»Soll ich nicht lieber bleiben und dir helfen, sie nach Hause zu bringen?«

»Ich werde allein fertig!« schnauzte Reede. »Verschwinde endlich!«

Ananke nickte mit offenkundigem Widerstreben. Er betrachtete Ariele, ihre Hände, ihren Mund, und sah zu, was sie alles mit Reedes Körper anstellte. Dann rüstete er sich zum Gehen.

Als Ananke draußen war, riß Reede sich wieder von Ariele los; als sie ihm zwischen die Beine zu greifen versuchte, hielt er ihre Arme fest. An den Stellen, wo sie ihn berührt hatte, fing seine Haut an zu brennen. Elco Teel mußte ihr eine Dosis *Possession* verabreicht haben. Diese Droge dünstete durch die Haut aus, und durch Körperkontakt übertrug sich die Wirkung auf andere Menschen. Sie regte das Lustzentrum an; das Drängen in seinen Lenden breitete sich aus, verursachte ihm Schweißausbrüche und Hitzeschauer. Er sagte sich, er müsse sich alles nur einbilden, denn er sei ja gegen jede Droge immun — »Ariele!« brüllte er und schüttelte sie. »Du willst es doch gar nicht! Hör auf damit!«

Sie wehrte sich dagegen, festgehalten zu werden, und ihre Augen füllten sich mit Tränen: Augen wie Achate, wie Nebel ... Augen, wie er sie noch niemals gesehen hatte. »Ich wollte diese Kerle nicht — aber *dich* will ich. Ich will, daß du mich ...« Plötzlich gab sie unter seinen Händen nach, ihr Körper wurde weich wie Wachs unter einer Kerzenflamme ... warm und duftend klammerte sie sich an ihn. Bitte ... ach, bitte, Reede, bitte ...«, flüsterte sie. »Ich will dich, nur *dich* ...« Sie drückte ihre Lippen gegen seine halbentblößte Brust und überschüttete ihn mit Küssen. Seine Arme wurden kraftlos, als sie seinen Namen aussprach und er an ihrem klaren Blick merkte, daß sie ihn erkannte.

»Nein«, sagte er, als sie die Arme um ihn schlang und ihren Unterleib an ihm rieb. »Nein, Ariele ...« Er hob die Hände, um sie wegzustoßen, doch sie wollten ihm nicht mehr gehorchen; statt dessen gruben sich seine Finger in ihre seidenweiche Haut, hilflos spürte er, wie sich ihr Körper gegen den seinen preßte und seine Nerven entflammte ... In diesem Augenblick wußte er, daß das Unmögliche geschehen war. Sein Mund suchte ihre Lippen zu einem langen, leidenschaftlichen Kuß. Er war verloren ... und er wußte es ...

Sie glitt an seinem Körper nach unten, öffnete seine Hose und küßte sein Glied, umschloß es mit den Lippen; dann zog sie ihn mit sich auf die Matten, und der kalte, öde Raum um sie her verschwand in einem Nebel aus Hitze.

Ariele erwachte aus einem tiefen Traum; noch immer spürte sie die sinnliche Erregung, die jede Bewegung zur Lust machte. Mit den Händen strich sie über ihren trägen Körper und stellte fest, daß sie unter dem Bettzeug völlig nackt war; damit hatte sie nicht gerechnet.

Als sie die Augen aufschlug, schaute sie gegen eine Zimmerdecke, die sie noch nie zuvor gesehen hatte, doch sie konnte sich absolut nicht daran erinnern, wie sie in diesen Raum gelangt war. Wie ein Guß kalten Wassers sah sie sich plötzlich wieder in einer kalten, tristen Lagerhalle stehen, umringt von Fremden, Außenweltlern, mit derben Händen und seelenlosen Augen ... Sie hatte es zugelassen, daß sie ... Bilder wie Wolkenformationen,

Doch dann veränderten sich die Bilder wie Wolkenformationen, und nicht Wildfremde, sondern Reede Kullervo hielt sie in den Armen, liebkoste sie und befreite sie aus ihrer Kleidung, während ihr bewußter Verstand unter seinen Küssen dahinschmolz wie Meeresschaum ... Seine Hände massierten ihren Körper, öffneten und erforschten ihre Scham. Weißglühende Hitze durchströmte ihre Lenden, machte die weichen Falten ihrer intimsten Stelle empfänglich für die köstliche Passage, die er suchte und fand; er nahm Besitz von ihrem geheimsten, innersten Schatz, als er tief in ihren glühenden, feuchten Körper eindrang ...

Ein langsamer, seelenvoller Rhythmus begann, füllte sie in einer Weise aus, die sie nie zuvor gekannt hatte, bis sie vor schierem Vergnügen aufschrie wie ein Meeresvogel, sich in schwindelnde Höhen erhob und wieder hinabsank in eine glückselige Erleichterung ... — nur um abermals zu einem Gipfelpunkt emporgetragen zu werden, beflügelt von dem immer weitergehenden Rhythmus, der sie in Träume voller Wonne trieb ...

Sie drehte den Kopf auf dem Kissen, als die sich überstürzenden Erinnerungen im strahlenden Licht des Tages verblaßten. Sich vom Licht abwendend, das ihr in die Augen stach, suchte sie neben sich nach einer Gestalt, einem Gesicht; plötzlich hatte sie Angst, er sei nicht da, und sie wäre allein.

Doch zu ihrer Freude und Erleichterung lag er neben ihr und schlief fest. Prüfend betrachtete sie sein Gesicht, das ihr zugekehrt war; der friedvolle Ausdruck faszinierte sie. Wenn er wach war, sah er nie so gelöst und entspannt aus, so verletzlich; stets erinnerte er an eine mit Dornen bewehrte Faust, die jederzeit Schmerzen zufügen konnte. Das hatte ihn erst interessant gemacht, die Andeutung einer potentiellen Gefahr, die Wildheit in seinen Augen. Doch der Mann, der jetzt friedlich an ihrer Seite schlummerte, hatte nichts mit diesem unberechenbaren Fremden gemein. Er hatte sie in seinen Armen gewiegt, und wenn sie früher mit ihm über die Mers sprach, hatte er ihr einen Einblick in sein anderes Ich gewährt: dann sah sie einen Menschen, der gehetzt wurde und selbst auch immer auf dem Sprung war, Jäger und Gejagter zugleich. Sie war davon überzeugt, daß diese andere, verwundbare Seite an ihm ihn dazu veranlaßt hatte, stets zu ihr zurückzukommen, obwohl irgend etwas in ihm sich gegen einen Kontakt mit ihr sträubte, und er betont auf Distanz geblieben war.

Sie streckte die Hand aus und berührte seine Wange, so sachte, daß sie kaum seine Realität spürte. Mit den Fingern verfolgte sie die Linie seines Kinns, sie streichelte seinen Hals und seine Schulter. Früher hatte sie ihn nie anfassen dürfen, er hatte sie immer daran gehindert.

Fasziniert studierte sie nun die komplizierten Tätowierungen auf seinen Armen. Jemand hatte ihr einmal gesagt, sie deuteten darauf hin, daß er ein Krimineller sei. Insgeheim hatte sie diese Vorstellung erregt.

Als sie dann den Mut aufbrachte, ihn direkt darauf anzusprechen, hatte er es geleugnet. Und wenn sie nun die schönen, vielfarbigen, symmetrischen Muster betrachtete, glaubte sie ihm. Sie erinnerten an Geheimnisse, Verwandlungen, Botschaften mit verschlüsselten Bedeutungen; sie erinnerten sie an die Gesänge der Mers ... an das Mysterium der menschlichen Existenz mit all seinem Reichtum und seiner Vielfalt ... Sie wurde nicht müde, diese exotischen Muster zu betrachten, die so geheimnisvoll und unergründlich waren wie der Mann, der neben ihr schlief.

Unter ihrer Berührung wurde Reede plötzlich wach, und mit schmerzhaftem Griff hielt er ihre Hand fest. Er richtete sich auf und starrte sie an; auf seinem Gesicht malten sich die unterschiedlichsten Empfindungen, sie wechselten so rasch, daß in Ariele nur der Eindruck zurückblieb, er sei verärgert. Ihr Lächeln erlosch, und sie wich vor seinen Blicken zurück.

Doch er schaute wieder weg; ermattet ließ er sich in die Kissen sinken, wo er reglos liegenblieb und das Gesicht mit den Händen bedeckte. »Nein«, flüsterte er. »Nein ...«

Sie stemmte sich vom Bett hoch und wagte es, ihn erneut zu berühren. Als er sie nicht abwehrte, rückte sie näher an ihn heran und legte den Kopf auf seine Schulter. Er zuckte zusammen, scheuchte sie jedoch nicht fort.

»Ach, Reede«, murmelte sie dicht an seinem Hals. »Ich liebe dich so sehr. Du hast mein ganzes Leben verändert.«

Er antwortete in einer Sprache, die sie nicht verstand; es klang wie ein Fluch. »Du weißt nicht, was Liebe und Veränderung bedeuten, verdammt noch mal!« sagte er erbittert. Aber er legte die Arme um sie und zog sie fest an sich heran; er hielt sie, wie wenn er Angst hätte, sie zu verlieren. Sanft streichelte er ihr übers Haar. »Was soll ich tun?« stöhnte er.

»Machst du dir Sorgen wegen meiner Mutter?« fragte sie.

Verdutzt sah er sie an. »Was?«

»Sie wird nicht böse auf dich sein. Wer weiß, vielleicht freut sie sich sogar über mein Glück — ausnahmsweise einmal.«

Seine Miene drückte Verstehen aus, doch er schnitt eine Grimasse. »Sag deiner Mutter nichts; um der Götter willen, du darfst es niemandem erzählen!«

»Warum denn nicht? Sie glauben doch ohnehin alle ...«

Er setzte sich hin und funkelte sie wütend und verzweifelt an. »Du kennst die Wahrheit doch gar nicht.«

Sie starrte ihn an. »Dann klär mich auf!«

»Dazu ist es jetzt zu spät«, stöhnte er und schüttelte den Kopf. Er legte sich wieder neben sie. »Zu spät ...« Eine Zeitlang betrachtete er ihren Körper; vorsichtig streckte er die Hand aus, um ihre Brüste zu berühren. Sie erschauerte und wand sich vor Lust. Er beugte sich über sie, küßte sie und liebte sie noch einmal, mit einer Leidenschaft, die ihr den Atem raubte ... bis sie nur noch aus Gefühlen bestand.

Sternenhafen der Hegemonie

Haben Sie den Rundgang durch den Komplex genossen, Herrin?« fragte Vhanu hinter ihm.

Jählings aus seiner Versunkenheit gerissen, wandte sich Gundhalinu von der Fensterwand ab. Er hatte es fertiggebracht, sich in den spektakulären, die Augen betörenden Anblick der Landegitter des Starports zu vertiefen; jedes Gespräch meidend ließ er sich minutenlang von dem glühenden Strahlenmeer, das zwanzig Meter unter ihm lag, jeden bewußten Gedanken aus dem Hirn brennen. Vhanus Frage brachte ihn in die Wirklichkeit der überfüllten Empfangshalle zurück, die die Königin und ihr Gemahl nun wieder betraten. Jerusha PalaThion, die die Königin auf dem Rundgang begleitet hatte, starrte gleichfalls auf die Landegitter hinab, wie wenn sie mit ihren Gedanken ganz woanders wäre.

»Ja; es war faszinierend«, erwiderte Mond mit genau der richtigen Portion Ehrfurcht. Gundhalinu sah den leicht ironischen Ausdruck in ihren Augen. Vhanu konnte nicht wissen, daß Mond nicht zum erstenmal einen Fuß in den Starport-Komplex setzte. Auch damals war die Hegemonische Gesellschaft gerade auf Tiamat eingetroffen; aber dieser Besuch hatte den endgültigen Abzug der Außenweltler markiert, und nicht deren Rückkehr.

Zu jener Zeit war Mond kein geladener Gast gewesen, sondern ein erschöpftes junges Mädchen, dem die Flucht vor nomadisierenden Räuberbanden gelungen war. Ein Flüchtling war auch der junge Inspektor Gundhalinu gewesen, der als verschollen gegolten hatte, den man bereits tot gewähnt hatte. Zusammen waren sie aus der Wildnis gekommen, halb verhungert, durchgefroren und für jedermann unerwartet; obwohl Einheimische den Sternenhafen nicht betreten durften, hatte der diensthabende Sergeant nach einem prüfenden Blick auf Gundhalinu, der von den Toten auferstanden war, die Vorschriften ignoriert und sie passieren lassen.

Sie waren mitten in eine Feier hineingeplatzt, ähnlich der, die an diesem Abend stattfinden sollte; noch gut erinnerte sich Gundhalinu, wie glücklich und erleichtert er gewesen war, sich endlich wieder gesund und in Sicherheit bei seinen eigenen Leuten zu befinden, mit der Aussicht auf eine baldige Heimreise.

Wieder schaute er Jerusha PalaThion an; sie machte ein teilnahmsloses Gesicht, und er fragte sich, woran sie in diesem Moment denken mochte. Zu jener Zeit war sie Kommandantin der Polizei gewesen, jetzt bekleidete sie nur den Rang einer Chefinspektorin. Aber in den Jahren, die dazwischenlagen, hatte sie soviel erlebt, daß er sich ihre Reaktionen nicht mehr ausmalen konnte. Plötzlich fiel ihm ein, wie sie ihn angelächelt hatte, als sie ihn im Untersuchungszimmer des Krankenhauses besuchte; ihre offensichtliche Freude, ihn wiederzusehen, hatte seinen zerschundenen, bibbernden Körper mit Kraft und Wärme erfüllt.

Wieder sah er die Gesichter der Mitglieder der Hegemonischen Gesellschaft vor sich, die Jerusha gefolgt waren — im Glauben, es ginge darum, einen der ihren zu ehren, einen Kharemoughi-Techniker, der der barbarischen Wildnis getrotzt hatte —, und wie sich die Mienen veränderten, als die hohen Herrschaften die Narben eines versuchten Selbstmords an seinen Handgelenken entdeckten, und obendrein mitanhören mußten, wie er von seinen verbotenen Gefühlen zu einer Tiamatanerin faselte, die ihm das Leben gerettet hatte.

Er betrachtete seine Handgelenke, als könne er auch jetzt noch die rötlichen Wucherungen von jungem Hautgewebe sehen; aber schon vor langer Zeit hatte er die Narben entfernen lassen, und er dachte kaum noch daran. Als er sich dies vergegenwärtigte, war er ein bißchen überrascht, denn es hatte eine Zeit gegeben, da erinnerte er sich tagtäglich an die Schmach, in der festen Überzeugung, dieses Erlebnis niemals vergessen zu können, selbst wenn die äußerlichen Spuren beseitigt waren. Damals hatte er mit sich gehadert, weil er am Leben geblieben war.

Zu seiner Verwunderung entsann er sich noch an jeden Vorwurf, an jede höhnische Bemerkung und an jede Stichelei, die er im Hospital zu hören kriegte, während er sich kaum daran erinnern konnte, was er am vergangenen Abend gegessen hatte. In jener Nacht im Krankenhaus war er soweit gewesen, daß er das nächstbeste scharfe Instrument genommen und den Selbstmordversuch wiederholt hätte, wenn er die Kraft dazu hätte aufbringen können.

Er merkte, wie er unentwegt blinzelte, und konzentrierte sich auf ein Adhani, bis er seine Gefühle wieder unter Kontrolle hatte. Er schaute Mond an und fragte sich, ob sie sich noch an jene lang zurückliegende Nacht erinnerte; sein selbstgerechtes, grausames Volk hatte ihn dazu getrieben, zum Verräter zu werden und sich gegen all das aufzulehnen, woran er sein Leben lang geglaubt hatte; durch diesen selbstverleugnerischen Akt half er Mond, ihr Ziel zu erreichen.

Mit neutralem Gesichtsausdruck hörte sie Vhanu zu, der ihr die Funktionsweise des Starports detailliert erklärte. Sie trug ein langes, fließendes Gewand, das auch auf Kharemough nicht fehl am Platz gewesen wäre; die changierenden Grüntöne in dem bei jeder Bewegung mitschwingenden Stoff erinnerten ihn an Blätter, die sich im Wind bewegen, und an Meereswellen; das Kleid paßte zu Tiamat.

Das Haar hatte sie mit Goldfäden zu einem langen Zopf geflochten, und ihr Haupt krönte ein Diadem aus Kristall. Noch nie hatte er eine Krone bei ihr gesehen, und er nahm an, daß das Diadem Arienrhod gehört hatte und nur um des Effektes willen getragen wurde. Monds Haltung war die einer Königin — aber er entsann sich, daß sie schon immer etwas Vornehmes an sich gehabt hatte. Er wandte den Blick von ihr ab, als der Druck in seiner Brust zu schmerzhaft wurde.

Funke Dawntreader hörte auch zu, Gundhalinu hatte ihn noch nie so angeregt erlebt, und es schien, als interessiere er sich wirklich für Vhanus Erklärungen. Gekleidet war er nach der Mode der Außenweltler, und äußerlich war er durch nichts von ihnen zu unterscheiden.

»Verzeihen Sie mir«, sagte Vhanu eben, »wahrscheinlich langweile ich Sie mit diesen technischen Einzelheiten.« Gundhalinu hörte heraus, daß er die Königin und ihren Gemahl unbewußt als ungebildete, primitive Wilde abstempelte.

»Ganz im Gegenteil«, widersprach Mond. Ihre Augen funkelten ärgerlich, und Gundhalinu wußte, daß auch ihr der herablassende Unterton nicht entgangen war. »Ich war immer neugierig, wie Ihr Sternenhafen funktioniert. Lange Zeit galt er für die Angehörigen meines Volks als verbotene Zone, obwohl er das Schicksal unserer Welt entscheidend beeinflußt hat. Allerdings muß ich gestehen, daß er, verglichen mit den Orbitalstädten, die Ihren Heimatplaneten umkreisen, Kommandant Gundhalinu, ziemlich bescheiden wirkt.«

Verdutzt schaute Vhanu sie an. »Haben Sie ... haben Sie ein Band von diesen Orbitalstädten gesehen?«

»Nein. Aber als junges Mädchen besuchte ich Ihre Heimatwelt und konnte mir selbst einen Eindruck verschaffen. Bei der Gelegenheit erfuhr ich auch die Wahrheit über das Sibyllennetz.« Vhanus fassungsloses Staunen brachte sie zum Schmunzeln.

»Wie sind Sie denn nach Kharemough und wieder zurück gekommen?« fragte er. »Seit Jahren konnte niemand Ihre Welt verlassen — und wenn ich recht informiert bin, dann war jedem Tiamataner, der seinen

Planeten verließ, eine Rückkehr in die Heimat verboten.«

»Leider muß ich gestehen, daß ich gegen das Gesetz verstoßen habe«, erwiderte sie ruhig. »Aber das ist schon lange her. Was ich damals tat, ist unter der neuen Jurisdiktion der Hegemonie nicht mehr illegal. Und ich bin sehr dankbar, daß das alte, auf Unterdrückung beruhende System geändert wurde. Das Gesetz war ungerecht — wie so vieles seinerzeit ... finden Sie nicht auch, Richter Gundhalinu?« Sie schien gemerkt zu haben, daß er sie beobachtete.

Er setzte ein angemessenes Lächeln auf. »Wir hoffen, daß es uns dieses Mal gelingt, Ihrem Volk Gerechtigkeit widerfahren zu lassen, Herrin«, antwortete er leise. Ihm fiel auf, daß Vhanu seinen Ärger kaum noch beherrschen konnte. Funke Dawntreader hingegen musterte ihn mit einem kalten, abschätzenden Blick; darüber wunderte er sich, und ein ungutes Gefühl machte sich in ihm breit.

Dawntreader wandte den Blick von ihm ab und starrte mit einer Art wildem Hunger nach draußen, wo die kürzlich gelandeten Schiffe der Hegemonischen Gesellschaft in der Eindockbucht lagen. Gundhalinu fragte sich, ob er sich vielleicht wünschte, einfach wegzufliegen, zu verschwinden, diese Welt mit all ihren Sorgen hinter sich zu lassen. Möglicherweise wollte er auch nur, daß die Hegemonie wieder abzog.

Plötzlich geriet Bewegung in die Menge: Endlich traten der Premierminister und die anderen Mitglieder der Hegemonischen Gesellschaft in Erscheinung. Gundhalinu wußte genau, was Funke Dawntreader in diesem Augenblick empfand.

»Das lebendige Museum für Frühgeschichte ist eingetroffen«, kommentierte Jerusha PalaThion trocken und allgemein vernehmlich.

»PalaThion!« schnauzte Vhanu erregt. Gundhalinu merkte jedoch, wie seine eigene Starre von ihm abfiel,

Er lächelte und nickte seiner Chefinspektorin zustimmend zu. Hinter Vhanus Rücken grinste die Königin über das ganze Gesicht und machte keinen Hehl aus ihrer Belustigung. Funke wandte sich von den Fenstern ab und starrte gespannt auf die Tür. Gundhalinu erinnerte sich, daß Dawntreader der Sohn eines Mitglieds der Hegemonischen Gesellschaft war; er wurde in derselben Nacht der Masken gezeugt, als Arienrhod sich klonen ließ.

Gundhalinu trat vor; das war das Signal für die Leute, die ihn umgaben, zu folgen, denn die Mitglieder der Hegemonischen Gesellschaft erwarteten respektvolles Benehmen. Obwohl sie während der gesamten Historie der Hegemonie nie mehr waren als Repräsentationsfiguren — und nun, da die Wiederentdeckung des Stardrive die Machtstrukturen innerhalb der Acht Welten verschob, zu einem echten Anachronismus verkamen —, stellten sie immer noch das lebendige Symbol für den Einfluß der Hegemonie dar. Gundhalinu verstand Vhanu, wenn er sich über Jerushas schnodderige Bemerkung ärgerte, obwohl er selbst schon lange nicht mehr die Art von Stolz und Ehrerbietung empfand, die der Besuch der Hegemonischen Gesellschaft früher stets in ihm ausgelöst hatten.

Denn die Mitglieder waren im Grunde nichts anderes als Schauspieler, die eine ewige Rolle verkörperten; ihre Ankunft nahm man überall zum Vorwand, um die Arbeit ruhen zu lassen und Feste zu feiern, und um daran zu erinnern, daß Kharemoughs Dominanz als Erste Welt unter Ranggleichen etwas Gutes war ... Plötzlich hoffte er von ganzem Herzen, daß dieser Anspruch stimmte.

Wie durch einen Zauberspruch, teilte sich die Menge von erwartungsvollen Außenweltlern und einflußreichen Tiamatanern, den Platz zwischen ihm und den eingetroffenen Mitgliedern der Gesellschaft freigebend. Da standen sie nun, prunkvoll gewandet in ihren juwelengeschmückten, tadellos sitzenden Uniformen; auf denen die Orden und Auszeichnungen prangten, die man ihnen während ihrer nicht endenden Besuchszyklen auf den Acht Welten der Hegemonie verliehen hatte.

Gundhalinu blickte an seiner strengen schwarzen Uniform des Obersten Richters hinab. Heute wurde ihre unerbittliche Schlichtheit durch ein silbernes Band aufgelockert, das mit seinem Familienwappen und seinen eigenen Ehrenzeichen und Medaillen besetzt war. Als er es anlegte, war er sich prahlerisch und eitel vorgekommen; doch jetzt war er froh, daß er nicht darauf verzichtet hatte; ihm war zumute, als hätte er rechtzeitig daran gedacht, ein Panzerhemd anzuziehen, bevor er sich einem Mob von Aufrührern stellte.

Vor dem Premierminister blieb er stehen, flankiert von Vhanu und Tilhonne, während die anderen Beamten der Regierung sich hinter ihnen aufreihten. Er verbeugte sich, als der Protokoll-Offizier des Premierministers sie nacheinander vorstellte.

Premierminister Ashwini berührte flüchtig Gundhalinus erhobene Hand, streifte ihn mit einem leicht abwesenden Blick und murmelte eine höfliche Floskel, die Gundhalinu gleich wieder vergaß. Ashwini schien Mitte sechzig zu sein, aber sein Körper wirkte noch jugendlich; sein Auftreten und seine Haltung verrieten den Techniker vornehmer Herkunft. Seit der Gründung der Hegemonie war er erst der vierte Premierminister, und Gundhalinu hatte keine Ahnung, wann er — laut historischer Realzeit seiner Heimatwelt — geboren worden war.

Vermutlich hatte er es früher in der Schule gelernt, aber dann wieder vergessen. Da sich der Premierminister jede nur erdenkliche Verjüngungskur leisten konnte und überdies häufig das Wasser des Lebens zu sich nahm, war er den tatsächlichen Jahren nach sicherlich wesentlich älter, als sein straffes Aussehen vermuten ließ.

Und weil er und die übrigen Mitglieder der Gesellschaft die meiste Zeit ihres Lebens auf annähernd lichtschnellen Reisen zwischen den Schwarzen Pforten und Planeten zubrachten, reichten ihre Erinnerungen noch viel weiter zurück; sie bildeten ein Flickwerk aus zufälligen historischen Augenblicken — von denen die meisten wahrscheinlich der gegenwärtigen Situation glichen.

»Es ist mir eine Ehre, Sadhu«, murmelte Gundhalinu auf Sandhi, das jetzt die allgemeine Umgangssprache war. Er trat beiseite, um dem Premierminister und der Gesellschaft einen Blick auf die versammelten Würdenträger zu gewähren. »Darf ich Sie der Sommerkönigin vorstellen ...«

»Arienrhod!« staunte der Premierminister voller Überraschung. »Ich muß schon sagen ...« Er berührte kurz seine Nase und schielte zu Gundhalinu hin. »Müßte sie nicht tot sein? Sahen wir nicht vor wenigen Monaten zu, wie sie ertränkt wurde?« Er brach ab, bekam einen glasigen Blick und horchte in sich hinein; Gundhalinu merkte, daß Ashwini von irgendwoher Daten eingespeist bekam, vermutlich von seinem Protokoll-Offizier oder auch aus einem auf ihn persönlich abgestimmten Informationsspeicher.

»Ach so«, sagte Ashwini nach einer kurzen Weile, die sich wie eine Ewigkeit auszudehnen schien. »Natürlich. Sie ist die Sommerkönigin. Ich bitte um Vergebung. Es ist mir eine große Ehre, Herrin, Sie kennenzulernen.« Er trat vor und hob die Hand, um nach Art der Einheimischen zu grüßen. Mond verneigte sich mit derselben Würde und erwiderte den Gruß. »Ist das eine Neuerung?« fragte er. »Ändert ihr jetzt euer Aussehen, um der Vorgängerin zu gleichen?

Als Gundhalinu sah, wie Mond errötete, zuckte er innerlich zusammen. »Nein«, antwortete sie, wobei sie auf seinen Titel verzichtete; ostentativ behandelte sie ihn als ihresgleichen. Ihr Sandhi war einwandfrei, klang jedoch ein bißchen geziert. »Das tun wir nicht.«

»Ach«, sagte er und blickte wieder verstört drein. »Aber was haben Sie hier überhaupt zu suchen? Als ich das letzte Mal hier war, durften Angehörige Ihres Volkes den Sternenhafen nicht betreten.«

»Seitdem hat sich manches geändert, Sadhu«, mischte sich Gundhalinu mit sanftem Nachdruck ein. »Sie erinnern sich ... wegen des Stardrives. Unsere Beziehung zu Tiamat eingeschlossen.«

Ashiwini deutete ein Stirnrunzeln an und schien einer inneren Stimme zu lauschen. »Selbstverständlich«, sagte er und blinzelte heftig. »Natürlich, das ergibt einen Sinn.« Er nickte Mond zu, wie wenn sie ihm soeben erst vorgestellt worden wäre, und wandte sich dann wieder an Gundhalinu. »Und Sie sind der Mann, dem wir das alles zu verdanken haben, nicht wahr, Richter?« Sein Lächeln wirkte aufrichtig und drückte Anerkennung aus. »Beim Dinner müssen Sie mir die ganze Geschichte erzählen — mit Ihren eigenen Worten.«

Mit Vergnügen, Sadhu.« Gundhalinu erwiderte flüchtig das Lächeln, ehe die Aufmerksamkeit des Premierministers von neuem abschweifte. Als Ashwini woanders hinsah, tauschte Gundhalinu mit Vhanu einen Blick; seine eigene Betroffenheit spiegelte sich in dessen Augen wider. *Der Premierminister war ja senil, eine wandelnde Null.* Trotzdem ging die Vorstellung weiter, wie wenn nichts passiert wäre; Funke Dawntreader kam an die Reihe: »... der Gemahl der Königin, der Sohn des Ersten Sekretärs Sirus ...«

Ein Raunen ging durch die Hegemonische Gesellschaft, und jemand drängte sich nach vorn, um besser sehen zu können — Sirus höchstselbst, wenn ihn seine vage Erinnerung an dieses Gesicht nicht trog. Der Mann sah nicht älter aus als Funke Dawntreader, aber er lächelte stolz und voller Gefühl, als er seinen Sohn erblickte. Gundhalinu merkte, wie Dawntreader erst ihn verblüfft ansah, ehe er sich seinem Vater zuwandte.

Mit sanfter Beharrlichkeit bugsierte man den Premierminister samt seinem Gefolge aus Ratgebern und Aufpassern weiter in den Raum hinein. Gundhalinu spürte, wie sich seine Nackenmuskeln langsam entkrampften, während die anderen Mitglieder der Gesellschaft vortraten, um ihn und seinen Stab zu begrüßen; mal gaben sie sich einschmeichelnd und höflich, mal ungewollt arrogant, mitunter wirkten sie auch geistesabwesend und zerstreut, wie der Premierminister.

Die meisten Zeit brachten sie in ihrer privaten, hermetisch versiegelten schwebenden Welt zu, außer wenn sie ihre Schiffe verließen, um an Feierlichkeiten wie diesen teilzunehmen — endlosen Folgen von aufwendigen Soirees und eleganten Banketten mit den ständig wechselnden Eliten der verschiedenen Welten. Im allgemeinen wurden nur neue Mitglieder gewählt, wenn jemand starb. Gundhalinu fand, man müsse sich wundern, daß sie sich nicht noch schrulliger verhielten.

Er nahm einen Drink von der Auswahl milder Drogen, die ein vorbeikommender Servo anbot; der auf Hochglanz polierte Körper schlängelte sich geschickt an den anderen Gästen vorbei. Auf einen Zug leerte er das Glas bis zur Hälfte, wobei er mit sich haderte, weil er die Stärkung brauchte; er hatte sich die Erinnerungen zu sehr zu Herzen genommen, und das fuchste ihn jetzt.

Zuvor war er erst einmal mit der Hegemonischen Gesellschaft zusammengetroffen, in jener kurzen, erbitterten Episode im Hospital des Starports. Für ihn waren seit dieser Begegnung dreizehn Jahre vergangen, aber diese Leute waren kaum gealtert, und es schien ihm, als hätten sich einige der Gesichter unauslöschlich in sein Gedächtnis eingeprägt.

Er fragte sich, wieso Demütigungen eine so entsetzliche Macht über die menschliche Seele ausübten; schmerzliche Erinnerungen, die viele Jahre zurücklagen, waren für ihn oft lebendiger als die Ereignisse der letzten Woche, ganz zu schweigen von all den guten und verdienstvollen Dingen, die er bewirkt hatte. Als er mit dem Stardrive nach Kharemough zurückkehrte, hatte es niemand gewagt, seine Schande auch nur zu erwähnen. Jahre waren vergangen, ohne daß man ihn scheel angesehen oder einer stichelnde Bemerkung über seine Vergangenheit gemacht hätte. Sein Selbstmordversuch war für ihn selbst in weite Ferne gerückt.

Für die Mitglieder der Hegemonischen Gesellschaft lag ihre letzte Konfrontation indessen nur wenige Monate zurück. Damals war er knapp fünfundzwanzig gewesen und hatte außerdem noch halbtot ausgesehen; trotzdem ertappte er sich jetzt dabei, wie er zu den Schatten seiner Ahnen betete, niemand möge sich an ihn erinnern oder eine Verbindung herstellen …

»Richter Gundhalinu«, dröhnte eine überlaute Stimme direkt hinter seinem linken Ohr. »Es ist mir ein großes Vergnügen, Sie kennenzulernen, Sadhu — Sie sind ein lebendes Symbol für das, was Kharemough groß gemacht hat, und wieso wir nach so langer Zeit immer noch die Hegemonie regieren.«

Gundhalinu drehte sich um und rückte von dem aufdringlichen, nach Parfum duftenden Mann ab. Bei dem Geruch drehte sich ihm der Magen um, nie würde er dieses Odeur vergessen.

»IP Quarropas«, stellte der Mann sich vor. »Sprecher der Hegemonischen Gesellschaft.«

»Ich fühlte mich geehrt«, murmelte Gundhalinu mechanisch und berührte die emporgehaltene Hand, während er in das fleischige, lächelnde Gesicht blickte. In jungen Jahren hatte der Sprecher sicher hübsch ausgesehen, aber das üppige, müßige Leben war ihm nicht gut bekommen.

»Mir schwant, als hätten wir uns schon einmal bei einem ähnlichen Anlaß getroffen.« Ein merkwürdiger Ausdruck machte sich auf seinen Zügen breit. »Kann das sein?«

»Nein, ich glaube nicht.«

»Aber von früher her entsinne ich mich ihres Namens ...« Quarropas wackelte mit dem Finger, und Gundhalinu merkte, wie er sein Gedächtnis anstrengte.

Gundhalinu bemühte sich, eine neutrale Miene beizubehalten, als er sich zu einem spontanen Akt hinreißen ließ. »Doch Quarropas-sadhu«, sagte er ruhig, »wir haben uns schon einmal getroffen — während ihres letzten Besuchs auf Tiamat. Damals war ich Polizei-Inspektor hier.« Quarropas hatte sich geweigert, ihm die Hand zu geben, weil sein Gelenk die Spuren eines gescheiterten Selbstmordversuchs trugen.

»Inspektor Gundhalinu«, murmelte Quarropas. »Heilige Ahnen! Sind Sie der Mann, der damals aus der Wildnis kam? Wie ist das nur möglich? Ich hatte angenommen, Sie hätten schon vor Jahren das einzig Ehrenhafte getan, nachdem Sie Ihre Familie und Ihre Kaste in jener Nacht so erniedrigt hatten ...« Mehrere Leute in ihre Nähe drehten sich um und starrten sie verblüfft oder sensationslüstern an. Gundhalinu schnappte auf, wie jemand zischelte: »Hab ich's nicht gesagt ...«

Eine geraume Zeitlang sagte Gundhalinu gar nichts; unter den Zuschauern entdeckte er Vhanu, der ebenfalls Zeuge dieser Konfrontation wurde. »›Das einzig Ehrenhafte‹?« wiederholte er schließlich mit glatter Zunge. »Meinen Sie damit, daß ich jetzt lieber tot sein sollte?«

»Sie sind ein gescheiterter Selbstmörder«, betonte Quarropas. Der Ausdruck bedeutete auch *Feigling.* »Und damals hatten Sie ein schmutziges Eingeborenenmädchen bei sich, die Ihre Geliebte war.«

»Meinen Sie Mond Dawntreader?« bremste Gundhalinu seinen Redefluß. »Sie beziehen sich auf die Sommerkönigin ...« Er deutete auf Mond, die reglos in ihrer Nähe stand und halb wütend, halb betroffen dreinschaute. Bei ihr war Funke, und seine Miene drückte nichts als Abscheu und Ekel aus. »In einem Punkt darf ich Sie korrigieren. Sie war damals mit dem Sohn des Ersten Sekretärs Sirus verheiratet und ist es heute noch.

Ihre Kinder befinden sich heute abend auch unter den Gästen. Sie half mir in der Not; ich revanchierte mich — aber das ist alles schon lange her. Mehr braucht dazu nicht gesagt zu werden.« Er holte tief Luft. »Außer, daß ich erkannte, im Selbstmord einen Akt echter Feigheit zu sehen. Ich verhielt mich wie ein wahrhaft ehrenwerter Mann, als ich beschloß, weiterzuleben, und mir durch meine Taten das Recht auf Vergessen zu verdienen.«

»Gut gesprochen, Gundhalinu-ken.« Sirus, der Erste Sekretär, tauchte hinter Funke Dawntreader auf. Seine schwarzen, schlauen Augen sahen Gundhalinu an. »Und ich finde, daß Sie sich richtig verhalten haben. Ich muß gestehen, Quarropas«, murmelte er halblaut indem er sich zwischen den Sprecher und Gundhalinu stellte, »daß ich mir lieber das Leben nehmen würde, als so mit diesem Mann zu reden. Bei unserem letzten Besuch auf Tiamat haben wir beide uns unwürdig benommen, als wir seine Ehre anzweifelten; wir hatten es mit einer Situation zu tun, die wir auch nicht annähernd verstehen konnten. Aber den ehrenwerten Gundhalinueskrad ein zweites Mal zu beleidigen, ist unverzeihlich.« Quarropas schwoll der Kamm, und wütend funkelte er Sirus an; plötzlich stand der Sprecher im Mittelpunkt der Aufmerksamkeit, und die Rolle paßte ihm gar nicht.

»Einzig und allein dem Obersten Richter habe ich es zu verdanken«, fuhr Sirus fort, »daß ich heute abend meinen Sohn sehen und seine Familie kennenlernen kann. Ohne BZ Gundhalinu wäre meine Schwiegertochter nicht die Königin dieser Welt ... Wir alle wären nicht hier, vor uns eine neue Zukunft, das Wasser des Lebens in greifbare Nähe gerückt, wenn er uns nicht den Stardrive zurückgegeben hätte. Ich beglückwünsche Sie, Sadhu.« Während er Gundhalinu anschaute, hob er sein emailliertes Kelchglas. Die Leute ringsum begannen wieder zu raunen, doch dieses Mal klang es weder feindselig noch spöttisch. Gundhalinu sah, wie noch mehr Leute ihre Gläser hoben und ihn mit emporgereckter Handfläche grüßten.

Er nickte und warf Sirus einen dankbaren Blick zu. Der wandte sich lächelnd ab, und die Feier ging weiter.

»Beim Bootsmann, diesen *Kortch* haben Sie aber fein aufgespießt.« Plötzlich stand Jerusha PalaThion neben ihm. Sie berührte seinen Arm, und in ihren Augen spiegelten sich Erinnerungen an vergangene Zeiten.

Er schürzte die Lippen. »Ich hatte jahrelang Zeit, nachts wachzuliegen und mir zu überlegen, was ich dieses Mal sagen würde.« Er schüttelte den Kopf und lächelte matt. »Vielleicht bin ich doch kein Feigling.« Er sah sie an. »Und wie gefällt Ihnen die Feier?«

Sie hob die Schultern. »Ich werd's überleben; ich habe schon schlimmere Empfänge mitgemacht. Aber mir scheint, daß ich noch eine Stärkung brauche.« Sie entfernte sich und folgte einem Servo.

Gundhalinu nippte an seinem Drink und spähte forschend in die Menge, bis er Vhanu erspähte. Vhanu erwiderte kurz seinen Blick und schaute dann verunsichert wieder fort.

Gundhalinu steuerte auf ihn zu, weil er mit ihm reden wollte. Doch plötzlich trat ihm der Premierminister in den Weg und lächelte ihn gütig und würdevoll an. »Ein Trinkspruch auf den Obersten Richter Gundhalinu? Nichts könnte angebrachter sein oder mir mehr Vergnügen bereiten. Es gibt nicht viele Menschen in der Geschichte Kharemoughs, die mehr für unsere Welt oder die Hegemonie getan haben.«

Gundhalinu neigte den Kopf und vermied es so, anderen Leuten in die Augen blicken zu müssen. Er fragte sich, warum ihm eine solche Ehre, die ihm früher mehr bedeutet hätte als sein Leben, ausgerechnet jetzt zuteil wurde, wo er sich fast nichts mehr daraus machte.

Als er wieder hochschaute, war Vhanu nirgends zu sehen. Hinter ihm sprach jemand seinen Namen, und er drehte sich um. Mond kam zu ihm, begleitet von Sirus und ihrer Familie. »Ich möchte Ihnen danken, Richter Gundhalinu«, sagte sie, »daß Sie meinen Ruf und meine Familie verteidigt haben.«

Er nickte und verbarg die Gefühlsaufwallung, die ihn beim Anblick ihres Gesichts überkam. »Es wurde höchste Zeit, diese Angelegenheit einmal zu klären — für uns alle, Herrin.« Er wich Dawntreaders Blick aus; auch Ariele und Tammis beobachteten ihn stumm; dann wandte er sich an Sirus. »Ich habe Ihnen zu danken, Sadhu.«

Sirus lächelte ein wenig verlegen. Er war ein großgewachsener Mann, und für einen Kharemoughi-Techniker hatte er einen kräftigen Körperbau; vage entsann sich Gundhalinu, einmal gehört zu haben, daß Sirus ein halber Samathaner sei — der Sohn des Premierministers, der ihn während eines lange zurückliegenden Besuchs auf dieser fernen Welt gezeugt hatte. Dieser Umstand hatte Sirus zu einem hohen politischen Amt auf Samathe verholfen; beim nächsten Besuch der Hegemonischen Gesellschaft bot man ihm an, eine Vakanz zu füllen. »Ich würde mich freuen, Gundhalinu-sadhu, wenn ich dadurch einen Schnitzer wiedergutmachen konnte, den ich mittlerweile sehr bereue.«

Sirus schaute Funke, Ariele und Tammis an. Tammis stand hinter seiner Mutter, neben Merovy, seiner jungen Frau. »Wir von der Hegemonischen Gesellschaft leben aufgrund unserer Reisen seit Jahrhunderten losgelöst von jeder Zeit. Doch nun haben Sie mir die Möglichkeit verschafft, mit eigenen Augen zu sehen, was mein Sohn und seine Frau bewirken konnte ... — und ich durfte meine Enkelkinder kennenlernen. Das Volk meiner Mutter legt auf solche Beziehungen sehr viel Wert — deshalb habe ich meinen Beitritt in die Hegemonische Gesellschaft auch manchmal bereut.« Er legte den Arm um Funkes Schultern und drehte ihn zu sich herum. »Ich konnte dir kein Vater sein, mein Sohn, und vielleicht ist mein Stolz eine Anmaßung. Trotzdem kommt er von ganzem Herzen. Und wie mir scheint, hast du es auch ohne mich im Leben weit gebracht.«

Funke deutete ein Lächeln an und erwiderte Sirus' Blick; aber das Lächeln erlosch so rasch, wie es gekommen war. Gundhalinu fragte sich, welche Zweifel, Selbstvorwürfe und Geheimnisse hinter Dawntreaders unergründlicher Miene verborgen lagen; plötzlich war er sich ganz sicher, daß Funke eine Menge zu verbergen hatte — so wie er selbst.

Er blieb bei ihnen stehen und plauderte oberflächlich drauflos, nur um sich nicht unter seinesgleichen begeben zu müssen. Eigentlich sollte er sich unter die anderen Gäste mischen und seine Pflicht erfüllen, ob es ihm paßte oder nicht; trotzdem konnte er sich nicht von Mond losreißen oder den Blick von ihr abwenden; wie unter einem Zwang beobachtete er sie im Kreis ihrer Familie.

Ihre Familie. Er sah Ariele an, die ihrer Mutter stark ähnelte — bis auf das dauernde spöttische Lächeln und die rastlosen, nervösen Augen. Von einem Tablett hatte sie sich ein Stimulanz-Pflästerchen genommen und es sich mitten auf die Stirn gepappt, wie ein drittes Auge. Das kurzgetrimmte, sahneweiße Haar war auf ihrem Scheitel zu einem Kamm hochgebürstet; sie trug ein Bodysuit in der Farbe der Morgendämmerung, das sich an ihren Körper schmiegte wie eine zweite Haut, dazu eine weitgeschnittene Hose aus einem weichen Stoff, die in der Taille verknotet wurde; ihre Aufmachung war sündhaft teuer und raffiniert, wie immer.

Nachdem Ariele flüchtig Sirus angeschaut hatte, der sich mit ihrer Mutter unterhielt, heftete sie den Blick auf Gundhalinu. Sie runzelte die Stirn und sah abwechselnd ihn, Sirus und Funke an, den Mann, den sie für ihren Vater halten mußte. Den Bruchteil einer Sekunde lang ließ sie ihre spöttische Maske fallen und glich einem ängstlichen Kind, das sich verlaufen hat. Als sie merkte, daß sie von Gundhalinu beobachtet wurde, drehte sie sich um und verschwand in der Menge. Er fragte sich, ob sie vielleicht nach diesem erbärmlichen kleinen Rotzlümmel, Elco Teel, Ausschau hielt. Kirard Set Wayaways und seine Familie waren auch zu dem Empfang geladen worden, da man einflußreiche Leute wie ihn nicht überging; aber bis jetzt hatte Gundhalinu es mit etwas Glück geschafft, diesem elenden Intriganten und seinem nicht viel besseren Anhang auszuweichen.

»Es ist ganz erstaunlich, finden Sie nicht auch?« sagte Sirus zu ihm und deutete auf Ariele. Gundhalinu vergegenwärtigten sich, daß die anderen beobachtet hatten, wie er das Mädchen anstarrte. »Wie sehr sie ihrer Mutter gleicht, meine ich.«

»Ja«, sagte er, froh, einen Vorwand für sein Verhalten zu finden. »Als ich sie das erste Mal sah, hielt ich sie allen Ernstes für die Königin.« Lächelnd schaute er zu Mond hin, die ein überraschtes Gesicht machte.

»Tammis kommt mehr auf seinen Vater heraus.« Mit breitem Lächeln wandte sich Sirus an das neben ihm stehende junge Paar. »Er hat was von einem Kharemoughi an sich, habe ich nicht recht, Gundhalinu-sadhu?«

Gundhalinu zögerte; er spürte, wie alle ihn ansahen. »Doch«, räumte er ein, »das stimmt.« Tammis senkte den Blick; zuerst dachte Gundhalinu, der Junge sei nur verlegen, doch dann merkte er, daß Tammis sein Kleeblatt fixierte. Tammis berührte das Sibyllenabzeichen, dann ließ er es los und nahm Merovy an die Hand. Gundhalinu entging nicht, wie sie diskret versuchte, sich von ihm zu befreien, dann jedoch nachgab, als er hartnäckig blieb. Von ihren Eheproblemen hatte er gehört.

Er schaute zu Sirus zurück. Der Erste Sekretär schien von den Spannungen und Unterströmungen innerhalb der Gruppe nichts zu ahnen, sondern gab sich ganz den

Phantasien über das harmonische Familienleben seines Sohnes hin. Wenn er Glück hatte, blieb er nicht lange genug auf dieser Welt, um mitansehen zu müssen, wie die Familie auseinanderbrach; weil er überall nur kurze Zeit verweilte, erfuhr er das Leben als eine Illusion, in der alles immer vollkommen und frei von Unbill war; die Sorgen und Kümmernisse der Realität lernte er gar nicht erst kennen.

Manchmal hatte sich Gundhalinu gefragt, was einen Mann wie Sirus dazu veranlaßt haben mochte, mit seinem früheren Leben so radikal zu brechen und einen Platz in der Hegemonischen Gesellschaft einzunehmen. Heute abend glaubte er, die Beweggründe endlich zu verstehen. Plötzlich wurde ihm bewußt, daß das Orchester ein helles, klares Fugenthema aus seiner Heimatwelt spielte. Noch nie war ihm die Musik, die er von klein auf kannte, so schön und gleichzeitig so traurig erschienen.

Sirus wandte sich Mond zu, die ihn ansprach. »Bitte, nennen Sie mich Temmon.«

»Temmon«, wiederholte sie lächelnd und nickte. »Sie sagten, wir könnten uns über die Mers unterhalten.«

»Aber natürlich; dieses Thema muß angeschnitten werden. Setzen Sie sich beim Dinner neben mich, und wir ...« Er brach ab, als die Gäste in Bewegung gerieten und laut zu tuscheln begannen.

Gundhalinu strengte sich an herauszufinden, was an der Tür zum Saal vor sich ging. Er entdeckte Tilhonne, der mitten auf einer kleinen freien Fläche stand, und etwas hochhielt, das ihm merkwürdig vertraut vorkam. Er erstarrte, als er den Gegenstand erkannte, und Mond schnappte hörbar nach Luft: Tilhonne präsentierte eine Phiole mit dem Wasser des Lebens.

»Sadhanu, Bhai«, verkündete Tilhonne und hob die Stimme, um sich im allgemeinen Lärm Gehör zu verschaffen. »Das Dinner erwartet uns. Doch zuvor, dank unserer tüchtigen neuen Hegemonischen Regierung, und dank der Mithilfe unserer tiamatanischen Freunde ...« — er deutete auf Kirard Set Wayaways, der lächelnd und sich verbeugend neben ihm auftauchte — »haben wir für unsere Ehrengäste an diesem Abend ein ganz besonderes Geschenk. Die ersten Früchte einer neuen Ernte: Das Wasser des Lebens.«

Ein Raunen der Überraschung und der begeisterten Vorfreude ging durch die Menge; sie begann zu wogen, als sich die Mitglieder der Gesellschaft zu Tilhonne vordrängten.

Reglos stand Gundhalinu da und merkte, wie die Leute in seiner Nähe ihn anstarrten. Als er Mond anschaute, sah er an ihren Augen, daß sie sich überrumpelt und verraten vorkam.

»Gut gemacht, Gundhalinu-sadhu!« strahlte Sirus. »Bloße Worte hätten diese arrogante Bigotterie gewisser Einfaltspinsel niemals so effektiv im Keim ersticken können.« Er schlug Gundhalinu auf die Schulter. »Sie haben ihnen ihre schönsten Träume erfüllt — Sie und die Herrin.« Er wandte sich an Mond, die entsetzt und gleichzeitig fasziniert zusah, wie die Mitglieder der Gesellschaft die Phiole untereinander weiterreichten, sie an den Mund führten, inhalierten, und dann den Sprühregen aus schweren silbernen Tropfen gierig hinunterschluckten.

»Kommt alle mit!« sagte Sirus und blickte verdutzt drein, als niemand ihm folgen wollte. »Schließlich haben wir auch ein Recht auf unseren Anteil, oder etwa nicht? Es sei denn, ihr habt schon gekostet ...«

»Nein«, widersprach Mond verzweifelt. »Ich trinke kein Blut. Für jeden Tropfen Wasser des Lebens, den ihr trinkt, müssen Mers sterben. Als die Hegemonie die Jagd auf sie wieder freigab, hat sie unsere Gesetze gebrochen!«

Einen Augenblick lang glotzte er sie an, als sei ihm noch nie in den Sinn gekommen, auf welchem Wege das Wasser des Lebens gewonnen wurde.

»Und gerade über die Merjagd hatte ich mit Ihnen sprechen wollen«, fuhr sie fort.

»Bei allen Göttern«, murmelte er bestürzt. »Ich hätte nie gedacht, daß da ein Zusammenhang besteht ... Doch, ja, ich werde gern mit Ihnen über die Mers diskutieren — jetzt erst recht. Wenn ich mich recht erinnere, dauert das Dinner lange, und wir können ...«

»Nein.« Sie schüttelte den Kopf und setzte eine unnahbare Miene auf. »Wenn ich heute abend an diesem Dinner teilnähme, wie wenn nichts geschehen wäre, hieße das, daß ich das Vorgehen der Hegemonie billigte. Damit würde ich zu Recht als unerträgliche Heuchlerin gelten.« Dabei blickte sie Gundhalinu durchdringend an.

»Mond ...«, sagte Funke und griff nach ihrem Arm, als sie weggehen wollte.

»Bleib du ruhig, wenn du willst«, sagte sie, indem sie ihn halb verständnisvoll, halb ärgerlich ansah. Dann ging sie fort, und Tammis und Merovy folgten ihr wortlos.

Zögernd blickte Funke auf seinen Vater. Doch dann schüttelte er den Kopf, murmelte etwas Unverständliches und ging seiner Familie hinterher. Im Vorbeigehen warf Funke Gundhalinu einen Blick zu, der sein Gewissen zutiefst aufwühlte. Überrascht und beunruhigt sah Gundhalinu ihm hinterher, bis er durch den Türbogen verschwand.

Sirus sah aus, als schwanke er zwischen Besorgnis und Verlegenheit, als er plötzlich allein mit Gundhalinu dastand. »Werden wenigstens Sie mir beim Trinken Gesellschaft leisten, Gundhalinu-sadhu?« fragte er, auf das Wasser des Lebens deutend.

»Nein, Sadhu«, lehnte Gundhalinu ab. »Es würde mir nicht schmecken.«

Sirus starrte ihn noch eine Weile an, dann schielte er zur silbernen Phiole hinüber, die immer noch in der Menge kreiste. Er stieß einen Seufzer aus. »Na ja, ich bin auch nicht mehr so erpicht darauf — zuerst möchte ich mehr darüber wissen. Aber zum Dinner bleiben Sie doch hoffentlich?«

Gundhalinu lächelte schwach. »Ja, Sirus-sadhu. Im Gegensatz zur Königin bleibt mir gar keine andere Wahl.« Er schaute zur Tür, durch die sie gegangen war, und beobachtete, wie die Aufregung über ihren plötzlichen Abschied die Unruhe verstärkte, die das Wasser des Lebens ausgelöst hatte. Dabei entdeckte er Ariele Dawntreader, die sich heftig mit jemandem stritt. Auf einmal schwenkte sie herum und ging fort, wie wenn auch sie sich vom Wasser des Lebens und allem, was es symbolisierte, abgestoßen fühlte.

Während er ihr hinterhersah, fiel sein Blick auf Vhanu, der neben der Tür stand. »Entschuldigen Sie mich, aber ich muß noch mit jemandem sprechen.« Er ließ Sirus stehen und schlängelte sich durch die lebhaft schwatzende Menge, wobei er sich bemühte, möglichst wenig von dem Tratsch aufzuschnappen.

Endlich erreichte er Vhanu. »Verdammt noch mal, NR«, legte er wütend los, »wie konnte das passieren? Vom diplomatischen Standpunkt aus gesehen war das wie ein Schlag ins Gesicht. Die Königin war so empört, daß sie den Komplex verlassen hat. Ich habe nie meine Einwilligung gegeben!«

»Es war Tilhonnes Idee, bei dieser Gelegenheit der Hegemonischen Gesellschaft das Wasser des Lebens zu präsentieren.«

»Ohne Zweifel hat Wayaways ihm dabei auf die Sprünge geholfen«, meinte Gundhalinu verdrossen.

Vhanu zuckte die Achseln und nickte.

»Wie kam die Jagd ohne die Mithilfe der Königin überhaupt zustande? Arienrhod schickte ihren Starbuck los, zusammen mit Dillyp-Jägern von Tsieh-pun ...«

»Ich stellte den Leuten sämtliche Geräte zur Verfügung, die sie zum Gelingen der Jagd brauchten.«

»Bei allen Göttern! Das habt Ihr getan?« Gundhalinu

war fassungslos und merkte, wie ihm das Blut ins Gesicht schoß. »Wer hat Euch dazu ermächtigt? Verflucht, NR, wieso habt Ihr mich hintergangen?«

»Weil ich wußte, daß Ihr eine Jagd kategorisch ablehnen würdet.« Vhanu furchte die Stirn, und seine Hände zuckten nervös. »Im Namen von tausend Göttern, BZ, wenn wir uns auch weiterhin die Unterstützung einflußreicher Persönlichkeiten auf Kharemough sichern wollen, müssen wir einen guten Eindruck machen. Wir müssen beweisen, daß wir unseren Dienst ernstnehmen, daß wir hier was zu sagen haben, und uns nicht von einer Enklave aus abergläubischen Eingeborenen bevormunden lassen. Verdammt noch mal, Ihr mit eurer fixen Idee von eine ›aufgeklärten Regierung‹ steht uns nur im Weg.« Gundhalinu sah sein eigenes, bekümmertes Gesicht in den Pupillen des anderen Mannes und wandte den Blick ab. »Ihr wart dabei, Euch selbst die Kehle durchzuschneiden. Diese Aktion tat ich nur für Euch.«

»Sie taten es für sich selbst«, schnauzte Gundhalinu in plötzlich aufwallendem Zorn. »Mir scheint, Sie verwechseln da etwas!«

Bei dem formellen ›Sie‹ kniff Vhanu die Lippen zusammen. »Also gut, dann tat ich es eben für uns beide — für uns alle, wie Tilhonne.« Seine Miene veränderte sich; mit sanftem Druck legte er die Hände auf Gundhalinus Schultern. »BZ, Ihr wißt, daß ich Euch immer sehr geschätzt habe. Ihr seid mein Freund. Es gibt niemanden, den ich mehr bewundere. Doch egal, aus welchen Gründen Ihr hier seid, ich versichere Euch, sobald Ihr einmal in Ruhe darüber nachgedacht habt, werdet Ihr uns für das, was wir heute getan haben, dankbar sein.«

Gundhalinu schwieg und sah zu, wie der letzte Rest vom Wasser des Lebens in den gierigen Schlünden der Leute verschwand. »Man geht jetzt zu Tisch«, sagte er dann und wandte sich wieder Vhanu zu. »Sollen wir uns anschließen?«

Vhanu nickte, und ohne ein weiteres Wort zu sagen, gingen sie los.

Als Gundhalinu endlich ermattet und allein sein Stadthaus erreichte, schimmerte bereits das rosenfarbene Licht der Morgendämmerung durch die Sturmwälle am Ende der Azur-Allee. Er beobachtete den anbrechenden Tag, der den Beweis dafür bildete, daß es außerhalb der ewig gleichen Wände und der nie erlöschenden Lichter Karbunkels noch eine andere Welt und ein Universum gab. Gefühllos, vor Müdigkeit zu abgestumpft, um sich an dem Anblick erfreuen zu können, wandte er den Blick vom heiler werdenden Himmel ab; ihm fehlte die Kraft, um das simple Tageslicht mit einem falschen Symbolismus zu befrachten.

Nur verschwommen erinnerte er sich noch an den Verlauf der letzten Nacht, nachdem das Wasser des Lebens aufgetaucht und die Königin das Fest verlassen hatte; eine endlose Folge von Speisen, von denen er kaum eine angerührt hatte, zudem löcherte ihn der Erste Sekretär mit immer neuen Fragen. Er hatte geantwortet, so gut er konnte, während er ständig daran dachte, daß Sirus nichts weiter als ein machtloser Strohmann war, was Sirus genausogut wußte wie er; im übrigen würde kein Protest etwas nützen, egal, wie einflußreich derjenige sein mochte, der ihn vorbrachte.

Mond hatte den Sternenhafen verlassen, ohne ihm eine Gelegenheit für Erklärungen zu geben. Und nun, wo er vor seiner Haustür stand, wußte er nur noch, daß er schreckliche Kopfschmerzen hatte und kaum noch das Türschloß öffnen konnte.

Er stolperte über etwas, das im dunklen Hauseingang lag; fluchend verlor er die Balance und stieß sich die Schulter an der Mauer. Als er sich bückte, fand er auf der Treppenstufe ein großes, flaches Paket. Vorsichtig betastete er es mit den Fingern. Es wog nicht viel, und als er es schüttelte, raschelte es drinnen. Kein Brief war dabei, nicht einmal sein Name stand drauf; aber aus einem unerklärlichen Grund spürte er, daß von dem Päckchen keine Gefahr ausging. Er hob es hoch und klemmte es sich unter den Arm, während er das Sicherheitssystem deaktivierte und ins Haus trat. Das Paket legte er auf einen Tisch, dann ging er sich ein medizinisches Pflaster gegen seine Kopfschmerzen holen.

Durch den weiten Türbogen kam er zurück, lockerte seinen Kragen und warf sich auf die Couch, die in Naturfarben gehalten war und von einem einheimischen Handwerker stammte. Das Seehaar, mit dem die Kissen gepolstert waren, verströmte einen feinen Duft nach Ozean; er atmete tief durch. Plötzlich fiel ihm auf, daß er diesen sonderbaren Duft beruhigend fand. Er legte die Füße hoch, schloß die Augen, und schaltete Musik ein. Die vertrauten Klänge eines Kharemoughi-Kunstlieds füllten den Raum, während das analgetische Pflaster zu wirken begann; er spürte, wie die Schmerzen abflauten, bis nur noch ein erträglicher Druck hinter den Augen war, und er wieder denken konnte.

Doch die Gedanken, die ihm dann in den Sinn kamen, verursachten nur eine andere Art von Schmerz: er fühlte sich frustriert, nutzlos, einsam und traurig.

Er setzte sich aufrecht hin und sagte sich ärgerlich, daß er genau damit hätte rechnen müssen. War er wirklich so ein Einfaltspinsel geworden, daß er seiner eigenen Presse glaubte — glaubte, die Hegemonie würde ihm jeden Wunsch erfüllen, nur weil er ihr einmal von Nutzen gewesen war? Oder daß Mond Dawntreader sich insgeheim nach seiner Rückkehr gesehnt hatte, daß sie all die Jahre über an ihn dachte, so wie er an sie? In seinen törichten Phantasien hatte er davon geträumt, sie würden sich in die Arme fallen, wie die Liebenden in den historischen Schmökern aus der Zeit des Alten Imperiums, die er in seiner Jugend verschlungen hatte.

Er preßte sich die Handballen gegen die Augen. Götter ... fühlte er sich erschöpft; er sollte lieber zu Bett gehen, anstatt sich in Selbstmitleid zu suhlen. Er hatte immer gewußt, wie sich die Realität auf Tiamat gestalten würde; er hatte es nur nie wahrhaben wollen. Nach einer Weile öffnete er die Augen und betrachtete die ein wenig fremdartige Einrichtung des Zimmers; in Gedanken stellte er sich den Grundriß des Stadthauses vor, das zu den besten Gebäuden in der City gehörte: zehn Zimmer, deren Wände mit wunderschönen Meeres- und Gebirgsmotiven bemalt waren; ganz allein wohnte er in diesem leeren, hallenden Kasten — und daran würde sich in absehbarer Zeit nichts ändern, es sei denn ... es sei denn ...

Jählings stand er auf und schaltete per Befehl die Musik ab. Er hatte sich sein Schicksal selbst gewählt; nun mußte er damit leben.

Als er das Zimmer durchquerte, fiel sein Blick auf das Päckchen, das er auf dem soliden, konventionellen Tisch neben der Couch abgelegt hatte. Er setzte sich wieder hin und brach die Siegel, die die Verpackung aus Korbgeflecht zusammenhielten. Dann klappte er die beiden Hälften auf, und starrte staunend auf das Ding, das in einem Nest aus Seegras lag.

Es war eine Maske — eine traditionelle Festmaske, handgefertigt und von erlesenster Qualität; sie glich den Masken, die er während des letzten Festivals auf Tiamat gesehen hatte, und nicht den hastig zusammengeschusterten, phantasielosen Massenartikeln, die nun, da die nächste Nacht der Masken näherrückte, massenhaft in den Geschäften auslagen. Er hatte sich keine gekauft, sie nicht mal eines zweiten Blicks gewürdigt.

Trotzdem war diese Maske neu, kein antikes Stück, das eine Generation lang in irgendeinem Schrank gelegen hatte. Vorsichtig befingerte er sie und staunte; er betrachtete die glitzernden, diamantenen Punkte, die Sterne darstellen sollten, die zarten Schleier, die sich wie Nebelschwaden über die schwarzseidenen Horizonte des Universums ausbreiteten; die absolute Finsternis, wie sie im Zentrum einer Schwarzen Pforte herrscht ... oder im Transfer ... in den Augen einer blinden Frau ... in ihrem Herzen.

Ein Gesicht aus Licht, die Welt in all ihrer Vielfalt reflektierend ... und wenn er hineinschaute, erkannte er sich selbst. Plötzlich wußte er, wessen Hände dieses Kunstwerk angefertigt hatten; wer ihm die Maske schickte, und warum.

Lächelnd nahm er sie in die Hand, hob sie vorsichtig aus dem Korbgeflecht heraus und hielt sie hoch, um sie besser anschauen zu können. Nachdem er sie lange Zeit betrachtet hatte, legte er sie an ihren Platz zurück; dann stand er auf und streckte sich.

»Morgen«, murmelte er; er spürte, wie seine Perspektive wieder zurechtgerückt war. Ein eigenartiges Gefühl des Friedens überkam ihn, als er die Treppe hinaufstieg, um ins Bett zu gehen.

Karbunkel

Jerusha.« BZ Gundhalinu trat zur Seite und ließ Jerusha PalaThion in sein Stadthaus. Hastig knallte er die Tür wieder zu, um den Lärm der ausgelassen tobenden Festteilnehmer auszuschließen. Seit die Hegemonische Gesellschaft vor drei Tagen eingetroffen war, wurde überall in der Stadt, auch in seiner Straße, gefeiert. Als er Jerushas Gesichtsausdruck sah, wurde er besorgt. »Was ist passiert?«

Sie lächelte mit schmalen Lippen. »Ich wünschte mir, Sie würden mich nicht ständig mit diesen Worten begrüßen, sobald Sie mich unverhofft sehen, BZ.«

Lachend führte er sie ins Wohnzimmer. »Sie haben recht, das ist wirklich immer das erste, was mir bei solchen Gelegenheiten einfällt.« Er bot ihr einen Platz an und setzte sich in einen Sessel. Der Raum wurde durch Lampen beleuchtet; die schweren Fenstervorhänge waren zugezogen, um neugierige Augen und das ewige Kunstlicht Karbunkels draußen zu halten. Auf diese Weise konnte er seinen Körper täuschen, es sei Nacht, und fand endlich Ruhe. Seufzend lehnte er sich zurück. »Was haben Sie zu berichten? Gibt es Aufstände? Bombendrohungen? Hat man versucht, den Premierminister zu ermorden?«

Jerusha schüttelte den Kopf und senkte den Blick. »So simpel ist das leider nicht.« Sie schaute wieder hoch. »Es fällt mir schwer, es zu sagen. Tammis steckt in Schwierigkeiten. Er ist auf der Wache.«

»Bei allen Göttern!« Gundhalinu setzte sich gerade hin. »Hat man ihn verhaftet?«

Beschwichtigend hob sie Hand. »Nein. Er wurde zusammengeschlagen und beraubt, als er versuchte, einen Strichjungen aufzugabeln. Offenbar war er an den falschen geraten ...« Sie zuckte die Achseln.

»Aber er ist doch ...« *Verheiratet.* Gundhalinu sprach den Satz nicht zu Ende; schlagartig begriff er, wieso Tammis' Ehe nicht klappte.

»Ich habe ihn auf der Wache behalten, weil er nicht ins Medizinische Zentrum gehen will.«

»Seine Frau arbeitet dort.«

Sie nickte und kämmte sich mit den Fingern durchs Haar. »Ich dachte mir, Sie wüßten sicher gern Bescheid.«

Er seufzte und konnte ihrem mitfühlenden Blick nicht länger standhalten. »Bringen Sie ihn hierher.«

Er wartete; die Zeit schien nicht zu vergehen, doch endlich klopfte es an der Tür. Er machte auf. Tammis stand im schützenden Alkoven, und Jerusha lauerte hinter ihm wie ein Schatten. Als Gundhalinu ihm zunickte, betrat er mit steifen Bewegungen das Stadthaus; die Lippe war geschwollen, ein Auge blauunterlaufen. Zum Abschied hob Jerusha die Hand und verschwand zwischen den Passanten.

»Danke, daß du gekommen bist«, sagte Gundhalinu und schloß die Tür.

»Hatte ich denn eine Wahl?« Tammis furchte die Stirn.

»Nein; aber trotzdem danke ich dir.« Gundhalinu führte ihn ins Wohnzimmer und bot ihm einen Platz an.

Vorsichtig und offenbar unter Schmerzen, setzte Tammis sich hin. »Wieso bin ich hier, Richter Gundhalinu?« fragte er, wobei er rot wurde; Gundhalinu befürchtete, der Junge wüßte bereits Bescheid, und er sorgte sich um die Konsequenzen.

Er setzte sich Tammis gegenüber. »Weil wir uns darüber unterhalten müssen, weshalb du nicht ins Medizinische Zentrum gehen willst.« Verstohlen beobachtete er das Gesicht des Jungen und begegnete seinem trotzigen Blick; er suchte nach körperlichen Ähnlichkeiten und fand sie auch. Er betrachtete das Kleeblatt, das Tammis trug, und das sich glänzend von seinem schmutzstarrenden Hemd abhob; danach schaute er kurz sein eigenes Sibyllenabzeichen an.

»Wie kommen Sie darauf, daß meine Weigerung Sie etwas angehen könnte, Richter?« fragte Tammis, jeder Zoll der Sohn einer Königin. Doch seine Stimme klang nicht so sicher, wie er es sich bestimmt wünschte. »Weil Sie mit meiner Mutter schlafen?«

Gundhalinu erstarrte; eine Weile sagte er nichts, sondern versuchte, seine Gedanken zu ordnen und seinen Entschluß zu festigen. »So kann man das nicht sagen«, entgegnete er dann. »Ich schlafe nicht mit deiner Mutter — aber ich bin dein Vater.«

Nach diesen Worten war Tammis wie gelähmt, obwohl die Enthüllung ihn nicht zu überraschen schien. Er fragte nicht einmal nach Beweisen. Das Schweigen zwischen ihnen dauerte an, während sich die unterschiedlichsten Gefühlsregungen auf den Zügen des Jungen malten.

Schließlich stand Gundhalinu auf, durchquerte das Zimmer und stellte sich vor Tammis hin. Mit geschultem Auge betrachtete er das zerschlagene, gespannte Gesicht. »Ich nehme an, das tut höllisch weh«, sagte er und streichelte flüchtig über Tammis' verletzte Wange. Der Junge zuckte zurück. »Aber du wirst es überleben.« Damit meinte er nicht nur die äußeren Wunden.

»Woher wollen Sie das wissen?« fragte Tammis gereizt.

»Ich habe auch schon manches überlebt«, antwortete er freundlich. Tammis blickte zu ihm hinauf. »Wenn du dich selbst verarzten willst, im Bad sind Erste-Hilfe-Sachen.«

»Nein.« Tammis schüttelte den Kopf und sah zu Boden.

Gundhalinu nickte; er verstand, wieso Tammis seine körperlichen Schmerzen nicht lindern wollte, auch wenn er die Möglichkeit dazu hatte.

»Sie behaupten, Sie seien mein richtiger Vater, und aus diesem Grund wollten Sie sich mit mir unterhalten. Aber Sie kennen mich doch gar nicht. Wie wollen ausgerechnet Sie mich verstehen, wenn ich schon kein Verständnis bei meiner eigenen Familie finde?«

»Sprichst du denn mit ihnen über deine Probleme? Bringst du das fertig?« Gundhalinu setzte sich wieder, dieses Mal näher bei dem Jungen.

Tammis zog die Stirn kraus. »Sie meinen, daß ich mich nicht zwischen Jungen oder Mädchen entscheiden kann? Deshalb ist mir das heute nämlich passiert, wissen Sie.«

»Ich weiß.« Gundhalinu nickte.

Tammis musterte ihn mit finsterer Miene. »Hat Ihr eigener Vater Sie schon einmal als pervers bezeichnet? Können Sie sich vorstellen, was das für ein Gefühl ist?«

Gundhalinu schüttelte den Kopf. »Nein«, erwiderte er. »Aber mein Vater ging ins Grab in der Überzeugung, ich sei ein Feigling. Es gab eine Zeit, da hielt mich jeder, der in meinem Leben eine Rolle spielte, für feige. Manche tun das heute noch, ohne Rücksicht auf die Dinge, die ich mittlerweile bewirkt habe. Außerdem nannte man mich entartet, weil ich deine Mutter liebte, die keine Kharemoughi ist.«

Tammis' Stirn glättete sich. Gundhalinu war sich nicht sicher, über welches Geständnis Tammis mehr staunte.

»Einmal dachte ich sogar, Selbstmord sei eine Lösung für meine Probleme — aber jemand veränderte meine Einstellung.«

»Wer war das?« fragte Tammis mürrisch.

»Deine Mutter.«

Tammis zwinkerte nervös und wandte den Blick ab.

»Hast du schon einmal den Anlauf genommen, mit deiner Mutter über dein Dilemma zu sprechen, oder mit ... mit ... *Funke. Deinem Vater.*« Er brach ab.

In einer hoffnungslosen Geste hob Tammis die Schultern. »Sie hat nie Zeit, um mir zuzuhören, schon seit Jahren nicht mehr. Und sie ist aus dem Sommervolk. Wir müssen zu den Treffen der Sommerclans gehen und unsere Traditionen pflegen, damit wir wissen, wer wir sind, und woran unser Volk glaubt. Die Sommerleute behaupten, jemanden sexuell zu begehren, mit dem man keine Kinder zeugen könne, verstieße gegen den Willen der Herrin.« Aus Gewohnheit machte er mit den Fingern das Triadenzeichen. »Sie sagen, ›die Mutter liebt Kinder über alles‹ — und trotzdem benutzen sie empfängnisverhütende Mittel. Kinder *muß* man nicht haben, das scheint die Herrin zu akzeptieren, es kommt nur darauf an, daß sich immer Männlein und Weiblein zusammentun.« Seine Stimme nahm einen bitteren Klang an. »Wenn meine Mutter über mich Bescheid wüßte, würde sie ... würde sie ...«

»Würde sie dich dann nicht mehr lieben?«

Er wurde rot, preßte die Lippen zusammen und nickte. »Wie Da. Da ... hat mich einmal erwischt.« Er hob die Hände und ließ sie hilflos in den Schoß sinken. »Ich bin ein erwachsener, verheirateter Mann, ich muß meine Probleme selbst lösen.« Er schüttelte den Kopf.

»Und was ist mit deinen Freunden — die aus dem Wintervolk stammen?«

Er zuckte die Achseln. »Was sie wirklich denken, weiß ich nicht. Wahrscheinlich wissen sie es nicht mal selbst. Ein paar von ihnen sind dagegen. Den meisten ist alles egal. Das kommt daher, weil sie wie die Außenweltler sind, sie kennen keine Traditionen und Werte, so wie wir.«

»Du sprichst jetzt von den Sommerleuten?«

Er nickte.

Gundhalinu deutete ein Lächeln an. »Ach, du würdest dich wundern. Auf Kharemough gibt es ein altes Sprichwort: ›Keiner weiß, welche Götter die stärkeren sind — ob meine oder deine.‹ Deshalb verehren wir alle — sicherheitshalber. Auf den Acht Welten gibt es mehr Kulturen als Götter; es gibt Menschen, die keine Hemmungen haben, jemanden zu töten, nur weil er einen anderen Glauben, eine andere Lebensart, oder ein anderes Aussehen hat als sie. Jeder fühlt sich im Recht. Aber es gibt keine absolute Wahrheit, Tammis, nur eine Vielfalt von Meinungen. Die Tiamataner sind nicht die einzigen, die das verwirrend finden.«

»Wie würde man auf Kharemough reagieren, wenn ein Mann sich nicht zu Frauen, sondern zu anderen Männern hingezogen fühlt?«

»Nun ja, das würde wohl von seiner eigenen Kaste und der Kaste seines Liebhabers abhängen.«

Tammis sah ihn verständnislos an.

»Bei uns grassieren unzählige Vorurteile«, erklärte Gundhalinu achselzuckend. »Aber wenn die soziale Herkunft stimmt, dann würden die meisten Kharemoughis, die ich kenne, kein Wort darüber verlieren, was Erwachsene miteinander tun — vorausgesetzt, es geschieht diskret. Liebesbezeigungen in der Öffentlichkeit gelten als geschmacklos. Hingegen hat Jerusha PalaThion mir erzählt, daß man auf Newhaven wegen des heißen Klimas beinahe nackt herumläuft. Auf Kharemough wäre eine Zurschaustellung von Fleisch und allem, was mit Sinnlichkeit zu tun hat, unmöglich.«

Tammis riß die Augen auf. Daß Jerusha PalaThion einstmals halbnackt herumgelaufen sein sollte, auch wenn im Kindesalter, überstieg sein Vorstellungsvermögen.

»Jerusha pflegte zu sagen, sie würde sich nie an die Kälte hier gewöhnen. Und ich dachte immer, ich könnte mich nie an die Gesichter der Tiamataner gewöhnen —

an diese blassen, kühlen Augen.« Er schaute Tammis an, der dieselben warmen, dunkelbraunen Augen hatte wie er.

Tammis winkelte die Beine an und zog die Füße in dem weichen Schuhwerk auf das Sitzpolster. »Aber ich lebe nicht auf jenen Welten — ich lebe hier! Und die Menschen, die ich liebe, und mit denen ich zusammen bin, verabscheuen meine Veranlagung — angeblich billigt die Herrin sie auch nicht.«

»Nur weil du ein Einzelfall bist, heißt das noch lange nicht, daß du Unrecht tust.«

Tammis preßte die Lippen aufeinander. »Sie haben gut reden.«

Gundhalinu lachte. »Als ich damals Tiamat verließ, war ich ein Ausgestoßener.« Er befingerte sein Sibyllenabzeichen. »Was deine Verurteilung durch andere Menschen betrifft: Du trägst das Kleeblatt der Sibyllen. Einen gestrengeren und unparteiischeren Richter als eine Initiationsstätte für Sibyllen gibt es nicht. Wenn du erwählt wurdest, spricht das nur für deinen guten Charakter. Auf Kharemough muß jedes Kind aus einer Technikerfamilie einmal im Leben eine Weihestätte aufsuchen, um sich dort beurteilen zu lassen. Als Junge hatte ich solche Angst, für unwürdig befunden zu werden, daß ich lieber meine Familie anlog und behauptete, ich hätte die Prüfung nicht bestanden, als tatsächlich hinzugehen und bescheinigt zu bekommen, ich sei zu schwach oder zu labil, um ein Sibyl zu werden.«

»Aber wie kommt es dann ...?« Tammis deutete auf Gundhalinus Kleeblatt, während er das eigene berührte.

»Diese Geschichte erzähle ich dir ein anderes Mal.« Gundhalinu lächelte. »Sie zeigt dir, daß Sibyllen keine Heiligen sind. — Weißt du, wer Vanamoinen und Ilmarinen waren?«

Tammis schüttelte den Kopf.

»Du solltest es aber wissen. Sie gründeten das Sibyllennetz, das allen unseren Welten seit dem Untergang des Alten Imperiums gedient hat. Diese beiden Männer waren Liebende, und ich erinnere mich noch, daß gerade ihre Liebe zueinander sie in dem Glauben bestärkte, sie könnten in einer hoffnungslosen Situation noch etwas retten ... Einer von ihnen, Ilmarinen, wird seit Jahrhunderten als der Gründer unseres Geschlechts verehrt.«

Tammis blickte zur Seite. »Aber das bedeutet doch ... Liebte er sowohl Frauen wie Männer?«

Gundhalinu zuckte die Achseln. »Ich weiß nur, daß er eine Lösung fand. Du mußt auch einen Weg aus deinem Dilemma finden. Aber wenn du eine Stärkung deines Selbstvertrauens nötig hast, dann brauchst du nur dein Kleeblattabzeichen anzuschauen. Denk daran, was Sibyllen für dein Volk bedeuten, und warum dies so ist.«

Tammis seufzte und streckte wieder die Beine aus, wie wenn endlich eine innere Anspannung von ihm abfiele. »Aber ...« Seine Finger trommelten auf der hölzernen Armstütze des Sessels. »Aber Merovy ...«

»Was ist mit ihr?« fragte Gundhalinu.

»Sie hat mich hinausgeworfen.«

»Weil du dich mit anderen Männern abgibst?«

Tammis nickte. »Ich kann nicht anders. Ich will es ihr nicht antun; aber dann fange ich an, über die Sache nachzudenken, bis ich mich selbst verabscheue; und je mehr ich mich verachte, um so stärker wird der Wunsch ...«

»Begehrst du auch manchmal eine Frau?«

»Doch, ja, das kommt vor.«

»Genauso sehr wie einen Mann?«

Tammis nickte. »Aber sie sind nicht Merovy, und deshalb kann ich mich beherrschen. Denn ich liebe sie, und noch nie habe ich einem Menschen so nahegestanden. Deshalb habe ich sie ja auch geheiratet.«

»Und hattest du dieses Gefühl der Zusammengehörigkeit auch schon mal bei einem Jungen oder einem Mann?«

»Nein, noch nie. Geliebt habe ich immer nur Merovy.«

»Wieso kannst du dich dann nicht bremsen?«

Tammis schüttelte den Kopf. »Ich weiß es nicht ...« Er sah aus, als hätte er noch nie darüber nachgedacht.

»Hätte Merovy dich auch dann hinausgeworfen, wenn du sie mit anderen Frauen betrogen hättest?«

Tammis schaute ihn an. »Wahrscheinlich.«

Gundhalinu merkte, daß er viel zu lange reglos dagesessen hatte und rückte sich in seinem Sessel zurecht. »Vielleicht ist euer wahres Problem gar nicht mal deine Veranlagung, sondern deine Untreue.«

»Mag sein ...« Tammis rieb sich die Augen und wand sich vor Verlegenheit. »Vielleicht ist das wirklich der Grund.«

»Dann solltest du darüber nachdenken, was dir mehr am Herzen liegt. Die Befriedigung deiner Bedürfnisse, die in dir nur einen Selbsthaß erzeugt, oder die Liebe zu deiner Frau.«

Tammis senkte den Blick; er schien sein Kleeblattmedaillon anzustarren. Nach einer Weile schaute er wieder hoch und fragte: »Kann ich jetzt gehen, Richter Gundhalinu?«

Gundhalinu nickte, enttäuscht und verwirrt über den plötzlichen Aufbruch. »Ja.«

Schwerfällig stand Tammis auf und zuckte vor Schmerzen zusammen. Nach kurzem Zögern fragte er: »Vielleicht sollte ich doch lieber meine Wunden versorgen, bevor ich gehe — wenn Sie nichts dagegen haben ...«

Gundhalinu deutete mit der Hand. »Dort entlang. Nimm dir, was du brauchst.«

Tammis durchquerte das Zimmer; in der Tür blieb er stehen und blickte sich um, ohne jedoch etwas zu sagen.

Gundhalinu hörte, wie er im Medizinschrank herumstöberte; nach einer Weile betrat er wieder den Flur und ging geradewegs zur Haustür. Im allerletzten Moment, ehe die Tür ins Schloß fiel, vernahm Gundhalinu das Wort »Danke«.

Karbunkel

Mond Dawntreader stand allein, inmitten von hundert prächtig herausgeputzten, lärmenden Festteilnehmern, in der Großen Halle des Palastes. Rings um sie her wurde geschmaust und gezecht, gelacht und getratscht, gesungen und getanzt. Winterleute, Sommerleute und Außenweltler mischten sich bunt durcheinander; in ihren exotischen Gewändern und mit den Festmasken vor den Gesichtern waren sie ausnahmsweise einmal nicht voneinander zu unterscheiden.

Mond trug eine Maske, die Fate Ravenglass für sie angefertigt hatte — eine Nachbildung der Maske, mit der man sie zur Sommerkönigin gekrönt hatte; sie bestand aus grüngescheckten Samt und hauchfeinen, in allen Regenbogenfarben schimmernden Gazeschleiern; sie zeigte die Blumenpracht der Berge, schillernde Vogelschwingen, das Blau des Himmels und des Ozeans, in dem sich die goldene Sonne spiegelte. Mond versteckte sich dahinter; durch die Augenschlitze spähte sie auf die Gäste, wie jemand, der eine fremde Welt bestaunt. Sie nahm surreale Eindrücke von Farben und Bewegungen wahr, und jedes Geräusch hörte sie wie aus weiter Ferne.

Im Rhythmus der Musik ließ sie sich vom Strudel der Gäste mitreißen. Dieser nächtliche Maskenball bildete den Höhepunkt in einer schier endlosen Aneinanderreihung von Festivitäten, Banketten und öffentlichen Auftritten, an denen sie als Sommerkönigin teilnehmen mußte. Der an und für sich kurze Besuch der Hegemonischen Gesellschaft schien kein Ende zu nehmen.

Am Tag der Ankunft hatte sie gesehen, wie der Premierminister und sein Gefolge in ihrem Beisein das Wasser des Lebens getrunken hatten wie Süchtige. Um ihrem Zorn Ausdruck zu verleihen, hatte sie demonstrativ den Sternenhafen verlassen und sich in die Stadt zurückbegeben; doch jeder Feierlichkeit konnte sie nicht fernbleiben, denn dann hätte sie ihr Gesicht verloren und ihre Position bei den Außenweltlern gefährdet. Deshalb nahm sie an den Festen teil, wenn auch nicht mit ihren Gedanken; im Geist weilte sie weit draußen im Ozean bei den Mers, denn niemals durfte sie die große Vision, in die sie eingebunden war, aus den Augen verlieren.

Lustlos und ohne Illusionen besuchte sie diesen Maskenball, weil man es von ihr erwartete. Von den Gästen erkannte sie fast niemanden, und selbst wenn alle ihre Masken abgenommen hätten, wäre kaum ein Gesicht darunter gewesen, daß sie gern gesehen hätte.

Es war schon spät, und allmählich zerstreute sich die Menge; Paare fanden sich, um den Rest der Nacht gemeinsam zu verbringen. In dieser Nacht war traditionsgemäß alles erlaubt; man ermutigte die Menschen sogar, ihre Hemmungen abzulegen und mit der Reue erst bis zum nächsten Morgen zu warten, wenn ihre Vergangenheit in einem symbolischen Akt ins Meer versenkt wurde.

Es galt als schlechtes Omen, diese Nacht allein zu bleiben, ohne einen Liebhaber. In der letzten Nacht der Masken war sie nach langer Zeit wieder mit Funke vereint gewesen, und vor ihnen lag eine strahlende, vielversprechende Zukunft. Doch jetzt befand sich Funke gar nicht hier, er hatte sich entschuldigt und gesagt, bis zum Abflug der Hegemonischen Gesellschaft wolle er mit seinem Vater zusammenbleiben. Sie glaubte ihm sogar. Doch vor dem nächsten Morgen würde er nicht zurückkommen — egal, auf welche Weise er die Nacht verbrachte.

Tammis war auch nicht da; er heuchelte nicht einmal

mehr, daß seine Ehe mit Merovy funktionierte ... Mond hatte gehört, daß die beiden getrennt lebten, aber weder ihr Sohn noch ihre Schwiegertochter hatten es ihr persönlich erzählt. Und Ariele ... nur die Herrin wußte, wo sie sich in dieser acht herumtrieb ... und mit wem. Man munkelte etwas über einen Außenweltler. Tor hatte die beiden zusammen gesehen und gemeint, sie sei *ein ganz kleines bißchen besorgt* ... Seit Wochen hatte sich Ariele nicht mehr im Palast blicken lassen; Mond staunte nicht schlecht, als sie dann doch zu dem Bankett im Sternenhafen erschien — und das Fest obendrein mit den anderen Familienmitgliedern verließ, aus Protest, weil das Wasser des Lebens herumgereicht wurde. Mond hatte es aufgegeben, ihre eigene Tochter zu verstehen.

Der Premierminister und ein paar andere Gäste — hinter den stereotypen Masken, fabrikmäßig hergestellte Massenware, war nicht zu erkennen, um wen es sich handelte — kamen zu ihr, um ihr eine gute Nacht zu wünschen. Sie behandelte sie mit einer Höflichkeit, die ihnen gar nicht zustand. Sie erkannte die Stimme des Polizeikommandanten, Vahnu; zum Schutz der Würdenträger waren einige unmaskierte und uniformierte Blaue anwesend. Sie fragte sich, wie Jerusha die heutige Nacht verbrächte; vermutlich schob sie Dienst im Auftrag der Hegemonie. Plötzlich vermißte sie ihre alte Freundin. *Niemand, den sie gern hatte, war da* ... Sie hob eine Hand an ihr Gesicht, doch anstatt ihre Haut zu fühlen, faßte sie an den Stoff ihrer Maske. Rasch ließ sie die Hand wieder sinken.

Den ganzen Abend lang hatte sie in der Menge nach der schwarzen Tracht des Obersten Richters geforscht; sie hoffte, zwischen der glitzernden Fülle von Schmuck und Medaillen ein silbernes Kleeblattabzeichen aufblitzen zu sehen. Aber nirgendwo hatte sie ihn entdeckt.

Seit der Ankunft der Hegemonischen Gesellschaft und dem Eklat auf dem Bankett war Gundhalinu zu jedem Fest erschienen; wenn es die Etikette erforderte, saß er neben ihr, doch anscheinend genoß er diese Zusammenkünfte ebensowenig wie sie. In seinen Augen sah sie Bedauern und Resignation, und sie sprachen nur miteinander, wenn es sich nicht vermeiden ließ. Heute nacht mußte er schon früh gegangen sein — falls er den Ball überhaupt besucht hatte, denn hinter den tarnenden Masken war alles möglich. Langsam bewegte sie sich auf den Treppenaufgang am Ende der Halle zu. Der Premierminister hatte sich verabschiedet, und sie mußte auf niemanden mehr Rücksicht nehmen.

Plötzlich traf ein Lichtreflex ihre Augen. Sie wandte sich um und entdeckte inmitten der bunten Farbenpracht eine Maske, die sie sogleich faszinierte. In all der lieblosen Massenproduktion trug jemand eine Maske, die genauso einzigartig war wie ihre eigene. Etwas an diesem Kunstwerk verriet ihr, daß sie nur von Fate Ravenglass stammen konnte. Aber sie kannte doch sämtliche Masken, die Fate von Hand angefertigt hatte — es waren höchstens ein Dutzend. Fate hatte sie an Mond und ihre Familie verschenkt, eine bekam Tor, die restlichen erhielten ein paar Leute, die sie als ihre speziellen Freunde betrachtete. Es gab noch mehr Maskenmacherinnen, von denen einige wieder ins Geschäft eingestiegen waren und handgearbeitete Masken an reiche Tiamataner und Außenweltler verkauften. Doch Fate, die seit jeher als die beste ihres Fachs galt, hatte gesagt, dieses Mal würde sie nur Masken herstellen, um sie hinterher an ihre Freunde zu verschenken.

Mond fragte sich, wer dieser Beschenkte wohl sein mochte; aus der Entfernung konnte sie nur sagen, daß es sich um einen Mann handelte. Der Maskenträger schien zu merken, daß sie ihn beobachtete, und als er sich zu ihr umdrehte, blendete abermals ein Lichtblitz ihre Augen. Das Gesicht der Maske bestand aus einem Spiegel, der das Licht, die Farben und die Bewegungen im Raum reflektierte, sie bündelte, bis sie sich zu einem strahlenden Stern vereinigten, der von der tiefsten Schwärze der Nacht eingerahmt war.

Mond rührte sich nicht vom Fleck, während der Mann durch die Menge auf sie zusteuerte. Wie hypnotisiert von ihrem eigenen Bild, das im Spiegel immer deutlicher und klarer auftauchte, wartete sie auf ihn. Und plötzlich wußte sie, wer er war, sie erkannte ihn an seinem Gang und an der Art, wie er sich bewegte.

»BZ«, sagte sie ohne den geringsten Zweifel, obwohl er keine Uniform trug. Sie hob die Hand.

»Mond.« Mitten aus ihrem eigenen, bizarren Spiegelbild blickten seine Augen sie an. Er nahm ihre Hand und drückte die seine fest dagegen. Dann umschlossen seine Finger ihre Hand, und er ließ sie nicht mehr los.

»Ich dachte schon, du seist gar nicht hier«, murmelte sie. »Das Fest ist gleich vorbei.«

»Eigentlich wollte ich gar nicht kommen.« Er schüttelte den Kopf, und seine Maske raschelte, wie wenn sie leise lachte. »Doch dann schickte mir Fate diese Maske; es wäre eine Mißachtung ihres Geschenks, wenn ich sie in dieser Nacht nicht tragen würde.«

Sie blickte auf seine Hand, die sie immer noch festhielt und offenbar gar nicht mehr freigeben wollte. Dann hob sie den Kopf und schaute in seine Augen ... in ihre Augen ... in das dunkle Universum und in die üppige Fülle des Frühlings, die alles umgab.

»Wo ist Funke?« fragte er, und auf einmal bekam sie Herzklopfen. »Ist er nicht auf dem Ball?«

»Er wollte die Zeit mit seinem Vater verbringen.«

»Ausgerechnet die heutige Nacht?«

»Morgen reist sein Vater ab.«

»Ach so«, sagte er. »Trotzdem, heute ist die Nacht der Masken!«

»Ich weiß.« Wieder schaute sie auf ihre Hände hinab, die eng ineinander verschlungen waren. Sie versuchte, seine Umklammerung zu lösen.

BZ hob seine freie Hand und ergriff die ihre. »Dann tanz mit mir. Die Musik spielt noch — uns bleibt noch etwas Zeit.«

Sie erstarrte; mit einemmal fühlte sie sich linkisch und provinziell. Doch beharrlich zog er sie an sich. »Ich kenne eure Tänze nicht.«

»Einmal brachte ich dir in Gedanken bei, wie man tanzt«, flüsterte er. Er legte die Arme um sie und begann zu führen. »Es ist mir egal, was wir tun, solange ich dich dabei nur umarmen kann.«

Ihr blieb nichts anderes übrig, als ihren Arm um ihn zu legen. Als sie durch den dünnen, seidigen Stoff seines Hemds seine Rückenmuskeln fühlte, durchlief sie ein Schauer. »Das paßt überhaupt nicht zu dir«, murmelte sie; sie hätte gelacht, wenn seine Nähe ihr nicht den Atem geraubt hätte.

Er gab einen sonderbaren Laut von sich, der fast wie ein Lachen klang. »Was paßt denn zu mir? Wer bin ich überhaupt? Ein armer Kerl, der dich in den letzten Tagen nur angestarrt hat und Angst hatte, mehr zu sagen als ›Guten Tag, Herrin‹? Bin ich der Oberste Richter Gundhalinu — kein Kharemoughi mehr und noch kein Tiamataner, nicht Fisch, noch Fleisch? — Oder bin ich ein Mann, der zwölf Jahre seines Lebens damit verbracht hat, von dir zu träumen, der deinetwegen bis ans Ende der Welt ging und die Tücken der Raumzeit bezwungen hat, nur um dich wieder in seinen Armen zu halten?« Seine Stimme klang gehetzt, wie wenn er von etwas besessen sei; sie erinnerte sich an eine andere Nacht während des Festivals vor langer Zeit, als er ähnliche Worte zu ihr gesprochen hatte.

Sie sah ihn an, und in ihrem Blick lag die Antwort, die er wissen wollte. Als sie die Hand hob, um sein Gesicht zu berühren, streifte sie gleichzeitig ihr eigenes Spiegelbild. Sie vergegenwärtigte sich, daß dies die Nacht der Masken und die Zeit des Wechsels war.

»Ich will hier raus«, sagte er beinahe verzweifelt.

»Laß uns woanders hingegen — in allen Straßen wird gefeiert.«

»Nein«, flüsterte sie, während sie den köstlichen, unerträglichen Druck seines Körpers spürte. »Komm lieber mit mir.«

Sie hörte auf zu tanzen, nahm ihn an die Hand und führte ihn die wenigen Schritte bis zum Treppenaufgang. Sie schaute sich nicht um, denn unter den wenigen Gästen, die noch geblieben waren, befand sich keiner, der zählte oder der sich um sie kümmerte. Wortlos, ohne zu zögern, folgte er ihr die Kaskade aus weißen Stufen hinauf. Sie schritten durch die dunklen Korridore der oberen Etage, bis sie an ihr Schlafzimmer gelangten, das sie schon viel zu lange mit keinem Mann mehr geteilt hatte.

Vor der Tür blieb sie stehen; dann entfernte sie unendlich behutsam seine Maske. Sie mußte sein Gesicht sehen — sofort —, ehe sie die Schwelle zu einer unbekannten Zukunft überschritten. »Das ist die Zeit des Wechsels, wenn wir alle unsere Sorgen abwerfen.«

Mit der gleichen Zärtlichkeit nahm er ihre Maske ab und lehnte sie neben seine gegen die Wand.

Er und Mond standen einfach da, ohne sich zu berühren, sie schauten sich nur an. Schließlich nahm er sie in die Arme und drückte sie an sich, wie wenn er sie nie wieder fortgehen lassen wollte. Sie spürte, daß er zitterte, wie damals, in jener Nacht, als Fieberschauer ihn schüttelten.

Sie betraten ihr Schlafzimmer; sie ließ ihn nur so lange los, wie es dauerte, die Tür zu verschließen. Nun befanden sie sich in ihrer privaten Sphäre, wo die Mächte des weiten Universums keine Gewalt mehr über sie hatten. Doch als die Tür hinter ihnen zuging, merkte sie, wie er zögerte; er schaute zum Bett hinüber, das sie so viele Jahre lang mit einem anderen Mann geteilt hatte. »Bist du dir auch ganz sicher?« flüsterte er. »Mond, weißt du, was du tust?« Er sah sie an. »Denn dieses

Mal, bei den Göttern, werde ich dich nicht wieder aufgeben.«

Als sie auf das leere Bett blickte, schnürte sich ihr die Kehle zusammen. Doch sowie sie wieder in sein Gesicht sah, zerstoben alle ihre Zweifel. Sie schlang die Arme um ihn, zog seinen Kopf zu sich herunter und küßte ihn mit all der Leidenschaft, die sich in vielen sehnsuchtsvollen Jahren aufgestaut hatte; dabei schloß sie ihre Augen nicht.

Impulsiv hob er sie hoch und trug sie durch das Zimmer. Dann lag sie auf dem breiten, weichen Bett, er war neben ihr, streichelte ihr Haar, liebkoste ihr Gesicht, und seine Küsse schmeckten wie Nektar, als sie den süßen Atem seiner Seele in sich aufsog.

Schließlich lösten sie sich voneinander; die spitz zulaufenden Enden ihrer Sibyllenkleeblätter verhakten sich mit leisem, silbernen Klirren, wie in einer dornigen Umarmung. Sie streifte sich die Kette über den Kopf, und Gundhalinu tat das gleiche, um sich zu befreien. Ineinander verschlungen, fielen die beiden Kleeblätter zu Boden. Doch die Tätowierungen an ihrem und an Gundhalinus Hals markierten sie immer noch als das, was sie beide waren.

Sie begann, die Verschlüsse ihrer Robe zu öffnen; ihre Finger wurden unbeholfen, als ihr einfiel, wieviel Zeit vergangen war, und was sich alles zwischen ihrer ersten Liebesnacht und dieser neuen Begegnung ereignet hatte. Für sie waren seine Augen die eines Fremden, und sie stand im Begriff, sich ihm hinzugeben, sich ihm auszuliefern.

Er hielt ihre flatternden Hände fest. »Laß mich das machen«, murmelte er mit heiserer Stimme. Sie legte sich auf den Rücken, und mit liebevoller Zärtlichkeit fing er an, sie auszuziehen. Jede Berührung seiner Hände war wie ein Hauch von Feuer und Eis, bis sie vor Lust bebte und ihr zumute war, als sei selbst ihre Seele entblößt. Er streichelte ihre Brüste und ihren Bauch, seine Finger wanderten zum weichen Zentrum ihrer Weiblichkeit. Sie hielt seine Hand fest und drückte sie gegen ihren Körper.

Doch mit sanfter Beharrlichkeit entzog er seine Hand und flüsterte: »Warte ...«

Sie schaute zu, wie er sich seiner Kleidung entledigte; seine Bewegungen wirkten plötzlich verlegen und zaudernd, wie wenn er befürchtete, er könnte sie enttäuschen. Als er dann nackt vor ihr stand, sah sie, wie hastig sein Atem ging und daß seine Haut von einem feinen Schweißfilm bedeckt war; er konnte es kaum abwarten, sie zu nehmen.

Vorsichtig faßte sie nach seinem Glied, nur ein einziges Mal, und sie spürte seine wachsende Erregung. Leise stöhnte er auf und sank neben ihr aufs Bett. Während sie die Tätowierung an seinem Hals küßte, verflüchtigten sich all ihre Hemmungen wie Rauch im Wind; sie bedeckte seine Brust mit Küssen, schmeckte Feuchtigkeit und Salz, dann zog sie mit den Lippen die weiche, dunkle Linie nach, die nach unten führte. Er grub seine Finger in die silbernen Wellen ihres Haares. Als sie ihn mit ihrem hungrigen Mund erforschte, massierte er mit immer drängender werdenden Bewegungen ihren Rükken, allmählich ihre intimsten Körperstellen erkundend, bis sie keine Geheimnisse mehr vor ihm hatte; schließlich dachte sie an gar nichts mehr, sie wurde nur noch von einem brennenden Verlangen beherrscht.

Wieder schlang er die Arme um sie, hob sie ein wenig hoch und legte sie neben sich; dann beugte er sich über sie und drang in sie ein, bis ihre Körper zu einem einzigen verschmolzen. Sie stöhnte leise, als er anfing, sich in ihr zu bewegen, mit demselben sinnlichen, langsamen Rhythmus, zu dem sie vorhin getanzt hatten. Der Rhythmus ihrer Liebe glich dem des ruhelosen Ozeans; immer tiefer sank sie in die Fluten der Leidenschaft ein, ohne Furcht, gewillt, in den Tiefen ihrer Wonnen zu ertrinken.

Sie schrie auf, als eine Woge der Ekstase sie auf den Höhepunkt trug; er stöhnte und erschauerte vor Lust. Der Orgasmus klang ab, doch der Rhythmus blieb und steigerte sich zu einem neuen Gipfelpunkt.

»O ihr Götter...«, flüsterte Gundhalinu staunend. »O ihr Götter!« Er murmelte noch etwas auf Sandhi, es waren Verse, die klangen wie ein Gebet, das an irgend etwas in ihm selbst gerichtet war. Seine Lippen senkten sich erneut auf die ihren, seine Hände massierten ihre Brüste, und er fuhr fort, sich in ihr zu bewegen; es war, als sei es schon immer so gewesen, als hätten sie stets zueinandergehört.

Ihre körperliche Liebe war so endlos wie das Meer, und mit jedem Auf und Ab der Wogen versank sie tiefer in das schwarzgoldene Wasser. Plötzlich wußte sie, daß sie dazu geboren war, in diesen Tiefen zu ertrinken, sich neu zu beleben, um abermals hinabgezogen zu werden. Ihr Leben lang hatte sie auf diesen Augenblick gewartet, um diesem Mann ihr Herz und ihre Seele zu schenken, damit seine Liebe sie erfüllte. Jetzt konnte sie nicht mehr vor ihm geheimhalten: nicht ihre Liebe... nicht, daß die Kinder, die sie geboren hatte, die seinen waren... Selbst das Geheimnis, das sie niemandem anvertrauen durfte, wollte sie mit ihm teilen, und wenn man ihr dafür die Zunge herausrisse!

In der hallenden, goldschimmernden Schwärze, wo es nichts gab außer dem Meer ihrer gemeinsamen Empfindungen, wo die körperlichen Grenzen in der Glut der Leidenschaft zerschmolzen, träumte ihr, sie schwämme zusammen mit den Mers, den Kindern des Ozeans. Sie spürte, wie die See ihre seidig-pelzigen Leiber liebkoste, sie fühlte das dumpf brennende Feuer ihrer Inbrunst, während sie sich durch das heimliche Herz der Sibyllenmaschinerie bewegten, das tief unter dem Ort lag, an dem sie ihren Liebhaber umarmte. Der Geist der Sibyllen wohnte unter Karbunkel, der uralten Stadt im Norden, die einer Nadel glich, die jemand in die Landkarte der Zeit gestoßen hatte ... Sie hörte die Gesänge der Mers, eine dahinplätschernde goldene Vision, und ihr wurde bewußt, daß ihre Lieder dieses geheime, verletzliche, lebenswichtige Organ, das ihnen anvertraut worden war, zu heilen und instandzusetzen vermochten. Endlich verstand sie, wieso die Botschaft der Lieder nicht entschlüsselt werden konnte — die Schöpfer der Mers waren die einzigen gewesen, die die volle Wahrheit kannten ... *bis jetzt*.

Gefangen in einer Euphorie, die sie über jeden bewußten Gedanken hinwegtrug, die selbst die Grenzen der Zeit sprengte, war sie dennoch auf eine erschrekkende Weise frei. Nichts verbarg sich vor ihrem Blick; alles, was ihrem Körper und ihrem Geist innewohnte, durfte sie mit ihm teilen, während sie in der Dünung aus Lichtmusik dahindrifteten, vollkommen miteinander vereint.

Und als auch er die Wahrheit erkannte, verklärte sich sein Rausch zu einer Andacht, die ihn befreite. Seine Erlösung teilte sich ihrem Körper mit, Wellen aus Licht rasten durch ihre Nervenstränge, verstärkten die Lust, ihn in sich zu fühlen, seine Lippen auf ihrem Hals zu spüren; sein Schrei erstarb, als sie vor Wonne schluchzte. Sie preßte ihn an sich, bis sie jedes Atom seines Körpers wahrnahm, und langsam ebbte der Eindruck ab, sie selbst bestünde gleichsam aus flüssigem Licht.

Es dauerte lange, bis sie wieder sprechen konnten; aber es bedurfte keiner Worte, wenn ihre Lippen, ihre Zungen, mit wichtigeren Aufgaben beschäftigt waren, und sie ihren Atem sparen mußten; ineinander verschlungen, kreiselten sie langsam auf die Erde zurück.

»Ich verstehe«, sagte er nach einer Weile, erfüllt von Ehrfurcht und Staunen. Sein Gesichtsausdruck veränderte sich, Angst und Qual malten sich auf seinen Zügen, als er sich vergegenwärtigte, welche Erkenntnis ihm zuteil geworden war — jetzt wußte er, wieso sie alles tun würde, um die Jagd auf die Mers zu verhindern;

wieso sie ihm nie die volle Wahrheit gesagt hatte — und wieso er sein Wissen an keinen anderen weitergeben durfte.

»Alles wird gut werden«, flüsterte er und hielt sie fest. Doch sie gab keine Antwort; der Ausdruck in seinen Augen erschreckte sie. Sie schlang die Arme um ihn. »Nein«, flüsterte sie, »es wird ein entsetzliches Ende nehmen.«

Er sah sie an und streichelte sanft ihre Wange; aber er widersprach ihr nicht.

Funke durchquerte den leeren, stillen Ballsaal und stieg die Treppe hinauf; im Geist sah er immer noch die verräterischen Überbleibsel aus der Nacht der Masken; unterwegs zum Palast hatten ihn die zahllosen, auf Türschwellen und in Hauseingängen abgelegten Masken aus spöttischen Augenhöhlen angestarrt; sie warteten auf die Morgendämmerung, während ihre Besitzer sich in der Nähe miteinander vergnügten.

Er selbst hatte in dieser Nacht auch eine Maske getragen, Fate Ravenglass hatte sie ihm geschenkt; sie war ganz in Rot und Gold gehalten, glitzerte wie die Sonne, genauso lebensprühend, aber sie symbolisierte auch die Wut des Feuers ... Zu Beginn des Fests hatte er sich mit seinem Vater unterhalten, später zog er dann von einer Party zur nächsten; dabei fühlte er sich so leblos und unbeseelt wie seine Maske.

Obwohl sich ihm viele Frauen anboten, war er mit keiner mitgegangen; er war fest davon überzeugt, daß Mond diese Nacht allein verbringen würde, ihren vor langer Zeit abgelegten Treueschwur haltend, auch wenn sie in Gedanken bei einem anderen weilte. Seit der Rückkehr der Außenweltler hatte er seine Frau viele Male betrogen, trotz der guten Vorsätze, die er damals, bei ihrem Abflug, gefaßt hatte.

In dieser Nacht jedoch hatte er mit seinem Vater Erinnerungen an die Familie und an sein Zuhause ausgetauscht; er spürte die Einsamkeit und das Bedauern eines Mannes, der im Grunde weder eine Familie noch eine Heimat kannte. Sein Vater erzählte ihm, wenn die Hegemonische Gesellschaft das nächste Mal seinen Heimatplaneten besuchte, wolle er für immer dortbleiben. Sein Aufenthalt auf Tiamat während der Zeit des Wechsels habe ihm vor Augen geführt, wie frustrierend seine eigene Existenz war, die immer mehr einer Farce glich.

Während er durch die Straßen Karbunkels wanderte und über die Worte seines Vaters nachdachte, dämmerte ihm, daß auch für ihn eine Zeit des Wechsels angebrochen war; bevor die Sonne aufging, blieb ihm immer noch Zeit, mit der einzigen Frau zu schlafen, die er je aufrichtig geliebt hatte, und ihr einen neuen Anfang zu versprechen.

Geräuschlos ging er zu dem Schlafzimmer, das er bis vor wenigen Monaten noch mit seiner Frau geteilt hatte. Vor der geschlossenen Tür blieb er jählings stehen; zwei Masken lehnten nebeneinander an der Wand und verhöhnten stumm seinen absurden Traum. Lange starrte er darauf. Dann drehte er sich um und ging langsam den Korridor zurück.

Karbunkel

BZ Gundhalinu nahm seinen Platz auf der mit Bändern geschmückten Tribüne zwischen Vhanu und dem Premierminister ein; alle sahen ihn an — er kam als letzter, wie ein bummelnder Schuljunge, obschon er der erste hätte sein müssen. Unter den rasch errichteten Zuschauertribünen lauerte das von schwimmenden Docks bedeckte Meer; an den Docks waren so viele Festival-Schiffe vertäut, daß vom Wasser kaum noch etwas zu sehen war.

Doch wo drunten der Pier endete, hatte man absichtlich eine freie Fläche gelassen, für das bevorstehende Ritual. Während er auf das dunkel schimmernde, unruhige Wasser starrte, spürte er, wie der ewige Rhythmus des Meeres ihn zu hypnotisieren begann. Sein Geist versank in den Fluten wie ein Stein, hinabgezogen in die Tiefe durch die Bürde seines neuen Wissens, durch die Last des Geheimnisses, das sich dort unten verbarg.

Er zwang sich wegzusehen, umklammerte das Geländer mit unnötig hartem Griff, und spähte forschend in die Lücke, die die Tribünen der Außenweltler von denen der tonangebenden Tiamataner trennte. Im Gegensatz zu den Außenweltlern trugen alle Tiamataner noch ihre Masken; erst nach Erfüllung des Rituals nahmen sie sie ab. Lediglich zwei unverhüllte Gesichter hoben sich gegen das Meer aus fremdartigen Larven ab — Funke Dawntreader und die Königin standen Seite an Seite. Sie berührten einander nicht, und ihre Gesichter waren genauso steif und starr wie Masken.

Er wünschte sich, Mond möge den Blick vom Wasser

abwenden und ihn anschauen; schließlich drehte sie sich wirklich zu ihm um. Ihre durchscheinend helle Haut errötete, ihre Lippen hatten eine verräterisch kräftige Farbe, und ihre Augen sprachen von Sehnsucht und heimlichem Wissen. Ohne nachzudenken, berührte er seine eigenen Lippen und ließ die Hand gleich darauf wieder sinken. Noch immer bewegte er sich wie ein Schlafwandler, die neu gewonnenen Erkenntnisse betäubten seinen Geist, und ständig kamen weitere Einsichten hinzu.

»BZ ...« Vhanu schüttelte leicht seinen Arm. Erst jetzt drang in sein Bewußtsein, daß er schon seit geraumer Zeit versuchte, sich bei ihm bemerkbar zu machen. »Ihr müßt ja eine tolle Nacht hinter Euch haben«, flüsterte Vhanu und blickte amüsiert drein. »So habe ich Euch noch nie gesehen.«

»Ihr habt recht«, murmelte Gundhalinu abwesend.

»Ich habe mich auch ausgezeichnet unterhalten«, fuhr Vhanu schmunzelnd fort. »Es ist wirklich ein höchst interessanter Brauch.«

»Na ja«, meuterte Sandrine hinter ihnen. »Aber ich finde es barbarisch, daß sie uns am nächsten Tag im Morgengrauen aufstehen lassen, nur damit wir uns diesem kalten Wind aussetzen und zusehen, wie sie Strohpuppen ins Meer werfen.« Die anderen Leute in seiner Nähe hatten die Masken längst abgenommen, wie wenn es ihnen peinlich wäre, sie bei Tag und zu einem offiziellen Anlaß zu tragen.

Ein Karren in Schiffsform rumpelte behäbig die Rampe herunter, begleitet von Sommerleuten in traditioneller Tracht; die Gewänder wiesen alle Schattierungen von Grün auf und waren mit Stickereien und polierten Muscheln verziert. Sie trugen Blumenkränze und Girlanden und stimmten einen klagenden Sprechgesang an, der in den Ohren der Außenweltler fremdartig klang.

Der Karren beförderte zwei starr dasitzende, maskierte Passagiere. Eine Maske war die, die Mond in der letzten Nacht getragen hatte — die Maske der Sommerkönigin. Die andere funkelte und glitzerte heftig wie eine Sonne — es mußte Funkes Maske sein, dachte sich Gundhalinu. Als der Karren langsam näher kam, entdeckte er die Stricke, mit denen die beiden Gestalten an die Sitzbank gebunden waren.

Er betrachtete die Königin und ihren Gemahl, die auf einer anderen Tribüne standen, wie um sich zu vergewissern, daß das Paar auf dem Karren auch wirklich zwei Strohpuppen waren und keine menschlichen Wesen. Eine Zeitlang erwiderte Mond seinen Blick, ehe sie sich wieder dem Karren mit seinen maskierten Insassen zuwandte. Sie umfaßte ihre Arme, wie wenn sie sich von ihrer eigenen Realität und Sicherheit überzeugen müßte.

Auf dem freien Platz, dicht am Wasser, kam der Karren zum Stehen. Mond verließ die Tribüne und schritt zum Pier hinunter; das Getuschel und Geraune der Leute verstummte. Überall in der Stadt verfolgten Menschen diesen Höhepunkt des Festivals auf Monitoren. Gundhalinu fragte sich, wie viele von ihnen wohl glaubten, der Vorgang wäre echt — das zeremonielle Schiff, das von den Palasttoren bis hierher gerollt war, würde tatsächlich zwei lebendige Menschen dem Tod durch Ertrinken anheimgeben. Und zu gern hätte er gewußt, wie viele der Zuschauer den echten Opfertod der Schneekönigin und ihres Starbuck damals miterlebt hatten.

Beim letzten Festival hatte er im Krankenhaus eine Lungenentzündung auskuriert, die er sich während seiner Gefangenschaft bei den Winternomaden zugezogen hatte. Während er die Strohpuppen anstarrte, war er plötzlich froh, daß er nicht dabeigewesen war, als Mond den Befehl ausgesprochen hatte, Arienrhod ins Meer zu werfen. Was mochte sie empfunden haben, als ihre Mutter, ihre Rivalin, ihr Ebenbild, vor ihren Augen ertrank? Er fragte sich, was sie jetzt wohl fühlte, und woran sie sich erinnerte, wenn sie diese harmlose Nachahmung des richtigen Opfers inszenierte — die zu einem echten Menschenopfer eskaliert wäre, wenn er nicht eingegriffen und es verhindert hätte. Mit starrer Miene fixierte sie die maskierten Strohpuppen.

Indem er Mond ansah, konnte er sich gut in sie hineinversetzen, und eine plötzliche Aufwallung von Mitgefühl machte ihn schwindelig. Am liebsten wäre er zu ihr gelaufen und hätte sie in die Arme genommen, um ihre Qual zu lindern und ihr Halt zu geben. Doch er blieb, wo er war, auf der bändergeschmückten Tribüne, der Inbegriff von Gleichgültigkeit und offizieller Etikette.

Mond riß sich vom Anblick der Strohpuppen los, betrachtete die wartende Ehrengarde von Sommerleuten, die den Inhalt des Karrens, der mit Opfergaben für die Meeresmutter voll beladen war, bewachten. Abermals wandelte sich ihr Gesichtsausdruck. Er folgte ihrem Blick und schaute in den Karren, in dem sich Grünzeug und alle möglichen sonderbaren Gegenstände häuften. Dann entdeckte er, was ihren Unmut erregt hatte: eine Festmaske mit einem Spiegel als Gesicht, das von mitternächtlicher Schwärze umrahmt war — seine Maske, die er im Palast zurückgelassen hatte. Das Gesicht war zerschmettert, der Spiegel ein Netz aus tausend Frakturen, wie wenn jemand sie absichtlich zerschlagen hätte, bevor sie in der Tiefe des Ozeans versank.

Mond hob den Kopf und sah ihn an; stumm beobachtete ihr Gemahl, wem ihre gespannten Blicke galten. Wie um Kräfte zu sammeln, wandte sie sich ab, neigte den Kopf und machte einen in sich gekehrten Eindruck. Nach einer Weile breitete sie die Arme aus in einer Geste, die die Menge und die Meeresmutter einschloß, und begann mit dem festgelegten Ritual.

BZ schöpfte tief Atem, weil sich ihm die Kehle zuschnürte, als Mond ihr Lied anstimmte. Er betrachtete die maskierten und die unmaskierten Gesichter, während sie mit ihrer schönen, klaren Stimme die archaischen Formeln rezitierte; wie eine Meereswoge spülte der zeremonielle Sprechgesang über ihn hinweg, riß seine Vergangenheit mit und verkündete ihm, daß dies ein Wendepunkt in seinem Leben sei …

»Ich hasse es«, murmelte Ariele und trat von einem Fuß auf den anderen, weil sie nicht länger ruhig stehen konnte. »Es ist so demütigend.« Sie berührte ihre Maske, ein Geschenk von Fate Ravenglass, die in diesem Kunstwerk sämtliche Farben des Regenbogens und des Meeres ineinander verwoben hatte. Die Maske war phantastisch, das hatte sogar Reede gesagt, der sich sonst nur für die Mers begeistern konnte.

Mit der Maske war sie sich wunderschön vorgekommen, als sie von einer Party zur nächsten wirbelte, und die ungezügelten Wonnen der Nacht mit ihrem auserkorenen Liebhaber teilte — bis er sie in der Morgendämmerung verließ; ihr blieb nichts anderes übrig, als allein zu der Zeremonie zu gehen, und die ganze Prozedur ohne ihn auszuhalten.

Eingeschnappt, weil Reede sie im Stich gelassen hatte, musterte sie die Außenweltler, die auf ihren eigenen Tribünen standen; alle unmaskiert, und mit neugierigen, verstörten Mienen. Sie beobachteten, wie ihre Mutter das traditionelle Ritual des Wechsels vollzog; dabei schauten sie drein, wie wenn die Tiamataner nichts weiter als Tiere seien, die man in drollige Kleider gesteckt hatte, damit sie menschliches Benehmen kopierten.

Unter ihren Blicken kam es ihr vor, als ob ihre schöne Maske verdorren und sterben würde, wie von einem Frosthauch berührt. Sie mußte sich beherrschen, um sich die Maske nicht vom Kopf zu reißen. Doch wenn sie das täte, wären ihr Gesicht, ihre Emotionen, ungeschützt den harten Blicken der Fremden ausgesetzt.

Plötzlich merkte sie, wie der Oberste Richter sie unverhohlen anstarrte.

Sie wandte das Gesicht ab, um nicht den Mann ansehen zu müssen, der behauptete, ihr Vater zu sein. Sie lauschte dem auf- und abschwellenden Singsang ihrer Mutter; die Rezitation kam ihr eigenartig bekannt vor, obwohl ihre Mutter das Ritual vorher nur ein einziges Mal vollzogen hatte: um ihre richtige Großmutter zu ertränken, an jenem Tag, an dem sie selbst gezeugt worden war.

Sie betrachtete den Mann, den sie immer für ihren Vater gehalten hatte; allein stand er da, so wie sie, unerreichbar. Sein Haar glänzte wie der Sonnenaufgang; er sah weder sie noch ihre Mutter an, nicht einmal den Außenweltlern gönnte er einen Blick; er stierte geradeaus aufs Meer. Sie rief ihm etwas zu, so laut, wie sie es riskieren durfte, doch er reagierte nicht, er schien von ihr überhaupt keine Notiz zu nehmen.

Plötzlich brannten ihre Augen, und sie drehte sich um zu Merovy, die auch allein gekommen war, weil Tammis nicht mal den Mumm besaß, hier aufzutauchen. Merovy verbarg ihre Sorgen hinter einer von Fates Masken; ihre hatte die Farbe von Nebel und Vogelschwingen; sie war von einer so raffinierten Schlichtheit, daß man sie auf den ersten Blick für langweilig oder häßlich halten konnte.

Ariele wunderte sich, wo Tammis stecken mochte. Selbst einsam, verspürte sie vielleicht zum erstenmal Mitleid mit ihrem Bruder und seiner stillen Frau. Sie faßte nach hinten und berührte Merovys Hand; sie spürte, wie ihre Schwägerin überrascht zusammenzuckte. Doch dann schlossen sich Merovys Finger um die ihren, und sie drückte sie warm und herzlich.

»Was soll an diesem Zeremoniell denn demütigend sein, Ariele?« äußerte sich jemand hinter ihr. Die Frage klang nur neugierig, nicht vorwurfsvoll.

Sie blickte über die Schulter; an der Stimme erkannte

sie Clavally, und versuchte, sie unter all den Masken zu finden; natürlich war Merovy in Begleitung ihrer Eltern gekommen.

»Es ist die Art und Weise, wie die Außenweltler sich aufführen«, murmelte sie. »Wie sie uns studieren. Alles, was wir tun, werten sie als belanglos und einfältig ab. Sie glauben an gar nichts.«

»Im Gegenteil, sie glauben an alles«, widersprach Danaquil Lu trocken. »Das ist genauso schlimm.«

Gereizt schüttelte sie den Kopf, und dann merkte sie, wie Clavally ihr sanft die Hand auf die Schulter legte. »Glaubst du denn an die Meeresmutter und an die Rituale?« fragte Clavally.

Plötzlich war sie froh, daß sie eine Maske trug. Sie hörte, wie ihre Mutter mit lauter Stimme das Meer anrief. »Ich glaube nicht, daß der Ozean eine Art Gottheit ist«, flüsterte sie nach einer Weile. »Aber das glaubt meine Mutter auch nicht, obwohl man es von ihr verlangt.«

»Unsere Überzeugungen und Traditionen sind genauso alt wie die der Kharemoughis, wenn nicht noch älter«, sagte Clavally. »Und unsere Religion ist genauso wahr wie jede andere, es handelt sich lediglich immer um Variationen eines einzigen Themas — wie dein Vater sagen würde.« Verdutzt schaute Ariele sie an. »Jede Variation ist auf ihre Weise schön, obwohl sie miteinander nicht unbedingt harmonieren müssen. Wenn es nur ein einziges Lied gäbe, das man singen könnte, würde man sich zu Tode langweilen.«

»Aber das Leben verliefe friedlicher«, meinte Danaquil Lu und legte den Arm um seine Frau.

»Alles hat seinen Preis«, sagte Clavally. »Deshalb gibt es ja den Wechsel.«

Auf einmal fielen Ariele die Mers mit ihren geheimnisvollen Gesängen ein — und sie dachte an Reede. Er war ein Außenweltler, doch die Begeisterung für ihre Welt war echt; durch ihn sah sie die Gebräuche ihres

Volkes und ihre eigenen Lebensumstände auf eine völlig neue Art. Wenn er doch nur bei ihr geblieben wäre, um den Wandel zu feiern, den er in ihr bewirkt hatte ... und um einzugestehen, daß auch er sich durch sie in gewisser Weise verändert hatte.

Nacht für Nacht waren sie zusammengewesen; endlich hatte er die körperliche Liebe mit ihr geteilt. Doch sein Herz schottete er immer noch vor ihr ab, eine echte Vertrautheit gab es zwischen ihnen nicht, selbst dann nicht, wenn sie sich in den Armen lagen.

Manchmal, wenn sie sich liebten, glaubte sie, vor lauter Glück sterben zu müssen; er weinte manchmal, wenn sie sich liebten. Doch immer verließ er sie im Morgengrauen, so wie heute; wie ein heimlicher Schatten schlich er sich fort, ehe das Licht des neuen Tages die Allee streifte. Und nun stand sie allein hier, lauschte allein dem Lied, das den Wechsel ankündigte. Rings um sie her gab es Einsamkeit und Trauer; Schmerzen, von denen sie lieber nichts wissen wollte. Sie fixierte sich auf ihre verzweifelte Liebe zu einem Mann, der so geheimnisvoll und unergründlich war wie die tiefsten Stellen des Ozeans.

Jemand trat in die Lücke hinter ihr, unter Gemurmel und dem Geraschel von Gewändern rückten die Leute beiseite. Eifrig drehte sie sich um und sah ihren Bruder, der seinen rechtmäßigen Platz neben Merovy einnahm. Eine Zeitlang sah sie ihn an und versuchte sich vorzustellen, unter der Maske verberge sich jemand anders. Doch es gelang ihr nicht, und sie schaute wieder hinaus auf das ewig gleichbleibende Meer.

»Merovy«, flüsterte Tammis. »Ich muß mit dir sprechen — über uns.«

Sie wandte ihm ihr Gesicht zu, doch er konnte nur ihre Augen erkennen. Ihr Blick verriet ihm jedoch, welche Gefühle sie beherrschten: *Hoffnung, Zweifel, Seelenqual, Liebe.*

Als er ihre Hand nahm, zog sie sie nicht zurück. »Ich liebe nur dich«, sagte er, ohne auf seine Umgebung zu achten. Er nahm nicht einmal seine Mutter wahr, die mit erhobener Stimme symbolisch die Sommerkönigin und ihren Gemahl dem Meer überantwortete. »Ich liebe alles an dir, deinen Körper und deinen Geist; ich will mit dir zusammen leben, Kinder haben und sie großziehen ...«

Ihre Hand umklammerte die seine. »Es ist die Zeit des Wechsels«, flüsterte sie kaum hörbar, während sie das drunten stattfindende Zeremoniell beobachtete. Plötzlich geriet Bewegung in die Menge; die Zuschauer zeigten mit den Fingern und reckten die Hälse, um besser sehen zu können.

Auch Tammis drehte sich um, als Merovy ihn mit sich zog. Er schaute auf den freien Platz hinunter, wo seine Mutter stand. Die Sommerkönigin trat zur Seite, und die Sommerleute stießen den Karren nach vorn und ins kalte Wasser hinein. Die Menschen schrien und jubelten, als das Boot zu kreiseln anfing und dabei immer tiefer sank, weil das Meer durch die in den Boden gebohrten Löcher strömte. Tammis drückte schmerzhaft Merovys Hand, als die beiden Strohpuppen, die seine Eltern symbolisierten, in der Umarmung der Meeresmutter verschwanden.

Seufzend stieß er den Atem aus, und wie von selbst legte sich sein Arm um Merovys Schultern. Das Opferboot versank im dunklen Wasser. Merovy schmiegte sich eng an ihren Mann, ihr Körper suchte seine tröstende Nähe, weil sie gerade den symbolischen Tod ihrer Vergangenheit mitangesehen hatten.

»Alles verändert sich ...«, sagte Mond Dawntreader gerade, »nur das Meer bleibt immer gleich. Die Herrin hat unsere Gaben angenommen und wird sich neunmal dafür bedanken. Das Damals ist tot — laßt uns die Vergangenheit wegwerfen, wie eine kaputte Maske oder eine zu klein gewordene Muschelschale. Freut euch und beginnt ein neues Leben!« Da sie keine eigene Maske trug, die sie hätte ins Meer werfen können, hob sie die Hände und gab der harrenden Menge ein Zeichen.

Tammis nahm seine Maske ab; er spürte, wie der Wind sein Haar zauste und sein erhitztes Gesicht kühlte. Auch Merovy entfernte ihre Maske. Er betrachtete die beiden merkwürdigen, blicklosen Phantasiegesichter; traditionelle Totemfiguren, halb Vogel, halb Fisch — unwirklich und dennoch befrachtet mit geheimnisvollen Anspielungen. Zusammen fielen die Masken ins Meer, und Tammis schaute Merovy an. Sie lächelte ihm zu, und eine Wärme breitete sich in seinem ganzen Körper aus.

Überall wurden Masken ins Meer geworfen; er sah Clavally und Danaquil Lu, Fate, Tor ... lauter erleichterte, strahlende Gesichter, die er kannte, liebte, und zu denen er sich plötzlich wieder hingezogen fühlte. Zum erstenmal in seinem Leben begriff er, wieso der Wechsel notwendig war und warum selbst diese Nachäffung des echten Rituals die Menschen zutiefst berührte.

Seine Schwester, die allein dastand, drehte sich um und ließ ihre Maske ins Wasser fallen; danach wandte sie sich ihm und Merovy zu. Einen Augenblick lang lag ein unergründlicher Ausdruck auf ihrem Gesicht, bis sie auf einmal strahlend lächelte. Unsicher lächelte Tammis zurück. Ohne ein Wort zu sagen, machte Ariele wieder kehrt und schaute dorthin, wo der Platz seines Vaters war.

Tammis folgte ihrem Blick, und zu seiner Überraschung entdeckte er, daß der Platz seines Vaters leer war. Er spähte zum Pier hinüber, wo seine Mutter stand, doch dort war er auch nicht. Seine Mutter kehrte ihrem eigenen Volk den Rücken zu und blickte nach oben in das verzückte Gesicht von BZ Gundhalinu, dem Obersten Richter, während das triumphierende Geheul der Menge kein Ende nahm.

Karbunkel

»Bei allen Göttern, dieses Mal waren wir vor ihnen da!« Zufrieden grinsend marschierte Leutnant Ershad ins Konferenzzimmer hinein und grüßte. Er trug noch seinen Thermalanzug — sicher um des Effektes willen, mutmaßte Gundhalinu ergrimmt —, und mit einer behandschuhten Hand schleppte er einen schweren Kanister. Es gab einen dumpfen Knall, als er ihn auf den Tisch stellte, und die Mitglieder der Hegemonischen Gesellschaft klopften applaudierend auf die Tischplatte.

Gundhalinu schloß sich dem allgemeinen Beifall nicht an. Auf Ershads Tauchanzug und auf dem Kanister befanden sich rötlichbraune Flecken; es war getrocknetes Blut — Merblut. »Wo das herkommt, gibt's noch mehr«, schwadronierte Ershad und verschränkte die Arme vor der Brust. »Wir haben es sofort in die Produktionsstätten geschickt; diese gottverdammten Dissidenten aus dem Sommervolk haben wir verhaftet, und ihre Ausrüstung wieder einmal beschlagnahmt. Wenigstens konnten sie uns diesmal nicht in die Quere kommen.«

»Gute Arbeit, Ershad«, sagte Vhanu nach einer Weile, als Gundhalinus anhaltendes Schweigen peinlich zu werden drohte. Ershad nickte und schmunzelte.

»Was habt ihr mit den Sommerleuten angestellt?« fragte Jerusha PalaThion mit scharfer Stimme.

»Wir steckten sie in Arrestzellen; ein paar, die sich der Festnahme widersetzten, liegen jetzt im Krankenhaus.« Seine Mundwinkel zuckten.

PalaThion behielt ihre neutrale Miene bei, doch Gundhalinus Lippen preßten sich zusammen, als er sah, wie sich die anderen Anwesenden im Raum klammheimlich amüsierten. Jerusha stand auf und schaute Vhanu an. »Ich lasse sie den hiesigen Behörden übergeben«, sagte sie. Sie ging zur Tür, ehe jemand einen Einwand erheben konnte. Niemand sah es, aber Gundhalinu wußte, welche schmerzlichen Gefühle sich jetzt auf ihrem Gesicht widerspiegelten.

Mit finsterer Miene starrte Ershad ihr hinterher.

»Richter ...« Vhanu wandte sich an Gundhalinu. »Diese Leute stören jede Jagd, die wir unternehmen, und dabei setzen sie eine höchst raffinierte technische Ausrüstung ein. Trotzdem läßt die hiesige Polizei sie immer wieder ungeschoren davonkommen. Können wir denn dagegen nicht einschreiten?« Es sollte wie eine Frage klingen, aber Gundhalinu hörte die unausgesprochene Aufforderung heraus.

»Solange sie unsere Leute nicht tätlich angreifen, können wir sie auch nicht nach unseren Gesetzen verurteilen«, antwortete er stirnrunzelnd. »Und es gibt kein Gesetz, das ihnen verbietet, unsere Technologie auf ihren Fischerbooten einzusetzen.«

»Vielleicht sollten wir das nächste Mal einfach ein paar von ihnen über Bord werfen und sie nach Hause schwimmen lassen, Sir«, schlug Ershad vor. »Das dürfte sie eigentlich bremsen.«

»Wenn Sie das tun, Ershad, verstoßen Sie nicht nur gegen tiamatanische, sondern auch gegen unsere Gesetze«, entgegnete Gundhalinu trocken. »Bringen Sie diesen Kanister von hier weg und sorgen Sie dafür, daß man den Inhalt entsprechend verwendet. Und säubern Sie sich. Ihr Äußeres läßt zu wünschen übrig.«

»Jawohl, Sir.« Ershad salutierte und verkrümelte sich.

»Vielleicht sollten wir wirklich ein paar neue Gesetze schaffen«, meinte Vhanu ungeduldig. »Wir brauchen eines, das die Störung einer Jagd auf Mers mit Widerstand gegen die Polizeigewalt gleichsetzt.« Überall am Tisch wurde zustimmend gemurmelt.

»Diese Welt besitzt nur einen einzigen Artikel, der für

die Hegemonie von Wert ist, und wir haben immer noch Schwierigkeiten, ihn zu beschaffen«, warf Tilhonne ein. »Die Koordinatoren verlieren langsam die Geduld mit uns, und wir wissen, was das bedeutet. Wenn wir nicht liefern, wird man uns ...«

»Ich weiß«, schnitt Gundhalinu ihm schroff das Wort ab, wobei er genau wußte, daß Tilhonne recht hatte. Doch ebensogut wußte er, daß jeder Kanister Blut, der den Mers abgezapft wurde, nicht nur diese Geschöpfe dem Aussterben näherbrachte, sondern gleichzeitig das gesamte Sibyllennetz bedrohte. — Aber er konnte es ihnen nicht sagen. *Er konnte es nicht ... er konnte es nicht.* »Ich weiß, wie wichtig diese Angelegenheit ist, und ich werde mich intensiv darum kümmern. Fürs erste, Sadhanu, vertage ich diese Konferenz. Es war wieder einmal ein langer Tag.« Hastig stand er auf, um jede weitere Diskussion zu vermeiden.

Vhanu begleitete ihn durch die Korridore des Regierungskomplexes, in denen es von Außenweltlern in blauen Uniformen wimmelte. Sie sprachen erst wieder miteinander, als sie das Gebäude verlassen hatten und draußen auf neutralem Gebiet standen.

»Ihr solltet noch einmal gründlich über das Problem nachdenken, BZ«, sagte Vhanu schließlich, während er Gundhalinu prüfend musterte.

Gundhalinu sah ihn nicht an, sondern beobachtete statt dessen die bunte Schar von Fußgängern, die ihnen in der Allee begegneten. »Das habe ich auch vor, NR.« *Dabei grüble ich schon Tag und Nacht darüber nach; mittlerweile kann ich an nichts anderes mehr denken.* »Aber versprechen kann ich Euch nichts. Dieses Problem läßt sich nicht so leicht lösen.«

Vhanu seufzte. »Ich weiß ja, daß Ihr Euch bemüht«, erklärte er halbherzig.

»Ich gebe mein Bestes«, betonte Gundhalinu.

»Kommt Ihr heute abend auch in die Survey-Halle?« fragte Vhanu, Tilhonne und Sandrine zunickend, die hinter ihnen das Gebäude verließen. »Es gibt eine Vollversammlung, und es sollen ein paar neue interaktive Rekreationssysteme eingetroffen sein ...« In einer einlenkenden Geste legte er seine Hand auf Gundhalinus Schulter, wie wenn er die Kluft, die sich plötzlich zwischen ihnen aufgetan hatte, überbrücken wollte.

Nach kurzem Zögern schüttelte Gundhalinu den Kopf. »Heute nicht, NR. Ich gehe direkt zu mir nach Hause. Ich muß noch ein paar Berichte abfassen, und dann lege ich mich früh schlafen.«

»Was, schon wieder? Ihr scheint Euch daran gewöhnt zu haben, früh zu Bett zu gehen. Aber am nächsten Morgen macht Ihr auf mich immer einen ziemlich erschöpften Eindruck ...« Er setzte ein wissendes Lächeln auf. »Trefft Ihr Euch immer noch mit dieser Frau, die Ihr in der Nacht der Masken kennengelernt habt?«

Gundhalinu wurde rot, und er merkte; daß er sich dadurch verriet. »Na schön«, murmelte er, »Ihr habt mich ertappt, NR.« Er lächelte, wandte den Blick ab und stemmte die Hände tief in die Taschen.

Vhanu gluckste. »Vater aller meiner Ahnen!« staunte er. »Das muß ja ein tolles Weib sein, wenn Ihr noch rot werden könnt wie ein Schulbub.«

Zu Gundhalinus Erleichterung gesellte sich jetzt Inspektorin Kitaro zu ihnen; ihren Helm trug sie unter dem Arm. »Sir. Richter Gundhalinu.« Sie salutierte und lächelte. Dabei sah sie Gundhalinu länger als nötig an; überrascht erwiderte der ihren Blick.

»Kommen Sie denn heute in die Survey-Halle, Kitaro?« fragte Vhanu, während Tilhonne und Sandrine sich gleichfalls zu ihnen stellten.

Sie schüttelte den Kopf. »Heute abend nicht, Kommandant. Es war ein langer Tag, und ich dachte mir, ich gehe früh zu Bett.«

Vhanu zuckte die Achseln. »Dann schlafen Sie sich ruhig aus.«

Sie kicherte mädchenhaft, was gar nicht zu ihr paßte.

»Von Schlafen habe ich nichts gesagt ...« Sie warf den Kopf zurück, und ihre schwarzen Locken glänzten in dem künstlichen Licht. Lächelnd fixierte sie Gundhalinu.

Vhanu hob eine Augenbraue; ihre NonTech-Direktheit behagte ihm nicht. Plötzlich umspielte ein merkwürdiges Lächeln seine Lippen. »Dann wünsche ich Ihnen beiden eine gute Nacht. Kommen Sie mit, Sadhanu, wir wollen die beiden nicht in ihren Plänen für den Abend stören.« Er nickte Sandrine und Tilhonne zu, und sie machten sich auf die Suche nach einem Transportmittel.

Verlegen wünschte Gundhalinu Kitaro eine gute Nacht und ging weiter. Unverdrossen marschierte sie neben ihm her. »Soll ich Sie zu Ihrem Haus begleiten, Sir?«

Neugierig und verdutzt sah er sie an; ihre Aufdringlichkeit ging ihm auf die Nerven. »Nein, danke. Es ist nicht weit, und für Sie wäre es ein Umweg. Ich möchte Sie nicht aufhalten ...«

»Es ist überhaupt kein Umweg, Sir«, behauptete sie. »Ich muß ohnehin noch zum Markt.« Sie kamen an Vhanu, Tilhonne und Sandrine vorbei, die an der Straßenecke standen und auf die Trambahn warteten. Gundhalinu bog in eine Allee ein, die bergan führte, und Kitaro hielt sich dicht bei ihm. Er spürte, wie die anderen ihnen nachdenklich hinterherstarrten. »Chefinspektorin PalaThion möchte, daß ständig jemand bei Ihnen ist, der Ihnen Rückendeckung gibt«, sagte Kitaro, während sie vorgab, sich Schaufensterauslagen anzusehen. »Außerdem klatschen die Leute gern.«

»Ich verstehe«, murmelte er. Er betrachtete die Toreingänge und Hausfassaden an seiner Straßenseite. »Und ich weiß Ihre Umsicht zu schätzen. Mögen die Götter verhüten, daß man den Obersten Richter dabei ertappt, daß er auch nur ein ganz normaler Mensch ist.« Belustigt blickte er sie an.

»Jawohl, Sir.«

Zusammen stiegen sie die steile Straße hinan und plauderten über belanglose Regierungsangelegenheiten. Falls sie von der erfolgreichen Merjagd gehört hatte, so brachte sie das Thema nicht zur Sprache. Und er wagte es nicht, sie um ihre Meinung zu bitten. Selbst nach so langer Zeit wußte er fast nichts über die Inspektorin Kitaro, außer, daß sie eine Sibylle war, und daß KR Aspundh ihr vertraute. Sie war eine NonTechnikerin, und außerhalb der Survey-Halle verkehrte sie nicht mit den Leuten, mit denen er sonst meistens zusammen war. Er hatte keine Ahnung, was sie in ihrer Freizeit tat oder wofür sie sich interessierte.

Er war sich nicht einmal sicher, welchen Rang sie in der Survey-Loge bekleidete, obwohl sie auf einer höheren Ebene fungierte, als man gemeinhin annahm. Sie hatte ihm die Informationen über Reede Kullervo verschafft; sie hatte ihm bei vielen geringeren Problemen geholfen, doch so diskret, daß ihm erst jetzt klar wurde, wie oft sie einsprang, wenn er Unterstützung brauchte. Doch das alles war keine Garantie dafür, wie sie zu der Jagd auf die Mers stand. Im Augenblick hatte er nicht die Kraft, ihre Ansichten zu diesem Thema auf die Probe zu stellen.

Statt dessen fragte er: »Konnten Sie schon ein Treffen mit unserem unzugänglichen Freund, dem Schmied, arrangieren?« Indem er nach Wochen zum erstenmal wieder an Reede Kullervo dachte, kam ihm plötzlich eine Idee: *Kullervo ist Vanamoinen; und Vanamoinen schuf das Sibyllennetz ... das Netz, das jetzt versagt.* Das konnte kein Zufall sein, es hatte etwas zu bedeuten. Doch nur Kullervo konnte ihm den wahren Zusammenhang erklären.

Kitaro schüttelte den Kopf. »Wir waren oftmals nahe daran — aber das Timing klappte nie. Nicht, daß er schwer aufzustöbern wäre — das Problem ist, daß er der Quelle gehört. Jaakola läßt ihn auf Schritt und Tritt beobachten. Ihn von den Spitzeln der Bruderschaft lange genug zu trennen, so daß Sie sich vernünftig mit ihm unterhalten können, ist beinahe unmöglich.«

»Aber nur beinahe?« hakte er nach.

Sie lächelte verschmitzt. »Das Schwierige erledigen wir sofort, das Unmögliche dauert etwas länger.«

Er erwiderte ihr Lächeln, doch gleich darauf wurde er wieder ernst. »Das Treffen muß unbedingt stattfinden, Kitaro; unser aller Leben könnte davon abhängen.«

»Ich verstehe«, erwiderte sie.

Er wünschte sich, es möge stimmen, und ging schweigend weiter.

»Gute Nacht; Kitaro«, sagte er, als sie sein Stadthaus erreichten. Befangen blieb er stehen und fragte sich, ob sie wohl damit rechnete, hineingebeten zu werden. Am Ende der Allee war der Himmel dunkel; er hätte nicht gedacht, daß es schon so spät war.

Doch sie drückte nur ihre Hand salutierend gegen die Brust und deutete ein Lächeln an. »Ich wünsche Ihnen auch eine gute Nacht, Richter«, sagte sie und ging die stille Allee zurück.

Er sah ihr hinterher, bis sie aus seinem Blickfeld verschwand; erst dann trat er in den schattigen Hauseingang und preßte seine Hand gegen die Identifikationsplatte an der Tür. Geräuschlos ging die Tür auf, und er betrat sein Heim, das ihm wie eine Stätte der Zuflucht vorkam. Hinter ihm glitt die Tür wieder ins Schloß. Seufzend öffnete er seinen Uniformrock.

»BZ ...?« Aus einem von Lampenschein erhellten Nebenzimmer trat sie in den dunklen Flur. Sie stand in einem Kranz aus Licht, das Haar glänzte silbern, ihr Gesicht lag halb im Schatten.

»Mond.« Er spürte, wie sich seine Brust vor Freude und Angst verkrampfte. Rasch ging er auf sie zu. »Ich habe mich leider verspätet, aber während der Konferenz ...«

»Es hat eine erfolgreiche Jagd gegeben«, unterbrach sie ihn, sich nicht vom Fleck rührend.

Er blieb stehen, weil sie ihm nicht entgegenkam. »Ja«, sagte er mit gepreßter Stimme. »Sie müssen die Pläne geändert haben. Ich ...«

Sie wandte sich ab, schloß die Augen und drückte ihre Stirn gegen den Türpfosten. Leise murmelte sie etwas, er hörte nur Worte wie ›Außenweltler‹ und ›Schlächter‹. Dann hob sie den Kopf und funkelte ihn zornig an.

»Verdammt noch mal!« fluchte er vehement. Sein Ärger richtete sich nicht gegen sie — sondern gegen die Welt im allgemeinen. Er haderte mit sich, weil er, der Oberste Richter, so hilflos war, genauso unfähig, das Töten zu stoppen, wie Mond selbst ... Und sie war die Königin. »Es ist unfaßbar. Es ist der helle Wahnsinn!«

Sie streckte die Arme aus und lief zu ihm; er erkannte die Qual und die ohnmächtige Sehnsucht in ihren Augen.

Sanft schloß er sie in die Arme und drückte sie an sich; er fühlte den groben Stoff ihrer Kleidung, ihren nachgiebigen, warmen Körper, die zarte Haut. Während er ihre hungrigen, fordernden Lippen küßte, verwandelte sich seine Wut in Begehren. Nie hätte er geglaubt, daß er so tief empfinden könnte ... daß es solche intensiven Gefühle überhaupt gab. Seine Leidenschaft verbrannte ihn, sie ließ ihn alles vergessen: seine Pflicht, seine Gewissensbisse, seine Erinnerungen; schließlich konzentrierte sich sein Universum auf diesen winzigen Augenblick im Meer aus Raum und Zeit, der ihm eine Zuflucht vor seinem Schicksal bot. »O ihr Götter«, flüsterte er, »ich will dich haben, jetzt gleich ...«

Ihr Körper gab ihm die Antwort; mit ihren warmen, weichen Lippen verschloß sie seinen Mund, und dann führte sie ihn schweigend zu der Treppe, die in sein Schlafgemach hinaufführte.

Karbunkel

Sieh sie dir alle an!« Ariele hob die Hände und beschirmte die Augen gegen den spiegelnden Glast des nassen Sandes. Zwischen zwei Stellen, an denen die Vorberge ins Meer hineinragten, erstreckte sich der Strand fast eine Meile weit. Der feine, weiche Sand fühlte sich unter den Füßen wie ein Samtteppich an. Darauf bewegten sich Mers — nicht eine einzelne Kolonie, sondern gleich mehrere, die sich auf ihrer plötzlichen, unerklärlichen Wanderung denselben Ruheplatz teilten. »Was machen sie hier? Wohin ziehen sie?«

Silky lag neben ihr auf dem Sand; der Merling preßte seine Körper gegen Arieles Bein, gerade genug, um einen Kontakt herzustellen, ohne sie zum Stolpern zu bringen. Diese Ansammlung von Mers hatten sie durch den Sender aufgespürt, den Silky in einem Ohr trug, und den Jerusha und Miroe ihr verpaßt hatten, als sie noch ganz winzig war. Silky war es gewesen, die sie zu diesem unverhofften Treffen geführt hatte. Der Merling hatte ihre und Reedes Ankunft freudig begrüßt. In ihrer Gesellschaft schien sie sich wohl zu fühlen, aber etwas an ihrem Verhalten sagte Ariele, daß sie nicht ganz zufrieden war.

»Sie ziehen in Richtung Norden«, sagte Reede und schlug die Kapuze seines Parka zurück. »Alle. Warum sie das tun, weiß ich nicht, aber es ist so.« Er trug einen Parka, während Ariele nur ein dünnes Hemd und Hosen anhatte; Hemdärmel und Hosenbeine hatte sie hochgekrempelt. Immer, wenn Reede die Stadt verließ, mummelte er sich ein, als hätten sie tiefsten Winter, egal, wie warm es an diesem Tag war. Er betrachtete den Merling und lächelte unwillkürlich, während er eine Reihe von fragenden Schnalz- und Trillerlauten ausstieß.

Silky legte den Kopf schräg, dann schnellte sie nach vorn und stubste ihn mit der Nase in den Bauch. Mit einem überraschten Ausruf plumpste Reede in den Sand. Lachend stand er wieder auf. »Verflixt. Ich habe mich wohl verkehrt ausgedrückt.«

Gelinde erstaunt sah Ariele ihn an. So unbefangen und fröhlich hatte sie Reede noch nie lachen hören; ihr fiel auf, daß er überhaupt sehr selten lachte. »Die Tonhöhe stimmte nicht«, meinte sie. Er zuckte die Achseln und forderte sie mit einer Geste auf, ihn zu korrigieren.

Während sie Silky aufmerksam beobachtete, wiederholte sie die Lautfolge. Der Merling pendelte rhythmisch mit dem Kopf und antwortete mit ein paar Läufen in der Tonart der Mersprache. Stirnrunzelnd wiederholte Ariele im Geist die Laute und unterteilte sie in verständliche Fragmente. *»›Eine Präsenz‹«*, übersetzte sie langsam, *»›und eine Notwendigkeit‹ ...«*

»›Es ist da‹«, murmelte Reede. Plötzlich lachte er wieder. »›Weil es da ist‹?«

Sie grinste und boxte ihn auf die Schulter. »Du ...« Sie verstummte, als Silky sie mit neuen Trillerläufen unterbrach. »Das war ein Mergesang«, sagte sie und schaute Reede an; in seinen Blick lag Verstehen. »Glaubst du, das könnte der Grund sein — daß sie sich alle an einem bestimmten Ort treffen, um dort gemeinsam zu singen?«

»Warum nicht«, entgegnete er und ging vor Silky in die Hocke. »Jedenfalls finde ich es einleuchtend.« Silky berührte sein Gesicht mit der Schnauze, und er drückte seine Wange in ihr warmes, dichtes Fell. Sie gestattete ihm diese Vertraulichkeit und beschnüffelte liebevoll sein Haar.

Ariele lächelte; bei jedem anderen, außer Reede, wäre sie auf diesen Gunstbeweis eifersüchtig gewesen. Reede setzte sich in den Sand, schlang die Arme um die angewinkelten Knie und beobachtete verzückt die Versammlung der Mers. Wieder wünschte sich Ariele, er würde mit ihr ins Wasser gehen, damit sie zusammen mit den Merlingen schwimmen und tauchen konnten. Der Ozean war ihre Welt, und wer sie dort nie erlebt hatte, begriff nicht die wahre Schönheit und Erhabenheit ihrer Existenz. Doch jedesmal lehnte Reede ihren Vorschlag schroff und ohne Erklärung ab. Sie vermutete, sein traumatisches Erlebnis, als er zwischen den Felsen eingeklemmt war, mache ihm immer noch Angst vor dem Wasser.

»Was glaubst du, wie weit sie wohl noch wandern werden? Oder ob dies schon ihr Treffpunkt ist?« Sie spähte den Strand entlang.

Er schüttelte den Kopf. »Nein; sie ziehen weiter nach Karbunkel.«

»Karbunkel?« staunte sie und sah ihn an. »Und weshalb gerade dorthin?«

Seine Miene verdüsterte sich. »Ich weiß es nicht.« Er nahm eine Handvoll Sand und ließ ihn durch die Finger rieseln. »Ich weiß es einfach nicht ...«

»Bei den Titten der Herrin!« rief sie ärgerlich und verscheuchte gereizt die Frühlingsfliegen, die vor ihren Ohren summten. »Woher weißt du solche Sachen? Und warum weißt du sie? Du behauptest irgend etwas aus dem blauen Dunst heraus, und dann behältst du recht. Ich kann dich nicht ausstehen!«

»Lügnerin«, sagte er. Der Mann, der die Mers liebte, und der nur außerhalb der Stadt aufzuleben schien, überraschte sie mit einem plötzlichen Grinsen. Er streckte die Arme aus, umfaßte ihre Knie und zog sie lachend zu sich auf den Sand hinab. »Du kannst doch nicht ohne mich leben, das hast du mir selbst gesagt.«

Er wollte sie küssen, doch abrupt stieß sie ihn weg und spähte angestrengt hinaus aufs Meer. »Warte; warte einen Moment, Reede. Gib mir mal deine Fernsichtbrille.« Sie nahm ihm das Fernsichtgerät vom Kopf und setzte es sich selbst an die Augen. Hastig sprang sie auf und suchte den Horizont ab.

»Was ist los?« Er rappelte sich gleichfalls hoch.

»Da draußen ist was!« Sie kletterte auf den nächsten Felsen, und von ihrem erhöhten Standpunkt aus beobachtete sie den Ozean. Die Fernsichtbrille stellte sie auf maximale Leistung ein. »Schiffe! Die Jagd hat begonnen — kannst du sie sehen? Sie kommen in unsere Richtung.« Ihr wurde flau im Magen.

Reede fluchte. »Sind sie hinter uns her?« fragte er. »Oder hinter den Mers?« Sie merkte, wie er zu ihr auf den Felsen kletterte; den Blick vermochte sie nicht von dem Schauspiel abzuwenden, das sich ihr in dem Sichtglas bot. »Es geht um die Mers«, sagte sie mit dünner Stimme.

Als er neben ihr stand, nahm er ihr das Glas ab und überzeugte sich selbst. »Fliegt da draußen irgend etwas?« Die Augen mit der Hand abschirmend, blinzelte sie gegen die Sonne. »Nein. Sie haben nur Schiffe losgeschickt. Ein Fluggerät wäre zu fremdartig, es würde die Mers nur beunruhigen.« Mittlerweile waren die Boote so nahe herangerückt, daß sie sie mit bloßem Auge ausmachen konnte. Der fragende Singsang eines Mers ertönte; sie schaute nach unten, wobei ihr durch die jähe Bewegung schwindelig wurde. Drunten reckte sich Silky und lugte neugierig zu ihnen empor. »Reede!« Sie schüttelte seinen Arm. »Sie kommen immer näher. Was sollen wir bloß tun?«

Er nahm das Sichtgerät ab und wandte sich zu ihr. »Wir müssen schleunigst von hier verschwinden. Wenn sie uns hier erwischen, stecken wir bis zum Hals in der Scheiße.«

»Sie können uns nichts tun!« widersprach sie erschrocken und wütend. »Meine Mutter ist die Königin.«

»Aber meine nicht«, entgegnete Reede. »Mich werden sie von diesem Planeten verbannen.«

»Immerhin arbeitest du für meine Mutter. Sie wird dich ...«

»Fang keinen Streit an, verdammt noch mal!« Er packte ihren Arm und drängte sie, nach unten zu klettern.

Sie riß sich los. »Reede, sie werden Silky töten!« Obwohl die Jagd wieder begonnen hatte, benahmen sich die Mers weiterhin, als hätten sie nicht das geringste zu befürchten. Reede hatte ihr erklärt, es läge an ihrer Langlebigkeit; sie kannten keine Eile, und sie hatten keine Angst vor dem Tod; sie wußten nichts von Rivalitäten, und sie brauchten keine Kultur, die sich auf Materialismus gründete, anders als die Menschen, die bleibende Monumente schufen, um ihrer eigenen, flüchtigen Existenz entgegenzuwirken. Die Mers besaßen nicht einmal das Vokabular, um sich gegenseitig vor der tödlichen Gefahr zu warnen, in der sie nun schwebten. »Bei den Augen der Herrin!« schrie Ariele. »Sie werden alle umbringen!«

Reede spähte den Strand entlang. Er bleckte die Zähne, so daß sein Gesicht einer Fratze glich. »Scheiße!« fluchte er und ballte die Fäuste. »Scheiße!« Dann schien er einen Entschluß zu fassen. »Komm mit und hilf mir«, rief er Ariele zu. Hastig kletterte er den Felsen hinunter; sie folgte ihm und zerschrammte sich dabei die Haut. Mit fliegenden Fingern zog er irgendein Gerät aus seiner Ausrüstungstasche und fing an, es zu programmieren.

»Was ist das?« keuchte sie außer Atem.

»Ein Schallgerät. Es wird die Mers so in Panik versetzen, daß sie ins Meer flüchten. Die Jäger verwenden es auch, aber wenn wir es zuerst benutzen, können wir die Mers retten. Leider ist es nicht leistungsstark genug, um alle zu erreichen.« Er richtete den Apparat auf die Masse von Leibern; die Mers begannen sich zu rühren und protestierend zu kreischen.

»Silky!« rief Ariele und lockte den Merling mit Trällerlauten an, wie eine Mutter ihr Kind herbeirufen würde. Mit den Armen rudernd, Grimassen schneidend und ihre eigene Aufregung so gut wie möglich mitteilend, rannte sie auf Silky zu. Hinter ihr brüllte Reede etwas in der Mersprache, das sie nicht verstehen konnte. Silky zuckte zusammen und starrte sie verdutzt an. Plötzlich machte sie kehrt und tappte unbeholfen über den Strand zum Wasser hin. Reede lärmte aus Leibeskräften und hetzte zu den Mers; sein irres, befremdliches Benehmen veranlaßte die Merlinge, sich zaudernd in den Ozean zurückzuziehen.

Ariele schaute hoch, als immer mehr gescheckte Leiber in den Wellen verschwanden. »Irgendwas passiert da draußen ...« Sie zeigte auf den Horizont und strengte sich an, ein klareres Bild zu bekommen. Reede zog sich die Fernsichtbrille über die Augen und hielt für eine kurze Weile in seinem Toben inne. Dann lachte er triumphierend auf. »Die Herrin hat deine Gebete erhört«, murmelt er und streifte sich die Brille ab, um sie Ariele zu geben. »Die Sommerleute greifen ein.«

Sie griff nach der Brille und beobachtete mit angehaltenem Atem, wie eine Handvoll Fischerboote den Kurs der wesentlich größeren Außenweltlerschiffe kreuzten. Die Aktion spielte sich in zu weiter Entfernung ab, um Einzelheiten erkennen zu können, aber sie wußte, welchen Heiligen Krieg Capella Goodventure mit Unterstützung ihrer Mutter, der Sommerkönigin, führte. Plötzlich war sie stolz auf ihre Mutter, auf einmal sah sie die Dinge mit deren Augen, und sie begriff, das sie doch etwas gemeinsam hatten, das viel wichtiger war als irgendeine profane Äußerlichkeit.

Reede rüttelte an ihrem Arm und forderte wortlos das Sichtgerät zurück. Mit einem Schrei des Entzückens gab sie ihm die Brille. »Sie werden die Jagd verhindern!« frohlockte sie. »Das haben sie früher auch schon geschafft. Meine Mutter beschützt sie vor den Außenweltlern!«

Plötzlich fing Reede leidenschaftlich an zu fluchen. »Nein! Nein, verdammt noch mal!«

»Was ist? Was ist los?« schrie sie und spähte gespannt nach vorn.

»Diese verfluchten Blauen! Die Dreckskerle haben ein Boot gerammt, und jetzt entern sie es ... Bei den Göttern, gerade rammen sie das nächste Boot ... Es bricht auseinander ...«

»Nein! O Herrin und alle Götter!« Ariele wirbelte herum und starrte verzweifelt über den Strand. Hastig kniete sie nieder und klaubte so viele Steine auf, wie sie schleppen konnte; dann flitzte sie zu den verständnislos dreinglotzenden Mers, bewarf sie mit Steinen und schrie, was ihre Lunge hergab.

»Ariele!« brüllte Reede. »Lauf zum Flieger zurück! Schnell!« Er sauste los.

»Nein!« kreischte sie. »Ich lasse sie nicht allein.«

»Nimm Vernunft an, verdammt noch mal!« Er holte sie ein und hielt sie fest. »Du sagtest doch, ein Hovercraft könnte sie erschrecken. Wir haben eins und können es benutzen, mögen die Götter uns beistehen! Komm schon!«

Sie nickte und hörte auf zu protestieren; zusammen hetzten sie zu den Klippen, wo das Hovercraft wartete.

Reede warf sich in den Pilotensitz und verriegelte die Tür, sobald Ariele eingestiegen war. Sie sackte auf den Platz neben Reede und fühlte, wie die Nothalterungen sie umschlossen; dann schoß das Hovercraft steil in die Höhe, fegte über den Rand der Klippen hinweg und strich dicht über die Köpfe der erstaunten Mers dahin. Sie schauten hoch, und es wirkte beinahe drollig, wie sie sich die schlanken, anmutigen Hälse verrenkten, um dem donnernden Hovercraft nachzuspähen. Nervös gemacht durch den Lärm, setzten sie sich in Bewegung.

Ariele sah zu, wie die dunkle, zuckende Masse der Leiber der Wasserlinie zustrebte, gleich einem vom Wind aufgewühlten Strom. Das Hovercraft erreichte das

Ende des Sandstrands; Reede zog eine scharfe Kurve, und sie dröhnten noch einmal im Tiefflug über die Mers hinweg. Als Reede sah, daß sein Plan Erfolg hatte, stieß er einen wilden Freudenschrei aus.

Etwas traf den Flieger breitseits, wie eine unsichtbare Faust. Das Hovercraft geriet ins Schlingern und schmierte beängstigend ab; kurz vor einem Aufprall auf den Strand, stabilisierte es sich wieder; Alarmsirenen schrillten.

»Sie schießen auf uns, diese Verbrecher!« Reede brachte die Maschine in Steigflug, und mit höchster Geschwindigkeit entfernten sie sich vom Strand. Ariele kauerte in ihrem Sitz, durch die Beschleunigung fest gegen die Polster gepreßt, und sah zu jeder Seite nur noch den Himmel.

»Wir müssen verschwinden«, meinte Reede und schaute sie an; sie erkannte den schmerzlichen Ausdruck in seinen Augen. »Wir sind unbewaffnet und ohne Schutzschirm. Das war nur ein Warnschuß; beim nächsten Treffer ist die Maschine ein Haufen Schrott. Wir haben getan, was wir konnten, die meisten Mers sind geflüchtet ...« Als sie keine Antwort gab, setzte er hinzu: »Glaubst du mir?«

Sie nickte und schloß die Augen; blutrot drängte das Sonnenlicht durch die Lider. Nach einer Weile machte sie die Augen wieder auf und blickte in den blauweißen Himmel. »Danke«, flüsterte sie.

»Du brauchst mir nicht zu danken.« Stirnrunzelnd spähte er aus dem Fenster. »Mist! Für uns beide wird es ein Nachspiel geben. Wenn sie auf uns feuern konnten, müssen sie die Maschine vorher mit einem Kennstrahl erfaßt haben. Sie können uns bis in die Stadt hinein verfolgen.«

»Das Hovercraft gehört meiner Mutter«, sagte Ariele; ein kaltes Lächeln umspielte ihren Mund. »Der Oberste Richter hat es ihr geschenkt.« Sie sah Reede an. »Keiner weiß, daß du mit mir hier draußen warst, und niemand braucht es zu erfahren. Du wirst keine Scherereien bekommen. Falls die Chefinspektorin mir unbedingt ein paar Fragen stellen will ...« — sie wandte den Blick wieder ab —, »dann kriegt sie Antworten, über die sie nicht gerade glücklich sein wird.«

Karbunkel

BZ Gundhalinu wanderte rastlos durch das Wohnzimmer seines Stadthauses; er war zu nervös, um stillzusitzen. Die Musik, die er eingeschaltet hatte, paßte nicht zu seiner Stimmung, und es gelang ihm nicht, seine Ungeduld durch Meditation zu zügeln.

Bei den Göttern ... Er spürte, wie sich das drängende Verlangen tief in seinem Innern ausbreitete, als er die schweren Fenstervorhänge beiseiteschob, um abermals nach draußen auf die Straße zu spähen. *Für solche Gefühle bin ich zu alt!* Er führte sich auf wie ein verliebter Jüngling, wie ein Held aus den Romanen des Alten Imperiums, die er früher geschmökert hatte. Nur hatte er damals nicht so empfunden; er hatte nicht einmal geglaubt, daß es solche inbrünstigen Gefühle tatsächlich gab. Und jetzt zählte er allen Ernstes die Sekunden, die ihm wie Stunden vorkamen, fieberte dem Klopfen an der Tür entgegen, konnte es nicht abwarten, das Gesicht seiner Geliebten zu sehen, die er zu einem nächtlichen Rendezvous erwartete.

Kaum hörbar pochte es an der Tür. Er ging in die Halle, und auf dem Monitor des Sicherheitssystems sah er das vertraute Gesicht. Er schaltete die Alarmanlage ab, eilte beschwingten Schrittes zur Tür und machte auf.

Da stand sie, gekleidet wie eine Arbeiterin aus dem Sommervolk, das Haar unter einem Tuch verborgen, unter dem Arm einen Korb für Waren. Er ließ sie eintreten und schloß die Tür hinter ihr — augenblicklich ließ sie den Korb fallen und umarmte ihn. Er lachte vergnügt, als er merkte, daß sie genauso ungeduldig war wie er. Sie küßten sich ausgiebig und leidenschaftlich. »Mögen die Götter mir beistehen«, murmelte er, »ich habe den ganzen Tag lang nur an dich gedacht.«

Während der letzten Monate nach der Nacht der Masken hatten sie sich ein Dutzendmal in aller Heimlichkeit getroffen; doch immer war es aufregend wie beim ersten Mal, denn die gestohlenen Stunden, die sie miteinander verbrachten, reichten nie aus, würden nie genug sein, bevor sie nicht jede Nacht zusammen sein konnten; doch beide wußten sie, daß dieser Fall niemals eintreten würde.

Er lockerte ihre Bluse, schob die Hände unter den Stoff, fühlte die seidenweichen Kurven ihrer Brüsten und die Hitze, die ihre Haut bei der Berührung verströmte. Während er sie küßte, drängte er sie mit dem Rücken gegen die Wand. Er spürte das ungeduldige Ziehen in seinen Lenden; sie wölbte den Körper vor und preßte ihn verlangend gegen den seinen; dabei knöpfte sie sein Uniformhemd auf und begann, seine Brust zu streicheln. »Unser aller Mutter ...«, hauchte sie an seinem Hals. »Ich liebe dich.«

»Mond ...« Er brach ab, als es abermals an der Tür klopfte. Erschrocken rückte Mond von ihm ab.

»Richter Gundhalinu«, ertönte hinter der Tür eine gedämpfte, aber deutliche Stimme.

»Capella Goodventure!« staunte Mond.

»Richter Gundhalinu!« Die Clanälteste sprach lauter und herrischer. »Ich weiß, daß Sie da sind.«

»Heute hat es schon wieder eine Jagd gegeben«, sagte Mond mit tonloser Stimme. »Wahrscheinlich ist sie deshalb hier.«

»Du hast sicher recht.« Er blickte zur Tür.

»Ich finde, du solltest mit ihr reden.«

Er nickte; seine Leidenschaft war verflogen. Nachdem er sein Hemd zugeknöpft hatte, öffnete er die Tür. Er schaute in Capellas überraschtes und zorniges Gesicht. Ihre Verblüffung, ihm so plötzlich und direkt gegenüberzustehen, hätte unter anderen Umständen komisch gewirkt. »Kommen Sie herein«, sagte er resigniert und trat zur Seite.

Sie preschte an ihm vorbei, wie wenn sie glaubte, er wolle ihr im letzten Moment doch noch den Weg versperren; als sie Mond hinter Gundhalinu in der Halle gewahrte, blieb sie wie vom Donner gerührt stehen. Sie starrte die Sommerkönigin an, nahm gierig auf, wie sie gekleidet war, um sich dann Gundhalinu zuzuwenden und seinen aufgelösten Aufzug zu prüfen. »Du bist es also?« sagte sie leise und schüttelte den Kopf.

Unter ihrem weiten, faltenreichen Cape verschränkte sie die Arme. Langsam schritt sie auf Mond zu. »Ich dachte, ich würde ihn dabei ertappen, wie er mit einem dummen, hohlköpfigen Marktmädchen herumtändelt. Aber du — und er!« Ihr Kopf deutete mit einem Ruck in seine Richtung.

»Du verstehst das falsch, Capella«, sagte Mond und schluckte ihren Groll herunter. »Er ist auf unserer Seite. Er will die Mers retten. Ich weiß, daß er sich für sie einsetzt, so wie er sich für unser Volk eingesetzt hat.«

»Er bestimmt die Politik der Hegemonie. Er bestimmt, was sich seine Leute hier herausnehmen dürfen und was nicht; jedenfalls behauptet er das!« Capella Goodventure schien ihn mit ihren Blicken durchbohren zu wollen. »Heute haben sie nicht nur die heiligen Kinder der Herrin abgeschlachtet, sondern auch die Schiffe unserer Leute versenkt, die versuchten, das Gemetzel zu verhindern. Drei Menschen ertranken, darunter mein eigenes Enkelkind. Und so wollen Sie uns helfen, Richter Gundhalinu?«

Mond murmelte etwas vor sich hin; es konnte ein Gebet, aber auch ein Fluch sein.

»Drei Leute starben?« wiederholte Gundhalinu. »Niemand hat den Befehl gegeben, so weit zu gehen. Die Verantwortlichen werden mit aller Härte zur Rechenschaft gezogen ...«

»Nein!« Capella Goodventures Stimme schrillte hysterisch. »Nein, nur die Herrin hat das Recht zu strafen. Und mich hat sie als Werkzeug ausersehen, um mit den Schuldigen abzurechnen!« Sie schlug ihr Cape zurück.

BZ erstarrte, als er in ihren beiden Fäusten Metall blitzen sah. Er warf sich nach vorn und versuchte sie aufzuhalten, als sie Mond angriff. Als er sie packen konnte, schwenkte sie herum und stach mit einer Klinge zu. Ein gräßlicher Schmerz durchzuckte ihn, als sich das Messer in seine Seite bohrte. Er hielt ihren anderen Arm fest, mit dem sie wild vor seinem Gesicht herumfuchtelte; der Wahnsinn machte sie blind, und sie brachte ungeheure Körperkräfte auf. Mond umklammerte Capellas Handgelenk und bog es nach hinten. Endlich ließ die Clanälteste das Messer los; Gundhalinu taumelte zwei Schritte rückwärts und sank auf die Knie, weil sein Körper ihm plötzlich nicht mehr gehorchte. Er raffte sich wieder hoch, als Mond einen Schrei ausstieß; die beiden Frauen kämpften miteinander, und in einer Hand hielt Capella das blutige Messer, das sie ihm in die Rippen gestoßen hatte.

»Richter!« Plötzlich befand sich eine vierte Person in der Halle. Verschwommen nahm er eine blaue Uniform wahr, und begriff, daß wie durch ein Wunder Kitaro aufgetaucht war. Sie drängte sich an ihm vorbei; auf dem engen Raum war ihr Stunner nutzlos. Von hinten nahm sie Capella Goodventure in den Polizeigriff und zerrte sie von Mond weg; die Clanälteste kreischte und schwenkte immer noch das Messer. »Herrin! Verschwinden Sie von hier! Hauen Sie ab!« keuchte Kitaro. »Ich habe Hilfe angefordert ...«

»BZ ...« Mond faßte an den blutdurchtränkten Ärmel ihrer Bluse und sah Gundhalinu verzweifelt an.

»Es geht mir gut«, sagte er schroff. »Geh schnell, bevor jemand kommt!«

Sie nickte; ihr Gesicht war aschfahl, die Lippen hatte

sie zu einem dünnen Strich zusammengepreßt. Er sah ihr hinterher, wie sie zur Tür hinausschlüpfte. Kitaro drehte sich zu ihm um. »Richter ...«

»Nein!« Er schnellte nach vorn, als Capella Goodventure sich mit einem heftigen Ruck befreite und ihr Messer einmal, zweimal, in Kitaros Brust stieß. Kitaro schrie auf und stürzte zu Boden. Als die Goodventure-Älteste sich wieder Gundhalinu zuwandte, war in ihrem Blick nichts Menschliches mehr. Mit erhobenem Messer ging sie auf ihn los.

Seine Hand schloß sich um den vom Blut glitschigen Griff seiner eigenen Klinge, die an seinem Gürtel hing. Vor Schmerzen fluchend, zog er sie aus der Scheide. Dann stand er, mit dem Rücken gegen die Wand gelehnt da, und wartete auf den Angriff.

»Keine Bewegung!«

Plötzlich füllte sich die Halle mit uniformierten Streifenpolizisten, die Kitaro herbeibeordert hatte.

Mit irrem, unergründlichem Blick stierte Capella Goodventure sie an, das Messer noch in der Hand. Die Polizisten umzingelten sie mit schußbereiten Stunnerpistolen. »Das Messer fallenlassen!« befahl jemand mit scharfer Stimme. »Kommen Sie, lassen Sie es los!«

Mit einem Ausdruck der Verzweiflung sah sie Gundhalinu an, während ihre zitternden Finger das Messer immer fester umklammerten, als hüte sie einen kostbaren Schatz. Und dann, ganz plötzlich, bohrte sie sich die Klinge in ihr eigenes Herz, wobei sie einen wimmernden, gequälten Schrei ausstieß, der ihm einen Schauer über den Rücken jagte. Wie ein Stein sackte sie zu Boden und blieb regungslos liegen.

Auf einmal umringten ihn alle, stützten ihn, sahen nach seiner Wunde, und versuchten, das Blut zu stillen, das unaufhörlich aus der Verletzung strömte. Er sah zu, wie man um ihn rang, wie das Blut den Bemühungen trotzte; er beobachtete die blauuniformierten Gestalten, die sich über die zwei am Boden liegenden Personen beugten. In seinen Ohren rauschte es, sein Blick verschwamm, und dann verschlang ihn eine goldene Schwärze.

»Bei allen Göttern, wie konnte das nur passieren?«

Jerusha PalaThion, die an Gundhalinus Bett saß, blickte hoch, währen Vhanu die Frage nun schon zum dritten- oder viertenmal murmelte, seit er das Krankenzimmer betreten hatte. Nervös wandte er sich vom Bett ab, auf dem Gundhalinu immer noch bewußtlos lag.

»Wird er es schaffen?« erkundigte er sich zum zweitenmal bei dem MedTech, der die Displays auf dem Monitor prüfte.

Der Techniker nickte. »Er wird durchkommen, Kommandant. Er hat eine Menge Blut verloren, aber wir haben es ersetzt. Das Messer hat keinen kritischen Punkt getroffen, und mittlerweile sind die ersten Anzeichen da, daß das Gehirn seine Funktionen wieder aufnimmt. Er kann jeden Moment aufwachen.«

»Den Göttern sei Dank«, stöhnte Vhanu. »Wieso hat er diese mit Messern bewaffnete Frau in sein Haus gelassen?« Schließlich wandte er sich an Jerusha und äußerte laut seine Skepsis, die sie bereits in seinem Blick bemerkt hatte. »Warum hat ihn das Sicherheitssystem nicht gewarnt, daß sie bewaffnet war?«

»Er hatte kurz zuvor jemand anders eingelassen«, erklärte Jerusha und sah, wie in BZs Gesicht ein Muskel zu zucken begann. »Wahrscheinlich hat er vergessen, das System neu zu aktivieren.«

Vhanu stieß ein Grunzen aus. »War es Kitaro?«

»Ja, Sir«, erwiderte sie. »Es sieht ganz danach aus.«

Er schüttelte abermals den Kopf und fluchte. »Bei den Göttern, was für eine sinnlose Tragödie.« Er schwenkte herum und starrte auf die geschlossene Tür, wie wenn er durch Wände sehen könnte. »Warum, im Namen von tausend Ahnen, lief diese Frau plötzlich Amok und versuchte, den Obersten Richter zu ermorden?«

Jerusha hob die Schultern. »Wahrscheinlich hatte es mit der Jagd auf die Mers zu tun«, entgegnete sie betont gleichgültig. »Wie Sie wissen, gelten die Mers bei den Sommerleuten als heilig.« Stirnrunzelnd sah er sie an, wie wenn er sich kritisiert fühlte. »Capella Goodventure war eine sehr konservativ eingestellte Frau«, schloß Jerusha mit neutralem Gesichtsausdruck. »Man konnte sie schon als fanatisch bezeichnen.«

»Diese elende *Dashtanu*«, murmelte er. »Und das nach allem, was wir für diese Leute getan haben. Nichts ergibt hier einen Sinn, nichts scheint richtig zu laufen. Was hat es eigentlich mit diesem Ort auf sich?« Er brach ab, als Gundhalinu sich regte.

Jerusha schaute in Gundhalinus Gesicht; seine Lider flatterten und öffneten sich, dann starrte er blind ins Leere, wie wenn er zu lange in die Sonne geguckt hätte. Er murmelte etwas Unverständliches vor sich hin. »BZ ...«, sagte sie leise, und er drehte den Kopf in ihre Richtung. Mit drei Schritten durchquerte Vhanu den Raum und stellte sich neben sie.

»Jerusha«, flüsterte BZ halb überrascht, halb erleichtert. Er versuchte sich hinzusetzen, schaffte es jedoch nicht; Schmerzen durchzuckten ihn, und er mußte sich wieder flach hinlegen. »Wie geht es Mond? Ist sie unverletzt? Konnte sie rechtzeitig gehen?

Jerusha erstarrte; sie nickte BZ kaum merklich zu, ehe sie zu Vhanu hinaufschaute und versuchte, BZ auf seinen zweiten Besucher aufmerksam zu machen.

»Was hat er gesagt?« fragte Vhanu mit scharfer Stimme. »Ich habe etwas von ›Mond‹ herausgehört.«

»Ich nicht«, erwiderte sie.

»Doch, er sagte ganz deutlich ›Mond‹. Spricht er von der Sommerkönigin?«

»Er redet wirr«, beharrte sie. »Ich konnte nicht verstehen, was er sagte. Richter ...« Warnend und tröstlich zugleich legte sie eine Hand auf BZs Schulter. »Der Kommandant ist hier, Sir.«

Gundhalinu blinzelte und zog eine Grimasse. »Jetzt sind Sie die Kommandantin, Ma'am«, wisperte er kaum hörbar. »Nein ... ich meine, ich bin ...« Er schüttelte den Kopf und gab einen Laut von sich, der fast wie ein Lachen klang. »Vhanu«, sprach er dann deutlich, als sein Geist sich klärte. »Sie sind es.« Er lächelte flüchtig. »Wie geht es ihr? Ist sie schwer verletzt?«

»Wen meinen Sie?« fragte Vhanu perplex.

Mit klarem Blick sah BZ ihn an. »Kitaro. Geht es ihr gut?«

Vhanus Miene veränderte sich, und er schaute zu Boden. »Sie ist tot, BZ.«

»Nein!« Gundhalinu schloß die Augen, und ein Zittern durchlief seinen Körper. »O nein. O Götter, wie konntet ihr es zulassen ...?«

»Wir konnten nichts mehr für sie tun, Richter«, sagte Jerusha so schonend wie möglich. Es fuchste sie, daß Vhanu Gundhalinu mit seinem Vornamen anrede, wie ein Freund, ihr dieses Privileg jedoch glatt absprach. »Sie war auf der Stelle tot.«

»Es war alles meine Schuld ...«, flüsterte er.

»Nein.«

»Wenn wir uns nicht ...« Er verstummte.

Von der Seite her schielte sie Vhanu an, doch seine Miene verriet ihr nicht, was er dachte.

»Darf ich zu ihm?« sagte plötzlich eine Stimme von der Tür her.

Erschrocken drehte sich Vhanu um.

Die Königin. Jerusha sprang auf und starrte Mond überrascht an.

»Ja ... natürlich, Herrin«, murmelte Vhanu. Er machte eine förmliche Verbeugung; auch Jerusha verneigte sich, als Mond das Zimmer betrat.

»Sowie ich es hörte, bin ich hierhergekommen«, sagte sie, während sie nur Augen für den Mann hatte, der auf dem Krankenbett lag.

»Er hat gerade erst das Bewußtsein wiedererlangt,

Herrin«, sagte Vhanu und stellte sich ihr in den Weg. »Sie sollten aber jetzt lieber noch nicht mit ihm sprechen.«

Mond blieb stehen und maß ihn mit einem kurzen Blick. Jerusha merkte, daß sie eine Hand zur Faust geballt hatte; die andere hing merkwürdig steif an ihrer Seite herab.

»Es geht mir gut«, mischte BZ sich mit schwacher, aber resoluter Stimme ein, Vhanus Versuch unterbindend, die Königin nicht zu ihm zu lassen. Er stützte sich auf einen Ellbogen ab, und Jerusha sah ihm an, wieviel Kraft ihn diese Anstrengung kostete.

»Ich freue mich, dies aus Ihrem eigenen Mund zu hören, Richter Gundhalinu«, sagte Mond leise. Sie war unglaublich erleichtert und kaum imstande, ihre aufgewühlten Gefühle zu zügeln.

»Wissen Sie, daß jemand aus dem Sommervolk versucht hat, den Obersten Richter zu ermorden?« fragte Vhanu. »Diese Person tötete außerdem eine Polizei-Inspektorin ...«

»Ich weiß Bescheid.« Sie hob den Kopf. »Danach brachte sie sich selbst um. Mir fehlen die Worte, um meine Bestürzung über diesen tragischen Zwischenfall auszudrücken.« Sie wandte sich von Vhanu ab und betrachtete wieder Gundhalinu. Jerusha las in ihren Augen die ganze Qual und Hilflosigkeit, die sie empfand. »Ich fühle mich verantwortlich ...« Nun sah Jerusha, wie sich ihre eine Hand wieder zur Faust ballte. »Sagen Sie mir, ob ich irgendwie helfen kann ...«

Beim Bootsmann, dachte Jerusha, und ihr Mut sank. *Sie war mit ihm zusammen, als es passierte.* Kitaro hatte also doch kein Verhältnis mit ihm gehabt, wie sie die anderen immer hatte glauben machen wollen. In Wahrheit hatte sie die Affäre mit Mond nur gedeckt. In Gedanken fluchte Jerusha. Eigentlich hätte sie es sich denken können, doch in letzter Zeit hatte sie auch BZ nur selten gesehen. Wenn sie immer noch im Dienst der Königin stünde, wäre es ihr mit Sicherheit aufgefallen, denn nach so vielen Jahren kannte sie Mond ziemlich gut. Sie verwünschte sich, weil sie nicht schon früher auf diese Idee gekommen war.

»Für den Anfang könnten Sie dafür sorgen, daß die Sommerleute uns unbehelligt die Mers jagen lassen, und uns nicht ständig behindern«, sagte Vhanu zu Mond, die ihm den Rücken zukehrte. »Sie stiften gefährliche Fanatiker wie diese Goodventure dazu an.«

Mond wirbelte herum. »Der Auslöser für Capella Goodventures Tat war die Jagd auf die Mers. Ihre Jäger griffen die Boote der Sommerleute an, dabei ertranken drei Menschen, unter anderem Capellas Enkelkind.«

Jerusha erstarrte und schaute Vhanu an. Gundhalinu richtete sich im Bett auf.

»Von wem haben Sie das gehört, Herrin?« fragte Vhanu; sein Blick wurde so eisig wie die vergletscherten Gipfel des Binnenlands.

»Ich weiß es von meinen eigenen Leuten«, entgegnete sie genauso frostig.

Er runzelte die Stirn.

»Stimmt das, Vhanu?« fragte Gundhalinu, indem er sich auf einen Ellbogen stützte.

»Um der Götter willen«, brauste Vhanu auf, »dies ist doch wohl kaum der richtige Zeitpunkt für derartige Anschuldigungen. Noch hat der Oberste Richter sich nicht von dem Anschlag auf sein Leben erholt …«

»Vhanu …«, schnitt Gundhalinu ihm das Wort ab. »Stimmt das?«

Vhanu drehte sich um, und Jerusha fing seinen Blick auf. »Die Sommerleute haben die Jagd gestört, wie üblich, Sir. Wir haben sie verscheucht. Todesfälle wurden keine gemeldet.« *Er lügt,* dachte sie. *Bei allen Göttern, er lügt ja.*

»Gehen Sie der Sache nach«, ordnete BZ an.

»Ja, BZ«, murmelte Vhanu. »Aber ich bezweifle, daß etwas dran ist.«

»Stellen Sie sofort Nachforschungen an, Kommandant!«

Vhanus Blick flackerte. »Ja, Sir«, entgegnete er. Er schwenkte so unvermittelt herum, daß er mit der Königin zusammenprallte.

Mond stieß einen leisen Schmerzensschrei aus.

»Verzeihung ... Habe ich Ihnen weh getan, Herrin?« fragte Vhanu überrascht und mit geziemender Besorgnis. Er legte eine Hand auf ihren Arm, wie wenn er sie stützen wollte. Jerusha sah, wie Mond unwillkürlich zurückzuckte. »Sind Sie verletzt?«

Mond rückte von ihm ab. »Beim Heben von Kisten habe ich mir den Arm verrenkt, Kommandant Vhanu.«

»Sie haben Kisten gehoben?« staunte er.

»Wenn ich es zeitlich einrichten kann, arbeite ich zuweilen gern Seite an Seite mit meinen Leuten, Kommandant; damit ich nicht vergesse, wer ich bin und woher ich komme. Außerdem erfahre ich auf diese Weise am besten, wo ihre wahren Probleme liegen.« Mit der unversehrten Hand berührte sie flüchtig den Arm. »Dieses Rezept sollten Sie vielleicht auch einmal ausprobieren.«

Er kniff die Lippen zusammen. »Für meinen Geschmack ist es zu gefährlich.« Ohne ein Wort des Abschieds drehte er sich um und verließ den Raum.

Mond sah ihm hinterher, dann ging sie hin und schloß leise die Tür. Sie kam zum Bett zurück, setzte sich vorsichtig darauf und streichelte zärtlich BZs Gesicht und Haar. Seine kraftlose Hand umschloß die ihre, als sie sich über ihn beugte, seine Schläfen küßte und ihm etwas zuflüsterte, das Jerusha nicht verstand.

Nach einer Weile richtete Mond sich wieder auf und schlug mit einer unbeholfenen Bewegung ihr Cape zurück; ihre unverletzte Hand ruhte noch immer in der seinen. »Jetzt weißt du Bescheid«, sagte sie, Jerusha anschauend.

Jerusha nickte; in beiden Gesichtern entdeckte sie

dasselbe Licht — und dieselbe Düsternis. Langsam stand sie auf und sah beide mit einer seltsamen Wehmut an. »Und jetzt hab ich's schon wieder vergessen«, ergänzte sie lächelnd. »Erholt euch gut, meine Freunde.« Sie schüttelte den Kopf, während Mond und BZ ihr Lächeln erwiderten. Dann wandte sie sich ab und ging zur Tür hinaus, ohne sich noch einmal umzusehen.

Karbunkel

Ariele Dawntreader blieb im Korridor stehen und blickte zur Tür des Krankenzimmers hin, vor dem uniformierte Außenweltler Wache standen; Groll trieb sie voran, Zweifel hielten sie zurück. Im Polizei-Hauptquartier hatte man ihr gesagt, sie würde Jerusha PalaThion hier finden, beim Obersten Richter, der nur knapp einem Anschlag auf sein Leben entgangen war. Halb wünschte sie sich, Capella Goodventure hätte ihn umgebracht; doch gleich darauf stieß dieser Gedanke sie ab.

Mit schlechtem Gewissen verscheuchte sie diese Wunschvorstellung aus ihrem Kopf. Der Oberste Richter lebte; dann sollte er ruhig mitanhören, was sie Jerusha PalaThion zu sagen hatte. Sie ging weiter und sah, wie die beiden Polizisten den Kopf drehten, um sie zu beobachten. Ihre Wachsamkeit ließ ein wenig nach, als sie sie erkannten.

»Ich muß mit Kommandantin PalaThion sprechen«, sagte sie.

Einer der Wachtposten murmelte halblaut etwas vor sich hin, wie wenn er ein Selbstgespräch führte. Nach kurzem Zögern nickte er ihr zu. »Sie können hineingehen.«

Sie bemühte sich, möglichst selbstsicher zu erscheinen, als sie das Zimmer betrat.

Jerusha stand da und wartete bereits auf sie; sie trug die blaugraue Uniform der Fremden, an die sich Ariele mittlerweile gewöhnt hatte. Hinter ihr saß der Oberste Richter BZ Gundhalinu in seinem Bett. Zum erstenmal sah Ariele ihn nicht in seiner schwarzen Amtstracht.

Lange schaute sie ihn an; es kam ihr vor, als sähe sie sein Gesicht zum erstenmal. Plötzlich sah sie nur den Menschen Gundhalinu, und nicht den hochmütigen Leuteschinder von Kharemough. Als sie in seine Augen blickte, fühlte sie sich plötzlich an ihren Bruder erinnert; in Gedanken stellte sie sich Gundhalinu als jungen Mann vor, der aus Liebe zu ihrer Mutter bereit war, seine Karriere und sogar sein Leben zu opfern. Ihr fiel wieder ein, mit welchem Blick er sie damals angeschaut hatte, als sie sich auf der Straße begegneten, und wie häßlich sie reagiert hatte.

»Ariele«, sagte Jerusha; ihre Stimme klang müde und überrascht. »Was gibt es?«

»Ich bin gekommen, um ...« Sie verhaspelte sich. »Ich wollte dem Obersten Richter nur eine rasche Genesung wünschen«, sagte sie mit gesenktem Blick.

»Ich danke dir, Ariele Dawntreader«, erwiderte Gundhalinu. »Bitte, richte deiner Mutter aus, daß es mir gut geht.«

»Meine Mutter hat mich nicht hergeschickt, Richter«, versetzte sie schnippisch. »Ich habe seit über einer Woche nicht mehr mit ihr gesprochen. Schon vor Monaten bin ich aus dem Palast ausgezogen.«

»In diesem Fall danke ich dir, daß du überhaupt gekommen bist.« Er lächelte unsicher.

»Eigentlich«, fuhr sie fort, während sie mit den Händen über die Ärmel ihrer Seidenbluse strich, »... eigentlich bin ich hier, um etwas mit Tante Jerusha zu besprechen. Aber Sie geht es auch an, Richter ... und Ihre Leute. Es erklärt, weshalb man Sie umbringen wollte.« Sie musterte ihn prüfend und versuchte, in seinem Mienenspiel zu lesen. »Machen Sie die Sommerleute für dieses Attentat verantwortlich?« fragte sie rundheraus. »Und glauben Sie, was Capella Goodventure über Ihre Jäger sagte?«

»Nein, ich mache deine Leute nicht verantwortlich«, antwortete er und stellte zu seiner Überraschung fest, daß sie ihm zu glauben schien. »Und ich bin der Meinung, daß Capella Goodventure wirres Zeug faselte, es muß sich um eine frei erfundene Geschichte handeln.«

»Sie wird irgendwelche wilden Gerüchte aufgeschnappt haben, Ariele«, mischte Jerusha sich ein. »Für ihre Behauptung gibt es nicht den geringsten Beweis.«

Ariele verbiß sich die freche Antwort, die ihr auf der Zunge lag. »Capella Goodventure hat aber die Wahrheit gesagt, als sie erzählte, was mit den Schiffen der Sommerleute passiert ist. Ich habe es selbst gesehen.« Zwei Tage lang hatte sie darauf gewartet, daß die Blauen sie vorladen oder abholen würden, wie Reede es ihr prophezeit hatte. Doch als sich überhaupt nichts tat, blieb ihr nichts anderes übrig, als selbst aktiv zu werden. Mit einem Schlag wurde ihr klar, wieso die Blauen sich so still verhalten hatten.

»Du hast es gesehen?« vergewisserte sich Jerusha. Sie schaute erschrocken drein. »Wie kam denn das?«

Wieder blickte Ariele auf den blankpolierten Fußboden, während sie sich die Erinnerungen an jenen Tag vergegenwärtigte. »Ich war da; ich verfolgte Silky längs der Küste ...«

»Silky?« fiel Jerusha ihr ins Wort. »Ist ihr was passiert?«

Ariele schüttelte den Kopf. Erleichtert atmete Jerusha auf, und plötzlich sah Ariele wieder in ihr die Frau, die sie ihr Leben lang gekannt und geliebt hatte; und von der sie wiedergeliebt wurde, als sei sie ihr eigenes Kind.

Und dieser Frau erzählte sie nun alles, keine Einzelheit auslassend; aber sie überlegte sich jedes Wort gut, bevor sie es aussprach, denn Reede Kullervo durfte sie mit keiner Silbe erwähnen.

»Was machte Silky denn so weit von ihrem eigenen Territorium entfernt? Waren noch andere Mers aus der Kolonie bei ihr?« erkundigte sich Jerusha stirnrunzelnd.

Ariele nickte. »Sie lagen zu Hunderten am Strand, wie wenn sie sich zu einem Treffen versammelt hätten.«

Kopfschüttelnd sah Jerusha Gundhalinu an. »Was, zur Hölle, könnte sie dazu veranlaßt haben — nachdem Miroe und ich ihnen jahrelang beizubringen versuchten, sich von den Menschen fernzuhalten. — Waren alle unsere Bemühungen denn sinnlos?«

»Vielleicht kommen sie zu einer Art Fest zusammen?«

Jerusha blickte Ariele skeptisch an. Doch dann veränderte sich ihr Gesichtsausdruck, und sie wandte sich wieder Gundhalinu zu. »Was halten Sie davon, BZ? Gibt es Aufzeichnungen, daß so etwas früher schon einmal passiert ist?«

Er zuckte die Achseln und blickte nachdenklich drein. »Wenn diese Wanderungen nur während des Sommers vorkommen, sind Aufzeichnungen darüber eher unwahrscheinlich. Es sei denn, diese Ereignisse wurden durch die Folklore überliefert.«

»Möglich wäre es«, murmelte Jerusha. »Vielleicht ist es sogar das ›richtige‹ Festival.«

»Dann kommen sie nach Karbunkel«, sagte Gundhalinu mit der gleichen Überzeugung, mit der Reede diese Feststellung getroffen hatte.

Jerusha streifte ihn mit einem eigentümlichen Blick, ging aber nicht näher auf seine Aussage ein. »Bei allen Göttern, BZ wenn das wirklich so ist, dann sind sie für die Jäger ja eine leichte Beute.«

»Wenn es stimmt, und die Mers nach Karbunkel ziehen, wird die Jagd sofort eingestellt«, sagte er und ballte die Fäuste auf der Bettdecke. »Ich brauche Informationen über die Wanderbewegungen der Mers.«

Jerusha wandte sich an Ariele. »Und du hast gesehen, wie die Jäger die Sommerleute angriffen, die die Jagd verhindern wollten?«

Ariele nickte. »Wir haben beobachtet, wie sie zwei Schiffe rammten.«

»Wir?« hakte Jerusha nach.

»Silky und ich; sie war doch bei mir.« Sie senkte den

Blick und verwünschte ihre Unachtsamkeit, doch Jerusha gab sich mit der Antwort zufrieden.

»Hast du auch gesehen, wie Menschen über Bord fielen?«

Sie schüttelte den Kopf. »Dazu war die Entfernung zu groß. Aber mindestens ein Boot haben sie absichtlich versenkt.«

»Capella Goodventure behauptete, es hätte Tote gegeben«, sagte Gundhalinu und furchte die Stirn. »Sie war sogar so fest davon überzeugt, daß sie mich deshalb umbringen wollte. Irgend etwas ist hier faul, Jerusha.«

»Das riecht mir doch sehr nach einem Vertuschungsmanöver«, meinte sie.

Er fluchte leise; nervös bewegte er sich unter der Bettdecke. »Leiten Sie ein Untersuchungsverfahren ein. Finden Sie möglichst viel heraus, sofern nicht sämtliche Beweise bereits vernichtet sind.«

»Glauben Sie, daß Vhanu eingeweiht ist?« fragte sie.

Jählings hob er den Kopf. »Nein; natürlich nicht.« Er beugte sich vor und schlang die Arme um die angezogenen Knie. »Ariele, du sagst, am Strand hätten sich Hunderte von Mers befunden ... Aber in dem Bericht, den man für mich angefertigt hat, heißt es, die Jagd sei relativ unergiebig gewesen. Wie sind die Mers entkommen? Hast du sie verscheucht?«

Sie erstarrte und wurde unsicher; dann sah sie Jerusha an, die ihr aufmunternd zunickte. Vorsichtig erzählte sie einen Teil der Wahrheit. »Sie feuerten auch auf mich — auf das Hovercraft meiner Mutter. Ich mußte verschwinden — bevor sämtliche Mers ins Wasser flüchten konnten.« Ihr Gesicht brannte, als sie sich an ihren überstürzten, frustrierenden Aufbruch erinnerte.

»Und du bist ganz sicher, daß Silky nichts passiert ist?« fragte Jerusha noch einmal und kam auf sie zu.

Sie nickte.

Jerusha legte ihr die Hände auf die Schultern. »Danke, Ari. Silky gehört mir nicht mehr — so wie du deiner

Mutter nicht mehr gehörst. Aber mögen die Götter dem beistehen, der Silky oder dir auch nur das geringste Leid zufügt.« Sie drückte Arieles Schultern in einer liebevollen Geste, wie sie es früher immer getan hatte, und ließ sie los.

Ariele zögerte; auf einmal wollte sie noch viel mehr sagen, ihr Herz ausschütten. Doch sie lächelte nur kurz und wandte sich zum Gehen.

»Ariele!« rief Gundhalinu.

Sie drehte sich um; sie gehorchte, weil seine Stimme so ermattet klang, und nicht, weil sie einem Befehl folgte.

»Wer war bei dir?« fragte er ruhig.

Sie deutete ein Stirnrunzeln an. »Ich sagte doch ...« Sie brach ab, als sie seinen Gesichtsausdruck sah. *Er wußte bereits Bescheid.* Er hatte ihre Lügen durchschaut, als könne er in ihren Zügen lesen wie von einem Bildschirm. Als sie Jerusha anschaute, erkannte sie, daß sie auch ihr nichts mehr vormachen konnte. Gegen die geballte Erfahrung dieser beiden Menschen kam sie in ihrer Unerfahrenheit nicht an. »Das brauche ich nicht zu verraten«, entgegnete sie. »Ich brauchte nicht einmal hierherzukommen. Eure eigenen Leute haben verschwiegen, daß sie mich am Strand erwischten, weil sie genau wissen, was ich gesehen habe.«

»Wovor fürchtet sich diese andere Person, die bei dir war?« fragte Gundhalinu.

»Sie fürchtet sich vor Ihnen, vor der Polizei. Er ist ein Außenweltler. Wenn die Polizei erfährt, daß er alles mitangesehen hat und obendrein noch versuchte, die Jagd zu stören, wird man ihn vermutlich deportieren.«

»Was hatte er an diesem Strandabschnitt zu suchen?«

Sie warf den Kopf in den Nacken. »Er begleitete mich. Er studiert im Auftrag meiner Mutter die Mers.«

»Deine Mutter hat keinen Außenweltler damit beauftragt, die Mers zu studieren«, wandte Jerusha ein.

Ariele zog die Stirn kraus. »Doch, das hat sie wohl!

Reede ist brillant, keiner kennt die Mers so gut wie er.«

Gundhalinus Gesichtszüge erstarrten. »Reede?« wiederholte er. »Reede Kullervo?«

Sie sah ihn an. »Ja.«

»Ich kenne ihn«, murmelte Gundhalinu. »Er ist wirklich brillant. Aber er arbeitet nicht für deine Mutter.«

Jerusha bekam runde Augen. »Ist es etwa der Kerl, der?«

Gundhalinu nickte. Verständnisvoll sah er Ariele an. »Er ist nicht der Mann, für den du ihn hältst, Ariele. Aber er kann mir vertrauen. Richte ihm das von mir aus. Er will also die Mers retten. Dann können wir uns zusammentun. Ich bin in der Lage, ihn zu beschützen, und ich kann ihm helfen — wenn er mir nur vertraut. Wirst du ihm das sagen?«

Eine Weile sah sie ihn an; sie spürte, wieviel ihm daran lag, daß sie diese Botschaft weitergab, aber sie merkte auch, wie verzweifelt und müde er war. Schließlich nicke sie. »Ich werde es tun.«

Karbunkel

Reede Kullervo!« Die Stimme, die seinen Namen rief, schien aus sämtlichen finsteren Hauseingängen in der mitternächtlichstillen Allee zugleich zu schallen. In den Straßen Karbunkels wurde es niemals völlig dunkel, aber die Nacht ließ Schatten an Stellen wachsen, wo tagsüber keine überlebten.

Jählings blieb Reede stehen und faßte nach seiner Waffe, als sich schemenhafte Gestalten aus den schwarzen Torbögen und Passagen lösten.

»Verdammter Mist!« knurrte Niburu verblüfft und griff nach seiner Waffe, während Ananke hinter ihm herumwirbelte. Plötzlich waren sie von einem halben Dutzend Blauer umzingelt, mitten auf einer Allee, die im Handumdrehen wie leergefegt wirkte; die wenigen Passanten, die sich soeben noch dort aufgehalten hatten, waren wie vom Erdboden verschluckt.

»Waffen fallenlassen!« ertönte jetzt eine Stimme hinter seinem Rücken; er sah, daß die Blauen ihre Stunner bereits gezückt und auf sie gerichtet hatten. Die heruntergeklappten Visiere ihrer Helme machten sie zu gesichtslosen, voneinander nicht unterscheidbaren Klonen. Reede ließ die Waffe fallen und entledigte sich danach betont langsam seiner anderen Kampfmittel; Niburu und Ananke folgten seinem Beispiel.

»Vergiß das Messer in deinem Stiefel nicht!« mahnte eine leise Stimme, und er wußte, daß man sie elektronisch filzte. Er schmiß das Messer weg und hob die Hände. »Was wollt ihr von mir?« fragte er, mehr verblüfft als eingeschüchtert. Vigilantismus war keine Eigenschaft der Blauen. »Ich habe nichts verbrochen.« *Bei den Göttern, ich habe meinen Schuß noch nicht gekriegt; ich brauche das Wasser des Todes. Angenommen, sie sperren mich ein ... wie lange kann ich wohl durchhalten ...?*

»Verdammt, verdammt, verdammt ...«, flüsterte er unentwegt vor sich hin, wie wenn er ein Adhani rezitierte.

»Du bist ein Fremder, fern von deiner Heimatwelt, Kullervo«, sagte jemand. »Ein anderer Fremder möchte sich mit dir über alte Zeiten unterhalten.«

»Ohne mich«, lehnte er ab und wollte sich umdrehen. Doch etwas, das sich wie ein feuchter Mund anfühlte, streifte seinen Nacken, und tiefste Finsternis umfing ihn.

Es schien ihm, als sei nur ein kurzer Augenblick vergangen, als er wieder zu sich kam, doch wahrscheinlich war ein viel längerer Zeitraum verstrichen. Vorsichtig setzte er sich hin; er befand sich auf einer ganz gewöhnlichen Couch in einem ordentlich aufgeräumten, nüchtern eingerichteten Wohnzimmer; es hätte beinahe seine eigene Behausung sein können. Er schüttelte den Kopf, um einen Traum loszuwerden, der gar nicht sein eigener zu sein schien, so fremdartig kam er ihm vor. Doch als er an sich hinunterschaute, erkannte er seine Bekleidung und seine Tätowierungen an den Armen, und er wußte, er hatte gar nicht geträumt, sondern nur die Wirklichkeit erlebt. Hoffnungslosigkeit und Fatalismus ergriffen von ihm Besitz.

»Hallo, Kullervo-*eshkrad*«, sagte eine vertraute Stimme.

Erschrocken drehte er sich um; am Türrahmen lehnte BZ Gundhalinu, der Oberste Richter von Tiamat. »Was machen Sie hier?« fragte Reede verdutzt.

»Ich wohne hier«, antwortete Gundhalinu. Er trug eine lange Hose und einen weitgeschnittenen Morgenmantel; der vorn offenstand und seine bandagierte Brust sehen ließ. Sein Haar war verstrubbelt. Er sah aus wie jemand, den man gerade aus dem Bett geholt hatte; allem Anschein nach kam diese Begegnung für ihn genauso unverhofft wie für Kullervo selbst. Doch der Ausdruck auf Gundhalinus Gesicht verriet deutlich, daß er auf dieses Treffen schon geraume Zeitlang gewartet hatte.

Reede beugte sich vor und legte die Hände auf seine Knie. »Wo sind meine beiden Männer?

»Niburu und Ananke?« Gundhalinu deutete ein Lächeln an, wie wenn er die zwei in weitaus besserer Erinnerung hätte als ihren Boss. »Sie warten auf Sie«, sagte er lediglich. Doch indem er Reede anschaute, veränderte sich seine Miene. und dann lächelte er wirklich. »Es ist schön, Sie wiederzusehen«, sagte er in einem Ton, wie wenn ihn diese Feststellung selbst überraschte. Dann senkte er plötzlich den Blick.

Während Reede ihn anstarrte, erinnerte er sich lebhaft an jede Einzelheit ihrer letzten Konfrontation am Feuersee. Immer mehr Erinnerungen wurden in ihm wach, Erinnerungen, die ihm viel echter, dafür um so beunruhigender erschienen. Er berührte flüchtig seine Lippen und ließ die Hand wieder sinken. Dann lehnte er sich auf der Couch zurück und versuchte sich zu entspannen. »Was wollen Sie von mir, Gundhalinu?«

Gundhalinu kam ins Zimmer herein; dabei bewegte er sich, als bereite ihm jeder Schritt Schmerzen; schwerfällig setzte er sich in einen Sessel. Nachdem er auf einer Uhr die Zeit abgelesen hatte, schaute er Reede wieder an. »Es geht um meine Arbeit hier auf Tiamat — und um das, was Sie offenbar vorhaben.«

Reedes Lippen zuckten; der Griff, mit dem er seine Knie umklammert hatte, lockerte sich. »Ich gratuliere. Wie gefällt Ihnen denn Ihr Dienst als Oberster Richter?«

Gundhalinu zuckte die Achseln und schüttelte den Kopf. »Ich bin nicht Richter geworden, weil es meinen persönlichen Neigungen entspricht. Es ist nicht wie in der Forschung. In der Politik gibt es keine richtigen Antworten, also kann man auch nie gewinnen.«

»Sie denken nur so, weil Sie ein Gewissen haben.« Reede lächelte matt. »Bringen Sie es zum Schweigen, und Sie werden auch wieder siegen.«

Gundhalinu schmunzelte spöttisch. Er zog sich den Morgenmantel enger um den Körper, so daß man die Bandagen nicht mehr sah, und verknotete den Gürtel. Diskret ließ er seine Hand auf der verletzten Stelle ruhen. »Ich wünschte, das Leben wäre so einfach«, murmelte er. »Wie gefällt es Ihnen, für die Bruderschaft zu arbeiten?«

Reede blickte zur Seite. »Mein Leben verläuft wie immer.«

»Dann hat sich für Sie nichts geändert, als die Quelle Sie brandmarken ließ?«

Jählings starrte Reede ihn wieder an.

»Jaakola ist selbst unter seinesgleichen verrufen. Und was man über ihn weiß, ist nur die Spitze eines Eisbergs, die meisten seiner Schandtaten bleiben unter der Oberfläche verborgen. Er hat seine Finger überall drin, nicht?«

Reede runzelte die Stirn. »Ließen Sie mich aufgreifen, um mich über die Quelle auszufragen? Ich könnte Ihnen nichts sagen, was Sie nicht längst schon wüßten.«

»Das stimmt.«

»Stehe ich unter Arrest?«

»So weit ich weiß, haben Sie auf Tiamat nichts Illegales getan.« Gundhalinu griff in eine flache Keramikschüssel, die auf dem Tisch stand, nahm ein Stück Obst in die Hand und legte es wieder zurück.

Reede lachte skeptisch. »Was, zur Hölle, wollen Sie dann von mir?«

»Sie sind hier auf Tiamat, um für die Quelle das Wasser des Lebens zu synthetisieren, habe ich recht?«

Reede gab keine Antwort.

»Wieso haben Sie in der Survey-Halle ein Indiz ausgelegt, das mich auf die richtige Spur bringen sollte?«

Reede zuckte die Achseln. »Ich weiß es nicht ... ich tat es einfach. Vielleicht wollte ich auch nur sehen, ob Sie schlau genug wären, die richtige Schlußfolgerung zu ziehen.«

»Sollte es eine Warnung sein — oder ein Hilferuf?«

Reede ballte die Fäuste. »Mir scheint, daß Sie eher Hilfe brauchen als ich.« Er deutete auf Gundhalinus Blessuren und auf sein Gesicht, das abgehärmt und müde wirkte. »Wieso interessieren Sie sich für die Mers? Ich kenne Sie doch — Sie wollen nicht wieder mit dem Wasser des Lebens herumpfuschen, in Wirklichkeit fürchten Sie sich davor. Trotzdem studieren Sie sie, als hätten sie dasselbe Ziel im Sinn wie ich. Obwohl Sie unentwegt behaupten, die Mers dürften nicht gejagt werden, tötet man sie ungehemmt weiter ... und versucht sogar, Sie umzubringen.«

»Politik«, murmelte Gundhalinu.

»Liebe!« widersprach Reede und beugte sich vor. »Die Gerüchte stimmen. Es liegt an der Königin, deshalb ergibt Ihre Politik nicht den geringsten Sinn. Sie ist die Frau, von der Sie mir damals auf Nummer Vier erzählten ... Daß sie die Zukunft der ganzen verfluchten Galaxis ändern würden, nur um sie wiederzusehen.« Er lachte einmal kurz auf. »Und ich hielt es für einen Witz.«

»Mir scheint, wir beide haben uns gegenseitig unterschätzt«, entgegnete Gundhalinu mürrisch.

Reede lachte wieder, dieses Mal herzhafter. »So könnte man es wohl ausdrücken.« Auf Gundhalinus Zügen malte sich ein Ausdruck leisen Bedauerns. Er sah Reede nicht an, sondern spielte mit dem gemusterten Ärmel seines Schlafrocks. »Ich hoffe nur, sie ist es wert«, meinte Reede.

Gundhalinu lächelte, schaute seinen Gast wieder an und nickte. Reede spürte, wie sich langsam in seinem

Kopf die Erinnerung an ein Gesicht zu formen begann, das er am liebsten vergessen hätte: dunkle Haut, glänzende Augen, umflort von einem Schleier aus geheimnisvoller Sinnlichkeit ... *ihr Gesicht. Aufhören!*

»Was mit Ihrer Frau passiert ist, tut mir leid«, sagte Gundhalinu, als hätte er Reedes Gedanken gelesen.

»Wer hat Ihnen davon erzählt?« fragte Reede mit scharfer Stimme.

»Sobald Sie in Jaakolas Besitz übergingen, konnten wir uns denken, was passiert war.« Er zögerte. »Wir wissen sogar, was Sie in Wirklichkeit sind.«

Reede schoß das Blut ins Gesicht. *Ein Stück Fleisch ... Mundilfoeres Kreatur ... jemand, dem man eine Gehirnwäsche verpaßt hat ... ein Wahnsinniger ...* Er sprang auf die Füße.

»... *Vanamoinen«*, sagte Gundhalinu leise.

Reedes Knie wurden weich, und er plumpste auf die Couch zurück. »Was?«

»Vanamoinen. Sie sind Vanamoinen. Wir haben Sie an die Bruderschaft verloren, und wir sind schon eine sehr lange Zeit hinter Ihnen her.«

Wie erstarrt saß Reede da und lauschte; seine Zunge war wie gelähmt, so daß er weder fragen noch protestieren konnte. Er legte die Hände an sein Gesicht und zog mit den Fingern die Konturen nach, die ihm vertraut und dennoch fremd vorkamen. Plötzlich brach ihm der Schweiß aus. »So nannten sie mich — ›der neue Vanamoinen‹«, murmelte er, als die Erinnerung zurückkehrte. »Sie wußten es, sie alle wußten irgend etwas ... Aber ich kenne Vanamoinen nicht. Vanamoinen ist seit zweitausend Jahren tot! Sogar schon länger! Mein Name ... *mein Name* ist Reede Kullervo ...« Seine Finger krallten sich in sein Fleisch.

»Sie bestehen aus zwei Personen, die sich einen gemeinsamen Körper teilen«, erklärte Gundhalinu; er beugte sich vor und zwang Reede, ihn anzusehen. »Diese Personen handeln und denken aber nicht selbständig, sondern ihre Charaktere haben sich untrennbar miteinander vermischt. Die Bruderschaft brachte sich in den Besitz des Gehirncodes, den man vor Jahrtausenden vom echten Vanamoinen angefertigt hatte. Und *Sie* benutzte man dazu, um Vanamoinen wiederaufstehen zu lassen. Aber als man seine Erinnerungen in Ihre Systemkreise einspeiste, waren Sie nicht etwa hirntot; als es passierte, muß es für Sie gewesen sein wie ein Frontalzusammenstoß, denn es wurde ein beträchtlicher Schaden angerichtet.«

»Wie wenn zwei Hologramme miteinander kollidieren«, murmelte Reede, finster vor sich hinstarrend. »Es entsteht ein totales Chaos ...« Er ließ die Hände sinken. »Wie wurde es gemacht?« fragte er; seine Stimme klang fast wieder normal. »Von einer solchen Prozedur habe ich noch nie gehört.«

Gundhalinu schüttelte den Kopf. »Ich habe auch keine Ahnung, wie sie Vanamoinens ... Ihre — Seele so lange konservieren konnten. Wenn Sie es nicht wissen, dann weiß es wohl keiner mehr.«

»Meine Seele ...« Reede blickte an seinen Körper hinab; ihm war, als sähe er sich selbst aus großer Höhe; sein Geist fing an zu wirbeln und stürzte ab. »Ich erinnere mich nicht ...«, murmelte er. »Aber es wäre möglich.« Er runzelte die Stirn und schaute Gundhalinu an. »Aber warum hat man es getan?«

»Das möchte ich ja von ihnen wissen«, drängte Gundhalinu mit sanftem Nachdruck. »Wieso sind Sie nach Tausenden von Jahren zurückgekommen?«

»Wegen der Mers«, antwortete Reede automatisch. Jählings brach er ab. »Beim Universum — doch, ich glaube ... ich glaube, ich bin wegen der Mers hier. Ich kenne sie ...« Erstaunt sah er Gundhalinu an. »Aber es geht nicht um das Wasser des Lebens. Es wird in einem menschlichen Körper nie perfekt wirken, weil dieser genetisch nicht auf Perfektion angelegt ist.« Er schüttelte den Kopf; diese Erleuchtung machte ihn benommen, glücklich, doch gleichzeitig entsetzte sie ihn. »Es ist eine Illusion. Die Mers sind …« Er streckte die Hände aus und tastete in der Luft herum.

Gundhalinu starrte ihn auf seine übliche skeptische Weise an. Reede erwiderte seinen Blick, und in diesem Moment merkte er, daß dieser Gesichtsausdruck ihm bekannt vorkam. Er erinnerte ihn … erinnerte ihn … an Seine Gedanken verhedderten sich. »Mist!« fluchte er und preßte sich die Handballen gegen die Augäpfel, bis er Sterne sah. »Warum nur? Bei den Göttern, wieso sind sie ausgerechnet auf mich verfallen?«

»Das weiß ich auch nicht, Reede«, murmelte Gundhalinu. »Es gibt aber ein paar Anhaltspunkte, die darauf hinweisen, daß ein Irrtum vorliegt.«

Reede lachte: Er faßte in sein Hemd und zog das Medaillon und den Ring heraus, die an einer Kette baumelten. »Überall lauern Gefahren, wenn man irgendwo fremd und fern von seiner Heimatwelt ist.«

Gundhalinus Blick drückte Mitgefühl aus. »Aber jetzt sind Sie hier — Vanamoinen. Man holte Sie zurück, weil man ihr Wissen braucht. Auch ich benötige Ihre Hilfe. Und ich glaube nicht, daß es ein Zufall ist, wenn sich unsere Wege immer wieder kreuzen. Wir beide sind dazu bestimmt, gemeinsam dieses … dieses …« Begierig und hoffnungsvoll beugte er sich vor.

»Was?« fragte Reede mit gepreßter Stimme.

»Sie haben recht, es ist nicht das Wasser des Lebens, was die Mers so bedeutend macht. Es kommt darauf an, zu welchem Zweck sie geschaffen wurden — sie sollen … sie sollen … Sie wissen schon, was ich meine, Reede.«

Verständnislos starrte Reede ihn an. »Nein, ich weiß es nicht. Zur Hölle noch mal, wovon sprechen Sie überhaupt?«

Gundhalinu fluchte vor Wut und Enttäuschung. »Verdammt … Vanamoinen! Sie wissen doch, warum die Mers so wichtig sind, Sie selbst haben sie ja hierher gebracht. Sie müssen sich daran erinnern, bei allen Göttern!«

Reede merkte, wie sein Geist ins Stolpern geriet und zu Trudeln anfing; die Scherben eines zersplitterten Spiegels tobten und rüttelten in seiner Hülle aus Knochen und lebendigem Fleisch, bis er blutete. »Ich weiß nicht, was Sie meinen! Ich bin nicht Vanamoinen, ich bin *Reede!* Und ich habe nicht die geringste Ahnung, worüber Sie faseln. Also halten Sie den Mund und lassen Sie mich in Ruhe!« Er sprang auf und wollte zur Tür gehen.

Abrupt blieb er stehen, als jemand wie aus dem Nichts auftauchte und ihm den Weg verstellte. Eine Sekunde lang glaubte er, es sei Ariele, mit ihrem fahlen Haar und in ein Männergewand gehüllt. Doch das Haar dieser Frau war lang, eine weiße, duftige Wolke ... und das Gesicht war älter ... *Die Königin.* Verdutzt starrte er Gundhalinu an, und endlich begriff er.

»Reede Kullervo«, sagte die Königin und kam auf ihn zu. Der Stoff ihres Gewandes raschelte leise, als sie ihm die Hand entgegenstreckte.

Unschlüssig starrte er sie an. Automatisch nahm er ihre Hand und beugte linkisch den Kopf. »Herrin«, murmelte er, sich an die korrekte Anrede erinnernd, und gleich darauf ließ er die Hand wieder los, als hätte er sich verbrannt. In Gedanken sah er Ariele vor sich und fragte sich, inwieweit die Königin im Bilde war. Er senkte den Blick.

»Sie haben BZ geholfen, den Stardrive neu zu entdekken, nicht wahr?« fragte sie. Ihre Stimme faszinierte ihn und hielt ihn fest; seine plötzliche Anwandlung von Panik flaute ab. Sie starrte ihn noch eine Weile mit einer Eindringlichkeit an, die ihn seltsamerweise tröstete.

»Ja«, sagte er und trat von einem Fuß auf den anderen. Flüchtig schaute er zu Gundhalinu hin und sah, wie dieser nickte.

»Wir versuchen, einen Weg zu finden, wie man die

Mers vor der Verfolgung durch die Hegemonie schützen kann«, sagte sie. »Daß sie intelligent sind, wissen wir, doch das ist noch nicht alles. Wir glauben, ihre Gesänge enthalten — so etwas wie codierte Daten. Doch der Code ist unvollständig; das Abschlachten hat sie so weit dezimiert, daß sie ihre Vergangenheit verloren haben und es nicht einmal wissen. Und die Gesänge sind wichtig für ... für das Wohlergehen der Hegemonie. Wenn wir den Zweck dieser Lieder kennen, sind wir vielleicht in der Lage, die Mers zu retten. Aber wir können nicht ... wir können nicht ...«

Reede glotzte sie an; plötzlich verhaspelte sich die Königin genauso wie vorhin Gundhalinu. »Was haben Sie?« fragte er erstaunt.

Sie schüttelte den Kopf und schloß frustriert ihre achatfarbenen Augen. »Ich kann es Ihnen nicht sagen«, murmelte sie, als schmeckten die Worte wie bittere Galle. »Und auch er kann es nicht.«

»Es schützt sich sozusagen selbst«, erklärte Gundhalinu und rieb sich das Gesicht.

Reede spürte, wie in den Tiefen seines Geistes ein Funke aufglomm, der das Feuer der Erleuchtung zu entfachen versprach. Er jagte einer Erinnerung hinterher, doch die entwand sich seinem Zugriff. »Survey?« flüsterte er mit leerem Verstand und leerem Blick. »Meinen Sie den Survey?«

Gundhalinu schüttelte stumm den Kopf, wie ein Mann, dem man die Zunge herausgeschnitten hat.

Reede stieß ein harsches Lachen aus. »Bei den Göttern, was sind wir nur für ein Verein!« Seine Hände zuckten. »Was, zur Hölle, passiert hier eigentlich? Ist das ansteckend?« Er schlug sich kräftig gegen die Schläfe.

»Es spielt keine Rolle.« Die Königin griff nach seinem Arm. »Sie brauchen es nicht zu verstehen. Sie sollten nur daran glauben, daß es wichtig ist. Das reicht aus. Arbeiten Sie mit uns an den Gesängen der Mers, setzen

Sie Ihren Verstand dort ein, wo Ihre eigene Bestimmung liegt, vielleicht kommen dann die Erinnerungen zurück.«

Reede blinzelte und schaute auf ihre Hand hinab, die auf seinem Arm ruhte; beinahe konvulsivisch umschloß er sie mit der seinen.

»Reede.« Gundhalinu stand auf und kam zu ihnen; er bewegte sich zögernd, wie wenn er Schmerzen hätte. »Ich weiß, daß die Quelle Sie mit irgend etwas erpreßt; Jaakola hat etwas gegen Sie in der Hand. Wenn Sie sich von ihm befreien wollen, können wir Ihnen dabei helfen. Jede Fessel läßt sich sprengen, sagen Sie uns nur, was Sie brauchen, um loszukommen.«

Reede schüttelte die Hand der Königin ab. Als er tief Luft holte, spürte er, wie die Skelettfinger der Wahrheit seine Kehle zupreßten. »Sie können mir nicht helfen, Gundhalinu.« Er schüttelte den Kopf. »Keiner kann das.«

»Dann erzählen Sie mir wenigstens, in welchem Dilemma Sie stecken.« Gundhalinu hielt ihm beide Hände hin. »Sie kennen mich«, sagte er und blickte Reede durchdringend an. »Sie wissen, daß Sie mir Ihr Leben anvertrauen können. Und ich brauche Ihre Mithilfe.«

Reede wandte sich ab. »Es geht nicht. Ich kann Ihnen nicht helfen.«

»Aber dazu sind Sie da! Es ist der einzige Grund für Ihre Existenz!«

Reede drehte sich wieder zu ihm um; ihm wurde schwindelig. Sein ganzes Leben schien in ein rotierendes Chaos zu verfallen. »Ich werd's mir überlegen ... ich muß nachdenken. Und jetzt ist es für mich höchste Zeit, daß ich gehe.« Unsicher ging er zur Tür; als er sie erreichte, blickte er kurz über die Schulter. »Fragen Sie Ihren Gemahl nach den Mers, Herrin«, sagte er mürrisch. »Er weiß ein paar Dinge, die er selbst *Ihnen* verschweigt ...« Als er dann endgültig ging, versuchten sie nicht, ihn zurückzuhalten.

Mond stand neben BZ und fühlte, wie er den Arm um sie legte; beide sahen zu, wie der großgewachsene, schlanke Reede Kullervo taumelnd das Zimmer verließ.

»Bei den Göttern«, murmelte BZ, als die Tür ins Schloß fiel. »Hoffentlich haben wir nichts verkehrt gemacht.«

»Warum hast du ihn nicht festgehalten?« fragte sie.

Mit bekümmerter Miene sah er sie an. »Ich kann ihn nicht zwingen, Mond. Im Augenblick ist er soweit, daß er kurz vor einem Zusammenbruch steht; und wenn er durchdreht, verlieren wir Vanamoinen für immer.« Er schüttelte den Kopf. »Das dürfen wir nicht riskieren. Wir müssen einfach darauf vertrauen, daß er aus freien Stücken zurückkommt.«

»Er ist noch ein Junge, BZ«, sagte sie leise; In Reedes Augen hatte sie einen Ausdruck wahrgenommen, in dem sich Angst und tiefste Verzweiflung miteinander mischten. »Er fürchtet sich schrecklich.« Sie legte die Arme um BZ und hielt sich an ihm fest.

»Dazu hat er auch allen Grund.« BZ seufzte, streichelte ihr Haar und gab ihr einen Kuß. »Mögen die Götter ihm beistehen ... Komm, laß uns wieder zu Bett gehen.«

Sie nickte und folgte ihm die Treppe hinauf. »Womit hat die Quelle ihn in der Gewalt? Ob es Drogen sind?«

BZ sah sie überrascht an. »Wahrscheinlich. Wie kommst du darauf?«

»Ich erinnere mich noch gut an die Quelle.« Hand in Hand betraten sie das Schlafzimmer. »Als der Winter zu Ende ging, bezahlte Arienrhod Jaakola mit dem Wasser des Lebens, damit er ihr Virenkulturen beschaffte.«

Er erinnerte sich an die Geschichte und zog eine Grimasse. »Darin ist er gut. Aber ich habe keine Ahnung, womit er Reede an sich bindet. Etwas Gewöhnliches wird es nicht sein, denn sonst könnte Reede es sich auch anderswo beschaffen.« Er zog seinen Morgenmantel aus, öffnete seine Hose und setzte sich vorsichtig auf die Bettkante, um sie von den Beinen zu streifen.

Mond ließ sich das ausgeborgte Gewand von den Schultern gleiten, und der importierte Stoff liebkoste ihre Haut wie streichelnde Hände. Sie legte sich in Gundhalinus Bett und rutschte unter die Zudecke; es war ein Gefühl, wie wenn sie ins Meer hinabtauchte, in eine vertraute und tröstliche Umgebung. Gundhalinu streckte sich neben ihr aus, und einen Augenblick lang vergaß sie, wie müde sie war. Sie sah, wie die Spuren von Schmerz und Erschöpfung aus seinem Gesicht verschwanden, als er ihre Wange streichelte und die Bandage an ihrem Arm berührte. Sie lächelte flüchtig.

»BZ«, sagte sie, »von wem sprachst du, als du zu Reede sagtest: ›Wir haben Sie an die Bruderschaft verloren‹, und ›Wir sind schon eine sehr lange Zeit hinter Ihnen her‹? In diesem Stil hast du dich einige Male ausgedrückt, aber mit ›wir‹ meintest du nicht uns beide.«

Er blickte weg, wie wenn er innerlich mit sich kämpfte. Nach einer Weile sah er sie wieder an und legte sachte die Fingerspitze an die Sibyllentätowierung an ihrem Hals. »Ich meinte die Survey-Loge.«

»Die Survey-Loge?« wunderte sie sich. »Diesen sogenannten Club, in dem versnobte Kharemoughis verkehren und über Tiamats Mängel herziehen?«

Er lachte. »Deshalb bist du also nicht gekommen, obwohl ich es durchgesetzt habe, daß auch Tiamataner Mitglied werden können.«

Sie stemmte sich auf einen Ellbogen hoch und spürte, wie ihr Haar über ihre Schulter rieselte. »Meine Zeit ist zu kostbar, um sie mit solchen Nichtigkeiten zu verplempern«, entgegnete sie gereizt.

»Hinter der Survey-Loge steckt mehr, als es den Anschein hat. Der Survey, den du kennst, ist nur die Oberfläche, die Fassade — doch es gibt die verschiedensten Ebenen — wie viele es genau sind, weiß ich selbst nicht.«

Das Lachen blieb ihr im Hals stecken, als sie seinen Gesichtsausdruck sah und merkte, daß er es ernst meinte.

»Eigentlich dürfte ich dir das gar nicht erzählen.« Er preßte sich die Hände gegen die Augen. »Aber bei allen Göttern, wenn jemand ein Recht hat, die Wahrheit zu erfahren, dann bist du es!« Er schüttelte den Kopf. »Der richtige Survey ist eine geheime Organisation, die bis in die Zeit des Alten Imperiums zurückreicht. Sie fußt auf den früheren Gilden des Imperiums, die sich mit der Kolonisation von Welten beschäftigten. Ich erzählte dir schon von einem Mann namens Vanamoinen ...«

Schweigend lauschte Mond, während er ihr alles erzählte; sie durchschaute mehr und mehr das merkwürdige Gespräch, das er mit Reede geführt hatte, und sie spürte, wie ihre Vorstellung vom Universum sich allmählich wandelte. »Aber die Survey-Loge kontrolliert nicht sämtliche Vorgänge in der Hegemonie ... oder etwa doch?« fragte sie zum Schluß.

Er schüttelte den Kopf und lachte einmal kurz auf. »Nein, dafür sorgt schon die menschliche Natur. Die Loge versucht es selbstverständlich — aber viele Dinge entziehen sich ganz einfach dem Zugriff. Selbst auf den höchsten Ebenen kann der Survey nur beeinflussen, aber niemals kontrollieren.«

»Dann gehört Reede Kullervo dem Survey an ... und die Quelle auch?«

BZ nickte und legte den Kopf auf seinen Arm. »Innerhalb der Loge gibt es eine Clique, die sich selbst die Bruderschaft nennt; ihr Ziel ist es nicht mehr, das Wohl der Allgemeinheit zu fördern, sondern private Interessen durchzusetzen. Die Mitglieder der Bruderschaft gehen dieselben Wege wic die Loge — aber mit einem anderen Resultat. Sie betrachten die Hegemonie als Beute. Sie unterstützen alles, das die herrschende Ordnung gefährdet — Drogenhandel, politische Korruption, Krieg —, denn wenn irgendwo eine Gesellschaft aus dem Gleichgewicht gerät, profitiert die Bruderschaft von der Not der Menschen. Reede war einmal ein Günstling der Bruderschaft — jetzt ist er zu ihrem Werkzeug gemacht worden. Kitaro ...« Er brach ab. »Kitaro hatte seit Monaten versucht, dieses Treffen zu arrangieren, aber er wird so scharf beobachtet, daß ich schon glaubte, es würde nie zustandekommen.« Er schwieg, wie wenn er noch einmal über Reedes unverhofften Besuch nachdächte.

»Und wo stehst du?« fragte Mond schließlich; sie legte sich auf die Matratze zurück, die sich weich ihrer Körperform anpaßte. »Wenn Reede der Bruderschaft gehört ...«

»Ich kämpfe für den Status quo — oder besser gesagt, ich tat es früher einmal.« Er starrte gegen die Zimmerdecke, die sich in Halbschatten hüllte. »Diese Faktion wird manchmal auch die Goldene Mitte genannt; sie nimmt für sich in Anspruch, die Aufgaben des Survey zu erfüllen, indem sie die Ordnung innerhalb der Hegemonie aufrechterhält — darunter versteht man, daß Kharemough über den Rest des ehemaligen Alten Imperiums herrscht. Eine Zeitlang hoffte ich, es sei wirklich so einfach ...« Sein Blick verfinsterte sich.

»Hat die Rückkehr nach Tiamat diesen Sinneswandel bei dir bewirkt?« Sie legte ihre Hand auf seine Schulter.

»Er hatte sich schon viel früher angebahnt. Nichts ist einfach ... Was ist schon richtig, und was ist falsch?« Ein Lächeln, halb traurig, halb ironisch, umspielte seine Lippen. »Wenn es keine Ordnung gäbe, gäbe es auch kein Chaos ... und ohne Chaos brauchte es keine Ordnung zu geben. Beide Zustände bedingen sich gegenseitig, nur zusammen bilden sie ein Ganzes. Die Survey-Loge nennt dies in ihrer Eitelkeit ›das Große Spiel‹.«

»Was — oder wer — ist das Zentrum der Loge? Wer steht an der Spitze?«

»Ich weiß es nicht.« Er zuckte die Achseln. »Egal, wie

hoch ich aufsteige, es gibt immer noch Ebenen darüber.«

»Woher weißt du dann, wem du trauen kannst?«

»Ich weiß es ja gar nicht.« Er lächelte wehmütig. »Vielleicht ist das für das Große Spiel auch gar nicht wichtig. Das Sibyllennetz hat dafür gesorgt, daß Vanamoinen zurückkehrte und hierher nach Tiamat kam. Jede Clique hat versucht, ihn zu kontrollieren, ihn zu manipulieren — ohne Erfolg. Trotzdem befindet er sich jetzt hier. Deshalb glaube ich ja so fest daran, daß er uns helfen wird. Deshalb meine ich auch, daß wir nichts erzwingen können, daß wir den Dingen ihren Lauf lassen müssen.

»Aber sicher bist du dir nicht«, sagte sie leise.

»Nein«, murmelte er, den Blick abwendend. »Ich bin mir in keinem Punkt sicher.«

»Als ich noch klein war, brachte mir meine Großmutter bei, daß die Mers die Kinder des Ozeans sind, und daß die Herrin sie segnet und beschützt. Und auch ich stünde unter dem Schutz der Herrin.« Vor Kummer schnürte sich ihre Kehle zusammen.

Er zog sie in seine Arme, drückte sie an sich und küßte ihre Stirn, als wäre sie ein Kind. »Und ich dachte einmal, mein Leben sei vorbei«, flüsterte er. Er schloß die Augen und küßte sie auf den Mund. »Götter, wie sehr ich dich liebe ...«

Auch sie machte die Augen zu; Tränen quollen unter den Lidern hervor, rannen über ihr Gesicht und tropften heiß auf seine Haut. Sie wunderte sich, daß sie inmitten dieses Sturms in seinen Armen Ruhe fand, daran glauben konnte, daß alles gut enden würde. »Die Nacht ist bald vorüber«, sagte sie; sie umrahmte sein Gesicht mit den Händen, und als sie seine Augenlider küßte, merkte sie, wie die Müdigkeit von ihr abfiel. Sie küßte seine Lippen und ließ ihre Hände über seine Brust wandern; ihre Finger forschten tiefer, und sie spürte, wie die Berührung ihn erregte.

»Der neue Tag kann ruhig auf uns warten«, murmelte er und stieß einen Seufzer aus. »Wir haben es nicht eilig.«

Reede Kullervo lag wach auf seinem Bett und starrte empor in den Käfig aus Dunkelheit; der jetzt seine ganze Welt war. So weit er sich zurückerinnern konnte, hatte er immer halbe Nächte lang wachgelegen; doch noch nie hatte er sich so gequält wie jetzt.

Nun wußte er, wer in seinem Hirn gefangensaß — und ihn wiederum zu einem Gefangenen in einer zerstörten, alptraumhaften Szenerie machte, sich an ihm rächte für ein Verbrechen, das er gar nicht begangen hatte ... *Ich bin Vanamoinen.* Er zweifelte nicht daran, daß Gundhalinu recht hatte, daß die ganze Geschichte stimmte, auch wenn er sich nicht erinnern konnte ... Vanamoinen wußte es.

Fluchend wälzte sich Reede auf den Bauch und vergrub sein Gesicht im Kissen. *Was mache ich hier? Was will ich überhaupt?* »Es ist der einzige Grund für Ihre Existenz!« hatte Gundhalinu ihn angeschrien. *Die Mers. Tiamat.* Es war nicht das Wasser des Lebens. *Wenn er ihnen helfen würde, würde er es verstehen,* hatte die Königin gesagt. Er wollte ihnen ja helfen, er wollte verstehen; der Wunsch nach Begreifen brannte wie ein Feuer in seinen Eingeweiden ...

Aber die Königin und BZ Gundhalinu konnten nichts für ihn tun. Sie konnten ihm nicht das Wasser des Todes geben; das lag nur in der Macht der Quelle. Selbst wenn Gundhalinu ihm ein Labor und Ausrüstung zur Verfügung stellte, würde er es niemals schaffen, das Wasser des Todes rechtzeitig herzustellen; aber er brauchte seine regelmäßige Dosis. Bereits jetzt spürte er, daß er einen Schuß versäumt hatte; weil Gundhalinu ihm auflauern und ihn in sein Haus schleppen ließ, war er zu seiner Verabredung mit TerFauw zu spät gekommen.

Irgendwie mußte er TerFauw dazu bringen, daß er

ihm die versäumte Dosis verabreichte, bis zum nächsten Morgen mußte er sich eine plausible Lüge ausdenken ... Wenn er den Schuß nicht bekam, konnte er nicht arbeiten. Er brauchte ihn, und den nächsten, und den nächsten und ... und ... und ... Ohne das Wasser des Todes würde er sterben, doch dann wäre er niemandem mehr von Nutzen. Aber wozu lebte er überhaupt, wenn er nirgendwo einen Ausweg aus seiner Qual sah? Er war ein Mann mit zwei Gehirnen; er hatte sich wohler gefühlt, als er lediglich annahm, er sei verrückt ...

»*Reede.*« Eine Stimme, die klang, als sei sie von Rost zerfressen, sprach in der Dunkelheit seinen Namen.

Reede stockte der Atem.

Er stemmte sich im Bett hoch. »Wer ist da?« Vor ihm war nichts außer Finsternis, feine Abstufungen von Dunkelgrau bis Tiefschwarz, die vagen, vertrauten Umrisse der Zimmereinrichtung. Stand da wirklich etwas am Fußende seines Betts, eine Schattengestalt, düsterer als die Nacht, mit einem unmöglichen Schimmer von Rot?

Du weißt, wer es ist, Reede, flüsterte die Stimme eindringlich.

Ein Hologramm; eine Projektion, versuchte er sich vergebens einzureden. *Ein Alptraum ...* Aber er träumte nicht. Noch nie zuvor hatte die Quelle ihm das angetan und war in sein Zimmer eingedrungen, das seine letzte Zuflucht war. Wenigstens hier konnte er so tun, als sei er immer noch ein freier Mann ...

»Sag es«, murmelte die Quelle. »Sag, wer ich bin.«

»Herr!« zischte Reede, das Wort ausspuckend. Jeder Muskel seines Körpers verkrampfte sich vor ohnmächtiger Wut, und er preßte sich die Bettdecke gegen die Brust. »Was willst du?«

Er verwünschte sich, weil seine Stimme bebte.

»Hattest du heute nicht eine mitternächtliche Audienz, Reede — mit der Königin und dem Obersten Richter?«

O Götter! Reedes Mut sank. »Aber nicht freiwillig.«

»Wolltest du mich davon in Kenntnis setzen?«

»Es ist nichts passiert«, erwiderte er heiser.

»Nichts ...?« höhnte die Quelle. »Der Große Feind entführt dich zu einem heimlichen Treffen, auf dem dann nichts passiert. Man sagt dir, daß du wirklich der neue Vanamoinen bist; sie bedrängen dich, die Bruderschaft zu verraten und die Fronten zu wechseln — aber nichts passiert.«

Reedes Lippen zuckten. »Du weißt doch, daß ich dir nicht weglaufe. Wohin sollte ich gehen? Binnen weniger Tage wäre ich ein verfaulender Leichnam.«

»Du sagtest ihnen, es sei unmöglich, eine stabile Form des Wassers des Lebens herzustellen«, tadelte die Quelle. »Aber es ist nichts passiert!«

»Es war eine Lüge! Ich sagte es nur, um sie in die Irre zu führen, das ist alles.« Der kalte Schweiß lief ihm über den Rücken, während er ins Dunkel starrte. Er betete, die Quelle möge ihm nichts anmerken, möge nicht dazu imstande sein, seine geheimsten Gedanken und Gefühle zu lesen.

»Genausogut könntest du mich anlügen.«

»Ich belüge dich nicht!« brüllte Reede. »Was hätte ich davon?«

»Du hast recht, es würde dir nichts nützen. Denn wenn du mich verrätst, bist du wirklich bald krepiert, und Vanamoinens Gehirn stirbt mit dir, egal, was du sagst oder tust.«

Reede beleckte seine Lippen. »Es braucht Zeit, das Wasser des Lebens auf synthetischem Wege herzustellen, das sagte ich dir bereits. Du willst doch nicht, daß ich meinen alten Fehler wiederhole, oder?« — Seine Stimme klang schroff.

»Nein.« Die Quelle gab einen Laut des Abscheus von sich. »Du hast genug Zeit ... Aber inzwischen verlangt die Bruderschaft noch etwas anderes von dir. Offenbar ist die Königin nicht aus religiösem Fanatismus so in die

Mers vernarrt. Sie und Gundhalinu wissen etwas Wichtiges über die Mers, das so geheim ist, daß nicht einmal die Goldene Mitte etwas davon ahnt. Du solltest herausfinden, was es ist.«

»Aber wie?« fragte Reede gereizt. »Heute abend erzählten sie mir nichts davon. Es war fast so, als *könnten* sie es mir nicht sagen ...« Er brach ab. »Was soll ich tun?« fragte er, sorgfältig den Hoffnungsfunken abschirmend, der in ihm aufglomm. »Ich könnte vorgeben, ich sei auf ihrer Seite, bis sie mir ...«

Die Quelle lachte, und Reedes Hoffnung erlosch. »Das könnte dir so passen, wie? O nein. Du gehörst mir; Vanamoinens Gehirn gehört der Bruderschaft. Deine Liebesaffäre mit Ariele Dawntreader hat sich doch prächtig entwickelt und süße Früchte getragen, trotz deiner Dornen, Kullervo.«

Reede schloß die Augen; seine Finger krallten sich in die Bettdecke. »Ich folgte nur deinem Befehl«, sagte er.

»Aber mir scheint, du warst mit dem ganzen Herzen dabei. Dieses törichte junge Ding ist dir verfallen. Ihren Freunden erzählt sie, bei dir könnte sie vor Ekstase sterben. Wahrscheinlich stellt sie dich sogar ihrer Mutter vor, wenn du sie darum bittest.«

Reede riß die Augen auf. »Willst du, daß ich sie heirate?« fragte er verblüfft.

»Nein ...«, zischte der Schatten. »Du wirst ihr das Wasser des Todes geben.«

Reede gab einen erstickten Laut von sich. *»Weshalb?«*

»Damit wir sie in unsere Gewalt bekommen. Die Königin ist ihre Mutter — Gundhalinu ist ihr Vater. Wenn sie sehen, was mit ihr passiert, sobald man ihr das Wasser des Todes entzieht, werden sie uns ihr Geheimnis schon mitteilen.«

»Was ist, wenn sie es nicht können?«

Nur Schweigen antwortete ihm, und röchelndes Atmen.

»Was ist, wenn ich mich weigere?«

Stille.

»Jaakola!«

Dann hörte er nur noch das Klopfen seines eigenen Herzens.

Karbunkel

»Ariele«, flüsterte er und beugte sich im Dunkeln wie ein Schatten über ihr Bett; sein Mund senkte sich auf ihre Lippen, und er weckte sie mit einem Kuß.

Sie öffnete die Augen und blinzelte verständnislos; im Halbschlaf, bevor sie völlig wach wurde, sträubte sie sich gegen ihn. »Ariele«, wiederholte er, und ihr Körper gab unter ihm nach.

»Reede?« flüsterte sie erstaunt, denn noch nie zuvor hatte er ihr Appartement betreten, er hatte sich sogar stets geweigert, auch nur in die Nähe ihrer Wohnung zu kommen.

Anstatt zu antworten, bedeckte er ihr Gesicht und ihren Hals mit Küssen, während seine Finger mit dem Verschluß ihres Nachthemds kämpften; schließlich riß er es ungeduldig auf; er hörte, wie der Stoff kaputtging, doch es war ihm egal. Unter ihren halbherzigen, überraschten Protestrufen streifte er ihr das Hemd ab. Sie klammerte sich an ihn, als er ihren nackten Körper küßte; dann riß er sich in wahnsinniger Hast die eigenen Kleider vom Leib und legte sich auf sie. Sie umschlang ihn, voller Leidenschaft, nahm ihn in sich auf und beschützte ihn, während er von ihr Besitz ergriff; er schenkte ihr das einzige, das er zu geben vermochte, bis sie vor Wonne und Erleichterung aufschrie, und auch er in ihrem Körper Erlösung fand.

Lange blieben sie auf dem Bett liegen, die Beine umeinander geschlungen, dicht an dicht, die Herzen im selben Rhythmus schlagend; dann sprach er wieder ihren Namen.

»Ich muß fort«, sagte er und preßte seine Lippen zärtlich gegen ihre glänzende Haut, ehe er sich aus ihrer Umarmung löste und hinsetzte. »Ich möchte, daß du mitkommst.«

Seine Hand strich ihren Arm entlang, bis er ihre Finger umschloß.

Plötzlich hellwach, richtete sie sich in der Dunkelheit auf. »Jetzt gleich, mitten in der Nacht?«

»Ja.«

»Wohin gehst du? Verläßt du Tiamat?«

»Nein, das wäre gar nicht möglich ... sie würden es nicht zulassen. Ich fliege ins Outback — und du mußt mitkommen.«

»Warum?« fragte sie leise.

»Weil ich lebensmüde bin, du aber nicht.«

»Ich weiß nicht, was du meinst.«

»Du brauchst es auch nicht zu verstehen, Hauptsache, du vertraust mir. Hast du Vertrauen zu mir, Ariele?«

Sie nickte bedächtig.

Er nahm ihre Hände und zog sie hoch. »Dann laß uns sofort aufbrechen.«

Im Schutz der Dunkelheit nahmen sie in Monds Hovercraft Kurs auf die südliche Küste. Als der Morgen dämmerte, flogen sie immer noch in Richtung Süden, über die unendliche Fläche des Meeres hinweg. Unterwegs hatte Ariele keine zwei Worte mit ihm gesprochen; sie kauerte neben Reede auf ihrem Platz, den Kopf an seine Schulter gelegt, und döste immer wieder ein. Der Druck ihres Körpers fing an ihm Schmerzen zu bereiten, als seine Nervenspitzen hypersensitiv wurden. Während der langen, stillen Stunden spürte er jedes Symptom des Drogenentzugs überdeutlich, doch er weckte Ariele nicht auf.

Die Nacht schien kein Ende zu nehmen; dennoch spähte das Licht des jungen Tags ihm viel zu früh über die Schulter und verriet ihm, daß der trügerische Friede nicht mehr lange dauern würde.

Ariele regte sich, als der heiße Schein der aufgehenden Sonnen durch das Seitenfenster auf ihr Gesicht prallte. Sie setzte sich aufrecht hin, rieb sich die Augen und betrachtete den öden, unbekannten Küstenstreifen in der Ferne. Sie nahmen Kurs auf die offene See. »Wo sind wir?«

»Weit weg von Karbunkel«, antwortete er. »Ich folgte der Küste, soweit sie noch bewohnt war. In der letzten Siedlung der Sommerleute setze ich dich ab, und dann versenke ich das Hovercraft im Meer.«

Sie starrte ihn an, als hätte er den Verstand verloren. »Was hat das Ganze zu bedeuten, Reede? Was machen wir hier draußen? Hat es mit den Mers zu tun?«

»Nein«, sagte er grimmig. »Jedenfalls nicht direkt. Ich möchte, daß du mir jetzt ganz genau zuhörst. Also, erstens arbeite ich nicht für deine Mutter ...«

»Ich weiß«, sagte sie leise.

Stirnrunzelnd sah er sie an. »Unterbrich mich nicht! Ich arbeite für jemanden, der die Quelle genannt wird. Er läßt mich Forschungsarbeiten erledigen und brachte mich hierher, damit ich die Mers studiere; ich soll einen Weg finden, wie man das Wasser des Lebens im Labor herstellen kann.«

Schweigend starrte sie ihn an. »Dieser Mann — besitzt mich.« Er hielt ihr die Handfläche hin und zeigte ihr das Brandmal. Sie hatte es schon früher gesehen, aber nie den Mut aufgebracht, ihn nach der Bedeutung dieser Markierung zu fragen. »Er sagt mir, was ich tun soll, und wenn ich mich weigere, entzieht er mir die Droge, von der ich abhängig bin; wenn ich meine Dosis nicht kriege, muß ich sterben.«

»Hat er dich süchtig gemacht?«

»Nein«, versetzte er schroff. »Ich bin selbst schuld daran. Aber er kontrolliert meine Vorräte ...« Hastig fuhr er fort, ehe sie nachfragen konnte: »Ich brachte dich hierher, weil er jetzt von mir verlangt, daß ich dir diese Droge gebe.«

Sie hielt den Atem an; er sah den ängstlichen Blick in ihren Augen.

»Deshalb habe ich dich in diese Einöde entführt!« sagte er barsch. »Ich will dich nicht abhängig machen. Die Quelle hatte mir befohlen, ich sollte mich an dich heranmachen; dann mußte ich mit dir schlafen. Er — er ist für alles verantwortlich. Ich führte nur seine Befehle aus. Aber jetzt ist Schluß damit, beim Render ...« Seine Hände umschlossen fest die Kontrollen.

»Er hat dir alles befohlen ...?« fragte Ariele mit dünner, bebender Stimme. Vor Scham brannten ihre Wangen. »Das glaube ich nicht. Du warst auch dran beteiligt ... zumindest vergangene Nacht.« Ihre Finger berührten ihre Lippen, ihre Brüste. Dann schaute sie ihn mit durchdringendem Blick an.

Reede starrte geradeaus auf das endlose, blaugrüne Meer. Endlich entdeckte er das, wonach er gesucht hatte. Er zeigte nach vorn. »Da. Die Äußersten Inseln. Soweit ich weiß, lebt weiter südlich niemand mehr. Eine Insel in diesem Archipel ist bewohnt. Die Siedlung ist so winzig, daß kaum jemand in Karbunkel sie kennt. Da sich so weit draußen der Klimazyklus nicht wesentlich auswirkt, brauchen die Bewohner ihre Insel nie zu verlassen. Du könntest sagen, dein Boot sei in einem Sturm vom Kurs abgewichen und an ihren Strand gespült worden.«

»Du willst mich allein hier aussetzen?« fragte sie schüchtern. Er gab keine Antwort. Sie wandte den Blick von den fernen grauen und purpurnen Punkten ab, die die eintönige Seelandschaft durchsetzten, und schaute Reede in die Augen. Hastig sah sie wieder weg; ihre Hände, die sie im Schoß hielt, ballten sich zu Fäusten. »Und was dann? Erwartest du von mir, daß ich bei diesen Menschen lebe, wie eine — eine *Dashtu* in einer Steinhütte?«

»So haben Generationen von Dawntreaders gelebt«, schnauzte er sie an. »Selbst Arienrhod lebte so bis zum Wechsel. Es steckt dir im Blut, du wirst dich daran gewöhnen.«

»Und wie lange muß ich hierbleiben?«

Er holte tief Luft. »Vielleicht für den Rest deines Lebens.«

Sie drehte sich in ihrem Sitz um. »Für immer?«

»Wenn du weißt, was gut für dich ist. Die Quelle will dich gegen deine Mutter und Gundhalinu ausspielen. Er glaubt, sie besitzen etwas, das für ihn interessant ist, und mit dir als Faustpfand will er sie erpressen. Zuerst sollst du vom Wasser des Todes abhängig gemacht werden; er glaubt, wenn die Königin und Gundhalinu sehen, was mit ihrem Kind passiert, wenn die Entzugserscheinungen einsetzen und du langsam krepierst, würden sie nachgeben. Aber sie können ihn nicht in ihr Geheimnis einweihen, selbst wenn sie es wollten. Und ich kann nichts tun, um die Quelle von seinem Plan abzubringen. Keiner könnte das. Also bleibt gar nichts anderes übrig, als dich endgültig seinem Zugriff zu entziehen, das heißt, du mußt von der Bildfläche verschwinden.«

»Und das alles passiert, weil ich dich liebe?« sagte sie mit brüchiger Stimme. »Ich soll Karbunkel und meine Familie nie wiedersehen ...?« Als sie begriff, was sie alles mit einem Schlag verlieren sollte, kochten Wut, Enttäuschung und ohnmächtiger Schmerz in ihr hoch. Gequält sah Reede, was seine Worte angerichtet hatten. Sie vergrub ihr Gesicht in den Händen. Tränen des Zorns und des Hasses quollen zwischen den Fingern hervor ... Tränen der Scham und der Verzweiflung, als sie fragte: »Und dich soll ich auch nie wiedersehen?«

Er schöpfte tief Atem; er spürte dieselbe hilflose Wut auf das Schicksal wie sie. Das hatte er nie gewollt — nicht einmal Ariele hatte er gewollt. Sie war ihm gegen seinen Willen aufgezwungen worden, benutzt wie ein

Folterinstrument von dem Mann, der im Quälen ein Meister war. Eigentlich sollte er Ariele hassen. Und dennoch ... Sein Blick verschwamm, und er schaute zur Seite, weil sie den Hunger in seinen Augen nicht sehen sollte.

Wie ein Besessener beschäftigte er sich mit den Kontrollen des Hovercraft, obwohl sie seiner Aufmerksamkeit gar nicht bedurften. Er versuchte krampfhaft, sich von Ariele abzulenken. Doch seine verräterischen Sinne registrierten mit jeder Faser seines Körpers ihre Nähe, wie wenn sie mit ihm verschmolzen wäre. Er wußte nicht mehr, wann er angefangen hatte, sie in die Arme zu ziehen, sie zu küssen und zu liebkosen. Leise stöhnte er auf, als seine degenerierenden Nervensynapsen ihn erzittern ließen, als stünde er unter elektrischem Strom; die Schmerzen verstärkten seine Erregung mit einer köstlichen Perversität. Ariele noch enger an sich pressend, genoß er jede Gefühlsschwingung, als sei sie seine letzte.

»Wirst du ... wirst du zu ihm zurückgehen?« fragte sie, während ihre warmen, weichen Lippen seinen Hals streiften. *Zu der Quelle?*

»Nein.« Er schüttelte den Kopf. »Ich lasse mich mit dem Hovercraft abstürzen. Ich gehe nie mehr zur Quelle zurück. Er soll denken, wir beide seien zusammen gestorben.« Eine Woge der Angst schlug über ihm zusammen, als er sich vorstellte, wie sich das kalte Meereswasser über seinem Kopf schließen, seine Lungen füllen und endlich von ihm Besitz ergreifen würde. Er redete sich ein, es würde schnell gehen; wenn er die Notfallsysteme abschaltete, konnte es in wenigen Sekunden vorüber sein. In Gedanken malte er sich die Alternative aus.

Er spürte, wie sie neben ihm erstarrte. »Dann nimm mich mit in den Tod«, murmelte sie. »Es macht mir nichts aus zu sterben, ohne dich will ich nicht weiterleben.«

Er schob sie von sich weg; seine Hände umschlossen so fest ihre Arme, daß sie vor Schmerzen zusammenzuckte. »Nein. Dann hat er gewonnen, dieser verdammte, elende Dreckskerl. Du mußt am Leben bleiben!« Er schüttelte sie. »Wenn du mich wirklich liebst, dann rette dich.«

»Wieso können wir beide nicht weiterleben?« fragte sie. »Der Oberste Richter wird uns helfen. Gundhalinu sagte einmal, daß er dich kennt und dir helfen könnte. Noch ist es nicht zu spät.«

»Für mich schon! Was ich brauche, kann selbst Gundhalinu nicht beschaffen. Und dich kann er auch nicht beschützen. Ich werde sterben, Ariele, hast du mich nicht gehört, verdammt noch mal?! Wenn ich nicht auf dem Bauch zur Quelle zurückkrieche und ihn anbettele wie ein unterwürfiger Hund, mir die Droge zu geben, bin ich so oder so tot. Und das Wasser des Todes kriege ich nur, wenn ich dich an ihn ausliefere.«

»Aber wenn es doch nur eine Droge ist ...«

Er lachte einmal scharf auf; einen solchen Laut mochte ein Mann von sich geben, der gepfählt wird und den ersten Stich verspürt. Angewidert wandte er sich ab: »Das Dorf der Sommerleute liegt auf der nächsten Insel. Dort setze ich dich ab.«

»Nein!« Jählings schnellte ihr Arm an ihm vorbei, und sie attackierte die Instrumente; sie schaltete den Autopiloten ab und stellte das Hovercraft auf manuelle Steuerung um. Der Gleiter rüttelte und schwankte, als er Ariele heftig zurückstieß.

Er mühte sich ab, das Hovercraft wieder unter Kontrolle zu bekommen, doch Ariele warf sich abermals gegen ihn und blockierte den Zugriff zum Armaturenpaneel. Er spürte, wie sie in gefährlichem Sturzflug nach unten sackten.

»Ariele!« brüllte er; in seiner Panik schlug er ihr mit der flachen Hand ins Gesicht. Sie fiel auf ihren Sitz zurück und wurde von den Beschleunigungskräften auf ihrem Platz gehalten, während sie steil auf das blaugrüne Wasser zurasten.

Verzweifelt schrie Reede dem Steuerungscomputer Befehle zu und riß mit aller Kraft an den manuellen Kontrollen, um den Absturz zu bremsen. Er war kein erfahrener Pilot und hatte sich bis jetzt immer von Berufsfliegern befördern lassen. Nun, da es zum Lernen zu spät war, verwünschte er seine Bequemlichkeit.

Plötzlich erspähte er eine ockergelbe Linie, ein Bild aus rostroten und grüngrauen Flächen tauchte vor ihnen auf; gerade noch rechtzeitig begriff er, daß sie Land überflogen.

Mit einem knirschenden Geräusch prallte das Hovercraft auf und kreiselte wild um sich selbst, ehe er über ein mit Felsbrocken übersätes Plateau rutschte. Ein Hain aus Baumfarnen bremste den Gleiter ab. Grünzeug regnete auf sie herunter und bedeckte den Sichtschirm.

Keuchend hing Reede in den Haltegurten seines Sitzes: Neben ihm bewegte sich Ariele, schüttelte den Kopf und gab wimmernde Protestlaute von sich. Jählings verstummte sie, als sie sich Reede zuwandte und sich eine Hand an die Wange legte. Zwischen den Fingern hindurch glühte rot der Abdruck, den seine Ohrfeige auf ihrer Haut hinterlassen hatte: »Warum hast du uns nicht abstürzen lassen?« kreischte sie verzweifelt.

Seinen zuckenden, schmerzenden Körper fest gegen den Sitz pressend, beobachtete er sie aus dem Augenwinkel heraus. Er spürte, wie sich bereits Blutergüsse bildeten; aus einem Nasenloch rann Blut und tropfte auf seine Lippe. Er wischte sich die Nase mit dem Hemdärmel ab.

»Du willst genausowenig sterben wie ich«, sagte sie. »Wir können über Funk Hilfe herbeirufen.«

»Steig aus«, sagte er; als sie sich nicht vom Fleck rührte, schnauzte er sie an: »Du sollst aussteigen, hab ich gesagt!« Nachdem sie sich aus den Gurten befreit und den Gleiter verlassen hatte, kletterte auch er hinaus. Da er Ariele nicht traute, versiegelte er von draußen sämtliche Einstiegsluken. Er betrachtete das Hovercraft, sah das demolierte Fahrwerk, und die Spur, die sie beim Schlittern über den unebenen Grund hinterlassen hatte. Ein Blick auf die zerschmetterten Triebwerke verriet ihm, daß die Maschine nicht mehr flugtüchtig war.

Alsdann nahm er ihre Umgebung in Augenschein. Sie befanden sich nicht auf der Insel, die er angesteuert hatte; dieses Eiland ragte als verschwommene Silhouette fern am Horizont der Wasserwüste auf. Wenn er sich einmal um die eigene Achse drehte, konnte er das gesamte Stück Land, auf dem sie abgestürzt waren, überblicken; irgendein elender, namenloser Felsbrocken, der sich nur knapp über der Wasserlinie erhob.

Gestrandet. Ihm drehte sich der Magen um; er schluckte krampfhaft und hätte sich um ein Haar übergeben. Zum Glück war das Hovercraft zwischen den Bäumen gelandet. Das kleine Wäldchen aus Riesenfarnen bot den einzigen Schutz weit und breit; vermutlich waren die Bäume außer ihnen das einzig Lebendige auf dieser Insel, die höchstens noch von Seevögeln besucht wurde. Von der Luft aus wäre der Gleiter nicht zu sehen, es sei denn, man setzte elektronische Aufspürmethoden ein. Wenigstens hatten sie so ein bißchen Zeit gewonnen.

Er wandte sich wieder an Ariele. »Das Dorf befindet sich auf der nächsten Insel, dieser großen dort.« Er zeigte mit dem Finger. »Du bist eine gute Schwimmerin. Such dir irgendwas, das auf dem Wasser treibt, und in ein paar Stunden hast du die Insel erreicht.«

Eine Weile starrte sie ihn an. »Nein.«

»Verdammt noch mal, Ariele!« Mit geballten Fäusten machte er einen Schritt auf sie zu.

»Ich lasse dich nicht im Stich.« Ihre Hände verkrampften sich ineinander. »Ich bleibe bei dir.« Jetzt weinte sie still vor sich hin.

Er blieb stehen und sah zu, wie sie weinte — um ihn ... um sie beide. In seinem Körper schienen sich unsichtbare Würmer zu winden, und das Gefühl wurde so stark, daß er am liebsten geschrien hätte. »Na schön«, sagte er erbittert, »mach, was du willst. Glaubst du, es ist nur eine Droge, deren Entzug mir so zusetzt? Dann warte nur ab. Genauso wird es nämlich dir ergehen, wenn du nach Karbunkel zurückkehrst. Meinetwegen bleib hier und laß dich zugrunderichten!« Mit der geballten Faust hieb er auf den Gleiter ein, und unerträgliche Schmerzen durchzuckten seinen Körper. Fluchend blinzelte er die Tränen fort. »Geh weg vom Hovercraft!« Er verscheuchte sie mit einem Wink. »Und daß du mir ja nicht zu nahe kommst!« setzte er wütend hinzu, als sie sich ihm nähern wollte. »Bleib unter diesen Bäumen dort, wo ich dich im Auge behalten kann!«

Rückwärts schlich sie sich davon, bis er zufrieden war. Dann hockte sie sich an den Stamm eines Baumfarns und schlang die Arme um die angewinkelten Knie. Sie beobachtete ihn, mit Augen, die im Schatten aussahen wie dunkle Teiche.

Er rutschte an der Flanke des Hovercraft herunter, setzte sich auf den harten, sandigen Boden und blokkierte mit dem Rücken die Einstiegsluke. Übertrieben langsam zog er den Stunner aus dem Gürtel und legte ihn neben sich. Er wußte, was Ariele vorhatte; sie wartete die erstbeste Gelegenheit ab, um an das Funkgerät im Gleiter zu gelangen. Sie glaubte ihm nicht; er erkannte an ihren Blicken, daß sie immer noch auf einen Ausweg aus diesem Dilemma hoffte. Er wünschte sich nur, sie so lange aufhalten zu können, bis sie genug gesehen hatte, um zu begreifen — und daß sie ihn danach verlassen würde, ohne einen einzigen Blick zurückzuwerfen.

Er lehnte sich gegen die gewölbte Seite des Hovercraft. Ihm war zumute, als würde sein Fleisch von tausend spitzen Nadeln durchbohrt, doch er war so müde, daß er aus eigener Kraft nicht einmal mehr den Kopf hochhalten konnte. Das Metall erhitzte sich, als die Sonne durch die ramponierten Farnwedel brach. Das Sonnenlicht erwärmte auch seine Haut und den Boden, auf dem er kauerte. *Bei den Göttern, es ist schrecklich heiß hier.* Nicht so heiß wie auf Ondinee, obwohl die Temperaturen auch hier ansteigen würden, wenn der Sommer seinem Höhepunkt näherrückte. Doch verglichen mit der Nordküste, wo Karbunkel lag, war es sehr warm. Er ließ sich durch die Hitze der Zwillingssonnen trösten, auch wenn sie sein Fleisch verschmorten, wie wenn er ein Käfer unter einem Vergrößerungsglas wäre. In seinen Adern schien statt Blut Eiswasser zu fließen ... oder eine Säure ... oder Schneematsch ...

Die Stunden verstrichen. Sonnenlicht und Schatten wanderten langsam durch den stillen Hain. Ariele rührte sich nicht von der Stelle, und auch er saß regungslos da. Ab und zu flatterten Vögel an ihnen vorbei; das Geraschel der Farnwedel vermischte sich mit den Geräuschen der See. Je angestrengter er lauschte, um so intensiver wurde das leise, unaufhörliche Geflüster, wie wenn das Meer näher an ihn herankröche, ihn umzingelte, um ihn dann in seiner Hilflosigkeit zu ertränken.

Mit einem Aufschrei schnellte er in die Höhe, als Wasser in sein Gesicht klatschte — plötzlich merkte er, daß er im Regen stand, unter einem schwarzblauen Himmel, über den Gewitterwolken jagten. Regentropfen prasselten auf ihn nieder, hart und glatt wie Perlen, verschmolzen mit seiner Fieberglut, vermischten sich mit seinem Schweiß und durchnäßten ihn bis auf die Haut. Indem er offenen Mundes in den Regen hineinstarrte, zog sich das Meer aus seinen Träumen zurück; die Beine gaben unter ihm nach, als die Realität ihn wiederhatte.

Er rutschte an der nassen Tür des Hovercraft hinunter, bis er im roten Schlamm hockte. Matsch, der sich warm und kalt zugleich anfühlte, quoll zwischen seinen Fingern hoch. Als er seine Hände betrachtete, sah er, wie angeschwollen und lilafarben sie waren; es schienen gar nicht seine eigenen Hände zu sein, sondern die eines anderen Menschen. Er blickte zu Ariele hin, die unglücklich unter den Baumfarnen kauerte, die sie vor dem Unwetter kaum zu schützen vermochten. Als sie merkte, daß er sie anschaute, rief sie seinen Namen.

Er gab keine Antwort. Er legte den Kopf in den Nakken, bis er in den Himmel hineinstierte und der Regen seine ausgedorrte Kehle anfeuchtete. Die Tränen des Himmels benetzten sein Gesicht, und er wartete darauf, daß der Kummer vorbeiging.

Das Gewitter zog so rasch vorüber, wie es gekommen war, ein auffrischender Wind trieb es über das Meer. Nahe des Horizonts tauchten die Zwillinge wieder auf, entzündeten Regenbogen in den Wolken, verzauberten, zersplitterten und bemalten den Himmel mit bunten Visionen. Er beobachtete, wie Bilder entstanden und verblaßten, so wie sein von Schmerzen zermarterter Körper eine neue Gestalt anzunehmen schien; voller Staunen und Qual schaute er dem Spektakel zu.

Irgendwo, an einem Ort, der in den unendlichen Gefilden von Raum und Zeit verloren war, hatte er einmal Sterne an einem nächtlichen Himmel beobachtet, der von innen her zu leuchten schien wie ein Fenster aus buntem Glas.

Er konnte sich nicht erinnern, je etwas Schöneres gesehen zu haben; das himmlische Schauspiel berührte ihn in den Tiefen seiner Seele. Er fragte sich, ob er früher blind gegenüber soviel aufwühlender Schönheit gewesen war oder ob sein naher Tod ihm erst die Augen öffnete.

Bei Sonnenuntergang erhob sich Ariele von ihrem Platz und kam auf ihn zu. Unbeholfen hob er den Stunner auf und richtete den Lauf auf sie.

Mit gerunzelter Stirn sah sie ihn an; ihr Gesicht war

so bar jeden Ausdrucks, daß es wie aus Glas geformt schien, jeden Moment bereit, zu zerbrechen. Doch sie sagte nur: »Ich habe Hunger.«

»Es gibt nichts zu essen.«

»Hinten im Hovercraft sind Notvorräte.«

»Na schön ... Hol sie dir«, murmelte er. »Aber faß das Funkgerät nicht an.« Sie nickte und errötete. Mühsam rückte er beiseite, damit sie ins Hovercraft einsteigen konnte; seine steifen Gelenke trotzten jeder Bewegung wie rostige Angeln. Nachdem sie den Proviant herausgeholt hatte, setzte er sich wieder vor die Tür.

Unweit von ihm kauerte sie nieder, wobei sie darauf achtete, keine hastigen oder heimlichen Bewegungen zu machen. Sie bot ihm etwas zu essen an — Rationen in selbstwärmenden Dosen. Von dem Geruch wurde ihm übel. Er schüttelte den Kopf. Dann bot sie ihm Wasser an. Gierig stürzte er es herunter; er hatte das Gefühl, er könne das Meer leertrinken, ohne seinen Durst lösche zu können. Er hielt ihr den Becher zum Nachfüllen hin; plötzlich mußte er sich heftig erbrechen und spie die Überreste seiner letzten Mahlzeit über sein Hemd.

Sie wollte zu ihm eilen, um ihm zu helfen. Fluchend und spuckend warf er den Becher nach ihr. Sie rappelte sich hoch, raffte die Proviantbehälter auf, ließ sie wieder fallen; eine Spur von Packungen und Büchsen hinter sich lassen zog sie sich auf ihren Posten unter den Baumfarnen zurück.

Reede hockte in seinem eigenen Erbrochenen, ohne die Kraft, sich zu rühren; schließlich mußte er sich wegen des Gestanks wieder übergeben, sein Magen stülpte sich um, bis nichts mehr darin war. Durchnäßt, stinkend und ermattet saß er da und starrte Ariele an, während die Schatten sich langsam verdichteten. Solange er sie beobachtete, aß sie nichts.

Schließlich konnte er ihre Gestalt in der Dunkelheit unter den Bäumen nicht mehr ausmachen. Einmal glaubte er, sie weinen zu hören, aber er war sich nicht sicher. Er horchte, aber sie schien sich nicht zu bewegen; außer dem Rauschen des Meeres, dem Seufzen der Bäume und dem Pfeifen und Rasseln tief in seiner Brust, das mit jedem Atemzug lauter wurde, war nichts zu hören. Er fragte sich, ob sie schliefe oder ob sie immer noch dahockte, schlaflos wie er ... einsam wie er ... furchtsam wie er ... Am liebsten hätte er nach ihr gerufen, damit sie zu ihm käme und ihn tröstete, ihn während der letzten Nacht seines Lebens in den Armen hielte.

Sein Schließmuskel öffnete sich, und er wußte, daß er sich in die Hose machen würde. Er rief Ariele nicht. Er sagte sich, er sei froh über den Einbruch der Nacht, weil sie ihn dann in seinem Elend nicht sehen konnte ... und weil ihm sein eigener Anblick erspart blieb. Sollten die Götter sie ruhig noch ein paar Stunden schonen; der nächste Morgen käme früh genug, und dann würde sie ihm glauben und ihn verstehen.

Seine Beinmuskeln verkrampften sich; unwillkürlich schrie er auf. Er biß in den Ärmelstoff, während er die Beine gewaltsam, Zoll für Zoll, wieder ausstreckte. Er wußte nicht mehr, ob die Luft kalt oder warm war; sein Körper brannte im Fieber, er hatte Schüttelfrost. Durch die Farnwedel konnte er einen Streifen des Nachthimmels sehen, an dem zahllose Sonnen wie Kohlen glühten, wie die zahllosen Atome seines Körpers, die im Feuer der Selbstzerstörung geopfert wurden.

Er sah, wie der Neumond aufging, sich riesig und dunkel vor die Sterne schob und ein Loch in die Nacht riß. Er gemahnte ihn an das Schwarzes Loch, diese Singularität, die anstelle einer Seele in ihm existierte, seine Persönlichkeit und seinen Lebenssinn auffraß und selbst in diesem Augenblick noch sein Geheimnis vor ihm hütete.

Als er die Augen schloß, kratzten seine Lider wie Sand über die Hornhaut, und seine Augen fingen an zu tränen, Salzwasser, wie das Meer. Durch das Rauschen seines Blutes in den Ohren vernahm er die Stimme des Ozeans. Er glaubte, die Mers singen zu hören, aber die Mers waren schon längst von hier fortgezogen, in Richtung Norden, einem Ziel zustrebend, das er nun nie mehr erfahren würde ... oder auch einem Schicksal entgegen, das sie für immer verstummen ließe.

Er fühlte, wie sein Bewußtsein ihm entglitt, und er sträubte sich nicht dagegen; er ließ sich von der Woge tragen, die ihn von seinen Qualen entfernte. Ariele hatte ihm erzählt, wie schön es sei, wenn sie zusammen mit den Mers im Ozean schwamm. Ihm träumte, er sei bei ihnen, sei einer von ihnen — er stimmte in ihre heiligen Gesänge mit ein, folgte ihrem beinahe mystischen Drang, der sie nordwärts nach Karbunkel trieb, wo die Seele des Ozeans lag.

Diese erschien ihm nun in einer Vision, schimmerte vor seinen Augen durch den schattig-grünen, von blauen Pfeilen durchbohrten Äther seiner Welt; er fühlte, wie die Seele ein- und ausatmete, wie ihre Stimme ihn mit subsonischem Grollen aufforderte, das Tor des Todes zu passieren, das glänzte wie die blitzenden Zähne des Render, bereit, ihm das Fleisch von den Knochen zu reißen und seine Gebeine zu Sand zu zermahlen.

Doch als sie näher kamen, verstummte die Stimme, wie er es vorher gewußt hatte; jede Bewegung erstarrte; der Rachen klaffte weit auf, lud die Mers ein, ihre Gesänge der Erneuerung anzustimmen, damit sie dafür mit einer weiteren friedvollen Lebensspanne gesegnet würden. Alles spielte sich genauso ab, wie er es geplant hatte.

Schatten verdüsterten seine aquarellfarbene Traumwelt. Plötzlich stürzten fremdartige, aber deutlich umrissene Gestalten aus großer Höhe hinab, breiteten ein Netz über seine Artgenossen aus, um sie einzufangen; sie sollten in die Tiefe gezogen und ertränkt werden, danach wollte man sie an Deck oder an den Strand ziehen, ihre schimmernden Kehlen aufschlitzen, ihr Blut einsammeln und dieses in eine perverse Kostbarkeit verwandeln; doch zusammen mit den Mers wurde deren Geheimnis zerstört.

Aber ich bin ein Mensch, schrie er, als das Netz sich wie eine Wolke über ihn senkte. *Kein Mer — ein Mensch!* Doch das hatte er selbst vergessen; es war ihm entfallen, daß er keiner von ihnen war, daß die See ihm den Tod bringen würde und nur darauf lauerte, ihn zu vernichten; er hatte sogar seine Angst vergessen. Er trug keinen Schutzanzug, keine Tauchmaske, kein Atemgerät spendete ihm Luft. Er war nackt und ertrank, ein lebender Leichnam, der zusah, wie sie ihm die Gurgel durchschnitten, und er ein zweites Mal in seinem eigenen Blut ertrank.

Mit einem erstickten Schrei kam Reede wieder zu sich; Blut füllte seine Nase und seinen Mund, rann sein Gesicht hinab, weil Adern in seinem Kopf geplatzt waren. Hustend und würgend kippte er vornüber, während er krampfhaft nach Luft rang. Endlich hörte die Blutung auf. Er sank auf die Seite, außerstande, sich wieder hinzusetzen. Reglos lag er da, spürte, wie sich seine Muskeln verspannten und ihn langsam in eine Fötushaltung zwangen; nach und nach versagten seine Körperfunktionen, und die Folter wurde immer schlimmer. Wahnvorstellungen suchten ihn heim — Bilder von herzzerreißender Schönheit, köstlichster Leidenschaft, die dann umschlugen in qualvolle Alpträume. Dennoch war er dankbar für diese Phantome, denn sie lenkten ihn von der Wirklichkeit ab.

Mit feurigen Speeren vertrieb die Morgendämmerung die hartnäckige Nacht aus dem Wäldchen; sie trieb glühende Nadeln in sein Fleisch, stemmte seine Augenlieder auf und forschte nach Anzeichen von Leben. Stöhnend blinzelte Reede durch zugequollene Augen in das Antlitz des neuen Tages. Staunend bemerkte er, daß Ariele neben ihm auf dem Boden lag und schlief. Er fragte sich, wie lange sie dort schon lag. Als er begriff, daß er nicht träumte, erfüllte ihn eine seltsame Euphorie und ein Gefühl des Friedens.

Die Waffe. Wo ist die Waffe? In blinder Panik stemmte er sich hoch; wie ein Tier knurrend, bewegte er seine im Krampf erstarrten Muskeln. Der Stunner befand sich noch an derselben Stelle, er selbst hatte nur daraufgelegen. Als er nach ihm greifen wollte, sah er seine Hand — schwarz und geschwollen, wie ein Klumpen verkohlten Fleisches, hing sie zitternd aus seinem Ärmel. Fluchend kniff er die Augen zu. Sein Körper fühlte sich schwammig an, er gab jedem Druck nach wie warmes Wachs. Bevor der Tag zu Ende ging, würde es sich in Fetzen von seinen Knochen schälen wie bei einem Leprakranken.

Er öffnete die Augen, als Ariele sich neben ihm bewegte. Sie setzte sich hin, rieb sich das Gesicht und blickte hinaus aufs Meer; sie sah benommen aus, wie jemand, der aus einem Traum erwacht und feststellt, daß er immer noch träumt. Ihre Augen waren rot und verquollen, als hätte sie fast die ganze Nacht lang geweint.

Langsam drehte sie sich um, nervös blinzelnd, bis sie ihn anschauen konnte. Sie sperrte den Mund auf und erstarrte; ihr Atem stockte, und ihr Gehirn war wie leergefegt, als sie seinen grauenhaften Anblick gewahrte. Es kam ihm vor, als starre sie ihn eine Ewigkeit lang an, ohne ein einziges Mal Luft zu holen, während sein gemarterter Körper unerbittlich ein- und ausatmete, in mühsamen, röchelnden Zügen. Endlich schöpfte sie Atem; vor Entsetzen und Kummer fing sie an zu schluchzen. »Bei der Herrin und allen Göttern!« flüsterte sie mit bebender Stimme. »Reede ...?« Es klang, als könne sie nicht glauben, daß er wirklich das Ding war, das vor ihr lag.

Er nickte.

Sie preßte sich die Hände gegen den Mund. »Unser aller Mutter, was ist passiert? Was ist das? Warum ...?«

»... dich gewarnt ...«, keuchte er. »Das ist das Wasser des Todes.«

Aus ihrer Kehle drang ein Laut, als durchlebe sie selbst seine Qualen. Endlich hatte sie begriffen.

Er lächelte; ihr Grauen steigerte sich, als sie es sah.

Mit veränderter Miene sprang sie auf die Füße. »Das kannst du nicht machen. Ich verständige Gundhalinu!« Sie drängte sich an ihm vorbei und griff nach der Tür des Hovercraft, während sie den Code rief, der die Verriegelung lösen sollte.

Er hangelte nach dem Stunner, hob ihn mit beiden Händen hoch und feuerte. Vor Schreck, Wut und Verzweiflung schrie Ariele auf. Hilflos streckte sie auf dem rötlichen Boden alle viere von sich, während sich die Luke des Hovercraft über ihr anhob wie eine Vogelschwinge.

Langsam drehte sich Reede um; er sah ihre Beine und ihren Rücken; ihr Gesicht war vor ihm verborgen, und sie konnte ihn nicht sehen. Er hörte sich selbst, wie er mit klagender Stimme sinnloses Zeug faselte, während eine Welle des Schmerzes nach der anderen ihn überrollte. *Ertrinken ... der Ozean ... die Mers ... ertrinken tut weh ... Tod ... Hilf mir, hilf mir, bitte, hilf mir doch ...!* Jemand kreischte in seinem Kopf, aber er wußte nicht, wer es war; der Gefangene brüllte ... *Vanamoinen!*

Er schüttelte den Kopf, um die Gedanken zu klären. Wenn bei Ariele die Lähmung durch den Stunner abklang, wäre er nicht mehr in der Lage, sie daran zu hindern, Hilfe herbeizurufen.

Sie glaubte immer noch nicht, daß niemand sie vor der Quelle beschützen konnte. Verdammt möge sie sein, weil sie für ihn alles nur noch schlimmer, noch qualvoller machte! Warum hatte sie nicht auf ihn gehört? Er wollte einen sauberen Schlußstrich ziehen. Niemand sollte ihn in diesem jämmerlichen Zustand erwischen — und ausgerechnet sie mußte mitansehen, wie er kotzte, verrottete und krepierte — weil sie ihn liebte. Er ließ den Stunner fallen und faßte an seinen dröhnenden Schädel; als er die Hand wieder sinken ließ, hielt er einen Büschel seiner Haare zwischen den geschwollenen, brandigen Fingern. Lange starrte er darauf.

Eigentlich sollte er das Funkgerät zerstören; er mußte es sogar tun. Wenn er nur die Kraft dazu aufbrächte, könnte er hinterher in Ruhe den Tod abwarten. Einmal wäre mit allem Schluß ... mit seinen Qualen ... mit den Mers ... *Dann wäre alles vergeblich gewesen, nutzlos, ohne jeden Sinn ...*

Irgendwie schaffte er es, sich mühsam hochzustemmen, die Laute ignorierend, die er von sich gab, während ein Höllenfeuer sein Fleisch zerfraß. Er kroch in die Pilotenkanzel, Blut spuckend, schluchzend, nichts sehend und an nichts denkend, ganz von seinen Schmerzen beherrscht. Endlich streckte er die Hand aus und tastete nach dem Funkgerät am Instrumentenpaneel. Als die Hand in sein Blickfeld geriet, sah er, daß an einem Finger der Knochen aus dem halbtoten Fleisch hindurchstach.

Ohne sein Zutun zuckte seine Hand zurück, wie wenn er plötzlich von einem Marionettenspieler dirigiert würde. Und irgendwo in seinem zerschmetterten Gehirn triumphierte der Gefangene, der die Schlüssel in den Händen hielt. *Du bist mein Gefäß; du hast keine Wahl,* trumpfte DER ANDERE auf. *Ich muß weiterleben; ich muß weiterleben!*

Der Schrei, den er aus Wut über den Verrat ausstoßen wollte, wurde erstickt. Mit brüchiger Stimme aktivierte er das Paneel, indem DER ANDERE Worte aus seiner Kehle preßte und sie zusammen mit Blut ausspuckte. Zweimal mußte er sich wiederholen, ehe die Instrumente ihn verstanden und reagierten.

»Jaakola ...«, flüsterte er ins Mikrophon, blutige Tränen weinend. »Ich habe sie. Ich tue alles, was du willst. Hilf mir ...!«

Karbunkel

»Hoh, Dawntreader!«

Funke, der bisher mit stumpfen Augen die Tischplatte angestarrt hatte, hob den Kopf; über die volle Tanzfläche in Tor Starhikers Club schlängelte sich Kirard Set Wayaways auf ihn zu.

»Ich hatte gehofft, dich hier zu finden.« Vor dem Tisch blieb Kirard Set stehen, lächelte und sah Funke mit jenem listigen Blick an, den dieser mittlerweile nicht mehr ausstehen konnte.

»Was gibt's denn?« fragte Funke und lehnte sich zurück.

Wayaways setzte sich ihm gegenüber. »Ich muß eine Nachricht überbringen ... du übrigens auch.«

Überrascht hob Funke die Augenbrauen. »Geht es um eine Angelegenheit der Bruderschaft?«

»Natürlich.« Kirard Set rieb sich das Kinn und betrachtete müßig die anderen Gäste. »Die Quelle mußte geschäftlich nach Ondinee reisen; aber er wird bald wieder hierher zurückkehren.«

»Die Vorteile des hyperlichtschnellen Transits«, murmelte Funke und spürte, wie der Neid seine alten Träume wieder zum Leben erweckte.

»Wir sollten auf den Fortschritt trinken«, schlug Kirard Set vor, »aber wir haben keine Drinks.« Er deutete auf die leere Tischplatte und schaute Funke um eine Erklärung heischend an.

Funke zuckte lediglich die Achseln. »Und was hat die Abreise der Quelle mit mir zu tun?«

Kirard Set hörte auf, verbindlich zu sein, und wurde statt dessen unangenehm direkt. »Wir sollen unsere gegenwärtigen Aktivitäten bezüglich der Fabriken fortsetzen und die Ware verteilen ... Der Newhaveneser, TerFauw, leitet bis zu Jaakolas Rückkehr Persiponës Club.«

»Du sagtest was von einer Botschaft, die ich zu übermitteln hätte.«

Kirard Set zögerte in einer Weise, die Funkes Mißtrauen schürte. »Es ist eine Nachricht an deine Frau. Es geht um Ariele und diesen Leibeigenen der Quelle, Kullervo.«

»Was ist mit ihnen?« fragte Funke schärfer als gewollt.

Kirard Set lehnte sich zurück, wie wenn er sich außer Reichweite bringen wollte. »Daß sie sich getroffen haben, weißt du ja bereits ... Aber vielleicht war dir bis jetzt noch nicht bekannt, daß Kullervo ein Süchtiger ist — er ist abhängig von einer Droge, die er selbst hergestellt hat, eine Art verfälschtes Wasser des Lebens. Er nennt es das ›Wasser des Todes‹, ein tödliches Gebräu. Und er hat es Ariele gegeben.«

Funke schnellte hoch und umklammerte die Tischplatte. »Was?« flüsterte er.

Plötzlich vermochte Wayaways ihm nicht mehr in die Augen zu sehen. »Die Quelle will etwas von der Königin oder von Gundhalinu«, murmelte er. »Sie sollen wissen, daß er Ariele die Droge entziehen wird, falls sie ihm die gewünschte Information nicht geben.« Er faßte in seine Tunika. »Hier. Auf diesem Band kann man sehen, was mit einem Süchtigen passiert. Du solltest es dir lieber nicht ansehen.« Er schmiß die Kapsel mit dem Band auf den Tisch.

Funke nahm sie zwischen seine tauben Finger. Dann starrte er Wayaways an. »Wo sind sie?« fragte er. Seine Faust schloß sich über der Kapsel. »Wohin hat er Ariele verschleppt? Bei allen Göttern ...«

»Es ist doch nicht dein Problem, verdammt noch mal!« zischte Kirard Set. »Du gehörst jetzt zur Bruderschaft! Deine Frau betrügt dich mit dem Erzeuger ihrer beiden Bastarde — Ariele ist nicht mal dein Kind, das hast du selbst gesagt. Reiß dich zusammen, Mann! Wenn du deine Sache gut machst, gereicht dir das zu deinem Nutzen. Du brauchst ja nichts weiter zu tun, als der Königin das Band zu übergeben und die Botschaft auszurichten. Sag ihr einfach, ein paar Unbekannte hätten dich angesprochen, du kannst ja ruhig den Verzweifelten mimen; aber vergiß dabei nie, daß du nur eine Rolle spielst!«

Vergiß nie! Wie erstarrt saß Funke da und versuchte, sich an die harten, nützlichen Lektionen zu erinnern, die die Zeit und die Bruderschaft ihm eingebläut hatten. Tief durchatmend, rang er um Selbstbeherrschung. »Ich spiele nur eine Rolle«, wiederholte er ausdruckslos. Er betrachtete seine Hand, die nun flach und locker auf der Tischplatte lag. Bevor er Kirard Set wieder ansah, verwahrte er die Kapsel mit dem Band in seiner Gürteltasche. »Um welche Art von Information geht es denn, die die Quelle sich offenbar nur von den beiden verschaffen kann?« fragte er mit spöttischem Lächeln. »Über welches Thema sind sie denn besser im Bilde als alle anderen?«

Ein Lächeln der Erleichterung umspielte Kirard Sets Lippen. »Es betrifft die Mers.«

Funke zog die Stirn kraus. »Darüber wissen sie auch nicht mehr als ich.«

»Vielleicht hat die Survey-Loge ihnen zu neuen Erkenntnissen verholfen.«

Funke schüttelte den Kopf. »Jaakola hat seine Spitzel in sämtlichen Survey-Logen der Hegemonie. Er kann sich jedes Wissen beschaffen, ohne ...« — *ohne meine Tochter zu töten* — »ohne auf Erpressung zurückgreifen zu müssen, bei allen Göttern!«

»Dann wissen sie vielleicht wirklich etwas, das sonst kein anderer weiß.« Kirard Set hob die Schultern. Sei froh, daß uns das nichts angeht.«

»Welchen Beweis gibt es, daß er Ariele tatsächlich gefangenhält? Und daß es wirklich eine solche Droge gibt?« fragte Funke nicht ohne innere Beteiligung: »Sie werden stichhaltigere Beweise verlangen als dieses Band.«

»Hast du Ariele in letzter Zeit in der Stadt gesehen? Oder Kullvervo?«

»Nein«, räumte Funke mit schmalen Lippen ein.

»Niemand hat sie gesehen. Jaakola hat sie nach Ondinee verschleppt, damit die beteiligten Parteien begreifen, daß sie gar keine Wahl haben. Sie können Ariele nur retten, indem sie auf seine Wünsche eingehen. Wenn der Zeitpunkt dafür gekommen ist, wird Ariele nach Tiamat zurückgebracht.«

Funke wandte den Blick von Wayaways ab und forschte in der Menge nach einem silbernen Haarschopf, einem vertrauten, lächelnden Gesicht; er sehnte sich danach, Ariele lachen zu hören, ihre Stimme zu erkennen, selbst dann, wenn sie ihn mit scharfen Worten verurteilte ... Aber er sah nur im Tanz zuckende Leiber und vernahm nichts als sinnlosen Lärm: eine Meute von ausgelassenen, chaotischen Fremden.

»Je eher die Nachricht überbracht wird, um so besser«, sagte Kirard Set ruhig. »Für alle Beteiligten.« Er stand auf und tauchte ohne ein Wort des Abschieds in der Menge unter.

Lange saß Funke da und stierte auf die leere Tischplatte. Zum Schluß konnte er nicht anders, er nahm die Kapsel mit dem Band aus der Gürteltasche und legte sie in das Abspielgerät an der Tischkante. Vor ihm entstand flimmernd in der Luft ein dreidimensionales Bild. Er schaute — starr vor Entsetzen und außerstande, den Blick abzuwenden. Endlich zwang er sich dazu, mit der Faust auf den Schalter zu schlagen und die Abfolge der schaurigen, grausigen Szenen zu stoppen.

»Entschuldigen Sie, Funke Dawntreader ...«

Benommen starrte er in das konturlose Gesicht von Tors gemietetem Servo.

»Filme dieser Art dürfen in diesem Club nicht öffentlich vorgeführt werden«, leierte er herunter. »Begeben Sie sich aus Rücksicht auf die anderen Gäste bitte in einen separaten Raum.«

Stumm nickte er. Selbst auf diese monoton abgespulte Bitte vermochte er nicht zu reagieren.

»Darf ich Ihnen etwas bringen, das die Nerven beruhigt, Sir? Ein Päckchen Iestas oder eine Schale mit eingelegtem Fisch?« Seine beiden visuellen Sensoren studierten ihn mit inhumaner Geduld, wie die Augen eines Insekts.

»Bring mir einen Drink, aber etwas Starkes. Bring mir sechs Drinks«, verbesserte er sich. Der Servo schien ihn anzustarren. »Ich erwarte Freunde«, fügte er gereizt hinzu.

Der Servo nickte höflich und entfernte sich. Im Handumdrehen kam er mit sechs Drinks zurück. Funke kippte alle nacheinander hinunter, so rasch, wie er es nie für möglich gehalten hätte. Aber auf das, was sich in seinem Kopf abspielte, hatten sie so gut wie keine Wirkung.

Vor sich die Reihe der leeren Gläser, hockte er da, während sich das Band in seinen Gedanken immer und immer wieder abspulte; er war fest davon überzeugt, daß er diese grauenhaften Bilder sein Leben lang nicht mehr vergessen würde.

Nach einer Weile trat der Servo abermals an ihn heran. Funke spürte, wie er schweigend, aber nachdenklich die leeren Gläser sowie die leeren Plätze am Tisch musterte. »Sind Ihre Gäste aufgehalten worden, Funke Dawntreader?«

»Bring mir noch mal sechs Drinks.«

»Sehr wohl, Sir«, antwortete der Servo und verzog sich. Funke spielte mit den sechs leeren Gläsern und formierte sie zu einem geometrischen Muster nach dem anderen. *Ich habe keine Kinder; sie ist nicht meine Tochter.* Das hatte er tatsächlich im Beisein von Fremden laut ausgesprochen … und geglaubt, es sei sein voller Ernst. Er hatte sich von seinen Kindern abgewandt, als sie verstört und traurig waren; er hatte sie im Stich gelassen, weil er sie plötzlich nicht mehr sehen konnte, sobald er die Wahrheit kannte.

Er fluchte leise, als die gräßliche Halluzination, die seinen Geist füllte, in Erinnerungen an seine Kinder umschlug — wie sie lachten, sich an seine Beine klammerten, wie sie Sandburgen bauten; er sah sie mit in der Sonne glänzenden Haaren, die Händchen voller Muscheln und bunter Steine: kostbaren Schätzen … Er entsann sich, wie sie spielend durch die Palasthallen tollten, Freude und Leben in jene kalte Gruft brachten, in der seine eigene Jugend gestorben war. Ihm fielen ihre Wonnen, ihre Tränen und ihre Eskapaden ein; er hörte melodisches Flötenspiel, das Zersplittern einer Schüssel — sah Augen, die voller Vertrauen und Liebe in die seinen blickten; nie hatten die Kinder etwas anderes von ihm verlangt, als wiedergeliebt zu werden.

Ihre Leben, ihre Jugend, ihre Herzen hatten ihm gehört. Gundhalinu mochte die Saat gelegt haben, aber er hatte sie nicht heranwachsen sehen. Sie waren *seine* Kinder …

Visionen von einem grauenhaften Tod erstickten seine Erinnerungen: doch dieses Mal sah er Ariele, wie sie litt und starb, wie ihr Fleisch vor seinen entsetzten Augen verfaulte …

»Funke!«

Erschrocken fuhr er hoch und stieß dabei ein paar Gläser um. Neben ihm stand Tor Starhiker, die Pollux-Einheit im Rücken, und starrte ihn an. »Danke, Polly.« Sie schickte den Servo weg und setzte sich unaufgefordert zu Funke. Nachdem sie die Gläser gezählt hatte, zog sie eine Grimasse. »Pollux erzählte mir, du würdest heute abend saufen wie ein Loch«, begann sie, »und das sieht dir gar nicht ähnlich.« Als er die Stirn furchte, wandte sie den Blick ab. »Möchtest du weitertrinken, oder willst du mir nicht lieber erzählen, wo dich der Schuh drückt?«

Er klappte den Mund auf, schüttelte den Kopf und stierte den Bandrecorder an.

»Liegt es vielleicht an dem Band, das du dir angesehen hast? Das paßte allerdings auch nicht zu dir.« Sie zuckte die Achseln. »Pollux sieht alles, und Tor weiß alles ... « Mit unverhoffter Fürsorge berührte sie leicht seine Hand. »War es jemand, den du kanntest?« murmelte sie.

»Nein«, murmelte er und ballte eine Hand zur Faust; dann räusperte er sich. »Tor ... hast du letzte Woche Ariele gesehen? Oder Reede Kullervo?«

Auch ihre Hand verkrampfte sich. »Warte einen Augenblick«, sagte sie und stand auf. »Ich bin gleich wieder da. Bleib hier sitzen.« Sie zeigte mit dem Finger auf ihn und machte eine eindringliche Miene.

Er wartete. Mit zwei Männern kam sie zurück ... Kullervos Leute, wie er sah; er erkannte sie an ihrem völlig unterschiedlichen Aussehen. Hoffnung und Erleichterung keimten in ihm auf — bis er in ihre Gesichter schaute. Die beiden setzten sich ihm gegenüber, wobei der Kleine sich geschickt auf die Bank schwang. Tor setzte sich neben Funke, doch zu seiner Überraschung faßte sie über den Tisch und verschränkte vertraulich ihre Hand mit der des Zwerges. Funke fiel auf, daß dessen Gesicht bunt und blau geschlagen war.

Der andere Gebrandmarkte, der Ondineaner, holte irgendein Tier aus seiner Kleidung, setzte es auf den Tisch und streichelte seinen Rücken. Als er den Gesichtsausdruck des Jungen bemerkte, fragte sich Funke, wer wohl mehr Trost brauchte, das Tier oder sein Besitzer. Die Kreatur gab sonderbare, glucksende Laute von sich, die wie leises Lachen klangen, während der Ondineaner sein Fell zauste.

»Niburu und Ananke.« Tor stellte die beiden Männer vor, als seien sie ein Team. »Sie ...«

»Ich weiß, sie arbeiten für Kullervo«, murmelte Funke.

»Das ist Funke Dawntreader Sommer«, sagte sie zu den beiden.

»Das wissen wir«, sagte der Zwerg, argwöhnisch dreinschauend. Funke spürte, daß sie ihn mehr mit der Quelle in Verbindung brachten als mit seiner Gemahlin, der Königin.

»Ihr solltet euch mal miteinander unterhalten«, fand Tor. Sie lehnte sich zurück und verschränkte die Arme.

»Wo ist Kullervo?« platzte Funke heraus.

Die beiden Leibeigenen tauschten einen unsicheren Blick.

»Bei der Herrin und allen Göttern, Kedalion«, drängte Tor ungeduldig. »Sag ihm schon, was du weißt.«

»Reede ist auf Ondinee«, stellte Niburu fest und starrte in seine Handfläche. »Das habe ich jedenfalls gehört.«

»Und was macht ihr zwei dann noch hier?« erkundigte sich Funke stirnrunzelnd.

Mit trüben Augen blickte Niburu hoch. »Ich weiß es nicht. TerFauw hat uns lediglich befohlen, hierzubleiben.«

»Wieso ist Kullervo ohne euch aufgebrochen? Ich dachte, ihr zwei seid seine Crew.«

»Das sind wir auch.« Niburu nickte. »Ich weiß auch nicht, was los ist. Irgendwas ist passiert. Als wir ihn eines Morgens abholen wollten, war er nicht in seiner Wohnung. Er war nirgendwo zu finden. TerFauw schlug mich windelweich, ehe ich ihn davon überzeugen konnte, daß wir mit seinem Verschwinden nichts zu tun hätten.« Er berührte vorsichtig sein Kinn und zuckte zusammen. »Seitdem hat uns keiner was erzählt; bis TerFauw uns heute zu sich holen ließ und uns eröffnete, die Quelle hätte Reede nach Ondinee mitgenommen. Später sollten wir nachkommen. Das ist alles. Ich war selbst überrascht; Reede arbeitete doch an der Erforschung der Mers. Ich dachte ...« Er schüttelte den Kopf. »Aus den Fragen, die TerFauw mir stellte, schloß ich, Reede hätte vielleicht versucht zu fliehen, und sie holten ihn zurück. Allerdings kann ich mir nicht vorstellen, was ihn zu diesem Schritt getrieben haben könnte. Die Quelle behandelt ihn wie ein Stück Dreck, aber Reede weiß, daß er es sich gefallen lassen muß; er hat gar keine Wahl.« Er drückte die Hand mit dem Brandmal flach auf den Tisch, als wollte er einen Käfer zerquetschen.

»Weißt du etwas über ... über meine Tochter?« Funke merkte, wie Tor ihn verwundert anstarrte.

Im ersten Moment blickte Nibure verständnislos drein, dann ging ihm ein Licht auf. »Reede ist ...« Er schielte zu Funke hinüber. »Äh — die beiden haben viel Zeit miteinander verbracht. Er schüttelte den Kopf. »Aber ich habe sie auch nicht mehr gesehen, seit ... ja, seit Reede weg ist ...« Er brach ab.

»Vorhin sagte man mir ...« — Funke holte tief Luft und balancierte ein leeres Glas auf seiner Hand — »ich sollte meiner Frau, der Königin, eine Nachricht von der Quelle übermitteln. Ich soll ihr ausrichten, die Quelle hätte ... unsere Tochter nach Ondinee entführt. Reede Kullervo hätte Ariele von einer Droge abhängig gemacht, die er selbst entwickelte und das ›Wasser des Todes‹ nennt. Ich bekam auch ein Band, auf dem zu sehen ist, was diese Droge anrichte ... was mit Ariele passiert, falls meine Frau und der Oberste Richter der Quelle nicht etwas Bestimmtes geben.«

»Was sollen sie ihm geben?« fragte Ananke.

»Ich weiß es nicht!« schimpfte Funke, und das Glas fiel klirrend auf den Tisch. »Glaubst du, ich würd's ihm nicht selbst geben, wenn ich nur wüßte, was er will?«

Ananke zog eine Grimasse, und sein Schoßtier flüchtete sich unter seinen Arm. Er sah Niburu an, und Funke spürte, daß die beiden sich ohne Worte verständigten. »Glaubst du, daß er hinter *dieser* Sache her ist?« fragte Ananke. Niburu furchte die Stirn und nickte.

»Was ist das eigentlich, dieses ›Wasser des Todes‹?« wollte Tor wissen. Ihr Gesicht verspannte sich, als fürchte sie sich vor der Antwort.

»Kirard Set sagte mir, es sei eine Verfälschung des Wassers des Lebens«, erwiderte Funke.

Sie schüttelte leicht den Kopf. »Und was bewirkt es in einem Menschen?«

Funke streckte die Hand aus und schaltete das Bandgerät ein; wie giftiger Nebel erschien ein Bild zwischen ihnen auf der Tischplatte. In hilfloser Wut sah Funke noch einmal den abscheulichen Ablauf, während die anderen scharf die Luft einsogen und fassungslos fluchten.

»Schalt ab!« befahl Tor. »Mach das Ding aus, verdammt noch mal!«

Sie versuchte, an ihm vorbeizugreifen und das Gerät selbst abzuschalten, doch er kam ihr zuvor.

Mit der geballten Faust boxte sie ihn ein paarmal gegen die Schulter. »Verdammt! Verdammt!« Wortlos, reglos, blieb Funke sitzen. Schließlich rückte sie von ihm ab und lehnte sich erschöpft gegen die dunkle Spiegelwand in der Nische. Einmal hob sie die Hand und ließ sie auf die Tischplatte niedersausen. Niburu und Ananke hockten wie versteinert da und starrten einander an.

Tor wandte sich wieder an Funke. »Und das soll mit Ariele passieren?« flüsterte sie. »Mit Ariele ...?« Ihre Augen verloren jeden Ausdruck.

Funke kauerte in seiner Ecke und nickte. »Ja.«

»Und Reede ...«, murmelte Niburu.

»Er hat ihr das Zeug gegeben ...«, sagte Tor, und in ihre Augen trat wieder Leben, als sie auf Niburu losging. »Du Dreckskerl! Du sagtest mir, er würde ihr nichts zuleide tun, bei ihm sei sie sicher ...«

»Er hätte niemals ...«, begann Niburu.

»Reede hätte ihr das niemals angetan, er liebt Ariele«, protestierte Ananke, wobei er sich in seiner Erregung verhaspelte.

Niburu legte eine Hand auf seinen Arm. »Das stimmt, aber nur so lange, wie er immer rechtzeitig seine eigene Dosis bekam. Wir haben keine Ahnung, wie lange er abgesetzt war. Wie könnte man das verhindern?« Er deutete auf den leeren Raum zwischen ihnen, wo die Erinnerungen an die schrecklichen Bilder immer noch herumspukten.

Kopfschüttelnd wandte Ananke den Blick ab.

Niburu richtete das Wort wieder an Funke. »Es tut mir leid«, murmelte er. Er stützte den Kopf in seine Hände. »Es tut mir leid, Tor. Bei den Göttern, mit so etwas hätte ich nie gerechnet.« Er blickte wieder hoch. »Verdammter Mist! So möchte ich nicht weggehen! Ich will nicht, daß du dich deswegen an mich erinnerst.«

Ihr ohnmächtiger Zorn flaute ein wenig ab, und ihre Gesichtszüge entspannten sich. »Ich weiß«, entgegnete sie seufzend. »Funke, sagtest du vorhin nicht, Kirard Set hätte dir von dem Wasser des Todes erzählt? Was hat er eigentlich mit dieser Geschichte zu tun?«

»Er ... er macht Geschäfte mit der Quelle.« Funke stellte die Gläser zu einem neuen Muster um. »Ich übrigens auch.«

Tor starrte ihn an, während ihre Skepsis sich allmählich in Verstehen und danach in Resignation verwandelte. Sie schaute zu Niburu hin. »Es scheint wie eine Seuche zu sein, was? — Bei den Göttern, wie konnten brave Leute wie wir nur in diesen Sumpf geraten?« Sie schüttelte den Kopf. »Gibt es überhaupt jemanden in dieser mutteranbetenden Galaxis, der nicht für die Quelle arbeitet?«

»Mond«, erwiderte Funke erbittert. »Und Gundhalinu.«

»Noch nicht«, unkte Niburu.

»Ich weiß da noch etwas über Kirard Set.« Ananke beugte sich vor, während sein Schoßtier über den Tisch trippelte und in den Gläsern schnüffelte. »Ihr erinnert euch doch an jene Nacht, als Ariele und Elco Teel ...«

Niburu und Tor nickten ernst. Tor zog das Tier zu sich heran und kraulte es hinter den Ohren.

»Was für eine Nacht?« fragte Funke.

»Elco Teel gab Ariele heimlich eine Art von Sex-Droge und schleppte sie dann zu einer ... einer ...« Ananke senkte den Blick und brach den Satz ab.

»Einer Orgie«, ergänzte Niburu rundheraus.

»Reede hat sie vor den Kerlen gerettet.« Tor legte die Hand auf Funkes Arm und hielt ihn fest, bis er das Gesagte begriff. »Reede. Er setzte sein Leben aufs Spiel, um sie dort herauszuholen. Ihr ist nichts passiert«, betonte sie mit sanftem Nachdruck. »Aber durch die Droge war sie so high, daß sie sich wahrscheinlich an nichts mehr erinnert. Seitdem sind die beiden jedoch ein Liebespaar.«

Funke schüttelte den Kopf; Reede, seine Tochter und sich selbst konnte er gedanklich nicht miteinander verbinden.

»Reede war wie ein *Pashayan* — ein flammendes Schwert«, erzählte Ananke mit glänzenden Augen. »Ein Dutzend Männer waren da, aber er stellte sich ihnen entgegen und verscheuchte sie wie Ratten. Danach ließ er diesen kleinen Hundesohn, Elco Teel, Wasser und Blut schwitzen. Als Reede mit dem Messer auf ihn losging, kriegte er bald einen Herzschlag.«

»Ja, so habe ich Reede auch schon erlebt«, meinte Kedalion und nickte. »Wie ein *Pashayan*. Erinnerst du dich noch an den Abend bei Ravien, als wir ihn zum erstenmal trafen?«

Ananke schmunzelte und drehte einen dünnen Haarzopf zwischen seinen schwarzen Fingern. Ein seltsamer Ausdruck huschte über sein Gesicht, halb liebevoll und halb ergrimmt, doch er verschwand, als seine Gedanken sich wieder der Gegenwart zukehrten.

»Und was hat das ganze mit Kirard Set zu tun?« fragte Funke ungeduldig.

Beinahe ärgerlich schauten sie ihn an, als hätte er eine

private Trauerfeier gestört. Ananke erklärte: »Kirard Set gab Elco die Droge, die dieser dann Ariele gab. Kirard Set wiederum erhielt das Mittel von der Quelle. Reede sagte ...«

Er hielt sich die Hand an die gerunzelte Stirn, als er versuchte, sich an den genauen Wortlaut zu erinnern. »Er sagte zu Elco Teel, er solle seinem Vater ausrichten, die Sache ginge nur ihn und die Quelle etwas an. Und wenn Elco und sein Vater sich noch einmal einmischten, würde er sie beide töten.« Er blickte wieder hoch.

»Diesen Teil hast du mir nie erzählt«, wunderte sich Niburu.

»Wirklich nicht?« Ananke zuckte die Achseln.

»Warum, bei allen sieben Höllen, sollte Kirard Set so etwas tun?« fragte Tor. »Er prahlt doch ständig damit, eines Tages würde Elco Teel Ariele heiraten, die künftige Sommerkönigin. Ich konnte Kirard Set noch nie leiden, diesen heimtückischen Intriganten; allein sein Grinsen schon geht mir auf die Nerven. Aber weshalb sollte er ein Interesse daran haben, Ariele zu schaden? Will er sich bei der Quelle einschmeicheln? — Oder ist er so gemein, daß er gar nicht anders kann?«

Funke blickte kurz zu der Bandkapsel hin. »Es wird von allem etwas sein, aber es steckt noch mehr dahinter. Die Sache ist viel komplizierter. Die Quelle ist nicht nur ein Drogenhändler, er ist in Korruptionsaffären von solchen Ausmaßen verwickelt, die wir uns gar nicht vorstellen können.« Er verstummte; er wollte gern noch mehr sagen, doch er hatte Angst um sie ... und um sich selbst.

Etwas fiel klirrend vor ihm auf den Tisch. Er hob es hoch — eine Kette, an der zwei Anhänger baumelten. Er führte sie dichter an sein Gesicht heran und erkannte einen Ring, der aus zwei in Weißmetall gefaßten Soliis bestand. Silbern klimperte der andere Anhänger gegen den Ring; Funke erstarrte. *Die Bruderschaft.* Als er aufblickte, merkte er, daß Niburu ihn gespannt anstarrte. »Gehört die Kette dir?« fragte Funke.

»Nein, Reede«, antwortete Niburu. »Er trug sie ständig, nie legte er sie ab. Aber nach seinem Verschwinden fand ich sie in seiner Wohnung. Reede behauptete, sie sei sein Talisman.« Er wandte den Blick ab. »Er verlor sie schon einmal, das ist lange her. Als ich ihm die Kette brachte, platzte ich mitten in eine Versammlung hinein, an der er teilnahm. Es waren ungefähr ein Dutzend Leute, die sich gegenseitig die Bäuche aufgeschlitzt hätten, wenn sie einander auf offener Straße begegnet wären. Sie hätten mich auch kaltgemacht, aber Reede verhinderte es. Er befahl mir, die Kurve zu kratzen und alles zu vergessen, was ich gesehen hatte. Es handelt sich um eine Art Geheimbund, nicht wahr? Er muß größer und mächtiger sein als jedes Kartell. Davon sprachst du vorhin, nicht?«

»Du bist ziemlich nahe dran.« Funkes Faust umschloß das Metall und die Juwelen, und er fühlte, wie sie kalt in sein Fleisch schnitten. »Ich bin mir sicher, daß diese Leute hinter allem stecken, was hier passiert. Und nur jemand, der über dieselben Mittel und denselben Einfluß verfügt wie sie, hat eine Chance, Ariele zurückzuholen. Gundhalinu hätte diese Macht. Deshalb hat die Quelle sie vorsichtshalber auf eine Außenwelt verschleppt. Er kämmte sich mit den Fingern durchs Haar. »Das bedeutet, daß er sich nicht absolut sicher fühlt.«

»Wenn sie sich in der Zitadelle der Quelle befindet, kann niemand sie lebend herausholen«, stellte Niburu ohne Umschweife fest.

Funke sah ihn an. »Sagtest du, TerFauw hätte euch nach Ondinee zurückbeordert?«

Niburu nickte und schaute unbehaglich drein.

»Ihr sollt zu Reede in die Zitadelle kommen, nicht wahr?«

»Das sagte er jedenfalls.«

»Nehmt mich mit.«

Niburu schüttelte den Kopf. »Das geht nicht; es ist ganz unmöglich. Wir können dich nicht hineinschmuggeln.«

»Hiermit komme ich rein.« Funke hob die Kette hoch und ließ die Anhänger vor Niburus Nase baumeln.

»Aber du hast nicht *das!*« Niburu streckte ihm die geöffnete Hand entgegen und zeigte ihm dasselbe Brandmal, das auch Reede trug. »Der Anhänger gewährt dir keinen Schutz; Reede hat er ja auch nichts genützt. Einen Gebrandmarkten hingegen sieht man sich nicht so genau an, besonders dann nicht, wenn er das Zeichen der Quelle trägt. Aber du hast ja kein Mal.«

Funke betrachtete das eingebrannte Auge und merkte sich die Form. »Dafür sorge ich schon.«

Niburu zog eine Grimasse und schwieg geraume Zeitlang. »Nein«, sagte er dann. Er schloß die Faust. »Tut mir leid, aber ich mache nicht mit. Ich lebe nach dem Grundsatz: ›Zieh den Kopf ein und hoffe, daß die Dunklen Mächte dich nicht sehen.‹«

»Die Dunklen Mächte haben dich aber schon bemerkt«, hielt Funke ihm entgegen. Er deutete auf Niburus zerschlagenes Gesicht. »Gefällt es dir denn, das Eigentum der Quelle zu sein?«

Niburu runzelte die Stirn und sah seinen Partner an. »Nein«, murmelte er. »Aber es ist immer noch besser, als sterben zu müssen. Ich glaube, ich spreche da für uns beide.« Ananke nickte ernst.

»Und was ist mit Reede?«

»Was soll mit ihm sein?«

»Ich habe gesehen, wie die Quelle ihn behandelt. Interessiert euch denn gar nicht, was mit ihm passiert?« Funke dachte daran, wie die beiden reagiert hatten, als er ihnen das Band zeigte.

Eine Ewigkeit schien zu verstreichen, ehe Niburu mit rauher Stimme sagte: »Natürlich interessiert uns, was aus ihm wird.«

Ananke nickte heftig. »Es interessiert uns sogar

sehr«, bekräftigte er mit einem Nachdruck, der Niburu stutzig machte.

Funke holte tief Luft. »Sobald die Quelle ihr Ziel erreicht hat, wird er die beiden höchstwahrscheinlich umbringen lassen. Dieses Schicksal blüht ihnen erst recht, sollte die Quelle nicht zum Zuge kommen.«

»Reede wird er nicht töten«, protestierte Niburu. »Dazu ist er viel zu wertvoll.«

»Mag schon sein«, entgegnete Funke mit kalter Logik. »Vielleicht erreicht ihr alle ein hohes Alter; aber ihr werdet den Rest eures Lebens Sklaven bleiben und mitansehen, wie die Quelle euren Freund körperlich und seelisch langsam zugrunde richtet. Genauso wäre es denkbar, daß die Quelle doch beschließt, Reede umzubringen. Was wird dann aus euch?«

Sie starrten ihn an.

»Reede will sich von der Quelle befreien, oder?«

»Ja, sicher.« Niburu nickte. »Wir beide wollen das auch. Aber du sagtest doch selbst vorhin, die Quelle sei zu mächtig.«

»Sie rechnen damit, daß Gundhalinu etwas unternimmt. Darauf werden sie ihre volle Aufmerksamkeit konzentrieren. Daß wir einen Plan aushecken, um Reede und Ariele zu befreien, erwartet bestimmt niemand. Wenn Reede meine Tochter wirklich so sehr liebt, wie ihr behauptet, dann wird er uns auf jeden Fall helfen, wenn wir nur erst in der Zitadelle sind, auch wenn er auf eigene Faust keinen Fluchtversuch starten würde.«

Niburu rieb sich das Gesicht. »Bei den Heiligen Händen«, stöhnte er. »Du weißt hoffentlich, daß das glatter Selbstmord ist? Und mich überredest du, dabei mitzumachen!«

»Es geht um meine Tochter«, sagte Funke. »Und du hast die freie Wahl.«

Niburu und Ananke steckten die Köpfe zusammen und tuschelten; derweil streichelte Tor das Schoßtier des Ondineaners und starrte auf die Tischplatte.

»Funke«, sagte Tor und schaute ihn plötzlich an, »angenommen, ihr kommt alle lebend aus der Zitadelle heraus. Was hast du dann vor?«

»Ich bringe sie nach Tiamat zurück.«

»Aber hier waren sie doch nicht sicher.«

»Wenn Gundhalinu erst gewarnt ist, kann ihnen auf Tiamat nichts mehr passieren. Könntest du nicht zu ihm gehen — und zu Mond? Überbring du ihnen die Botschaft, die Kirard Set mir auftrug ... erzähle ihnen alles, was du weißt.« Funke schaltete eine Pause ein und fuhr mürrisch fort. »Verschweige nichts, sag ihnen auch, wohin ich gegangen bin, und daß sie alles zu unserem Schutz vorbereitet haben müssen, wenn wir zurückkommen. Gundhalinu wird wissen, was zu tun ist. Gib ihm das.« Er reichte ihr Reedes Kette mit den Anhängern.

»Und das Band?« murmelte sie, während sie die Kette entgegennahm.

Er senkte den Blick. »Das überlasse ich deinem Urteil. Schließlich ist sie auch ihre Tochter.«

»Was?« Sie starrte ihn an, und dann sah er, wie ihr ein Licht aufging. »Ach so!«

Er schaute wieder zu Niburu und Ananke hin.

»Was ist mit dem Wasser des Todes?« fragte Niburu. »Was geschieht, wenn der Vorrat ausgeht?«

»Wir nehmen eine Probe mit; wir stellen neues her. Es muß doch eine Möglichkeit geben, sie am Leben zu erhalten, bis wir eine Lösung für dieses Problem finden. Wenn wir in die Zitadelle eindringen und sie herausholen können, stehen unsere Chancen gut, daß wir das Spiel gewinnen. Seid ihr bereit, es zu wagen?«

Abermals tauschten sie Blicke. Schließlich nickte zuerst Niburu, und danach Ananke. »Wir nehmen dich mit nach Ondinee«, versprach Niburu. »Was dann passiert ...« Er zuckte die Achseln. »Wir werden ja sehen. Morgen brechen wir auf.« Mit einem melancholischen Ausdruck betrachtete er Tor und seufzte.

Funke nickte. »Ich bin zur Stelle, egal wann und wo.«

»Tor?« fragte Ananke zögernd. Tor sah ihn an. »Könntest du dich um den Quoll kümmern, bis wir ... wieder da sind?« bat er schüchtern. »Du weißt ja, was sie gern mögen ...« Er streifte die Schlinge ab, die er über der Schulter trug.

Tor musterte ihn prüfend. »Na klar«, entgegnete sie. »Ich passe gut auf ihn auf, bis du zurückkommst ... bis ihr alle zurückkommt.« Mit bekümmertem Lächeln schaute sie wieder zu Niburu hin. Dann nahm sie den Quoll auf den Arm, während sie mit einer Hand die Anhänger umklammerte. Ohne ein weiteres Wort stand sie auf und ging fort.

Karbunkel

»Vater aller meiner Vorfahren! Das können Sie nicht tun, BZ. Sie können die Jagd auf die Mers nicht auf Dauer nicht verbieten. Das wäre politischer Selbstmord!«

Gundhalinu blickte auf die Uhr, verließ seinen Computer-Schreibtisch, hinter dem er sich bis jetzt verschanzt hatte, und ging zur Tür. Vor dem Polizeikommandanten blieb er stehen. »Ich habe keine Wahl, Vhanu.«

»Die Richterschaft tobt. Das Zentrale Komitee verlangt ...«

»Ich weiß, was es verlangt«, entgegnete er ruhig.

»Man wird uns suspendieren. Die gesamte Regierung wird man auswechseln, wie ich Sie gewarnt habe!« Frustriert fuchtelte Vhanu mit den Händen.

»Von mir aus.«

»Weshalb tun Sie das?« fragte Vhanu. »Ich verstehe das nicht.«

»Die Mers wandern auf die Stadt zu — wie ich der Richterschaft bereits erzählte. Ganze Kolonien sind uns hilflos ausgeliefert. Und solange ich nicht weiß, aus welchem Grund diese Wanderung stattfindet, verbiete ich die Jagd.« Er wollte weitergehen.

»*Weshalb*, will ich wissen, BZ!« Vhanu wechselte von Tiamatanisch in Sandhi über. »*Weshalb?* Ihr seid nicht mehr derselbe Mensch, mit dem ich hierherkam. Was hat diese Welt mit Euch angerichtet? Ihr benehmt Euch wie ein Wahnsinniger!« Vhanu ergriff seinen Arm.

»Ich habe keine Wahl«, wiederholte Gundhalinu, den Blickkontakt mit Vhanu meidend. »Und sprechen Sie bitte Tiamatanisch, NR. Ich habe Sie schon einmal darum gebeten.« Er befreite sich aus Vhanus Griff und schritt zur Tür.

»Wohin gehen Sie?« fragte Vhanu, als Gundhalinu die Tür öffnete.

»Ich muß eine private Angelegenheit erledigen.« Er hörte, wie kalt seine Stimme klang; doch er empfand nicht das geringste, ihm war, als seien Wut, Enttäuschung und Hoffnungslosigkeit mit einem Schlag in ihm gestorben, nichts als eine tödliche Kälte zurücklassend. Doch als er das Büro verließ, spürte er nicht einmal eine Anwandlung von Bedauern.

Mit der Trambahn fuhr er die Straße hinunter, hinein ins Zentrum des Labyrinths. Die einstmals leeren Geschäfte waren angefüllt mit einheimischen und importierten Waren, die Gebäude glänzten in einem frischen Anstrich. Die Gegend sah anders aus, als er sie von früher her in Erinnerung hatte, doch im Schmuck vieler bunter Lichter und farbenfrohen Wimpel, mit Musikanten, Straßenkünstlern und Spielhöllen an jeder Ecke, war sie eine echte Augenweide.

Als die interstellaren Reisen der Hegemonie noch von den Schwarzen Pforten abhingen, war Tiamat aufgrund seiner Nähe zu einem Schwarzen Loch ein Knotenpunkt und Zwischenhafen gewesen. Diese Bedeutung, aber auch den schlechten Ruf, den Tiamat damals genoß, würde der Planet wohl nie wieder erlangen, was nur von Vorteil war. Doch ohne Zweifel würde diese Welt von ihrer Zugehörigkeit zur Hegemonie profitieren, jedenfalls hatte er sich fest vorgenommen, dafür zu sorgen. Er hatte Tiamat nicht nur eine Zukunft, sondern auch Gerechtigkeit gebracht; er fand, er könne ruhig stolz darauf sein.

Beim Aussteigen aus der Tram blickte er in ein Schaufenster; vor einem Hintergrund aus elektronischen Geräten spiegelte sich sein Gesicht. Rasch sah er wieder fort, denn plötzlich fühlte er sich genauso konturlos und leer wie sein Spiegelbild. So schwierig war es gar nicht gewesen, die Probleme auf Tiamat zu lösen; doch das eigentliche Problem, das es jetzt zu bewältigen galt, war verzwickter als alle anderen zusammengenommen. Mittlerweile wußte er, daß die möglichen Konsequenzen noch fürchterlicher waren, als er anfangs geglaubt hatte.

Je länger er über das Versagen des Sibyllennetzes nachdachte, um so klarer wurde ihm, daß er die Symptome schon seit Jahren beobachtet hatte: immer mehr Antworten waren unverständlich oder sogar falsch. Er hatte veranlaßt, Angaben darüber zu sammeln, und erst Monate später erhielt er aufschlußreiche Resultate. Er hatte es kaum fassen können, wie viele Fälle von fehlerhaften Antworten es allein zu seinen Lebzeiten gab; und die Versagerquote stieg dramatisch an.

Seine Recherchen hatten noch ein unerwartetes Ergebnis zutage gefördert, das er sogar noch beängstigender fand als die Fülle von verstümmelten oder verkehrten Antworten; die Sybillen selbst waren vom allmählichen Versagen des Netzes betroffen — sie schafften es nicht mehr, in den Transfer zu gehen, oder sie bekamen Anfälle. Erst in diesem Augenblick dämmerte ihm das wahre Ausmaß der Katastrophe, sollte die Sibyllenmaschinerie eines Tages gänzlich aufhören zu funktionieren; es ging nicht nur um den Fortschritt und den Komfort von Zivilisationen, die auf dem Wissensschatz des Netzes basierten, sondern Tausende, vielleicht sogar Millionen von Sibyllen, deren Geist und Körper als Neuronen in diesem gestirneumfassenden Bewußtsein dienten, waren in Gefahr. Wenn das Netz zusammenbrach, waren sie zum Tode oder zum Wahnsinn verurteilt!

Flüchtig schaute er sein eigenes Kleeblattmedaillon an; ein flaues Gefühl machte sich in seinem Magen breit. Die Sibyllen waren die Träger einer Form von Smartmatter, wie die Mers auch. Desgleichen mußte die künstliche Intelligenz, die das Sibyllennetz kontrollierte, ebenfalls aus Smartmatter bestehen. Er hatte gesehen, was defekte Smartmatter aus World's End gemacht hatte; seine Mutter war durch Smartmatter ums Leben gekommen, weil sie in uralten Ruinen auf ein Depot gestoßen war, das dort lauerte wie eine Zeitbombe. Falls der Sibyllencomputer versagte, dann war es um Karbunkel geschehen. Die Stadt würde ausgelöscht werden, und an ihrer Stelle entstünde eine brodelnde, alptraumhafte Landschaft; wahrscheinlich wäre der gesamte Planet für Menschen nicht mehr bewohnbar.

Seine schlimmsten Befürchtungen hatte er nicht einmal Mond mitgeteilt. Kein anderer als er kannte die Daten. Er konnte niemandem erklären, was im Gange war, ohne für verrückt gehalten zu werden. Seiner Überzeugung nach war Vanamoinen der Schlüssel, den sie brauchten, um das Geheimnis um die Mers zu lüften ... Aber Kullervo hatte sich immer noch nicht mit ihm in Verbindung gesetzt. Kitaro, auf die er sich sonst immer verlassen konnte, gab es nicht mehr; wenn sich Reede nicht bald bei ihm meldete, wäre es für eine Lösung des Problems zu spät, und Vhanu behielte mit seinen düsteren Prophezeiungen recht. Das wäre jedoch nur der Anfang vom Ende ...

Vor dem Eingang zu Tor Starhikers Club blieb er stehen. Während er die grellbunte Fassade anstarrte, versuchte er, sich aus seiner gedrückten Stimmung zu reißen. Die Einladung an der Tür, sich den sinnlosen Vergnügungen des Spiels hinzugeben, erschien ihm wie die Pointe eines monströsen kosmischen Ulks.

Plötzlich fühlte er sich befangen, und es kostete ihn Überwindung, den Club zu betreten. Spielhöllen hatten ihn noch nie interessiert, außer früher, in seiner Eigenschaft als Blauer. Er war kein guter Verlierer, und er machte sich nichts aus Aktivitäten, die weder sein Wissen erweiterten noch irgendein greifbares Resultat produzierten. Nun, in der Uniform eines Obersten Richters und bei hellem Tageslicht, kam er sich an diesem Ort deplazierter vor, als er es für möglich gehalten hätte.

Zu dieser frühen Nachmittagsstunde war drinnen noch nicht viel los. Sein Eintreten wurde von den anderen Gästen bemerkt; leicht irritiert blickten sie von ihren Drinks oder Simulationsspielen hoch, wie wenn sie damit rechneten, er sei gekommen, um den Club zu schließen. Als er jedoch regungslos im Eingang stehenblieb, entspannte sich die Atmosphäre, und das Interesse an ihm erlosch.

Ein Arbeits-Servo näherte sich ihm und sagte: »Guten Tag, Richter Gundhalinu. Wenn Sie mir bitte folgen würden, Tor Starhiker erwartet sie schon.« Der Servo setzte sich in Bewegung.

Seine Überraschung verbergend, ging er ihm nach. Er vermutete, der Servo sei als eine Art Rausschmeißer eingestellt, denn schwere Maschinen dieser Art fungierten normalerweise nicht als Begrüßungspersonal in einem Club. Der Servo führte ihn durch einen mit Perlenschnüren verhangenen Torbogen, hinter dem ein schmaler, nüchterner Korridor lag; eine Treppe höher befand sich Tor Starhikers Privatwohnung.

»Hallo, Richter.« Sie saß auf einem Ruhebett, einem Relikt aus den frühen Tagen der Hegemonie. Lässig lehnte sie an der reich verzierten Kopfstütze. Er fand, sie bemühe sich, so zu tun, als ob seine Anwesenheit sie nicht nervös machte. Auf einem Kissen neben ihr lag ein Tier, das ihn aus schwarzglänzenden Augen anstarrte, während sie es sanft streichelte. »Ich freue mich, daß Sie gekommen sind.« Ihre Miene verfinsterte sich, wie wenn ihr plötzlich wieder einfiele, warum sie um seinen Besuch gebeten hatte.

Er nickte und merkte, wie sich ein Gefühl der Enge in seiner Brust einnistete. Den Blick abwendend, sah er sich im Zimmer um; hier herrschten die bizarrsten Kontraste, Regale und Tischchen waren vollgestellt mit allerlei Krimskrams, die Auswahl reichte von wirklich erlesenen Stücken bis hin zu schauderhaft häßlichem Kitsch. Das Sammelsurium dokumentierte anschaulich das wechselvolle Leben der Besitzerin. Zu seiner Verwunderung bemerkte er, daß er sich unter anderen Umständen gern ausgiebiger in diesem Raum umgeschaut hätte. »Ist die Königin hier?« Tors Botschaft, die ihm durch einen Boten ins Haus gebracht worden war, besagte, daß sie sowohl die Königin wie den Obersten Richter dringend sprechen müsse. Ein Grund war nicht angegeben. Doch die Bitte allein hatte ihn so überrascht, daß er sofort gekommen war.

»Ich bin hier, BZ.«

Er drehte sich um und sah Mond, die aus einem Nebenzimmer trat; zu seiner Verblüffung lief sie auf ihn zu und küßte ihn in Tor Starhikers Beisein. Er hob den Kopf und schielte Tor mißtrauisch an.

Tor schmunzelte, als sie seinen Gesichtsausdruck sah. »Als ich Sie vor zwanzig Jahren zusammen erwischte, war ich schockiert, Richter. Jetzt bin ich es nicht mehr. Damals leitete ich Persiponës Club für die Quelle.«

Schlagartig erinnerte er sich wieder; er sah Mond an, die wehmütig lächelte.

Müde schüttelte er den Kopf. »Trotzdem ...«, murmelte er mit einem Blick auf Tor.

»Für Diskretion ist es jetzt zu spät, BZ«, sagte Mond ruhig. »Unsere Beziehung ist der Grund, weshalb wir beide hier sind.«

»Worum geht es?« fragte er beunruhigt.

»Setzen Sie sich lieber hin«, sagte Tor.

Er setzte sich neben Mond auf eine ramponierte Couch mit verblichenen Brokatkissen. Als er den Arm um Mond legte, spürte er, wie verkrampft ihr Körper war.

Tor stand auf; ihr Schoßtier fiepte protestierend, rührte sich jedoch nicht vom Fleck.

»Ist das ein Quoll?« fragte BZ, als sein Gedächtnis endlich die Verbindung herstellte.

»Ja«, antwortete Tor.

»Woher haben Sie ihn?« Seit er Nummer Vier verließ, hatte er keinen Quoll mehr gesehen.

»Ich bekam ihn von einem Ondineaner.« Tor stellte sich neben ein kleines Tischchen und kehrte ihnen den Rücken zu.

»Heißt er zufällig Ananke?« fragte BZ, dem plötzlich ein Licht aufging.

»Ja«, bestätigte sie, und er erstarrte. Sie holte etwas aus einer versteckten Schublade und brachte es ihm. »Wissen Sie, was das ist?«

Es war ein Solii-Anhänger an einer Kette: das Zeichen der Bruderschaft. Daneben baumelte ein Ring mit zwei gefaßten Soliis. Jäh erinnerte er sich, wo er diese sonderbare Kombination schon einmal gesehen hatte, an welchem Hals diese Kette hing. »Das gehört Reede«, sagte er mit einer düsteren Vorahnung. Mond erschrak. »Wie bist du daran gekommen?« wandte sie sich an Tor.

»Funke gab mir die Kette.«

»Was ist mit Reede Kullervo passiert?« fragte Gundhalinu.

Sie erzählte ihnen alles. »... und Funke bittet darum, daß alles zu ihrem Schutz bereit ist — wenn sie zurückkehren. Sie wüßten schon, was er damit meint.«

BZ bewegte sich; er wußte nicht, wie lange er regungslos dagesessen hatte. Mond wirkte wie versteinert. Nur ihre Augen schienen zu leben, nach einem Ausweg zu suchen; nach etwas zu forschen, das es nicht gab.

»Bei allen Göttern«, stöhnte er und preßte die Hände gegen die Augen. Er hätte es nie zulassen dürfen, daß Reede an jenem Abend sein Haus verließ. Er hatte sich verkalkuliert, Reede war durchgedreht und in Panik davongerannt. Jetzt hatte ihn die Quelle entführt — und Ariele auch.

Er blickte wieder hoch. »Funke ist weg? Er ist ihnen schon hinterhergeflogen?« Tor nickte. Fluchend sackte er in sich zusammen. »Er sagte, er wolle versuchen, beide zurückzuholen?«

»Genau das hat er gesagt.« Tor nickte bekräftigend.

»Wo ist dieses ... dieses Band, das zeigt, wie das ›Wasser des Todes‹ wirkt?« fragte Mond mit tonloser Stimme, während ihre Hände sich um ihre Knie krallten.

Tor blickte zur Seite. »Es ist verschwunden. Einen Teil habe ich gesehen. Jemand ... zerfiel buchstäblich in Stücke. Fleischfetzen ... Knochen ...« Sie wurde blaß. »Etwas Schrecklicheres kann man sich nicht vorstellen. Du brauchst es dir nicht anzusehen. Du willst es auch gar nicht, ich weiß es!« Sie schüttelte den Kopf.

Monds Augen glänzten feucht, doch es kamen keine Tränen. »Als wir Reede Kullervo trafen, machte er nicht den Eindruck, als ob er bald sterben würde«, versetzte sie beinahe ärgerlich. »Das verstehe ich nicht. Welche Auswirkungen hat dieses ›Wasser des Todes‹ eigentlich?«

»Wahrscheinlich tritt die Katastrophe erst ein, wenn man aufhört, es zu nehmen«, murmelte BZ. »Ich kenne keine Droge, die das ›Wasser des Todes‹ genannt wird. Bestimmt hat Reede sie selbst entwickelt, als er versuchte, das Wasser des Lebens synthetisch herzustellen; der Name legt diese Schlußfolgerung nahe. Möglicherweise ist es eine instabile Form von Smartmatter. *Ein Alptraum.* Er fluchte. »Kein Wunder, daß er denkt, wir könnten ihm nicht helfen, solange die Quelle seinen Nachschub kontrolliert.«

»Glauben Sie, er kann diese Drogen nirgendwo anders bekommen?« zweifelte Tor. »Daß niemand sonst sie herstellt?«

»Genauso wird es sein«, meinte Gundhalinu. »Und ich habe nicht mal eine Probe davon.« Er schüttelte den Kopf; Mond blickte verzweifelt drein, und als er ihren Gesichtsausdruck sah, drückte er ihren Arm. »Er wird bestimmt eine Probe mitbringen ... er ist hochintelligent und weiß, wie wichtig das ist. Notfalls kann ich die Droge analysieren und kopieren lassen, dann bekommen sie von uns, was sie brauchen.«

»Falls sie überhaupt zurückkommen ...«, flüsterte Mond. »Es muß doch eine Möglichkeit geben, ihnen zu helfen. Du hast Kontakte, BZ.«

»Funke meinte, genau damit würde die Quelle rechnen«, fiel Tor ihr ins Wort. »Daß Ihre ... äh ... Kontakte versuchen würden, sie zu retten. Er sagte, die Quelle hätte das bestimmt einkalkuliert, und deshalb wollte er das Überraschungsmoment nutzen.«

BZ nickte bedächtig. »Trotzdem gibt es vielleicht Mittel und Wege, um ihnen beizustehen. Ich denke da an unseren Freund Aspundh.« Er wandte sich an Mond und beugte und streckte die Finger, wie wenn er darauf brannte, sie um jemandes Hals zu legen.

»Aber wenn ... wenn er nichts ausrichten kann? Wir können der Quelle doch nicht geben, was er verlangt.« Sie schaute Tor an. Ihr Gesicht war völlig ausdruckslos, wie wenn sie Schmerz und Furcht hinter sich gelassen hätte.

»Soll das heißen, daß ihr nicht wißt, was er von euch will? Oder daß ihr es nicht besitzt?«

Mond schüttelte den Kopf. »Wir wissen, was er verlangt. Wir sind die einzigen, die eingeweiht sind. Aber wir können es ihm nicht geben. *Es geht nicht!* Das ist ja das Höllische daran!« Sie schloß die Augen.

Tor glotzte Mond verständnislos an. Dann wandte sie sich an Gundhalinu, doch in seinem Blick las sie denselben hoffnungslosen Ausdruck. Obwohl Tor nicht begriff, was vor sich ging, empfand sie Mitleid mit den beiden.

Mond stand auf; auch Gundhalinu erhob sich von seinem Platz. Es gab nichts mehr zu sagen, und noch länger zu bleiben, wäre sinnlos. Tor ging zu Mond und legte ihr die Hände auf die Schultern. Zu Gundhalinus Überraschung schimmerten Tränen in den Augen der

Frau. »Er wird sie retten«, murmelte Tor. »Ich weiß es einfach.«

Mond hob den Kopf, und Tor ließ die Hände wieder sinken. »Oder er kommt bei dem Versuch ums Leben«, flüsterte sie. Ihre Arme hingen kraftlos herunter. »Aber ich danke dir, Tor.«

Tor schüttelte energisch den Kopf. »Du sollst mir nicht danken! Spuck mich an, von mir aus verfluche mich, weil ich dir das gesagt habe — aber bei den Göttern, Mond, bedank dich nicht!«

Mond lächelte schief und berührte Tors tränennasse Wange. »Du weißt schon, wie ich es meine«, sagte sie freundlich und wandte sich gesenkten Kopfes ab.

»Was wirst du mit Kirard Set tun?« fragte Tor unvermittelt.

Mond drehte sich wieder zu ihr um.

»Ich lasse ihn verhaften«, schlug BZ vor.

»Nein.« Mond schüttelte den Kopf, und ihre Augen blickten kalt. »Nein, überlaß ihn mir.«

»Was hast du mit ihm vor?« erkundigte sich Tor nochmals.

Mond zögerte. »Das Meer wird über ihn richten«, sagte sie schließlich. »Ich überantworte ihn den traditionellen Gesetzen unseres Volkes.«

Tor nickte, halb zufrieden, halb beunruhigt. »Das ist gut so«, flüsterte sie.

Zusammen verließen sie den Club, ohne auf den brüllenden Lärm und die neugierig gaffenden Gäste zu achten.

»BZ ...« Draußen, im hellen Tageslicht, mußte Mond blinzeln. »Erinnerst du dich noch, was Reede zu uns über Funke sagte?«

Frustriert schüttelte BZ den Kopf. Er hatte fest damit gerechnet, in der nächsten Runde des Großen Spiels Reede an ihrer Seite zu wissen. Statt dessen hatte man Kullervo glatt aus dem Rennen geworfen. Auch hatte er geglaubt, niemand hätte von ihrer mitternächtlichen

Zusammenkunft erfahren. Nun jedoch hielt die Bruderschaft den Schlüssel zum Geheimnis der Mers in den Händen, und was sie als Gegenleistung für Reedes Rückkehr verlangten, war unmöglich zu erbringen.

Bei den Göttern, wieso war alles schiefgegangen? Hatten die Leute, die Reede zu ihm brachten, den Auftrag verpatzt, weil Kitaro sie nicht mehr anführte? Oder hatte irgendein feindlicher, unbekannter Spieler einen Zug getan, und die wichtigste Spielfigur in die Hände des Chaos bugsiert?

»BZ?« sagte Mond noch einmal.

»Nein«, murmelte er abwesend. »Ich weiß es nicht.«

»Reede behauptete, Funke würde uns Informationen über die Mers vorenthalten. Er sagte, wir sollten ihn danach fragen. Dazu ist es jetzt zu spät, aber wir könnten in seinen Aufzeichnungen stöbern.«

Er sah sie an; sie hatte die gleichen Gedanken weitergesponnen wie er, bloß war sie nicht in eine Sackgasse geraten. Dennoch schüttelte er den Kopf. »Funke hat keine formelle Ausbildung; er kann gar nichts entdeckt haben, was für uns von Nutzen wäre.«

»Funke ist sehr intelligent«, erwiderte Mond unbeirrt. »Sein halbes Leben lang hat er die Mers studiert. Das meiste, was wir über ihre Sprache wissen, basiert auf seinen Erkenntnissen. Du solltest ihn nicht unterschätzen. Schließlich ist er zu einem Viertel ein Kharemoughi.«

BZ Lippen zuckten. »Also gut.«

»Komm mit mir in den Palast. Im Sibyllen-College befinden sich seine gesamten Arbeitsunterlagen.«

Er nickte, und sie gingen den Weg zum Palast zurück. Mond führte ihn in die Zimmer, in denen Funke wohnte und arbeitete. BZ bemerkte die provisorische Bettstelle in einem Winkel des großen Raumes, der vollgestopft war mit Büchern und elektronischen Geräten. Bekleidungsstücke und andere persönliche Habe waren nachlässig in Truhen verteilt oder lagen unordentlich auf irgendwelchen Regalen. Plötzlich empfand BZ Mitleid mit dem Mann, dessen Privatleben er so gründlich in Aufruhr gebracht hatte. »Wo fangen wir an?«

Mond zögerte und schaute sich um; es war, als hätte sie dieses Zimmer noch nie zuvor gesehen oder wie wenn sie es stark verändert vorfände. »Vielleicht solltest du in seinen Aufzeichnungen nachsehen, ich durchsuche unterdessen seine Sachen.«

Er verstand, daß sie die Würde ihres abwesenden Mannes nicht dadurch verletzen wollte, daß sein Rivale in seinen persönlichen Besitztümern herumkramte.

Er setzte sich an den Computer und schaltete ihn ein; eine Akte nach der anderen fragte er ab. Hin und wieder übertrug er Informationen in seinen eigenen Datenspeicher, um sich später eingehender damit zu befassen, aber im Grunde entdeckte er nichts, was ihn überrascht hätte. Mond bewegte sich leise durch das Zimmer, durchforstete Stapel von Computerausdrucken, auf die handschriftliche Notizen gekritzelt waren, sie blätterte in Büchern, prüfte Bänder und Aufzeichnungen und sortierte sie nach einem bestimmten Schema aus.

Ständig war sich Gundhalinu ihrer Gegenwart bewußt, während er gleichzeitig die Daten auf dem Bildschirm beobachtete. Sie konzentrierte sich ganz auf ihr Vorhaben und schien ihre Gefühle unter Kontrolle zu haben. Mitunter merkte er, wie sie zögerte, wenn sie auf irgendeinen Gegenstand stieß, der schmerzliche Erinnerungen in ihr weckte. Dann gab er sich Mühe, sie nicht anzusehen.

Endlich tauchte die letzte Akte auf dem Monitor auf. Er stutzte, als die künstliche Stimme des Computerports ihm mitteilte, die Akte sei durch einen Code geschützt. »Verdammt!« murmelte er.

»Was ist los?« fragte Mond.

»Ich bin auf eine gesperrte Akte gestoßen.«

»Und ich stehe vor einer verschlossenen Schublade ...« Sie bearbeitete das abgesperrte Fach mit der krummen Klinge eines Filiermessers, das sie auf dem Schreibtisch gefunden hatte. Ein Schrei entfuhr ihr, als die Schublade plötzlich aufsprang. Sie setzte sich hin und durchkämmte den Inhalt, den er nicht sehen konnte.

Sie hielt etwas in die Höhe: einen kleinen handgefertigten Beutel, mit Perlen und Stickereien versehen, eine einheimische Arbeit. Ohne Gundhalinu einen Blick zu gönnen, legte sie den Beutel auf den Tisch; BZs Anwesenheit schien sie ganz vergessen zu haben.

Noch etwas holte sie heraus — einen silbernen Anhänger an einer Kette, das genaue Gegenstück zu dem Medaillon, das Reede getragen hatte. Dieses Mal schaute sie über die Schulter und zeigte BZ das Zeichen der Bruderschaft.

Ihr Blick umwölkte sich, während sie den Anhänger vor ihrem Gesicht baumeln ließ; mittlerweile wußte sie, was er symbolisierte. Dann ließ sie ihn fallen; laut klappernd fiel er auf den Boden.

Nach und nach leerte sie die Schublade; sie fand eine Außenweltler-Medaille, eine Kette aus bunten Glasperlen, einen uralten Kalibrator und einen Kinderkreisel aus Holz. Diesen Gegenstand hielt sie länger in der Hand als alle anderen, bevor sie ihn weglegte.

Dann faßte sie wieder in das Schubfach und zog etwas heraus — behutsam, wie wenn es zerbrechlich wäre. Gundhalinu sah eine Phiole aus braunem Glas, in der eine helle Haarlocke steckte; sie sah aus wie die weiße Schaumkrone auf einem Wellenkamm. Die Phiole mit beiden Händen haltend, starrte sie darauf.

»Dein Haar?« erkundigte er sich.

Sie schüttelte den Kopf. »Nein.«

»Arienrhods?« fragte er leise.

Mit übertriebener Vorsicht stellte sie die Phiole auf den Tisch. »Vielleicht. Es könnten Arienrhods Haare sein ...« Plötzlich begannen die Tränen, die sie so lange zurückgehalten hatte, zu fließen. Von stummem

Schluchzen geschüttelt, wandte sie sich ab und barg ihr Gesicht in den Händen. »Ich wußte nicht mal, daß sie sich mit ihm traf.« *Reede.* »Ich hätte es verhindern können! Ich habe sie nie richtig gekannt, und dabei ist sie mein Kind ...«

BZ stand auf, ging zu ihr und kniete neben ihr nieder. »Ich kannte sie überhaupt nicht ...« Sein eigener Kummer überwältigte ihn und machte ihn sprachlos; still hielt er sie in den Armen und lehnte den Kopf gegen ihre Schulter. Sie umklammerte ihn, und er spürte, wie ihre Tränen seinen Uniformrock näßten. »Ich hätte ihn aufhalten müssen. Ich hatte ihn doch schon in meiner Gewalt!«

»Es ist nicht deine Schuld.«

»Deine auch nicht.« Er hob den Kopf und zwang sie, ihn anzusehen. »Es ist noch nicht vorbei«, sagte er und bemühte sich, mit ruhiger Stimme zu sprechen. »Wir dürfen uns dadurch nicht lähmen lassen, jede Minute ist kostbar.«

Sie nickte, wischte ihr Gesicht an seinem Ärmel ab und tat einen tiefen, zittrigen Atemzug. »Ich weiß«, murmelte sie. Sie befreite sich aus seiner Umarmung und straffte die Schultern. Dann zog sie noch etwas aus der Schublade und legte es auf den Tisch; der Einband war vor Alter und Abnutzung so ramponiert, daß BZ den Titel nicht mehr entziffern konnte.

Überrascht nahm er es in die Hand, wie immer unfähig, seine Neugier zu zügeln. In seiner Jugend hatte er Bücher geliebt, er war fasziniert von dieser primitiven, aber zuverlässigen Methode, Informationen zu speichern, von ihrer Eigenschaft, sämtliche technologischen Barrieren zu überwinden, von ihrer praktischen Handhabung und ihrem Geruch. Er hatte zahllose Romane des Alten Imperiums geschmökert, jedes Wort verschlungen — er war begeistert, daß seine Phantasie sich die vergangene Zeit selbst ausmalen durfte, anstatt mit vorfabrizierten Realitäten zwangsgefüttert zu werden.

Doch dann war er nach Tiamat gekommen, in das alte, geheimnisvolle Karbunkel, und er hatte versucht, seine Vorstellungen zu realisieren; danach hatte er lange Zeit die Lust zum Lesen verloren. Später hatte er keine Zeit mehr gehabt, ein Buch in die Hand zu nehmen. — Er schlug es auf und betrachtete das Titelblatt. Es war auf Tiamatanisch geschrieben, in dem universellen phonetischen Alphabet: das Buch handelte von einer Fugentheorie. Vorsichtig blätterte er die Seiten mit den weichen Rändern um und entdeckte Randnotizen in einer fremden, strengen Handschrift. Nebeneinander standen mathematische Formeln und musikalische Symbole, mit Pfeilen, Fragezeichen und hingekritzelten Abkürzungen, aus denen er nicht klug wurde. Doch während er das Buch so in den Händen hielt, spürte er eine Resonanz in den tiefen Schichten seines Gehirns, wo der reine Verstand mit der reinen Inspiration zusammenprallte. Er klappte das Buch wieder zu und sah Mond an. »Darf ich das mitnehmen?«

»Glaubst du, du kannst etwas damit anfangen?«

»Ich weiß es nicht. Aber es lohnt sich, wenn ich mich näher damit beschäftige.« Er stierte auf das kalte Auge des Bildschirms. »Kennst du die Codes, mit denen Funke den Zugang zu seinen persönlichen Aufzeichnungen sperrte?«

»Ich wußte nicht einmal, daß er irgendwelche Informationen geheimhalten wollte ...« Sie brach ab. »Ich weiß offenbar überhaupt sehr wenig über meine Familie.« Zerstreut rieb sie sich die Augen. »Funke entfremdete sich von uns allen, nicht nur von mir, als er erfuhr ... Für ihn war es ein schwerer Schock, mit einem Schlag verlor er alles, was ihm lieb und teuer war ... Und ich glaube, *sie* hat er mehr geliebt als jeden anderen Menschen.« *Ariele.* »Aber auf einmal wollte er nicht mal mehr mit ihr sprechen.« Sie schüttelte den Kopf. »Und jetzt ist er aufgebrochen, um sie zurückzuholen ...«

BZ schwieg und senkte den Blick. Sachte legte er eine

Hand auf ihre Schulter; sie drückte ihr Gesicht dagegen und schloß die Augen.

Jemand betrat das Zimmer und blieb überrascht stehen. BZ und Mond blickten hoch und sahen Tammis, der in der Tür stand und sie anstarrte. Hastig und verlegen zog BZ die Hand zurück; er rührte Mond nicht an, als er aufstand.

Vor ihnen blieb Tammis stehen. »Man sagte mir, daß ich euch hier finden würde. Ich habe Neuigkeiten.« Mond erschrak, doch dann erhellte sich Tammis' finstere Miene, und er lächelte. Der Stolz und die Freude, die ihn offenkundig bewegten, wirkten ansteckend. »Merovy und ich bekommen ein Baby.«

BZ gab einen Ausruf der Verwunderung vor sich, während Monds Gesicht völlig ausdruckslos wurde.

Unsicher schaute Tammis seine Mutter an, ehe er sich BZ zuwandte. »Wir sind wieder zusammen«, erklärte er. »Wir haben uns ausgesprochen. Das habe ich nur Ihnen zu verdanken.« Er brach ab, Gundhalinu weder mit ›Vater‹ noch mit ›Richter‹ anredend. Dann streckte er ihm die Hand entgegen.

»Ich gratuliere.« BZ schüttelte seine Hand; am liebsten hätte er Tammis umarmt, aber er brachte es nicht über sich. Plötzlich fühlte er sich seinem Sohn gegenüber wie ein Fremder, und er entsann sich, daß er auch zu seinem Vater nie ein vertrautes Verhältnis gefunden hatte. »Es ist mir eine Ehre, davon zu erfahren«, setzte er hinzu.

Tammis lächelte flüchtig, ehe er sich wieder an seine Mutter wandte. »Was ist los?« fragte er verdutzt.

Sie preßte sich den Handrücken gegen den Mund und schüttelte stumm den Kopf; ihre Augen füllten sich mit Tränen.

»Setz dich hin, Tammis«, sagte Gundhalinu ruhig. Mit abgewandtem Gesicht erklärte er die Situation; er wollte nicht sehen, wie Tammis oder Mond reagierten.

»Unser aller Mutter ...«, murmelte Tammis, nachdem BZ geendet hatte.

»Es tut mir leid, Tammis«, flüsterte Mond, »daß ich deine schöne Nachricht ruiniere.« Sie stand auf und ging zu ihm. Mit einem um Entschuldigung heischenden Ausdruck blickte sie auf ihren Sohn. Doch plötzlich lächelte sie. »Ich kann es kaum glauben«, sagte sie, und ihr Lächeln wurde strahlender. »Danke, daß du mir neuen Mut gemacht hast.« Tammis erhob sich von seinem Stuhl; BZ sah zu, wie Mutter und Sohn einander verlegen umarmten, so liebevoll, wie er gern sein eigenes Kind umarmt hätte, das er kaum kannte. Ein Kind, dachte er, ist immer ein Zeichen der Hoffnung.

»Glaubst du, Da schafft es, Ariele zurückzubringen?« fragte Tammis, als Mond ihn endlich losließ.

»Ich weiß es nicht.« Mond schaute BZ an.

»Können Sie ihnen denn nicht helfen?« fragte Tammis. »Sie könnten doch eine Polizeitruppe losschicken.«

»So einfach ist das nicht«, entgegnete BZ. »Bei allen meinen Vorfahren, ich werde tun, was ich kann.« Er betrachtete den eingeschalteten Computer, der seine Geheimnisse nicht preisgeben wollte. »Tammis, kennst du dich vielleicht mit den Codes aus, die dein Vater benutzt, um seine privaten Aufzeichnungen zu sperren?« Es war eine rhetorische Frage, er wußte ja, daß Tammis und Funke sich nie nahegestanden hatten.

Doch Tammis nickte und schaute neugierig drein. »Er bedient sich gewisser Passagen aus den Gesängen der Mers.« Als Gundhalinu verblüfft den Kopf hob, zuckte er die Achseln. »Er hatte nur dann Lust, sich ausführlicher mit mir zu unterhalten, wenn ich ihm etwas Neues über die Mers erzählte.« Aus einem Beutel, den er an seinem Gürtel trug, nahm er eine Flöte; BZ fiel auf, daß er sie immer bei sich trug, wie Funke die seine. Eine Weile betrachtete Tammis die zerbrechliche Muschel, und seine Augen nahmen einen nachdenklichen Ausdruck an.

»Was ist, Tammis?« fragte Mond leise.

Er schaute wieder hoch. »Ich überlege gerade«, sagte er mit kaum hörbarer Stimme, ob Da auch losgezogen wäre, um mich zurückzuholen.« Er setzte die Flöte an die Lippen und stellte sich neben BZ, der vor dem stummen Computerterminal hockte. Tammis spielte ein paar Takte; der Computer reagierte nicht. Er probierte eine Weise nach der anderen aus. Endlich, nachdem er ungefähr ein Dutzend verschiedener Passagen gespielt hatte, erwachte der leere Bildschirm plötzlich zum Leben. Das Programm öffnete seine unsichtbaren Türen, und die Daten begannen zu strömen.

BZ und Tammis tauschten ein triumphierendes Lächeln aus. Dann widmete er sich wieder dem Informationsfluß, und dank der durch den Survey erlernten Techniken nahm er die Symbole visuell beinahe genauso rasch in sich auf, wie wenn er direkt in das Programm eingeklinkt wäre. *Die Gesänge der Mers gleichen in ihrem strengen Aufbau einer Fuge; die Stimmen setzen nacheinander mit demselben Thema ein …*

Musik erklang, als Funkes Programm die Stränge eines akustischen Netzes reproduzierte und diese kunstvoll miteinander verflocht; der Bildschirm löste dieses komplizierte Klangmuster in mathematische Gleichungen auf. Fasziniert folgte BZ den Ausführungen; wie von weitem nahm er wahr, daß Mond und Tammis miteinander flüsterten und sich dann anschickten, weiter das Zimmer zu durchsuchen.

Zweimal studierte Gundhalinu die kompletten Aufzeichnungen, so sehr fesselten ihn die Resultate. Funke hatte einen Schlüssel gefunden, dessen war er sich ganz sicher. — Die mathematische Struktur der Musik war ein Code, und zwar einer, der in irgendeinem Teil seines eigenen Bewußtseins eine Resonanz erzeugte; dieser Code sprach die nonverbalen Tiefen des Gehirns an, in denen die Musikalität und das mathematische Verständnis eines Menschen wurzelten.

Er beobachtete und lauschte, während sich Bezugssysteme formten; angesichts der Genialität ihres Schöpfers spürte er eine Anwandlung von Ehrfurcht. Plötzlich begriff er, daß die Musik nur eine Art Träger, ein Katalysator, war; auf die mathematischen Informationen, die sie enthielt, kam es an! Die Formeln waren das kritische Element! Und er kannte diese Gleichungen, die vor ihm über den Bildschirm huschten ... Monatelang hatte er jeden Tag zusammen mit Reede Kullervo über ähnlichen Problemen gebrütet, als sie fieberhaft nach einem Weg suchten, das Stardrive-Plasma unter Kontrolle zu bringen. Die der Musik zugrundeliegende Mathematik war der Schlüssel, wie man Smartmatter manipulierte!

Doch in dem logischen Fluß klafften gewaltige Lükken; wesentliche Elemente fehlten, waren für immer verlorengegangen, indem man mit den Mers auch ihre Gesänge vernichtete. Behutsam hatte Funke versucht, einige Passagen zu rekonstruieren — es waren die tapferen Bemühungen eines intelligenten, einfallsreichen Mannes, dem jedoch die erforderliche mathematische und computertechnische Ausbildung fehlte, um die Aufgabe zu einem sinnvollen Ende zu führen. Neidlos gestand er sich ein, daß er anfing, Funke Dawntreader zu bewundern.

Nach einer Weile gab er dem Terminal den Befehl, die Daten in seinen eigenen Computer zu übertragen und systematisch damit zu arbeiten. Es mußten die richtigen Fragen gestellt werden.

»Du hast etwas entdeckt«, sagte Mond hinter ihm; erst jetzt merkte er, daß sie und Tammis schon geraume Zeit den Computer beobachtet haben mußten. »Was ist es?«

Er sah sie an, wobei er aus seiner Bewunderung für Funkes Leistung keinen Hehl machte. »Dein Mann hat die Gesänge der Mers entschlüsselt; die Lieder basieren auf der Fugentheorie.« Er zeigte auf das Buch, das auf dem Schreibtisch lag. »In die musikalische Struktur sind mathematische Gleichungen eingeflochten. Musik ist im Grunde nichts anderes als Mathematik ...« erklärte er, in ihre verdutzten Gesichter blickend. »Jeder Ton steht in einem ganz bestimmten, unveränderlichen Verhältnis zu allen anderen Tönen. Komplexe mathematische Beziehungen lassen sich in der Gliederung einer musikalischen Komposition wie einer Fuge wiedergeben, als sei es ein Code. Funke hat die elementare Struktur analysiert — die Ergebnisse sind da. Es geht um die Manipulation von Smartmatter. Ich habe meinen eigenen Computer angewiesen, mit Funkes Aufzeichnungen zu arbeiten und zu versuchen, die fehlenden Segmente zu rekonstruieren; vielleicht sehen wir dann klarer, welches Problem es eigentlich zu lösen gilt ...« Wieder betrachtete er den Bildschirm, während die verzauberten Stimmen der Mers den Raum füllten.

»Die Antwort kennst du bereits«, murmelte Mond kaum hörbar.

Er drehte sich zu ihr um und sah, wie ihre staunend aufgerissenen Augen glänzten. »Was ...?«

»Die Mers ziehen auf die Stadt zu«, sagte sie. »Dafür kann es nur einen Grund geben ...« Sie brach ab, und ihre Blicke verrieten, was ihre Lippen nicht formulieren konnten. *Karbunkel braucht sie.*

Er klappte den Mund auf, als sein Gehirn endlich die Verbindung herstellte und ihm die Erleuchtung kam. »Der Zustand der Smartmatter erfordert eine Wartung ...«, flüsterte er. »Jawohl, bei allen Göttern!« *Die Smartmatter braucht die Mers.* Er taumelte von seinem Platz hoch und nahm sie in die Arme. »Es paßt alles zusammen!«

»Wovon sprecht ihr eigentlich?« fragte Tammis. BZ und Mond sahen ihn an. »Wir können es dir nicht erklären, Tammis«, sagte Mond und senkte den Blick. »Noch nicht.«

»Aber ihr glaubt, daß es Ariele helfen wird?« vergewisserte er sich.

Sie schaute wieder BZ an; ihre eigenen Zweifel und ihr Kummer spiegelten sich auf seinem Gesicht wider. »Ich weiß es nicht«, gestand er ein. »Wir hoffen jedoch, daß es sein könnte.«

Mond kämpfte gegen ihre Verzweiflung an und ließ BZ los. »Es ist spät«, sagte sie zu Tammis. »Geh heim zu Merovy, richte ihr meine Glückwünsche aus, und sage ihr, daß ich sie liebhabe.« Sie deutete ein Lächeln an, das gleich wieder erlosch. »Aber erzähl ihr nicht, was wir heute hier getan haben, und warum es notwendig war. Bitte, Tammis.«

Er nickte mit angespannter Miene; dann umarmte er sie zum Abschied.

»Vielen Dank für deine Hilfe«, sagte BZ, als der Junge ihn ansah.

Tammis nickte. »Und ich danke Ihnen nochmals, daß Sie mir geholfen haben«, äußerte er mit heiserer Stimme. Er drehte sich um und ging zur Tür.

Mit einem halb staunenden, halb verlorenen Ausdruck sah Mond ihm hinterher. »Die Herrin möge die beiden segnen«, sagte sie abwesend. Dann seufzte sie und schloß die Augen. »Es heißt ... es heißt, die Meeresmutter liebt Kinder über alles ...« Ihre Stimme erstarb. »Herrin, hilf ihnen allen: meinen Kindern und den Deinen.« Sie öffnete die Augen, doch ihr Blick war ohne Hoffnung. »Wofür hat Tammis dir eigentlich gedankt?«

BZ zuckte die Achseln: »Dafür, daß ich mich als Außenstehender einmal eingemischt habe«, antwortete er mit abgewandtem Blick. Er legte den Arm um ihre Schultern und lächelte auf sie herunter. »Für einen Großvater bin ich zu jung«, meinte er.

Wehmütig erwiderte sie sein Lächeln. »Nicht auf dieser Welt«, hielt sie ihm entgegen. »Du bist auf Tiamat, vergiß das nicht.« Sie blickte wieder zu Boden. »Bleib heute nacht bei mir, BZ.« Sie drückte ihr Gesicht an seine Brust.

Er nickte, obwohl er wußte, daß es ein Fehler war;

doch genausowenig wie sie konnte er die kommende Nacht allein mit seiner Hoffnung und seinen Ängsten verbringen.

Durch die kalten, aufwendig geschmückten Hallen führte sie ihn in ihr Schlafzimmer; beide hatten keinen Appetit auf ein Abendessen. Er legte sich neben sie ins Bett, und seufzte auf, als die Daunenmatratze ihn wie in einer liebevollen Umarmung empfing. Mond und er waren zu erschöpft, um sich zu lieben; sie hielten einander nur fest umschlungen, sprachen wenig und versuchten, an gar nichts zu denken. Mond ließ eine Nachttischlampe brennen, weil sie die erdrückende Dunkelheit nicht ertragen konnte.

Endlich schlummerte sie ein, in seinen Armen Frieden findend. Während er über sie wachte, ihren warmen, atmenden Körper eng an sich gepreßt, wurden seine Lider schwer, und er nickte ein.

Er wußte nicht, ob er nur wenige Minuten oder Stunden geschlafen hatte, als die Flügeltür des Zimmers plötzlich mit lautem Krachen aufflog und er hochschreckte. Schlaftrunken und benommen setzte er sich im Bett hin. Mond stützte sich auf einen Ellbogen ab und zog sich die Decke über die Brust, während ein halbes Dutzend uniformierter Polizisten vor dem Bett Stellung bezogen.

»Vhanu?« staunte BZ und schirmte die Augen mit dem Arm ab, als im Zimmer plötzlich die Lichter angingen. »Was, zur Hölle, machen Sie hier? Was, im Namen von tausend Göttern, hat das zu bedeuten!«

Vhanu stand da und blickte auf die beiden Gestalten im Bett hinab. Der Ausdruck von Mitleid, Mißbilligung und finsterer Entschlossenheit, den Gundhalinu in den Augen seines früheren Freundes las, war ihm Antwort genug. Vhanu straffte die Schultern, wie wenn er salutieren wollte, doch statt dessen verlautbarte er: »Richter Gundhalinu, ich bin gekommen, um Sie zu verhaften.«

»Wie lautet die Anklage?« fragte BZ, der immer noch hoffte, das Ganze sei nur ein Alptraum.

Vhanus Mundwinkel zogen sich herunter. »Es ist meine ... schwierige und schmerzvolle Pflicht, Richter Gundhalinu, Sie davon in Kenntnis zu setzen, daß man Sie des Verrats bezichtigt.«

Karbunkel

Mond folgte dem mürrischen Offizier durch das überfüllte Polizeipräsidium; wie durch einen Nebel nahm sie die Umgebung wahr, den Blick hielt sie starr auf den uniformierten Rücken des Mannes geheftet. Sie merkte, welche Unruhe ihr überraschendes Auftauchen hier verursachte — das Getuschel, die Spekulationen, das neugierige Gaffen, pflanzten sich fort wie die Bugwelle eines Schiffs.

Es ist die Königin; sie will Gundhalinu sehen, ihren Liebhaber. Man hat die beiden dabei erwischt, wie sie zusammen nackt im Bett lagen ... ein Akt des Verrats ist das. Gundhalinu, der Held, ist jetzt Gundhalinu, der Verräter. Was will die Königin dieser Mutteranbeter noch von ihm, wo er jetzt hinter Schloß und Riegel sitzt?

Sie hatte den diensthabenden Sergeanten darum gebeten, den Obersten Richter Gundhalinu besuchen zu dürfen. Kopfschüttelnd erwiderte er: »Den Gefangenen darf niemand besuchen.« *Den Gefangenen.* Kein Hinweis darauf, was er bis gestern noch gewesen war, was er seinem Volk bedeutete, und welchen Dienst er der Hegemonie erwiesen hatte. Dann hatte sie nach der Chefinspektorin verlangt. Er übergab sie an einen seiner Offiziere, der sie dann unter dem hämischen Getratsche seiner Kollegen Spießruten laufen ließ.

Sie überstand die Prozedur, die ungewollte Beachtung ignorierend; sie wälzte Probleme von solcher Wichtigkeit, daß die Spötteleien dieser Fremdlinge ihr vorkamen wie nichtiges Geplapper. Zum Schluß verstummten die Leute, wie wenn sie ihr törichtes Benehmen einsähen, und ohne weitere Belästigungen rauschte sie an ihnen vorbei.

»Die Königin möchte Sie sprechen, Ma'am.« Der Offizier führte sie in ein Büro, salutierte und entfernte sich, die Tür hinter sich schließend.

Überrascht starrte Jerusha PalaThion sie an; den Stapel Sachen, den sie gerade schleppte, ließ sie nachlässig in eine Kiste fallen.

Mond stutzte und furchte die Stirn. »Was machst du da?« fragte sie. Neben dem Computerschreibtisch stapelten sich weitere Kisten, die bereits voll waren; die Regale und Schränke im Büro sahen aus wie leergefegt.

»Ich räume meinen Schreibtisch aus«, antwortete Jerusha zynisch. »Heute früh erklärte mir der Polizeikommandant, er habe BZ des Verrats angeklagt und das Kriegsrecht verhängt. Außerdem sei ich von meinem Posten als Polizei-Inspektorin enthoben.«

»Bei der Herrin!« Mond schlug mit der geballten Faust gegen die Tür, als die Erinnerung an die letzte Nacht sie überkam. Dann lehnte sie sich ermattet gegen die Wand. »Verflucht soll er sein! Möge er in einer Hölle seiner eigenen Wahl schmoren!« Als sie Jerusha in die Augen blickte, entdeckte sie einen Ausdruck von Mitgefühl und Zustimmung. »Hast du BZ gesehen — hast du mit ihm gesprochen? Geht es ihm gut?«

Jerusha schüttelte den Kopf. »Vhanu läßt keinen in seine Nähe; und erst recht niemanden, der in die Versuchung geraten könnte, ihm zu helfen. Beim Bootsmann, ich hab's versucht!« Sie ließ sich auf ihren Schreibtischsessel fallen und stützte die Stirn mit den Händen ab.

Mond ging zu ihr. »Er hat das Kriegsrecht verhängt, sagst du? Woher nimmt er die Befugnis?«

»In der Machthierarchie kommt er gleich nach dem Obersten Richter. Jetzt, da man BZ seines Amtes enthoben hat, ist Vhanu für derlei Entscheidungen zuständig. Er sagt, es herrsche ein Notstand, bis er Weisungen vom Zentralen Komitee erhält, oder sie einen neuen Obersten Richter hierherschicken. Im Grunde ermächtigt ihn das zu jeder Handlungsweise.« Jerusha machte ein grimmiges Gesicht.

»Und wenn ich Einspruch erhebe?« Mond brach ab, als plötzlich hinter ihr die Tür aufging.

»Ich habe Vollmacht, meine Entschlüsse notfalls mit Gewalt durchzusetzen«, sagte der Polizeikommandant ruhig. Er deutete eine korrekte Verbeugung an. »Herrin.« Dann wandte er sich von ihr ab und sah Jerusha an. Sie stand auf und salutierte förmlich. Mit teilnahmsloser Miene grüßte er zurück.

Mond spürte, wie ihr das Blut ins Gesicht schoß. »Drohen Sie etwa damit, mein Volk anzugreifen?« fragte sie wutentbrannt.

»Nur, wenn Sie mich dazu zwingen.« Seine Augen waren so undurchdringlich und schwarz wie Obsidian.

»Und was genau meinen Sie damit?

»Ich habe vor, die Jagd auf die Mers wiederaufzunehmen. Wenn Sie oder Ihr Volk mir Schwierigkeiten bereiten, greife ich zu Vergeltungsmaßnahmen. Ich brauche wohl nicht extra zu betonen, daß Ihr Volk jeden Konflikt verlieren wird, und nicht die Hegemonie.«

»Versteht die Hegemonie *das* unter ›Autonomie‹?« fragte Mond. »Daß man sich frei nach Belieben in unsere inneren Angelegenheiten einmischt? Ist die Ausbeutung unserer Welt wichtiger als unsere Kultur und unsere Religion ... oder das Recht der Mers auf Leben? Die Mers haben mehr Anspruch auf diesen Planeten als alle anderen — einschließlich mein eigenes Volk. Und sie wollen nichts weiter als überleben.«

»In Zeiten der Unruhe und des Zwistes ist es erforderlich, den Notstand auszurufen und das Kriegsrecht zu verhängen«, erwiderte Vhanu ungerührt. »Wir sind hier, um den Frieden zu wahren.«

»Man sagte mir, Ihr Volk stelle die Ehre über alles. Offenbar hat man mich falsch informiert«, versetzte Mond. Sie hörte, wie Jerusha scharf den Atem einsog;

Vhanus Blick flackerte, und sie wußte, daß sie seinen empfindlichsten Nerv getroffen hatte.

Er preßte die Lippen zu einem schmalen Strich zusammen. »Sie sollten besser aufpassen, was Sie sagen, Herrin. Einzig und allein Ihre hochgeschätzte Autonomie ist es, die mich noch daran hindert, Sie unter dieselbe Anklage zu stellen wie den Obersten Richter.«

Sie wurde rot. »Sie hatten kein Recht!«

»Ich hatte kein Recht?« Seine Hände zuckten, und er ballte die Fäuste. »Sie hatten nicht das Recht, ihn zu verführen, ihren Körper zu benutzen, um sich von ihm alles zu ergattern, was Sie wollten! Und er hatte kein Recht, sich von seinem eigenen Volk abzuwenden! Er hatte kein Recht, so schwach zu sein. Jemand mußte diesem Wahnsinn ein Ende setzen, bevor er alles verpfuscht hätte, was wir bis jetzt erreicht haben. Ich war einmal sein bester Freund! Verdammt sollen Sie sein!« Ein Zittern durchlief seinen Körper, wie wenn er sich beherrschen müßte, um Mond nicht tätlich anzugreifen.

»Aber Sie hielten nur so lange zu ihm, wie er Ihnen jeden Wunsch erfüllte«, entgegnete sie kühl. »Er liebt mich, und ich liebe ihn. Doch seine Entscheidungen traf er nicht, weil er mein Liebhaber war, sondern weil er im Gegensatz zu Ihnen ein Mann von Ehre ist.«

Eine geraume Zeit lang starrte Vhanu sie an; seine Lippen bebten. Zum Schluß murmelte er etwas auf Sandhi und blickte weg. Sie übersetzte seine mürrischen Worte: *Barbarenhure.*

Auf Sandhi sagte sie: »Möchten Sie sich lieber in Ihrer eigenen Sprache unterhalten, Kommandant Vhanu? Ich beherrsche sie recht gut.«

Er sah sie wieder an, und die hellen Sprenkel auf seinem braunen Gesicht färbten sich blutrot. Tief holte er Luft. »Ich glaube, wir haben uns in keiner Sprache noch etwas zu sagen, Herrin«, antwortete er auf Tiamatanisch. Er rüstete sich zum Gehen.

»Ich will ihn sehen«, sagte Mond. »Dieses Recht dürfen Sie mir nicht verweigern.«

Er drehte sich wieder um. »Das geht leider nicht; er ist nämlich nicht mehr hier.«

Sie erstarrte. »Was?«

»Er ist fort.« Vhanu zuckte die Achseln. »Unterwegs nach Kharemough, um sich vor dem Hohen Gericht zu verantworten. Sein Hierbleiben hätte einen Aufruhr auslösen können, deshalb ließ ich ihn umgehend deportieren.«

Als sie seine selbstgefällige Miene sah, schnürte sich ihr die Kehle zusammen. »Sie wollten es also nicht riskieren, daß man ihm rechtgegeben hätte«, warf sie ihm vor. »Sie hatten Angst, er könnte sich bei anderen Leuten Gehör verschaffen, die vernünftiger sind als Sie.«

»Hüten Sie Ihre Zunge, Herrin«, warnte er sie. Dann vollführte er eine tadellose Verbeugung. Er drehte sich um und öffnete die Tür. Doch ehe er ging, sagte er: »Im übrigen weiß ich jetzt, daß Ihre fanatischen Prophezeiungen, die Mers würden unseretwegen aussterben, nicht nur abergläubischer Humbug, sondern glatte Lügen sind. Meine Leute sagen mir, im Ozean würde es von Mers nur so wimmeln, von einer Dezimierung kann gar keine Rede sein.«

»Nein!« Sie ging einen Schritt auf ihn zu. »Ihre Leute irren sich, die Mers sind tatsächlich vom Aussterben bedroht. Suchen Sie weiter, lassen Sie den gesamten Ozean absuchen, die Mittel dazu haben Sie ja. Und Sie werden feststellen, daß die See leer ist.«

Er schüttelte den Kopf und sah sie beinahe mitleidsvoll an, wie wenn sie nicht einmal seiner Verachtung würdig wäre. Ohne eine Antwort zu geben, entfernte er sich.

Mitten im Zimmer blieb Mond stehen, bis ihr Zorn sich legte. Dann wandte sie sich an Jerusha.

Jerusha saß wieder hinter ihrem Schreibtisch; ihr

Blick war voller Fragen, ihre Miene verhieß nichts Gutes. Sie holte ein Päckchen Iestas aus der Tasche, stopfte sich eine Handvoll in den Mund und kaute darauf herum, um ihre Nerven zu beruhigen.

Erschöpft ließ sich Mond in einen Sessel fallen. »BZ kann nicht fort sein«, beharrte sie und betrachtete ihre Hände, die zuckend in ihrem Schoß lagen, wie sterbende Insekten. »Wie ist das nur passiert? Ich kann es immer noch nicht fassen.«

»Nichts ist unmöglich«, murmelte Jerusha.

»Doch, das hier ist es.« Mond hob den Kopf. »BZ mußte auf Tiamat bleiben, alle beide mußten hierbleiben — es war ihre Bestimmung ... Wir alle hatten die uns zukommenden Plätze eingenommen. Und plötzlich — gerade in dem Augenblick, da jeder bereit war — sind alle wieder weg.« Sie schüttelte den Kopf, wie eine Frau, die sich geschlagen gibt.

Jerusha starrte sie an, und in ihren Augen lag ein Ausdruck, den Mond seit Jahren nicht mehr bei ihr gesehen hatte. »Bei allen Göttern«, staunte sie. »Es hat wieder zu dir gesprochen, nicht wahr — das Bewußtsein des Sibyllennetzes ... wie damals, als du Königin werden solltest.«

Mond nickte stumm.

»Und wer ist diese dritte Person?«

»Reede ... Reede Kullervo.«

Jerushas Augen weiteten sich; stirnrunzelnd wandte sie den Blick ab. »Er arbeitet für die Quelle. BZ wollte, daß man ihn aufgreift. Aber es mußte inoffiziell geschehen. Kitaro befaßte sich damit, bevor sie ...« Sie sah Mond wieder an. »Was geht hier eigentlich vor?«

Mond erzählte ihr, wie alles anfing, und konzentrierte ihre abschweifenden Gedanken.

»Und welche Aufgabe hatte man euch dreien zugedacht?« fragte Jerusha, nachdem sie geendet hatte.

»Es geht darum — die Mers zu retten. Mehr kann ich dir nicht verraten. Außer, daß die Mers der Schlüssel zu irgend etwas ungeheuer Wichtigem sind. Wenn dieser Schlächter Vhanu ...« Sie brach ab. »Wenn er nur wüßte, was er angerichtet hat! Er schadet nicht nur den Mers, nicht nur uns, sondern auch sich selbst!«

Jerusha seufzte. »Also hält die Hegemonie Gundhalinu als Geisel, und die Quelle hat Reede in ihre Gewalt gebracht.«

»Und Ariele«, preßte Mond hervor.

»Ariele?« Jerusha wurde blaß. »Warum das denn, bei allen Göttern?«

»Sie hatte sich mit Reede eingelassen. Ich wußte nichts davon. Die Quelle hat alle beide verschleppt. Weil ... weil er mich dazu erpressen will, ihm Informationen zu geben. Aber ich kann es gar nicht — selbst, wenn ich es wollte.« Sie erzählte Jerusha den Rest der Geschichte. Schließlich fühlte sie sich so ausgebrannt, daß ihre Stimme völlig emotionslos klang. »Alle sind fort ... Und ich weiß nicht, ob auch nur einer von ihnen je wieder zurückkommen wird.«

Jerusha lehnte sich zurück und ließ ein Funkgerät in eine Kiste fallen; danach sah sie Mond mit traurigen Augen an. »Können wir im Augenblick überhaupt etwas tun?«

»Nein, nichts.« Mond schüttelte den Kopf. »Zur Zeit ergibt für mich nichts mehr einen Sinn.« Wie versteinert saß sie da, als brächte sie nicht mehr die Kraft auf, sich aus dem Sessel zu erheben. »Die Situation läßt sich nicht ändern.«

Jäh beugte sich Jerusha vor und schaltete ihr Kommunikationsgerät ein. »Prawer! Sofort in mein Büro!«

Sekunden später stand Inspektor Prawer in der Tür und salutierte. »Ma'am?« Er verbeugte sich kurz vor Mond; sie wandte den Blick ab, um ihm nicht ins Gesicht sehen zu müssen.

»Sie übernehmen hier die Verantwortung, bis der Kommandant einen neuen Chefinspektor ernennt. Meine Sachen schicken Sie ...« — sie schaute Mond an —

»ins Hauptquartier der einheimischen Polizei.« Mond hob den Kopf. Ein Hoffnungsfunke regte sich in ihr. »Ich will meinen alten Posten wiederhaben«, sagte Jerusha.

»Du kriegst ihn.« Mond stand auf und blickte von Prawer zu Jerusha.

Die kam hinter dem Schreibtisch hervor und warf Prawer ein Päckchen Schlüsselkarten zu. »Hier. Richten Sie Kommandant Vhanu von mir aus ...« Sie brach ab, um eine Iesta-Schote in den Papierkorb zu spucken. »Richten Sie ihm aus, er sei *mekrittu*. Wie alle seine Ahnen, angefangen vom Gründer seiner Familie.«

Prawer glotzte sie entgeistert an. »Bei den Göttern, das kann ich doch nicht zu dem Kommandanten ...«

»Ich befehle es Ihnen. Berufen Sie sich auf mich.« Sie zögerte. »Und erzählen Sie Ihren Kollegen, Gundhalinu sei fort.«

»Er ist *fort?*« Prawers Kinnlade sackte nach unten. Jerusha nickte. »Jawohl, Ma'am.« Er riß sich zusammen und salutierte. »Befehle werden ausgeführt.«

Sie erwiderte seinen Gruß; während er ihren Platz am Schreibtisch einnahm, verließ sie mit Mond das Büro.

Draußen auf der Straße schöpfte Jerusha tief Atem. »Ein schönes Gefühl, nichts mehr mit diesem Ort zu tun zu haben. Sie drehte sich um und betrachtete das Portal des Polizeipräsidiums, über dem ein Schild mit Tiamatanischen Schriftzügen und Sandhi-Hieroglyphen angebracht war.

»Was heißt *mekrittu?*« fragte Mond.

Jerusha lächelte spöttisch. »Auf Kharemough bedeutet das, daß man der allerniedrigsten Kaste angehört. Es ist eine viel schlimmere Beleidigung, als einen Tiamataner zu bezichtigen, er würde Mers töten.« Ihre Züge verhärteten sich. »Gundhalinu beging einen großen Fehler, indem er diesen engstirnigen, bigotten Vhanu als seinen Freund betrachtete.« Sie spuckte noch eine Iesta-Schote aus und lief Mond hinterher, die bereits vorausgegangen war. »Mond, willst du wissen, was ich denke?«

»Ja.« Mond hielt den Blick starr geradeaus auf den Weg gerichtet; ihr blieb keine andere Wahl, als zu versuchen, dem Schicksal immer um einen Schritt voraus zu sein, ehe es sie einholte. »Sag es mir. Ich will deine Meinung hören. Ich selbst sehe nämlich keine Lösung mehr. Wohin ich auch schaue, ich blicke auf eine Wand aus Feuer.« Ihr fiel Vhanus Drohung ein, und sie dachte an das lauernde Feuer am Himmel, das ihre Welt vernichten konnte, wenn sie die Hegemonie zu sehr reizte.

»Dann lauf nicht so schnell.« Jerusha hielt sie am Arm zurück. »Geh etwas langsamer.« Mond sah sie an. »Ich finde, wir sollten zuerst einmal abwarten, bis wir mehr wissen«, sagte Jerusha. »BZ hat Freunde — nicht nur hier, sondern auch auf Kharemough. Vielleicht schafft er es, nach Tiamat zurückzukommen ...« Doch in ihrer Stimme schwangen Zweifel mit.

Mond dachte an die verschiedenen Grade innerhalb der Survey-Loge, und an die Cliquen innerhalb der Organisation, die alle ihre eigenen Ziele verfolgten. Nach außen hin erschien der Survey als Einheit, innerlich war er tief zerspalten. »Möglicherweise bringt Funke Kullervo und Ariele zurück; Kullervo könnte der Schlüssel zur Lösung des Problems sein ... Er ist das Feuer, mit dem man Feuer bekämpft.«

»Um dieses Feuer für immer zu löschen, brauche ich Wasser.« Mond massierte ihre Arme, wie wenn sie fröre.

Abermals schritt sie kräftig aus, und sie spürte, wie ihr Verstand allmählich aus seiner Starre erwachte und wieder zu arbeiten begann. »So oder so kann es Wochen, vielleicht sogar Monate dauern, bis wir Bescheid wissen. Und derweil sterben die Mers. Mit jedem Mer, der getötet wurde, starb auch das Bewußtsein der Sibyllen ein bißchen mehr ab, Stück für Stück ... Sie schüttelte den Kopf. »Ich weiß, daß du recht hast; mir bleibt ja gar nichts anderes übrig als abzuwarten, wie die Dinge sich entwickeln. Trotzdem kann ich aktiv werden. BZ wollte die Daten analysieren, die Funke über die Gesänge der Mers zusammengetragen hat. Jetzt könnte ich die Arbeit übernehmen.«

»Deine Systeme sind doch an das Computernetz der hegemonischen Regierung angeschlossen, nicht?« vergewisserte sich Jerusha.

»Ja. Warum fragst du?«

»Wir stehen unter Kriegsrecht. Es könnte sein, daß man dir den Zugang zum Computer sperrt. Wenn Vhanu dir das Leben schwermachen will, kann er es dir verbieten, das Regierungssystem zu benutzen. Wahrscheinlich ist er ohnehin in der Lage, dein Terminal zu überwachen.«

Mond blickte zur Seite und berührte das Kleeblattmedaillon, das sie um den Hals trug. »Ich habe Zugang zu einem viel besseren System als jenem, das sich in der Stadt befindet; Vhanu hat keinen Einfluß auf das Sibyllennetz. Und ich glaube, ich kenne jetzt die Fragen, die ich stellen muß, um die richtigen Antworten zu bekommen. Ich werde eine Zusammenkunft des Sibyllen-Collеge anberaumen und die gegenwärtige … Situation erklären.« Vor innerer Anspannung schnürte sich ihre Kehle zusammen. »Jerusha, was geschieht mit BZ, wenn sie ihn …«

Jerusha sah sie an. »Die Hegemonie verhängt keine Todesstrafen«, sagte sie. »Aber es gibt Gefängnisse, in denen sich die Insassen wünschen, es wäre so. Er hingegen käme natürlich nie in ein solches Camp«, setzte sie hastig hinzu. »Schließlich hat er immer noch eine Menge Einfluß.«

»Und er hat viele Feinde«, ergänzte Mond leise. Über die Schulter schaute sie die Blaue Allee entlang. »Ich hole ihn zurück! Bei der Herrin und all ihren Göttern! Dafür werden sie büßen, und wenn ich den Rest meines Lebens darauf verwenden muß.« Sie blickte wieder geradeaus. »Aber wenn ich scheitere, werden es alle zu spüren bekommen ...«

Jerusha blickte sie an und sagte nichts mehr.

Sie erreichten das Ende der Blauen Alle, wo ihre Eskorte von Konstablern auf sie wartete. Sie setzte sie davon in Kenntnis, daß Jerusha von jetzt ab wieder zu ihnen gehörte, und die Nachricht wurde lächelnd und mit beifälligem Nicken aufgenommen. »Jetzt haben wir wenigsten wieder jemand, der sich mit den Blauen in ihrer eigenen Sprache unterhalten kann«, murmelte der Konstabler mit Namen Clearwater. »Für mich ist das alles Sandhi, Kommandantin«, sagte er zu Jerusha und lachte.

Ihre Mundwinkel hoben sich zu einem Lächeln. Sie wandte sich an Mond. »Kann ich irgend etwas für dich tun, da ich jetzt wieder in deinen Diensten stehe, Herrin?«

Mond zögerte und überlegte, ob es einen Punkt gab, wo sie etwas ändern konnte. »Ja«, sagte sie dann. »Ich möchte, daß du Kirard Set Wayaways verhaftest.«

Jerusha erschrak, doch sie nickte. »Ich kümmere mich darum, jetzt gleich. Wenn es dir recht ist, nehme ich Konstabler Clearwater mit.«

Mond nickte. Sie streckte die Hand aus, und Jerusha schüttelte sie in der traditionellen Weise. »Willkommen daheim.« Endlich lächelte auch sie.

Jerusha ging zu Kirard Set Wayaways' Stadthaus, gefolgt von Clearwater, der zwar keine Fragen stellte, aber vor Neugier fast platzte. Sie war sicher, daß Wayaways sich in der Stadt aufhielt; erst tags zuvor war sie ihm begegnet, wie er an den Geschäften im Labyrinth vorbeiflanierte und sich Schaufenster ansah.

Sie klopfte an die vordere Tür und wartete; unvermittelt sah sie wieder ein Bild vor sich aus der Zeit, als Arienrhod noch regierte — Kirard Set Wayaways stand lauernd vor der Grube, während der Sturm in der Halle der Winde gierig stöhnte; mit einer beinernen Pfeife in der Hand, die den Wind bezähmen sollte, wartete er auf die Polizei-Inspektorin PalaThion und ihren Sergeanten Gundhalinu. Selbst nach all diesen Jahren erinnerte sie sich noch an das hämische Lächeln auf seinem jugendlichen, vollkommenen Gesicht, als er ihre Ängstlichkeit bemerkte. Heimlich hatte er sie ausgelacht, und während er sie über den schmalen Steg zur Audienz mit der Königin führte, ließ er absichtlich den Wind an ihren Fersen zerren. Plötzlich wurde ihr klar, daß sie sich damals gewünscht hatte, ihre Positionen einmal zu vertauschen; und nach so langer Zeit war dieser Wunsch immer noch in ihr lebendig.

Die Tür ging auf; doch nicht Kirard Set begrüßte sie, sondern seine Frau, Tirady Graymount. Jerusha war tief enttäuscht.

»Chefinspektorin PalaThion ...«, murmelte Tirady Graymount und lehnte sich unsicher gegen den Türpfosten. Ihre Pupillen waren unnatürlich erweitert; Jerusha fragte sich, welche Droge sie wohl genommen hatte. Tirady Graymount entdeckte den Konstabler, der hinter Jerusha stand, und ihr mürrisches Gesicht nahm einen überraschten Ausdruck an. »Was wollen Sie?«

»Ich bin gekommen, um Ihren Mann zu verhaften, Tirady Graymount«, antwortete Jerusha.

Die Frau zwinkerte mit den Augen, wie wenn sie Mühe hätte, die Information zu begreifen. »Die Hegemonie läßt ihn verhaften?«

»Nein, nicht die Hegemonie.« Jerusha blickte an der blauen Uniform hinab, die sie immer noch trug, und zuckte die Achseln. Ich stehe im Dienst der Königin.«

»Ach«, staunte Tirady Graymount, wie wenn dies alles erklärte. »Nun ja, mein Mann ist nicht zu Hause. Es tut mir wirklich leid, daß Sie ihn nicht antreffen ...« Sie lächelte eigentümlich.

»Und Sie wissen natürlich nicht, wo ich ihn finden kann?« stellte Jerusha die rhetorische Frage.

Aber Tirady Graymount stieß sich vom Türrahmen ab und glättete ihr blondes, graumeliertes Haar. »Doch, ich weiß es. Er ist in Persiponës Club — er hat dort geschäftlich zu tun. Ihr Lächeln wirkte nun grausam. »Sie wissen ja, wo das ist. Wenn Sie sich beeilen, erwischen Sie ihn noch.«

»Vielen Dank für Ihre Hilfe.« Jerusha gab sich Mühe, sich ihren Zynismus und ihre Überraschung nicht anmerken zu lassen.

»Es war mir ein Vergnügen«, murmelte Tirady Graymount, als Jerusha und der Konstabler sich anschickten zu gehen. »Ich wünsche Ihnen noch einen schönen Tag.« Die Tür fiel hinter ihr ins Schloß.

Jerusha begab sich unverzüglich zu Persiponës Spielhölle, ohne sich Gedanken über die Ehe der Wayaways zu machen. Sie konnte sich mehr als einen Grund vorstellen, weshalb Kirard Set jemanden in den Drogenkonsum oder zu einem gemeinen Racheakt trieb.

Als sie den verdunkelten Eingang zum Club betraten, blieben sie blinzelnd auf der Schwelle stehen, wie jeder Gast, der hereinkam. Jerusha hatte das Gefühl, als bliese ihr wieder einmal ein Geist aus der Vergangenheit seinen fieberheißen Atem ins Gesicht. Persiponës Spielhölle sah genauso aus wie damals, als Arienrhod noch regierte. Es war, als existiere dieser Ort außerhalb der Zeit, als könne er nach Belieben verschwinden und wieder auftauchen. Damals wie jetzt hatte der Club als Fassade für die Quelle gedient, den Drogenboss, an den Arienrhod sich gewandt hatte, als sie plante, das gesamte Volk der Sommer zu ermorden. Die Blauen hatten den Plan vereitelt — Jerusha hatte sogar der Quelle einen Strich durch die Rechnung gemacht. Trotzdem war es ihm irgendwie gelungen, sich dem Zugriff der hegemonischen Polizei zu entziehen und zu fliehen.

Jetzt war er auf Tiamat wieder groß im Geschäft, und er hielt Monds Kind als Geisel; was er als Gegenleistung für die Freigabe verlangte, ließ sich nicht einmal in Worte fassen. Wenn sie ihm damals für immer das Handwerk gelegt hätte, wäre die jetzige Situation nicht eingetreten. Doch sie hatte versagt, und dieses Mal besaß sie nicht einmal mehr die Machtbefugnis, um gegen diesen Verbrecher einzuschreiten. Aber da war immer noch Kirard Set.

Eine Frau in einem schwarzen Kleid, das hinten einen tiefen Schlitz hatte, kam auf sie zu; ihre schwarze Perücke wurde durch ein silbernes Netz gehalten, und ihr Gesicht war so kunstvoll bemalt, daß man nicht erkennen konnte, wer sie in Wirklichkeit war. Sie wurde Persiponë genannt und sah genauso aus wie die Persiponë vor zwanzig Jahren — nur war es damals Tor Starhiker gewesen, die als Persiponë posierte und den Club für den wahren Besitzer managte. Im Gegensatz zu Arienrhod, bot die Sommerkönigin Ganoven keinen Schutz vor den Blauen, und hinter all dieser Schminke steckte nicht Tor Starhiker, sondern eine anonyme Angestellte, die die Gastgeberin mimte.

»Willkommen, Chefinspektorin. Was darf ich Ihnen bringen?« Persiponë lächelte, und ihr Gesicht leuchtete in einem unheimlichen phosphoreszierenden Glanz.

»Bringen Sie mir Kirard Set Wayaways«, erwiderte Jerusha ohne Umschweife.

Persiponë nickte, preßte die Hände gegeneinander, wie zum Gebet, und verschwand in den Tiefen des Clubs. Jerusha wartete, regungslos und ungerührt; Clearwater neben ihr stieß einen erstaunten Pfiff aus, während er sich im Club umschaute. »Ich habe meine Zeit in den verkehrten Lokalen verschwendet«, meinte er.

Kurz darauf steuerte jemand resolut auf sie zu; es war weder Persiponë noch Wayaways, sondern *TerFauw.* Jerusha kannte ihn. Er war einer der Leutnants der Quelle und führte die Aufsicht im Club. TerFauw stammte von Newhaven, ihrer Heimatwelt, doch seinem Aussehen nach war er auch schon lange nicht mehr dort gewesen.

»Was wollen Sie hier?« fragte er ruppig, ohne die geringste Spur von Höflichkeit vorzutäuschen.

»Ich will Kirard Set Wayaways«, sagte sie und blickte an ihm empor. Sie war so großgewachsen, daß sie nicht oft zu Männern hinaufschauen mußte, doch dieser Mann war ein Hüne. Sie kam sich schutzlos und verletzlich vor, und sie dachte daran, daß wohl die meisten Frauen so empfinden mußten, wenn sie einem Mann gegenüberstanden.

»Wie kommen Sie darauf, ich wüßte, wo er ist? Er kann sich überall auf der Straße aufhalten«, sagte TerFauw in gebrochenem Tiamatanisch. Er deutete auf die Menge.

»Seine Frau sagte uns, er sei hier. Geschäftlich.« Sie zeigte in die Richtung, aus der TerFauw gekommen war, wo die geheimen Zimmer lagen, in denen zwielichtige Aktivitäten stattfanden.

»Vielleicht ist er schon wieder weg.«

Sie schüttelte den Kopf. »Nein. Dann hätten Sie mir das gleich gesagt. Bringen Sie ihn her!«

TerFauw stieß ein Grunzen aus. »Was will die Hegemonie von ihm?«

»Gar nichts. Die Königin verlangt nach ihm. Sein eigenes Volk.«

Seine schiefen Lippen verzogen sich zu einem unangenehmen Lächeln. »Und was haben sie mit ihm vor?«

»Sie dürfen raten«, konterte Jerusha.

Er nickte nachdenklich. »Das genügt mir.« Die Hand hebend, spähte er über die Schulter. »Bringt ihn raus!« sagte er in die Luft hinein.

Plötzlich tauchten drei Männer aus einer dunklen Öffnung in der Wand auf; der Mann in der Mitte war Wayaways, und er schien nicht sehr glücklich zu sein. Die beiden Typen, die ihn flankierten, waren bewaffnet; die Waffen konnte sie zwar nicht sehen, aber sie merkte es an der Art, wie sie sich bewegten.

»Die Sommerkönigin will dich sprechen«, verkündete

TerFauw gleichgültig, als Wayaways und seine Eskorte zu ihnen stießen.

»Die Königin?« Wayaways brach ab, und Jerusha sah genau den Ausdruck auf seinem Gesicht, den sie zu sehen wünschte.

»Gehen wir!« befahl sie und lächelte zynisch, so wie er vor vielen Jahren, als er sich an ihrer und Gundhalinus Furcht geweidet hatte.

»Nein!« Er wirbelte herum und packte TerFauw bei seinem Wams. »Du kannst es doch nicht zulassen, daß sie mich wegschleppen! Ich bin einer von euch, bei allen Göttern! Ich bin ein Fremder, fern von meiner Heimatwelt, ein Bruder; die Quelle versprach mir, die Bruderschaft ...«

So selbstverständlich, wie man jemandem die Hand gab, rammte TerFauw ihm die geballte Faust in die Magengrube, und Kirard Set krümmte sich vor Schmerzen. TerFauw gab den beiden Kerlen einen Wink, und sie zerrten Wayaways wieder hoch. »Geh du nur zu deiner Königin, Mutteranbeter«, zischte er dem heimgesuchten Wayaways ins Gesicht. »Und bitte sie lieber darum, daß sie dich nie wieder hierherkommen läßt.« Unvermittelt schnippte er Wayaways seinen Finger ins Auge; Kirard Set kreischte und preßte sich die Hand dagegen.

Jerusha holte tief Luft. Sie zwang sich dazu, die Hand von ihrer Waffe zu nehmen und locker herunterbaumeln zu lassen, als TerFauw ihnen den Rücken zukehrte und davonstapfte; Wayaways' Bewacher folgten ihm wortlos.

Jerusha wartete, bis Kirard Set aufhörte zu schreien und die Hand von dem tränenden Auge nahm. »Kommen Sie mit«, forderte sie ihn auf. Sein Gesicht hatte jede Farbe verloren, und die Augen stierten ins Leere. »Wir gehen.«

Widerstandslos ließ er sich abführen.

Orbital Hub # 1

»Ihr Besuch wartet, Gundhalinu-ken.«

»Danke.« Gundhalinu ging an dem Wächter vorbei ins Besuchszimmer. Hier redete man ihn mit ›Gundhalinu-ken‹ an, weil es der einzige Titel war, den man ihm nach seiner Verhaftung nicht aberkannt hatte. Über dem offenen Kragen seiner Gefängniskluft war die Sibyllentätowierung deutlich zu sehen, das Kleeblattmedaillon hatte man ihm jedoch weggenommen. *Es konnte als Waffe benutzt werden.*

Der Raum war klein und grell ausgeleuchtet; die Wände waren mattgrün gestrichen, und in der Mitte stand ein Tisch. Er ging über Teppichboden, und vereinzelt hingen an den Wänden Bilder. Mitten durch das Zimmer, mitten durch den Tisch, verlief eine unsichtbare Energieschranke, die ihn von der Frau trennte, die auf der anderen Seite wartete.

»Dhara ...«, sagte er. Mit voller Wucht traf ihn die Erinnerung an all das, was in den letzten Wochen passiert war, und er fühlte sich benommen. Er blieb stehen, starrte seine Frau an, und das Kind, das sie auf dem Arm trug. Jählings begriff er, daß er seit seiner Verhaftung unter Schock stand, unfähig, rational über seine Situation oder sich selbst nachzudenken.

»BZ ...?« murmelte sie; in ihren Augen erkannte er die alte Unsicherheit, die stets unter ihrem ruhigen Auftreten lauerte, wenn sie in seine Nähe kam. Da sie zauderte, ging er weiter und setzte sich an den Tisch, sie ermutigend, das gleiche zu tun.

Sie nahm ihm gegenüber Platz; sie war konservativ gekleidet in einer langen Hose und einer Tunika; das

Haar trug sie mit Spangen zu anmutigen Flügeln hochgesteckt, wie er es am liebsten sah. Das Baby setzte sie mit einem Beutel voller Spielsachen auf den Tisch; begierig griff der Kleine nach der Tasche und kippte den Inhalt aus. »Mein!« krähte er.

Fasziniert beobachtete Gundhalinu, wie das Kind in den Sachen kramte, als hätte es gerade einen kostbaren Schatz entdeckt. Der Junge probierte ein Spielzeug nach dem anderen aus, klopfte damit auf den Tisch, selbstvergessen und ohne auf die beiden Menschen zu achten, die ihm beim Spielen zusahen.

»Wie gefällt Euch Euer Sohn?« fragte Pandhara nach einer Weile. Sie streichelte das Haar des Kindes; der Junge blickte hoch und wollte ihr eine glänzende, mit Sternen gefüllte Rassel geben. »BT Gundhalinu ... Aber das klingt so steif, ich nenne ihn Little Bit«, erklärte sie. Als der Kleine seinen Namen hörte, hob er wieder den Kopf. »Big Little Bit ...«, sagte sie und berührte mit der Fingerspitze seine Nase. Der Bub strahlte und reckte die kleinen Stummelfingerchen in die Luft. »So groß«, sagte er.

»Er ist bildhübsch«, murmelte BZ. »Noch niedlicher als auf den Holos, die Ihr mir geschickt habt. Bei den Göttern, wie er sich verändert hat ...«

»Das tun Babies«, sagte sie leise und ein bißchen traurig.

»Unsere Schicksale auch«, murmelte er unwillkürlich.

Sie sah ihn kurz an.

»Und wir wissen genau, daß es passiert.«

Sie nickte und schaute in sein Gesicht. »Er hat Eure Augen.«

BZ atmete tief durch und mußte an den anderen Jungen denken, auf der anderen Seite der Galaxis, der auch seine Augen geerbt hatte. »Ja«, räumte er ein. »Das stimmt.«

Sie drehte das Kind um, damit es Gundhalinu anblikken konnte. »Schau nur«, flüsterte sie. »Das ist dein Vater.« BZ beugte sich vor und streckte die Hände aus, bis er gegen die Schranke stieß. Das Baby legte den Kopf schräg und schien ihn zum erstenmal zu bemerken. Einen Moment lang klammerte sich der Kleine an den Arm seiner Mutter und spähte vorsichtig über die Schulter. Dann lächelte er, und ein Ausdruck den Entzückens erschien auf seinem Gesicht. Er reckte seine Ärmchen, bis auch er die unsichtbare Wand anfaßte. Mit den Händen und dem Kopf schlug er gegen die prikkelnde Fläche, weil er seinen Vater berühren wollte. Während BZ seine Hände gegen die leicht nachgebende Barriere preßte, erfüllten eine Freude und eine Sehnsucht seine Brust, bis er kaum noch Luft bekam.

»Weg von der Schranke!«

BZ zuckte zurück, als ihn ein leichter Stromstoß traf. Das Baby kippte brüllend hintenüber; Pandhara nahm ihn auf den Arm und tröstete ihn.

»Das war wirklich nicht nötig!« Wütend sprang BZ auf und schrie die Wände an. Dann setzte er sich wieder hin, und nur das Echo seiner eigenen Stimme gab ihm spöttisch Antwort.

Pandhara starrte ihn an, während sich das Baby langsam beruhigte. »Werden wir beobachtet?« fragte sie entgeistert, und ihre Augen verfinsterten sich vor ohnmächtigem Zorn. »Man sagte mir, wir könnten uns ungestört unterhalten.«

»Wahrscheinlich wurde der Befehl automatisch gegeben«, erwiderte er, ohne sich seiner Sache sicher zu sein. Er betrachtete seinen Sohn, der sich in Pandharas Armen wand, die Ärmchen nach ihm ausstreckte und brüllte: »Ba! Ba!«

Er selbst ballte die Hände unter dem Tisch zu Fäusten. Pandhara nahm einen mit bunten Lichtern gefüllten Ball und drehte ihn vor dem Baby hin und her; es griff nach dem Spielzeug, biß hinein und setzte sich langsam auf ihren Schoß. »Wie … wie stehen die Dinge auf den Gütern?«

»Bestens«, sagte sie mit rauher Stimme. »Wirklich, alles läuft bestens.«

»Und was macht Eure Arbeit? Hat BT Euch nach seiner Geburt überhaupt noch arbeiten lassen?«

Sie lächelte. »Nun ja, nicht viel. Aber ich lud Ochi — meine jüngste Schwester, Ihr kennt sie auch — dazu ein, bei uns zu wohnen, solange sie studiert. Wenn ich arbeite, kümmert sie sich um den Kleinen. Sonst würde ich zu gar nichts mehr kommen, nicht wahr, Little Bit?« Sie schaute ihn an, und er hielt ihr den Ball entgegen. »Ein schöner Ball«, sagte sie.

»Szöner Ball!« lispelte er und nickte.

»Und wie verläuft Euer Privatleben?« fragte BZ, nicht ganz gleichgültig. »Ich hoffe, Ihr konntet Eure Freunde sehen und habt Euch nicht zu ... einsam gefühlt.«

Sie schaute ihn eine geraume Weile an. »Ich bin nicht einsam«, erwiderte sie dann. »Meine Freunde besuchen mich oft, irgendwer ist fast immer da. Sie sind in die Schönheit des Anwesens genauso vernarrt wie ich.« Sie senkte den Blick. »In letzter Zeit bin ich häufig mit Therenan Jumilhac zusammen ... Ihr habt ihn damals in diesem Café getroffen ... BT liebt ihn; er kann sehr gut mit Kindern umgehen.«

»Das freut mich.« BZ lächelte.

Sie sah ihn wieder an. »BZ, ich wollte schon eher kommen, ich habe mich wirklich bemüht. Aber ich durfte erst zu Euch, nachdem KR Aspundh sich für mich eingesetzt hatte. Er läßt Euch ganz herzlich grüßen und bedauert sehr, daß er nicht mitkommen konnte. Aber gesundheitlich geht es ihm nicht gut, und er darf den Planeten nicht verlassen. Ich soll Euch von ihm ausrichten, daß er alles unternimmt, um Euch zu helfen, und daß er weiß, wie unbegründet die Anklage ist.«

»Richtet ihm meinen Dank und meine Genesungswünsche aus.« BZ lächelte. »Mein Anwalt sagte mir, das Zentrale Komitee versuche, die Vorgänge auf Tiamat zu vertuschen. Sie behaupten, die Sicherheit der Hegemonie stünde auf dem Spiel, damit sie meine Version der Ereignisse unterdrücken können. Mich an die Öffentlichkeit treten zu lassen, können sie sich nicht leisten. Aber Pernatte selbst sicherte mir zu, daß mein Prozeß durch die Medien in der ganzen Hegemonie verbreitet wird. Er ist der Leiter des Sekretariats und war immer mein stärkster Befürworter.«

Pandhara öffnete den Mund und klappte ihn wieder zu; in ihrem Gesicht arbeitete es. »Ich weiß auch nicht, was auf Tiamat passiert ist, BZ. Man wollte mir nicht einmal erzählen, wie die Anklage gegen Euch lautet.«

Seine Lippen wurden schmal. »Verrat. ›Geheime Manipulationen, um die Sicherheit der Hegemonie zu untergraben.‹«

Pandhara sah entgeistert aus — genauso hatte er dreingestiert, als er den vollen Wortlaut der Anklage hörte. »Aber das bedeutet doch eine lebenslange Haft, wenn man Euch für schuldig befindet.«

Ohne die Möglichkeit auf Begnadigung. Er nickte und schaute zur Seite. »Auf alle Fälle bleibe ich am Leben; schließlich sind wir ein zivilisiertes Volk ... Und ich werde ja nicht in die Schlackeminen geschickt. Wo immer ich sein werde, ich kann versuchen, die Situation zu ändern. An einen sehr ungastlichen Ort wird man mich schon nicht verfrachten«, wiederholte er, um sie zu beruhigen. »Das schulden sie mir.« Er zwang sich zu einem Lächeln und zuckte die Achseln. »Wir wollen die Dinge nehmen, wie sie kommen, Dhara. Noch bin ich ja nicht verurteilt worden, wenn ich meinen Standpunkt überzeugend genug darstellen kann, werde ich von der Anklage freigesprochen.«

Ihr Gesichtsausdruck blieb bestürzt; aber sie nickte und strengte sich offenkundig an, die Fassung zu bewahren. »Wie ist das passiert, BZ? Wer hat die Anklage vorgebracht?«

»Es war Vhanu«, antwortete er.

»*Vhanu?*« verblüfft beugte sie sich vor; das Baby

quiekte und ließ den Ball fallen. Sie hob ihn auf, und der Kleine schlug ihn ihr aus der Hand. Den Blick immer noch auf ihren Mann geheftet, reichte sie dem Kind einen Flackerstab. »Aber ... Vhanu war für Euch doch so etwas wie ein ... wie ein Bruder ...« Sie brach ab und biß sich auf die Lippe.

»Ja«, flüsterte BZ. »Wie ein Bruder.« Er schüttelte den Kopf. »Von dem Tag an, als wir auf Tiamat eintrafen — eigentlich schon viel früher, ich wollte es nur nicht wahrhaben — gingen unsere Meinungen über die Vorgehensweise der Hegemonie auseinander. Ich hätte es kommen sehen müssen ... aber ich war blind. Die Ironie daran ist, daß die Probleme, mit denen ich selbst gerechnet hatte, dann gar nicht eintrafen; am Ende gab es gar keine Probleme. Statt dessen entzweiten wir uns über das Wasser des Lebens ... Bei den Göttern!« Ermattet lehnte er sich zurück. »Das hätte nicht eintreten dürfen. So etwas war nicht vorgesehen.«

»Und was ist mit der Königin?« fragte Pandhara nach kurzem Zögern. »War sie auch in die Vorgänge verwikkelt?«

Als er sie ansah, erkannte er Verständnis und Bedauern in ihrem Blick. »Ja. Unsere ... Beziehung löste die Krise aus.«

Er schaute weg, als er sich an seine demütigende Festnahme erinnerte, wie man ihn mitten in der Nacht aus Monds Bett gezerrt und fortgeschleppt hatte. Dann zwang er sich dazu, nicht länger an diesen Vorfall zu denken.

»Dhara, ich ... ich habe auf Tiamat noch zwei Kinder. Als ich das erste Mal von dort fortging, war Mond von mir schwanger; ich hatte keine Ahnung. Und bei meiner Rückkehr waren die Kinder schon erwachsen.« Er betrachtete das Kind auf Pandharas Schoß, das er nicht erreichen konnte, und ein schmerzhaftes Gefühl der Leere breitete sich in ihm aus. Ganz still saß er da, denn er fürchtete sich, bei der leisesten Regung die Beherrschung zu verlieren; und das durfte er weder Pandhara noch sich selbst antun. *Er durfte es nicht ...*

Sie schwieg ebenfalls und sah zu, wie er sein Kind anstarrte. »Es tut mir ja so leid«, murmelte sie schließlich.

»Nicht doch«, flüsterte er und schüttelte den Kopf. Er bemühte sich, mit ruhiger Stimme zu sprechen. »Das Schlimmste daran ist, daß ich genauso hätte handeln müssen, selbst wenn ich sie nicht mehr geliebt hätte. Ich wurde wirklich auf Tiamat gebraucht, deshalb mußte ich dorthin zurück, und ich mußte tun, was ich getan habe. Ich war nicht verrückt, und ich habe mich auch nicht geirrt. Tiamat ist für die Hegemonie bedeutungsvoller als jeder weiß, und die Mers sind lebenswichtig ... Trotzdem kam es zu dieser Verhaftung.«

Seine Liebe zu Mond hatte ihn nach Tiamat getrieben; nur der gemeinsam erlebte Augenblick der Leidenschaft hatte ihm das wirkliche Ziel seiner Aufgabe dort enthüllt. Dennoch fand er, daß der einzige Fehler, den er begangen hatte, seine Hingabe war; er hätte verzichten sollen und die körperliche Liebe mit Mond nie vollziehen dürfen.

Indem er seine Position und die Empfindsamkeit seines Volkes mißachtete, besiegelte er seinen Sturz; und nun mußte Mond allein mit Problemen fertigwerden, für die keine Lösungen in Sicht waren. »Verdammt noch mal, ich bin für den Prozeß gerüstet! Vielleicht hat es mich nur deshalb wieder nach Kharemough verschlagen, damit ich den Leuten hier die Augen für die wahre Situation öffne und sie aufkläre!«

»BZ«, rief Pandhara gequält, »es gibt keinen Prozeß!«

»Was?«

»Man verweigert Euch eine Gerichtsverhandlung; sie wollen nicht, daß Ihr Euch Gehör verschafft.«

»Sie müssen mich zu Wort kommen lassen, Dhara. Man hat mir versichert ...«

»Belogen hat man Euch!« fiel sie ihm ins Wort. »KR

sagte mir, das Urteil würde im Sekretariat ohne Verhandlung gefällt.«

»Das geht nicht ...«

»Jeder hat Euch belogen, selbst Pernatte, selbst Eure Anwälte.« Sie blickte über ihre Schultern, als die Türen zu beiden Seiten des Zimmers aufsprangen, und uniformierte Wachen hereinstapften. »Sie haben uns belauscht!« empörte sie sich. »Sie haben in jedem Punkt gelogen!«

Er schnellte hoch. »Geht zu Aspundh! Sagt ihm, niemand kenne die volle Wahrheit — außer Mond. Er muß sich mit ihr in Verbindung setzen ...« Die Wachen erreichten ihn zuerst und zerrten ihn von der Schranke weg.

»BZ!« schrie sie, doch auf einmal konnte sie ihre eigene Stimme nicht mehr hören. Die Kerle packten sie bei den Armen. Sie riß sich los, als sie versuchten, sie zur Tür zu drängen. Das Baby begann zu schreien, doch man vernahm keinen Laut. Sie hörte auf, sich zu sträuben, und ließ sich abführen, den Blick nach rückwärts gewendet.

»Sagt ihm ...!« brüllte BZ. Die Wachen stießen ihn gewaltsam durch die Tür — und das war das letzte, was sie von ihm sah.

Karbunkel

Das erste Licht sickerte in die rastlose Welt unter Karbunkel, zeichnete die Konturen der schwarzen Segelschiffe vor dem grauen Hintergrund nach, und beleuchtete die stillen Gestalten der dort wartenden Menschen mit einem stumpfen Glanz. Mond konnte zusehen, wie der Himmel mit jedem Herztakt heller wurde. Auf dem Wasser bildete sich ein Pfad aus geschmolzenem Licht, der von dem Pier, auf dem sie stand, bis in die flimmernde Scheibe der aufgehenden Sonne führte.

»Jetzt ist es soweit«, verkündete sie, während der kalte Wind der Morgendämmerung durch ihre Seele blies. »Bringt ihn her!«

Jerusha PalaThion und der Trupp Konstabler führten Kirard Set Wayaways an der kleinen Menge von gespannt ausharrenden Zuschauern vorbei zur Königin. Unter dem Pier schaukelte ein Boot mit zwei weiteren Konstablern an Bord, beide Angehörige des Sommervolks.

»Kirard Set Wayaways«, sagte Mond, die das blanke Entsetzen in seinen Augen ungerührt ließ, »man beschuldigt dich, dein eigenes Volk verraten und schikaniert zu haben. Für dein gewaltsames Vorgehen gibt es Zeugen. Es steht nicht in meiner Macht, dich zu richten ...« — ihre Worte schnitten in ihn ein wie Draht —, »denn ich bin nicht die wahre Herrin, sondern nur ein Gefäß IHRES Willens. Deshalb überantworte ich dich nach den traditionellen Gesetzen unseres Volks dem Urteil der See.«

»Du bist wahnsinnig!« stieß Kirard Set zähnefletschend hervor. »Ich unterstehe nicht euren Ritualen; ich bin ein Winter, das könnt ihr mir nicht antun!«

»Das kannst du Arienrhod erzählen«, sagte Mond mit leiser, erstickter Stimme, »wenn du sie siehst.«

Sie wandte den Blick ab und hörte, wie die Menge hinter ihr zu murmeln begann. Jerusha berührte ihren Arm und zeigte in eine bestimmte Richtung.

Durch das Gewirr aus Docks und Anlegestellen marschierte ein Trupp der Hegemonischen Polizei auf sie zu. Ein kurzes Stück von ihr entfernt, hob der Anführer die Hand, und die Männer blieben stehen.

»Den Göttern sei Dank«, ächzte Kirard Set. »Ich wußte, daß sie kommen würden. Das konnten sie nicht zulassen, du verrücktes Luder — Hilfe!« brüllte er. »So helft mir doch! Sie wollen mich ertränken! Ihr müßt mir helfen!«

Die Konstabler, ausnahmslos Sommerleute, zückten auf einen Wink Jerushas hin ihre Waffen.

Der Offizier ließ seine Leute zurück und näherte sich ihnen, seine leeren Hände baumelten herab. »Herrin.« Respektvoll nickte er Mond zu, ehe er sich an Jerusha wandte. »Guten Morgen, äh ... Kommandantin PalaThion.« Er salutierte, wie um wiedergutzumachen, daß er sich beim Aussprechen ihres neuen Rangs verhaspelt hatte.

Ein Lächeln andeutend, erwiderte sie den Gruß. »Guten Morgen, Leutnant Devu. Was macht eine Patrouille zu so früher Stunde bei den Docks? Das ist doch wohl keine Routineübung, oder?«

»Nein, Kommandantin«, antwortete er, wobei er Mond und die sie umringende Menge unsicher ansah. »Kommandant Vhanu hat uns befohlen, Mers zu jagen. Wir sind im Begriff, an Bord unseres Schiffs zu gehen.« Er deutete hinter sich auf die wartenden Blauen. Mond fiel auf, daß sie eine ungewöhnliche Ausrüstung mit sich trugen, und plötzlich begriff sie, wozu diese Geräte dienten. Sie sah, wie Jerusha erstarrte und fühlte sich selbst wie betäubt. »Aber vielleicht würden Sie mir zuerst erklären, Ma'am, was hier vor sich geht ... Sie wissen, daß unter Kriegsrecht Ansammlungen von mehr als zehn Menschen verboten sind.« Mit einer ruckhaften Bewegung des Kopfs deutete er auf die Menge. »Was haben Sie mit diesem Bürger vor?«

»Dies ist eine Gerichtsverhandlung«, erklärte Jerusha. »Man beschuldigt ihn verschiedener Verbrechen, einschließlich Drogenhandel und Menschenraub.«

Devu runzelte die Stirn. »Eine Gerichtsverhandlung?« staunte er. »Hier? Jetzt? Einfach so?«

»Der Prozeß findet nach den Gesetzen des Sommervolks statt, Leutnant«, mischte sich Mond ein. »Die See wird über ihn richten.«

»Sie wollen mich ertränken!« kreischte Kirard Set. »Helfen Sie mir!«

»Stimmt das?« fragte Devu verdutzt.

»Man bringt ihn hinaus auf das offene Meer, bis die Küste nicht mehr zu sehen ist«, erwiderte Mond ruhig. »Dann läßt man ihn zurückschwimmen. Ob er dabei ertrinkt oder nicht, hängt von ihm ab. Die Meeresmutter spricht das Urteil über ihn; seit Jahrhunderten lebt unser Volk nach diesem Gesetz.«

»Es ist glatter Mord!« schrie Kirard Set. »Sie können nicht zulassen, daß man mir das antut! Sie sind doch ein Kharemoughi, ein zivilisierter Mensch, bei allen Göttern!«

»Aber ich bin die autonome Herrscherin über mein Volk.« Mond hob den Kopf. »Er ist einer von uns, und er hat *unsere* Gesetze gebrochen, nicht die Ihren, Leutnant.«

»Wie lautet sein Name?« fragte Devu, Jerusha anschauend.

»Kirard Set Wayaways Winter«, antwortete Jerusha, von einem Fuß auf den anderen tretend, das Stunnergewehr im Arm haltend. »Ein Eingeborener Tiamats.«

»Wayaways?« der Leutnant rieb sich das Kinn. »Hmm«, brummte er und nickte, während er eigenartig lächelte. »Er untersteht nicht unserer Jurisdiktion.« Er wollte sich umdrehen.

»Wenn Sie möchten, können Sie bleiben«, forderte Mond ihn auf. »Sehen Sie ruhig zu, wie unser Rechtssystem funktioniert. Beobachten Sie, wie die See mit Leuten umgeht, die gegen die Gesetze der Meeresmutter verstoßen.«

Lieutenant Devu blickte unbehaglich drein. »Vielleicht ein anderes Mal. Wir müssen uns beeilen.«

»Grüßen Sie den Kommandanten von mir«, sagte sie, während sie ihn durchdringend anstarrte. Er verbeugte sich, nickte Jerusha zu und entfernte sich raschen Schrittes.

»Nein!« gellte Kirard Set, doch Leutnant Devu drehte sich nicht mehr um.

Mond wartete, bis die Außenweltler zwischen dem geometrischen Gewirr aus Schiffsmasten und Maschinen verschwanden. Schließlich wandte sie sich wieder an Kirard Set, der nun schwieg und sie wütend anstierte. »Unser aller Mutter ist bereit«, verkündete sie. Sie zeigte auf die Leiter hinter ihm, die in das Boot hinabführte, das bei Niedrigwasser neben dem Schwimmdock schaukelte.

»Ich komme wieder ...«, prophezeite er trotzig und verzweifelt.

»Wenn die See es so will«, erwiderte Mond gelassen. »Falls du am Leben bleibst, laß dich nie wieder in der Stadt blicken. Die Meeresmutter verzeiht dir vielleicht, ich jedoch nicht.«

Mit zornrotem Gesicht, vor ohnmächtiger Wut kochend, wandte er sich von Mond ab und peilte in die versammelte Menge, wie wenn er dort nach jemandem suchte. Wer immer die Person sein mochte, nach der er Ausschau hielt, er entdeckte sie nicht. Dann stieg er langsam die Leiter hinunter. »Fahrt zur Hölle, jeder einzelne von euch«, fluchte er, ehe sein Gesicht verschwand.

Mond stellte sich an das Geländer, während das kleine Boot mit der Besatzung aus Sommerleuten und dem Gefangenen aus dem Wintervolk, das Segel hißte, und auf dem goldenen Pfad aufs Meer hinausglitt.

»Arienrhod!« kreischte Kirard Set unvermittelt und starrte sie mit Augen wie glühenden Kohlen an; sie wußte nicht, was in ihm vorging.

Als das Boot mit zunehmender Entfernung immer kleiner wurde, merkte sie, daß plötzlich jemand neben ihr am Geländer stand. Zuerst glaubte sie, Danaquil Lu Wayaways habe sich im allerletzten Moment doch noch ein Herz gefaßt und sich dazu durchgerungen, der Aburteilung seines Vetters beizuwohnen. Aber es waren Tirady Graymount, Kirard Sets Frau, und ihr Sohn Elco Teel, die sich zu ihr gestellt hatten. Vorher hatte Mond die beiden nicht unter den Zuschauern gesehen.

Das Gesicht der Frau war blaß, und die Augen lagen tief in den Höhlen; der Blick kam Mond gequält vor, doch Tiradys Mund lächelte, wie wenn er ein Eigenleben hätte. Mit einer Hand umkrallte sie eine leere Likörflasche; einen Arm hatte sie um ihren Sohn gelegt. Besitzergreifend drückte sie ihn an sich, während sie zusah, wie ihr Mann dem Horizont entgegensegelte. Jählings holte sie weit aus und schleuderte die Flasche mit aller Kraft ins Meer. »Hoffentlich ersäufst du!« kreischte sie.

Elco Teel nahm sie in den Arm und führte sie vom Geländer weg; mit völlig ausdruckslosem Gesicht bugsierte er sie wieder in die Meute der Schaulustigen zurück.

Mond sah ihnen hinterher; sie empfand weder Verwunderung noch Mitleid. Sie bemerkte jedoch das Erstaunen auf vielen Gesichtern, und daß Jerusha den Kopf schüttelte. Allein spähte sie wieder aufs Meer hinaus und beobachtete, wie sich das Boot mit dem krebsscherenförmigen Segel immer weiter entfernte. Noch konnte sie am Heck den Namen erkennen, den sie eigenhändig dorthin gepinselt hatte: *Ariele.* Hinter ihr begann sich die Menge zu zerstreuen; sie blieb am Geländer stehen, bis das Boot hinter dem Horizont verschwand.

Mond setzte sich an das Kopfende des Konferenztisches, der in einem der vielen unbenutzten, hallenden Palastsäle stand. Anfangs, nachdem sie in den Palast eingezogen war, hatte er sie an die zahllosen Dekorationsstücke erinnert, die er enthielt: eine geschmückte Muschel, leer und ohne Funktion. Sie hatte sich in den Hallen gefürchtet, und sich von seiner Größe und Geschichte erdrückt gefühlt; er repräsentierte Arienrhods Vergangenheit, eine Regentschaft, die ihr fremd vorkam, obwohl sie manches mit der Schneekönigin gemeinsam haben mußte.

Aber jenes geheime Wissenszentrum, das sie damals gezwungen hatte, Königin zu werden, veranlaßte sie auch, im Palast wohnenzubleiben, wo sie in erreichbarer Nähe war. Mit der Zeit sah sie ein, daß der Palast mit all seiner Symbolik ein Baustein im Muster ihres Lebens war. Das Bauwerk selbst war weder gut noch böse, sie mußte es akzeptieren, wie so vieles in ihrer Welt, die immer mehr außer Kontrolle zu geraten schien.

Später hatte sie vieles in einem neuen Licht gesehen. Die Außenweltler hatten sie dazu gezwungen, das Sibyllen-College in den Palast zu verlegen, und von da an waren wenigstens einige der weitläufigen Hallen mit Leben und Aktivität erfüllt.

Wenn sie sich nun umschaute und die stuckverzierte Decke, die frischen Wandgemälde und die antiken, importierten Möbel betrachtete, verstand sie, mit wieviel Phantasie und Kunstfertigkeit diese Dinge gestaltet waren. Für sie wurde die Einrichtung des Palastes zu einem Symbol des Potentials, das nicht nur sie selbst, sondern alle die sie umgebenden Frauen und Männer ihres eigenen Volks besaßen, seien sie nun Angehörige der Winter- oder der Sommerclans. Viele hatten mitgewirkt, um die angestrebte Zukunft zu erreichen. Sie erkannte, daß die Besuche von alten Freunden und vertrauten Gefährten in diesem Palast zu den wenigen Vergnügen gehörten, die ihr in ihrem Leben noch geblieben waren.

Und nun, dachte sie, während sich das Bild der auf die Sonnenscheibe zusegelnden *Ariele* in ihre Erinnerungen drängte, waren ihre Freunde ihre einzige Hoffnung. Sie blickte auf den Recorder und den Stapel von Computerausdrucken, die sie mit der Hand hatte kopieren lassen, nachdem Vhanu ihr den Zugang zum Computersystem sperren ließ. Dann schaute sie Tammis an, der neben ihr saß; sein Blick war sorgenvoll, er machte sich Gedanken über seinen Vater und über das ungeborene Kind, das Merovy in ihrem Leib trug. Von rechts wegen hätte sie nichts als Freude empfinden müssen, wenn sie ihn ansah, er verkörperte ihre Vergangenheit und ihre Zukunft. Statt dessen war sie vollkommen gefühllos, nicht einmal Kummer bedrückte sie. Eine unsichtbare, undurchdringliche Mauer schien sich zwischen sie und ihre Emotionen geschoben zu haben; sie konnte unterscheiden, was in ihrem Leben gut, und was böse war, doch innerlich blieb sie sowohl von Trost wie von Trauer unberührt.

Als sie in die Runde blickte, bemerkte sie die angespannten, bekümmerten Gesichter von Clavally und Danaquil Lu; Fate Ravenglass trug ihren visuellen Sensor wie eine glänzende Krone, und zwei Dutzend weitere Sibyllen saßen erwartungsvoll da. Alles konnte sie ihnen nicht verraten, aber zum Glück durfte sie ihnen soweit vertrauen, daß sie ihnen Informationen ohne eingehende Erklärungen überlassen konnte.

Sie schaltete den Recorder ein, und der unheimliche Choral der Mers füllte die Stille. Allmählich veränderten sich die Mienen der Zuhörer; keiner vermochte sich dem Frieden, dem Ergötzen, der Überraschung und dem Staunen zu entziehen, diesem Spektrum an Gefühlen, das die Gesänge der Mers in den Menschen hervorriefen.

Danach begann sie mit ihrer Rede; sie erklärte, welche Rolle die Sibyllen übernehmen mußten, um die fragmentarischen mathematischen Sequenzen, die sich in den Liedern verbargen, zu vervollständigen. Sie verteilte Kopien mit den Daten, die sie aus Funkes Aufzeichnungen zusammengestellt hatte — und dabei fiel ihr schmerzhaft ein, welche sonderbaren Wege ihre unterschiedlichen Schicksale doch eingeschlagen hatten. Sie beschrieb den anwesenden Sibyllen, zu welchen Schlüssen Funke in seiner Arbeit gelangt war, und während sie sprach, fragte sie sich, wie die Reise, die er unternommen hatte, ausgehen würde; brächte er ihre Tochter von jenem Ort zurück, den die Ondineaner das Land der Toten nannten, oder würde er dort zusammen mit ihr zugrundegehen? Die Sibyllen stellten ihr nur wenige Fragen, und sie konnte alle beantworten.

Mit der abschließenden Ermahnung, daß die Angelegenheit sehr dringend und geheim sei, überließ sie sie ihrer Arbeit. Dann ging sie durch die Säle in die oberen Etagen des Palastes zurück; vor Erschöpfung nahm sie die Büros, die Bibliotheken und die Studierzimmer kaum wahr. In der vergangenen Nacht hatte sie kein Auge zugetan, allein hatte sie in ihrem Bett gelegen und darauf gewartet, daß der Morgen anbräche, um dann bei Sonnenaufgang das Ritual zu vollziehen. Jetzt, wo sie alles getan hatte, was in ihrer Macht lag, worüber sie überhaupt noch Einfluß hatte, war selbst ihr Zorn, ihre stimulierendste Triebfeder, abgeflaut, und sie fühlte sich völlig verausgabt.

Im Geist sah sie wieder die *Ariele,* die Kirard Set Wayaways hinauf auf die offene See trug; er war der einzige ihrer Quälgeister gewesen, an dem sie sich hatte rächen können. Sie stellte sich vor, wie er halbertrunken und abgekämpft das Ufer erreichte, sich auf die Docks unter der Stadt hievte … und sie sah sich selbst dort auf ihn warten, ein Messer in der Hand, im Begriff, ihr letztes an ihn gerichtetes Versprechen zu erfüllen …

Angewidert schlug sie sich die Hände vors Gesicht; jeder Herzschlag hallte schmerzlich in ihrem Kopf wider, und das Kopfweh, das sich bereits seit dem frühen Morgen ankündigte, brach mit voller Wucht los. Den ganzen Tag lang hatte sie nichts gegessen, beim bloßen Gedanken an Nahrung wurde ihr übel. Als sie ihr Schlafzimmer erreichte, blieb sie stehen und stützte sich am Türrahmen ab, unfähig die Schwelle zu überschreiten.

Nach einer Weile ging sie durch den Korridor weiter zu Arienrhods Zimmer. Der Raum war noch genauso, wie die Schneekönigin ihn vor über zwanzig Jahren verlassen hatte; seit ihrem Tod hatte niemand darin geschlafen. Mond öffnete die Tür und spähte hinein.

»Brauchen Sie etwas, Herrin?« Eine Dienerin, die vorbeikam, zögerte und neigte den Kopf.

Mond sah die Frau an und hielt sich die Hand vor den Mund, um nicht wie eine Irre loszulachen. *Ob sie etwas brauchte?* — »Ich möchte mich ausruhen«, sagte sie schließlich mit gepreßter Stimme. »Ich will eine lange Zeit nicht gestört werden …«

»Ja, Herrin.« Die Frau nickte respektvoll. Sie schaute auf die geöffnete Tür und schien noch etwas sagen zu wollen, doch dann ging sie wortlos weiter.

Mond betrat das stille Zimmer. Die breiten Fenster waren von schweren Vorhängen bedeckt; der Raum erinnerte sie an eine Höhle, einen Mutterschoß, in den sie sich zurückziehen konnte. Sie zog sich aus und legte sich auf das muschelförmige Bett aus Perlmutt; als sie sich in die Decke einwickelte, spürten ihre Arme und Beine die Weichheit und Leere. Hier warteten keine Erinnerungen auf sie, keine Phantomarme streckten sich ihr entgegen, niemand flüsterte sanfte Worte, nie hatte die Hitze eines anderen Körpers sie hier gewärmt ...

Sie löschte das Licht, und die gespenstischen Schatten wurden von der Dunkelheit verschlungen; nun war es egal, ob sie die Augen offenhielt oder schloß. Endlich war sie ganz mit sich allein; sie verschränkte die Arme um ihren bebenden Leib und begann zu weinen, anfangs leise, dann herzzerreißend, weil keiner sie hören konnte; aber es war auch niemand da, um sie zu trösten oder ihr zu verzeihen.

Sie weinte, bis alle Kräfte sie verließen und sie regungslos dalag, im Halbschlaf. Sie wartete darauf, in den Schlummer hinüberzugleiten, mit schlaffen Gliedern und ohne bewußten Gedanken.

Doch statt dessen spürte sie, wie etwas von ihr Besitz ergriff — eine unglaubliche Kraft zerrte sie hinab in eine noch totalere Finsternis ... *Der Transfer.*

Sie sträubte sich nicht und ließ sich fallen; durch die Dunkelheit stürzte sie hinein in einen Ort aus Licht und Geräuschen, an den sie sich erinnerte; ein fast unerträgliches Gefühl der Hoffnung keimte in ihr auf. (BZ —?) rief sie; sie sah ihre Stimme als kreisförmige Wellen aus ihrem Mund strömen. (BZ, wo bist du?)

(Nein ...) kam die Antwort, und ein fremder Geist berührte ihre Seele.

(Wer —?) dachte sie, denn etwas an diesem Kontakt kam ihr beinahe vertraut vor.

(KR Aspundh ...)

(KR —?) Wie Glockenschläge verteilte sich ihr Staunen im Raum.

(Ja, meine Liebe ...) Sein Gedanke fühlte sich sanft und freundlich an, wie die Hand eines alten Mannes, die flüchtig ihre Wange streichelte. (Nach langer Zeit. BZ erzählte mir, was aus dir geworden ist, was ihr alle erlebt habt ...)

(BZ — wo ist er, KR? Wie geht es ihm? Wie kann ich ihn erreichen?)

(Langsam), wisperte er. (Nicht so schnell, Mond — obwohl ich dich korrekterweise mit Herrin anreden müßte — seit der Zeit, als wir uns begegneten, bin ich viel schwächer geworden. Der Transfer ist für mich sehr anstrengend ... BZ wird von der Hegemonischen Regierung festgehalten. Man will ihn ohne Gerichtsverhandlung verurteilen — dafür sorgt schon die Goldene Mitte —, weil man seine Popularität fürchtet. Weil er bezüglich des Wassers des Lebens eine oppositionelle Linie verfolgte, muß man ihn jetzt loswerden. Sie planen, ihn an einen Ort zu schicken, den er nie mehr verlassen kann. BZ bat mich, ich solle mit dir Verbindung aufnehmen. Wieso ist das alles passiert, Mond? Er sagte mir, du könntest mich darüber aufklären.)

(Bei den Augen der Herrin — ich kann es nicht, KR ...) Vor Angst und Verzweiflung war sie wie geblendet, ihre Gedanken verwirrten sich und ertränkten den Kontakt. Doch sie zwang ihr Herz, das sich in den letzten Wochen zu Eis verwandelt hatte, ihr Blut zum kühlen, damit sie wieder klar sehen und nüchtern denken konnte.

(Es geht nicht, ich kann es dir nicht erklären, genausowenig wie er; aber du mußt wissen, daß jede Welt, auf der es Sibyllen gibt, in Mitleidenschaft gezogen wird, sollte ich meinen Auftrag nicht erfüllen ... Auch Kharemough würde die Konsequenzen zu spüren bekommen. Es gibt nur zwei Menschen, die mir helfen können — BZ, und ein Mann namens Reede Kullervo. Ein Geheimbund, der sich die Bruderschaft nennt, hat Kullervo und meine Tochter gefangengenommen. Ich weiß nicht, wie ich sie befreien soll. Mein Mann ist nach Ondinee gereist, um ihnen zu helfen ... BZ glaubte, du könntest vielleicht deinen Einfluß geltend machen. Aber was können wir noch tun, KR, wenn selbst die Menschen, denen BZ bedingungslos vertraute, sich gegen uns stellen? —)

Seine Gedanken umschlossen sie wie wärmende

Hände. (Die Goldene Mitte ist lediglich eine Facette in der verborgenen Struktur der Survey-Loge, so wie die Bruderschaft eine andere ist ... Ich gehe davon aus, daß du das verstehst. Es gibt noch weitere Cliquen, sie alle gleichen Spiegeln in einem Kaleidoskop. Es gibt noch Hoffnung — es gibt immer Hoffnung. Ich will sehen, was ich tun kann, damit deine Tochter und Kullervo zu dir zurückkommen. Aber darüber hinaus ...? — Die Dinge gerieten aus dem Gleichgewicht, als Kitaro-*ken* getötet wurde. Sie bildete ein Gegengewicht; mit ihrer Unterstützung hätte sich BZ gegen seine mächtigen Feinde behaupten können. Vielleicht sind Reede Kullervo und deine Tochter noch nicht verloren. Die Goldene Mitte kontrolliert jetzt allein das Wasser des Lebens, und wir, die den besseren Überblick haben, wissen, daß diese Situation untragbar ist.)

(Ja), dachte sie. (Ja. Das Wasser des Lebens ist schuld daran, daß alles schiefging ... Das Sibyllennetz ist in Gefahr, weil die Mers ausgerottet werden ... die Mers ...) Interferenzwellen peitschten gegen ihr Gehirn, und eine starke Unterströmung riß ihre Gedanken mit. (Das muß aufhören! Sie dürfen die Mers nicht länger jagen.)

Eine Stille trat ein, die wie Sonnenlicht auf einer Wasserfläche glänzte; sie dauerte den Augenblick einer Ewigkeit. (Schön und gut; aber wer verhindert die Jagd?) fragte Aspundh nach einer Weile. (Wir müssen etwas finden, das diesem Abschlachten ein Ende setzt: Etwas, das sie noch gieriger begehren als das Wasser des Lebens ...)

(Ich glaube nicht, daß es etwas gibt, das ihnen noch wichtiger erscheint), dachte Mond erbittert.

(Es wird etwas Besseres geben — irgendwo ...) erwiderte Aspundh, und sein leiser Spott breitete sich in schwachen Lichtkringeln aus. (Aber es muß schwer zu finden sein, denn sonst hätten sie es sich schon längst geholt, wie das Wasser des Lebens ...)

(Das Stardrive-Plasma), dachte sie. (Aber das besitzen sie bereits, weil BZ es ihnen zurückgab.)

(Vielleicht war das ein Fehler), murmelte Aspundh. (Aber irren ist menschlich — keiner von uns vermag in die Zukunft zu sehen. Es muß etwas geben, wonach sie lechzen.)

Ihr fiel das Geheimnis des Sibyllencomputers ein; wenn sie von seiner Existenz wüßten, würden sie nie wieder einen Mer anrühren. Aber nachdem sie bewiesen hatten, wie wenig sie mit Macht umzugehen verstanden, durfte man ihnen das Geheimnis niemals preisgeben — selbst wenn sie es hätte verraten können ... (Ich weiß es nicht. Ich weiß es nicht.)

(Ich bin auch ratlos. Aber wir dürfen die Hoffnung nicht aufgeben, sondern müssen weitersuchen ...)

(Wo soll ich noch suchen?) dachte sie verzweifelt. (Wohin kann ich schon gehen? Mir sind die Hände gebunden.)

(Die gesamte Raumzeit steht dir zur Verfügung), antwortete er. (Gerade jetzt driftest du in ihr dahin. Du bist nicht umsonst eine Sibylle; noch nie war ich mir dessen so sicher. Über das Netz aus Kontaktpunkten, mit dem die Loge mich versorgt hat, kann ich mir Wissen von außerhalb verschaffen; aber dir stehen die größeren Möglichkeiten zur Verfügung — das Bewußtsein der Sibyllen spricht zu dir, es öffnet sich dir in einer Weise, die es anderen versagt. Ich weiß es nur von Gerüchten, aber es soll Geheimnisse geben, die das Sibyllennetz selbst seinen zuverlässigsten Dienern nicht anvertraut ... Du könntest die Ausnahme sein.)

Sie gab keine Antwort; seine Worte durchdrangen sie wie Strahlen, und Visionen fluteten auf sie ein.

(Wir tun für BZ, was wir können; aber die Goldene Mitte ist ein mächtiger Faktor in der Hegemonie. Vielleicht bist du die einzige Hoffnung für BZ. Er braucht jemanden, der stark genug ist, um die Gezeiten umzukehren ... — möglicherweise heißt du deshalb Mond), dachte KR zärtlich, während die Strähnen aus goldenem Licht sich vor ihr zu entwirren begannen. (Vielleicht stehen die Götter deiner Ahnen dir bei ...) Ihr Geist sang, als sie KR Aspundhs Segen empfing.

Dann war sie wieder allein in der Dunkelheit, ohne eine Antwort.

Tuo Ne'el

»Dort ist es!« Kedalion zeigte auf die Zitadelle, während sie über das verfluchte Land der Toten hinwegrasten. Er zoomte das Bild näher heran, und Einzelheiten wurden erkennbar.

»Bei der Herrin«, murmelte Funke neben ihm. »Die Festung ist ja riesig. Sie muß noch größer sein als Karbunkel.«

»Diese Zitadellen sind völlig unabhängige Stadtstaaten«, erklärte Kedalion und erinnerte sich plötzlich wieder lebhaft an die labyrinthartigen Stockwerke und Gassen. Einerseits amüsierte er sich ein bißchen, weil Funke Dawntreader aus dem Staunen nicht herauskam; zum anderen war ihm übel vor Furcht, wenn er sich ihr heranrückendes Ziel auf dem Monitor ansah.

In Karbunkel hatte er es kaum glauben können, daß Funke Dawntreader Tiamat noch nie verlassen hatte. Er gehörte demselben Geheimbund an wie Reede, und seine Besessenheit, nach Ondinee zu fliegen, ließ auf ein unerschütterliches Selbstvertrauen schließen. Er wußte sogar ziemlich gut über Sternenschiffe und ihre Funktionsweise Bescheid, aber dieses Wissen hatte er sich angelesen. Noch nie zuvor hatte er einen Fuß in ein richtiges Schiff gesetzt, und an Bord der *Prajna* benahm er sich wie ein Junge, dem es vor Staunen die Sprache verschlagen hat. Es erinnerte Kedalion an Anankes ersten Transit; aber Dawntreader war mindestens so alt wie er.

Nachdem Funke die Sprache wiedergefunden hatte, quetschte er Kedalion und Ananke pausenlos über ihre früheren Erlebnisse und ihre Heimatwelten aus; er wollte unbedingt wissen, wieso es sie in diese bizarre Situation verschlagen hatte. Er beklagte sich nicht einmal über das beengte Quartier auf dem Schiff — das entsprechend Kedalions Körpergröße eingerichtet war, ohne daß auf eine Crew oder Passagiere Rücksicht genommen worden wäre.

Dawntreader hatte alles ausprobiert, alles gelernt, egal, wie unangenehm oder lästig die Aufgabe war; und meistens hatte er seine Sache sehr gut gemacht. »Darauf habe ich mein Leben lang gewartet«, war es ihm einmal entschlüpft, als Ananke ihn fragte, warum er unbedingt den Boden in der Pilotenkanzel schrubben wollte. In seinen Augen lag dabei ein leidenschaftlicher Blick; doch seine Begeisterung flaute ab, sobald ihm wieder einfiel, weshalb er diese Reise angetreten hatte.

Kedalion sah, wie Dawntreaders Staunen sich langsam legte und seine Miene sich verfinsterte, als ihm klarwurde, daß dies die Festung des Feindes war, aus der er seine Tochter befreien mußte. »Bei der Herrin und allen Göttern ...«, murmelte Dawntreader, und Kedalion ergänzte in Gedanken: *Wie sollen wir sie hier herausbringen?*

»Keiner hat dir gesagt, daß es einfach sein würde«, meinte Kedalion nüchtern. »Möchtest du vielleicht lieber zum Razuma Starport fliegen? Möglicherweise läßt man uns noch umkehren.« Er deutete auf den Bildschirm.

Dawntreader sah ihn an und furchte die Stirn. »Nein.«

»War ja nur 'ne Frage.« Kedalion zuckte die Achseln. Er blickte über die Schulter zu Ananke hin, der mit verschränkten Armen dahockte und finster vor sich hinbrütete. Ohne den Quoll sah er irgendwie nackt aus; und nach der Art zu schließen, wie er sich benahm, schien er sich auch nackt zu fühlen. Jedesmal, wenn Kedalion ihn anschaute, erinnerte die Abwesenheit des Quolls ihn daran, in welcher Mission sie unterwegs waren; eine innere Stimme schrie ihm zu, sie müßten verrückt sein und würden alle sterben; vielleicht war es auch nur sein gesunder Menschenverstand, der ihm diese Warnungen zerbrüllte. Seufzend gab er die Codes zum Landeanflug ein; als das Antwortsignal zurückgellte, wußte er, daß ihrer aller Schicksal besiegelt war.

Die Zitadelle lockte sie hinein in den wartend aufgerissenen Schlund; weiter ging es durch den Rachen zur vorgegebenen Eindock-Bucht. Nachdem das Schiff gelandet war, kletterten sie heraus und wurden von einer Horde bewaffneter Männer empfangen.

»Wir hatten nur mit zwei Leuten gerechnet«, sagte der Anführer, der Samir genannt wurde, während er das Stunnergewehr in Kedalions Augenhöhe hielt.

Kedalion brach der Schweiß aus, als er die auswendiggelernte Rede abspulte, die er seit ihrem Abflug von Tiamat in Gedanken vielleicht tausendmal geprobt hatte. »TerFauw wollte, daß wir diesen Mann mitnehmen, weil er wichtige Informationen für Kullervo hat. Er wurde gründlich überprüft. Zeig ihm deine Hand«, forderte er Funke auf und stieß ihn nach vorn.

Dawntreader hielt die offene Handfläche in die Höhe. Unterwegs hatte er mittels eines Intensivierungsgeräts Trade gelernt und das Sprechen mit Kedalion und Ananke geübt. Nun präsentierte er das Auge, das er sich selbst ins Fleisch gebrannt hatte; es sah genauso aus wie die Markierung der Quelle, zumindest hoffte Kedalion, daß keiner den Schwindel merkte.

Samir starrte auf das Brandmal und zog die Stirn kraus. »Davon hat mich keiner unterrichtet«, stellte er kurz und bündig fest.

»Wie denn auch?« konterte Kedalion gereizt; seine Angst verlieh seinen Worten Schärfe. »Jetzt weißt du ja Bescheid. Kullervo muß unbedingt mit diesem Mann sprechen. Er ist ein einheimischer Experte, was die Mers betrifft, und wenn Kullervo ihn nicht sehen darf, dann wird hier jemand gargekocht, das kannst du mir glauben.«

Samir musterte die Narbe. Dann starrte er Kedalion lange und durchdringend an. Schließlich zuckte er die Achseln und nickte. »Na schön«, sagte er und gab ihnen einen Wink, sie sollten ihm folgen.

Durch ein Gewirr aus Tunneln gelangten sie in das Zentrum der Zitadellenanlage, wo ein bereitstehendes Vehikel sie zu Reede bringen sollte. Kedalion stemmte die Hände in die Taschen und suchte nach seinem Huskball; er verabscheute es, Passagier und nicht Pilot zu sein, besonders jetzt, wo er sich so hilflos fühlte. Der Huskball war nur noch ein rauher Knubbel in einem Nest aus lockeren Fellresten; durch jahrelanges nervöses Herumspielen war er ganz abgeschabt. Er hätte gern gewußt, wo er einen neuen bekommen konnte, obwohl es nie mehr dasselbe Gefühl sein würde, wenn er ihn befingerte; ständig hätte er den Eindruck, er trüge einen Fremdkörper mit sich herum. »Da wären wir«, sagte er überflüssigerweise, als sie den Punkt erreichten, an dem sie das Vehikel abholen sollte.

»Das hast du großartig gemacht, Kedalion«, sagte Ananke unvermittelt und schielte über die Schulter. »Wie du diesen Typ ... bei den Göttern, ich dachte, ich würde kotzen, als Samir dir das Gewehr vor die Nase hielt. Reede hätte ihn nicht besser abkanzeln können.«

»Dabei hatte ich mir Gundhalinu zum Vorbild genommen, wie er sich damals auf Nummer Vier aufgeführt hat«, erwiderte Kedalion schmunzelnd. »Alle Götter, war das raffiniert.«

Funke starrte ihn an, als hätte er versehentlich einen Nerv getroffen.

»Tut mir leid«, brummte Kedalion, als er begriff, was in Funke vorgehen mußte. »Ich dachte übrigens auch daran, wie ich früher daheim mit den anderen Jugendlichen von den Klippen gesprungen bin. Wenn man mit seinem Gleitschirm nicht die Balance hielt, stürzte man in den Tod. Man wußte, daß man sich keinen Fehler erlauben durfte, deshalb machte man keine.« Sein Lächeln erlosch. »Daran werde ich mich auch in Zukunft halten.«

»Recht hast du«, bekräftigte Ananke, als sie sich auf eine Metallbank setzten und die Ankunft des Transporters abwarteten; an seinem Lederfußling zupfend blickte er interessiert in die Runde. Dawntreader lehnte sich schweigend zurück und starrte stur geradeaus.

»Reede?«

Reede richtete sich auf, als er von der Tür her Arieles Stimme hörte. Vor Müdigkeit war er wie gelähmt, und er schüttelte den Kopf, um seinen Kreislauf in Gang zu bringen. Es kam ihm vor, als hätte er stundenlang über dem Schreibtisch gelegen, den Kopf auf den Armen, erschöpft, jedoch ohne zu schlafen, während Ariele in ihrem Bett schlummerte und der Realität noch für eine kurze Weile entfloh. Er fragte sich, was sie wohl geträumt haben mochte, und er hoffte, sie würde nicht von den gleichen entsetzlichen Alpträumen heimgesucht wie er.

»Reede? Wo bist du?« Er hörte Panik aus ihrer Stimme heraus.

»Ich bin hier.« Er stand auf und schlängelte sich durch das Labyrinth aus Apparaturen, um sie zu trösten und zu beruhigen. Er wollte nicht, daß sie ihn sah, wie er in seinem Selbstmitleid versank, außerstande zu arbeiten oder zu denken. Er hätte sie und sich selbst umbringen sollen, als er noch die Gelegenheit dazu hatte. Aber irgend etwas, das er nicht verstand, hatte ihn daran gehindert; er hatte sich fürs Überleben entschieden, als der Tod die beste Lösung gewesen wäre. *Ich bin wahnsinnig; ein Feigling; ein Masochist . . .* Diese Selbstvorwürfe kreisten in seinem Kopf, seit er das Bewußtsein wiedererlangt hatte und merkte, daß er sich in der Gewalt der

Quelle befand. Er blickte auf seine nutzlosen, bandagierten Hände.

Doch das Wasser des Todes war wieder in seinem Kreislauf aktiv, es infiltrierte und kontrollierte jede Körperzelle und heilte ihn mit aller Macht. Eigentlich brauchte er die Bandagen gar nicht mehr, doch sie dienten ihm als Vorwand, um seine Forschungsarbeit noch länger hinauszuzögern. Denn nicht seine Hände waren es, die ihm nicht mehr gehorchen wollten, es war sein Verstand. Er konnte nicht einmal mehr simulieren, er täte das, was man von ihm verlangte; alles in ihm sträubte sich dagegen, die schmutzige Arbeit für die Quelle zu tun.

Er dachte nur noch an die Mers und an das Geheimnis, das sich um ihre Existenz rankte.

Die Muster ihrer Gesänge, und die tiefschürfenden Geheimnisse, die er darin entdeckt hatte, verfolgten ihn mittlerweile Tag und Nacht; ihre Lieder kamen ihm fremdartig und gleichzeitig ungeheuer vertraut vor. Für ihn waren die Mers nicht länger bloße Gefäße für das Wasser des Lebens; wer so über sie dachte, beging einen Frevel. Im Grunde ging es auch gar nicht um das Wasser des Lebens, sondern um etwas viel Wichtigeres; es ging um ...

Er war bei Ariele angelangt; als sie sich an ihn schmiegte, spürte er, wie sie unter ihrem seidenen ondineanischen Gewand zitterte. »Was hast du?«

»Ich konnte dich nicht ... finden Reede.« Angstvoll schaute sie zu ihm auf. »Bin ich krank? Sehe ich ... *verändert* aus? Ich fühle mich nicht wohl.«

Mit seinen bandagierten Händen umklammerte er ihre Arme und schüttelte sie resolut. »Du bist gesund. Es geht dir gut.« Zärtlich berührte er ihre Wange und dann drehte er sie so um, daß sie sich in der glatten Oberfläche eines Schranks spiegeln konnte. »Schau. Schau dich doch an. — Siehst du?«

Sie machte die Augen zu, riß sie wieder auf und starrte auf ihr Bild. Dann nickte sie langsam und lehnte sich an ihn.

»Du fühlst dich kräftig«, beharrte er. »So wie ich.«

»Ich hatte einen Traum ...« Ihre Stimme bebte.

»Siehst du, du hast alles nur geträumt. Es dauert noch Stunden, bis die nächste Dosis fällig wird.«

Intensiv starrte sie ihn an.

»Ich habe die Dosis hier«, murmelte er. »Sie steht bereit, du brauchst dir also keine Sorgen zu machen.« Er streichelte ihr Haar.

Seufzend klammerte sie sich an ihn. »Ich fühle mich nicht krank. Mir geht es gut ... Ich habe mich nie besser gefühlt. Und es stimmt ja. Du bist so gütig und stark und weise. Ich liebe dich, Reede ... ich liebe dich ... ich liebe dich ...«

Er schloß sie in die Arme und spürte, wie ihm die Galle hochstieg. Mit Mühe unterdrückte er den Schauder, der ihn überlief, weil er sie mit seiner Angst nicht anstecken wollte. Ariele allein konnte ihn von seinen Grübeleien über die Mers ablenken; doch jedesmal, wenn er sie anschaute, wenn er mit ihr zusammen war, quälte er sich mit selbstmörderischen Vorwürfen; es machte ihn krank, wenn er sah, wie ihre Stimmungen zwischen Euphorie und tiefsten Depressionen schwankten.

Als man sie aufgriff, war er in einem so erbärmlichen Zustand gewesen, daß man ihn nicht zwingen konnte, die Tat selbst zu begehen; aber er war Zeuge gewesen, wie man ihr das Wasser des Todes einflößte, und den irreversiblen Prozeß der Sucht in Gang setzte, die sie nicht nur von der Droge, sondern auch von ihm abhängig machte. Alles war seine Schuld, doch anstatt ihn zu verachten oder zu hassen, sagte sie ihm, daß sie ihn liebte.

Sobald er wieder dazu imstande war, versuchte er alles, um ihr Halt, Mut und Vertrauen zu geben. Er entwickelte Kräfte, die bislang unerkannt in ihm geschlummert hatten, und die er um Ariele willen aktivierte. Doch er wußte nicht, wie lange er es noch schaffen würde, ihren und seinen Zusammenbruch hinauszuzögern.

Selbst wenn es ihm gelänge, sie beide bei geistiger Gesundheit zu halten, so wußten die Götter allein, was aus ihnen werden sollte. Wenn er der Quelle keine Resultate bescherte, konnte Jaakola Ariele die Droge entziehen. Dann mußte er mitansehen, wie Ariele litt, ohne daß ihm selbst etwas passierte.

Doch auch wenn er Erfolg hätte und die gewünschte Droge produzierte, konnte Jaakola Ariele Schmerzen zufügen, und wenn nur, um ihm seine eigene Hilflosigkeit vor Augen zu führen. Jetzt, wo er auch noch um Ariele bangen mußte, öffnete sich für die Quelle ein ganz neues Potential an blutiger Grausamkeit. Reede war fest davon überzeugt, daß die Sommerkönigin und Gundhalinu ihre Tochter nie wieder lebend sehen würden ... und wenn doch, dann nur, um Zeuge ihres qualvollen, langsamen Todes zu werden. Und er konnte nichts dagegen tun; gar nichts.

Er ließ sie los und kramte in seinen Taschen herum. Seine tauben Finger fühlten kaum, wonach sie suchten, selbst als er es ertastet hatte. Er zog es heraus: seinen Ring, das Gegenstück zu dem, den er Mundilfoere gegeben hatte. Er nahm ihre Hand und streifte ihr den Ring über den Daumen. Ihre Hände waren groß für eine Frau, mit langen Fingern, doch die Finger waren schlank, und der Ring schmiegte sich locker an ihre bleiche Haut. Sie machte eine Faust. Dann griff sie nach seiner Hand und drückte einen Kuß auf die bandagierte Innenfläche.

Wortlos führte er sie durch das Labor und in sein Apartment — *ihr* Apartment, wenigstens vorläufig. »Bist du hungrig?« fragte er sie. »Möchtest du frühstükken? Oder vielleicht Musik hören?«

Sie nickte und öffnete den Mund, um zu sprechen; überrascht drehte sie sich um, als die Tür plötzlich aufging. Auch Reede erstarrte; vor Erleichterung wurden ihm die Knie weich, als er Niburu und Ananke eintreten sah. Er fühlte sich plötzlich wie ein Mann, der im Wasser treibt und endlich Land sieht. »Was hat euch aufgehalten? Wieso seid ihr nicht schon früher gekommen?« schnauzte er sie an.

Niburu schüttelte den Kopf und lächelte unsicher. »Du hast vergessen, uns deine neue Adresse zu hinterlassen, Boss.« Er zuckte die Achseln. »Sag bloß, du hast uns vermißt.«

Reede musterte ihn prüfend. »Ob ich euch vermißt habe?« wiederholte er. Das Lachen blieb ihm im der Kehle stecken, und einen Augenblick lang verschlug es ihm sogar die Sprache. »Doch«, knurrte er nach einer Weile. »Ihr habt mir gefehlt. Ich weiß nämlich nicht, wie man die verdammten Geräte in der Küche bedient.«

Niburu grinste breit. »Na fein, Boss«, erwiderte er beinahe selbstgefällig. »TerFauw schickt uns. Er sagte ... sagte, du würdest uns brauchen.« Er stutzte, als er Reedes bandagierte Hände bemerkte; Reede sah den besorgten Ausdruck, der sich in seine Augen stahl. Er wandte den Blick ab und drückte Ariele fest an sich.

»Wir haben noch jemand mitgebracht«, platzte Niburu heraus. Er deutete auf die offene Tür hinter ihnen. Ein dritter Mann trat ein, und Reede riß erstaunt die Augen auf.

»Da!« schrie Ariele auf und stürzte nach vorn.

»Shh.« Reede hielt sie am Arm fest; ein warnender Blick bedeutete Dawntreader, er solle stehenbleiben. »Was will er hier?« Er stellte die Frage, die man von ihm erwartete, während er Niburu und die anderen fixierte.

Niburu zögerte; natürlich begriff er, daß die Wände Augen und Ohren hatten. »Er ... er hat wichtige Informationen für dich. Über die Mers ...«

»Ach nein!« Reede sah Dawntreader an und bemühte sich möglichst neutral zu klingen. Dawntreader hatte nur Augen für Ariele, die am ganzen Körper bibberte.

Er wußte nicht, wie lange er die beiden mittels schierer Willenskraft am Sprechen hindern konnte. »Laß mich ansehen, was du mir mitgebracht hast. Wir gehen dort hinein.« Mit dem Kopf deutete er auf das Labor; er führte sie hinein und versiegelte dann die Tür mit einem schroffen Kommando.

Endlich wagte er es, Ariele loszulassen. »In Ordnung. Jetzt können wir frei reden.« Niburu warf ihm einen verdutzten Blick zu, und er nickte bekräftigend. »Hier kontrolliere ich die Systeme«, erklärte er mit grimmiger Genugtuung. Das Labor war der einzige Ort, an dem er über ausreichend Computer und Programme verfügte, um seine Umgebung seinen Wünschen entsprechend zu manipulieren.

Ariele rannte zu Dawntreader. Er kam ihr mit ausgebreiteten Armen entgegen; wie ein richtiger Vater, fand Reede. »Es geht dir gut«, wiederholte Dawntreader unentwegt, während sie murmelte. »Du kamst mich holen ...«

»Es geht ihr *nicht* gut!« schnauzte Reede. »Ihr kommt zu spät, sie hat schon das Wasser des Todes genommen.«

Entsetzt schaute Dawntreader hoch; sein Blick wanderte zwischen Reede und Ariele hin und her. »Dann sollte ich dich vielleicht lieber umbringen, anstatt dich zu retten ...«

»Umbringen willst du mich?« höhnte Reede. »Ich bin bereits tot. Retten willst du mich? Sei doch kein Narr! Wenn du versuchst, einen von uns hier herauszubringen, bedeutet das für uns beide den sicheren Tod. Genausogut könntest du eine Waffe nehmen und uns erschießen. Selbst wenn du deinen Plan aufgibst und begreifst, daß du ungeschützt in die Hölle getappt bist, kommst du nicht mehr lebend hier hinaus. Vielleicht macht dich die Quelle auch zu seinem Leibeigenen, dann sind wir alle eine große, glückliche Familie ...« Er schlug mit der Faust auf den Tisch.

Dawntreader zuckte zusammen. Er wandte den Blick von Arieles weißem, verzweifeltem Gesicht ab und starrte abermals Reede an. Langsam kühlte sich sein Blick ab. »Na schön«, murmelte er, »damit hatte ich gerechnet. Trotzdem fällt es mir schwer, mich zu beherrschen, das mußt du verstehen. Aber ehe du mich noch mal einen Narren nennst, hör mir zu. Ich weiß über das Wasser des Todes und alles andere Bescheid. Mittlerweile sind auch Mond und Gundhalinu eingeweiht. Gundhalinu kann die Droge für dich produzieren lassen, er kann dich beschützen und ist auch bereit, es zu tun ... wenn auch nur, um Arieles willen.« Er schaute Ariele flüchtig an und bekam nicht mit, wie Reede zynisch lächelte. »Ich bringe meine Tochter von hier fort. Kommst du mit?«

Reede dachte an Gundhalinus verzweifelten Versuch, ihn für die Ziele der Goldenen Mitte zu gewinnen. Er überlegte, wie es wäre, wenn er anstatt von der Quelle von Gundhalinu abhängig würde. Ihm fielen die Mers ein. Dann runzelte er die Stirn und schottete sich gegen jeden Vorschlag, gegen jeden Hoffnungsschimmer, ab. »Du vergißt das Wichtigste: bevor wir Tiamat erreichen, sind wir längst tot. Die Reise dauert zu lange.«

»Hast du eine Probe vom Wasser des Todes, die wir mitnehmen könnten?«

»Ja.« Reede zuckte die Achseln. »Und wenn schon.«

»Wir versetzen euch beide in einen Stasiszustand, bis wir die Droge selbst produziert haben.«

»Und wie, zum Teufel, wollt ihr das tun?« Reede wurde wütend, weil Dawntreader sich nicht geschlagen geben wollte.

»Wir kamen in einem Rettungsboot hier herunter, Boss«, erklärte Niburu. »Mit Hilfe der Notkammern halten wir euch in Stasis.«

Reede sah ihn an. »Bei den Göttern ...«, murmelte er. Die Notkammern eines Rettungsboots, in dem man verletzte Passagiere unterbrachte, besaßen einen limitierten Lebenserhaltungszyklus, doch der konnte genügen.

»Hauptsache, wir verschwinden von hier«, warf Dawntreader ein. »Dann könnt ihr abwarten, bis Gundhalinu hergestellt hat, was ihr braucht.«

»Ein glänzender Einfall«, gab Reede widerstrebend zu.

»Die Idee mit den Rettungsbooten stammt von Niburu«, erwiderte Dawntreader.

Reede schaute zu Niburu hin, der verlegen die Achseln zuckte. Plötzlich wurde ihm klar, was Niburu und Ananke riskiert hatten, als sie ihn hier aufsuchten und obendrein noch Dawntreader in die Zitadelle hineinschmuggelten. Und ihm dämmerte, daß sie es nicht für Ariele, nicht für Dawntreader und nicht aus Loyalität zur Hegemonie getan hatten; also blieb nur noch ein Grund übrig. »Ihr seid verrückt!« erklärte er mit rauher Stimme.

Niburu fing schallend an zu lachen. »Man muß nicht unbedingt irre sein, um mit dir zusammenarbeiten, aber es erleichtert die Sache. Also, was ist, Boss? Machst du mit? Wir können es schaffen, von hier abzuhauen ... für immer.«

»Und sobald wir auf Tiamat sind, hilft Gundhalinu uns weiter«, bekräftigte Dawntreader. Erwartungsvoll blickte er Reede an; Ariele stand neben ihm.

»Ihr seid also fest entschlossen, es zu wagen. Ihr habt euch alles gut überlegt.« Reedes Lippen zuckten. »Nur an eines habt ihr nicht gedacht: wie wir die ersten paar hundert Meter durch die Zitadelle zurücklegen, ohne von den Sicherheitssystemen entdeckt zu werden.«

Die anderen tauschten Blicke aus.

Reede schmunzelte säuerlich. »Na schön, ich mag aussichtslose Situationen.« Er blickte in die grimmigen Gesichter.

»Allerdings habe ich mich privat mit einer bestimmten Sache beschäftigt. Ich habe nur auf den richtigen

Moment gewartet, um sie auszuprobieren.« Er wandte sich ab und steuerte auf den abgeschalteten Computerterminal zu. Nachdem er sich hingesetzt hatte, riß er sich mit den Zähnen die Bandagen von den Händen. Eine Sequenz von Schlüsselcodes murmelnd, tippte er gleichzeitig etwas in die Tastatur ein. Bei der Berührung prickelte die junge Haut an seinen Fingerspitzen, und gespannt sah er zu, wie die Daten, die er heimlich gespeichert hatte, auf dem Bildschirm erschienen. »Verbreitet euch«, wisperte er, »und zerstört alles.« Er spreizte die Finger und drückte die Handfläche mit dem Brandmal gegen das Keyboard. Das Bild verschwand, und der Monitor war leer.

Er drehte sich zu den anderen um, die sich stumm hinter ihm versammelt hatten.

»Was hast du getan?« fragte Dawntreader.

Reede gestattete sich ein Lächeln. »Ich habe gerade ein von mir selbst entwickeltes Computervirus in das zentrale Operationssystem der Zitadelle geschickt. Bald werden sich sämtliche Funktionen verlangsamen. In ein paar Stunden bricht die Verteidigungsanlage der Festung völlig zusammen. Sobald gewisse andere Kräfte in Tuo Ne'el davon Wind bekommen, machen sie mit dieser Zitadelle dasselbe, was die Quelle mit Humbabas Festung angestellt hat. Auf diese Weise können wir unbemerkt von hier türmen. Wenn wir jedoch nicht rechtzeitig herauskommen ... So oder so, wir haben nichts zu verlieren. Außerdem kann ich den Prozeß ohnehin nicht mehr rückgängig machen ...«, schloß er, ehe jemand einen Einwand erheben konnte.

»Danke, Gundhalinu-*eshkrad* ...« Er stützte sich gegen den Computerterminal, und seine Hände streichelten die Tastatur, wie wenn er den Körper einer Frau liebkoste. »Eines Nachts«, murmelte er, »als wir noch auf Nummer Vier waren, marschierte Gundhalinu durch das Sicherheitssystem des Forschungskomplexes, einen Container mit Stardrive-Plasma in der Hand, wie wenn er den Müll hinausbringen wollte. Das System behelligte ihn nicht, weil er selbst es programmiert hatte. Der Mann ist ein verdammtes Genie, und er weiß es nicht einmal. Wißt ihr, worin seine Stärke liegt? Er ist nicht nur klug, er besitzt obendrein gesunden Menschenverstand. Er sieht, worauf es bei einem Problem ankommt. Er versteht es, pragmatisch zu handeln, und er spürt genau, wann man Druck machen, und wann man nachgeben muß. Er berücksichtigt den menschlichen Faktor. Bei den Göttern, in jener Nacht habe ich ihn beneidet; gern hätte ich meinen Verstand gegen den seinen getauscht.« Er brach ab und blickte zu Boden. »Seitdem bemühe ich mich, so zu denken wie Gundhalinu. Leicht fällt es mir nicht.«

»Mir auch nicht«, murmelte Dawntreader. »Wahrscheinlich bin ich deshalb hier, und er ist daheim bei meiner Frau.«

Reede schaute ihn an. »Und trotzdem vertraust du darauf, daß er uns helfen wird?«

Dawntreader seufzte. »Ich vertraue ihm voll und ganz«, räumte er ein.

»Kennst du ihn denn so gut?« fragte Reede skeptisch.

Dawntreader streifte Ariele mit einem flüchtigem Blick und drückte sie an sich. »Ich kenne ihn überhaupt nicht«, gab er zu. »Und ich will ihn auch gar nicht kennenlernen.«

Reede nickte. »Sag mal, hast du wirklich Informationen für mich über die Mers?«

Der plötzliche Themawechsel schien Funke zu überraschen, doch er nickte. »Ich hab Daten mitgebracht, für den Fall, daß man mich auf die Probe stellen würde.«

»Doch nicht etwa deine Arbeiten über die Gesänge der Mers und die Fugentheorie?« fragte Reede. Funkes Miene verriet ihm, daß es genauso war. »Das war sehr umsichtig von dir, du besitzt Talent, Dawntreader.«

Funke runzelte die Stirn und ignorierte das Kompliment. »Wie bist du darauf gekommen?« wollte er wissen. »Von diesen Arbeiten hatte ich dir doch nichts erzählt.«

Reede lächelte. »Mir war von Anfang an klar, daß du nicht so dumm sein würdest, die Quelle in deine geheimsten Forschungsergebnisse einzuweihen, auch wenn er es von dir verlangte. Deshalb schnüffelte ich auf eigene Faust in deinen Datenspeichern herum. Das ist auch etwas, das mir Gundhalinu beigebracht hat: wenn man will, daß etwas richtig gemacht wird, muß man es selbst in die Hand nehmen.« Er lachte trocken und starrte auf das Terminal. »Gundhalinu zeigte mir, daß man beinahe göttliche Macht besitzt, wenn man ein System kontrolliert. Nun ja, jetzt bin ich der Große Render, der Gott des Todes ...« Er verschränkte die Finger ineinander und bog sie nach außen.

»Du konntest das Sicherheitssystem also schon die ganze Zeit über manipulieren?« staunte Niburu.

»Nein.« Reede schüttelte den Kopf. »Es hat viel Zeit in Anspruch genommen, das System zu studieren, Schwachstellen zu finden und einen Plan auszutüfteln. Der ideale Augenblick für meine Rache mußte erst noch kommen. Und jetzt ist er da.« Er stand auf und ging nervös an ihnen vorbei. Sie machten ihm Platz, wie wenn der Ausdruck in seinen Augen ihnen Angst machte.

Er ging zu dem System, das seine Forschungsarbeiten über das Wasser des Lebens enthielt; die Probe, die er bereits seit langem, noch vor seinem Treffen mit Gundhalinu, zu analysieren versuchte. Eine Weile spielte er mit der Struktur des dreidimensionalen Datenmodells, das er auf den Monitor rief. Er veränderte sie hier und da ein wenig, ergänzte die Modifikationen, mit denen er experimentiert hatte. Die Unwahrscheinlichkeit des Aufbaus hatte ihn zur Verzweiflung gebracht, bis er durch sein Gespräch mit Gundhalinu zu bestürzenden, schrecklichen Einsichten gelangte. Nachdem er mit den

Strukturänderungen fertig war, befahl er dem System, eine Probe zu fabrizieren.

Danach sahen die anderen, wie er die schon bereitstehenden Behältnisse mit dem Wasser des Todes aus einem versiegelten Schränkchen nahm. Während er sich noch von seinem körperlichen Zusammenbruch erholte, lieferte die Quelle ungewöhnlich prompt den Nachschub der Droge.

Er gab Dawntreader einen Behälter mit dem Wasser des Todes und erklärte ihm eindringlich, was es damit auf sich hatte. »Bei allen Göttern, diese Probe darfst du auf gar keinen Fall verlieren, komme, was da wolle«, schärfte er ihm ein. Dawntreader nickte und verstaute das kleine Gefäß in seiner Gürteltasche.

»Also gut«, fuhr Reede fort. »Niburu, ich möchte, daß du mit den anderen eine kleine Tour durch die Zitadelle machst. Verkrümelt euch.« Niburu starrte ihn an. »Gelangt irgendwie in die Nähe des Eingangs zu den Andockbuchten und wartet dort. Sobald das Chaos losbricht, saust ihr zum Schiff. Dort stoße ich dann zu euch.«

»Und was, zur Hölle, machst du während der ganzen Zeit?« erkundigte sich Niburu.

Reede wandte den Blick ab. »Ich habe hier noch was zu erledigen ... Ich bin der Quelle noch was schuldig, und das bringe ich ihm persönlich.«

»Reede, nein ...«, rief Ariele und eilte zu ihm.

»Boss, das kannst du nicht!« protestierte Niburu.

»Bei der Herrin und allen Göttern!« regte sich Funke auf. »Wenn du die Zitadelle so konditionierst, daß sie zerstört wird, hast du dich genug an der Quelle gerächt, egal, was er dir angetan hat.«

»Nein«, zischte Reede. »Es ist nicht genug.« Mit dem Kinn deutete er auf den Ausgang. »Glaubst du, sie akzeptieren so einfach deine unverhoffte Ankunft, Dawntreader? Ich wette, daß sie dich im Augenblick haarklein durchrecherchieren. Jaakola ist nicht dumm — und er weiß, wer du bist. Ich muß ihm etwas geben, womit er sich die nächsten Stunden beschäftigt, sonst kommen wir nie lebend hier heraus. Ich sagte, wo wir uns später treffen. Und jetzt haut ab!« Er machte einen Schritt auf sie zu, und alle wichen zurück — außer Ariele. Dawntreader packte sie bei den Armen und bugsierte sie zur Tür hinaus. Als sie sich von ihrem Vater wegführen ließ, schaute sie sich noch einmal um. Reede sah Angst in ihren Augen, sie bangte um ihn — doch in ihrem Blick brannte auch die Gier nach Rache.

»Das Rettungsboot liegt in der Eindockbucht Nummer Drei, Boss. Auf der unteren Ebene«, rief Niburu. »Nur für den Fall, daß du dich verspäten solltest.«

»Beeil dich!« drängte Ariele.

Er nickte und sah ihnen hinterher, wie sie durch die Tür verschwanden. Als er sie nicht mehr hören konnte, schickte er ohne die geringste Hast eine Nachricht an die Quelle, er würde ihn in Kürze aufsuchen. »Ich bringe ihm, was er sich wünscht«, setzte er hinzu und unterbrach die Verbindung.

Dann ging er durch das hallende Labor zurück und prüfte die Displays auf den Molekularprozessoren. Regungslos auf einem Hocker sitzend, beobachtete er die Fertigstellung seines Programms. Schließlich erloschen die Datenanzeigen auf dem Bildschirm, und es erschienen zwei Worte in Leuchtschrift: SEQUENZ KOMPLETT. Reede lächelte. Er stand auf und ging dorthin, wo seine Waffe bereitlag. Vorsichtig nahm er die durchsichtige Phiole in die Hand und betrachtete den Inhalt — eine schwere, silberne Flüssigkeit, die wie Erinnerungen gegen die klaren Wände schwappte.

Mit der Phiole verließ er das Labor. Er schritt durch den weitläufigen Komplex der Zitadelle; mit einem sonderbaren Gefühl der Verfremdung nahm er die Einrichtung, die Bewohner, und die gesamte hermetisch abgeschottete Welt wahr. Zu seiner Befriedigung bemerkt er ungewöhnlich viele fluchende, verwirrt herumhastende

Arbeiter sämtlicher Klassifizierungen, die offenbar Schwierigkeiten mit den Operationssystemen hatten.

Um an sein Ziel zu gelangen, brauchte er mehr Zeit als geplant, denn durch die unvorhergesehene Umleitung eines Shuttles verlor er gut eine halbe Stunde. Als er endlich die äußere Sphäre des privaten Wohnkomplexes der Quelle erreichte, war seine Zufriedenheit durchmischt mit Nervosität. Ungeduldig verlangte er eine Audienz mit dem Herrn. Das Virus schien sich rascher durch das System zu verbreiten als erwartet. Er hoffte, die anderen würden die Anzeichen erkennen, andernfalls kämen sie nicht mehr rechtzeitig zu den Docks. Er mußte einfach darauf vertrauen, daß sie ihre Sache richtig machten, so wie sie auf seine Schläue setzen mußten ...

Reede mußte sich beherrschen, um nicht nervös zu blinzeln, herumzuzappeln und von einem Fuß auf den anderen zu treten, während der Wachposten seine Forderung drei-, vier-, fünfmal wiederholte, ohne eine Antwort zu bekommen. Eine verzweifelte innere Stimme schrie ihm zu, er sei wahnsinnig, er habe unnötig viel riskiert, indem er die Quelle aufsuchte. Doch er mußte es tun, er mußte die Quelle ablenken und beschäftigen, andernfalls konnte die Flucht nie gelingen. Er hatte das richtige getan, als er hierherkam, *es ging gar nicht anders ...* redete er sich immerzu ein. Was er jetzt brauchte, war Selbstvertrauen.

»Verdammt noch mal!« fluchte der Wachmann.

Jählings antworte die Quelle; ein unverständlicher Wortschwall prasselte auf sie herab.

Der Posten zog die Stirn kraus. »Was hat er gesagt?«

»Er sagte: ›Laß den Mann reinkommen‹,« schnauzte Reede. Er drängte sich einfach durch die nachgiebige Barriere des Energiefeldes, und als der Schutzschirm ihn nicht aufhielt, schritt auch der Posten nicht ein. »Geh schon!« sagte der Mann. »Du kennst den Weg.«

Und ob er den Weg kannte. Die Fahrt mit dem Lift

dauerte eine Ewigkeit. Reede dachte daran, wie oft Alpträume ihn gequält hatten, er sei in diesem Lift eingesperrt. Sie suchten ihn genauso häufig heim wie die Träume, in denen er ertrank ... Endlich entließ der Lift ihn in den täuschend unscheinbaren Korridor, in dem sich die glatte Tür befand, die in die schreckliche Finsternis führte. Als er darauf zu ging, prüfte er die Uhrzeit. Er mußte auf das genaue Timing achten ... Die menschlichen Wachposten sowie die elektronischen Sicherheitssysteme ließen ihn unbehelligt passieren; dann öffnete sich vor ihm die Tür.

Reede machte einen Schritt nach vorn, und hinter ihm versiegelte sich die Tür mit einem satten Schnurren. Sein Herz setzte einen Schlag lang aus. Mit schweißnassen Händen umklammerte er die kostbare Phiole mit der silbernen Flüssigkeit. *Ich bin der Gott des Todes ...*

»Herr«, sagte er und spähte angestrengt in die Dunkelheit, um die Spur eines rotglimmenden Funkens zu entdecken. »Ich habe es.«

»Kullervo«, flüsterte die Stimme der Quelle, die jetzt klar und deutlich zu verstehen war. *Doch; jetzt sah er den stumpfen Schimmer einer rötlichen Glut.* »Das Wasser des Lebens? Bring es mir; bring es mir hierher ...«

Schlurfenden Schrittes bewegte sich Reede vorwärts; er ließ sich von der Quelle nicht drängen. Er gelangte an den Sessel, in den er sich bei seinen sonstigen Besuchen immer setzen mußte; in der Finsternis stieß er dagegen. Tastend wollte er ihn umrunden.

»Komm her!« befahl die Quelle. »Komm näher! Gib es mir!«

Reede gehorchte; wie ein Mann, der durch ein Minenfeld pirscht, näherte er sich der verschwommenen, konturlosen Silhouette. Noch nie hatte die Quelle es ihm gestattet, so nahe an ihn heranzukommen. Vielleicht war diese schemenhafte Form auch nur ein Trugbild, eine Projektion — möglicherweise befand er sich ganz allein in diesem Raum. Doch im Grunde glaubte er es nicht.

Er prallte gegen eine scharfe Kante und blieb jählings stehen. Mit den Händen tastend, fand er eine glatte, kalte Fläche. Seine empfindliche junge Haut schmerzte, als er sie anfaßte. »Hier ist es, Herr.« Sich nur nach dem Tastsinn orientierend, stellte er die Phiole auf den Tisch und zog sich langsam zurück.

»Halt!« sagte die Quelle. »Komm wieder her!«

Reede lockerte seine verkrampften Muskeln und ging nach vorn, bis er an die harte Kante des Tisches stieß. Sich daran festhaltend war er froh, daß dieses Hindernis ihn von der Quelle trennte.

Plötzlich fiel von oben ein blauvioletter Lichtstrahl auf ihn und tauchte ihn in eine blendende Helligkeit. Er schloß die Augen vor dem Glast, und in der Dunkelheit fluoreszierte sein Hemd wie eine sonderbare Blume. *Ich tue es für dich, Mundilfoere ...* Er ließ die Hände herunterbaumeln und stellte sich in Gedanken Mundilfoeres Bild vor; er benutzte es wie ein Adhani, um sein inneres Gleichgewicht wiederzuerlangen, und seinen Körper sowie seinen Geist vor den Perversitäten der Quelle zu schützen. Jählings erlosch das Licht wieder; Reede rührte sich nicht vom Fleck.

»Du hast es also tatsächlich geschafft ...«, flüsterte die Quelle. »Du hast auf synthetischem Wege das Wasser des Lebens hergestellt, das wir reproduzieren und verkaufen können ...«

»Ja, Herr.«

»Zu Gundhalinu sagtest du, es sei unmöglich.«

»Ich sagte auch, daß ich gelogen hätte.«

»Aber mich würdest du doch nicht belügen, oder?«

»Nein, Herr.«

»Du sagtest mir, es würde sehr lange dauern, die richtige Antwort zu finden. Und jetzt ging es doch so schnell?«

»Während meiner Genesung hatte ich viel Zeit zum

Nachdenken«, entgegnete er mit teilnahmsloser Stimme.

»Das kann ich mir vorstellen. Du hast hoffentlich auch über Demut und Bescheidenheit nachgedacht.«

»Ja, Herr.«

»Und dein Elixier ist genausogut wie das Original?«

»Sogar noch besser«, bekräftigte Reede leise.

Ein Augenblick der Stille trat ein. »In welcher Hinsicht?«

»Meine Mixtur ist stabil, so wie du sie haben wolltest. Ich entdeckte eine Möglichkeit, um das lebensverlängernde Agens außerhalb eines Merkörpers zu konservieren. Das vereinfacht die Produktion und den Transport.«

Ein greller Lichtstrahl durchstieß die transparente Fläche vor ihm wie ein Schwert und konzentrierte sich auf die Phiole, die er dort abgestellt hatte. Abermals mußte er die Augen schließen, um nicht geblendet zu werden; durch die zusammengekniffenen Lider sah er immer noch den blendend hellen Strahl.

Urplötzlich herrschte wieder absolute Finsternis. Er machte die Augen auf und blinzelte heftig.

»Nun?« fragte die Quelle ungeduldig. »Was ist?«

»Was?« Reede brach ab, als er merkte, daß die Quelle nicht mehr mit ihm redete, sondern eine Antwort von einem verborgenen Datensystem verlangte, das den Inhalt der Phiole analysierte.

Im Dunkeln raschelte es, wie wenn sich jemand abrupt bewegte, und Reede hörte einen gutturalen Laut, der wie ein Fluch klang. Er wartete.

»Ich gratuliere, Reede ...«, murmelte die Quelle schließlich. »Oder sollte ich lieber Vanamoinen beglückwünschen? Du hast recht, es ist ... perfekt. Viel besser als das Original. Du bist ein wahres Genie ...« Ein Unterton in seiner Stimme jagte Reede einen kalten Schauer über den Rücken; hatte er jetzt seine Schuldigkeit erfüllt und konnte getrost eliminiert werden? Doch zu seiner Verwunderung lachte die Quelle glucksend und wisperte:

»Wer weiß, welche neuen Welten du noch für mich erobern wirst?«

Reede gab keine Antwort. *Trink!* dachte er. *Komm schon, trink es aus, du verfluchter Bastard! So trink doch endlich!* »Die erste Dosis gebührt dir, Herr«, schmeichelte er und bemühte sich, nicht ungeduldig zu klingen. »Deshalb brachte ich sie umgehend hierher; damit du als erster davon kostest.«

»Was?« spottete die Quelle. »Du hast es nicht an dir selbst ausprobiert, wie das Wasser des Todes?«

»Welchen Sinn hätte das gehabt?« entgegnete Reede ruppig. »Bei mir würde es ohnehin nicht wirken. Das Wasser des Lebens gehört dir, Herr ...«, schloß er mit einem gewollt bitteren Unterton. »So wie ich auch.«

»Ja«, murmelte die Quelle. »Das hast du treffend ausgedrückt.«

Abermals vernahm Reede ein Rascheln, wie wenn jemand sein Gewicht verlagerte. Er starrte auf den Punkt, wo er die Phiole abgesetzt hatte; fast bildete er sich ein, er sähe tatsächlich eine schwarze, konturlose Gestalt, von einer Corona aus stumpfem Rot umgeben, die sich bückte und die Phiole fortnahm. Das Rascheln und Knistern hörte nicht auf; es kam ihm vor, als strahle der rötliche Schein nun heller, und als könne er inmitten dieser trüben Aura einen mißgestalteten Klumpen erkennen, der vorgab, ein Mensch zu sein. *Es passierte vor seinen Augen.*

Dann hörte er ein zufriedenes Ächzen. »Endlich!« flüsterte die Quelle. »Es schmeckt gut — ja, ich erinnere mich ... es hat genau den richtigen Geschmack.«

Ein Taumel der Hochgestimmtheit packte ihn. *Es hatte geklappt!* Und ihm blieb noch genug Zeit, um das Messer in der Wunde herumzudrehen. »Ehe ich es vergesse, muß ich dir noch etwas sagen. Meine Version vom Wasser des Lebens läßt sich nicht nur außerhalb eines Merkörpers konservieren ... sie bleibt auch im Benutzer stabil.«

»Was heißt das?« schnarrte die Quelle. »Wie lange bleibt sie stabil?«

»Mindestens ein paar Jahrzehnte. Ich bin mir nicht ganz sicher. Jetzt arbeitet es in dir, es vermaßt deine DNS, verankert jedes System und jede Funktion in deinem Körper und hält es in dem gegenwärtigen Zustand fest. Von jetzt an verändert sich nichts mehr, alles bleibt so, wie es ist ...«

»Dann braucht man das Wasser des Lebens ja nur alle paar Jahrzehnte einzunehmen«, knurrte die Quelle. »Wo bleibt dann der Profit?«

»Das ist nicht das Problem.«

»Was denn?«

»Das eigentliche Problem ist, was dieses Wasser des Todes mit dir anstellt.«

»Was?« ächzte die Quelle.

»Das Wasser des Lebens wurde erfunden, um den Mers ein langes Leben zu schenken, nicht den Menschen. Aber die Mers sind durch Genmanipulation entstanden — ihr Erbgut ist viel simpler strukturiert als der menschliche genetische Code. Unsere Körper entstanden nach dem Prinzip von Versuch und Irrtum; verglichen mit den Mers sind wir eine grobe Anhäufung von fehlerhaften Zellen.« Reede gestattete sich ein Lächeln, das immer breiter wurde. »Das Wasser des Lebens wurde für so komplexe Wesen, wie wir es sind, nicht konzipiert. Die Menschen konnten es nur benutzen, um ihren Altersprozeß hinauszuzögern, weil es sich in ihren Körpern ständig auflöste, es blieb in seiner Struktur höchstens einen Tag lang intakt. Der Körper fand immer wieder Zeit, um sich zu regenerieren, die natürlichen Zyklen und biologischen Rhythmen wurden nicht wesentlich behindert. Chaos ...«, versetzte er wild, »gegen Ordnung.«

Er schnellte vor, bis die Tischkante ihm schmerzhaft

in die Beine schnitt. Nun sah er ganz deutlich eine Silhouette, während der Raum vor ihm flimmerte und sich einen Augenblick lang erhellte. Er wußte nicht, zu welcher Lebensform diese Silhouette gehörte, doch mittlerweile war es ihm egal. »Bald wird dein Kurzzeitgedächtnis versagen; bald lebst du in Isolation, weil dein Immunsystem zusammenbricht ... bald bist du perfekt. Das Alte Imperium glaubte, es hätte die Vollkommenheit gefunden, und das besiegelte ihren Untergang. Es heißt, Vollkommenheit macht die Götter neidisch ...« Er stieß sich von der Kante ab und lachte, als die Quelle mit böser, kehliger Stimme zu fluchen anfing. Plötzlich fiel ihm auf, daß die Dunkelheit nicht mehr so tief war, er konnte die Umrisse seiner eigenen Hände und seines Körpers sehen.

»Ich glaube dir nicht«, geiferte die Quelle, doch Reede hörte die Angst heraus. »Das würdest du nicht wagen.«

Reede schürzte die Lippen. »Die Dinge verändern sich. Das hast du mir selbst einmal gesagt, weißt du noch? Jetzt besitze ich Macht. Du hast mir erzählt, Mundilfoeres Sterben hätte sehr lange gedauert. Was glaubst du, wie lange du dich quälen wirst?«

»Warum ist es hier so hell?« schrie die Quelle wütend. »Hier muß es dunkel sein.«

»Ich bin schuld daran«, trumpfte Reede auf. »Ich habe dafür gesorgt, Jaakola. Meine Viren beherrschen nicht nur deinen Körper, sie durchdringen auch sämtliche Systeme der Zitadelle. In Kürze bricht die Verteidigungsanlage zusammen.«

»Das ist unmöglich.«

»Und wieso wird es hier plötzlich hell?« zischte Reede. Es kam keine Antwort. »Willst du, daß ich den Vorgang stoppe? Wenn ich alles wieder rückgängig mache, bekomme ich dann von dir, was ich will? Wie weit reicht deine Macht wirklich? — Welche Geheimnisse verbirgst du? — Welchen Preis zahlst du für dein Leben?«

»Was verlangst du?« knarzte die kaputte Stimme. »Was willst du haben?«

»Betteln sollst du! Du ließest mich um Mundilfoeres Leben betteln, du stinkender, sadistischer Bastard … jetzt flehe um deine eigene elende Existenz.«

»Stop den Vorgang!«

»Was?«

»Du sollst den Prozeß aufhalten, beim Unaussprechlichen Namen! Ich gebe dir alles, was du verlangst, du Irrer, alles, aber sag mir, daß es aufhört!«

Reede fing an zu lachen. »Das geht nicht. Ich kann nichts mehr daran ändern.«

Er hörte einen erstickten Laut. »Du hirntote Marionette! Du bist total übergeschnappt!« Etwas griff über die Barriere nach ihm, doch er wich unbehelligt zurück. »Du bringst dich selbst um!« knurrte die Quelle. »Keiner wird überleben, du verdammter Idiot.«

»So hatte ich es geplant«, erwiderte Reede leise. Langsam zog er sich zurück. »Deine Feinde sind schon im Anmarsch, Jaakola. Versuch zu fliehen! Versteck dich! — Aber für dich gibt es keine Rettung mehr.« Er drehte sich um und schritt auf die Tür zu, deren Konturen er jetzt erkennen konnte.

»Kullervo!« Die zerstörte Stimme kreischte Obszönitäten. Im Zimmer wurde es heller, ein graues Licht verbreitete sich, wie Nebel, durch den die Sonne bricht. Reede sah glatte Wände, und ganz deutlich die Tür, die mit jedem Schritt näherrückte. Wenn er sich jetzt umblickte, würde er ihn sehen — den Alptraum, der hinter ihm in ohnmächtiger Wut brüllte. Aber er starrte stur geradeaus.

Als er die Tür erreichte, warf er sich mit aller Kraft dagegen. Unter dem Aufprall gab sie nach, und er landete bäuchlings in dem taghell beleuchteten Raum dahinter.

Jaakola schrie den Wachposten etwas zu; er gab ihnen den Befehl, Reede festzuhalten. Reede rappelte sich hoch und schlug den Wachmann nieder. Dann schnappte er sich dessen Stunnergewehr; aus dem Augenwinkel bekam er mit, wie der andere Wächter seine Waffe hob, und er wußte, daß er verloren war.

Eine Wand aus weißem Feuer verschluckte den blauen Himmel, und die meterdicke Fensterscheibe aus Keramik, vor der der Schütze stand, flog mit einem ohrenbetäubenden Knall nach innen. Reede riß die Arme hoch und hielt sie sich schützend über den Kopf, während ein Hurrikan transparente Schrapnellgeschosse durch das Zimmer wirbelte. Er wurde gegen die hintere Wand geschleudert, neben der der Wachmann lag, den er bewußtlos geschlagen hatte; der Kerl war am ganzen Körper von den Splittern verletzt. Während die Fragmente der Keramikscheibe immer noch herniederprasselten, kam es Reede vor, als habe sich der Fluß der Zeit unendlich verlangsamt. *Jetzt schon ...* Die Verteidigungsmechanismen der Zitadelle versagten bereits, und jeder schien es zu wissen. *Bei den Göttern — es ging viel zu schnell.*

Taumelnd, blutend, mit tauben Ohren, kam er wieder auf die Füße. Die Augen des am Boden liegenden Mannes waren weit aufgerissen und stierten ins Leere; im Schädel steckte ein Splitter aus Ceralloy. Vom anderen Posten war nichts zu sehen; nur an der Wand klebten rote Spritzer wie Graffiti. In der Ferne wummerten weitere Explosionen; Reede spürte die Druckwellen durch seinen Körper vibrieren, und die gesamte Festung bebte. In dem Raum, den er gerade verlassen hatte, war es jetzt still; kein Schreien, kein Brüllen war zu hören. Als er durch die Tür spähte, war das Zimmer wieder dunkel.

Entgeistert starrte er auf die Bresche, die in der Wand klaffte, und durch die der strahlendblaue Himmel zu sehen war; aus dem Dornendschungel drunten kräuselten Rauchsäulen, die ölgetränkte Vegetation hatte Feuer gefangen. Qualm brannte in seinen Augen und reizte seine Schleimhäute, als er sich nach dem Stunnergewehr bückte. Dann torkelte er zum Lift. Mit der Faust schlug er auf die Sensorplatte; vor Verblüffung gab er ein kurzes Lachen von sich, als die Tür aufglitt und ihn einließ; der Lift hatte wartend bereitgestanden.

Er gab das Override-Kommando ein, damit der Lift erst an seinem Zielpunkt anhielt. Abgekämpft sackte er gegen die Wand und rutschte auf den Boden hinunter. Der Lift trug ihn durch die zahlreichen Stockwerke abwärts, mal in langsam-zähem Tempo, dann wieder fast im freien Fall. Er starrte ein blutiges, dümmliches Spiegelbild an, das ihm von der polierten Metallfläche entgegengaffte und fragte sich, ob Niburu und die anderen noch auf ihn warteten oder bereits getürmt waren.

Wenn sie klug waren, hatten sie sich längst aus dem Staub gemacht, um sich zu retten. Falls sie doch noch ausharrten, schalt er sie in Gedanken Narren; waren sie jedoch ohne ihn abgeflogen, so verfluchte er sie, weil sie ihn zurückgelassen hatten, und das in einem Augenblick, in dem er sich an sein Leben klammerte ... *Er wollte leben, er mußte leben und nach Tiamat zurückkehren — denn dort hatte er noch etwas zu erledigen. Seine Aufgabe auf dieser Welt war wichtiger als sein Überleben ...*

Plötzlich wußte er, daß er hier nicht sterben würde — es konnte, es durfte nicht sein. Um von hier wegzukommen, würde er morden, verstümmeln und über Glasscherben kriechen, denn an diesem Ort sollte sich sein Schicksal nicht erfüllen; seine Bestimmung lag auf Tiamat, und er mußte heimkehren ...

Die Liftkabine kam mit einem heftigen Ruck zum Stehen; jeder Knochen in seinem Körper wurde schmerzhaft durchgerüttelt; die Türen öffneten sich ein Stück weit und klemmten dann. Fluchend quetschte er sich durch den Spalt und kam sich vor wie in einem Tollhaus. Arbeiter irrten in Panik hin und her, Soldaten brüllten Befehle, die keiner befolgte, Wände krachten zusammen, und es stank nach verschmortem Plastik. Eine Horde Männer kämpfte um ein Hovercraft. Er verscheuchte sie mit seinem Stunner und bahnte sich einen Weg. Über gestürzte Körper springend erreichte er den Gleiter und zwängte sich in die Pilotenkanzel.

Durch die gigantische innere Säule kreiselte das Hovercraft nach oben, wie ein Blatt in einem Aufwind; durch die Zugangs-Canyons flitzte er in die Eindockbucht, wo Niburu und die anderen auf ihn warten wollten. *Sie mußten noch dort sein, auch wenn das hieß, daß sie verrückt waren; sie mußten einfach dort sein ...*

Er landete auf einer Verladeplattform und erspähte vor sich Barrikaden. Mit Gewalt boxte er sich durch den Mob, der auf das Hovercraft zustürzte, und fragte sich flüchtig, wohin sie mit dem Ding überhaupt flüchten wollten. Vielleicht wollten sie einfach nur weg — egal, in welche Richtung ...

Er strauchelte, als die Zitadelle in ihren Grundfesten erzitterte; blindlings rannte er weiter, auf die Barrikade zu, während das Herz in seinem Hals hämmerte. Wachposten, die die Zugangsbahn blockierten, richteten ihre Waffen auf ihn.

Er blieb stehen und ließ den Stunner fallen. »Ich bin Kullervo«, brüllte er. »Ich habe die Order, die Docks zu betreten, man braucht mich dort.«

Unsicher starrten die Kerle ihn an. »Irgendwas kam über Kullervo durch«, sagte der Typ, der das Kommando hatte.

»Aber es war nicht zu verstehen, Sergeant«, hielt ein Subalterner ihm entgegen. »Wirres Gebrabbel, wie jede Durchsage ...«

Der Sergeant runzelte die Stirn und gab Reede einen Wink. »Geh weiter!« sagte er. Ein anderer Posten schrie eine Warnung und der Sergeant sprang zur Seite, als etwas neben ihm auf den Boden knallte. »Was geht hier vor, verdammt noch mal?« schnauzte er.

Reede hastete weiter, nicht sicher, ob die Frage an ihn

gerichtet war; er wußte lediglich, daß er sie nicht beantworten würde.

Der Zugangskorridor zur Eindockbucht Nummer Drei war angefüllt mit ätzendem Qualm und einem Rudel bewaffneter Männer. Reede drängte sich an ihnen vorbei, in der bangen Vorahnung, daß er das Ende der Dockplattform erreichen und nichts vorfinden würde. Endlich gelangte er in die untere Ebene der Bucht der gewaltige Hangar war noch intakt, und zu allen Seiten spreizten sich die Docks ab.

Überall herrschten Hektik und Lärm, Rauch breitete sich in dichten Schwaden aus. Die wuchtigen Rümpfe der Frachtschiffe versperrten ihm den Blick, und er wußte nicht, in welche Richtung er laufen sollte. Er fühlte sich völlig desorientiert. Fluchend schaute er in die Runde, nach oben und nach unten. Mittlerweile hatte das giftige Virus sämtliche Systeme der Zitadelle abgewürgt; er konnte das Rettungsboot weder elektronisch orten, noch sich über den Bordcomputer mit Niburu in Verbindung setzen — er konnte nicht einmal feststellen, ob seine Leute überhaupt noch hier waren.

Er entdeckte eine Leiter und kletterte ein Gerüst hinauf, in der Hoffnung, einen besseren Überblick zu gewinnen.

»Kullervo!« Gerade, als er sich auf die Plattform hievte, schrie jemand seinen Namen. Er drehte sich um und erspähte Funke Dawntreader, der über ermattet daliegende, halb bewußtlose Leiber kletterte. Dawntreader gab ihm verzweifelte Zeichen. »Diese Richtung!«

Reede brüllte zurück, daß er verstanden hätte, und erleichtert hastete er auf Funkes auf und ab wippenden roten Haarschopf zu, der wie ein Leitfeuer vor ihm hereilte; rücksichtslos pflügte er Arbeiter und Soldaten zur Seite.

»Kullervo!« Hinter ihm grölte jemand anders seinen Namen; mit eisernem Griff wurde er gepackt und herumgerissen. Er starrte in das wütende Gesicht des Sergeant, der ihn an der Barrikade vorbeigelassen hatte; die Augen des Mannes glühten schwarz vor ohnmächtigem Zorn. Wie aus dem Nichts sauste ein Gewehrkolben nieder und knallte gegen Reedes Schläfe; er brach in die Knie. »Der Herr will dich sprechen, du elendes Stück Scheiße!« Die Faust des Sergeant krallte sich in sein Hemd, und er wurde wieder auf die Beine gezerrt. »Sie sagen, du bist dafür verantwortlich! Am liebsten würde ich dich selbst kaltmachen!«

Reede schwankte und preßte sich die Hände gegen die Schläfe; jemand anders zwängte sich zwischen ihn und den Sergeant, und durch die Wucht des Aufpralls wurde er gegen die Metallwand der Eindockbucht geschleudert.

Dawntreader. Funke sprang den Wächter an und warf ihn aus dem Gleichgewicht. Mit einem erstickten Schrei kippte der Kerl hintenüber von der Leiter und stürzte aus ihrem Blickfeld.

»Kannst du laufen?« fragte Dawntreader und legte stützend den Arm um Reede.

»Klar«, murmelte Reede und wischte sich Blut aus dem Augenwinkel. »Weiter!« Dawntreader lotste ihn über die hallende Plattform, auf der Menschen übereinanderpurzelten und sich gegenseitig anrempelten. Reede bildete sich ein, hinter ihm riefe schon wieder jemand seinen Namen. »Ist es noch weit?« ächzte er, während sie auf einem Gerüst zwischen zwei gigantischen Transportschiffen entlangbalancierten.

»Bis zur anderen Seite«, keuchte Dawntreader und zeigte nach vorn. »Siehst du, gleich da drüben ist es ...«

Reede wischte sich wieder das Auge aus und nickte. »Sind alle da?« Die Laufplanke wurde wie von einer Riesenfaust gerüttelt; Reede stürzte hin und Dawntreader fiel auf ihn, als Flammenstöße durch die Wand der obersten Eindockbucht geschossen kamen. Hilflos sah er zu, wie mächtige Blöcke aus verbogenem Metall auf sie herabregneten. »Halt aus!« Er kniff die Augen zu und krallte seine Finger in das Gitternetz, auf dem er lag.

Einen halben Meter von seinem Fuß entfernt, knallte eine große Metallplatte auf die Planke und schnitt die superharte Legierung durch wie Pappe; der Rost unter ihm wölbte sich kreischend nach oben. Ein tödlicher Schauer aus Metallbrocken prasselte auf sie hernieder, und Dawntreader, der auf ihm lag, stieß einen kurzen, schrillen Schmerzensschrei aus.

Fluchend versuchte Reede, unter Funkes schlaffem Körper hervorzukriechen, ohne sie beide von der geborstenen Planke zu befördern. Wieder wurde hinter ihm gerufen, und diesmal war er sicher, daß es sein Name war. Er spähte über den entstandenen Abgrund und entdeckte eine Kette bewaffneter Männer, die hinter dem intaktgebliebenen Transportschiff Deckung suchten. Sie warteten nur auf eine Gelegenheit, ihn abzuschießen.

Reede kniete hin und zog an Dawntreaders Arm. Funkes rotes Haar war blutverklebt. Es war nicht zu erkennen, wie schwer die Verletzung war. »Komm schon!« brüllte Reede, der nicht wahrhaben wollte, daß sein Geschrei nichts nützte. »Komm schon, verdammt noch mal! Steh auf, steh endlich auf!«

Dawntreaders Körper rutschte zur Seite; seine Beine baumelten in der Luft, und Reede spürte, wie er immer weiter abglitt. Mit beiden Händen packte er sein Hemd, stemmte die Absätze gegen den Rost und versuchte, den Sturz zu verhindern. Doch er selbst war zu abgekämpft, und seine eigenen Kräfte verließen ihn. Fluchend sah er, wie ihre Verfolger näher rückten.

Plötzlich war jemand bei ihnen; aus dem Augenwinkel erhaschte er einen Blick auf mitternachtschwarze Haut und Haare. »Ich bin hier, Boss!«

»Ananke ...«, ächzte er, »hilf ihm!«

Ananke glitt an ihm vorbei; er tänzelte über die Planke, als befände er sich auf festem Boden, und nicht beinahe hundert Meter hoch in der Luft. Geschickt wie ein Akrobat balancierte er die Laufplanke entlang und schob Funkes reglosen Körper nach oben, während Reede gleichzeitig mit aller Macht zog. Irgend etwas, das sich verhakt hatte, gab nach, und jählings rutschte Dawntreader nach vorn. Nun schaffte es Reede, ihn endgültig auf das Gitter zurückzuhieven.

»Boss!« schrie Ananke und zeigte nach unten. Reede starrte in die Richtung und entdeckte Dawntreaders Gürtel, der sich im Rost verfangen hatte und zum Schluß gerissen war. Er hing wie in einer Metallklaue unter dem Steg; in dem Beutel, der daran baumelte, befand sich der Behälter mit dem Wasser des Todes.

Fluchend schmiß sich Reede auf den Bauch, schob sich gefährlich weit über den Rand vor und hangelte mit dem Arm nach dem Beutel; doch der blieb für ihn unerreichbar. Neben ihm kauerte Ananke und hielt ihn fest, bis er sich wieder aufrichtete; er war ganz blaß geworden.

Ananke spähte durch das Gitter und sah dann Reede an. Plötzlich tauchte er über die Kante hinweg nach unten; er schwang hin und her, bis nur noch seine Füße zu sehen waren. Durch den Rost beobachtete Reede, wie er unter die Plattform kletterte. Im Nu stand er oben, grinsend, als gäbe es keine Schwerkraft; in einer Hand hielt er den Gürtel — und den Beutel.

Reede rappelte sich auf die Knie hoch und starrte Ananke sprachlos und dankbar an. Als der ihm den Gürtel gab, schlang er ihn sich um den Hals, und dann versuchten sie gemeinsam, Dawntreader hochzuheben.

»Wir müssen uns sputen, Boss!«

»Kullervo!«

Ananke richtete sich aus seiner gebückten Stellung auf und spähte nach hinten; schreiend brach er zusammen, als ihn der grelle Blitz aus einer Strahlenwaffe streifte.

Reede packte ihn und zerrte ihn wütend und verzweifelt in die Höhe. »Beweg dich!« brüllte er Ananke an, der ihn aus leeren, glasigen Augen anstierte. Er mußte den Jungen aus dem Schockzustand lösen, seinem benommenen Verstand einhämmern, daß es ums nackte Überleben ging. »Lauf los, von mir aus krieche auf allen vieren, aber erreiche das Rettungsboot, verdammt noch mal!« Er versetzte Ananke einen Schubs und schleifte Dawntreaders schlaffen Körper hinter sich her.

Im Schutz der mächtigen Transportschiffe gelangten sie an das Ende der Planke. Neben den gigantischen Frachtern nahm sich das Rettungsboot wie ein Spielzeug aus; in der Eindockbucht hallten Panikschreie, aus der Ferne dröhnten jetzt pausenlos Explosionen.

Ariele wartete auf sie; ihr Gesicht war vor Angst verzerrt, ihre Rufe gingen in der Kakophonie unter. Sie rannte ihnen entgegen, um zu helfen; gemeinsam mit ihr hievte Reede Ananke und Dawntreader in das Boot; dann kletterten sie hinterher. Niburu saß schon im Pilotensessel; sein Gesicht strahlte so stark vor Erleichterung, daß es beinahe komisch wirkte. »Los!« befahl Reede und warf Dawntreader auf eine Andruckliege, während Ariele Ananke in einen der hinteren Sitze drückte.

»Ananke, komm zu mir!« schrie Niburu.

Reede schmiß sich auf den Platz des Copiloten, und Ariele ließ sich auf eine Andruckliege neben ihrem Vater fallen. »Ananke hat einen Treffer abgekriegt; er ist nicht ganz bei sich.«

Niburu spähte über die Schulter. »Wie schlimm ist es?«

»Keine Ahnung.« Reede schüttelte den Kopf. »Es ist aber ohnehin egal, wenn du uns nicht schnell genug von hier wegbringst. Na los doch! Los!« Noch ehe er zu Ende gesprochen hatte, zog Niburu das Schiff hoch; das Rettungsboot schoß durch die Bucht und dann hinaus in den offenen Himmel wie ein Lichtstrahl.

Rings um sie her zuckten Blitze, schlugen aus allen

Richtungen in die bereits zusammenstürzende Zitadelle ein. Das Boot schaukelte heftig, als die geballte Energie von den Schutzschilden abprallte. Niburu fluchte. »Bei den Göttern, verfluchte Scheiße, ich schaff's nicht allein. Wir kommen niemals durch dieses Kreuzfeuer!«

Er brach ab, als er vor sich eine Bahn erspähte, die plötzlich frei war von Blitzen; auf den Monitoren zeigten sich Bilder, die eine Flugbahn erkennen ließen, in der nicht geschossen wurde, und die geradewegs in den Orbit der *Prajna* führte. Als sie in einem Bogen darauf zusausten, verwandelte sich die Ruine der Zitadelle in einen weißglühenden Feuerball, einem Stern gleich, der zu einer Nova explodiert.

Während des Flugs schwiegen alle, wie wenn ein einziges gesprochenes Wort den Zauber brechen und sie alle vernichten würde; ihre Flugbahn wurde steiler, und die Beschleunigung preßte Reede wie mit schwerer Faust in seinen Sitz. Sie wurden nicht verfolgt, und keine verirrten Energiestöße rammten ihren Schild. Reede beobachtete den Himmel, es war das einzige, was er tun konnte; das heitere Blau vertiefte sich allmählich zu Schwarz, die Sonne ging auf, ein riesiges, schimmerndes Juwel, das seine Strahlen in den sternenübersäten Himmel ausschickte, während sie die Atmosphäre des Planeten Ondinee verließen. Immer wieder wischte sich Reede das Blut aus dem Auge und seufzte.

»Wir sind soeben aus der Atmosphäre ausgetreten«, sagte Niburu und bremste das Tempo. Reede merkte, wie er von seinem Sessel hochdriftete, schwerelos, und nicht mehr der Anziehungskraft des Planeten unterworfen. Er schnappte sich die Haltegurte und lachte laut auf, als er sich anschnallte.

»Bestätigen Austritt aus der Atmosphäre. Freie Bahn«, tönte unverhofft eine Stimme aus dem Armaturenpaneel. »Wir beglückwünschen euch zu eurer gelungenen Rettungsaktion. Weiterhin alles Gute.« Danach trat wieder Stille ein.

»Das war ja Sandhi!« Verdattert starrte Niburu ihn an. »Was hat das zu bedeuten?«

Reede lächelte müde. »Ich glaube, wir haben ein paar Fremde fern von ihren Heimatwelten getroffen.«

Kopfschüttelnd blickte Niburu auf den leeren Himmel, und auf die sichelförmige Kontur des Planeten Ondinee weit drunten, dessen Atmosphäre im Licht seiner Sonne glühte. Während er dem Bordcomputer Kommandos zumurmelte, berührten seine Hände beinahe mechanisch die Kontrollen. Reede spürte, wie er wieder in den Sitz gedrückt würde, als die Triebwerke des Bootes von neuem zündeten. »In ungefähr sechs Stunden kreuzen wir den Orbit der *Prajna*«, erklärte Niburu. »Die medizinischen Utensilien sind da drunten.« Er zeigte mit dem Finger.

Reede nickte und stand auf; anfangs bewegte er sich mit Vorsicht, er mußte erst die Stärke der neuen Schwerkraft herausfinden. Dann holte er den Medizinkasten.

Ariele stand neben Dawntreader und wischte mit ihrem Ärmel das Blut von seinem aschfahlen Gesicht. »Da ...«, murmelte sie. »Da ...?«

Sachte schob Reede sie zur Seite, und Niburu zwängte sich an ihnen vorbei, um nach Ananke zu schauen. »Laß mich das mal ansehen.« Mit dem Hemdärmel wischte er das Blut weg und entdeckte die klaffende Wunde an Dawntreaders Schläfe. Kopfverletzungen bluteten immer stark, das merkte er an seiner eigenen. Das Blut zu stillen, wäre kein Problem, aber er befürchtete einen Schädelbruch oder noch Schlimmeres, eine genaue Diagnose war unmöglich. Er schob Dawntreaders Augenlider hoch; eine Pupille war weit geöffnet, die andere zog sich reflexartig zusammen, als das Licht darauf traf. »Mist!« knurrte er.

Aus dem Medizinkasten gab Ariele ihm ein blutstillendes Mittel und einen Druckverband, als er sie darum bat; zuerst stillte er die Blutung, dann verband er die

Wunde. Die ganze Zeitlang bewegte sich Dawntreader nicht und gab auch keinen einzigen Muckser von sich; sein Atem ging flach und unregelmäßig. Aber als die Verletzung versorgt war, stöhnte er und öffnete die Augen, die mit glasigem Blick ins Leere stierten. Er murmelte etwas, doch Reede konnte das Genuschel nicht verstehen.

»Was ist?« Reede beugte sich über ihn, und Dawntreader wiederholte seine Worte mit großer Mühe; seine Hände krallten sich in Reedes Hemd.

»... versprich es mir«, flüsterte er. »Versprich es mir.«

»Ja, sicher«, sagte Reede leise. »Ich werde es tun. Ich verspreche es.«

Dawntreader ließ ihn los, und seine Hände fielen kraftlos zurück. Die Augen waren wieder geschlossen.

»Wird er wieder gesund werden?« fragte Ariele besorgt, als Reede sich aufrichtete.

»Ich weiß es nicht«, murmelte er und stellte sich zwischen sie und ihren Vater. Er berührte den Aktivator an der Liege, und der transparente graue Schild, der darüber hing, senkte sich herab. Auf diese Weise bleiben seine Körperfunktionen stabil, bis wir Tiamat erreichen, und er medizinisch versorgt werden kann«, erklärte er hastig, als er ihr schmerzlich verzogenes Gesicht sah. »Mehr können wir nicht für ihn tun.« Am Arm führte er sie ein Stück fort, während sich die Stasis-Kapsel versiegelte. Zum Schluß prüfte er die Datenanzeigen. »Alles in Ordnung; stabiler kann der Zustand nicht sein.« Er drehte sich um und sah ihr in die Augen. »Als nächste kommst du dran, und dann bin ich an der Reihe. Wir werden schlafen, bis wir in Tiamat ankommen.«

Sie preßte die bebenden Lippen aufeinander. »Ein Zauberschlaf«, flüsterte sie. »Als ich noch klein war, sagte Da immer: ›Wir haben einen weiten Weg vor uns, Ari ... was hältst du von einem Zauberschlaf? Wenn du wach wirst, sind wir zu Hause ...‹« Ihre Stimme erstarb.

»Ja«, murmelte er, »wir fliegen nach Hause.« Er drückte einen Kuß auf ihr Haar und blickte wieder hoch, als Niburu sich an ihnen vorbeizwängte, um etwas aus dem Medizinkasten zu holen. »Wie geht es ihm?« Mit einem Kopfnicken deutete Reede auf den Sessel, in dem Ananke halb vor ihren Blicken verborgen lag.

»Er ...« Niburu unterbrach sich und bekam einen sonderbaren Gesichtsausdruck. »Er wird sich schon wieder erholen. Eine schlimme Verbrennung, aber es ist nur die oberste Hautschicht betroffen. Ich kann ihn mit den Medikamenten behandeln, die wir hier haben.«

Reede nickte erleichtert und wischte sich mit einem übriggebliebenen Stück Bandage das Blut vom Gesicht. Er legte sich selbst einen Verband an und klebte sich ein schmerzlinderndes Pflaster auf, denn jetzt, wo er Zeit hatte, an seine eigene Verletzung zu denken, spürte er, wie weh sie tat. Dawntreaders Gürtel mit dem Beutel trug er immer noch um den Hals. Er nahm ihn ab, öffnete den Beutel und betrachtete die Phiole mit dem Wasser des Todes. Nachdem er den Beutel wieder fest geschlossen hatte, schnallte er sich den Gurt um die Taille. Er schaute zu Ananke hin, von dem er nur eine Schulter und das Gesicht sehen konnte; die Augen waren geschlossen, die Mundwinkel schlaff nach unten gezogen.

Reede drehte sich um und bugsierte Ariele zu ihrer Liege. Als sie sich darauflegte, gab er ihr einen Kuß; sie schlang die Arme um seinen Hals und drückte ihre Lippen noch eine Weile gegen die seinen, bevor sie ihn freigab. Er bückte sich und aktivierte die Kontrollen.

»Ist es, wie wenn man erstickt?« flüsterte sie. »Oder wie wenn man erfriert ...?«

»Weder noch«, antwortete er lächelnd. »Man empfindet nichts als Frieden.« Die Kuppel senkte sich herab, und bis zum allerletzten Augenblick hielt sie seine Hand fest. Er ließ sie los, und der Schirm schloß sich. Durch den Schild konnte er ihr Gesicht sehen. Der angespannte Ausdruck verschwand, und sie lächelte. Dann machte sie die Augen zu und schlummerte ein.

Er prüfte die Meßwerte und ging schweigend an seinen Platz. Als er sich darauf niederließ, spürte er trotz seines zerschundenen Körpers keine Schmerzen; es war, wie wenn er sich auf Wolken bettete. Niburu kam zu ihm, und er schaute seinem Piloten ins Gesicht.

»Von hier aus schaff ich's allein, Boss«, beantwortete Niburu Reedes unausgesprochene Frage. »Das Schlimmste ist vorbei.«

Reede zog eine Grimasse. »Das darfst du nicht sagen. Bei allen Göttern, sag das nie wieder!« Dabei lächelte er und berührte Niburus Arm. »Was, zur Hölle, täte ich nur ohne dich, Niburu?«

Niburu grinste. »Vielleicht würdest du dann ein Weilchen länger am selben Platz bleiben.«

Reede lachte. »Das laß ich mir auf mein Grab schreiben.« Er faßte nach unten und aktivierte den Schild, der über seinem Kopf hing; der Schirm begann sich zu senken. »Weck mich, sowie wir Tiamat erreichen. Ich muß mit Gundhalinu sprechen.«

Niburu nickte, und dann schob sich der rauchgraue Schirm wie ein Nebel zwischen sie. Als er sich versiegelte; spürte Reede einen Moment lang dieselbe Anwandlung von Panik, die er in Arieles Augen erkannt hatte. Er fixierte Niburu, während er versuchte, die Angst zu meistern. Doch schon füllte ein kühler, prikkelnder Dampf die Luft, und als er ihn einatmete, fühlt er, wie er sich entspannte. Es duftete nach einer frischen Brise, nach Sonnenlicht und exotischen Gewürzen, er dachte an Vergnügen, Erholung ... Stille ... Friede ...

Kedalion sah, wie Reede die Augen schloß; das blutverschmierte Gesicht nahm wieder einen jugendlichen Ausdruck an, als das Bewußtsein schwand.

Kedalion las die Meßwerte ab und überzeugte sich davon, daß die Kapsel auch einwandfrei funktionierte.

In der Stille, die eingetreten war, drehte er sich um und wandte sich wieder Ananke zu, der ohnmächtig in dem anderen Sitz hing.

Er schob den verkohlten Stoff des Overalls zurück, den er aufgeschlitzt hatte, um die Verbrennung besser behandeln zu können, die von der Schulter bis zur Hüfte verlief. Als er die Brandblasen sah, schnitt er eine Grimasse. Langsam, als sei er irgendwie gehemmt, zog er den Stoff noch ein weiteres Stück zur Seite und entblößte Anankes Brust; er mußte sich einfach davon überzeugen, daß er vorhin, in einem Augenblick der Hektik und des Chaos, keiner Sinnestäuschung erlegen war …

… und starrte er auf die glatten, sanft gewölbten Rundungen einer Frauenbrust.

Vorsichtig zog er den kaputten Overall wieder an seinen Platz, Anankes Geheimnis, das sie so verletzlich machte, schützend. So gelassen wie möglich behandelte er ihre Verbrennungen; zum Schluß klebte er ihr noch eine Reihe von Schmerzpflästerchen auf den Rücken, damit ihr die Wunde nicht weh täte, wenn sie aufwachte.

Endlich ging er wieder nach vorn und kletterte in den Pilotensessel; sich zurücklehnend betrachtete er die Sterne. Er fühlte sich körperlich und psychisch vollkommen ausgelaugt, und gegen seinen Willen fielen ihm die Lider zu. Er konnte sich nicht erinnern, wann er sich das letzte Mal so sicher gefühlt hatte wie jetzt, und er machte nicht den Versuch, sich krampfhaft wachzuhalten, dazu hätte ihm auch die Kraft gefehlt. Das Rettungsboot synchronisierte mit Hilfe des Autopiloten die Orbits; sobald sie die *Prajna* erreichten, würde er geweckt werden. Endlich konnte er ein paar Stunden schlafen …

»Kedalion?«

Kedalion machte die Augen auf; er fühlte sich groggy

und wußte nicht, wodurch er geweckt worden war. Neben ihm stand Ananke, und er fuhr erschrocken hoch. »Was ist los?« fragte er benommen.

»Entschuldige, daß ich dich geweckt habe. Ich ...« Mit äußerster Behutsamkeit ließ Ananke sich im Copilotensessel nieder; trotzdem zuckte sie zusammen und bekam ganz schmale Lippen. »Tut mir leid.«

»Schon gut.« Kedalion setzte sich gerade hin und streckte sich; plötzlich war er hellwach. Er prüfte die Displays und schaute dann hinaus in die Nacht; gewohnheitsmäßig überzeugte er sich davon, daß alles nach Plan verlief. Dann schielte er zu Ananke hin — dasselbe Gesicht, dieselben Augen, denselben Körper, hatte er seit Jahren jeden Tag gesehen; nun versuchte er herauszufinden, ob er einen Unterschied entdecken konnte, doch dabei kam er sich pervers vor. »Was ist? Alles in Ordnung mit dir? Brauchst du was?«

»Mir geht's gut. Ananke schüttelte seinen ... ihren Kopf und sah ihn mit ihren blauschwarzen, verhüllten Augen an. »Hast du ... hast du meine Wunde versorgt?«

Er nickte. »Ja. Wahrscheinlich hast du jetzt höllische Schmerzen, aber es wird gut verheilen.«

Sie nickte, wandte den Blick ab und biß sich auf die Lippe. »Es tut ein bißchen weh — trotz der Schmerzpflaster. Danke, Kedalion, daß du ...«

»Du brauchst mir nicht zu danken.« Lächelnd schüttelte er den Kopf.

Sie sah ihn wieder an, und er wußte, daß sie herauszufinden versuchte, ob er ihr Geheimnis entdeckt hatte — sie traute sich nur nicht, ihn offen zu fragen.

»Ja«, sagte er und erlöste sie aus ihrer Spannung. »Ich hab's gesehen, ich weiß Bescheid ... es ging nicht anders. Wieso hast du mir nie erzählt, daß du eine Frau bist?« Eine Unzahl von Kleinigkeiten, die ihm im Lauf der Jahre aufgefallen waren, ergaben nun einen Sinn. Anankes ausgeprägte Schamhaftigkeit, die scheuen

Blicke, wann immer er über Sex sprach ... »Warum diese Geheimnistuerei?«

»Weil du ein Mann bist«, antwortete sie, wie wenn dies alles erklärte. Mit den Armen bedeckte sie ihre Brüste, als ob sie entblößt wären. »Außerdem hättest du mich niemals mitgenommen, wenn du es gewußt hättest ... oder?« Es klang vorwurfsvoll.

»Na ja ... ich weiß nicht«, erwiderte er.

»Und Reede hätte mich auch nicht bleiben lassen.«

»Vielleicht nicht ... damals noch nicht. Aber jetzt ...« Er zuckte die Achseln.

Sie warf ihm einen schnellen Blick zu und erstarrte. »Weiß er es auch?«

»Nein«, murmelte Kedalion. »Ich bin der einzige — außer dir.«

Sie sank in den Sitz zurück, wobei ihr Körper vor Schwäche zitterte. »Heiliger Calavre ...«, flüsterte sie, und ihre Finger krallten sich in den Stoff ihres Overalls. »Warum mußte das passieren?«

»Warum hast du das überhaupt gemacht, möchte ich gern wissen«, erwiderte er. »Hat es dir so sehr gestunken, auf Ondinee eine Frau zu sein?«

Ihr Blick verdüsterte sich. »Ja«, murmelte sie, an ihrem Körper hinabschauend. Als sie zu erzählen anfing, nahm ihre Stimme wieder den melodischen ondineanischen Akzent an, den sie schon seit Jahren verloren hatte. »Auf Ondinee gelten nur die Männer etwas, die Frauen sind nichts wert. Auf dem Marktplatz kann man sie kaufen und verkaufen wie ein Stück Vieh. Einige, die aus reichen Familien stammen, haben das Glück, wie Schoßtiere verhätschelt zu werden. Sie tragen schöne Gewänder und Schmuck, und man bringt ihnen das Lesen bei, damit sie die Illusion haben, sie seien Menschen.«

Sie hob den Kopf. »Wir waren nicht reich, mein Vater war Tagelöhner. Meine Mutter war einmal Tänzerin gewesen, und sie brachte mir ein bißchen das Tanzen bei ... Aber mein Vater wollte Geld, er wollte mich an die Priester verkaufen, die mich dann für ihre Tempelriten benutzt hätten. Mein Bruder ... mein Bruder versuchte ständig, mich allein zu erwischen — er begrapschte mich und zwang mich, seinen Schwanz anzufassen; er erzählte mir, was bei diesen Riten passiert, daß hinterher, wenn der Priester fertig war, alle Männer kommen und einen besteigen dürfen. Er erklärte auch, was die Priester mit den Mädchen anstellen, und wie sie sie verstümmeln, damit sie nicht einmal Vergnügen empfinden, weil das einer Frau nicht zusteht ...« Sie hob die Stimme und brach ab; Tränen strömten über ihr Gesicht, benetzten die Haut, auf der sich die Lichter der Instrumente in fremdartigen Mustern spiegelten.

Sie sah ihn nicht an, sie schaute nicht einmal hinaus in die Nacht; sie war blind — vor Tränen der Wut und Enttäuschung. »Als ich zu weinen anfing, lachte mein Bruder mich aus; er warf mich auf den Boden, beschimpfte mich als Hure und versuchte ... versuchte mich zu vergewaltigen. Aber ich zog mein Messer und schnitt ihm die Kehle durch. Dann stahl ich seine Kleider und lief weg. Von der Zeit an verkleidete ich mich als Junge, damit ich leben, arbeiten, ein Mensch sein konnte ... Ich dachte mir, eines Tages, irgendwo anders, könnte ich wieder ich selbst sein; aber das geht nicht, denn nirgendwo bin ich sicher, und jedesmal, wenn ich einen Mann ansehe und daran denke, daß ich eine Frau bin, bekomme ich Angst ...« Energisch wischte sie sich das Gesicht mit dem Ärmel ab; sie gab einen unterdrückten Laut von sich, es konnte ein Schluchzer, aber auch ein Schmerzensschrei sein.

Kedalion machte die Augen zu. Nach einer Weile öffnete er sie wieder und sah Ananke an. In einer tröstenden Geste streckte er die Hand nach ihr aus.

»Nein«, flüsterte sie und schüttelte den Kopf. »Faß mich nicht an, bitte, Kedalion.«

Er zog die Hand zurück. »Als ich noch ein Junge war

und auf Samathe lebte, sprangen wir häufig mit Gleitschirmen von den Klippen. Wenn man geschickt war, konnte man stundenlang in der Luft segeln, die Aufwinde benutzen wie ein Vogel. Die Stelzen — so nannten wir die großgewachsenen Bengel aus den anderen Dörfern — kamen auch und wollten es probieren; aber weil wir klein waren, konnten wir es immer am besten. Ein paar von den Großen waren eifersüchtig. Für sie zählte es nicht, daß sie schneller laufen, weiter springen oder uns das Leben am Boden schwer machen konnten ... Sie haßten es, uns in der Luft zu sehen.«

Er starrte hinaus auf die Sterne. »Eines Tages, als ich mit meine Gleitschirm flog, fing einer von den Stelzen an, mit dem Gewehr auf mich zu schießen. Der Hurensohn durchlöcherte meinen Schirm; der Stoff riß, und ich stürzte ab. Ich hatte schreckliche Angst; ich dachte, ich müßte sterben. Doch ich hatte noch mal Glück gehabt, ich landete nur hart und kam mit Abschürfungen, Prellungen und ein paar gebrochenen Fingern davon ... Aber ein paar von meinen Freunden hatten den Vorfall beobachtet; sie schnappten sich den Typ. Dann schnallten sie ihm meinen Gleitschirm um und stießen ihn von den Klippen. Er stürzte ab und brach sich fast sämtliche Knochen. Sie ließen ihn einfach liegen. Ich rief den Rettungsdienst ... Danach schwor ich mir, diesen Ort zu verlassen, und wenn es das letzte wäre, was ich täte.« Er schüttelte den Kopf. »Wenn man fortgeht, muß man sich darüber klarwerden, ob man seine Probleme zurückläßt, oder ob man sie mitnimmt ...« Er seufzte und sah sie an.

»Warum hast du den Rettungsdienst gerufen?« wollte sie wissen.

Er schaute zur Seite. »Ich sah die Gesichter meiner Freunde, als sie ihn über die Kante stießen; und ich hatte Angst, ich hätte denselben Gesichtsausdruck gehabt.«

Eine lange Zeit starrte sie ihn an, ohne etwas zu sagen; dann schaute sie schweigend an ihren Körper hinab.

»Es spielt keine Rolle«, sagte er schließlich. »Du arbeitest, du machst deine Sache richtig, und du beklagst dich nicht. Wenn du möchtest, dann bleibt alles beim alten. Dein Privatleben interessiert mich nicht, ich finde, es geht mich nichts an.«

Langsam hob sie den Kopf. »Und was ist mit Reede?«

Er zuckte die Achseln. »Solange du deine Arbeit gut machst, geht es ihn auch nichts an.«

Mit verhülltem Blick, die Gesichtszüge gespannt, starrte sie ihn an.

»Sieh doch«, sagte er, »ich glaube, daß ich dich nach so langer Zeit ziemlich gut kenne. Ich weiß, daß ich dir vertrauen kann. Bedeutet dir das etwas? Hast du genug Vertrauen zu mir, um auch jetzt noch für mich zu arbeiten, obwohl ich Bescheid weiß?«

Sie lächelte schüchtern; doch dann überwand sie sich und reichte ihm zögernd die Hand.

Syllagong. Strafkolonie # 7

Wir sind da!«

Gundhalinu preßte das Gesicht gegen den schmalen Fensterschlitz in der vibrierenden Wand des Transporters, als der Wächter ihre Ankunft meldete. Draußen bot sich immer noch dasselbe Bild, das er den ganzen Flug über gesehen hatte, wenn er alle paar Minuten nervös aus dem Fenster spähte: der Himmel glühte in einem trüben Purpurrot, wie ein gigantischer Bluterguß — die Farbe änderte sich nie, sie wurde weder heller noch dunkler, denn die Welt, die man Big Blue nannte, war in den Gezeitenströmen des Universums fixiert; die Strafkolonien, die sogenannten Schlacke-Camps, hatte man in der gerade noch bewohnbaren Zwielichtzone an der Grenze zur Nachtseite errichtet.

Ein Leben im Halbdunkel. Er wandte den Blick ab von der trostlosen, mit Schatten übersäten Landschaft, die auch immer gleich zu bleiben schien, wie der Himmel darüber. Jemand zwängte sich neben ihn und versuchte durch das Fenster zu spähen; Gundhalinu wurde in seinen Sitz zurückgedrückt.

Die Schlacke-Camps. Bei allen Göttern ... Einen Augenblick lang raubte ihm das Gefühl, schmählich verraten worden zu sein, fast den Verstand. Dahinter steckte der Survey, er erkannte die Handschrift der Goldenen Mitte, der Clique, die er als Oberster Richter auf Tiamat verprellt hatte. Man wollte ihn lebendig begraben; ohne Prozeß zu lebenslanger Haft verurteilt, erlaubte man es ihm jedoch nicht, die Strafe in einer gemäßigten Vollzugs-Institution zu verbüßen, womit er fest gerechnet hatte; aber aus einer humaneren Einrichtung heraus hätte er den Kampf um seine Rehabilitation weiterführen können. Statt dessen verfrachtete man ihn ohne Vorankündigung und ohne Erklärung durch die halbe Galaxis in diese Hölle. Er bezweifelte, daß man jemanden, der ihm nahestand, über seine Verlegung informiert hatte.

Während er bei der Polizei diente, hatte er oft genug von den Schlacke-Camps gehört; dorthin schob man den Abschaum der Menschheit ab, die Verbrecher, die die Hegemonische Justiz für unbelehrbar und nicht resozialisierbar hielt. *Wie viele andere politische Gefangene mögen sich im Lauf der Jahrhunderte darunter befunden haben?* Er wußte es nicht; er konnte sich nur ungefähr denken, wie lange die meisten von ihnen an diesem Ort überlebt hatten.

Er war froh, daß er als ehemaliger Polizeioffizier wenigstens im Nahkampf ausgebildet worden war... Es durfte nur niemand erfahren, wo er sein Training absolviert hatte. Ihm war bekannt, welches Schicksal Ex-Polizisten in dieser Kolonie drohte ...

Er holte tief Luft, als sich der Mann neben ihm mit einem angewiderten Grunzen zurücklehnte. Um den speckigen Nacken des Kerls lag ein schwerer Kragen; Gundhalinu befingerte seinen eigenen *Block,* wie man diese Vorrichtung nannte, die den Gebrauch einer Energiewaffe unmöglich machte. Wenn man versuchte, einen Stunner abzufeuern, explodierte der Kragen und riß einem den Kopf weg. Das Kleeblatt hatte man ihm abgenommen, und statt dessen diesen Kragen umgelegt. Seine Finger krallten sich daran fest, als er merkte, wie der Transporter zur Landung ansetzte.

Er schulterte den Rucksack mit der Überlebensausrüstung — die jetzt seine gesamte weltliche Habe war —, und ein Wächter befahl ihnen, auszusteigen. Das Gepäck war nicht sehr schwer. Alle Gefangenen trugen einen grauen Overall aus einem Material, das so steif und fest war wie Leder, und einen Parka mit Kapuze. Als die

Rampe niederging, marschierte er mit den anderen hinaus, ohne auf ein Kommando zu warten; er wollte sich möglichst unauffällig verhalten. Der Wind war kalt und stank nach Schwefel; Asche wehte in seine Augen.

Die Wächter schwärmten aus und bildeten einen Kreis um das ebenso waffenstarrende Schiff, damit niemand zu nahe herankam. Gundhalinu peilte die schemenhaften Gestalten an, die außerhalb des Rings dicht zusammengedrängt lauerten und auf ein Zeichen warteten. Hinter ihnen leuchtete, wie eine surrealistische Kulisse, die gigantische Scheibe des Planeten, den dieser Trabant umkreiste; der Gasriese, der der wirkliche Big Blue war. Sein Licht tauchte die mattlila Schwaden in der Atmosphäre in einen blauvioletten Glanz. Gundhalinu merkte, wie der Boden unter seinen Füßen plötzlich erbebte.

»Fliegt jemand zurück?« brüllte ein Wärter; die Worte klangen sonderbar flach und tonlos, wie wenn die Ödnis dieser Landschaft sie verschluckte. Doch hinter dem Ring aus Aufpassern ertönte das Geräusch schlurfender Schritte; ein Mann kam nach vorn gehinkt, er bewegte sich wie mit letzter Kraft. Das Gesicht war ausgemergelt, die Augen glänzten, als habe er seinen Gott gesehen.

Die anderen Sträflinge ließen ihn vorbei, und dann öffnete sich der Kreis der Wärter, wie wenn sie einen Heiligen vor sich hätten. Als der Mann sich dem Transporter näherte, sah Gundhalinu das grüne Licht an seinem Kragen. »Seine Zeit ist um«, murmelte der Gefangene neben Gundhalinu. »Er hat verdammtes Glück, dieser Bastard.« Schweigend betastete Gundhalinu seinen eigenen Kragen.

Die Wärter befahlen den Neuankömmlingen, die Vorräte aus dem Bauch des Transportschiffs zu laden. Die Säcke und Kisten waren mit den Kenn-Nummern der einzelnen Arbeiterkolonnen bedruckt. Gundhalinu schuftete ohne zu klagen; insgeheim verwünschte er sich, weil er seine körperliche Fitness vernachlässigt hatte.

Nachdem er sich an das Dämmerlicht gewöhnt hatte, konnte er Einzelheiten in der Umgebung erkennen. Zuerst gewahrte er nur die Lebensfeindlichkeit dieser Ebene, die sich leicht gewellt von Horizont zu Horizont erstreckte; der Boden bestand aus aschegrauer Schlacke, die bei jedem Schritt unter seinen derben, gegen Chemikalien imprägnierten Stiefeln knirschte. Sein Blick suchte nach irgendwelchen Landmarken, bis ihm auffiel, daß die Schlackewüste wie mit Pockennarben übersät schien — kleine Krater, deren Ausstülpungen mit einer schwarzen, teerartigen Masse verschmiert waren.

Unweit des Transporters erhob sich ein Hügel aus aufeinandergeschichteten Steinen; er diente wahrscheinlich als Orientierungspunkt. Gebäude irgendwelcher Art vermochte er nicht zu entdecken; doch über die ganze Fläche verteilt, in Abständen von drei bis vier Metern, lagen Pfähle auf dem Boden — ob sie aus Holz oder aus Metall waren, ließ sich nicht erkennen. Sie sahen aus wie gefällte Baumstämme und schienen von Osten nach Westen ausgerichtet zu sein.

Nachdem der Transporter entladen war, rückte der Kreis aus Wärtern nach innen, das Dutzend Männer zurücklassend, die man wie überflüssige Fracht hierher verschleppt hatte. Der letzte Wärter, der an Gundhalinu vorbeikam, musterte ihn mit einem harten, wissenden Blick. »Viel Glück, Kommandant«, sagte der Wärter. »Sie werden es brauchen.«

Gundhalinu erschrak und starrte dem Kerl ins Gesicht; er versuchte sich zu erinnern, ob er ihn kannte, ob dieser Mann vielleicht einmal unter ihm gedient hatte. Doch er war ein Fremder. *Ein Fremder, fern von seiner Heimatwelt.*

Grinsend steuerte der Wächter auf den Transporter zu. Die offene Luke im Bauch des Schiffs verschluckte ihn und wurde dann von innen verriegelt. Dröhnend stieg das Schiff in die purpurfarbene Dämmerung hinauf und verschwand rasch in der Ferne.

Gundhalinu setzte den Rucksack ab, den er in der Hand getragen hatte; er merkte, wie das Grüppchen Unbekannter, das sich um ihn scharte, ihn mit durchbohrenden Blicken angaffte. Er sagte jedoch nichts, sondern behielt die Männer im Auge, die ein Stückchen weiter weg herumlungerten und mit der Geduld von hungrigen Raubtieren nur auf den Abflug des Transporters gelauert hatten.

Die Kerls formierten sich zu erkennbar abgegrenzten Trupps und kamen näher; ihre Haltung drückte Trotz aus und die Entschlossenheit, notfalls um ihren Anteil an den Vorräten zu kämpfen.

Instinktiv rückten die Männer um Gundhalinu enger zusammen, während die einzelnen Kolonnen anfingen, ihre Kisten und Säcke auszusortieren. Sie räumten ihre Sachen weg, bis der Boden wie leergefegt war. Dann löste sich aus jeder Gruppe ein Mann, kam zurück und begutachtete die Neuzugänge. Gundhalinu vermutete, daß es sich um die Anführer der Trupps handelte, die Rekruten auswählen wollten.

Mit angehaltenem Atem und verkrampften Muskeln wartete er darauf, daß jemand ihn denunzierte. Doch keiner sagte etwas, jeder kümmerte sich nur um sich selbst. Ihm schwante, was es hieß, in dieser Einöde alleingelassen zu werden. Wenn man zu einer Arbeitskolonne gehörte, hatte man wenigstens eine Chance, zu überleben.

Die Bosse der einzelnen Gangs, die unter den Neuankömmlingen Verstärkung suchten, waren von der Haft gezeichnete, verbitterte Typen; hellhäutige, dunkelhäutige, und alle Schattierungen dazwischen. Er und die anderen Neulinge ließen es über sich ergehen, wie Tiere oder Sklaven inspiziert zu werden. Die vier kräftigsten Kerle gingen als erste weg; unter den Zurückbleibenden machte sich Verzweiflung breit.

»Zeig mir deine Hände.« Der Typ sprach Trade, die künstliche Sprache, die vermutlich die meisten von ihnen beherrschten.

Er starrte in ein Paar kalter, gefühllos dreinblickender Augen und streckte die Hände aus; die ungeschlachten, schwieligen Finger des Kerls fuhren über seine glatte Haut. Der Mann schnaubte durch die Nase und schüttelte den Kopf. »Bürokrat.«

»Ich kann Geräte reparieren«, sagte Gundhalinu auf Trade. »Ich bin ein guter Mechaniker.«

»Ich hab nichts zu reparieren«, erwiderte der Kerl. »Und du bist mir nicht hübsch genug.« Er ging weiter.

Jemand anders trat an seine Stelle. »Du sagst, du kannst Sachen reparieren?« Gundhalinu nickte und musterte den Mann in gleicher Weise, wie dieser ihn. Der Gangboss war ungefähr so groß wie er, hager, grobknochig, keine beeindruckende Erscheinung. Das Gesicht war dunkel und schmutzverkrustet, die grauen Augen lagen tief in den Höhlen. Seine Heimatwelt konnte Gundhalinu nicht erraten, doch er merkte, daß dieser Mann kein Dummkopf war. »Kharemoughi?« fragte der Boss.

Gundhalinu nickte.

»Tech?«

Abermals nickte er, wenn auch zögernd; er spürte, daß dieser Mann eine Lüge durchschauen würde.

»Weshalb hat man dich verurteilt?«

»Verrat«, antwortete Gundhalinu verdutzt.

Der Mann zog eine Grimasse und schüttelte den Kopf. »Ich glaube, du bist mir zu raffiniert«, meinte er. »Die Politischen taugen zu nichts, sie sind der Mühe nicht wert.«

Als der Mann weggehen wollte, reagierte Gundhalinu blitzschnell. Mit einem Polizeigriff warf er ihn aus der Balance; völlig überrumpelt, fiel der Mann flach auf den Rücken. Gundhalinu starrte auf ihn hinab. »Ich kann auf mich selbst aufpassen«, sagte er.

Langsam rappelte der Mann sich hoch; grollend, doch fast gegen seinen Willen amüsiert. »Okay«, sagte er achselzuckend. »Mich haben sie wegen Piraterie drangekriegt; komm mit, Verräter.« Er machte kehrt und wollte losmarschieren.

»Er ist ein Blauer!«

Der Pirat wirbelte herum; der Sträfling, der als einziger noch neben Gundhalinu stand, hatte die Worte herausgebrüllt. »Ist das wahr, Verräter?« fragte der Pirat mit leiser Stimme, doch seine Blicke waren scharf wie Dolche.

»Der Wärter hat ›Kommandant‹ zu ihm gesagt. Er sagte: ›Viel Glück, Kommandant, Sie werden es brauchen.‹«

»Tatsächlich?« Der Gangboss, der Gundhalinu abgelehnt hatte, drängte sich vor. Aus dem Augenwinkel sah Gundhalinu, wie sich Köpfe zu ihm umdrehten, und die Meute unerbittlich auf ihn zusteuerte, wie wenn er plötzlich magnetische Kräfte entwickelt hätte. Der hünenhafte Kerl boxte ihn heftig gegen die Brust, und rückwärts taumelte er in die wartenden Arme von einem halben Dutzend Männer. Mit Fußtritten und Ellbogen stößen kämpfte er sich frei, als man ihn zu packen versuchte.

Dann stand er mitten in einem Kreis von Sträflingen, die einen Wall um ihn bildeten. »Ich bin ein Sibyl«, rief er mit brüchiger Stimme. »Hütet euch, mich anzufassen!«

Er hob die Hand an den Hals, um die Tätowierung zu entblößen, die gleichzeitig vor biologischer Verseuchung warnte. Seine Finger stießen gegen den kalten Metallblock, und ihm fiel ein, daß der Kragen die Tätowierung völlig verdeckte.

»Wo bleibt der Beweis?« rief jemand.

»Er kann es nicht beweisen; er lügt.«

»Kommt näher, und ihr werdet es sehen«, forderte Gundhalinu sie heraus.

»Willst du mich etwa beißen, Blauer?« Irgendwer lachte.

»Du kannst mir in den Schwanz beißen, du Schwanzlutscher von einem Kharemoughi.«

»Ich hab sowieso nie daran geglaubt, daß es den Tod bedeutet, wenn man einen Sibyl plattmacht.«

Gundhalinu hörte das Gejohle und Gegröle, die in einem halben Dutzend Sprachen gemurmelten Drohungen und Flüche — die Geräusche eines Mobs, der nach Unterhaltung lechzte, nach einem Ventil für angestaute Aggressionen, nach einem Opfer. Langsam drehte er sich um die eigene Achse, als die Falle aus Menschenleibern zuschnappte.

Anfangs attakierten sie ihn einzeln und zu zweien, und er konnte sie abwehren; er trieb sie in die Meute zurück oder schlug sie nieder. Die ersten Schläge, die er selbst einsteckte, registrierte er kaum; er hatte schon lange nicht mehr gekämpft, selbst nicht trainingshalber, aber der durch Angst erzeugte Adrenalinstoß schärfte seine Reflexe und dämpfte sein Schmerzempfinden.

Dann griffen sie ihn paarweise, zu dritt und zu viert an, sie packten seine Arme, brachten ihn zu Fall und stürzten sich über ihn. Jemand spannte seine Pranke um seinen Hals, preßte ihm mit dem Metallkragen die Luft ab, so daß er sich ergeben mußte. Doch er drehte den Kopf zur Seite, öffnete den Mund und benutzte die einzige Waffe, die ihm noch geblieben war; er grub die Zähne in das Handgelenk des Mannes. Der Kerl stieß ein Gebrüll aus, der Druck gegen seine Kehle ließ nach, und das schwere Gewicht glitt von seiner Brust. Sobald er wieder klar sehen konnte, hob er den Kopf. Der Kerl, der versucht hatte, ihn zu erwürgen, streckte alle viere von sich, verdrehte die Augen und zuckte wie bei einem epileptischen Anfall. Dann klappten seine Lider zu, und der Körper erstarrte.

Nach Luft schnappend, stützte sich Gundhalinu auf einen Ellbogen; jeder Atemzug brannte in seinem verletzten Schlund wie Säure. Das Gebrüll und Gelächter verstummte, und verblüfftes Geraune machte sich breit. Er hörte ärgerliche Fragen wie: *»Was ist passiert?«* — *»Was hat er mit ihm angestellt?«*

»Ich bin ein Sibyl.« Das Blut des Fremden im Mund schmeckend, spie er die Frage aus. »Ich habe euch gewarnt.«

Eine geraume Zeitlang herrschte Stille. Irgendwie gelang es ihm, sich auf die Füße zu stellen, und schwankend stand er da. Er sah den Piraten, der sich abseits hielt und den Kopf schüttelte. *»Zu viel Ärger«*, formten stumm seine Lippen. Keiner der Sträflinge rührte sich vom Fleck.

Plötzlich erzitterte der Boden; Gundhalinu verlor das Gleichgewicht und stürzte hin. Wie auf Kommando stürmte der Kreis auf ihn zu, als sei er eine einzige Kreatur mit einem Dutzend Köpfen, einem halben Hundert Armen und Beinen, tausend Händen, Knien, Füßen und Fäusten. Sie stopften ihm Asche in den Mund und knebelten ihn mit einem Fetzen Stoff, dann fesselten sie ihn an Händen und Füßen. Er wurde hochgezerrt, geschlagen, getreten und herumgeschleift; er ging von einer Hand zur anderen, begrub ihn unter einer wimmelnden Masse aus Leibern, bis er gegen den schwarzen Rand des Kraters knallte, den er vom Landeplatz aus gesehen hatte.

Er hatte gerade noch Zeit zu begreifen, was mit ihm geschah, bevor man ihn mit dem Gesicht zuerst hineinzwängte. Schwarzer, stinkender Schlamm schloß sich über seinen Kopf, drang in seine Augen, die Nasenlöcher und die Ohren. Mit angehaltenem Atem betete er zu sämtlichen Göttern seiner Ahnen und aller Acht Welten, während er spürte, daß er immer tiefer einsank; man zog ihn nicht wieder hoch, damit er Luft schöpfen konnte, die Qual hörte nicht auf, man unternahm nichts, sondern ließ ihn einfach krepieren ...

»... komm schon, komm schon, komm schon, du undankbares Stück Scheiße, komm endlich wieder zu dir. Na, komm schon!«

Gundhalinu durchlief ein Schauer, und wie in einem bizarren Traum nahm er wahr, daß dieses hilflose, blutende Stück Fleisch, das der Mob aus ihm gemacht hatte, noch lebte. Sehen konnte er immer noch nicht, es war stockfinster wie in dem stinkenden Tümpel — das letzte, woran er sich erinnern konnte; aber jemand sprach auf ihn ein, eine Stimme, die ihm vage vertraut vorkam, haspelte eine Art monotonen Singsang herunter. Es ging unaufhörlich weiter, wie wenn der Urheber des Geleiers glaubte, Seelen aus dem Reich der Toten zurückholen zu können. Er stöhnte, und dabei merkte er, daß er nicht länger geknebelt war; probeweise hob er die Hände ans Gesicht — er war auch nicht mehr gefesselt.

»Heh!« Jemand hielt seine Hände fest, als er die Augen berühren wollte. Er wehrte sich, fluchte, fuchtelte blindlings in der Luft herum, bis ihn die Kräfte verließen. »Du bist in Sicherheit«, sagte die Stimme. »Keiner wird dir etwas zuleide tun.«

Reglos wie ein Toter lag Gundhalinu da; sein ganzer Körper wurde abgetastet, was höllisch schmerzte. Es war ihm egal, ob es eine Folter, eine Belästigung oder eine primitive medizinische Untersuchung war; das einzige, was ihm Angst machte, war seine Blindheit. »Meine Augen«, flüsterte er, als er sich zu sprechen traute.

Sofort wanderten die Hände an seinen Kopf, hoben ihn leicht an, und sanft wie Vogelschwingen berührten Finger seine Wangen und seine Stirn. Plötzlich sah er ein Licht, einen matten, grauen Schimmer; das Licht wurde heller, nahm eine orangefarbene Tönung an und verwandelte sich in einen weißen, schmerzenden Glanz. Mit einem Aufschrei warf er die Hände hoch; diesmal hinderte ihn keiner daran, als er die Augen bedeckte, und das Licht langsam, Millimeter für Millimeter, in die

Pupillen ließ. Obwohl es schrecklich weh tat, zwang er sich dazu, die tränenden Augen zu öffnen, und denjenigen, der ihn festhielt, anzuschauen.

Verschwommen gewahrte er über sich das Gesicht des Piraten. Jetzt begriff er, weshalb ihm die Stimme bekannt vorgekommen war. Er wischte sich die Augen ab und fluchte verzweifelt, als der Tränenstrom nicht aufhörte.

»Macht nichts«, meinte der Pirat. »Sie schwemmen den Mist aus deinen Augen. In zwei, drei Tagen sind sie geheilt, falls sie sich nicht entzünden.«

Gundhalinu ließ die Hände wieder sinken. Dann drehte er den Kopf, zu mehr fehlte ihm die Kraft. Er lag nackt auf einer Pritsche, halb mit einer Decke zugedeckt, und sein Körper war mit Teer, Blutergüssen und Wunden übersät. Alles tat ihm weh; er war froh, daß er nicht genau sehen konnte, wie man ihn zugerichtet hatte.

»Du hast verdammtes Glück gehabt«, meinte der Pirat; Gundhalinu knurrte skeptisch. »Du siehst zwar aus wie eine aufgewärmte Leiche, aber es ist kein Knochen gebrochen, und die Wunden werden abheilen. Wenn man bedenkt, wer du bist, haben sie dich noch sehr rücksichtsvoll behandelt. Wahrscheinlich hatten sie doch Angst vor dem Virus in deinem Blut — obwohl sie die Absicht hatten, dich zu töten.«

»Hast du mich gerettet?« fragte Gundhalinu. Jedes Wort strengte ihn an.

»Ich nicht, Verräter.« Der Pirat schüttelte den Kopf und lächelte zynisch. »Ich sagte doch, um dich würde es sich nicht lohnen. Der da war's.« Er deutete über seine Schulter.

Blinzelnd nahm Gundhalinu hinter dem Piraten eine Gestalt wahr, die im Schatten lauerte. Er merkte, daß sie sich in einer Art Unterstand aufhielten, die Wände reflektierten den Schimmer eines kleinen Heizstrahlers. Der andere Mann rückte näher heran; sein massiger

Körper ragte über dem Piraten auf, bis er Gundhalinus Blickfeld füllte. »Das ist der Polizistenkiller. Er hat dir das Leben gerettet.«

Gundhalinu glotzte den Kerl an. Durch den struppigen schwarzen Bart stahl sich ein Lächeln und entblößte seine gelben Zähne. Die Augen glichen kleinen schwarzen Kohlestücken und verloren sich fast in dem freien Schlitz zwischen dem Bartgestrüpp und dem verfilzten Haar. Vom Gesicht war nichts zu erkennen. »Warum?« flüsterte Gundhalinu.

Ein gutturales Gemurmel kam über die Lippen, die im Bart versteckt waren.

Gundhalinu schüttelte den Kopf und machte die Augen zu; er verstand nicht, was der Mann sagte, er war sich nicht einmal sicher, welche Sprache er benutzte.

»Weil du ein Sibyl bist«, half der Pirat aus.

In Gundhalinu wallte ein Gefühl der Dankbarkeit auf, um so ausgeprägter, angesichts dessen, was ihm der brutale Mob angetan hatte. »Sag ihm, ich …«

»Er kann dich verstehen«, schnitt der Pirat ihm das Wort ab. »Er spricht nur so undeutlich, weil er bloß noch eine halbe Zunge hat. Deshalb ist er aber nicht blöd, du solltest ihn nicht unterschätzen.«

Gundhalinu wandte den Blick vom Piraten ab und peilte den Polizistenkiller an. »Man darf niemanden unterschätzen; das habe ich schon vor langer Zeit gelernt.« Er deutete ein Lächeln an.

Der Polizistenkiller brabbelte etwas vor sich hin und gab ein häßliches Lachen von sich.

»Für einen Techniker bist du sehr ungewöhnlich«, meinte der Pirat. »Oder für einen Blauen. Ich hatte angenommen, für gewisse Dinge wärst du blind … Aber er will nicht deine Dankbarkeit, er möchte dich etwas fragen.«

Gundhalinu schaute wieder in die unergründlichen Augen des Polizistenkillers. Plötzlich bückte sich der Mann und umklammerte Gundhalinus Kinn mit seiner

Pranke; unwillkürlich schrie Gundhalinu auf. Während der Polizistenkiller sein Gesicht wie in einem Schraubstock festhielt, strömte noch mehr unverständliches Gebrabbel aus seinem Mund.

»Er möchte über seine Familie Bescheid wissen«, dolmetschte der Pirat. »Als man ihn hierher verschleppte, ließ er in Rishon City, drüben auf der Tagseite, zwei Ehefrauen und elf Kinder zurück. Er will wissen, was aus ihnen geworden ist, und er will es sofort wissen.«

Gundhalinu schloß die Augen und fragte sich, woher er die Kraft für einen Transfer nehmen sollte; aber ihm war klar, daß er es irgendwie schaffen mußte. Sobald der Transfer erst begonnen hatte, würde die unerschöpfliche Energie des Sibyllennetzes ihn unterstützen. »Er soll mir Namen nennen … *Eingabe* —«, flüsterte er und konzentrierte sich mit aller Willensanstrengung auf die Antwort. Dann fühlte er, wie er senkrecht nach unten stürzte, als der Grund seines Bewußtseins nachgab, und dankbar fiel er in die wartende Dunkelheit …

»Keine weitere Analyse.«

Die Worte, die den Transfer beendeten, hallten in seinem Kopf nach, und er wußte, daß er sie selbst ausgesprochen hatte, während er in seinen schmerzenden Körper, in seine ausweglose Existenz, zurückkehrte. Wohin er im Transfer geschickt worden war, wußte er nicht, er vermochte sich an nichts zu erinnern. Mit einem mulmigen Gefühl fragte er sich, ob er vielleicht das Bewußtsein verloren und gar keine Antwort gegeben hatte.

Aus brennenden, tränenden Augen sah er den Piraten und den Polizistenkiller an.

Der Polizistenkiller legte den Kopf schräg, nuschelte etwas in seinen Bart und streckte die Hand aus. Gundhalinu zuckte zurück, doch der Mann legte ihm nur mit überraschender Sanftheit die Hand auf die Stirn. Dann nahm er die Hand wieder weg und stemmte sich auf die

Füße. In gebückter Haltung tappte er durch die vollgestopfte Behausung, ging durch den zerfetzten Vorhang, der die Tür ersetzte, nach draußen und verschwand im Dämmerlicht.

Gespannt starrte Gundhalinu den Piraten an; vielleicht war sein Leben jetzt verwirkt, wo er die Frage beantwortet hatte.

Der Pirat faßte hinter sich und holte eine Tasse mit einer dunklen Flüssigkeit hervor. »Es geht ihnen gut«, sagte er. Er lächelte, aber dieses Mal ohne Ironie. »Du hast auch nichts mehr zu befürchten, Verräter.« Er trank als erster aus der Tasse, wie um Vertrauen zu schaffen, dann hielt er sie Gundhalinu hin. Der richtete sich mühsam auf und lehnte sich gegen die Wand aus Kisten. Mit beiden Händen umfaßte er die Tasse, und der Pirat half ihm, sie an den Mund zu führen. Er nippte und schmeckte ein starkes, bitteres Aroma von irgendwelchen unbekannten Kräutern, und ein scharfes Brennen, wie von Alkohol. Vorsichtig nahm er den nächsten Schluck, und spürte, wie das Getränk ihn innerlich wärmte.

»Ich glaube, jetzt gehörst du zur Gang Sechs«, sagte der Pirat. »Der Polizistenkiller wird überall verbreiten, was du für ihn getan hast. Jeder hier respektiert ihn. Außerdem hast du gut gekämpft, das vergißt keiner so schnell. Setz dich durch, und man wird dich fair behandeln. Wie lange bleibst du hier?«

»Bis an mein Lebensende ...«, flüsterte Gundhalinu. »In ungefähr einer Woche dürfte es so weit sein, schätze ich.«

»Wir geben dir Rückendeckung«, sagte der Pirat. »Als Gegenleistung, sozusagen. Viele von uns haben dringende Fragen ... Wenn du nicht pingelig bist, was den Inhalt der Fragen betrifft, wird sich das herumsprechen. Und mit der Zeit zählt dann nur noch, daß du ein Sibyl bist, nichts anderes.«

Gundhalinu hob die Tasse an die Lippen und trank,

um nicht antworten zu müssen. »Wo kriegt man sowas?« erkundigte er sich nach einer Weile und deutete mit dem Kinn auf die schwarze, scharf schmeckende Flüssigkeit, die ihre Wirkung entfaltete.

»In den Vorposten an der Peripherie.« Mit äußerster Behutsamkeit schenkte sich der Pirat selbst eine Tasse voll ein und nahm einen Schluck. »Wenn wir eine Ernte eingebracht haben, transportieren wir sie zum nächsten Posten und handeln sie gegen ein paar Luxusartikel ein.« Er lachte und zeigte auf die kahlen, bunt zusammengeschusterten Wände der Bude, in der sie hockten.

»Was für eine Ernte?« wunderte sich Gundhalinu; er fragte sich, was in diesem Ödland überhaupt gedeihen konnte.

»Erinnerst du dich noch an den Krater, in den sie dich hineingestopft haben?«

Gundhalinu erstarrte und hob eine Hand an seine Wange. Das Gesicht war mit einer Schicht aus Teer verkrustet, und als er seine Finger wieder senkte, waren sie schwarz und klebrig.

»Nicht anfassen. Wenn du versuchst, den Teer zu entfernen, reißt du dir die Haut ab. Mit der Zeit verschwindet der Dreck von selbst«, riet der Pirat. Gundhalinu nickte und ballte die Hand zur Faust. »Unsere Aufgabe hier draußen ist es, die Krater zu beobachten, die überall aufbrechen. Wir warten, bis der Teer, der über den Rand schwappt, auskristallisiert, und ernten die Kristalle ab — das verlangt man von uns.«

»Ist die Masse lebendig?« fragte Gundhalinu erstaunt.

Der Pirat hob die Schultern. »Halblebendig. Es handelt sich um eine kristalline Lebensform, das primitivste an Leben, was man sich vorstellen kann.«

»Und wozu werden die Kristalle verwendet?«

»Keine Ahnung.« Der Pirat drehte den Kopf zur Seite und spuckte auf den Boden. »Ist mir auch egal. Ich sehe nur zu, daß ich überlebe, und warte auf das grüne Licht.« Er faßte den Block an, den er um den Hals trug. Gundhalinu dachte an den Mann, den der Transporter beim Abflug mitgenommen hatte. Er sah, wie der Pirat flüchtig seinen Kragen anschaute, an dem sich nie ein grünes Licht zeigen würde.

»Was ist aus dem Mann geworden, den ich infiziert habe?« erkundigte er sich.

Der Pirat trank seine Tasse leer. »Jemand zerschmetterte ihm den Schädel mit einem Stein. Einen tobsüchtigen Irren können wir hier nicht gebrauchen.«

Vorsichtig stellte Gundhalinu seine leere Tasse auf den Schlackeboden; im selben Moment schien der Grund zu erzittern, und seine Hand zuckte zurück.

»Ein leichter Erdstoß«, erklärte der Pirat. »Die kommen hier ständig vor.«

»Durch die Anziehungskräfte«, murmelte Gundhalinu und hob den Blick, wie wenn er den Gasriesen sehen könne, auf dessen Mond er sich befand, und der seinen violetten Lichtbogen über den Himmel spannte. Seine Gravitation hielt diese viel kleinere Welt gefangen, deren eine Hemisphäre dauernd dem Mutterplaneten zugekehrt blieb, während die andere im Schatten lag. Die durch die orbitale Abtrift dieser beiden Welten erzeugten Kräfte ließen die dämmerige Grenzregion erzittern wie geschüttelte Gelatine; die Gravitationsenergie zwang eine solide Masse, sich wie eine Flüssigkeit zu verhalten.

»Von mir aus.« Der Pirat zuckte die Achseln.

»Gibt es mitunter auch schwere Beben?«

Der Pirat lachte. »Hast du vorhin die Pfähle im Boden gesehen?«

»Ja.«

»Manchmal sind die Erdbeben so stark, daß der Boden aufplatzt, und wir in die Spalten stürzen. Meistens verlaufen die Risse in nordsüdlicher Richtung. Wir verlegen die Pfähle von Osten nach Westen wie Brücken, und hoffen, wir können uns daran festhalten, wenn der Boden unter uns nachgibt.«

Gundhalinu schüttelte den Kopf, und durch die Bewegung wurde ihm schwindelig; er merkte, wie sein Körper an der Wand hinabrutschte; er wollte sich wieder aufrichten, schaffte es jedoch nicht.

»Ruh dich aus«, meinte der Pirat. »Du kannst hierbleiben, bis du dich kräftig genug fühlst, um zu arbeiten. Was besonderes ist es nicht, aber irgendwo mußt du ja unterkommen. Ich veranstalte eine kleine Sammlung; wenn du wieder fit bist, helfen dir die Männer beim Bau deiner eigenen Hütte.«

Gundhalinu nickte; seine Kehle schnürte sich zusammen, so daß er plötzlich nicht mehr sprechen konnte, und er legte sich wieder hin.

Der Pirat zog die zerlumpte Decke über Gundhalinus Schultern, damit dieser seinen zerschundenen Körper nicht ständig sehen mußte. »Versuch zu schlafen, Verräter; nachdem man geschlafen hat, sieht alles immer ein bißchen besser aus.« Grinsend bleckte er die Zähne. »Bis auf die Tatsache, daß man natürlich wieder hier aufwacht.«

Karbunkel

Jerusha PalaThion stand an Deck des Schiffs, das einst ihrem Mann gehört hatte, und versuchte, sich wieder an das Rollen und Schlingern zu gewöhnen. Rings um sie her schwammen sämtliche Schiffe, die ihre Plantage entbehren konnte, und Dutzende von anderen Booten, von Winter- wie Sommerleuten bemannt, schaukelten auf dem grauen Ozean, über den sich ein trüber, verhangener Himmel wölbte. So weit sie sehen konnte, war das Meer um Karbunkel von Schiffen bedeckt. Auf den Wunsch der Königin waren die Völker Tiamats gekommen, um das Wunder der sich versammelnden Mers mit eigenen Augen zu schauen — und um zu verhindern, daß die Außenweltler sie jagten.

Denn im Wasser wimmelte es von Mers, ihre rastlosen Bewegungen brachten die See zum Kochen; sie glichen einer ungeduldigen Meute, die sich vor einem Tor drängt — doch zu welchem Zweck, konnte sie nicht einmal erraten; niemand hier hatte eine Erklärung dafür. Sie spürte das Trommeln und Vibrieren der Gesänge, die durch den hölzernen Schiffsrumpf geleitet wurden und sich ihrem Körper mitteilten.

Sie fragte sich, was wohl Miroe zu diesem Ereignis gesagt hätte, ob ihm eine Erkenntnis dazu gekommen wäre, die ihr versagt blieb. Seit sie der Hegemonie den Rücken gekehrt und sie ein zweites Mal verraten hatte, seit sie sich wieder voll zu den Tiamatanern bekannte, mußte sie unentwegt an Miroe denken. Sein Andenken umgab sie hier und jetzt — die Erinnerung an ihn lebte in jedem Windhauch, der vom Meer her blies, in jedem Schwanken des Schiffs, in den Stimmen der Tiamataner, die miteinander sprachen und sich gegenseitig etwas zuriefen.

Während der Zeit, als sie Gundhalinus Chefinspektorin gewesen war, hatte sie sich nur selten einen Gedanken an ihn gestattet; sie ließ sich durch die mannigfachen Details ihrer Arbeit ablenken. Er fehlte ihr so sehr, daß die Erinnerungen an ihn unerträglich waren. Erst jetzt merkte sie, daß sie zwischen sich und ihrem Kummer einen Schutzwall errichtet hatte; als Mensch verschanzte sie sich hinter einer Barriere aus offizieller Geschäftigkeit, wie sie es ihr Leben lang getan hatte, bevor sie Miroe kennenlernte.

Ihre Teilnahme an diesem eigentümlichen Ereignis wirkte auf sie wie eine Art Katharsis; ihre Emotionen konzentrierten sich auf ein äußeres Ziel und eine lohnende Sache. *Er hätte heute dabeisein müssen,* dachte sie. Und plötzlich wußte sie, daß er da war; denn sie hütete und verwaltete nun all das, woran er geglaubt hatte, nicht nur seine weltlichen Besitztümer, sondern seine innerste Überzeugung.

Sie blickte über die Reling des Katamarans und suchte Silky, die sich immer weiter von ihrem Schiff entfernt, aber stets zurückgekommen war, bevor sie sich Sorgen machen konnte. Direkt unter ihr im Wasser schwamm der Merling, blies eine Fontäne aus, nieste geräuschvoll und tauchte wieder ab. Es tröstete sie, den Merling zu sehen, obwohl sie Silky jederzeit über einen Peilsender orten konnte.

Seit Wochen plagten sie Alpträume von einer Jagd, obwohl sie Plantagenarbeiter damit beauftragt hatte, den Zug der Mers in Richtung Norden mit Booten zu verfolgen; für sie war es die einzige Möglichkeit, ihr Adoptivkind vor Vhanus Schlächtern zu schützen. Bis jetzt hatte sie damit Erfolg gehabt.

Doch nun versammelten sich die Mers hier bei Karbunkel, wie BZ es vorhergesagt hatte. Sie wußte nicht, wie lange sie hierbleiben würden, oder wie lange Mond noch von ihrem Volk unterstützt werden würde. Die Drohungen und Restriktionen der Außenweltler hatten die Tiamataner nur noch starrsinniger gemacht; aber der eigentliche Druck käme erst, wenn die Leute wieder an ihre Arbeit und zu ihren Alltagsbeschäftigungen zurückkehren mußten.

Der Kommunikationsknopf in ihrem Ohr fing plötzlich an zu summen, und eine Stimme meldete: »Kommandantin, hier spricht Fairhaven. Kommandant Vainoo steuert in einem Hovercraft direkt in Ihre Richtung ... nur, damit Sie Bescheid wissen.«

»Danke, Fairhaven«, lachte sie. Viele Einheimische sprachen Vhanus Namen falsch aus, doch seit er das Kriegsrecht verhängt hatte, war diese Verballhornung zu seinem Spitznamen geworden. Sie zuckte die Achseln, als ein weiblicher Matrose sie neugierig anstarrte. »Vorbereitungen treffen, daß das Schiff nicht geentert werden kann«, sagte sie.

»Kommandantin?« Die Frau blickte noch verdutzter drein.

»Das sollte ein Witz sein«, erklärte Jerusha und spähte über das Meer. Steuerbord tollten Merlinge im Wasser; sie tauchten unter, als ein Hovercraft dicht über die Wellenkämme hinwegfegte und geradewegs auf das Schiff zuhielt.

Sie blieb stehen, wo sie war, gegen die Reling gelehnt; ein feiner Nebel, der halb aus Wolken und halb aus Seewasser bestand, benetzte ihr Gesicht, während sie auf Vhanus Ankunft wartete. Das Hovercraft verlangsamte das Tempo und setzte so präzise auf das Wasser auf, daß sich die Luke unmittelbar vor ihr befand. Der Knopf in ihrem Ohr begann wieder zu summen, dieses Mal schaltete sich eine Polizeifrequenz ein. »Darf ich mit Ihrer Erlaubnis an Bord kommen, Kommandantin PalaThion?«

»Erlaubnis erteilt«, sagte sie. Sie setzte ein ironisches Lächeln auf, das bestimmt von den Beobachtern hinter der Spiegelglasscheibe bemerkt wurde, die wie das Auge eines Raubtiers über ihr aufragte.

Die Luke hob sich, und Vhanu kletterte heraus; unbeholfen landete er auf dem schwankenden Deck. Das Hovercraft lag schützend neben ihm, als er korrekt, wie immer, salutierte. »Kommandantin PalaThion.« Sie hörte es an seiner Stimme, daß es ihn fuchste, sie mit demselben Rang anreden zu müssen, den auch er bekleidete, obwohl sie seiner Meinung nach nichts weiter als die Chefin er lokalen Polizei war.

»Was kann ich für Sie tun, Kommandant Vhanu?« fragte sie, ohne zurückzugrüßen; sie weigerte sich, die Farce von Kharemoughi-Etikette mitzumachen.

Er zog die Stirn kraus. »Zuerst könnten Sie mich darüber aufklären, was Sie hier mitten in dieser unerlaubten Versammlung zu suchen haben.«

Sie hob die Brauen. »Es handelt sich nicht um eine unerlaubte Versammlung. Ihre Restriktionen beziehen sich nur auf das Zusammenrotten von mehr als zehn Personen innerhalb der Stadt. Von Schiffen auf dem offenen Meer ist nirgendwo die Rede. Dienstlich halte ich mich hier auf, um für Ruhe und Ordnung zu sorgen, und in meiner Eigenschaft als Bürgerin Tiamats wohne ich dem Wunder der Herrin bei, wie alle anderen auch.«

»An diesen Quatsch glauben Sie doch gar nicht«, behauptete er rundheraus.

Sie starrte ihn an. »Was ich glaube oder nicht glaube, entzieht sich Ihrer Beurteilung.«

Die Falten auf seiner Stirn vertieften sich; sie sah es ihm an, daß er bei ihr nach einem Anzeichen für Sarkasmus forschte. Sie behielt eine neutrale Miene bei. »Sie und die Königin haben mit diesen Belästigungen meine Geduld lange genug auf die Probe gestellt«, sagte er kühl. »Die Polizei ist gerade dabei, die Gewässer in einem Fünf-Kilometer-Radius um Karbunkel zu räumen. Jeder, der diese Grenze nicht respektiert, wird verhaftet und sein Boot wird versenkt. Das gilt auch für Sie, PalaThion, wenn Sie hierbleiben.«

»Andere Leute werden nachrücken und die Plätze der Vertriebenen einnehmen.«

Seine Lippen zuckten. »Dann lasse ich diese auch verhaften. Lange haltet ihr das ohnehin nicht durch, dazu hat dieser elende Planet viel zu wenig Bewohner.« Er zögerte, doch sie zuckte nicht mit der Wimper. »Und die meisten Tiamataner leben auf einem eng begrenzten Fleck«, fuhr er langsam fort. »Diese technophoben Ignoranten haben ja keine Ahnung, in welcher strategischen Falle sie sitzen. Ihnen brauche ich wohl nicht zu erklären, was wir mit ihnen anstellen können, falls sie wirklich Ärger machen. Bis jetzt bin ich noch nachsichtig gewesen, Sie wissen das!«

»Kommandant Vhanu! Sir ...« In ihrem Ohrknopf hörte sie die Stimme des Hovercraft-Piloten. »Karbunkel ist plötzlich ohne Energie-Versorgung.«

»Was?« sagte Vhanu.

»Hier ist alles zusammengebrochen, Sir. Es ist, als hätte jemand den Hauptschalter umgelegt. Hier gibt es kein Licht, keinen Strom, gar nichts.«

Fluchend peilte Vhanu die Stadt an, und auf einmal wirkte sein Gesicht wie nackt. Noch nie hatte Jerusha ihn so spontan reagieren sehen; zuerst malten sich fassungsloses Staunen, dann Angst auf seinen Zügen. Seine Furcht machte sie betroffener als jede Drohung. »Bringt mich in die Stadt zurück«, murmelte er in seinen Kommunikator. Abrupt wandte er sich ab, als hätte er Jerusha völlig vergessen, und kletterte in das Hovercraft.

Der Gleiter stieg auf, drehte eine scharfe Kurve und raste auf Karbunkel zu. Vom Meer aus gesehen, bei Tageslicht, sah die Stadt aus wie immer. Doch das war charakteristisch für Karbunkel, die Stadt hütete ihre Geheimnisse gut. Sie fragte sich, was bei Anbruch der Nacht passieren mochte ... Ob Mond hinter diesem

Stromausfall steckte? — Sie war davon überzeugt, daß Vhanu die Königin für die Schuldige hielt. Als sie sich an seinen Blick erinnerte, krampften sich ihre Hände um die Reling.

Über Funk setzte sie sich mit den Konstablern in Verbindung, die mit den Einheimischen auf See waren, und beorderte sie in die Stadt zurück. Als sie das Präsidium in Karbunkel anrufen wollte, hörte sie nur statisches Rauschen; plötzlich begann ihre Haut zu prickeln, wie wenn der Schall in ihren Körper eingedrungen sei.

Abermals spähte sie ins Wasser und suchte Silky. Bei der Landung des Hovercraft hatten sich die in der Nähe versammelten Mers in alle Richtungen zerstreut; einige kehrten nun zurück und füllten die unruhige, graue Fläche, obwohl die See auf einmal weitgehend frei von Merlingen war. »Atwater«, rief sie und spähte in die Schiffskajüte. »Peilen Sie mir bitte Silky an.« Während sie wartete und nervös mit den Fingern auf die Reling trommelte, schien sich die Zeit endlos lange auszudehnen. Es kam und kam keine Antwort. »Atwater?« fragte sie nach einer Weile.

»Tut mir leid, Ma'am«, erwiderte Atwater schließlich. »Aber ich kann Silkys Signal nicht finden; es ist weg.«

Der Kommandant der Hegemonischen Polizei, NR Vhanu, wurde an den Toren des Palastes von zwei Stadt-Konstablern erwartet, die Laternen trugen. Sie musterten ihn und seine Begleiter mit reservierten Blicken und sagten nur: »Kommen Sie mit, Sir«, während sie ihn durch die wuchtige Flügeltür führten. Sobald sie ihm den Rücken zukehrten, spürte er förmlich ihre feindselige Haltung.

Als er ihnen durch die Eingangshalle folgte, erhaschte er flüchtige Blicke auf die primitiven Malereien, die die Wände verunstalteten; die Dunkelheit, die hier herrschte, wollte ihn schier erdrücken. Ohne das künstliche Licht und die Lebenserhaltungssysteme, die das

Alte Imperium installiert hatte, wirkte die Stadt auf ihn wie ein gigantisches, finsteres Grab. Die Sturmwälle am Ende jeder Allee hatten sich geöffnet, wie in einem merkwürdigen, inszenierten Ritual, und ließen den kalten Atem des Meeres herein; Karbunkel wurde zwar nicht unbewohnbar, wenn die Technologie versagte — aber verdammt ungemütlich ... als hätte es jemand so gewollt.

Sie gelangten in die Halle der Winde. Hier war es ein wenig heller, denn durch die Fenster fiel das trübe, silberne Tageslicht — und zu seiner Verwunderung bemerkte er, daß die Fenster geschlossen blieben. Ihm fiel wieder ein, daß er gehört hatte, die Fenster hätten früher immer offengestanden, damit der Wind mit den segelähnlichen Vorhängen hoch droben spielen konnte. Was jetzt lediglich eine nervenaufreibende Passage über den tiefen Zugangsschacht der Stadt war, mußte früher eine Tortur gewesen sein.

Angeblich hatte die Sommerkönigin die Fenster dazu veranlaßt, sich zu schließen; offenbar kontrollierte sie die geheimnisvolle, ewige Maschinerie auf eine Weise, die niemand verstand ... Beinahe selbstvergessen überquerte er die Brücke; nach oben blickend betrachtete er die Fenster und machte sich seine eigenen Gedanken.

Auf der anderen Seite stiegen sie die breite Treppe hinauf und betraten den sogenannten Thronsaal, obwohl das einstmals elegante Dekor von derben Produkten des einheimischen Kunsthandwerks verdrängt worden war, so daß es hier eher aussah wie auf einem dörflichen Marktplatz. Insgeheim wunderte er sich, nicht auch noch lebende Tiere anzutreffen, die zwischen den Gästen umherwanderten.

Heute, in der unverhofften Dunkelheit, kam er sich vor, als beträte er eine Höhle. Noch nie zuvor war ihm aufgefallen, daß dieser Raum keine natürliche Lichtquelle besaß. Die Königin wartete auf ihn; sie saß auf dem Kristallthron, dem einzigen Relikt, das noch aus der Zeit der Winterherrschaft stammte. Mehr als einmal hatte er sich gefragt, wieso sie dieses erlesene Stück nicht durch einen grob gezimmerten Stuhl hatte ersetzen lassen. Vielleicht fand sie dieses exquisite Kunstwerk aus glitzerndem Glas selbst beeindruckend. Es entzog sich beinahe der Vorstellung, daß ein Mensch dieses Wunder entworfen haben sollte; es glich einem Gebilde aus Eis, geformt von den Kräften des Windes und der Sonne.

Nun betrat er, angeführt von Laternenträgern, das dunkle Zimmer; er sah den Thron, der von Kerzen und Öllampen beleuchtet wurde. Im flackernden Licht glühte er, wie wenn ein Feuer in ihm brennte; die Reflexe der sich spiegelnden Flammen huschten über die Verschnörkelungen und erinnerten ihn an die Aurora, die den Nachthimmel seiner Heimatwelt verzauberte. Das Spiel von Licht und Schatten verlieh der diaphanen Blässe der Königin, ihrem milchweißen Haar, einen fast schon überirdischen Glanz, den er zu seiner eigenen Überraschung sinnlich aufreizend fand. Die Augen der Königin waren von einer Farbe, die er noch nie gesehen hatte, und die er auch nicht beschreiben konnte; abweisend funkelte sie ihn an.

Ein Schwindel packte ihn, als er vor dem Thron stehenblieb; es verunsicherte ihn zutiefst, daß er sich von der Schönheit dieser Frau blenden ließ, und unwillkürlich mußte er an die nun stille Halle der Winde denken. Was hatte die Königin an sich, daß Gundhalinu ihr nicht widerstehen konnte? Ihretwegen war sein Freund zu seinem Feind, ein Held zu einem Verräter geworden.

Einen Augenblick lang, während er an Gundhalinu dachte und vor Mond stand, die wie von einer Aura umgeben glühte, wollte er selbst herausfinden, was es mit dieser Frau auf sich hatte, und welche Gefühle sie Gundhalinu vermittelte; er wollte wissen, was er wohl empfände, wenn er sie besäße, und wie es wäre, von ihr in Besitz genommen, ihr hörig zu werden ...

Scham und Schuldgefühle wallten in ihm hoch und erstickten seine Phantasien; er richtete sich auf und machte eine tadellose Verbeugung. »Herrin«, sagte er mit teilnahmsloser Stimme.

Sie nickte kaum merklich mit dem Kopf. »Kommandant Vhanu. Was wollen Sie jetzt schon wieder?«

»Zwei Dinge«, erwiderte er ruppig. »Befehlen Sie Ihren Leuten, die Gewässer um Karbunkel zu verlassen. Und ich will, daß Karbunkel wieder an die Energiequelle angeschlossen wird.«

Sie hob die Brauen; sie war so überrascht, daß es fast schon komisch wirkte, doch er sah, daß ihre Hände sich um die verzierten Armstützen des Throns klammerten. »Was veranlaßt Sie zu denken, ich könnte diese beiden Ereignisse beeinflussen, Kommandant?« fragte sie leise.

Er schöpfte tief Atem. »Sie sind die Herrscherin dieser Welt, jedenfalls nehmen Sie diesen Titel für sich in Anspruch; und Sie haben Ihr Volk aufs Meer hinausgeschickt.«

»Ich bin ›technisch gesehen nur ein religiöses Oberhaupt ohne legitime Machtbefugnisse‹. Sagten Sie das nicht, als Sie die Verhängung des Kriegsrechts rechtfertigten? Ich erzählte meinen Leuten von der Versammlung der Mers, weil es für sie eine religiöse Angelegenheit ist. Nun unternehmen Sie Pilgerfahrten, um die wundersame Segnung der Herrin mit eigenen Augen zu schauen. Wie können Sie da von mir verlangen, daß ich Verbote ausspreche?«

Er las in ihren Augen, daß sie genausowenig an ein religiöses Mirakel glaubte wie er selbst. Früher hatte er sie für eine fromme Fanatikerin gehalten, und nun war es für ihn ein Schock, sie als Heuchlerin zu entlarven. Sie verschanzte sich hinter diesem Hokuspokus mit der Herrin, um weltliche Macht auszuüben, wozu sie gar nicht legitimiert war. In Gedanken stieß er einen Fluch aus, als wieder eine seiner Überzeugungen ins Wanken geriet. »Dann bleibt mir nichts anderes übrig, als selbst über Ihr Volk zu bestimmen, Herrin«, sagte er.

Doch es war eine leere Drohung. Um die Ordnung in der paralysierten Stadt aufrechtzuerhalten, hatte er die Streitkräfte abziehen müssen, die dabei waren, aufsässige Demonstranten zu verhaften. Außerdem gab es die beunruhigende Meldung, die Mers seien plötzlich aus den Gewässern um Karbunkel verschwunden.

Wenn dieser Zustand länger anhielte, verpatzte er seine Chance, dem Tribunal zu zeigen, wie effektiv er durchgreifen konnte. Falls es ihm nicht gelang, die Stadt wieder mit Energie versorgen zu lassen, hatte er ausgespielt.

Er war ein rational denkender Mensch, der nur ungern Risiken einging. Er hatte ein Spiel gewagt, von dessen günstigem Ausgang er überzeugt gewesen war; sein Urteilsvermögen, sein politisches Geschick und seine Ehre hatte er eingesetzt, um an das Wasser des Lebens heranzukommen. Wenn er versagte, dann hätte er Gundhalinus Vertrauen und Freundschaft, Gundhalinus ruhmreiche Karriere — und seine eigene Karriere umsonst geopfert. Sie alle würden zugrundegerichtet werden durch diese rätselhafte, verfluchte Welt und ihre unangreifbare, verführerische Königin.

»Gleich werden Sie mir wohl sagen, daß Sie auch nichts mit dem Vorfall in der Stadt zu tun haben.« Er deutete auf die Finsternis, die sie umgab.

»Ich habe nichts damit zu tun«, sagte sie und schüttelte ihr langes, silberglänzendes Haar nach hinten.

»Es heißt, Sie hätten drunten in der Halle den Wind zum Schweigen gebracht. Sie kennen sich an diesem Ort aus, wie kein anderer ...« — bildete er es sich ein, oder erstarrte sie tatsächlich —, »und Sie verstehen, ihn zu manipulieren.«

»Ich manipuliere Karbunkel nicht«, murmelte sie. »Genausowenig wie Sie. Wir beide üben keine Macht über die Stadt aus.«

Er schnappte nach Luft, denn ihr Seitenhieb hatte gesessen. »Die Energiezufuhr der Stadt kann ich nicht kontrollieren«, räumte er ein, »doch wie Sie wissen, stehen mir weitaus stärkere Machtmittel zur Verfügung. Unsere Waffen können diese Stadt völlig zerstören — nichts würde mehr übrigbleiben, verstehen Sie?« Er schleuderte ihr die Worte entgegen. »Kein Gebäude, nicht einmal Trümmer, kein menschliches Wesen. Nur ein Krater, angefüllt mit Meerwasser.«

Ihr Gesicht rötete sich vor Zorn. »Dazu sind Sie gar nicht befugt; so etwas würden Sie nie wagen — oder?«

»Vielleicht doch, wenn Sie mir keine andere Wahl lassen; vielleicht auch nur, weil ich es kann.« Ihre Reaktion schürte seinen Groll um so mehr. »Aber wenn es passiert, wird Ihr letzter Gedanke sein, daß Sie es hätten verhindern können ... daß Sie mich dazu getrieben haben ...« Er zwang sich, ruhiger zu sprechen. »Ein Tribunalkomitee von Kharemough ist hierher unterwegs, um die Vorgänge, die zur Amtsenthebung des Obersten Richters führten, zu untersuchen. In dem Verfahren wird auch zur Sprache kommen, inwieweit Sie an seinem ehrenrührigen Benehmen beteiligt waren.«

»Er hat sich nicht ehrenrührig benommen!« widersprach sie.

»Und wenn die Situation sich hier nicht ändert, wird das Tribunalkomitee zweifellos jede Maßnahme billigen, die ich zu ergreifen gezwungen bin.«

Die Königin schwieg eine geraume Zeitlang und blickte ihn mit ihren changierenden Augen an. »Mir scheint, Kommandant Vhanu«, sagte sie dann, »daß wir beide mehr gemeinsam haben als unsere Schuld BZ Gundhalinu gegenüber. Wir zwei haben einen guten Menschen, der es wirklich nicht verdient, ins Unglück gestürzt. Gundhalinu ist fort, weil Sie und ich über eine gewisse Macht verfügen, die uns eine höhere Instanz verleiht; und wir beide benutzen diese Macht, um die Ziele zu erreichen, an die wir glauben. Ob wir Erfolg haben oder nicht, hängt nicht immer von uns ab. Doch uns bleibt es überlassen, wie wir diese Macht anwenden. Als ich eine Sibylle wurde, brachte man mir bei, es sei meine Pflicht, all denen zu dienen, die meiner Kräfte bedürfen, und ich müsse darauf verzichten, meine Stärke für persönliche Zwecke einzusetzen. — Ich bin nichts weiter als eine Vermittlerin, Kommandant, deshalb kann ich Ihren Wünschen auch nicht nachkommen. Ich bin ein Gefäß. Und Sie sind ein hohles Faß.« Mit einer anmutigen, fließenden Bewegung erhob sie sich vom Thron und begab sich vom Podest hinunter in die schützende Schar ihrer Ratgeber und Lichtträger, die stumm wie Schatten auf sie gewartet hatten. Dann schritt sie auf die hintere Tür zu und ließ ihn ohne ein weiteres Wort stehen.

Vor der Tür hielt sie inne und drehte sich noch einmal zu ihm um. »Alles, was Sie dieser Welt oder einem ihrer Bewohner antun, wird sich dreimal so schrecklich an Ihnen rächen«, sagte sie. In der stickigen, stagnierenden Luft des Thronsaals klang ihre Stimme unheimlich und fremd, wie wenn jemand anders durch sie spräche. *Nur ein Gefäß* ... Sie wandte sich endgültig von ihm ab und verschwand.

Stirnrunzelnd machte er kehrt und drängte sich an seinen schweigend glotzenden Begleitern vorbei. Er hastete den Weg zurück, den er gekommen war, und zwang die Konstabler mit den Laternen, ihm durch die Finsternis hinterherzueilen.

Prajna, Planetarischer Orbit

Reede Kullervo öffnete die Augen und fühlte sich verwirrt, wie jemand, der zu wenig geschlafen hat; er nuschelte etwas vor sich hin, das eine Frage oder ein Befehl sein sollte.

»Boss ...«, meldete sich jemand, der wesentlich ausgeschlafener klang als er. »Boss ...« *Niburu.* Er erinnerte sich, wie er Niburu das letzte Mal gesehen hatte: hinter einer grauen Nebelschicht verblassend. Nun konnte er Niburu vollkommen klar erkennen; er schüttelte Reede an der Schulter.

»Sind wir da?« fragte Reede und bemühte sich, deutlich zu sprechen. Er setzte sich hin, überrascht, daß sein Körper ihm gehorchte; als er plötzlich in die Höhe schwebte, umklammerte er die Armstützen, bis er merkte, daß die Gurte ihn festhielten. »Haben wir Tiamat erreicht?«

Niburu nickte; hinter ihm erspähte Reede den schlanken, stillen Schatten Anankes, der ein Kopfset trug. »Und was ist mit ...?« Mit dem Kinn deutete er auf Arieles Platz, über dem noch der rauchgraue Schild ruhte.

Niburu zuckte die Achseln und nickte.

»Sie haben uns eingeholt, Kedalion«, sagte Ananke plötzlich. »Sie docken an unserer Luke an.«

Reede schnallte sich los und stieß sich unsicher vom Sitz ab. Bis sich sein Gleichgewichtssinn stabilisiert hatte, hielt er sich an der Rückenlehne fest. »Was ist? Hat man Kontakt mit uns aufgenommen?«

»Nicht nur das«, versetzte Niburu ergrimmt. »Wir werden geentert. Sie ließen uns kaum Zeit, in den Orbit einzuschwenken, da saßen sie uns schon im Nacken; seit dem letzten Sprung müssen sie uns verfolgt haben. Vor unserem Abflug war die hegemonische Raumsicherung nicht so paranoid.«

»Weg hier …« Reede begann wild zu gestikulieren. »Räumt das Rettungsboot und versiegelt es! Ich will nicht, daß sie hier herumschnüffeln, an den Stasis-Kapseln herumfummeln und blöde Fragen stellen. Nun macht schon!«

Ohne Widerspruch folgten sie ihm; hinter ihnen versiegelte Niburu die Luke und führte sie aus dem Laderaum der *Prajna* in die Passagierzone. Reede zwängte sich durch die verschlungenen Korridore, die Niburu mit zusätzlichen Frachtcontainern gefüllt hatte, so daß ein normal großer Mann kaum Platz zum Durchkommen fand, ohne überall anzustoßen. Leise fluchend beobachtete er Ananke, der vor ihm geschmeidig die Passage durchschwamm. Ihm selbst wurde bei jeder Bewegung schwindelig. »Verdammt, Niburu, warum hast du die Schwerkraft nicht eingeschaltet?«

»Tut mir leid, Boss«, sagte Niburu und blickte ihn seitwärts, von oben und von unten an. »Aber auf diese Weise komme ich schneller vorwärts.«

Reede knurrte. Er hatte Niburu zuerst gebeten und ihm dann befohlen, das Innere des Schiffs so umbauen zu lassen, daß ein Mann von durchschnittlicher Größe sich leichter darin zurechtfand. Nachdem Niburu ihn eine Weile schlichtweg ignoriert hatte, stellte er sich einmal auf eine Zugangsleiter im Systemschacht, so daß er ihm in die Augen blicken konnte, und erklärte ihm, er solle sich verpissen. »Das ist mein Schiff«, hatte Niburu betont, »und wie es hier drinnen aussieht, bestimme ich.« Und Reede gab nach, zu seiner eigenen wie zu Niburus Verwunderung.

Sie durchquerten den Raum, der das eigentliche Herz des Schiffs bildete; hier navigierte Niburu, und hier hatten sie die grausamen Passagen durch die Schwarzen

Löcher erduldet. In den Passagier-Kokons waren sie auch einigermaßen vor den Strapazen des hyperlichtschnellen Transits geschützt, jetzt, wo das Schiff mit einem Stardrive ausgestattet war, und sich Vergangenheit und Zukunft zu einer unvollkommenen Gegenwart vermischten.

Ohne Aufenthalt ging es weiter durch das vollgepfropfte Labyrinth; Gemeinschafts- und private Schlafquartiere, ein Aufenthaltsraum. Unterwegs handelte sich Reede noch mehr blaue Flecken ein. Gerade als sie das Systemzentrum erreichten, stürmte durch die Luke am anderen Ende ein Trupp bewaffneter Soldaten in Raumanzügen.

Beim Anblick der auf sie gerichteten Gewehre hoben Niburu und Ananke die Hände und ließen sich frei in der Luft treiben. Reflexartig ahmte Reede sie nach.

»Wer seid ihr? Warum entert ihr mein Schiff?« fragte Niburu mit einer Schärfe, die nicht zu seiner demütigen Geste paßte. »Wir hatten die Erlaubnis zur Rückkehr, als wir von Tiamat abreisten. Sie haben kein Recht, an Bord zu kommen, geschweige denn, uns zu bedrohen! Ich werde den Vorfall melden!«

»Das können Sie gleich bei mir tun.« Der Mann, der als vorderster in der Gruppe stand, schob sich energisch auf sie zu; dabei stieß er sich den Kopf an einem von der Decke hängenden Apparat und mußte sich ducken. Fluchend schielte er in die Runde, ob jemand es wagte zu lachen. Seine Blicke verhießen nichts Gutes. »Leutnant Rimonne von der Hegemonischen Marine. Tiamat steht unter Kriegsrecht, und wir kontrollieren jedes unplanmäßig hereinkommende Schiff.«

»Kriegsrecht?« wiederholte Niburu verblüfft. »Hören Sie mir mal zu! Ich bin ein freier Händler. Ich nehme Fracht auf, wo ich kann, und ich richte mich nicht nach einem Plan, den irgendwo ein hirnrissiger Bürokratenarsch ausbrütet, verstanden?«

»In unseren Aufzeichnungen heißt es, Sie treffen mit

genau derselben Fracht ein, mit der Sie Tiamat verließen. Könnten Sie das erklären?«

Niburu zuckte die Achseln. »Ein Geschäft ist geplatzt. Das Leben ist schwer.«

»Quatsch!« Der Leutnant gab seinen Männern ein Zeichen. »Wir nehmen Sie mit an Bord unseres Schiffs, wo Sie verhört und vermutlich festgehalten werden.«

»Einen Augenblick noch«, sagte Reede und bewegte sich mit erhobenen Händen nach vorn. »Ich bin die Rückfracht. Sie brachten mich hierher, weil ich mit Gundhalinu Kontakt aufnehmen muß. Ich will Gundhalinu so bald wie möglich sprechen.«

Rimonne hob die Brauen und betrachtete Reedes bandagierten Kopf und die zerrissene, blutbefleckte Kleidung. »Den Obersten Richter? Das dürfte schwierig sein.«

Reede sah an sich hinab und begriff, daß sein Erscheinungsbild nicht dazu angetan war, Vertrauen zu wekken. »Bringen Sie mich auf die Oberfläche des Planeten. Setzen Sie sich mit Gundhalinu in Verbindung und sagen Sie ihm, daß ich hier bin; er wird mich unverzüglich sprechen wollen. Mein Name ist Reede Kullervo.«

Der Leutnant zuckte nicht mit der Wimper. »Das spielt keine Rolle.«

»Vielleicht haben Sie schon von mir gehört; man nennt mich den Schmied.«

Plötzlich starrten ihn alle an. »Sie wollen der Schmied sein? Rimonne lachte. »So einen Menschen gibt es nicht. Der Schmied ist eine Legende, keine reale Person.«

»Und wenn Sie sich irren?« fragte Reede und fixierte ihn mit einem durchdringenden Blick.

Rimonne zögerte. Dann runzelte er die Stirn. »Was könnte der Schmied wohl mit dem Obersten Richter von Tiamat zu besprechen haben — falls es ihn wirklich gibt?« Er zielte mit seinem Gewehr genau auf Reedes Brust.

»Es geht um das Wasser des Lebens«, entgegnete Reede ungerührt. »Er braucht mein Wissen. Ich muß zu ihm.«

»Das trifft sich schlecht, denn er ist gar nicht mehr hier«, sagte der Leutnant mit säuerlichem Lächeln. »Und Sie stehen unter Arrest.«

»*Er ist nicht mehr hier?* — Was soll das heißen?« Reede hatte das Gefühl, sein Verstand funktioniere nicht mehr. *Ilmarinen, du kannst mich nicht schon wieder verlassen.*

»Er wurde nach Kharemough zurückgeschickt und des Verrats angeklagt. Polizeikommandant Vhanu hat das Kriegsrecht verhängt; er hat jetzt das Kommando.«

»Nein!« tobte Reede. »Das kann nicht sein ... Dieser verdammte Hurensohn!« Während er die Waffen anstierte, die auf sein Herz zielten, wurde ihm die volle Tragweite der neuen Situation bewußt. Die Konsequenzen waren ungeheuerlich. Ananke beiseite stoßend, wirbelte er herum und hechtete auf die Tür zu.

Jemand feuerte; der Stunnerschock traf ihn in den Rücken und lähmte seinen ganzen Körper. Während er hilflos in der Luft driftete, bugsierte man ihn brutal ins Systemzentrum zurück. Nachdem sie ihm die Hände auf dem Rücken gefesselt hatten, taten sie das gleiche mit Ananke und Niburu. Sorgfältig wurde Reede durchsucht; in stummer Verzweiflung sah er zu, wie sie die Phiole mit dem Wasser des Todes aus der Tasche an seinem Gürtel holten.

»Er ist krank«, protestierte Niburu, als die Marines die Droge konfiszierten. »Er braucht das, es ist Medizin, so laßt ihn doch die Phiole behalten ...«

Der Leutnant schüttelte den Kopf. »Mir sieht das nicht nach Medizin aus.« Er sah den Mann an, der die Phiole in der Hand hielt. »Schick das Ding mit nach unten; die Polizei soll den Inhalt prüfen.«

Reede schloß die Augen, unfähig, auch nur den geringsten Laut von sich zu geben. Es kam ihm vor, als müßten die aufgestaute Wut und Frustration seinen Schädel jeden Augenblick platzen lassen.

Der Leutnant deutete auf die Luke hinter ihnen. »Bringt sie hier raus, dann nehmt Kontakt mit der Polizei auf!« Er wandte sich an Reede. »Zu schade, daß Sie den Obersten Richter nicht mehr antreffen, Kullervo. Aber Kommandant Vhanu wird überglücklich sein, Sie zu sehen.«

Als sie den Boden erreichten, hatte sein Nervensystem die Funktion wiederaufgenommen, so daß er stehen und aus eigener Kraft laufen konnte. Die Marines übergaben sie und die Phiole mit dem Wasser des Todes den bereits auf sie wartenden Blauen.

Die uniformierten Polizisten transportierten sie durch den Tunnel, der den Sternenhafen wie durch eine Nabelschnur mit Karbunkel verband. Reede hockte mit hängenden Schultern auf seinem Platz, sagte nichts und starrte geradeaus in die mit Lichtpunkten durchsetzte Schwärze.

Sie fuhren nicht mit dem Lift durch einen der wuchtigen, innen hohlen Pylone, auf denen die Stadt ruhte, nach oben; statt dessen verfrachteten die Blauen sie in den dämmerigen Hafen unter Karbunkel, und dort steuerten sie auf die Hauptrampe zu, die von der City zu den Docks führte.

»Wieso nehmen wir diesen Weg?« schnauzte Reede, den Angst und Nervosität reizbar machten.

Einer der Blauen sah ihn an. »Der Lift funktioniert nicht.

Verdutzt starrte Reede zurück und wandte dann rasch den Blick ab. Er merkte nur allzu deutlich, wie seine Haut zu kribbeln begann, seine Fußsohlen bei jeder Berührung mit dem Boden brannten, und wie jede Wunde an seinem zerschlagenen Körper höllisch schmerzte, weil die Nervenenden überempfindlich wurden. Er versuchte, nicht daran zu denken, wieviel Zeit dieser Umweg kosten würde, und in welchem geschwächten Zustand er sich am Ende der Reise befinden mochte.

Am Fuß der Rampe blieben sie stehen, weil eine andere Patrouille ihnen entgegenkam. Sie schleppten etwas mit sich, was wie eine Leiche in einem Sack aussah.

Mit gespannter Miene fragte der Sergeant, der den Trupp befehligte, in dem sich Reede befand: »Wer ist das?«

»Keiner von uns«, erwiderte die Anführerin der Patrouille. »Ein Einheimischer.«

Der Sergeant atmete sichtlich auf. »Ist einer von diesen mutteranbetenden Sommerleuten schon wieder über Bord gefallen?« Seine Mundwinkel hoben sich in einem erwartungsvollen Lächeln.

Die Anführerin schüttelte den Kopf. »Diesmal ist es ein Winter, ein gewisser Kirard Set Wayaways. Wir übergeben ihn den Stadtkonstablern.«

Reede erstarrte. »Wie ist er gestorben?«

Die Frau in der blauen Uniform sah ihn überrascht an. »Durch die Gerichtsbarkeit der Königin«, erwiderte sie mürrisch. »Er war wohl kein guter Schwimmer.«

Reede spürte, wie er eiskalt lächelte. »Er hat sich zu weit vorgewagt ...«, murmelte er. Dann drängten seine Bewacher ihn zum Weitergehen, und er stieg die Rampe empor.

Während sie nach oben kletterten, fiel ihm auf, daß noch etwas mit der Stadt nicht stimmte: je höher sie kamen, um so dunkler wurde es, anstatt heller. Karbunkel war immer strahlend erleuchtet gewesen, bei Tag und bei Nacht — er hatte sich nur nie Gedanken darüber gemacht, sondern es als selbstverständlich hingenommen, wie die automatische Klimakontrolle, die die gesamte Stadt umfaßte. Karbunkels Energieanlage, die keiner Wartung oder Bedienung bedurfte, existierte schon vor der Zeit der Hegemonie, sie war ein Produkt, ein Überbleibsel des Alten Imperiums. Man hatte ihm erzählt,

Karbunkel bezöge seine Energie durch ein Gezeitenkraftwerk und daß in Höhlen, tief im Felsgestein unterhalb der Stadt, riesige Turbinen arbeiteten. Noch nie habe dieses System versagt, hieß es.

Aber es gibt kein Perpetuum Mobile. Die dunkle Stadt, die droben lauerte, um ihn zu verschlingen, verursachte in ihm ein ungutes Gefühl, halb Angst, halb nervöse Anspannung. »Was, zur Hölle, ist passiert?« fragte er. *Dabei wußte er, was los war, es war ein wichtiges Signal, die Aufforderung an ihn, zu handeln. Doch er konnte sich nicht erinnern, was er jetzt tun mußte ...*

»Die Lichter gingen aus«, erklärte der Blaue neben ihm. »Alles stand still. In der Stadt läuft nichts mehr.«

»Und warum?«

»Ich weiß es nicht.« Der Blaue zuckte die Achseln.

»Wann ist es passiert?

»Vor zwei Tagen«, sagte der Blaue.

»Drei Tage«, murmelte Reede. »Zwei sind schon verstrichen ...«

»Was?« Der Blaue hielt ihn fest.

»Ich muß zur Sommerkönigin«, sagte Reede. »Ich muß unbedingt mit der Königin sprechen.«

»Weißt du etwas über diese Geschichte?« fragte der Blaue. Als Reede nicht antwortete, schlug er ihm auf die Schulter. »Sag was!«

»Er hat keine Ahnung, bei allen Göttern«, mischte sich ein anderer Mann ein. »Er will uns nur bluffen. Los, beweg dich!« Jemand stieß ihm die Faust zwischen die Schulterblätter.

Ohne zu protestieren, ging Reede weiter; die verdunkelte Stadt setzte eine brodelnde geistige Energie in ihm frei, die ihn benommen machte. *Ja,* dachte er, während er rechts und links die Batterien von tragbaren Beleuchtungskörpern sah und den flackernden Tanz der Kerzen beobachtete, die durch die nächtlichen Straßen der Unteren Stadt getragen wurden, wo hauptsächlich Sommerleute lebten. *Ja; ich bin heimgekommen* ... Aber warum er das dachte, wußte er nicht, und die Eingebung erfüllte ihn nur mit Verzweiflung.

Langsam die Stadt umkreisend stiegen sie nach oben; die Helmlampen der Polizisten flimmerten wie ein Schwarm Glühwürmchen und zeigten ihm den Weg. Die wenigen anderen Lichter, die er noch sah, huschten an ihnen vorbei wie wunderliche Kreaturen in der schwarzen Tiefe der See. Die meisten Bürger schienen daheim zu bleiben, ob freiwillig oder gezwungenermaßen. Die Luft kam ihm stickig vor, obschon die durchsichtigen Sturmwälle am Ende jeder Allee jetzt offenstanden und den menschlichen Bienenstock Karbunkel auf natürliche Weise atmen ließen. Schweiß perlte über sein Gesicht, doch seine gefesselten Hände hinderten ihn daran, die Tropfen abzuwischen.

Sie kamen durch das Labyrinth, obwohl er es im Dunkeln kaum wiedererkannte. Selbst Persiponës Hölle war finster und geschlossen. Hinter ihm fluchte Kedalion; beim Anstieg war ihm die Puste ausgegangen, weil er es schwerhatte, mit den anderen Schritt zu halten. Reede merkte erst, daß auch er langsamer ging, als ihm jemand in den Rücken stieß. Er stolperte gegen Ananke, der jetzt vor ihm ging. Mit einer Unbeholfenheit, die nur Absicht sein konnte, taumelte Ananke seitwärts und prallte mit dem Blauen zusammen, der Reede wie ein Schatten verfolgte. Der Blaue stürzte zu Boden, einen überraschten Ausruf von sich gebend, und die sich plötzlich überkreuzenden Strahlen der Helmlampen verursachten ein kleines Blitzgewitter.

»Reede, lauf!« schrie Ananke, während Reede sich vor wild greifenden Armen und kickenden Beinen in Sicherheit brachte. Er löste sich aus dem planlosen Gerangel, sah sich jedoch wieder um, als er hinter sich Ananke vor Schmerzen schreien hörte. *Lauf!* Ihm blieb gar nichts anderes übrig, als loszurennen. *Ich muß es bis zum Ende der Straße schaffen, wo der Palast liegt!* Ein blind abgefeuerter Schuß aus einem Stunner streifte seinen Arm; er fühlte, wie er taub wurde und prickelte.

Er hetzte die dunkle, fast menschenleere Straße hoch, und er wußte, daß er erst zwei Drittel des Wegs geschafft hatte. Es ging immer durch die Finsternis steil bergan. Ob die Blauen Verstärkung herbeirufen konnten? Im Dunkeln mußte es vor Polizisten nur so wimmeln, die jetzt sicher alle Hände voll zu tun hatten, um Diebstähle und Unruhen zu verhindern. *Diebstähle und Unruhen; bei allen Göttern ...*

Vor ihm lag die Straße wie ein schwarzer Tunnel; doch als er an einer seitlich abzweigenden Allee vorbeikam, stand er plötzlich in einer Lichterflut, und Stimmen brüllten ihm zu, er solle stehenbleiben.

Er hörte auf zu rennen, gefangen in einem Netz aus Lichtstrahlen, wie ein Insekt; im Nu umschwärmten ihn finstere Gestalten.

»Wir haben ihn! Kommandant!« schrie jemand hinter ihm und griff nach seinen Handfesseln. Er riß sich los, aber zu allen Seiten versperrte man ihm den Weg. Still stand er da, vor Erschöpfung zitternd, gedemütigt. Jemand baute sich vor ihm auf; das Licht einer Helmlampe, das ihm direkt in die Augen prallte, blendete ihn. Er fluchte und kniff die Augen zu; erst als das Licht unverhoffterweise auf ein erträgliches Maß gedämpft wurde, machte er sie wieder auf. Blinzelnd versuchte er, Vhanu zu erkennen; BZ Gundhalinus rechte Hand, den Speichellecker und Leuteschinder, den Gundhalinu törichterweise zum Kommandanten der Polizei gemacht hatte.

Statt dessen schaute er in das Gesicht einer Frau — mittleres Alter, zimtfarbener Teint; sie mußte von Newhaven stammen, bestimmt nicht von Kharemough. Das war doch die Chefinspektorin — hieß sie nicht PalaThion? Aber jemand hatte doch nach dem *Kommandanten* gerufen. Indem er sie anstarrte, fiel ihm auf, daß sie gar keine Polizeiuniform trug; die Leute, die ihn und sie umringten, waren allesamt Tiamataner — die Ortspolizei, nicht die Blauen. Er gab einen halb verwirrten, halb erstaunten Laut von sich. Dann sagte er mechanisch: »Ich muß mit der Königin sprechen.«

Aus schmalen Augenschlitzen blickte PalaThion ihn prüfend an. »Wer sind Sie?«

»Reede Kullervo. Ich muß die Königin sprechen.«

»Ja«, flüsterte sie und wirkte einen flüchtigen Moment lang wie abwesend. »Den Göttern sei Dank!« Er fühlte sich unsicher, als sie seine gefesselten Hände betrachtete. Plötzlich näherten sich eilige Schritte, und noch mehr Lampen verbreiteten ihren Schein.

»Habt ihr ihn?« fragte jemand. Reede sah, wie sich im Licht der Laternen blaue Uniformen versammelten; er erkannte die Stimme des Sergeant, der für ihn verantwortlich war.

»Liefern Sie mich nicht aus«, murmelte er, PalaThion mit Blicken fixierend. »Tun Sie es nicht.«

Sie nickte kaum merklich, ehe sie sich den Blauen in den Weg stellte. Reede drehte sich um und blinzelte wieder, als sich die Lampen der Blauen auf ihn richteten. »Dieser Mann befindet sich jetzt in unserem Gewahrsam; unser Anspruch auf ihn hat Vorrang.«

»Er ist ein Außenweltler«, hielt der Sergeant ihr entgegen. »Deshalb untersteht er unserer Rechtsprechung.«

»Was wirft man ihm vor?

Der Sergeant zögerte. »Er behauptet, er sei der Schmied.«

»Gibt es dafür einen Beweis?

Der Blaue sah seine Männer, und danach wieder PalaThion an. »Nein, nicht, bevor wir seine Identität geprüft haben. Was will die Königin von ihm?«

»Er hat die Tochter der Königin entführt«, erwiderte PalaThion mit eiskalter Stimme. »Wir haben ihn verhaftet und geben ihn nicht heraus. Wenn das Vhanu nicht paßt, soll er in den Palast kommen und mit der Königin darüber reden. Aber solange wir unter Kriegsrecht stehen, darf er wohl wenig Entgegenkommen erwarten.«

Im Gesicht des Sergeant arbeitete es; Reede sah es ihm an, daß er rasch die Situation einschätzte und berücksichtigte, daß die Tiamataner seinen eigenen Leuten zahlenmäßig überlegen waren. Einen Teil der Patrouille mußte er bei Niburu und Ananke zurückgelassen haben. Schließlich machte er eine ruckartige Bewegung mit dem Kopf. »Dann behaltet ihn. Aber richten Sie der Königin aus, wenn sie ein Ende des Kriegsrecht möchte, sollte sie tunlichst rasch die Lichter wieder angehen lassen!« Er gab seinen Männern einen Wink, und sie folgten ihm die Straße hinunter.

»Hat die Königin Karbunkel tatsächlich von der Energiezufuhr abgeschnitten?« fragte Reede, nachdem die Blauen fort waren.

PalaThion schüttelte den Kopf. »Nein, aber Vhanu glaubt, daß es so ist. Sind Sie wirklich der Schmied?«

Reede wandte den Blick ab. »Ich dachte, Sie stünden auf Vhanus Seite«, sagte er, ihre Frage ignorierend. »Ich hielt Sie für die Chefinspektorin.«

Abermals schüttelte sie den Kopf. »Ich diente unter Gundhalinu; aber er ist nicht mehr hier.«

»Ich weiß«, murmelte Reede. »Ich weiß.« Plötzlich wurde ihm übel, und er bekam Schüttelfrost. »Mist!« fluchte er. »Bringen Sie mich zur Königin, verdammt noch mal; ich habe nicht mehr viel Zeit.«

»Immer mit der Ruhe, mein Junge«, sagte sie und legte beruhigend eine Hand auf seinen Arm. »Sie kommen schon früh genug hin.«

Wütend funkelte er sie an, entzog sich ihrem Griff und begann, die Straße hinaufzutrotten; den anderen blieb nichts anderes übrig, als ihm zu folgen.

Endlich erreichten sie den weiten Platz vor dem Palast. Die weiße Alabasterfläche war von Laternen umringt. Nun übernahm PalaThion die Führung und sprach mit den Wachposten, die wie immer neben den wuchtigen Türflügeln standen. Die Tür ging auf, um sie einzulassen, und zum erstenmal betrat Reede den Palast der Sommerkönigin. Er folgte PalaThion einen langen, hallenden Korridor entlang; die tanzenden Lichter rings um ihn her verwirrten ihn; im Vorbeigehen erhaschte er Blicke auf gemalte Landschaften — grüne Hügel, Wasser und Himmel, beleuchtet von den unruhigen Strahlen der Laternen.

Der Gang mündete in einen großen, hohen Saal. Zu seiner Überraschung roch die Luft plötzlich intensiv nach Meer. Hoch droben befanden sich Fenster, die den Sturmwällen am Ende einer jeden Allee glichen, doch diese waren geschlossen. Hinter den klaren Scheiben brannte der nächtliche Himmel im Glanz von einer Million Sternen.

Reede senkte den Blick und entdeckte auf der anderen Seite des Saals noch eine Zusammenballung von Lichtern. Jemand wartete dort. »Das ist die Königin«, murmelte PalaThion.

Doch zwischen der Königin und ihm befand sich noch etwas … ein dunkler Streifen schwang sich über einen Schacht, in dem ein unheimliches grünes Licht glühte. Reede drängte sich an PalaThion vorbei und starrte mit einer Ahnung drohender Gefahr in den Abgrund.

»Kullervo!« rief PalaThion scharf und packte seinen Arm. »Warten Sie, das ist die Grube. Im Dunkeln können Sie sie nicht überqueren, sie ist ungeheuer tief.«

»Es ist nicht dunkel«, widersprach Reede.

»Pechfinster ist es«, beharrte sie. »Was reden Sie da?«

»Lassen Sie mich los!« Er riß sich frei und wollte weitergehen. »Ich sehe alles vollkommen deutlich, ich muß auf die andere Seite …«

Sie traf keine Anstalten, ihn festzuhalten; aber an ihrem Gesichtsausdruck erkannte er: *Sie sieht es nicht.* Vor

Angst bekam er eine Gänsehaut, und seine Eingeweide krampften sich zusammen. Aber er ging weiter, allein, von dem Lichtschimmer angezogen wie ein Insekt. Vor dem geländerlosen Steg, der den Schacht überspannte, blieb er stehen. Er fühlte sich hilflos, ein Opfer seines Instinkts. *Hier würde er auf alle seine Fragen endlich eine Antwort finden ... Er hatte sein vorherbestimmtes Ziel erreicht ...*

Wie unter Zwang; mit angehaltenem Atem, betrat er die Brücke; unter ihm flackerte in bodenloser Tiefe das grünliche Licht. Vage nahm er wahr, daß PalaThion ihm in sicherer Entfernung folgte. Erschauernd machte er einen weiteren Schritt nach vorn, und er spürte, wie das Licht sich emporreckte und ihn zärtlich liebkoste; eine wunderschöne Musik lullte seine Sinne ein, es war ein Gefühl wie Samt und Seide, dazu der Duft des Ozeans. »Nein«, flüsterte er wie ein Kind, als er in das Licht hineinging. »Nein, ich will nicht, ich habe Angst ...« Sein bewußtes Denken ertrank in einem Meer aus Emotionen und Besessenheit. Mitten auf der Brücke sank er auf die Knie, während der Zauber immer stärker von ihm Besitz ergriff.

Vanamoinen. Die Frage und die Bestätigung hallten in seinem Gehirn nach. *Ja — Ich bin Vanamoinen,* und nicht die andere Kreatur, das Behältnis aus Fleisch und Blut, der Fremde, der jetzt wie ein Häufchen Elend auf der Brücke kauert. *Ich erinnere mich ...*

Plötzlich wußte er wieder, wie er diese Welt erwählt, diese Stadt gebaut hatte, ein reich verziertes, unbegreifliches Juwel, das die Menschheit noch Generationen nach seinem Tod verzaubern würde. Die Menschen schützten und hegten diese Stadt, weil sie einzigartig war, nicht ahnend, daß sie eine Nadel in der Karte der Zeit darstellte, einen geheimen Ort markierend, an dem sein wirkliches Geschenk an künftige Generationen verborgen lag: die Datenbänke, in denen das gesamte Wissen der Menschheit gespeichert war — der Nexus, an dem sich der Geist der Sibyllen konzentrierte, der Spiegel seiner Seele.

Aber nicht seiner Seele allein — noch jemand anders war im Spiel: *Ilmarinen.* Das Sibyllennetz wäre nie zustandegekommen, er hätte niemals seinen Traum realisiert ... diesen Traum hätte er gar nicht gehabt — ohne Ilmarinen, seinen Geliebten. Ilmarinens ruhige Vernunft, sein Verständnis für menschliche Schwächen, hatten ihn immer erstaunt; seine dunklen Augen gründeten tiefer als die Unendlichkeit, und sein jähes Lächeln bedeutete ihm mehr als hundert Ehrenbezeugungen, tausend leere Gesten des Lobes, die die physischen Götter seiner Welt austeilten.

Ilmarinen war seine andere Hälfte, sein Genius; im Codemuster des Sibyllensystems waren ihre Seelen für immer vereint. Dieses System, das Ergebnis ihrer gemeinsamen Vision, für das sie alles geopfert hatten, lebte auch viele Generationen nach ihrem Tod noch weiter, Gutes bewirkend und freigebig Wissen verteilend; es symbolisierte alles, was sie einander bedeutet und woran sie geglaubt haben. *Ilmarinen ...,* rief er. *Ilmarinen?*

Aber Ilmarinen war tot, schon vor Tausenden von Jahren zur letzten Ruhe gebettet, wie er auch. Eigentlich durfte er gar nicht hier sein, aufgeweckt nach Jahrhunderten des Friedens, wiederbelebt als Wildfremder in dieser sonderbaren und erschreckenden Existenz.

Dennoch ... Jetzt fiel es ihm wieder ein; die Erinnerungen, die sich ihm so lange entzogen hatten, kehrten zurück. Er entsann sich, daß er dies selbst gewollt hatte. Nach Ilmarinens Tod hatte er sämtliche Vorkehrungen getroffen, seinen Gehirncode aufgezeichnet und das Programm an einem geheimen Ort versteckt, den nur das Sibyllennetz kannte; es war eine Vorsichtsmaßnahme für den Fall, daß das Netz ihn später einmal brauchen sollte.

Und nun war dieser Zeitpunkt eingetreten. Man hatte

ihn wieder zum Leben erweckt, und keiner brauchte ihm zu erklären, was passiert war. Die Konstruktion und das Programm des Systems waren fehlerfrei; als sie Gott spielten und die Mers schufen, war ihnen deren genetischer Code gleichfalls geglückt. Aber sie hatten den Fehler begangen, die menschliche Gier zu unterschätzen. Niemals hatten sie den Wunsch oder die Absicht gehabt, den Menschen das ewige Leben zu schenken. Doch irgendwem war die Langlebigkeit der Mers aufgefallen, man hatte ihr Geheimnis entschlüsselt — und die gnadenlose Jagd begann ...

Und weil man jahrhundertelang die Mers abgeschlachtet hatte, versagte nun das Sibyllennetz. Es hatte ihn zurückgerufen, damit er es rettete, *wenn es noch ging ...*

Komm mit mir, flüsterte die Stimme. *Hilf mir ...*

»Kommen Sie mit mir ...«

Er hob den Kopf und schaute in das Gesicht der Sommerkönigin. Langsam wurde ihm bewußt, daß er auf den Knien lag und in Fötushaltung auf der schmalen Brücke kauerte. Sein Körper zitterte heftig, wie bei einem Anfall.

»Helfen Sie mir«, murmelte die Königin, während sie versuchte, ihn aufzurichten. »Sie müssen mithelfen, damit ich Sie in Sicherheit bringen kann.«

»Ich bin nirgendwo sicher ...«, wisperte er. »Nirgendwo ...«

»Doch«, beharrte sie mit sanfter Stimme. »Bei mir.«

Umständlich rappelte er sich hoch und ließ sich von ihr über den schmalen Steg führen. Sie trug kein Licht bei sich, offenbar brauchte sie keines. PalaThion kam ihnen hinterher; als sie die gegenüberliegende Seite erreichten, seufzte sie erleichtert auf und nahm seine Handfesseln ab.

Reede hob die Hände, preßte sie gegen die Augen und versuchte, die erstickenden grünen Schatten wegzubrennen. Dann ließ er die Hände wieder sinken; er merkte, daß die Königin ihn ruhig und prüfend anschaute. Hinter ihr standen weitere Personen, doch er nahm nur eine einzige wahr — einen kurzen Augenblick lang, in dem sein Herz stillzustehen drohte, glaubte er, Gundhalinu im Dämmerlicht zu sehen. Doch es war der Sohn der Königin, Tammis; neben ihm stand seine Frau und machte ein verschlossenes, ängstliches Gesicht.

Tammis sah nicht Reede an, sondern starrte an ihm vorbei in die Grube. *Er sieht es auch.* Reede rückte ein Stück beiseite, um besser sehen zu können; dann entdeckte er das glitzernde Kleeblatt auf dem Hemd des Jungen. *Weiß er Bescheid?* Er ließ sich ein breite Treppe hinauf und in das Innere des Palasts führen; fasziniert betrachtete er die Umgebung. Er erkannte nichts wieder, dennoch wußte er ganz genau, wo er sich jederzeit befand; er kam sich vor wie jemand, der nach einer jahrelangen Reise nach Hause zurückkehrt.

Sie brachten ihn in eine kleine Bibliothek; der Raum enthielt alle möglichen Informationsmittel, primitive wie hochentwickelte. Ein wandgroßes Fenster gab den Blick auf die silbern schimmernde Silhouette der Stadt, den Himmel und das Meer frei. Er blickte sich in dem Zimmer um, dann gaben seine Knie unter ihm nach, und er mußte sich hinsetzen. Die Königin selbst brachte ihm etwas zu trinken. Wortlos nahm er den Becher und nippte an der kühlen, bitteren Flüssigkeit; schon bald merkte er, wie der scharfe Geschmack seinen Kopf klärte.

»Wo ist meine Tochter?« fragte die Königin, als er wieder den Kopf hob. »Wo ist mein Angetrauter?« Reede merkte, wie sie seine zerrissene, blutbefleckte Kleidung und sein zerschlagenes Gesicht musterte.

»Ariele ist in Sicherheit, fürs erste«, sagte er. »Sie befindet sich an Bord meines Schiffs, in Stasis. Ihr Gemahl ... ihr Gemahl ist tot.« Er wandte den Blick von ihrem entsetzten Gesicht ab. »Es erwischte ihn böse, als er uns aus der Festung herausbrachte. Es tut mir leid, daß er sterben mußte.«

Die Königin gab einen unterdrückten, kummervollen Laut von sich. Sie drehte sich um und trat ans Fenster. Allein stand sie da und starrte nach draußen auf die Sterne; keiner im Raum rührte sich vom Fleck, man wollte ihr die Illusion von Einsamkeit lassen. Abrupt stellte Reede seinen Becher auf dem Tisch neben seinem Platz ab; er wollte die Königin anbrüllen, daß jetzt nicht die Zeit zum Trauern sei, daß sie sich beeilen mußten — doch er schwieg, wie alle anderen, bis sie sich schließlich wieder umwandte.

»Was ist mit dieser Droge?« fragte sie ihn. Ihr Körper wirkte verkrampft. »Dem Wasser des Todes?«

»Die Blauen haben mir die einzige Probe abgenommen, die ich bei mir hatte.« Er schüttelte den Kopf. »Ich dachte, Gundhalinu wäre hier, verdammt noch mal! Ich hatte fest mit seiner Hilfe gerechnet!«

Die Königin schwieg eine geraume Weile; als er sie anschaute merkte er, daß sie um Fassung rang. »Er wird zurückkommen«, sagte sie dann. »Wenn wir getan haben, was wir tun müssen.«

»Es wird zu spät sein«, flüsterte er. Plötzlich wurde ihm schwindelig, wie wenn sein Kopf leichter sei als Luft. Er fluchte leise.

»Vanamoinen«, sagte die Königin mit weicher Stimme. »Wissen Sie, warum Sie hier sind? Hat man es Ihnen gesagt?«

Er betrachtete ihr sonderbar bleiches Haar, ihre Haut, die aussah wie durchscheinendes Porzellan. »Ja«, murmelte er.

Die Königin gab den anderen, die hinter ihr standen, einen Wink. »Ich muß allein mit ihm sprechen.« Die Leute nickten und gingen zur Tür.

Pala Thion zauderte und sah die Königin fragend an. Mond nickte, und die Kommandantin folgte den anderen nach draußen.

»Du nicht«, wandte Reede unvermittelt ein, als auch Tammis sich zurückziehen wollte. »Du bleibst hier.«

Tammis schwankte zwischen Zweifel und Überraschung. Seine Frau nahm ihn an die Hand und versuchte unauffällig, ihn aus dem Zimmer zu ziehen. Reede sah ihren leicht gewölbten Leib und fragte sich, ob sie sich deshalb an Tammis klammerte. Doch er fixierte den Jungen mit gnadenlosen Blicken. »Du hast etwas gesehen«, sagte er ihm auf den Kopf zu. »Du weißt doch etwas.«

Tammis nickte und drängte seine Frau behutsam hinaus. Sie sahen noch den schmerzerfüllten Ausdruck auf ihrem Gesicht, bevor die Tür sich endgültig schloß.

Als sie unter sich waren, sagte Reede: »Ich brauche zwei Sibyllen — das Sibyllennetz hat Sie ausgewählt«, er deutete auf die Königin, »und Gundhalinu. Aber Gundhalinu ist nicht mehr hier.« Er wandte sich an Tammis. »Ich glaube, du sollst ihn ersetzen. Kannst du schwimmen? Mit einer Taucherausrüstung umgehen?«

Tammis nickte und setzte sich in einen prunkvoll verzierten Sessel. »Worauf läuft das alles hinaus?«

Die Königin nahm neben Reede auf der Couch Platz; er merkte, wie sie ihn skeptisch von der Seite anstarrte. Sie konnte keine Antwort geben, denn sie wurde vom Sibyllennetz kontrolliert, wie Gundhalinu auch; doch das Netz hatte keine Gewalt über Reede, und für Bedenken war jetzt keine Zeit. »Die künstliche Intelligenz, die das Sibyllennetz steuert — die gesamte Datenbank und das Programm, das den Speicher überwacht —, befinden sich hier, unter Karbunkel.«

Tammis starrte ihn an. »Woher wissen Sie das? Ich dachte, der Ort wäre keinem bekannt.«

»Deine Mutter kennt ihn, und Gundhalinu kennt ihn; ich weiß Bescheid, weil ich ihn selbst aussuchte.«

Tammis lachte skeptisch. »Das Sibyllennetz existiert schon seit Tausenden von Jahren; selbst die Schneekönigin wurde nicht so alt.«

»Ich bin nicht nur irgend jemand, der Kullervo heißt; in meiner Persönlichkeit steckt noch mehr. Mein Name war — ist Vanamoinen. Der richtige Vanamoinen starb schon vor langer Zeit; ich bin ein künstlich konstruiertes Wesen, eine Datenbank ... Vanamoinens Reinkarnation, wenn man so will. Ich benutze Reede Kullervo, um das zu tun, was unverzüglich getan werden muß. Das Netzwerk, das ich miterschaffen habe, holte mich zurück, weil es versagt. Die Mers sind ein Bestandteil des Systems, sie müssen mit dem Sibyllennetz in Wechselwirkung treten und für seine Instandhaltung sorgen; es handelt sich um ein technogenetisches System mit zwei radikal verschiedenen Komponenten.«

Er brach ab, weil er ihnen ansah, daß sie ihm nicht folgen konnten. Einen neuen Anlauf nehmend suchte er nach verständlicheren Ausdrücken. »Die Gesänge der Mers enthalten Informationen, die die Smartmatter des Computers benötigt; bestimmte Chemikalien, die während des Paarungszyklus der Mers freigesetzt werden, lösen Kontrollsequenzen aus, die Fehler im Computerprogramm beseitigen und etwaige Abweichungen in den logischen Funktionen korrigieren.

»Während der — Paarung?« staunte Tammis. »Ich dachte, sie paaren sich im Meer.«

»Es ist ein Prozeß, der in zwei Phasen verläuft.« Reede zuckte die Achseln. Es begann damit, daß sich sämtliche Mers innerhalb des Computers versammelten; ihre Vereinigung mit dem Zentrum des Sibyllennetzes steuerte ihren biologischen Rhythmus, so daß sie bei der Paarung auch empfangen konnten. Er hatte es so eingerichtet, um ihre Anzahl stabil zu halten; und es sollte ihnen Freude bereiten, damit sie gern zurückkämen, zu ihrem eigenen Vergnügen und zum Nutzen der Sibyllenmaschinerie.

Er lächelte halb ironisch, halb schmerzlich. »Wir dachten, wir hätten alles perfekt geplant. Wir rechneten nicht damit, daß die Menschen, denen das Sibyllennetz ja dienen sollte, die Mers töten würden ... Wir machten uns gar keine Gedanken darüber, welche Kräfte auf ein so langlebiges, altes System einwirken könnten.« Sein Lächeln wurde um eine Spur zynischer. »Versucht *ihr* mal, ein fehlerfrei funktionierendes System mit übermenschlicher Intelligenz zu erfinden, das ewigen Bestand haben soll ...« Er lachte einmal kurz auf. »Wir haben einen Fehler gemacht; schließlich waren wir auch nur Menschen ...«

Mond und Tammis starrten ihn staunend und fasziniert an. Als er ihre Blicke erwiderte, spürte er eine unverhoffte Anwandlung von Zärtlichkeit; diese beiden waren die Nachkommen, die Erben, die Menschen, für die er das alles geschaffen hatte. Er sah ihre Kleeblattmedaillons, dasselbe Symbol, das auch er einst getragen hatte; in ihrem Blut befand sich dasselbe Technovirus, mit dem er sich als erster geimpft hatte. Er hatte die Initiationsstätten errichtet, an denen Menschen wie sie erwählt wurden, er hatte darauf gebaut, daß Menschen wie diese hingehen und sich weihen lassen würden; und nach über zweitausend Jahren erfüllten sich immer noch seine Pläne, selbst wenn so vieles schiefgelaufen war.

Er lächelte, obwohl Reede Kullervos Körper zappelte und unruhig hin und her rutschte. Mit dem Ärmel wischte er sich den Schweiß vom Gesicht, und plötzlich wünschte er sich, er hätte auf das Getränk verzichtet, das sie ihm gegeben hatten. Beim bloßen Gedanke an essen und trinken drehte sich ihm der Magen um. Er schluckte krampfhaft und geriet langsam in Panik, ohne zu wissen, wer sich fürchtete, wer er überhaupt war ... »Was?« sagte er, als zu ihm durchdrang, daß die Königin ihn etwas gefragt hatte.

»Kann ich ... kann ich Ihnen irgendwie helfen?« wiederholte sie.

Er schüttelte den Kopf und streckte seine verkrampften Finger. »Hören Sie mir nur zu; viel Zeit bleibt uns nicht mehr. Wissen Sie, wieso es in der Stadt plötzlich dunkel wurde?«

»Nein«, sagte die Königin und blickte ihn scharf an. »Wissen Sie es denn?«

»Ja.« Er spähte hinaus auf den Himmel und dessen Spiegelbild im Meer. Flüchtig erinnerte er sich an eine andere Dunkelheit, in der es nur einen Hauch von Licht gab, so schwach, daß er es sich auch einbilden konnte; dieser matte Funke machte die Finsternis nur um so schrecklicher. »Weil jetzt der exakte Zeitpunkt gekommen ist, an dem Änderungen möglich sind. Die Turbinen, die Karbunkel und den Sibyllen-Nexus mit Energie versorgen, hören einmal in jedem Hohen Jahr auf zu arbeiten, wenn die Mers in die Stadt strömen. Zu jeder anderen Zeit verhindern die Turbinen einen Zugang zum Computer. Jeder, der versuchen würde, sich an ihnen vorbeizumogeln, müßte sterben. Nur an diesen drei Tagen ist der Weg passierbar, damit die Mers den Ort erreichen können. Sobald die Turbinen die Arbeit wiederaufnehmen, bleibt der Computer für die nächsten zweihundertundfünfzig Jahre völlig unzugänglich. Jeder Versuch, sich ihm auf anderem Wege zu nähern, wird scheitern oder ihn zerstören.«

»Aber warum?« fragte Tammis.

»Ich wollte sichergehen, daß er niemals in den Besitz einer einzigen Clique gerät, die sich am Ränkespiel um Macht beteiligt. Deshalb sorgte ich dafür, daß der Standort geheim blieb. Aus diesem Grund konnten deine Mutter und Gundhalinu ihre Handlungsweise auch nie erklären.«

Tammis sah seine Mutter an. »Wie hast du es dann herausgefunden?«

»Es passierte, als ich einmal die Grube überquerte; das Sibyllennetz rief mich ...«, sagte die Königin mit leiser werdender Stimme. »Es ... es erwählte mich, weil es meiner Hilfe bedurfte. In all den Jahren habe ich versucht ...« — Reede sah ihr an, wie erschöpft sie war —

»... habe ich versucht zu verstehen, was das Netz von mir wollte, warum es ausgerechnet mich rief.«

»Es wählte Sie aus, weil Sie zum richtigen Zeitpunkt am richtigen Ort waren.« Er zögerte. »Ich will nicht sagen, daß es ein Zufall war ...« Er faßte sich an den Kopf. »Aber Vorsehung war es sicher auch nicht. Im übrigen darf man nicht übersehen, daß Sie Arienrhods Klon sind.« Er sah, wie sie zusammenzuckte. »Arienrhod hat bewiesen, daß sie stark und intelligent genug war, um ihren Willen nicht nur bei ihrem eigenen Volk, sondern auch gegenüber den Außenweltlern durchzusetzen. Sie sind in erster Linie Sie selbst, Mond Dawntreader ... Aber Sie sind auch die Herrin«, setzte er galant hinzu, »die Treuhänderin dieser Welt. Sie sind all das, was Arienrhod hätte sein müssen. Weil Sie von den Sommerleuten großgezogen wurden, die mit dem Sibyllennetz friedlich umzugehen wußten und die Mers schützten, vermögen Sie in die Zukunft zu denken. Diese Fähigkeit besaß Arienrhod nicht. Sie verstehen, was wirklich wichtig ist.« Er legte eine Kunstpause ein. »Sie sind die Zukunft, an die ich glauben wollte.«

Sie sah ihn an, und in ihren Augen las er Dankbarkeit. Doch dann änderte sich der Ausdruck. »Sie sagten, nur drei Tage lang sei der Computer zugänglich. Es sind aber schon mehr als zwei Tage vergangen.«

Er nickte. »Deshalb können wir nicht länger warten. Aber es gibt noch mehr Gründe, weshalb wir uns beeilen müssen.« Er betrachtete seine zitternden Hände. »Ihr Gemahl besaß Daten über die verlorengegangenen Elemente in den Gesängen der Mers. Ich muß sie rekonstruieren.« Mit sinkendem Mut vergegenwärtigte er sich, daß es in der Stadt wahrscheinlich keinen funktionierenden Computer mehr gab.

»Das ist bereits erledigt worden«, sagte die Königin.

Er starrte sie an. »Gundhalinu? Schaffte er es noch, ehe man ihn verhaftete?«

»Nein«, erwiderte sie mit mattem Lächeln. »Das Sibyllen-College vervollständigte das Werk meines Mannes.« Sie tastete nach ihrem Kleeblatt. »Ich kann Ihnen die Bänder besorgen — wir reproduzierten die Gesänge der Mers, indem wir die fehlenden Passagen einsetzten.

Unwillkürlich lächelte auch er. »Ich brauche zwei Tauchgeräte — eines für mich und eines für ihn.« Er zeigte auf Tammis.

Sie furchte die Stirn. »Was haben Sie vor?«

»Wir müssen hinabtauchen in den ... in den ...« Er hielt sich die Hand vor den Mund, wie wenn er sich übergeben müßte. Dann zwang er sich weiterzusprechen. »Wir müssen in den Ozean hinunter, durch die Turbinen in den Computer schwimmen, wo sich die Mers versammeln. Ich muß selbst das System durchchecken, feststellen, so sich Fehler eingeschlichen haben, und es neu programmieren ... Wir müssen den Mers ihre vollständigen Gesänge zurückgeben.«

Ins Meer ... unter Wasser ... ertrinken ... Tod ... Schwärze! Die Bilder drängten auf ihn ein, und wieder wußte er nicht, wessen Ängste ihn quälten, wer sich immer vor dem Ertrinken gefürchtet hatte, wer seit jeher davon überzeugt war, den Tod im Wasser zu finden ... Leise fluchte er vor sich hin, wo er am liebsten laut geschrien hätte. *Du bist ohnehin zum Sterben verdammt, du elender Bastard,* beschimpfte er sich in Gedanken. Tod durchs Wasser ... oder durch das Wasser des Todes. *Wie man stirbt, spielt keine Rolle!* Aber das stimmte ja gar nicht! Er starrte hinaus in die Nacht, um die beiden Menschen nicht ansehen zu müssen, die ihn beobachteten.

»Warum muß Tammis mitkommen?« fragte die Königin. Er hörte die Angst um ihren Sohn aus ihrer Stimme heraus. »Ich bin eine Sibylle; das Sibyllennetz hat mich erwählt.«

»Deshalb müssen Sie an einem sicheren Ort bleiben, wo ihnen nichts zustoßen kann. Sie werden für mehrere Stunden in einen tiefen Transfer versinken und in das

Bewußtsein des Sibyllennetzes hinabtauchen. Es wird Ihnen zeigen, was verkehrt ist, und diese Informationen werden Sie an mich weitergeben. Ich brauche Sie, damit Sie mich führen, Sie müssen mir Bescheid sagen, wenn der Heilungsprozeß beendet ist. Das ist schon gefährlich genug.« Er merkte, wie sie sich gegen ihn sträubte, daß sie dem Mann mißtraute, der ihr anderes Kind vergiftet hatte. »Drunten im Wasser wären Sie für mich nutzlos. Ich brauche jemanden, der mir bei der Arbeit zur Hand gehen kann — und es muß ein Sibyl sein, der zwischen uns beiden als Mittler fungiert.« Er zeigte auf Tammis.

»Sind Sie denn kein Sibyl?« fragte sie. Langsam dämmerte ihr, was Reede im Sinn hatte.

Er lachte erbittert. »Nein, Herrin«, flüsterte er mit fremder Stimme. »Ich bin kein Sibyl. Sibyllen sind heilig. Ich hingegen bin ein Menschenopfer ...« Tammis erschauerte und starrte ihn an.

Die Miene der Königin veränderte sich. Langsam hob sie die Hand und berührte Reedes Wange, so sachte, als sei er ihr eigenes Kind. Selbst der leichte Kontakt mit ihren Fingerspitzen verursachte ihm Schmerzen; aber er zuckte nicht zurück.

Nach einer Weile ließ sie die Hand wieder sinken. »Ich besorge Ihnen so schnell wie möglich die Daten und die Unterwasser-Ausrüstung«, sagte sie. »Aber wie wollen Sie den Computer erreichen? In die Stadt können Sie nicht gehen; wenn Sie versuchen, ans Meer zu gelangen, werden Vhanus Patrouillen Sie sofort aufgreifen.«

»Es geht trotzdem.« Er rieb sich die Augen und zwang sich zu höchster Konzentration; er durfte jetzt nicht schlappmachen. »Die Grube ist ein Zugangsschacht; sie führt direkt hinunter ins Wasser. Sie ist der kürzeste Weg zu unserem Ziel.«

»Aber es gibt keine Energie — selbst der Schacht funktioniert nicht mehr.«

»Für uns hat das keine Bedeutung«, erwiderte er leise. »Der Computer weiß, daß wir kommen. Ich möchte, daß Sie mit uns in den Schacht hinabsteigen, wir können es nicht riskieren, gestört zu werden. Da drunten kann selbst Vhanu uns nicht erreichen.« Er zögerte, als er sah, wie sich ihr Gesichtsausdruck veränderte. »Haben Sie schon einen ausgedehnten Transfer mitgemacht?«

Sie nickte. »Ein einziges Mal. Es war ein Gefühl, wie wenn man ...« Sie verstummte, weil die Erinnerung an diese endlose Abwesenheit sie immer noch quälte. *Wie wenn man ertrinkt ...*

»Dieses Mal wird es anders sein«, murmelte er. »Etwas Ähnliches haben Sie noch nie erlebt. Aber machen Sie sich auf Schwierigkeiten gefaßt ...«

»Ich weiß.« Sorgenvoll lächelnd sah sie ihn an. »Nichts ist einfach.« Sie stand auf. »Ich kümmere mich jetzt um das Notwendige«, sagte sie und wirkte plötzlich zerstreut. Einen Augenblick lang betrachtete sie Tammis, dann verließ sie schweigend den Raum.

Mond betrat das Zimmer, das innerhalb des Palastes die ganze Welt ihres Mannes geworden war, bevor er zu seiner Reise nach Ondinee, ins Land der Toten, aufbrach. Langsam schaute sie sich darin um, jede Einzelheit wahrnehmend — das Forschungsmaterial, die importierten elektronischen Geräte, das behelfsmäßige Bett, mit dem er sich begnügte, seit sie ihn von sich gestoßen hatte. Bediensteten hatte er nie erlaubt, sein privates Arbeitszimmer zu betreten; nach seinem Fortgehen hatte sie darauf geachtet, daß sein Wunsch auch weiterhin respektiert wurde.

Sie hockte sich auf die Kante des Feldbetts und nahm ein zerknittertes Hemd in die Hand, das er achtlos beiseite geworfen hatte. Sie drückte es an ihr Gesicht und atmete tief den vertrauten Duft seiner Haut ein, bis sie sich vorstellte, wie sie beide früher nebeneinander gelegen und sich hingebungsvoll geliebt hatten ... Sie erinnerte sich daran, was sie einander jahrelang bedeuteten. Obwohl sie genau wußte, welche Dinge sie sich gegenseitig angetan und welche Chancen sie verpaßt hatten, kamen ihr in diesem Augenblick nur die guten Erinnerungen in den Sinn. Die schlechten durfte sie getrost vergessen, denn nun war er tot. Er war tot ...

Sie ließ das Hemd fallen und stand vom Bett auf; als sie rastlos durch das Zimmer wanderte und an dem Computer vorbeikam, fiel ihr ein, welche Leistungen er damit vollbracht hatte, allein und ohne Anerkennung. Er löste das Rätsel um die Gesänge der Mers, seine Erkenntnisse konnten jetzt die Rettung für sie alle sein, aber man konnte es ihm nicht mehr danken.

Sie blieb vor dem Tischchen stehen, dessen abgesperrte Schublade sie einmal aufgebrochen hatte; der Inhalt lag noch verstreut auf der Tischplatte. An jenem Tag hatte sie den einzigen anderen Mann verloren, den sie je geliebt hatte. Das Abzeichen der Bruderschaft lag noch auf dem Fußboden, die Survey-Loge mit ihren nicht endenden verräterischen Machenschaften symbolisierend; doch im Herzen des Medaillons glühte ein Juwel so strahlend wie die Sonne, das Sinnbild der Erleuchtung.

Sie trat mit dem Fuß danach und wandte den Blick ab. Dann setzte sie sich an das Tischchen und nahm einen Gegenstand nach dem anderen in die Hand ... den hölzernen Kreisel, mit dem Funke als Junge gespielt hatte ... die silberweiße Haarlocke in der braunen Phiole ... die Stickarbeit, die sie ihm als Zeichen ihrer Liebe schenkte, als sie beschlossen, ihr Leben gemeinsam zu verbringen ...

Wieso hat uns keiner gewarnt, wie lang einem die Zeit vorkommen kann ... und daß auch die Liebe ein jähes Ende nimmt?

Sie verwahrte den kleinen bestickten Beutel unter ihrer Bluse an ihrem Herzen, wo Funke ihn in seiner Jugend zu tragen pflegte. Mit dem Ärmel wischte sie sich die Tränen vom Gesicht.

Trockenen Auges stand sie auf und ging aus dem Zimmer; das Sibyllennetz wartete, und ihr Leben gehörte nicht ihr allein.

Karbunkel

Mond folgte ihrem Sohn und Reede Kullervo hinunter zur Transportkapsel, die am Rand der Grube auf sie wartete. Im letzten Moment blickte sie Jerusha an, die am Schacht stand und über sie wachte, wie immer. Mond erkannte, daß Jerusha von den Erinnerungen verfolgt wurde, und auch sie suchten ständig die alten Bilder heim, wenn sie sich der Grube näherte. Sie hatte Jerusha lediglich gesagt, Reede glaube, das stumme Herz der Stadt wieder zum Schlagen bringen zu können und ihnen einen Verhandlungsvorteil in ihrem Nervenkrieg mit den Außenweltlern zu verschaffen. Mehr konnte sie ihr nicht verraten, aber Jerusha schien das zu genügen.

»Mögen die Götter — die Herrin — euch begleiten«, murmelte Jerusha. Sie schaute in Tammis' blasses Gesicht; Erinnerungen verfinsterten seinen Blick. Als sie Reede ansah, schlug ihre Besorgnis plötzlich in Zweifel um.

»Wahrscheinlich bleiben wir eine lange Zeit fort«, sagte Mond. »Es kann Stunden dauern. Und von drunten können wir uns mit dir nicht in Verbindung setzen.«

»Ich warte hier«, entgegnete Jerusha. »Egal, wie lange es dauert.« Sie drückte fest Monds Arm, wie um ihr etwas von ihrer eigenen Energie, ihrem Kampfgeist, mitzugeben, ehe sie die Reise in die Tiefe antrat.

Mond sah die Lichter der Instrumente, die wie Edelsteine auf den dunklen Armaturen verteilt waren. Immer mehr erwachten blinkend zum Leben, wie Reede es angekündigt hatte. Die Luke schloß sich über ihren Köpfen. Hinter dem Aussichtsfenster blieben die Wände des Schachts tot und finster, keine Spur von Aktivität war zu erkennen. Aber Reede stand neben Tammis an der Sichtscheibe und starrte nach unten. Beide waren still und aufs höchste gespannt.

Mond drängte sich zwischen sie und hielt sich am Handlauf unter dem Instrumentenpaneel fest, während sie sich in einer Spirale abwärts bewegten. Hinausspähend erhaschte sie einen Schimmer des grünen Lichts, der immer kräftiger wurde, indem sie seine Existenz akzeptierte.

Eine diffuse Freude erfüllte sie, als sie sich an jenen Ort auf den Inseln ihrer Jugend erinnerte, wo sie schon einmal unwiderstehlich von einem solchen Licht angezogen worden war, während sie eine Musik hörte, die von keinem Instrument stammte; damals war sie gerufen worden …

Sie sah Tammis an. Er trug einen Taucheranzug mit Ausrüstung, den Helm hielt er im Arm. Auf seinem Gesicht erkannte sie die gleiche Verzückung, die hoffnungsfrohe Erwartung, die Entrücktheit … Gleichzeitig sah sie den Kummer, der seine Begeisterung überschattete, denn damit er zum Sibyl geweiht werden konnte, mußte Miroe mit seinem Leben bezahlen.

Auch ihr Gedenken an ihre eigene Initiation wurde getrübt: sie dachte an Funke, und wie er versucht hatte, ihr durch die pechschwarze Höhle zu folgen, in der sich die Weihestätte befand; doch das Licht, das sie führte, hatte er nicht sehen können. Sie erinnerte sich an sein blindes, verzweifeltes Gesicht, als sie begriff, daß sie auserwählt worden war, und er nicht. Er hatte sie angefleht, nicht weiterzugehen, sich an sie geklammert und versucht, sie zurückzuhalten.

Doch in wilder Gier hatte sie ihn von sich gestoßen und war allein in die Umarmung des Lichts weitergegangen, der sie nicht widerstehen konnte, seine Liebe, sein Vertrauen und sein Herz opfernd … Sie legte den Arm um ihren Sohn. Er zuckte zusammen und sah sie an; er schien zu wissen, was sie bewegte, denn er nickte und rückte näher an sie heran, während er fortfuhr, nach unten ins Licht zu starren.

Reede/Vanamoinen stand an ihrer anderen Seite; der Körper war wie versteinert, während er sich mit wilder Besessenheit auf das konzentrierte, was in der Tiefe lag. Doch das Gesicht des Mannes, dessen Körper gegen seinen Willen als Gefäß für den Geist eines Genies diente, das seit Tausenden von Jahren tot war, drückte Hoffnungslosigkeit und Resignation aus. Reede war nicht viel älter als ihr Sohn, doch er hatte etwas Unstetes an sich; als hätte er niemals Frieden gekannt.

Plötzlich taten ihr beide Männer leid, aus denen er sich zusammensetzte; aber das stärkere Mitleid empfand sie mit Reede Kullervo, dessen weitaufgerissene Pupillen nichts als Finsternis schauten, dessen war sie sich sicher. Er war kein Sibyl, auch wenn Vanamoinen als erster das Virus in sich getragen hatte. Wieviel von den Geschehnissen verstand er überhaupt, wieviel von seiner Furcht übertrug sich auf Vanamoinen ... Wo hörte der eine Mann auf, und wo begann der andere? Welcher liebte ihre Tochter — oder taten es beide?

Sie wandte den Blick von ihm ab und beobachtete, wie der Glanz rings um sie her immer intensiver wurde; sie spürte, wie der Druck auf ihren Geist sich verstärkte. Sie schloß die Augen, doch es nützte nichts; sie sah immer noch das Licht, und sie konnte es hören, es durchdrang sie, wie Sonnenstrahlen eine Fensterscheibe zu durchdringen vermögen. Es erhellte ihr Innerstes, ließ alle anderen Gedanken, Sorgen und Gefühle verblassen; es schnitt sie von ihrer eigenen Welt ab und vereinigte sie mit diesem Wunder, das unablässig nach ihr rief. Sie spürte weder Angst noch Zögern; bereitwillig und voller Begeisterung strebte sie der Verschmelzung mit dem unbekannten Mysterium entgegen, auf die sie sich ihr Leben lang vorbereitet hatte.

Dann merkte sie, daß die Kapsel stehengeblieben war

und Reede mit ihr sprach. Sie riß sich zusammen. »Herrin ...«, wiederholte er mit schwankender Stimme, »es ist soweit, wir steigen aus ... und gehen hinunter.« Mit dem Ärmel wischte er sich den Schweiß vom Gesicht. »Sie müssen ...«

»Ja.« Sie hatte das Gefühl, sie könne Reede und Tammis durch die geschlossenen Augenlider sehen, wie wenn ihr Körper transparent geworden wäre, vergänglich, verzehrt durch das strahlende Feuer in ihr. »Ich weiß, was ich tun muß«, sagte sie ruhig. »Tammis ...« Sie nahm seine Hand, als er seinen Helm aufsetzen wollte. »Sei vorsichtig. Frage, wenn du mich brauchst, und ich werde dir antworten.« Sie rezitierte das rituelle Versprechen und sah, wie der Zweifel aus seinem Blick verschwand.

Er nickte; sie spürte, wie er sich entspannte, und sich dem Sirenenruf der lebendigen Macht, die sie lockte, hingab. »Auf Wiedersehen, Mam«, flüsterte er und stülpte sich den Helm über den Kopf.

»Ich werde bei dir sein«, sagte sie, um sich und ihn zu trösten. Dann wandte sie sich wieder an Reede. »Ich werde auch bei Ihnen sein«, versprach sie dem Mann, dessen Augen auf einmal dreinschauten, als seien sie so alt wie die Zeit selbst, und die leer waren wie die eines Blinden. Ohne ein Wort der Erwiderung setzte sich Reede mit jähen, unsicheren Bewegungen den Helm auf.

In der Wand hinter ihnen tat sich plötzlich eine Tür auf. Reede drängte an ihr vorbei und steuerte darauf zu. Tammis folgte ihm, und ehe er durch die Öffnung verschwand, schaute er sich noch einmal um. »Ich hab dich lieb«, sagte sie, ohne zu wissen, ob er sie hörte.

Sie ging zum Port zurück und sah sich um. Unter dem letzten Haltepunkt der Kapsel lag das Meer. Die Oberfläche schwoll an im Rhythmus der Brandung, die draußen vor Karbunkel tobte. Das eigenartig phosphoreszierende Wasser schien ein Eigenleben zu besitzen;

grünlich glitzernd wirbelte es umeinander, gefangen in einem hypnotischen Tanz mit sich selbst. Sie roch den beißenden Duft des Ozeans, schmeckte das Aroma des grünen Lichts ... Auf einmal entdeckte sie zwei Gestalten, die hinabkletterten; langsam hangelten sie sich verdeckte Treppenstufen hinunter, oder sie nutzten zufällig vorhandene Lücken in der Wand aus Maschinerie.

Dann ließ Tammis sich los und plumpste ins Wasser, um gleich wieder aufzutauchen. Vanamoinen — Reede — klebte weiterhin wie eine Fliege am senkrechten Absturz, bis er schließlich auch wie ein Stein in die phosphoreszierende See fiel. Er kam nicht wieder hoch, und gleich darauf verschwand Tammis' Kopf in der Flut.

Eine Weile blieb sie stehen und starrte aufs Wasser, dessen unruhige Oberfläche von keiner menschlichen Gestalt mehr gestört wurde. Sich an den Handlauf klammernd, wollte sie die Augen schließen; sie merkte, daß sie ihr bereits zugefallen waren, und daß sie selbst am Rand des Abgrunds stand, in den sie allein hinabtauchen mußte; für sie wurde es Zeit, sich fallenzulassen ... *»Eingabe«*, flüsterte sie; ihr Körper stürzte durch die Dunkelheit des Transfers, driftete hinein in ein Meer, das noch viel absonderlicher war als der unter ihr wogende Ozean ... fremdartiger als alles, was sie kannte.

Die Dunkelheit verwandelte sich in Licht und Musik, in eine sensorische Sinfonie, gegen die andere Sinnesreize verblaßten, wie eine Kerzenflamme vor der geballten Energie einer Sonne. Die Wucht der Eindrücke spaltete ihr Bewußtsein in ein Spektrum; plötzlich bestand sie aus sämtlichen Farbe des Lichts, ihr Geist war ein Netz aus Myriaden von Fäden, das mit Perlen gefüllt auf dem Kamm einer endlosen Woge daherritt ... Sie selbst war die Weile, sie hob sich und fiel in einer ewigen Dünung, in Farbnuancen schillernd, für die es keine Namen gab; Eisschollen; Gischt aus flüssigen Kristallen, seidenweich wie Haut; farbige Edelsteine, glänzend poliert, vollkommen, sprühen in Tropfen herab wie Tränen …

Jetzt wußte sie, daß sie blind gewesen war, als sie das erste Mal diese Ebene erreichte; damals sah sie nur die Finsternis. Als BZ sie dann tiefer in das verborgene Herz hineinrief, sie mittels seiner im Survey erworbenen Fähigkeiten auf eine höhere Bewußtseinsstufe holte, nahm sie von den endlos vielen Facetten auch nur die goldenen Reflexe wahr. Doch nun waren sämtliche Spiegel zerborsten, alle physischen und geistigen Schranken von Raum und Zeit waren gefallen, und sie befand sich inmitten des Unmöglichen. Sie hatte gelernt zu sehen, und im Zentrum des Seins zu existieren …

… sie weilte an einem Platz außerhalb der Raumzeit, daneben und gleichzeitig darin, von dem aus man alle Zeiten und Orte erreichen konnte; hier war die Zeit kein Fluß, sondern ein Meer. Und SIE war der Geist des Sibyllennetzes, intensiv spürte sie den Nexus, den Brennpunkt, das in der Zeit verankerte Kraftwerk, das sich unter einem Meer und Felsen versteckt auf einer winzigen, abseits gelegenen Welt befand; die künstliche Intelligenz, die IHRE Identität und das gesamte Wissen der Menschheit in ihren technoviralen Zellen speicherte; die SIE mit den kurzlebigen, unglücklichen Kreaturen verband, die IHRE Erzeuger und Nachkommen zugleich waren … SIE war das Gehirn, das nun versagte, weil IHRE Kinder sie in blindem Wahn auffraßen und das Band zerstörten, das SIE mit dem Universum verknüpfte.

IHR Nervensystem bestand aus leuchtenden, breitausgefächerten Netzen aus Partikelwellen, wobei Sensoren und Empfänger intelligente Lebewesen waren; es reichte mit seinen Ausläufern bis in die entferntesten Winkel der von Menschen bewohnten Galaxis; es lauschte, es reagierte, es beantwortete Fragen und half den Bedürftigen; es verweigerte sich nie, und auf der Suche nach Wegen, wie man Hader vermied und das gegenseitige Verstehen förderte, wurde es von den Sibyllen freudig unterstützt.

Aber die Verwüstungen, die die Menschen an IHR anrichteten, schwächten IHRE Fähigkeit zu agieren; ein Gedächtnisstrang nach dem anderen wurde gekappt. Indem man IHRE Funktionsweise störte, IHR Zentrum verstümmelte, wurde IHRE seit jeher komplizierte Beziehung zu den Sterblichen zunehmend gespannt und unberechenbar. Wenn sich das Muster nicht bald änderte, würden die Abweichungen so extrem, daß SIE den Grund für IHRE Existenz vergessen und die Funktion in der menschlichen Raumzeit-Ebene einstellen würde.

Das dadurch entstehende Chaos würde schrecklich und weltenübergreifend sein. Der Nexus aus Smartmatter, der IHR zentrales Gedächtnis enthielt, würde sich zersetzen und dabei die archaische Stadt Karbunkel zerstören. Die Umgebung würde zu einer schwärenden, tödlichen Wunde aus umgeformter Materie werden, die Realität verzerren und den Lebensraum Tiamats zu einer Ödnis verwüsten, in der nichts mehr existieren konnte.

Jede Initiationsstätte auf sämtlichen Welten würde sich in ein faulendes Geschwür verwandeln, das Erbe des Alten Imperiums würde zu einem Fluch, der in die Zeit hinaufreichte und mit seinem Todesatem die Zivilisationen zerstörte. Jede Sibylle würde den Verstand verlieren und sterben, weil das Technovirus in ihrem Blut mutierte …

Deshalb hatte SIE IHREN freien Willen, IHRE Ressourcen und IHREN Einfluß dazu benutzt, um die lebendigen, atmenden Werkzeuge zu schaffen, die SIE eventuell retten konnten. Die Saatkörner IHRER Seele hatte sie in die Winde der meßbaren Zeit gestreut, darüber gewacht, wie sie aufgingen und Früchte trugen, und sie dann mit den IHR zur Verfügung stehenden Mitteln verpflanzt.

Jetzt war der Augenblick gekommen, auf den SIE mit

all IHREN geschwächten Energien hingearbeitet hatte. SIE hatte die Reinkarnation Vanamoinens ins Leben gerufen, SIE hatte ihn hierhergebracht, und ihm hilfreiche Hände und gleichgesinnte Seelen zur Seite gestellt, die SIE zu seiner Unterstützung geschaffen hatte. SIE hatte alles in IHRER Macht stehende getan, wenn IHRE menschlichen Werkzeuge versagten, würde der Kontakt zu ihnen abbrechen, sie könnten sich weder mit IHR noch untereinander verständigen, das Ende des Sibyllennetzes wäre gekommen.

Nun war der richtige, der einzige und der letzte Zeitpunkt, an dem IHRE Zerstörer zu Heilern werden und dem Tod trotzen konnten. SIE konzentrierte sich und zog mit IHREM Willen, der so unentrinnbar war wie die Schwerkraft, die zerstreuten Splitter IHRES Bewußtseins zusammen; SIE sammelte sie in der physischen Matrix IHRES Zentrums, wo das Smartmatter-Plasma rastlos brodelte. SIE spürte die glühende Hitze seiner wüsten Fieberträume, die mehr und mehr Irrtümer und falsche Angaben in das Netz einspeisten; SIE sah die sich verbreitende Krankheit des Abdriftens, die außer Kontrolle geraten war, weil die Mers ihre Gesänge nicht mehr miteinander verspinnen und das Gleichgewicht aufrechterhalten konnten. All diese Dinge hatte SIE gesehen, SIE wußte Bescheid. Und jetzt wartete SIE darauf, daß eine Änderung eintrat.

Reede sank durch das schwarze Wasser, gnadenlos hinuntergezogen von verborgenen Strömungen; seit er den Halt verloren hatte und in die Tiefe gestürzt war, gellte sein Schrei in seinen Ohren. Der Aufprall hätte ihn um ein Haar getötet; doch in der Umarmung des Meeres fühlte er sich beinahe geborgen, wie wenn er außerhalb jeder Furcht stünde, und er hatte nur noch Emotionen, für die er keine Namen kannte.

Im Licht seiner Helmlampe sah er die schwarzen, amorphen Wände des Schachts und Tammis Dawntreader, der in seinem Tauchanzug durch den hellen Strahl driftete; ab und an flackerte der Schein von seiner eigenen Helmlampe auf. Doch da war noch ein anderes, unbeschreibliches Licht, das er weniger mit den Augen, sondern hauptsächlich mit seinem Körper wahrnahm: sonderbare Strahlen strömten in sein Gehirn, ohne den Weg über seine Pupillen zu nehmen. Dasselbe Licht hatte er aus der Grube quellen sehen; doch erst jetzt wurde ihm klar, daß er es nicht mit seinen Augen geschaut hatte. Die Vision jenes ANDEREN sah es — es war Vanamoinen, der die Umgebung mit den Augen eines Sibyl wahrnahm, und ihm die Weite des Raums enthüllte, durch den sie trieben.

Abrupt änderte sich die Unterwasserströmung; er wurde umhergewirbelt und nach unten gesogen; voller Panik merkte er, daß er die Richtung änderte. Dann ließ er sich einfach vom Strom mitreißen und schonte seine schwindenden Kräfte. *Alles hat seine Richtigkeit,* flüsterte der ANDERE ihm beharrlich zu; *genauso muß es sein.*

»Was ist passiert?« Zu seiner Überraschung hörte er Tammis' Stimme aus dem Helmlautsprecher.

»Wir haben uns in den Kanal eingefädelt.« Gehorsam, wie die Marionette, die er ja war, sprach er die Worte aus, die der ANDERE ihm in den Mund legte. Jetzt hatte er keine Illusionen mehr; endlich begriff er, wieso er am Leben geblieben war, obwohl er seine Existenz haßte und sich verzweifelt den Tod wünschte. Er wußte, wer ihn besessen am Leben gehalten hatte, bis sie an diesem einzigartigen Ort angelangt waren, wo über die Zukunft entschieden wurde. Wenigstens kannte er jetzt den Grund ... »Dies ist der Tunnel, durch den Meerwasser in die Höhlen unter der Stadt strömt.«

»Welche Höhlen?« Im Helm hörte sich Tammis' Stimme unheimlich an.

»Wir trieben sie in den Fels, auf dem wir dann Karbunkel bauten. Sieh mal nach oben!« Er richtete den Strahl seines Helms empor und beleuchtete die Szene, die sich vor ihnen auftat: schimmernde Metallegierungen; der satte Glanz von Keramik — die spitzen Zinnen einer fremdartigen Stadt unter dem Meer, von einer unvorstellbaren Höhe und Ausdehnung, deren Zweck man nicht ergründen konnte. »Dort sind die Turbinen!« Er fluchte verdutzt, als etwas durch den Lichtstrahl huschte, kehrtmachte und abermals dicht vor seinem Gesicht entlangflitzte.

Ein Mer... Zwei oder drei, die sich bereits auf dem Rückweg befanden. Er fragte sich, wie viele schon fort sein mochten, im guten Glauben, sie hätten ihren Part in dem unvollständigen Ritual erfüllt. »Wir müssen uns beeilen«, sagte er, »sonst sind sie weg, bevor wir sie erreichen. Beim nächsten Gezeitenwechsel fangen die Turbinen wieder an zu rotieren. Die Mers, die es dann nicht nach draußen geschafft haben, sind hier gefangen; wenn sie versuchen, durch die Turbinen zu schwimmen, werden sie zerfetzt.«

»Und was passiert mit einem Menschen?« fragte Tammis.

Reede sah sein blasses, vom Lampenstrahl beleuchtetes Gesicht hinter dem Helmfenster. »Dem ergeht es nicht anders. Er bemühte sich, schneller zu schwimmen, und er spürte, wie das Wasser des Todes ihm Kräfte für diese letzte Anstrengung verlieh. Schweiß lief ihm in die Augen, er blinzelte, um wieder klar zu sehen, und befahl dem Lebenserhaltungssystem seines Anzugs, die Innentemperatur zu senken; er mußte seinen fiebernden Körper kühlen und den bohrenden Schmerz betäuben, der von den sich zersetzenden Zellen seines Körpergewebes herrührte.

Sie näherten sich der Lücke zwischen den Turbinenschaufeln, beschleunigt von einer rasch dahinfließenden Strömung, und zwängten sich durch den schmalen Spalt. Im Vorbeitreiben schaute Reede hoch; der Anblick der nackten Rotorblätter lähmte sein Gehirn; aufgereiht wie Henkersklingen warteten sie darauf, die Verdammten zu richten — in der klaustrophobischen Finsternis eines Orts, der der Hölle glich ... *Blut ... Schmerzen ... Tod durchs Wasser ...*

Eine Welle von Panik ließ seine Selbstbeherrschung zusammenbrechen, als ihm plötzlich klar wurde, welches Schicksal ihn erwartete, wenn er den Zweck seiner Existenz erfüllt hätte ... Tod durchs Wasser ... ertrinken ... Angst schlug über ihm zusammen, und er ertrank in dem grünen Licht, das ihn jählings durchflutete; der ANDERE reagierte auf den Lockruf mit einer Begeisterung, gegen die seine Furcht, seine Panik und auch sein Bewußtsein nichts ausrichten konnten.

Ich bin Vanamoinen; Reede Kullervos verzweifelter Schrei verhallte, als er in die Tiefen jenes fremden Verstandes hinabtauchte. Endlich war er vollkommen frei und hatte die absolute Kontrolle über das Gefängnis aus Fleisch und Blut, in dem er sich wiedergefunden hatte. Die gnadenlose Zeit, in der er Kullervos gequälter Gefangener gewesen war, kam ihm vor wie ein endloser Alptraum ... Gleichzeitig wußte er, daß sein Kampf ums Überleben Kullervo zu Grausamkeiten getrieben hatte, die dessen wahrem Wesen fremd waren.

Vanamoinen bedauerte den Mann, den das Schicksal dazu ausersehen hatte, einem höheren Ziel geopfert zu werden. Doch Kullervos Ängste — und auch seine eigene Furcht — durften seine Handlungsfähigkeit nicht lähmen; andernfalls hätten sie beide umsonst gelebt ... — und den Tod gefunden.

Sie hatten die Turbinen passiert, und vor ihm taten sich die untermeerischen Höhlen auf; eine Strahlung beleuchtete sie taghell. Rings um ihn her, in einem Wechselspiel aus Licht und Schatten, schwammen Mers. Voller Freude und Leidenschaft tollten sie durch die Kavernen. Er schaltete das Außenmikrofon seines Helms ein, und sogleich vernahm er die faszinierenden Lieder, die die Vision abrundeten. »Beim Universum ...«, flüsterte er, während ihm die absolute Erfüllung zuteil wurde, die ihm hundert Lebensspannen lang versagt geblieben war.

Er hörte unzählige Variationen eines komplizierten, ständig wiederkehrenden Themas; jede Kolonie besaß ein separates Liedfragment, das anschwoll und abebbte, geseufzt und gezwitschert wurde, in einem Chor, der trotz seiner herzergreifenden Schönheit so chaotisch wirkte wie die blindlings vollführten Schwimmfiguren.

Doch die Bewegungen waren alles andere als zufällig; indem die Mers durch das Wasser flitzten, wobei sie ein hauchfeines Netz, dessen Muster nur derjenige sah, der dieses Wunder an geheimnisvoller Logik geschaffen hatte; so wie das Licht, das der Sibyllen-Nexus abstrahlte, nur für den sichtbar war, dessen Wahrnehmungen durch das Sibyllenvirus oder das Wasser des Lebens geschärft wurden.

Indem er lauschte, auf beinahe mystischem Wege die Ordnung im Chaos suchend, bemerkte er die Stille, die durch die verlorengegangenen Liedpassagen entstand; durch das Abschlachten ganzer Merkolonien waren große Lücken entstanden. Die Wechselwirkung der Gesänge, die jahrtausendelang weitergegeben worden waren, sollte der Smartmatter im Sibyllen-Nexus eine Folge von hierarchisch codierten Botschaften übermitteln, mit deren Hilfe sie sich selbst korrigieren und etwaige Abweichungen im System ausgleichen konnte.

Wegen der Launenhaftigkeit des halbempfindsamen Sibyllennetzes, und wegen seiner komplexen Funktionen waren Fehler und Anomalien unvermeidlich. Deshalb hatte er ein System erfunden, das die selbständige, in sich geschlossene Hardware des Nexus mit der biotechnisch entwickelten Lebensform der Mers kombinierte. Er hatte zwei potentiell fehlerhafte Systeme, von denen das eine jedoch sehr stabil, das andere höchst flexibel war, miteinander verknüpft. Heller Stolz erfüllte ihn; etwas Ähnliches hatte es noch nie gegeben — und er war der Schöpfer. Er hatte diesem Netzwerk Leben eingehaucht ...

Beide Prinzipien sollten zusammen ein extrem störungsfreies Ganzes ergeben; da die Teile sich gegenseitig kurieren konnten, war eine langandauernde Zuverlässigkeit garantiert. Er hatte den Nexus den Mers überlassen, die seine Abweichungen wahrnehmen und korrigieren sollten; und für die Mers hatte er diese Versammlung eingerichtet, auf der der Nexus die Programmierung des Wassers des Lebens aufzeichnen und korrigieren konnte, um eine Anpassung an etwaige Veränderungen in der Umwelt zu ermöglichen. Gleichzeitig belohnte er sie mit Fruchtbarkeit, die durch die Strahlung, die das Wasser durchdrang, bewirkt wurde. Es war ein Geben und Nehmen, eine Symbiose, in der lebenswichtige Dinge ausgetauscht wurden. Doch seine bis ins kleinste ausgetüftelten Pläne waren schiefgelaufen, weil er letzten Endes auch nur ein Mensch war ... wie sein geliebter Ilmarinen ...

Deshalb war er nach Jahrhunderten des Vergessens erneut erwacht, in diesem künstlich konstruierten Gefäß aus Fleisch und Blut (obwohl er sich darin lebendiger gefühlt hatte als während seiner realen Existenz), um die Dinge neu zu richten; und es mußte jetzt gleich geschehen.

»Sie sind wunderschön ...«, murmelte Tammis neben ihm. »So habe ich sie noch nie erlebt ... wie sie alle zusammen singen ...«

»Dieses Schauspiel hat noch keiner gesehen«, sagte Vanamoinen leise. »Jetzt mußt du in ihre Gesänge einstimmen — spiel die aufgenommenen Lieder ab und schwimm mit ihnen. Wenn sie neue Passagen hören, werden sie sie lernen — sie verstehen, daß etwas unvollständig ist. Ich muß die Computerfunktionen durchchecken. Wenn alles klappt, wird er mit deiner Hilfe neu kalibriert. Aber jetzt muß ich mich selbst darum kümmern, denn die Abweichung ist ernst, und uns bleibt nicht mehr viel Zeit. Wenn ich dich rufe, kommst du zu mir.«

Tammis nickte. »Wo ist er denn ... der Computer«, fragte er und schaute in die Runde; vor Ehrfurcht klang seine Stimme ganz leise, als er sich bewußt wurde, welches Wissen man ihm anvertraut hatte. »Ich sehe keine Maschinerie.«

»Der Computer umgibt dich ringsum.« Vanamoinen machte eine allumfassende Geste. »Die technoviralen Gehirnzellen sind in die Felsen der Kavernen eingestanzt.« Halb staunend, halb skeptisch, sah Tammis ihn an. Vanamoinen lächelte und legte ihm die Hand auf die Schulter. »Erfüll du nur deine Aufgabe; das genügt.« Er zeigte auf das Ballett der Mers, deren Musik seinen Geist füllten wie köstlicher Nektar. Tammis machte sich auf den Weg; einmal blickte er über die Schulter, bevor er sich in den Reigen einfädelte.

Vanamoinen machte kehrt und schwamm durch die schimmernden Weiten der Höhle zu einer unauffälligen Stelle an der Felswand, wo die Synapsenkontrollen eingelassen waren.

Er erkannte den genauen Ort, weil er ihn erst gestern — vor über zweitausend Jahren — in seinem Gedächtnis gespeichert hatte. Als er die schweren Isolierhandschuhe abstreifte, fühlte er, wie das kalte Wasser seine ungeschützte Haut küßte, und er merkte, wie es sich bemühte, durch die Manschetten seines Thermoanzugs zu kriechen. Wie ein Blinder tasteten seine Fingerspitzen über das Gestein, bis er endlich die Synapsen fand und die Maschine ihn willkommen hieß; ein elektrischer Strom durchzuckte seine Arme, seinen Körper und sein Hirn. Er stöhnte auf und verlor um ein Haar den Kontakt mit der Wand, weil der Schock seine degenerierenden Nervenenden wie in einem flüssigen Feuer verbrannte.

Mit äußerster Willensanstrengung hielt er die Hände an den Fels gepreßt und wartete, daß der Computer seine Identität anhand der Gehirnströme bestätigte. Der Raum hinter seinen Augen füllte sich plötzlich mit einer Flut von Daten, die durch seinen Kopf blitzten, als der Computer seine Sicherungssperre löste und ihm Zugang zu dem originalen Operationssystem gewährte, das er und Ilmarinen gemeinsam entworfen hatten.

Ilmarinen. Ein Gefühl von Einsamkeit, Verlust und Schmerz übermannte ihn, während er über den Abgrund der Zeit blickte, der ihn von Ilmarinens Leben und Tod — und von seinem eigenen Tod trennte. Resolut redete er sich ein, daß diese Emotionen Einbildung waren, Phantome, die ihm nichts nützten, sondern ihn nur bei seiner Arbeit behinderten. Reede Kullervos Qualen hatten ihn kaltgelassen; jetzt mußte er hart mit sich selbst sein. Auf den Erfolg kam es an.

Von neuem konzentrierte er sich auf die Daten in seinem Kopf; nüchtern, nur den Verdruß eines Computertechnikers empfindend, der feststellt, daß er sich selbst ausmanövriert hat. Er stellte Fragen, prüfte und verglich; sein Gehirn glitt in einen Zustand hinein, in dem nichts mehr existierte außer dem unverfälschten Plan. Sein Verstand hob sich auf die äußerste Realität der Kommunikation, bewegte sich in Algorithmen und Prozessoren — in allgemeingültigen Wahrheiten, die unberührt blieben vom Fluß der Zeit, von menschlichen Schwächen und der Rastlosigkeit einer künstlichen Intelligenz, die nur in einem einzigen Universum Gültigkeit hatte. Daten sammelnd, verarbeitete er sie mit den unzulänglichen Fähigkeiten seines menschlichen Verstands; er war dankbar, daß Kullervo eine angeborene mathematische Begabung besaß, die ihm jetzt half, doch er verfluchte seinen drogenverseuchten, geschwächten Körper.

Stunden vergingen in diesem zeitgebundenen Jetzt, während es in der Singularität des Sibyllennetzes keine Zeitmessung gab; unterdessen vermaß er die Geschwindigkeit, mit der der Geist des Nexus in das kosmische Meer abdriftete. Er dachte an das Stardrive-Plasma, das im Herzen von World's End ruhte, und wie sich sein Kollaps auf die Umgebung ausgewirkt hatte; er entsann sich, wie sie sein Leiden beendet hatten — er und Gundhalinu.

Nie hätte er sich vorgestellt, daß ein Mann wie Gundhalinu alles wegwerfen, gegen sein eigenes Volk und gegen die Regeln, mit denen er großgeworden war, rebellieren würde ... und das aus einer Leidenschaft heraus — denn seine Passion für die Sommerkönigin und sein Engagement für ein höheres Ziel hatten ihn zu seiner Handlungsweise getrieben. *Ilmarinen,* dachte er wieder. Denn Ilmarinens Elan und Mitgefühl hatten zur Schaffung dieses Sibyllen-Systems geführt. Ohne seine visionäre Phantasie hätte er die Notwendigkeit einer solchen Einrichtung nie begriffen. Er selbst war immer ein Techniker gewesen, der sich besser mit Maschinen als mit Menschen auskannte, und der sich im Labyrinth der theoretischen Gedankengänge verlor. Aber Ilmarinens entwaffnende Menschlichkeit hatte ihn aus seinen Verstecken hervorgelockt und ihn erst richtig leben lassen. Sie waren Gegensätze gewesen, die einander anzogen, und gemeinsam waren sie stärker als allein.

Ilmarinen war nicht mit ihm am Feuersee gewesen — aber Gundhalinu. Jetzt dämmerte ihm, daß der Sibyllenverstand in Gundhalinu eine Tiefgründigkeit entdeckt hatte, für die Reede Kullervo blind gewesen war. Doch obwohl er Gundhalinu durch die Augen des paranoiden Kullervo sah, hatte er sich von Anfang an zu ihm hingezogen gefühlt. Vanamoinens Seite in ihm spürte etwas von Ilmarinens stillem Feuer in Gundhalinu. Gundhalinu hatte ihm Halt und Trost gegeben — und seltsamerweise sogar den argwöhnischen, verängstigten Kullervo stabilisiert.

Er fragte sich, wo Gundhalinu jetzt stecken mochte, was die Survey-Loge wohl mit ihm angefangen hatte; noch immer staunte er, zu welchem Sumpf aus Täuschung und Lügen sich der Survey — von der Institution, wie er sie einst kannte — entwickelt hatte ... Doch trotz der vielen Cliquen, die alle ihre eigenen Ziele verfolgten, hatte das Große Spiel ihn an seinen Bestimmungsort befördert. Mitglieder des Survey hatten geschworen, dem Sibyllennetz zu dienen, und es zu beschützen ... und vom Standpunkt des Sibyllen-Systems aus gesehen, hatten sie ihre Pflicht erfüllt.

Auf dieser Ebene hatten die menschlichen Vorstellungen von Gut und Böse keine Bedeutung mehr. Die Bruderschaft und die Goldene Mitte betrachteten sich als Gegensätze, die Chaos und Ordnung verkörperten; dabei waren beide Faktionen in Wirklichkeit viel eingeschränkter, komplexer und realitätsferner, als sie wahrhaben wollten. Die unterschiedlichen Wege, die sie eingeschlagen hatten, führten letzten Endes zum selben Ziel. Und für die menschlichen Werkzeuge, die das Sibyllennetz auserwählt hatte, war jeder Pfad lang und beschwerlich, ganz gleich, wer sie auf die Reise schickte ...

Plötzlich wurde ihm vor Schmerzen übel. Nicht nur Kummer und Erinnerungen waren es, die seine Hände zucken und zittern ließen; er war wie in Schweiß gebadet.

»Tammis!« brüllte er und wandte sich zu den Mers um.

Nach einer Weile, die ihm wie eine Ewigkeit vorkam, entdeckte er Tammis, der sich aus der wogenden Wolke von Mers löste und mit dem Recorder in der Hand auf ihn zuschwamm. Der heitere, friedvolle Ausdruck des Jungen erlosch, als er das Gesicht seines Gefährten sah. Erst jetzt merkte Vanamoinen, daß ein Merling Tammis folgte; er erkannte Silky, Arieles Freundin, und er freute sich, daß die Blauen sie nicht abgeschlachtet hatten.

»Gib ihr den Recorder«, sagte Vanamoinen zu Tammis. »Schick sie damit zu den anderen zurück.«

Tammis gehorchte; er löste den Gerätegürtel mit dem

Recorder von seinem Anzug und legte ihn Silky um. Vanamoinen gab ihr den scharfen Befehl, umzukehren; in einer Spirale kreisend, tauchte sie wieder ab.

»Es wird Zeit, daß du in den Transfer gehst«, sagte er zu Tammis. »Ich gebe dem KI-System das Feedback, das es braucht, um sich neu zu justieren. Mit etwas Glück können die Mers es auf diesem Stand halten. Aber der Vorgang wird eine Weile dauern; warst du schon mal in einem längeren Transfer?«

Tammis schüttelte den Kopf. »Nein, aber ich bin bereit.« Sein Blick war zuversichtlich, und voll von jugendlichem Optimismus.

Wieder entsann sich Vanamoinen an Ilmarinen; er dachte an Gundhalinus Liebe zu Mond Dawntreade ... und er weilte in Gedanken bei ihrer Tochter, die er einst geliebt hatte; er dachte an ihren Sohn, der nun bei ihm war: ein kräftiger, hübscher Junge, dessen ganzes Leben noch vor ihm lag, der eine Frau hatte, die ein Kind erwartete. Für ihn lohnte es sich zu leben ... Er erinnerte sich, daß Ilmarinen Mede geliebt hatte, bevor sie sich kennenlernten. Ilmarinen und Mede zeugten Kinder, die ihnen ein Gefühl von Kontinuität gaben. Darum hatte er Ilmarinen immer beneidet, und er bedauerte es, daß er selbst kinderlos geblieben war.

Die Mers sind deine Kinder, hatte Ilmarinen ihn getröstet. *Jeder Sibyl und jede Sibylle, die zur Welt kommen, werden dein Sohn oder deine Tochter sein.* Doch das war nicht dasselbe. Abermals fiel ihm Ariele ein, und eine Woge ohnmächtiger Sehnsucht brandete in Reede Kullervos bibberndem Körper hoch; das Leben, das gegen den Tod ankämpfte.

Vanamoinen blinzelte sich den Schweiß aus den Augen und schluckte die Sorgen hinunter, die ihm die Kehle zuschnürten. »Während des Transfers wirst du etwas völlig Neues sehen. Sträube dich nicht ... Ich entsinne mich, daß es wunderschön dort ist. Und nun kommt meine Frage, Sibyl ...«

»*Eingabe*«, murmelte Tammis, mit gespannter Miene und ruhigem Blick. Vanamoinen sah, wie die Augen des Jungen glasig wurden, während er in den Transfer hineinglitt; in seiner eigenen Sprache äußerte er die Worte, die ihm den Zugang zu der anderen Realität der künstlichen Intelligenz verschafften, wobei Mond Dawntreader als Katalysator diente.

Tammis begann zuckend durchs Wasser zu driften, als sich zwei fremde Bewußtseinsströme in seinem hilflosen Körper austauschten. Mit einer Hand packte Vanamoinen ihn bei seinem Anzug, zog ihn zu einem Spalt in der Wand und klemmte ihn dort fest. Dann drückte er seine vor Kälte tauben, beinahe gefühllosen Hände wieder gegen die Kontakte, und plötzlich merkte er, daß Tammis ihn mit Augen anstarrte, die gar nicht ihm gehörten.

»Mond Dawntreader?« fragte Vanamoinen leise auf Tiamatanisch.

»Ja«, antwortete sie mit der Stimme ihres Sohnes.

In seiner eigenen Sprache stellte er ihr Fragen und eine andere Präsenz gab ihm durch Mond die Antworten.

Als er sicher war, daß beide auf ihn reagierten, speiste er die Korrekturanweisungen durch die Synapsen in die Matrix ein. Im Grunde tat er dasselbe wie Gundhalinu damals, als dieser auf eine direkte, primitive Art und Weise den Feuersee impfte: Er setzte einen extrem sorgfältigen Heilungsprozeß in Gang.

Mond spürte, wie sich IHRE Konzentration verlagerte, indem SIE auf Vanamoinens Eingabe reagierte, die sich in IHREM träge dahinfließenden Bewußtseinsstrom bewegte wie ein glühender Hauch. Die SIE umgebende Matrix zeigte subtile Veränderungen, sie wandelte sich immer wieder aufs neue, wie Spektralfarben in einem sich langsam drehenden Prisma.

Etwas zwang SIE dazu, IHREN Fokus zu komprimieren; von den Millionen Juwelen, die IHRE Augen waren, suchte SIE sich eine glänzende Perle aus; deren durchlässige Oberfläche bildete das Loch in der Raumzeit, das im Bewußtsein IHRES Sohnes mündete. Plötzlich schaute SIE durch seine Augen, beobachtete, was Reede/Vanamoinen tat, beantwortete seine Fragen und beschrieb zwangsläufig Veränderungen, die IHR wie ein wirres Durcheinander vorkamen; dabei benutzte SIE eine Sprache, die SIE gar nicht kannte.

Nachdem SIE das Unglaubliche beschrieben hatte, wurde SIE abermals in den Strom IHRES Bewußtseins entlassen; SIE wurde grenzenlos, spähte in die entferntesten Winkel des Alten Imperiums, aufs Geratewohl Juwelen berührend, die IHR Zugang zu den Sibyllen auf sämtlichen Welten verschafften; aber die Welten, die SIE kannte, stellten nur einen winzigen Bruchteil aller existierenden Welten dar.

SIE sah ein halbes Tausend Welten, auf denen eine halbe Million Sibyllen lebten; SIE kannte deren Identität, sie wußte, wer ein Spezialwissen besaß, das die in IHREM Nexus gespeicherten Daten vermehrte. SIE kannte die Vergangenheit, die Gegenwart und die Zukunft von allen — dennoch konnte SIE keine Handlung und keine Richtung benennen. SIE wußte nur, daß alle zusammen eine Einheit bildeten, hier an diesem Ort, daß sie ein Teil von IHR waren, so wie SIE ein Teil von allen war … IHR Vorhandensein stellte unter der Gesamtheit Verbindungen her, die für einen in der Zeit verhafteten Sterblichen bedeutungslos waren.

IHR eigenes Dasein war an keine Zeit gebunden, wie wenn SIE immer in dieser Weise existiert hätte; SIE dehnte sich aus ins Unendliche, konzentrierte sich auf einen Punkt in einer versteckten Matrix, wo ein halblebendiges System sich wandelte, seine wahrnehmende Struktur veränderte, in IHR und um SIE herum mutierte; jedesmal, wenn SIE wieder zu SICH SELBST zurückfand, und durch die Augen IHRES Sohnes den sich abmühenden Vanamoinen betrachtete, war IHR Blickfeld ein bißchen klarer …

Zum Schluß sah Mond ihn vollkommen deutlich, vor der Kulisse der Mers, die sich wie ein Aquarellbild hinter ihm bewegten; sein verhärmtes Gesicht, seine verzweifelten Augen strahlten in einem Triumph, in dem fast schon das Feuer des Wahnsinns brannte. »Befreie dich!« befahl er ihr in seiner Sprache und dann auf Tiamatanisch, die Hände hebend, wie wenn sie ein Wassergeist und er ein Inselmagier wäre.

Mond merkte, wie sie in die allgegenwärtige Lichtmusik zurückdriftete, mitten hinein in das Herz der Zeit, in das sie eindringen durfte, weil sie eine Sibylle war; sie fühlte, wie sie eins wurde mit der Zeit, sie spürte IHRE Macht, IHRE Freiheit, IHREN absoluten Weitblick und IHREN Sinn für eine höhere Ordnung. Dennoch blieb sie eine Gefangene der Zeit, sie mußte in ihren eigenen Körper zurückkehren und ihre vergängliche Gestalt wieder annehmen … sich in eine sterbliche Frau zurückverwandeln, die von Feinden umgeben war und keine Waffen besaß, um sich zu wehren.

Aus unvorstellbarer Höhe schaute SIE auf sie hinab, endlich sah SIE ganz deutlich IHR auserkorenes Instrument, dessen Existenz SIE berührt hatte wie ein Kind, das mit einem Puzzle spielt. Als SIE erkannte, wie verzweifelt IHR anderes, einsames ICH war, empfand SIE Mitleid. SIE umarmte ihren Geist mit der fließenden Bewegung des allgegenwärtigen Meeres, Dankbarkeit und Zärtlichkeit in die Liebkosung legend …

Monds Seele ging auf wie eine sich öffnende Blume, und sie verstand, daß sie immer das Gefäß der Herrin gewesen war, IHRE gehorsame Dienerin, wie es die Traditionen ihres Volkes verlangten. Die Herrin existierte, die Herrin wachte über IHRE erwählte Welt; alle, die das Land und die Meere bevölkerten und die mit IHR Frieden hielten, waren wahrhaftig IHRE geliebten Kinder. Und von allen hatte SIE ausgerechnet Mond

Dawntreader dazu erkoren, IHRE Augen, IHRE Hände, IHRE Verfechterin zu sein; SIE hatte sie zuverlässig geführt, damit sie IHR in IHRER Not half. Sie waren eins, und eine bedurfte der anderen.

Sie merkte, daß es in diesem sich wandelnden ewigen Jetzt Geheimnisse gab, die SIE niemals denen enthüllt hatte, die sich mit Fragen an SIE wandten. Selbst die innersten Zirkel des Survey, in die nur Sibyllen Einlaß fanden, die sich als IHRE Diener und Beschützer bezeichneten, wußten nicht, wo die allerhöchste Ebene lag, oder wem sie bedingungslos vertrauen durften. Denn im Zentrum des Survey befand sich der Geist der Sibyllen selbst, dessen Geheimnisse außer seinen Schöpfern nur noch Mond Dawntreader kannte; sie besaß die Stärke und den Einfallsreichtum einer Sibylle, sie wurde vom Erbe ihrer Welt unterstützt, und nichts verband sie mit dem heimlich gesponnenen Netz des Survey, der dem System, das er schützen sollte, nicht nur zum Segen, sondern auch zum Fluch gereichte.

Sie hatte ihr Leben dem Sibyllengeist verschrieben, seine Arbeit getan und alles in ihrer Kraft stehende unternommen, um seine Wiedergeburt und das Überleben der Mers zu gewährleisten — sie diente freudig und gehorsam, obwohl ihr gar keine Wahl blieb. Und ihr blieb immer noch nichts anderes übrig als weiterzumachen, denn plötzlich begriff sie, daß der Kampf noch nicht zu Ende war. Der Zerfall des Netzes war aufgehalten worden, aber die Mers waren noch nicht in Sicherheit; und ohne sie wäre alles, was SIE zu IHRER Rettung in die Wege geleitet hatte, vergebens gewesen. Aber hier und jetzt, während sie einen ewigen Augenblick lang SIE verkörperte, war IHR Geist ohne Grenzen, angefüllt mit einem Wissen, das nicht einmal der Survey kannte; und SIE wußte, daß hier irgendwo die Antwort auf all IHRE Fragen und all IHRE Prüfungen zu finden war.

SIE durchforschte die Weiten der Galaxis ... Jede Anhäufung von leuchtenden Perlen, von denen jede einzelne den Geist einer Sibylle markierte, zeigte die weit verstreuten Welten an, auf denen noch Nachfahren des Alten Imperiums lebten. SIE studierte die Sternkarte, die SIE bis jetzt geheimgehalten hatte, weil die Menschen nichts aus dem Zusammenbruch des Alten Imperiums gelernt hatten ... weil sie immer noch Mers jagten. Doch nun sah SIE ein, daß selbst SIE etwas riskieren mußte, wenn SIE gewinnen wollte; SIE begriff, daß SIE sowohl eine Drohung wie eine Verlockung in den Händen hielt, ein Instrument, das SIE je nach Bedarf einsetzen konnte.

SIE reckte sich empor und betrachtete die Perlen der Sibyllen, die wie Schaum den Kamm einer erstarrten Welle zu krönen schienen. Dann berührte SIE den Geist, der sich am anderen Ende eines schimmernden Energiestrangs befand, und der zu KR Aspundh gehörte. SIE zog ihn hinauf in das Meer aus Licht und rief ihn mit der Stimme der Frau, die er einmal gekannt hatte.

(KR!)

(Mond ...?) Sie spürte sein maßloses Erstaunen, das sich wellenförmig die glänzende Kontaktschnur entlangbewegte. (Was ist? Was ist passiert?)

(Ich habe den Schlüssel, KR. Den Schlüssel, wie man die Mers retten kann ... und um BZ zu helfen. Den Schlüssel zum Universum.)

(Bei allen meinen Vorfahren ...) Seine Gedanken sangen im Licht. (Was müssen wir tun?)

(Du mußt diesen Schlüssel nehmen und ihn im Schloß des Survey umdrehen. Gib meine Botschaft an die Mitglieder der Inneren Zirkel weiter, die du kennst, und denen du vertraust. Sie wiederum müssen die Information der Goldenen Mitte zutragen. Sag ihnen, das Sibyllennetz wird zusammenbrechen, wenn sie weiterhin die Mers jagen. Der Massenmord muß ein Ende haben, andernfalls sterben alle Sibyllen, und die Weihestätten werden zerstört.)

(Ist das wahr?) dachte Aspundh, während seine

Zweifel den Lichtstrahl zerspalteten. (Das kann nicht stimmen ...)

(Die Anfälle von Wahnsinn bei den Sibyllen, die fehlerhaften Auskünfte des Netzes, das Versagen, waren eine Warnung; das läßt sich beweisen, wie die Wahrheit über die Mers. Sie sollen die Daten prüfen und sich selbst überzeugen!) Sie berührte ihn sanft mit der Wahrheit, doch das genügte: seine Panik flammte auf wie ein Blitz. (Du kannst ihnen etwas versprechen ... als Zeichen meines guten Willens ...) murmelte sie und wartete, bis seine Angst sich legte. (Wenn die Jagd auf die Mers aufhört, gebe ich ihnen die Koordinaten einer Welt des Alten Imperiums, die nahe genug an einer Welt der Hegemonie liegt, um den Kontakt wiederaufzunehmen. Im Laufe der Zeit, wenn sich dieser Kontakt friedlich und zu gegenseitigem Nutzen gestaltet — und solange die Mers geschützt bleiben —, verrate ich weitere Koordinaten. Wenn sie einverstanden sind, können sie ihre empirischen Träume verwirklichen. Andernfalls bleibt ihnen nichts — weniger als nichts.)

(Bei den Göttern ...) dachte er, und die Worte schimmerten in ihren Augen. (Dazu bist du imstande?)

(Ja), antwortete sie.

(Ja ...) kam sein Echo, (ja, ich werde es ihnen sofort mitteilen.)

(KR ...)

(Was ist, Mond?)

(Wo ist BZ? Wie geht es ihm?)

(Wir glauben, daß er auf Big Blue ist. Und wie es ihm geht ... Ich weiß es nicht. Ich bete, daß er noch am Leben ist.)

Sie gab keine Antwort; der Druck ihrer Emotionen wurde so stark, daß sie ihren Zorn schließlich nicht mehr bezähmen konnte. (Warum habt ihr ihm nicht geholfen? Du und alle diejenigen, denen er vertraute?)

(Wir haben es versucht, aber nichts erreicht.)

(Wozu seid ihr dann nütze?) dachte sie; ihre Erbitterung floß wie Säure, verbrannte sie und verbrannte ihn. (Zuerst zwingt ihr ihn zu handeln, dann laßt ihr ihn im Stich; während er leidet, versteckt ihr euch und murmelt eure Geheimformeln wie scheinheilige Feiglinge ... Etwas anderes seid ihr nämlich nicht!) Sie begann sich zurückzuziehen, und das atmosphärische Rauschen schwoll an zu blendenden, schwarzgoldenen Wellen.

(Mond ...) rief er ihr hinterher, und seine Pein zerstrahlte das Licht. (Um der Götter willen, ich bin doch ein alter Mann!)

Durch den Vorhang aus Lichtfäden preschte sie zu ihm zurück, einen flüchtigen Moment lang den Kontakt wiederaufnehmend. (Sag ihnen, Gundhalinus Ehre wird wiederhergestellt werden. Er kommt als Oberster Richter nach Tiamat zurück ... Falls nicht, dann schwöre ich beim Universum, daß es für euch, zeit meines Lebens, keine neuen Welten geben wird!) Sie war sich nicht sicher, ob sie selbst die Drohung aussprach oder ob SIE sich ihrer bediente. (Und wenn ich sterbe, habt ihr überhaupt nichts mehr.) Die Wahrheit flammte in ihren kraftvollen Worten; sie spürte noch, wie KR sich vor Schmerzen wand, ehe sie die Verbindung kappte.

Wieder allein im endlosen Meer, merkte sie, wie ihre eigene, zeitgebundene Realität sie zurückrief. Irgendwo floß der Strom der Zeit immer noch voran und riß sie mit sich; ihre Körperkräfte schwanden, und es drängte sie unwiderstehlich zur Heimkehr. Doch noch einmal weitete sie ihren Blick, ein allerletztes Mal, und forschte verzweifelt unter den Abertausenden von strahlenden Tropfen in IHREM einzigartigen Ozean, von denen jeder einzelne einen Namen, einen Geist und eine Seele besaß.

(BZ ...) Sie sank durch die blitzenden Reflexe in das warme Herz seiner Lebenskraft; vor Freude und Erleichterung, ihn wohlauf zu finden, funkelte sie mit der Energie eines Sterns. (BZ!) wiederholte sie leise in seinen Gedanken.

Sie spürte, wie sich sein Geist unruhig regte, planlos Farben versprühte, wie wenn etwas tief in seinem Innern darum kämpfte, aufzuwachen und zu antworten. *Aufwachen ...* Sie merkte, daß er schlief; vor Erschöpfung schlummerte er so tief und fest, daß sie nicht zu ihm durchdringen konnte.

(Schlaf weiter, mein Liebster), dachte sie, und Zärtlichkeit umfächelte sie wie ein wunderschönes Lied. (Es dauert nicht mehr lange), flüsterte sie, während ihr Versprechen sich in goldenen Kreisen durch seine ruhenden Gehirnströme fortpflanzte (nichtmehrlange, nichtmehrlange, nichtmehrlange ...)

Sie ließ ihn los, glitt zurück in die Musik und in das Licht und schmiegte sich in die Umarmung der Herrin, die still und ewig wartete: auf sie, auf die gesamte Menschheit, auf die Sibyllen, die IHR eigen Fleisch und Blut waren, denen SIE diente und die SIE formte, die SIE im Großen Spiel um das Überleben der Menschheit einsetzte. Und in IHREM Geist setzte sie das letzte kleine Rädchen in Bewegung.

(Jetzt!) dachte sie, während sie sich konzentrierte, sich aus dem Überall löste und in das Hier und Jetzt zurückfiel ...

Vanamoinen sah, wie das fremdartige Leuchten in Tammis' Augen erlosch, und der Junge erschauernd wieder zu sich kam.

Benommen von der Vision, die er erlebt hatte, klammerte sich Tammis an die Wand. Um den Blick zu klären, schüttelte er den Kopf. Jählings starrte er Reede ins Gesicht, und seine Miene wandelte sich. »Was ist passiert?« fragte Tammis. »Reede?« Er verstummte, als jemand sie von unten anstieß.

Es war Silky, die beharrlich ihre herabbaumelnden Beine bearbeitete.

»Sieh doch!« Tammis ruderte mit dem Arm. »Sie sind weg! Die Mers sind verschwunden.«

»Es ist vorbei«, flüsterte Vanamoinen heiser. »Die Gezeiten wechseln ...«

»Dann müssen wir hier raus!«

Vanamoinen nickte und biß auf die Zähne, als er einen Brechreiz spürte. Als Antwort gab er Tammis einen Schubs, der ihn in die Richtung der Öffnung drehte, durch die sie in die Kaverne hereingeschwommen waren. Tammis schwamm los, begleitet von Silky, die ihn mit anmutigen Bewegungen umkreiste und zur Eile mahnte. Doch zögernd blickte sich Tammis um, als er merkte, daß Vanamoinen ihm nicht folgte, sondern sich einfach nach unten fallen ließ. »Reede?« rief Tammis. »Bei den Titten der Herrin, komm doch! Sonst werden wir hier eingeschlossen!«

Vanamoinen spürte Reede Kullervos Angst, die in seinem widerstrebenden Körper raste wie ein tollwütiges Tier; er wollte hinaus, obwohl er wußte, daß er zum Tode verdammt war, seinem vorherbestimmten Schicksal nicht entrinnen konnte.

»Reede!« brüllte Tammis noch einmal, und seine Stimme dröhnte in Vanamoinens Helm.

Reede begann mit den Beinen zu strampeln und seinen schmerzenden Körper anzutreiben. Vanamoinen gab Kullervos wahnwitzigen Anstrengungen nach, ihm wenigstens die Würde der freien Entscheidung lassend, auch wenn es sinnlos war ... Er wußte, daß Tammis die Höhle ohne ihn nicht verlassen würde.

Reede schwamm drauflos, gegen ein Gefühl der Orientierungslosigkeit ankämpfend, und durch die flüssige Atmosphäre folgte er Tammis hinterher. Die Kaverne schien sich ins Unendliche auszudehnen. Nur noch eine Handvoll Mers schwamm zügig hinaus, weit vor ihnen und kaum noch sichtbar. Die Strömung hatte die Richtung geändert, und das Wasser wurde durch die Ebbe ins Meer zurückgesogen; langsam ließ er sich auf den Ausgang der Höhle zutreiben, durch die unheimliche Finsternis, in der der ANDERE immer noch ein

Licht zu erkennen vermochte. Er schwamm, obwohl er bei jeder Bewegung glaubte, die Muskeln würden von seinen Knochen gerissen; jeder Atemzug verursachte ihm heftige Stiche in der Brust.

Silky hörte auf, Tammis zu umkreisen, kam zu ihm und drängte ihn ungeduldig vorwärts, als die Lücke zwischen ihnen größer wurde. Vor Schmerzen fluchte er; Silkys derbe Nasenstüber trieben ihn voran, weil er versuchte, einer Berührung mit ihr zu entgehen.

Vor ihnen verschwanden gerade die letzten Merlinge durch die schmale Passage, wo die Turbinen lauerten; er sah, wie Tammis dort anlangte und nahm das dunkle Blitzen von Metall wahr.

»Beeil dich!« schrie Tammis mit schriller Stimme. »Sie fangen an, sich zu drehen. Mach schon, Reede!«

»Schwimm weiter!« brüllte Reede mit letzter Kraft. »Schwimm endlich durch den Tunnel, verdammt noch mal!« Tammis glitt in den engen Kanal. Mit der Faust hieb Reede Silky fest auf die Nase, um sie anzutreiben. Er sah, wie sie Tammis folgte. Das Wasser um ihn herum begann unnatürlich zu brodeln; er spürte das Wummern schwerer Maschinen, das durch die Höhlen vibrierte, als die Turbinen ihre Arbeit wieder aufnahmen. Die Propellerblätter fingen langsam an, sich zu drehen, um so für die nächsten zweihundertundfünfzig Jahre den Zugang zum Computer zu versperren.

Bei allen Göttern ... Er war sich nicht sicher, zu wem er betete, oder für wen, während er beobachtete, wie der Lichtspeer von Tammis' Helm den schwarzen Tunnel durchstieß. Mit dem Mut der Verzweiflung trat er selbst seine Reise in die Finsternis an, wo sich die Kiefer des Großen Render langsam schlossen. Blindlings schwamm er drauflos, kniff die Augen zusammen, um nicht sehen zu müssen, was vor ihm lag, und plötzlich schoß ihm das Blut aus der Nase.

Das Wasser wurde immer turbulenter und machte ein Vorankommen schwierig; er war gezwungen, die Augen zu öffnen und seinen Weg zu suchen. Weit vorn erspähte er im Mahlstrom den Schein von Tammis' Lampe; das Licht drehte sich ihm zu, während der Junge eine Lücke in der sich schließenden Öffnung suchte.

»Wir sind durch!« rief Tammis. »Reede? Reede! Du kannst es schaffen!«

Reede hustete und spuckte Blut; Blut verschmierte die Sichtscheibe seines Helms. »Ich bin erledigt«, keuchte er und verstand selbst kaum, was er sagte. Die Entfernung zwischen ihnen wurde größer, die Lücke, durch die er schwamm, verkleinerte sich. Der dumpfe Takt der Turbinen dröhnte in seinem Kopf; das Wasser schien zähflüssiger zu werden, es begann zu wirbeln und zu kochen. *Ich schaff's nicht!*

Seine letzten Kraftreserven verließen ihn, sein Mut war gebrochen; sollte das Wasser ruhig von ihm Besitz ergreifen, seinen Körper opfern. Die Propellerklingen hoben und senkten sich ... Der Tod rüstete sich für sein Fest. Die Wasserstrudel peitschten seinen Körper, zwangen ihn dazu, jedes qualvolle Symptom seines Verfalls auszukosten; zum Schluß hoffte er auf das Ende, sehnte sich nach dem Augenblick, in dem sein Körper zermalmt und seine Seele endlich freigesetzt würde.

»Reede!« Er spürte einen Zusammenprall — es war Tammis. Der Junge schlang die Arme um ihn und zerrte ihn zum Ausgang des Tunnels, während der Merling von hinten nachschob und ihn drängte, nicht aufzugeben.

»Nein!« schrie er, halb vor Schmerzen, halb als Warnung, als sie ihn malträtierten, in dem wahnwitzigen Versuch, sein Leben zu retten. »Laßt mich, verdammt noch mal! Ihr bringt euch selbst um!« Mit den Fäusten trommelte er gegen Tammis' Helmfenster. »Haut ab!«

»Nein«, keuchte Tammis, umklammerte ihn und zog ihn durch den weißen Strudel, als sei er ein von Panik befallender Ertrinkender. »Du weißt nicht, was du sagst.«

»Ich muß so enden!« brüllte Reede. »Laß mich sterben!«

»Nein!« hallte Tammis' Stimme in seinem Helm. »Ich lasse es nicht noch einmal zu, daß jemand meinetwegen hier unten stirbt.«

Reede spürte, wie er durch den Mahlstrom aus Metall und schäumendem Wasser geschleppt wurde, bis ein letzter Schwall ihn auf die andere Seite spie.

Etwas prallte mit ihm zusammen und versetzte ihn in Drehung. Hektisch tastete er danach. »Tammis?« Doch seine Hand griff in das Gesicht des Merlings. Er machte kehrt und kämpfte gegen die Strömung an. »Tammis!« gellte er, als er den Jungen plötzlich im Lampenschein sah, von blitzendem Metall umgeben. Wie ein Wahnsinniger schoß er auf die Hände zu, die sich ihm entgegenstreckten. Er bekam sie zu fassen und zog — dann wurden sie ihm mit einem heftigen Ruck entrissen. In dem Schrei, der seine Seele spaltete, glaubte er seinen Namen zu hören, während Tammis in die tobenden weißen Wasserwirbel hinabgesogen wurde.

Auch er schrie, als er auf die Turbinen zupreschte. Aber Silky war vor ihm da, versperrte ihm den Weg und trieb ihn trotz seines Widerstandes nach vorn durch den Tunnel.

Reede gab nach, und seine Raserei erstarb wie der Nachhall von Tammis' Todesschrei, der sein eigener hätte sein sollen ... Hilflos war er Silkys Puffen und Knüffen ausgesetzt; er umschlang ihren langen, sehnigen Hals, und wie ein Schock traf ihn die Wärme, die sie verströmte; ihr weiches Fell tat seinen tauben, verkrampften Fingern gut. Er ließ sich von ihr aus den weißen Todesgewässern tragen, auf ihrem Rücken reitend; fort von dem pulsierenden Herzschlag der Turbinen, hinein in Stille und Dunkelheit, bis sie endlich die Oberfläche erreichten.

Karbunkel

Mond stand vom Boden der Transportkapsel auf, als von tief drunten Geräusche zu ihr hochdrangen. Vor Erschöpfung wie gelähmt, war sie sich nicht sicher, ob sie geschlafen oder das Bewußtsein verloren hatte; sie wußte auch nicht, wieviel Zeit vergangen war. Ihr schwindelte, und in ihrem Kopf kreisten die Visionen der letzten Stunden, IHR Bildnis, bis sie merkte, daß sie wieder in den Ozean hinabtauchte, hinein in die finsteren Winkel der Erinnerung.

Sie rappelte sich hoch, klammerte sich an das Instrumentenpaneel und kämpfte darum, wach zu bleiben. Sie spähte nach unten. Im grünleuchtenden Wasser entdeckte sie eine Gestalt — anfangs glaubte sie, es sei ein Mensch, aber es war ein Mer. Ein Mann kletterte an der Wand nach oben, Risse und Spalten benutzend, die sie inmitten all der Maschinerie nicht mal wahrnehmen konnte. Abermals spähte sie hinunter und bemühte sich, in dem Mer einen Menschen zu erkennen. Doch es ging nicht, und kein zweiter Mann hangelte sich den Schacht herauf. Sie entsann sich des gequälten Gesichtsausdrucks von Reede, als sie ihn in der Höhle durch Tammis' Augen angeschaut hatte; ein stolzes Gesicht, aber ohne Hoffnung ... So sah ein Sterbender aus.

Sie wandte sich vom Instrumentenbrett ab und ging zur Ausstiegsöffnung; sie taumelte, als habe sie während ihres Aufenthalts im zeitlosen, entkörperlichten All verlernt, ihre Bewegungsabläufe zu koordinieren. Als sie den schmalen Steg betrat, hielt sie sich mit einer

Hand am Türrahmen fest, mit der anderen stützte sie sich an der Wand ab.

Direkt vor ihr schob sich ein Helm über den Rand der Plattform. Erschrocken prallte sie zurück; doch dann vergaß sie ihre Schwäche und ihren Schwindelanfall und griff helfend nach beiden Armen. »Tammis!« Sie zog ihn vollends herauf und torkelte mit ihm in die Kabine zurück. Auf der Schwelle zur Einstiegsluke brach er in die Knie, wie wenn ihn die Kräfte verließen. Der Sichtschirm des Helms war von innen verschmiert, so daß sie das Gesicht nicht erkennen konnte. Während er an dem Verschluß des Helms herumfingerte, kniete sie neben ihm nieder; kurzerhand schob sie seine flatternden Hände beiseite und nahm ihm selbst den Helm ab.

Der Gestank, der Anblick von Blut ließ sie zurückzukken. Aus einem mit Erbrochenem verklebten, blutigen Gesicht starrten sie Augen an, so klar und intensiv blau wie ein Sommerhimmel. »Reede.« Ihr Herz setzte einen Schlag aus.

Er nickte und schwankte hin und her. »Herrin ...«, flüsterte er mit kaum verständlicher Stimme. Er brach ab, und versuchte vergebens, sich das Gesicht mit dem Anzugärmel abzuwischen.

»Wo ist Tammis?« Sie packte ihn bei den Schultern; er schrie auf, als sie ihn schüttelte; krank vor Angst, wollte sie ihn zu einer Antwort zwingen. »Wo ist er! Was ist passiert?«

Reede fixierte sie und raffte sich zusammen. »Er ist tot ...«, murmelte sie, während sein Körper krampfhaft zuckte. »Die Turbinen ...«

»Nein ...«, flüsterte sie. »Was? Wie konnte das passieren? Nein ...«, stammelte sie. »Wieso ...?«

»Es hätte mich treffen sollen! Ich mußte nur so lange am Leben bleiben, bis das Sibyllennetz kuriert war ... Dann wäre meine Zeit abgelaufen gewesen.« Reede sackte vornüber und ballte die Fäuste. »Er ließ es nicht zu. Er hat mein Leben gerettet, dieser Bastard — und wozu? Er befand sich so gut wie in Sicherheit. Er hatte alles, wofür es sich zu leben lohnt. Statt dessen stirbt er an meiner Stelle. Ich müßte tot sein.«

Sie ließ ihn los, und er sackte in eine Pfütze aus Meerwasser, die sich um ihn gesammelt hatte. Sie schloß die Augen, weil sie ihn nicht mehr sehen konnte; plötzlich entstand vor ihr die Szene, wie Miroe gestorben war; sein Tod hatte sich in Tammis' Augen widergespiegelt. *Tammis ... Tammis ...* »Tammis!« Auf einmal merkte sie, daß sie seinen Namen wimmerte.

Als sie die Augen wieder öffnete, lag Reede auf dem Boden und stierte sie an. Er hob die Hand, und seine Finger krallten sich in den Stoff ihres Ärmels. »Es tut mir leid ...«, flüsterte er. »Es tut mir leid es tut mir leid es tut mir leid ... Was habe ich Ihnen alles angetan — Ihrer Tochter, Ihrem Sohn. Es hätte mich treffen sollen. Mich ...« Er fing an zu schluchzen. »Mich! Mich!«

Sie bückte sich und hob ihn hoch; ihre Arme zitterten von der Anstrengung. Dann befahl sie der Kapsel, sie nach oben zu tragen; während sie seinen schweren, schlaffen Körper hielt, schloß sich die Luke und fügte sich wieder nahtlos in die Wand ein. Die Kapsel setzte sich in Bewegung und transportierte sie den Schacht hinauf, der noch im Dunkeln lag. Reede an sich drükkend, tat sie während der kurzen Zeitspanne so, als gäbe es keine Zeit, als befände sie sich immer noch in der Innenwelt der Außenwelt, in jenem göttlichen Rausch, in dem alles gleichzeitig geschah. Sie bildete sich ein, sie hielte ihr eigenes Kind in den Armen, und nicht diesen halbverrückten Fremden, der im Namen des Sibyllennetzes ihre Familie zugrundegerichtet hatte ...

Doch dann blieb die Kapsel stehen, und über ihr öffnete sich die Luke. Zu schwach, um sich zu bewegen, hob sie den Blick; man rief ihr etwas zu, sie erkannte die Stimmen von Jerusha und Merovy. Außerstande, in ihre Gesichter zu sehen, senkte sie den Kopf. Sie wollte nicht mitbekommen, wie sie reagierten, wenn sie erfuhren, was passiert war.

Reede rührte sich, als er die Stimmen hörte; während der Fahrt nach oben hatte er wie leblos in ihren Armen gelegen. Nun setzte er sich aufrecht hin und schaute sie wortlos an. Sein Blick war benommen, wie wenn er nichts verstünde.

»Mond?« fragte Jerusha mit wachsender Besorgnis.

»Hier bin ich ...«, antwortete sie matt. Sie hörte, wie jemand zu ihnen herunterkletterte, und dann ließ sich Jerusha in die Kapsel fallen.

Jerushas Blick flackerte nervös von einem zu anderen; ihre Züge verhärteten sich. »Tammis ...«, sagte sie, halb fragend, und sah dabei Mond an.

Mond schüttelte den Kopf.

»O Götter ...«, stöhnte Jerusha. Sie ging zu Mond und zog sie auf die Füße. Wieder wanderte ihr Blick zwischen Mond und Reede hin und her. »Hier oben hat sich nichts geändert«, berichtete sie. »Die Stadt liegt immer noch im Dunkeln. Was ist passiert, Mond? Kannst du es mir sagen?«

Mond schüttelte den Kopf. »Hol mich ... hol uns hier heraus, Jerusha.«

Jerusha nickte und half Mond, die Leiter hinaufzuklettern. Droben streckten sich ihr helfende Hände entgegen und befreiten sie aus dem stinkenden Gefängnis. Dann stand sie am Rand der Grube, umringt von vertrauten Personen, deren Gesichter im Lampenschein glänzten. Die Arme, die sie stützten, versicherten ihr, daß sie in die Welt zurückgekehrt war, in die sie hineingehörte.

Clavally und Danaquil Lu hielten sie, während Merovy ihr einen kräftigenden Heiltee brachte. Sie trank den Becher leer, den Blick auf die Gestalten gerichtet, die jetzt der mattglühenden Transportkapsel entstiegen. Jerusha ging voran und zog dann Reede das letzte Stück die Leiter hoch und über den Rand der Grube. Sobald sie ihn losließ, brach er zusammen; sie ließ ihn liegen wie eine kaputte Puppe. Die anderen drehten sich um und spähten erwartungsvoll an ihm vorbei. »Tammis?« rief Merovy, deren Hoffnung in Besorgnis umschlug, als niemand mehr aus der Kabine auftauchte.

»Merovy«, sagte Mond mit belegter Stimme. »Er kommt nicht.«

Merovy betrachtete sie mit einem Blick, der ihr unter die Haut ging. »Doch, er wird kommen«, beharrte sie mit sinnloser Sturheit. »Er ist mit dir heruntergegangen, und er kommt auch wieder zurück.«

»Das wird er nicht«, flüsterte Mond, und Tränen stiegen ihr in die Augen. »Er ist, tot, Merovy.« Ihre Finger krallten sich in die Ärmel ihres feuchten Pullovers. »Er ist *tot!*«

Merovys Gesicht wurde leer; sie preßte sich die Hände gegen den sanft geschwollenen Leib. »Wie ...?« Ihre Stimme krächzte wie ein rostiges Scharnier.

»Ich habe ihn umgebracht.«

Bei Reedes Worten drehten sich alle um. Taumelnd kam er auf die Beine, wie ein Mann, der seinem Grab entsteigt. Merovy stieß einen heiseren Schrei aus. Jerusha starrte ihn entgeistert an.

Mit wutverzerrtem Gesicht wollte sich Merovy auf Reede stürzen; ihre Mutter hielt sie zurück. »Warum?« kreischte sie.

»Es war ein Unfall«, wandte Mond ein. »Tammis hat ihm das Leben gerettet.«

»Wieso ist das passiert? Wo ist *er?*« schrie Merovy. Mond und alle anderen blieben ihr die Antwort schuldig. »Das ist nicht fair; wir erwarten ein *Kind!*«

Ihre Mutter hielt sie fest. »*Du* erwartest ein Kind ...«, murmelte Clavally und paßte auf, daß sie sich nicht losriß. Du trägst das Kind aus, mein Herzblatt, gib gut darauf acht!«

Sie gab tröstende Laute von sich, als Merovy zu schluchzen begann. Merovys Weinen hallte durch den riesigen Saal, bis es Mond vorkam, als trauere die ganze Welt mit ihr. Über den Kopf ihrer Tochter hinweg sahen Clavally und Danaquil Lu einander an; ihnen schwante, wie sich der Vorfall ereignet hatte.

Mond konnte ihr Mitgefühl nicht länger ertragen; aus Angst, sie könne selbst zusammenbrechen, wandte sie sich ab. Sie schaute in die Grube hinunter. »Ich habe die Welt gerettet«, sagte sie erbittert, »aber meine Kinder verloren.«

Aus dem Augenwinkel sah sie, wie Reede sich auf den Abgrund zubewegte. »Haltet ihn auf!«

Mit zwei Schritten war Jerusha bei ihm und stieß ihn zur Seite, als er sich in die Tiefe stürzen wollte. Mühelos konnte sie ihn überwältigen und ihn von der Kante wegführen; sie brachte ihn zu den Menschen, die ihn schweigend musterten.

Er fiel auf die Knie. Jerusha legte die Hände auf seine Schultern, um ihn festzuhalten, doch Mond merkte, daß er am Ende war. Wütend funkelte er die ihn umringenden Leute an; auf dem Gesicht glänzte frisches Blut, in den Augen brannte Verzweiflung. »Wollt ihr zusehen, wie ich sterbe?« höhnte er. »Dann seht euch das Schauspiel nur an, verdammt noch mal!«

Als Mond zu ihm ging, hatte sie das Gefühl, sie sei eine alte Frau; ihr Körper war steif und schmerzte bei jedem Schritt. Vor ihm blieb sie stehen. »Wer sind Sie?« fragte sie.

Er hob den Kopf und senkte ihn wieder, ohne etwas zu sage; doch in seinem Blick hatte sie die ungeheuerliche Wahrheit erkannt.

»Ich will nicht, daß Sie sterben«, sagte sie leise. Als er das Gesicht zur Seite drehen wollte, umrahmte sie es mit den Händen, so sanft, als berühre sie Schnee. »Ich möchte Ihnen helfen; sagen Sie mir nur, was ich tun muß.«

Langsam schüttelte er den Kopf, ihre Hände mit Blut benetzend; verwirrt starrte er zu ihr empor. »Sie können mir nicht helfen; ich kann mir ja selbst nicht helfen.«

»Sagten Sie nicht, die Polizei hätte Ihnen bei der Verhaftung die Probe mit dem Wasser des Todes weggenommen?«

»Ja«, murmelte er ermattet.

Sie warf Jerusha einen Blick zu. »Ob die Probe noch im Besitz der Polizei ist?«

Jerusha zuckte die Achseln. »Vielleicht. Aber uns gibt man sie bestimmt nicht.«

»Und wenn wir humanitäre Gründe geltend machen?«

Jerusha lachte bitter. »Um das Leben eines Kriminellen zu retten, den du vor der Hegemonie beschützt? Unter den gegebenen Umständen hätten wir gar keine Chance.«

»Schick einen Boten zu Vhanu, Jerusha!« befahl Mond. »Er soll ihm ausrichten, daß in der Stadt die Lichter wieder angehen, wenn er mir die Droge gibt ... ohne Fragen zu stellen.«

Jerusha starrte sie an. »Ich dachte, mit diesem Blackout hättest du nichts zu tun.«

»Habe ich auch nicht«, bekräftigte Mond.

»Trotzdem kannst du dafür sorgen, daß die Energie wieder fließt?«

Mond wandte den Blick von ihr ab und schaute in die finsteren Winkel der Halle der Winde. »Ja.«

»Ich schicke sofort jemanden los«, erwiderte Jerusha verblüfft. »Herrin.« Sie verbeugte sich und verließ eilig den Saal.

Mond schenkte ihre Aufmerksamkeit wieder Merovy und ihren Eltern, die dastanden wie Trauernde auf einer Beerdigung. »Clavally, Dana, helft ihr mir, Reede auf ein Bett zu legen? Ich will es ihm so bequem wie möglich machen.« Sie nickten, zweifelnd, skeptisch, während sie ihre zitternde Tochter umarmten. »Merovy«, sagte Mond ruhig, »du hast eine medizinische Ausbildung.

Kannst du vielleicht etwas für Reede tun? Er leidet schreckliche Schmerzen.«

Merovy blinzelte; in ihr weißes, starres Gesicht trat ein Hauch von Farbe, und einen Augenblick lang glaubte Mond, das Mädchen würde ihr Ansinnen zornig ablehnen. Doch Merovy drehte sich um, zwang sich dazu, Reede anzuschauen, und in ihrem Gesicht arbeitete es. »Ja«, sagte sie schließlich, kaum hörbar, mit gesenkten Lidern, die Hände gegen den Leib gepreßt.

Reede hob den Kopf und beobachtete argwöhnisch ihr Näherkommen. Doch er sträubte sich nicht, als man ihn die breite, geschwungene Treppe hinaufhievte und in das Innere des Palastes führte.

Mond sorgte dafür, daß er in ein Bett kam. Sie wischte ihm mit einem kühlen Tuch das Erbrochene und Blut vom Gesicht. Dann sah sie zu, wie Merovy ihn provisorisch mit den medizinischen Mitteln versorgte, die sie zur Hand hatten. Während Merovy arbeitete, entspannten sich ihre Züge, und sie bewegte sich immer ruhiger und sicherer, als ob die körperliche Berührung des Kranken sie zwänge, Reede als ein menschliches Wesen zu akzeptieren.

Reede lag da, die Augen geschlossen, flach atmend, als ob er das Bewußtsein verloren hätte. Doch an seinen verkrampften Muskeln und den weißen, geballten Fäusten erkannte Mond, daß er lediglich versuchte, die Menschen zu ignorieren, die Zeugen seiner Qualen wurden.

Nachdem alles für Reede getan worden war, um sein Leiden zu lindern, ließ Mond ihn in der Obhut der anderen und ging durch den dämmrigen Palast zurück in die Halle der Winde. Als sie den schmalen Steg über der Grube betrat, spürte sie den Lockruf des Sirenenlichts. In ihrem Geist hallte nur das schwache Echo des bunten, prunkvollen Glanzes nach, der sich ihrem Gedächtnis eingeprägt hatte, dennoch fingen ihre Sinne vor Sehnsucht an zu vibrieren. *Die Herrin …*

Tief sog sie den Duft des Meeres ein, der ihr an diesem Ort entgegenströmte; er ermahnte sie ständig an die Präsenz einer unsichtbaren Kraft, an die sie während ihrer Jugendzeit auf den Inseln bedingungslos geglaubt hatte. Für sie hatte der Ozean eine Gottheit verkörpert, die durch den Mund jeder Sibylle sprach, IHRE Weisheit jedoch nur den Sommerleuten gewährte, IHREM auserwählten Volk.

Dieser Glaube wurde zerstört, als ihre Religion mit der Kultur der Außenweltler zusammenprallte und sie deren profunderes, raffinierteres Netz aus Wissen und Täuschung kennenlernte. Sie hatte die scheinbare Wahrheit über das Sibyllennetz erfahren und im selben Augenblick ihre Unschuld verloren. Seit der Zeit existierte die Herrin für sie nicht mehr, außer als leerer, formelhafter Begriff in Flüchen; und jedesmal, wenn sie der Glaubensstärke bedurft hätte, empfand sie ein Gefühl des Verlustes.

Doch nun hatte sie endlich die höhere Wahrheit erkannt, die sich in der zynischen, selbstbetrügerischen Realität der Außenweltler verbarg. Die Intelligenz, die das Sibyllennetz steuerte, war keine übernatürliche Macht, sondern ein System, das zwar nicht menschlich war, aber dennoch von menschlichen Wünschen und Bedürfnissen gelenkt wurde. Den Menschen weit überlegen, war es doch von Menschen, die dachten wie sie selbst, erschaffen worden; es ruhte im Zentrum des Survey, zahllose Schicksale auf unzähligen Welten beeinflussend, von denen sie nicht einmal die Namen erfahren würde.

Und die beiden Individuen dieser Welt waren vom System auf eine natürliche, aber tiefgründige Art und Weise auserwählt worden. Sie war weder verrückt noch verblendet, weder Machthunger noch Ehrgeiz trieben sie an — sie war nicht Arienrhod. Sie hatte recht gehabt. Und all das, woran sie geglaubt hatte, entpuppte sich letzten Endes doch als die Wahrheit.

Furchtlos schaute sie hinab in das grüne Licht; sie spürte eine Erschütterung, als sie an ihren Sohn dachte, und welchen Preis sie hatte zahlen müssen, um IHRE Auserwählte, die Dienerin der wahren Herrin zu sein.

Sie erschauerte. Dann überquerte sie die Brücke, dieses Mal freiwillig und aus eigenem Antrieb, nicht länger unter einem Zwang stehend. Auf der anderen Seite verharrte sie; in der stillen Leere preßte sie sich die Hände gegen die Augen, bis sie nur noch den schrillen Glanz von Phosphenen sah.

Als sie hörte, wie sich hallende Schritte näherten, hob sie den Kopf und hielt die Laterne hoch. Vor ihr erschien ein weiteres Licht; Jerusha führte Vhanu höchstselbst in den Palast.

Hastig wischte sie sich das Gesicht ab und ließ dann die Hände herunterbaumeln. Vhanu konnte es nicht ganz überspielen, daß es ihn nervös machte, sich ohne eigene Eskorte im Palast zu bewegen; er blickte überrascht drein, als er sah, daß sie auf ihn wartete — gleichfalls allein.

»Herrin.« Jerusha verneigte sich. »Der Kommandant hat das Gewünschte mitgebracht.«

»Ich staune, daß Sie sich persönlich hierherbemühen, Kommandant«, sagte Mond und hob die Brauen. Seinem eisigen Blick begegnete sie mit frostiger Stimme.

Er machte eine knappe Verbeugung. »Ihr Angebot ist so — ungewöhnlich, Herrin, daß ich mich selbst überzeugen wollte, was dahintersteckt. Außerdem möchte ich dabeisein, wenn Sie Ihren Teil der Abmachung einhalten.«

»Ich gebe keine Versprechungen ab, die ich nicht einzulösen gedenke«, erwiderte sie. Sie spürte, wie Jerusha sie fragend anschaute.

Langsam kam Vhanu näher, bis er neben ihr am Rand der Grube stand. Er hielt sich im Umkreis des Lichtscheins auf, blieb aber außer ihrer Reichweite. Vorsichtig zog er eine kleine Phiole aus silbernem Metall aus seinem Rock. »Hier habe ich, wonach Sie verlangen.« Die Hand mit der Phiole streckte er über dem Abgrund aus. »Und jetzt verraten Sie mir, *warum* Sie es haben wollen.«

Mond stockte der Atem; sie sah das zufriedene Leuchten in Vhanus Augen. Mit kaum verhohlenem Ekel betrachtete er ihre schlichte, einheimische Kleidertracht. Ihr fiel ein, daß sie vergessen hatte, sich umzuziehen; sie trug noch immer dieselben Sachen, die sie in der Grube angehabt hatte; das Zeug war feucht, fleckig und stank nach Reedes Krankheit.

Die Art, wie er sie musterte, verscheuchte ihre Angst und machte sie zornig. »Was ich damit vorhabe, geht Sie nichts an, Kommandant.«

»Gestern nahmen Ihre Konstabler meinen Polizisten einen Gefangenen weg: den Mann, dem diese Droge gehört. Was Sie mit der Droge — und mit dem Mann — anstellen, geht mich sogar sehr viel an.«

Mond holte tief Luft. »Er ist von der Droge abhängig; meine Tochter auch. Sie brauchen das Mittel, um am Leben zu bleiben.«

Er betrachtete die Phiole. »Viel ist aber nicht darin.« Mitleidlos sah er sie wieder an, und ihr flüchtiger Impuls, ihnen bei der Analyse und Herstellung der Droge zu helfen, erstarb im Keim.

»Das ist mein Problem, Kommandant«, sagte sie, im Grunde froh darüber, daß er ihr einen Vorwand geliefert hatte, ihn nicht um Hilfe bitten zu müssen. »Ihr Problem ist es, die Stadt wieder ans Energienetz anzuschließen. Das kann ich für Sie tun, wenn Sie mir die Phiole geben.«

In einer sonderbaren Geste reckte er den Hals, als ob er versuchte, hinter den Sinn ihrer Worte zu schauen und sie auf ihren Wahrheitsgehalt hin zu prüfen. »Und was wird aus dem Schmied?« fragte er argwöhnisch.

»Aus wem?« entfuhr es ihr. »Meinen Sie damit Reede Kullervo?«

Er nickte und furchte die Stirn. »Ich will ihn zurückhaben.«

»Er hat meine Tochter drogensüchtig gemacht. Er ist für den Tod meines Gemahls verantwortlich«, entgegnete sie ohne Umschweife. »Er er hat meinen Sohn ertränkt. Er gehört mir, damit ich nach Belieben mit ihm verfahren kann.« Noch immer merkte sie, wie Jerusha sie skeptisch musterte.

Vhanus Stirnrunzeln vertiefte sich, doch in seinem Blick las sie Verständnis. Dann ließ er die Hand mit der Phiole sinken, die er über den Abgrund gehalten hatte. »Aber ich brauche ihn«, beharrte er, »und ich brauche ihn lebend. Er ist sehr wichtig für uns.« Er brach ab. »Seine Festnahme bedeutet der Hegemonie sehr viel.« *Damit meinte er in Wahrheit die Survey-Loge.* Sie spürte den gnadenlosen Zugriff, die versteckte Faust dieses Geheimbunds, dem er loyaler diente als seiner Regierung.

Im Geist sah sie Reede, der eine Schachfigur der Bruderschaft gewesen war, in den Besitz der Goldenen Mitte übergehen; natürlich wollten sie ihn in ihre Gewalt bringen, seinen scharfen, gestohlenen Verstand ausbeuten, wie es ihre Rivalen bereits getan hatten.

»Bis zum Eintreffen des Tribunals können Sie ihn behalten, Herrin.« Vhanus Miene änderte sich leicht. »Bestrafen Sie ihn, wie Sie wollen, aber sorgen Sie dafür, daß er am Leben bleibt ...« *Barbaren,* verriet sein verächtlicher Blick. »Genügt Ihnen das?« Nun streckte er ihr die Hand mit der Phiole entgegen, blieb jedoch vorsichtshalber immer noch außer ihrer Reichweite. »Vergessen Sie nur nie, daß wir jederzeit hier eindringen und ihn herausholen können, wenn es uns paßt. Bis jetzt habe ich mich noch bemüht, Ihre Souveränität zu respektieren — in dem Maße, wie Sie mich ließen. Aber ich erwarte, daß man mich demnächst zum Obersten Richter ernennt.« Er lächelte gekünstelt.

Sie verschränkte die Arme und umklammerte fest ihre Ellbogen. »Da Sie soviel Rücksicht auf unsere Traditionen nehmen, wäre es undankbar, Ihr Angebot auszuschlagen«, sagte sie mit tonloser Stimme. »Ich behalte ihn hier, bis es einen neuen Obersten Richter gibt. Danach ...« Sie zuckte die Achseln.

Ein Anflug von Nervosität streifte ihn, doch er schüttelte das ungute Gefühl ab. »Aktivieren Sie die Energiequelle der Stadt, Herrin; dann bekommen Sie das.« Er deutete auf das Wasser des Todes.

Sie zögerte, er stand ihr zu nahe am Rand der Grube. Entschlossen schüttelte sie den Kopf. »Zuerst geben Sie mir die Phiole.« Sie streckte die Hand aus und merkte sein Widerstreben. »Geben Sie mir die Droge, oder die Stadt bleibt dunkel.« Sie ballte die Hand zur Faust.

Seine Finger krallten sich um die Phiole; seine Augen glänzten schwarz wie Obsidian. Unerschrocken, unnachgiebig hielt sie seinem Blick stand.

Er schaute zur Grube hin; nach einem endlos langen Augenblick sah er wieder Mond an und nickte. Doch es war nicht nur eine Kapitulation, seine Miene drückte noch etwas anderes, viel Beunruhigenderes aus. »Also gut«, murmelte er. »Aber ich möchte zuschauen; ich will sehen, wie Sie es machen.«

Überrascht und unsicher deutete sie ein Nicken an. Als sie ihm dann abermals die Hand hinhielt, gab er ihr die Phiole. Sie umschloß sie mit den Fingern und kehrte Vhanu den Rücken zu; dann betrat sie die Brücke.

Ohne zu zaudern schritt sie aus, Kummer und Zweifel verdrängend. Als sie sich wieder zu Vhanu umdrehte, über einem Abgrund balancierend, der für ihn nichts als tiefste Schwärze war, ihr hingegen hell erschien, las sie in seinem Gesicht Mißtrauen und kaum verhohlene Verachtung ... eine düstere, quälende Faszination. Sie schloß die Augen und murmelte: »*Eingabe.*« Obwohl die Frage nur in ihren Gedanken laut wurde, rüstete sich das Sibyllennetz zu einer Antwort, wie wenn es nur darauf lauerte, stimuliert zu werden. Einen Moment lang sah sie die Unendlichkeit wogen wie ein grenzenloses Meer ...

Taumelnd, nach Luft schnappend, stürzte sie in die Gegenwart zurück. Sie spähte in die Grube hinab; drunten in der Tiefe pflanzte sich ein Licht fort — echtes Licht, nicht die heimliche Strahlung, in der sie sich bewegt hatte. Wie eine hungrige Flamme züngelte die Energiewelle in einer Spirale nach oben, die Maschinerie zum Leben erweckend; schließlich erreichte sie den Rand, schwappte über und durchflutete die Halle mit gleißendem Licht.

Mond ging wieder zu den beiden Leuten, die in dem künstlichen Tag regungslos auf sie warteten. »Ich habe meinen Teil der Abmachung erfüllt, Kommandant Vhanu.«

Als sie näher kam, prallte er zurück; aus immer noch geweiteten Pupillen starrte er sie an. Ein Schauder durchlief ihn.

Jetzt las sie Zweifel in seinen Augen — und Angst. *Wie hat sie das gemacht?* fragten seine Blicke. *Wie?* Sie gab ihm keine Antwort und begegnete ihm so selbstsicher, als hätte sie den Vorgang tatsächlich erklären können.

Er riß sich aus seiner Trance und hörte auf zu gaffen; dann blickte er betont auf die Phiole in ihrer Hand. Seine Stimme klang gewollt gleichgültig, doch seine gesamte Haltung, jede seiner Bewegungen, verrieten die nervöse Anspannung, unter der er stand. »Und ich den meinen.«

Triumphierend ballte sie die Faust über der Phiole.

»Übrigens«, sagte er mit gepreßter Stimme, »hat man mir berichtet, daß in den Gewässern um Karbunkel wieder Mers aufgetaucht sind. Nichts hat sich geändert. Beim nächsten Blackout weiß ich wenigstens, wer dafür verantwortlich ist. Und sagen Sie Ihren Leuten, sie sollen uns nicht in die Quere kommen, andernfalls müssen sie die Konsequenzen tragen — Herrin.« Er verbeugte sich steif, nickte Jerusha brüsk zu und entfernte sich rasch aus der Halle.

Mond biß sich auf die Lippe und betrachtete die Phiole. Dann hob sie den Kopf und rief Vhanu hinterher: »Jedes Unrecht wird sich dreifach an Ihnen rächen!«

Er wirbelte herum und starrte sie an; ganz deutlich sah sie den Ausdruck in seinen Augen, bevor er seinen Weg fortsetzte.

Jerusha schaute ihm nach und schickte sich nicht an, ihn hinauszubegleiten. Mit besorgter Miene wandte sie sich an Mond. »Wie hast du das gemacht?« fragte sie. »Du sagtest doch, du hättest mit dem Energieausfall nichts zu tun.«

»Das stimmt auch«, murmelte Mond, während sie den Anblick von Vhanus gehetztem Gesicht nicht loswurde.

»Aber du hast doch die Lichter wieder angehen lassen.«

Entkräftet zuckte sie die Achseln und suchte nach einer ehrlichen Erklärung, ohne die Wahrheit sagen zu müssen.

»Habt ihr dafür gesorgt, daß die Energie zurückkommt, als ihr drunten im Schacht wart?« fragte Jerusha.

»Ja«, erwiderte Mond erleichtert.

»Mond ...« Jerusha zögerte. »Was ist sonst noch da drunten passiert? Ihr wart stundenlang fort. Tammis ... war es ein Unfall? Oder hat Kullervo ...?«

Mond schüttelte den Kopf. »Nein. Es war nicht Kullervo. Tammis ... Tammis stand dem Schicksal im Weg. Seine Gottheit hat ihn getötet, Jerusha.« *Und die Erinnerung an Miroe.* Doch das sprach sie nicht aus. »Ich ... ich kann nicht darüber reden. Unser Aller Mutter ...« Ihre Hand, die sich um die Phiole krampfte, begann zu zittern. »Ich kann es nicht.«

Jerusha wirkte verkrampft, unschlüssig, als fürchte sie sich davor, einen falschen Schritt zu tun.

Mond sah den Schatten des Zweifels, der Jerusha quälte, seit sie in die Grube hinabgestiegen waren. »Jerusha, hast du Angst vor mir?« fragte sie.

Jerusha blickte sie eine geraume Weile an, dann schüttelte sie den Kopf. »Ich fürchte nur, Vhanu wird nicht eher Ruhe geben, bis er weiß, wie du die Energie wieder eingeschaltet hast.« Sie deutete auf den beleuchteten Schacht.

Mond schaute wortlos in die Richtung, in der Vhanu verschwunden war.

»Und was ist mit den Mers?« wollte Jerusha wissen. »Hast du nur die Energiezufuhr wiederhergestellt oder noch andere Dinge in Gang gesetzt?«

Mond zögerte. »Es war noch einiges mehr ... aber lediglich die Energie konnte ich bei Vhanu als Druckmittel einsetzen.«

Jerusha runzelte die Stirn, und Mond merkte ihr an, wie frustriert sie war. »Vielleicht hättest du härter verhandeln sollen«, meinte sie und deutete auf die Phiole. »Den Preis, den du für Reede Kullervos Leben bezahlt hast, scheint mir der Kerl kaum wert zu sein.«

Mond spürte ein enges Gefühl in der Brust, das immer stärker wurde. »Es geht nicht nur um sein Leben, sondern auch um das von Ariele. Reede Kullervo kann meine Tochter vielleicht retten.«

Jerusha schnitt eine Grimasse, wie wenn sie Abbitte leisten wolle, und nickte.

»Außerdem hat er den Tod nicht verdient — und er verdient es nicht, noch länger von irgend jemand benutzt zu werden. Ich werde dafür sorgen, daß man ihn künftig in Ruhe läßt.« Mond wandte sich ab und überquerte die Brücke, die in das Innere des Palastes führte.

Jerusha folgte ihr stumm, als sie durch die endlosen Säle zurückwanderten und schließlich wieder in Reede Kullervos Zimmer standen.

Bei ihrem Eintreten blickten Clavally und Danaquil Lu hoch. Merovy saß neben ihrer Mutter, den Kopf an ihre Schulter gelehnt, die Augen geschlossen, während Clavally beruhigend ihr Haar streichelte.

Mond trat zu Reede ans Bett. Auch seine Augen waren zu, und als sie ihn ansprach, reagierte er nicht. »Reede«, wiederholte sie, befürchtend, daß er sie dieses Mal wirklich nicht hörte. »Ich habe das Wasser des Todes.« Beim Aussprechen des Namens spürte sie einen bitteren Geschmack im Mund.

Er machte die Augen auf; sein Blick wanderte von ihrem Gesicht zu der Phiole, die sie in der Hand hielt.

»Können Sie mehr davon herstellen?« fragte sie, neben dem Bett niederkniend. »Ich stelle Ihnen ein Labor zur Verfügung.«

Er schüttelte den Kopf. »Ich kann nicht.«

»Wenn Sie es trinken ...« Mit wild pochendem Herzen hielt sie ihm die Phiole hin. »Wenn Sie die Probe jetzt austrinken, haben Sie genug Kraft, um die Droge neu zu produzieren ...«

Seine geschwollene Hand zuckte auf dem Laken; er hob sie an und ließ sie wieder fallen. »Es geht nicht«, flüsterte er. »Es dauert zu lange, neues herzustellen. Heben Sie die Probe auf. Heben Sie sie auf für Gundhalinu. Wenn er es schafft, hierher zurückzukommen, kann er Ihnen helfen — er kann Ariele retten.« *Ariele.* Er schloß wieder die Augen, als bereite ihm der Anblick der Phiole Folterqualen.

»Es ist noch nicht zu spät. Es muß einen Weg geben, um *Ihnen* zu helfen.« Sie legte eine Hand auf seinen Arm.

Fluchend japste er nach Luft; rasch zog sie die Hand zurück. »Schneiden Sie mir die Kehle durch«, sagte er mit haßerfülltem Blick.

Die Phiole festhaltend, stand sie auf. Sie zögerte. »Wie sehr lieben Sie meine Tochter?« fragte sie leise. Sein Gesicht nahm einen schmerzlichen Ausdruck an. Sie blickte auf die Phiole. Langsam, als bewege sie sich unter Wasser, brach sie das Siegel.

»Nein!« schrie Reede. »Ihr müßt es verhindern!«

»Mond!« Jerusha sprang nach vorn und packte ihren Arm. »Bei der Herrin und allen Göttern, was tust du da?«

Mond starrte sie an, bis sie die Hand sinken ließ. »BZ meint, das Wasser des Todes sei eine verfälschte Form vom Wasser des Lebens. Das bedeutet, daß es auf Smartmatter basiert — richtig?« Sie schaute Reede an.

»Ja, aber ... Er stützte sich auf einen Ellbogen und fluchte vor Anstrengung. »Die Grundsubstanz ist fehlerhaft. Als ich den Stoff herstellte, hatte ich nicht die richtige Kontrollausrüstung. Der Schaden läßt sich nicht beheben, ich hab's immer wieder versucht ... ich fand keine Möglichkeit.«

»Das Sibyllenvirus ist doch auch eine Art Smartmatter, oder?« fragte Mond. »Alle existierenden Formen hängen miteinander zusammen.«

Er nickte und furchte die Stirn.

»BZ erzählte mir, Sie und er hätten eine Möglichkeit entdeckt, das beschädigte Stardrive-Plasma am Feuersee zu reprogrammieren ... es gewissermaßen zu ›impfen‹, damit es seine Funktion änderte.«

»Ja«, gab er zu. »Worauf wollen Sie hinaus?«

»In meinem Körper gibt es eine perfekt funktionierende Form von Smartmatter, die dem Sibyllennetz als Kommunikationsmedium dient. Wenn ich das Wasser des Todes trinke und in den Transfer gehe, werde ich das Labor sein — durch mich kann das Netz die Droge manipulieren und ihre Wirkung verändern.«

»Mond!« Danaquil Lu stand von seinem Stuhl auf. »Er sagte doch, es sei unmöglich. Du kannst nicht wissen, ob es klappt!«

»Bevor ich es nicht ausprobiert habe«, ergänzte sie. Sie wandte sich wieder an Reede. »Glauben Sie, Ihr ... die Künstliche Intelligenz des Sibyllennetzes wäre dazu imstande?«

»Bei den Göttern ... ich weiß es nicht ...« Er ächzte

matt und fiel kraftlos auf das Bett zurück. »Vielleicht ... vielleicht ginge es. Aber wenn Sie sich irren ... Er schaute sie an. »Dann sieht so Ihr Tod aus.«

Sie wandte den Blick von seinem Gesicht ab und starrte auf die silberne Phiole, die geöffnet in ihrer Hand lag.

Wieder legte Jerusha eine Hand auf ihren Arm. »Beim verfluchten Bootsmann, Mond!« zischte Jerusha. »Dein Sohn ist tot, und Reede Kullervo wird ihn dir niemals ersetzen können. Er ist der Mann, der deine Tochter von einer tödlichen Droge abhängig gemacht hat! Für diesen Kerl darfst du ein so großes Risiko nicht eingehen. Was ist, wenn ihr beide sterbt?«

»Dann werdet ihr uns auf hoher See beisetzen, nehme ich an«, murmelte Mond.

»Und was wird aus der Hegemonie und den Mers?«

»Was soll schon aus ihnen werden?« versetzte sie gereizt. »Seit Jahren hat das Sibyllennetz mich beansprucht, egal, um welchen Preis. Es hat mir die Hälfte meines Lebens gestohlen, und Reede Kullervo ist es nicht besser ergangen.« Sie schaute Reede an und spürte, wie die anderen verständnislos gafften. Reede Kullervo und sie hatten alles Menschenmögliche für das Sibyllennetz getan. »Jetzt wird es höchste Zeit, daß sich das Netz bei uns revanchiert, daß es uns etwas gibt, das *wir* dringend brauchen ... Andernfalls werde ich mich ihm von diesem Augenblick an verweigern.«

Herrin, erhöre mein Gebet ... Sie empfand ein ungeheures Gefühl der Freiheit, eine fürchterliche Entschlossenheit, und sie wußte, daß die Mächte, die sie so lange beherrscht hatten, endlich ihren Zugriff lockerten und sie freigaben.

Sie hob die Phiole an den Mund und schluckte die Hälfte des Inhalts so rasch hinunter, daß keiner sie daran hindern konnte — nicht mal sie selbst. Dann drückte sie die Phiole mit dem Rest der Probe in Jerushas bereitgehaltene Hände. *»Eingabe ...«*

Sie stürzte den verborgenen Tunnel hinab, der sich in ihrem Geist befand und der ihr den Zugang zu einer anderen Dimension verschaffte, dem Ort des Nichts, an dem sie einstmals nur Schwärze vorfand. Nun jedoch, da sie gelernt hatte zu sehen und zu lauschen, enthüllte sich vor ihr der Korridor aus Licht, der sie mit IHR verband und gleichzeitig mit den Erschaffern des Netzes; hier vereinten sich die Vergangenheit und die Zukunft zu einem Ort der Träume.

Hilf uns, Herrin, dachte sie, betete sie, forderte sie. *Aus Liebe zu Vanamoinen, gib uns das, worauf wir ein Anrecht haben; gib uns unser Leben zurück; heile mich.* Rückwärts durch das Gespinst aus goldenem Filigran schauend, das sie mit dem Sibyllennetz verknüpfte, sah sie ihren eigenen Körper als ein glitzerndes Netzwerk; jede Zelle blitzte kurz auf, als das Wasser des Lebens in sie eindrang und die Steuerung übernahm ... der Tod, der das Leben imitierte.

Durch die Augen IHRER zeitgebundenen Verkörperung schauend betrachtete sie das schwächliche, vorübergehende Dasein IHRER Diener, IHRER Nervenenden, IHRER Werkzeuge; und SIE beobachtete sie aus dem Blickwinkel eines Menschen. SIE sah Reede Kullervo: das entbehrlich gewordene Gefäß, das den Geist Vanamoinens in sich getragen hatte. Sobald Vanamoinen seine Aufgabe erfüllt hätte, sollte dieses Gefäß zerschmettert werden; denn IHR konnte es gefährlich werden, wenn Vanamoinen weiterlebte und dasselbe Kontinuum mit IHREN Feinden teilte ... Dennoch schauten IHRE menschlichen Augen seine Qualen, und SIE erkannte, daß SIE in IHREM verzweifelten Kampf um IHR eigenes Überleben den Grund für IHRE Existenz verraten hatte. Den Dienern, die SIE zu IHREM Nutzen erschuf, hatte SIE viel Leid zugefügt; in IHRER Not hatte SIE exakt die Teile IHRER Gesamtheit verletzt, die SIE gerufen hatte, damit sie IHRE Wunden heilten.

Doch weil sie SIE kurierten, konnte SIE endlich wieder klar sehen: SIE erkannte Reede/Vanamoinens Überlebenshunger, seinen Wunsch, eine Chance zu bekommen, jetzt, da er wieder sein eigener Herr war. Und in dem unendlichen Meer IHRER Existenz wäre sowohl Reede/Vanamoinens Überleben wie sein Tod nichts weiter als eine winzige, sich zufällig kräuselnde Welle ...

SIE sah auch den tödlichen Fehler, der sich wie ein Gift durch den Körper IHRER Inkarnation fortpflanzte; und SIE wußte, daß SIE SELBST Mond Dawntraeder zu diesem verzweifelten Akt der Selbstzerstörung trieb, der zugleich ein Gebet war. Aber nun war SIE nicht länger seelenlos, grausam oder blind. Mitleid erfüllte SIE, weil SIE geheilt war, und SIE wollte IHREN Helfern helfen ...

Mond merkte, daß sie sich im verborgenen Nexus widerspiegelte, so wie Vanamoinen und Ilmarinen ihr eigenes Abbild auf IHRE Seele projiziert hatten, als sie SIE erschufen. Sie war sich nicht einmal mehr sicher, ob sie selbst ihr Leben rückblickend betrachtete, oder ob sie dabei durch IHREN Verstand gesteuert wurde. Doch es spielte ohnehin keine Rolle. In diesem Augenblick vereinigte sie in sich alles; sie konnte sich jeden Wunsch erfüllen, sofern es in IHREN Kräften stand. Wenn es in den unerforschten Tiefen IHRES Wissens eine Antwort gab, würde SIE sie finden.

Sie spähte durch die offenen Fenster des Sibyllenvirus, der bereits in jeder Zelle ihres Körpers existierte ... wissend, daß in diesem veränderten Potential eine Falle für den neuen Eindringling steckte; sie mußte nur den richtigen Auslöser finden. Mit absoluter Präzision analysierte sie das Wasser des Todes, wobei ihr seine Ähnlichkeit mit der echten Smartmatter auffiel. Und sie entdeckte die winzigen, tödlichen Abweichungen in der Struktur.

Das volle Spektrum des technologischen Wissens nutzend, das das Alte Imperium hinterlassen hatte, und mit Hilfe eines Computernetzwerks, das Welten umspannte, durchkämmte sie das Programm nach Geheimnissen, die nach dem Zusammenbruch in Vergessenheit geraten waren; sie suchte nach Informationen, die seitdem absichtlich unterdrückt worden waren. Die Reaktionen innerhalb ihres Körpers manipulierend probierte sie einen Schlüssel nach dem anderen am Wasser des Todes aus. Doch noch trotzte es jedem Versuch, das Problem zu lösen.

Tiefer und tiefer drang SIE suchend in das Herz IHRER Existenz ein, das Technovirus erforschend, der IHR ureigenstes Wesen ausmachte, IHR Schlüssel zum Universum war ... Sie sank in die unbekannten Abgründe aus Weisheit und Torheit, die ihre seit langem toten Vorfahren geschaffen hatten ...

Und endlich fand sie, wonach sie suchte: den Umwandlungsprozeß, der den todbringenden Eindringling in ihrem Körper Schritt für Schritt unschädlich machen konnte. Doch in ihre Begeisterung mischte sich Kummer, denn sie erkannte, daß selbst ein Wunder seinen Preis fordert. Und ihr blieb nichts anderes übrig, als ihn zu zahlen ... Sie schickte die elektrochemische Sequenz in das wartende interaktive Netzwerk, den Computer aus Fleisch und Blut, das lebendige Laboratorium, das ihr Körper darstellte; unterdessen verharrte sie an einem Ende des leuchtenden Gespinstes, das sie mit IHR verband ...

Als die Sequenz vollständig war, wurde sie mit der gleichen Unerbittlichkeit in ihre eigene Existenz zurückgerufen. Doch als der Kontakt verblaßte und sich kräuselnd nach innen umstülpte, verwahrte sie in sich das Echo der Lichtmusik, das sie begleitete wie der Segen einer Mutter ...

»Mond!« Reale Stimmen umgaben sie, stoffliche Hände hielten sie fest, während sich die Farben des endlosen Spektrums zum farblosen Tageslicht vereinten. »Mutter ...«, flüsterte sie. »Ich danke dir, Mutter ...« Sie lag auf den Knien und ließ sich nun vorwärts fallen;

die weichen Fasern des handgeknüpften Teppichs drückten sich in ihre Wange.

Irgend etwas spielte sich noch in ihrem Innern ab; eine Verwandlung auf der Molekularebene, ähnlich der, die sie bei ihrer Sibyllenweihe erlebte, als sie mit dem Virus infiziert wurde ...

Matt und schwindelig rappelte sie sich wieder hoch; sie blickte in Merovys ängstliche, kummervolle Augen.

»Geht es dir gut, Ama?« murmelte Merovy und berührte vorsichtig, beinahe zaghaft, ihre Schulter.

Sie nickte und setzte sich aufrecht hin; dann rieb sie sich das Gesicht und die Augen. »Ach, Herrin ...«, seufzte sie, als ihre Gedanken sich klärten und ihr dämmerte, was passiert war. Allmählich rang sie sich zu der Überzeugung durch, daß sie überleben würde, daß sie verschont geblieben war, daß ihre Gebete erhört wurden ... — und langsam begriff sie, was noch zu tun blieb, und welchen Preis sie für die Rettung gezahlt hatte. Erschöpft und abgekämpft saß sie eine Weile auf dem Fußboden, bis sie sich soweit gefaßt hatte, daß sie wieder sprechen konnte. »Merovy ... bring deine medizinische Ausrüstung her.«

Merovy brachte ihr den Koffer. Clavally und Danaquil Lu stellten sich hinter Mond und stützten ihren Rücken. »Hast du eine Spritze?« fragte Mond. »Eine mit einer dicken Nadel, mit der man Blut abnehmen kann?« Merovy nickte. »Ich will, daß du mir etwas Blut abnimmst und es in Reedes Vene injizierst. Das Wasser des Todes ist tot.«

Benommen stand Mond auf; ihre Venen brannten, als sei ihr Blut überhitzt. Clavally und Danaquil Lu mußten sie weiterhin abstützen. »Reede«, sagte sie; sein Blick war bereits auf sie geheftet, und sie sah es ihm an, daß er Angst hatte zu hoffen.

Merovy schaute verdutzt drein. »Aber ...«

»Mond«, hielt Clavally ihr entgegen, »wenn das geschieht, dann infizierst du ihn mit dem Sibyllenvirus.«

Mond schüttelte den Kopf. »Nein«, widersprach sie leise. »Ich bin nämlich keine Sibylle mehr.«

»Keine Sibylle mehr?« Danaquil Lu brach ab.

Clavally riß die Augen weit auf. »Ich denke, so etwas gibt es nicht«, murmelte sie. »Eine Sibylle bleibt man doch sein Leben lang.«

»Es gibt einen Ort, an dem alles möglich ist«, erwiderte Mond mit dünnem Lachen. Sie trat zu Reede ans Bett. Merovy folgte ihr und entnahm Blut aus ihrem Arm. Mond sah zu, wie es tiefrot floß; sie fühlte sich seltsam unbeteiligt und war vielleicht nur ein wenig enttäuscht, weil es nicht in einem geheimnisvollen Licht glänzte.

Mit der Spritze in der Hand wandte sich Merovy Reede zu; Mond sah, wie ihre Hände zitterten. Dann sah Merovy sie noch einmal an, und ihr Blick erinnerte sie daran, daß sie es nicht geschafft hatte, ihren Sohn und ihren Gemahl von den Toten auferstehen zu lassen.

Mond schaute zu Boden.

»Herrin ...«, flüsterte Reede. »Ist es wirklich wahr ...?« Er streckte ihr die Hand entgegen.

»Ja.« Sie ballte die Fäuste, als die Seite ihres Ichs, die trauerte, sich sträubte, seine Hand zu nehmen. Doch sie überwand sich und umschloß mit ihren Fingern sachte seine geschwollene Hand. Sie hielt seinen Arm ruhig, während Merovy tief Luft holte und das Blutserum in eine vom Gift verfärbte Vene injizierte.

Reede erstarrte und gab einen Laut von sich, der sie erschauern ließ. Als Merovy die Nadel herauszog, murmelte er etwas in einer Sprache, die sie nicht kannte. Danach erschlaffte sein Körper und seine Hand rutschte aus ihrem Griff.

Mond sah, wie Merovy nach dem Puls suchte. »Er lebt noch, Ama ...«, murmelte Merovy. Sie stieß ein kurzes, zwitscherndes Lachen aus, teils erleichtert, teils betroffen von der bitteren Ironie.

Mond nahm Reedes schlaff herabbaumelnden Arm

und legte ihn vorsichtig aufs Bett. Sie wandte sich ab, doch als die Reaktion bei ihr einsetzte, fing sie plötzlich an zu taumeln. Sie tat einen Schritt nach vorn und wurde von Jerusha aufgefangen, als sie stürzte; das war das letzte, woran sie sich erinnern konnte.

Syllagong. Strafkolonie # 7

»Du siehst ja sehr fröhlich aus«, meinte der Polizistenkiller, als Gundhalinu aus seinem knarrenden Verschlag hervorgekrochen kam, das Bündel mit der Ausrüstung hinter sich herschleifend.

Mühsam, mit steifen Gelenken, richtete Gundhalinu sich auf; er wappnete sich gegen den peitschenden Wind und schützte die Augen vor den Asche- und Schlackewolken; der grelle Glast der untergehenden Sonne blendete ihn.

Aber während dieser Arbeitsschicht bemerkte er kaum die beißend kalte Luft und die schmerzenden Gesteinspartikel auf seiner Haut. Er konnte gar nicht mehr aufhören zu lächeln. »Heute nacht hatte ich einen schönen Traum«, erklärte er. In Gedanken war für ihn die Zeit, während der er schlief, immer noch die »Nacht«, obwohl auf dieser Weit in Wirklichkeit Tag herrschte. Tagsüber versteckte sich die Sonne meistens hinter Big Blue, und es war pechfinster und bitterkalt. Sie arbeiteten nachts, im ewigen Zwielicht, das vom Planeten reflektiert wurde. Echtes Tageslicht sahen sie nur wenige Minuten lang, wenn die Sonne auf- oder unterging. Nun spähte er in die Sonne, während eine Vision aus goldenem Licht ihn umhüllte, und ihre Stimme flüsterte: *Schlaf weiter, mein Liebster ... es dauert nicht mehr lange ... nicht mehr lange ...* »Es war ein guter Traum«, murmelte er.

»Muß wirklich ein toller Traum gewesen sein«, knurrte der Polizistenkiller und kratzte sich den Bart. Im Laufe der Zeit hatte sich Gundhalinu so an die nuschelnde Sprechweise des Mannes gewöhnt, daß er ihn nun beinahe mühelos verstand. »Andernfalls hast du den Verstand verloren, Verräter. Nur ein Irrer grinst, wenn hier die Schicht beginnt ...« Er zuckte die Achseln. »Ein guter Traum ist vielleicht ein gutes Omen. Möglicherweise stoßen wir heute auf eine frische Ernte.«

Seufzend zerrte Gundhalinu an seinem Bündel. »Eine schöne Vorstellung«, sagte er und stopfte sich eine Keksration in den Mund. Normalerweise stand er als erster auf und hielt sich bereit, ehe die anderen kamen. Er wollte den cholerischen Polizistentöter nicht reizen und sich beim Piraten nicht unbeliebt machen. Doch heute hatte er verschlafen, durchwärmt und getröstet von der halluzinogenen Realität seines Traums; zum erstenmal hatte er den Anbruch der Arbeitsschicht nicht herbeigesehnt, der ihn aus den endlosen kalten Stunden erlöste, die seine Freizeit sein sollten.

Unter den gleichgültigen Blicken des Polizistenkillers kaute und schluckte er seine Kekse. Dem Geschmack und der Konsistenz nach hätte es genausogut gepreßtes Sägemehl sein können, doch das Zeug hielt ihn am Leben, und deshalb mußte es nahrhaft sein. Mit einem Schluck Wasser aus seiner Feldflasche spülte er es hinunter. Meistens fühlte er sich nach dem Essen noch hungriger, ebenso wie er sich nach seinem Traum noch leerer vorkam. »Wir können gehen.«

Der Polizistenkiller packte das Seil ihres Schlittens und zog daran, während Gundhalinu von hinten schob. Die Kufen gaben ein hohes Wimmern von sich, wie wenn sie protestierten, und dann marschierten sie durch das Camp in eine leblose Ebene. Als sie an der Bude des Piraten vorbeikamen, sah Gundhalinu die tote Pflanze neben der Tür, ein verdorrter Sämling in einem Kanister voller Asche. Von einem Ausflug zum Fort in der Randzone hatte der Pirat den Samen heimlich in das Camp geschmuggelt und versucht, Pflanzen zu ziehen. Sie waren aufgekeimt, wie Hoffnung ... und wie Hoffnung waren sie wieder dahingewelkt und abgestorben.

Hier gab es nicht genug Licht, um eine Photosynthese in Gang zu setzen. Die einzigen Lebewesen, die hier gediehen, waren Bakterien und Parasiten in den menschlichen Körpern.

»Hast du von deiner Frau geträumt?« fragte der Polizistenkiller just in dem Moment, als Gundhalinu schon nicht mehr damit rechnete. Gundhalinu sprach meistens nur, wenn er dazu aufgefordert wurde; nach allem, was er bei seiner Ankunft durchgemacht hatte, wurde er seine Ängste nie ganz los; irgendwie befürchtete er immer noch, der Polizistenkiller könne sich unversehens auf ihn stürzen und ihm wegen irgendeiner beiläufigen Bemerkung das Genick brechen.

»Ja«, antwortete er; der Klang ihrer Stimme hatte die Vision von Farben in ihm geweckt, deren Namen er beinahe schon vergessen hatte, so wirkte sich der ständige Aufenthalt in diesem monochromatischen Dämmerlicht auf ihn aus. Ihr Gesicht hatte er nicht gesehen, aber irgendwie war sie ihm wirklicher vorgekommen denn je, sogar realer als in der Nacht der Masken, als das Verschmelzen ihrer Körper und ihrer Seelen sie außerhalb der Grenzen der Zeit getragen hatte. »Sie sagte mir, ich wäre bald wieder frei ...«

»Mit der Zeit hören solche Träume auf«, erwiderte der Polizistenmörder und sah ihn mit einer Mischung aus Abscheu und Mitgefühl an. »Das ist auch besser so.«

Gundhalinu schwieg und klammerte sich an seine innere Vision. Er kniff die Augen zusammen, weil ihm der Wind Sandkörner ins Gesicht peitschte.

Ungezählte Stunden lang pilgerten sie durch die sich stets verändernde Landschaft aus Hügeln und Tälern, sie wanderten über die schlackebedeckten Ebenen ihres Territoriums, fanden jedoch nur eine magere Ausbeute an den bereits bekannten Gruben. Er hatte noch nicht das unglaublich präzise Zeitgefühl entwickelt, das die anderen Männer in der Rotte zu besitzen schienen, und das ihnen sagte, wann es Zeit zum Arbeiten, Zeit zum Essen und Zeit zum Schlafen war. Der menschliche Körper habe seinen eigenen Rhythmus, hatte der Pirat ihm erklärt; doch bis jetzt war er noch nie darauf angewiesen gewesen, seinen biologischen Rhythmus zu studieren.

»Hör auf zu schieben«, sagte der Polizistenkiller barsch. »Ich muß mal pissen.«

Froh über die Verschnaufpause blieb Gundhalinu stehen, obwohl er selbst nie um eine Rast bat. Dieses Mal hockte er sich jedoch nicht auf den Boden, sondern begann die Anhöhe vor ihnen hinaufzuklettern, immer noch beflügelt von der Unruhe, die ihn seit seinem Wachwerden quälte. Der leuchtende Bogen von Big Blue hing über ihm wie das Auge eines Riesen, jede seiner Bewegungen beobachtend, so wie er früher als Junge auf den Gütern seines Vaters krabbelnde Insekten unter die Lupe genommen hatte. Als er hochblickte, schwebte ein Observationsschiff vorbei, dessen flackernde Lichter in der Düsternis droben wie Sterne blitzten.

Wieder nach unten schauend beschattete er die Augen mit der Hand und suchte den Horizont hinter der Hügelkette ab. In der Ferne erspähte er eine Staubfahne, die den Weg eines anderen Schlittens markierte; noch ein Team, vermutlich der Pirat und der gedungene Killer, fahndeten nach einer Beute.

Plötzlich bebte der Boden unter seinen Füßen; er taumelte, und nur durch Zufall verlor er nicht die Balance. Dann fixierte er die Stelle, auf der er stand, bis er glaubte, daß die Gefahr vorüber sei.

Ein Blick nach unten in die Senke ließ ihn erstarren; dort, wo vorhin noch kompakter Grund gewesen war, klaffte nun der tückische, schwarzlippige Mund eines Kraters. Es dauerte eine Weile, bis er seinen Augen traute, dann wirbelte er herum. »Polizistenkiller!« brüllte er. »Ich habe einen gefunden! Ich habe einen gefunden!«

Der Polizistenkiller kletterte schlitternd und rutschend die Anhöhe herauf, bis er endlich neben ihm stand. »Du verdammter Hurensohn!« sagte der Polizistenkiller. »Du hast tatsächlich einen entdeckt.« Er lachte zum erstenmal, seit Gundhalinu ihn kannte.

Sie rutschten auf der anderen Seite des Hügels hinunter; wobei ihnen Dreck und Schlacke mit jedem Schritt in die Stiefel spritzte, bis sie den geschwärzten Schlund des neuen Kraters erreichten. »Vielleicht ist heute dein Glückstag, Verräter«, meinte der Polizistenkiller. »Sieh dir den an — was für Zähne der hat. Tolle Sache! Nach dir!« Er machte eine Geste.

Gundhalinu kniete nieder und stöberte in dem Beutel mit der Ausrüstung. Die frischen Kristalle lagen vor ihm wie ein seltsames Bukett; zum erstenmal sah er eine unberührte Auswurfstelle. Die asymmetrisch geformten, zierlichen Kristalle waren das Schönste, was er je in dieser trostlosen Landschaft gesehen hatte. Er streifte sich die Schutzhandschuhe über und wollte den ersten Zweig pflücken.

Der Boden zitterte. Er verlor das Gleichgewicht und kippte vornüber; seine Hand knallte in das Nest aus kristallinen Zweigen, die zerbrachen und in den Kraterschlund zurückfielen. Eine zweite, heftigere Schockwelle beförderte ihn um ein Haar hinterher; verzweifelt warf er sich nach hinten.

Er hörte, wie der Polizistenkiller einen unartikulierten Ruf ausstieß, dann sah er, wie er taumelte und hinstürzte, als das Beben nicht aufhörte. Ein Donnergrollen, das von überallher zu kommen schien, und so tief war, daß er es anfangs nicht wahrgenommen hatte, vibrierte durch den Boden, durch die Luft und durch jedes Atom seines Körpers. Vor Fassungslosigkeit und Angst war er wie gelähmt, bis der Polizistenkiller zu ihm kroch und ihn grob anstieß. »Steh auf!« schrie er ihn an. »Nach oben klettern. Hier unten haben wir nichts mehr zu suchen!«

Gundhalinus Instinkte übernahmen die Kontrolle,

und er stemmte sich auf die Knie. Mechanisch, als sei er eine Maschine ohne eigenen Willen, krabbelte er den Hang hinauf.

Die Hügelflanke hob und senkte sich; sie schwankte unter ihm, und er kam sich vor wie in einem Schiff auf hoher See. Er strauchelte und fiel der Länge nach hin. Fluchend spürte er, wie er den Abhang hinunterrutschte.

Hinter ihm brüllte der Polizistenkiller. Er wälzte sich herum, um ihn anzusehen, und in diesem Moment riß der gemarterte Boden am Grund der Senke auf, Dämpfe und Asche speiend und ihren wunderschönen Krater verschlingend. Und der Polizistenkiller schlitterte nach unten auf den plötzlichen Riß in der Realität zu.

Gundhalinu warf sich auf den Bauch und glitt den qualmenden Hang hinab, bis er den Knöchel des Polizistenkillers zu fassen bekam. Alle viere von sich strekkend grub er sich mit der freien Hand und den Füßen in den wabernden Boden. »Halt durch!« brüllte er dem Polizistenkiller zu, obwohl er nicht wußte, ob der ihn überhaupt hören konnte.

Er kniff die Augen zu, biß auf die Zähne und preßte seinen Körper gegen den Hang, um ein weiteres Abrutschen zu verhindern; währenddessen schien sich der gesamte Planet in gigantischen, konvulsivischen Zukkungen zu winden.

Nach einer Zeit, die ihm wie eine Ewigkeit vorkam, merkte er, daß der Boden sich wieder beruhigt hatte und daß kein Grollen wie die Stimme einer chtonischen Gottheit seine Ohren füllte; was er jetzt noch als Lärm und Bewegung empfand, waren die Nachwehen seiner überreizten Phantasie. Lediglich seine Furcht war noch real. So abgekämpft, daß er nicht einmal mehr den Kopf heben konnte, lag er da, und seine starren Finger umkrallten das Bein des Polizistenkillers. Nach einer Weile ebbte seine Angst ab, bis sein Geist nichts als eine weiße Ödnis war, die an Schneefelder gemahnte. Und er sah ihr Haar, bleich wie ein Schneefeld, wie es ihr Gesicht umrahmte und über ihre Schultern fiel; er sah ihre Haut, die durchscheinend schimmerte wie Mondlicht, und ihre Augen, die ihn an Nebel und Achate erinnerten ...

»Verräter!« Jemand schüttelte ihn und rief seinen Namen oder die Bezeichnung, die man als seinen Namen verwendete, als hätte er nie anders geheißen, als hätte es für ihn nie ein anderes Leben gegeben. Völlig verwirrt schüttelte er den Kopf; er wußte überhaupt nichts mehr, er merkte lediglich, daß der Polizistenkiller neben ihm stand, ihm hochhelfen wollte und versuchte, ihm eine Reaktion zu entlocken. Stöhnend spuckte er Schlacke und Asche aus, und als er sich mit den Händen das Gesicht rieb, brannte seine lädierte Haut wie rohes Fleisch. »Bei allen Göttern!« ächzte er. »Bist du unverletzt?«

Der Polizistenkiller nickte und deutete auf die klaffende Wunde im Boden, nur etwa zwei Meter von ihnen entfernt. »Mir fehlt nichts«, knurrte er und wischte sich das Gesicht mit dem Ärmel ab. »Dieses Mal hat der Heimliche eine gute Falle gestellt, bei Hanu!« Mürrisch peilte er die Stelle an, wo sich noch vor Minuten — oder waren es Jahrhunderte? — der wertvollste Schatz befunden hatte, den dieses verteufelte Land nur bieten konnte. »Zur Hölle damit!« Der Polizistenkiller schleuderte eine Handvoll Asche weg, dann fixierte er wieder Gundhalinu. Lange Zeit starrte er ihn an, und in seinem Schweigen hörte Gundhalinu die Worte, die er nicht aussprechen konnte, weil eine böse Erinnerung ihn daran hinderte.

Gundhalinu nickte. »Wir sollten lieber nachsehen, ob wir noch einen Schlitten haben«, murmelte er und spähte den Hügel hinauf. Er gab sich einen Ruck und fing an, nach oben zu klettern, mit gummiweichen Gelenken, und immer wieder herabrutschend. Der Polizistenkiller kraxelte ihm hinterher, und zusammen erreichten sie den Kamm der Anhöhe. Der Schlitten mit der Ausbeute des Tages und dem importierten Proviant lag noch drunten auf der anderen Seite des Hügels; er war umgekippt, aber intakt. Gundhalinu seufzte erleichtert.

Zufrieden grunzend, richtete der Polizistenkiller sich zu seiner vollen Größe auf. Er drehte sich um, blickte nach unten und dann zu Gundhalinu. »Tu mir einen Gefallen, Verräter. Träum nicht mehr.« Kopfschüttelnd stapfte er den Hang hinunter.

Ein letztes Mal schaute Gundhalinu über die Schulter. Dann ging er dem Polizistenkiller schweigend hinterher.

Karbunkel

Sie fiel ...

Mond öffnete die Augen; ihr Angstschrei blieb stumm, als sie sich in ihrer eigenen Welt, in ihrem Zimmer, in ihrem Bett wiederfand. Sie setzte sich hin und preßte die Hände gegen die Brust. Aus unvorstellbarer Höhe war sie hinabgestürzt, und mitten im Fall wurde sie gebremst.

Sie sackte nach vorn, stützte den Kopf in die Hände und atmete tief durch — einen kurzen Augenblick lang, bevor sie sich erinnerte, wer sie war, empfand sie ein durchdringendes Glücksgefühl, weil sie wach war und lebte ...

Sie rutschte an die Kante des breiten Betts, schlug die Decke zurück und schwenkte die Beine über den Bettrand; die plötzlich auf sie eindrängenden Erinnerungen trieben sie zu sinnlosen Aktionen. Einen Fuß auf dem Fellteppich, erstarrte sie in der Bewegung.

In ihrem Zimmer saß Reede Kullervo und sah sie schweigend an. Sie blickte sich um und forschte nach, ob noch weitere Personen zugegen waren.

Er schüttelte den Kopf und lächelte. »Außer mir ist hier niemand, Herrin. Und ich bin zu schwach, um Ärger zu machen, andernfalls hätte PalaThion mich am Sessel festgebunden.« Achselzuckend hob er die Hände. »Ich wollte dabeisein, wenn Sie aufwachten, damit Sie gleich Bescheid wüßten.«

Mond drückte die Hände gegen ihren Körper und fühlte durch das dünne Nachtgewand ihre Haut. »Wie geht es Ihnen denn?« fragte sie matt. Er trug ein weites, handgewebtes Hemd und eine Pluderhose; sie staunte, wie sehr er einem Tiamataner glich, er hätte für einen Eingeborenen durchgehen können.

»Ich fühle mich beschissen«, erwiderte er mit kläglichem Lächeln. »Trotzdem geht es mir verdammt viel besser als gestern. Ihr Impfstoff hat den Zersetzungsprozeß in meinen Zellen gestoppt. Was vom Körper noch übrig ist, muß jetzt von selbst heilen. Bei mir ist eine Menge kaputt ...« — er senkte den Blick — »und manches wird wohl nie wieder in Ordnung kommen.« Als er wieder hochsah, waren seine Augen tief und klar wie der Himmel. »Ich begreife nicht, warum Sie das für mich getan haben. Bei den Göttern, ich fand ja selbst, daß ich den Tod verdient hätte! Das Sibyllennetz ...« Er brach ab.

»... hat seine Meinung geändert«, ergänzte Mond sanft. »Und vielleicht auch seine Perspektive.«

Reede kämmte sich mit zittrigen Fingern das Haar. »Und wie denken Sie? PalaThion erzählte mir, Vhanu bestünde auf meiner Auslieferung.« Sie sah den gehetzten, wissenden Blick in seinen Augen. »Sie sagte, es hinge allein von Ihnen ab, ob ich hierbleiben darf oder nicht.«

»Ihre Ankunft hat mich von einer schweren Bürde erlöst, Vanamoinen«, murmelte sie. »Das ist das letzte Mal, daß ich Sie so nenne ...«, fügte sie hinzu, ehe er protestieren konnte. »Sie haben mir eine Art von Freiheit verschafft. Und deshalb möchte ich mich bei Ihnen revanchieren. Sie können hierbleiben und sich unter meinen Schutz stellen, so lange Sie wollen.« Sie faltete die Hände im Schoß.

»Ich danke Ihnen«, flüsterte er. Sie schaute ihn nicht an, sondern starrte auf ihre ineinander verschränkten Finger. Nach einer Weile fragte er: »Stimmt es, daß Sie keine Sibylle mehr sind?«

Sie nickte; bei diesem Eingeständnis hatte sie das Gefühl, als treibe sie dahin wie ein Schiff, das sich vom Anker losgerissen hat.

»Können Sie mir verzeihen?« flüsterte er kaum hörbar.

»Eine Sibylle zu sein war das höchste, was ich mir von meinem Leben erwünscht hatte.« Sie hob den Kopf. »Aber es ist eine Art von Freiheit ...« Doch die Erinnerungen würden nie verblassen. Wie könnte sie je vergessen, was sie hinter den Toren der Zeit erlebt und gesehen hatte. Dieses Abschiedsgeschenk hatte man ihr gewährt. »Sie sollten wohl lieber Ariele um Verzeihung bitten.«

Er zog eine Grimasse und nickte. Sie stellte sich Ariele vor, wie sie hoch droben im Weltraum in einem Stasis-Sarg schwebte, in einem Schiff, das durch einen unsichtbaren Schwerkraft-Strang an diese Welt gefesselt war; doch ihr Leben hing von etwas noch viel Heiklerem ab. »Reede, wann können wir zu Ariele ... um sie zu heilen?«

Er schüttelte den Kopf. »Sie können überhaupt nicht zu ihr, Herrin. Noch nicht. Vhanu hat mein Schiff beschlagnahmt. Wenn wir Glück haben, läßt er es nicht ein zweites Mal durchsuchen, solange er weiß, wo ich mich aufhalte. Wenn er die Sache mit Ariele erführe ...« Er sprach den Satz nicht zu Ende.

Mond schöpfte tief Atem. »Bei der Göttin!« Ihre Stimme zitterte, und sie merkte, wie sie langsam die Fassung verlor. »Wann wird das endlich aufhören?«

Als er sie anschaute, erkannte sie, daß er sie mit den Augen Vanamoinens sah. »Es hört niemals auf«, murmelte er. »Ein Ende ist nicht vorgesehen. Deshalb gibt es ja uns — Sie und mich. Wir nahmen die losen Fäden der Zeit und verknüpften sie innerhalb des Sibyllensystems. Wir haben den Kreis wieder geschlossen. Vergessen Sie nie, Herrin, was wir gemeinsam erreicht haben. Wir haben das Sibyllennetz geheilt! Vor Jahrtausenden setzte ich einen Prozeß in Gang, und durch uns beide funktioniert er immer noch: Wir haben ein Wunder bewirkt! Sogar zwei ...« Er berührte sein Gesicht; seine

Augen strahlten, und sie ließ sich von ihm überzeugen. »Das Rad dreht sich noch«, fuhr er leise fort. »Haben Sie Geduld und Vertrauen. Wir müssen abwarten.«

Seufzend nickte sie; neue Hoffnung keimte auf.

Schließlich wandte er den Blick von ihr ab. »Während des Transfers, als Sie mit der Matrix eine Symbiose eingingen, nahmen Sie Verbindung mit den inneren Zirkeln des Survey auf, nicht wahr?«

Sie erschrak. »Ja«, sagte sie. »Ich — das Netz — drohte ihnen an, was passieren würde, wenn die Jagd auf die Mers weiterginge; sollte das Töten jedoch eingestellt werden, bekämen sie als Belohnung einen Zugang zur Sternkarte. Ich glaube, daß eine Wende eintreten wird, die Frage ist nur, wann ...«

»Wir müssen abwarten.« Er schüttelte den Kopf. »Sonst können wir nichts tun.«

Sie setzte sich ein bißchen gerader hin, und ihr Blick wanderte zu dem Vorhang, hinter dem sich das Fenster zum Meer verbarg. »Die Mers tummeln sich wieder in den Gewässern um Karbunkel. Vhanu will sie jagen lassen. Hat Jerusha Schiffe losgeschickt?« Sie stand auf.

»Das ist nicht nötig«, sagte Reede. Er stemmte sich vom Sessel hoch und zog mit steifen Fingern den schweren Brokatvorhang zur Seite. »Die Mers sind geschützt.«

Mond rührte sich nicht vom Fleck und starrte verständnislos auf das grenzenlose Grau, das sich ihren Blicken darbot. Es gab weder einen Ozean noch einen Himmel; ein Sturm wirbelte alles durcheinander und peitschte mit einer solchen Wildheit Wasser gegen das unzerbrechliche Fenster, daß die Scheibe bebte.

»Eine Sturmflut ...«, murmelte Mond und mußte sich am Tisch abstützen. »So nennen die Winterleute einen Orkan, der den Himmel und das Wasser miteinander vermischt. Beim Sommervolk heißt er der Zorn der Meeresmutter.«

Reede lächelte eigenartig und fuhr fort, sie anzustarren. Nach einer Weile schaute er wieder aus dem Fenster. »Ich möchte gern wissen ...«, sagte er.

»Schon seit Tagen hörten wir Berichte von einem sehr schweren Sturm, der sich längs der Küste bewegt«, erzählte sie. »Aber es hieß, er würde aufs offene Meer abdrehen und Karbunkel verschonen.«

»Statt dessen tobt er sich jetzt direkt über der Stadt aus.«

Zum erstenmal seit Jahren ertappte sie sich dabei, wie sie das Triadenzeichen der Meeresmutter mit absoluter Überzeugung machte. Sie dachte an Capella Goodventure, doch auf einmal schmerzte die Erinnerung nicht mehr. »Solange es stürmt, kann Vhanu seine Jäger nicht hinausschicken. Bis dahin haben die Mers bestimmt ein gutes Stück Wegs zurückgelegt.«

Er nickte. Dann beobachteten beide fasziniert das Unwetter.

Plötzlich ging die Tür auf, und eine Palastdienerin kam herein. »Herrin!« keuchte sie und verneigte sich nervös. »Die Außenweltler sind in den Palast eingedrungen! Wir konnten sie nicht aufhalten ...«

Hinter ihr tauchten blauuniformierte Gestalten auf; sie waren bewaffnet. Mond sah Reede an, der wie erstarrt am Fenster stand und den Vorhang immer noch festhielt.

Ihr Blick fiel auf ein Tablett mit Essen, das jemand neben ihrem Bett abgestellt hatte. Sie nahm es und ging damit zu Reede, ohne von den Eindringlingen Notiz zu nehmen. Dann drückte sie das Tablett Reede in die Hände. »Das wäre dann alles. Du darfst wieder gehen«, sagte sie und sah ihn auffordernd an.

Endlich schaltete er; halbwegs geschickt nahm er ihr das Tablett ab. »Jawohl, Herrin ...«, murmelte er und senkte den Kopf. Mit dem Tablett bewegte er sich schlurfenden Schrittes und gebeugt zur Tür. Die Polizisten machten ihm Platz und ließen ihn durch. Die Frau, die die Warnung überbracht hatte, schlich ihm unter den finsteren Blicken der Blauen hinterher.

Dann wandten sie ihre Aufmerksamkeit Mond zu. Neugier und gelinde Belustigung malten sich auf ihren Gesichtern, als sie sie übermüdet, unfrisiert und in ihrem Nachtkleid dastehen sahen. »Kommandant Vhanu will, daß Sie ...«, begann der diensthabende Sergeant.

Ihre Verlegenheit schlug in Groll um. »Sie warten alle draußen, damit ich mich anziehen kann«, befahl sie und hob die Hand. »Raus!«

Die Polizisten zögerten und tauschten unschlüssige Blicke. Dann marschierten sie mit gesenkten Waffen aus dem Zimmer und schlossen hinter sich die Tür.

Sie ließ sich Zeit, denn ihr bangte vor der nächsten Konfrontation mit Vhanu. Sie wählte praktische Kleidung, eine lange Hose und Tunika nach der Mode der Kharemoughi, aber in den unterschiedlichsten Schattierungen von Grün, die ihren Augen immer guttaten. Nach kurzem Überlegen verzichtete sie auf ihren Sibyllenanhänger und ließ ihn auf dem Nachttisch liegen.

Vor der Tür warteten ungefähr ein Dutzend Polizisten auf sie. Ihre Waffen ignorierend, fragte sie mit einer Stimme wie Glas: »Was wollt ihr von mir? Falls ihr Reede Kullervo abholen sollt, euer Kommandant gab mir sein Wort ...«

»Nein, Herrin«, unterbrach sie der Sergeant. »Wir sollen *Sie* zu ihm bringen.«

»Wo ist Jerusha PalaThion?« fragte sie mit scharfer Stimme.

Der Sergeant senkte für eine kurze Weile den Blick. »Man hat sie verhaftet. Wegen Behinderung der Justiz. Sie hat den Gang der Gerechtigkeit blockiert.«

»Gerechtigkeit«, murmelte Mond. Sie streckte die Hände aus. »Möchte Kommandant Vhanu, daß ich gefesselt werde?«

Der Sergeant schnitt eine Grimasse und nickte. Jetzt starrten alle auf ihren Hals; zwar trug sie kein Medaillon, aber die Sibyllentätowierung war deutlich sichtbar. Auf den geschnauzten Befehl des Sergeanten hin trat ein Mann vor. Er zog ihr die Hände auf den Rücken und legte ihr Handschellen an. Ihr schwindelte; ernsthaft hatte sie nicht damit gerechnet, daß man sie fesseln würde.

An den entgeistert gaffenden Palastbediensteten vorbei, führte man sie durch die hallenden Säle. Reede vermochte sie nirgends zu entdecken. Sie fragte jedoch nicht, wohin man sie brachte.

Der Sergeant und zwei seiner Männer transportierten sie in einem Hovercraft die Stadt hinunter; überrascht und nicht wenig beunruhigt, vermerkte sie, daß sie nicht am Polizeihauptquartier haltmachten, sondern weiterflogen — durch das Labyrinth in die Untere Stadt hinein, und alles ohne ein Wort der Erklärung. Sie dachte an Arienrhod, die ihre Mutter und ihr anderes Ich war; sie erinnerte sich an deren letzte Reise durch die Stadt, die mit dem Tod endete. Arienrhod hatte versucht, ihre Welt zu ändern, und sie hatte den Außenweltlern getrotzt ... Geendet hatte das Ganze mit einer Fahrt wie dieser. Mond konnte sich nur noch ein Ziel vorstellen, auf das sie zusteuerten ... und vor den Wällen Karbunkels raste das Meer.

Endlich hielten sie oben an der Rampe, die zu den Docks hinabführte; als die Luken des Hovercrafts aufgingen, bugsierte man sie rasch nach draußen. Die auf dem Rücken gefesselten Hände erschwerten ihr jede Bewegung. Ein heftiger Windstoß attackierte sie, und sie taumelte; ein Polizist fing sie auf. Die nächste Böe warf sie zurück gegen die Flanke des Hovercraft. Beim Aufprall blieb ihr die Luft weg, und sie hörte, wie der Mann vor Schreck und Schmerzen fluchte. In Sekundenschnelle war sie bis auf die Haut durchnäßt.

Die anderen umringten sie; gemeinsam zerrte man sie nach vorn, mit ineinander verschränkten Armen eine Phalanx gegen die Angriffswut des Windes bildend, als müsse man einen aufrührerischen Pöbel zurückdrängen. Der herabprasselnde Regen blendete sie, so daß sie nichts sah, aber sie hörte das Brüllen des Sturms, das Donnern und Dröhnen der unbarmherzig herangepeitschten Wellen, die tief drunten über die Docks brausten. Sie spürte, wie die ganze Stadt unter dem Ansturm erbebte. Plötzlich stand sie bis zu den Knöcheln im Wasser, als das Meer die Rampe heraufbrandete, das Pflaster überflutete und sich dann wieder zurückzog.

In einem Beobachtungsposten seitlich der Rampe wartete Vhanu auf sie, flankiert von einem weiteren halben Dutzend Polizisten. Ihre Bewacher zwängten sich hastig in die Station und zogen sie mit sich, um nicht mehr den direkten Angriffen des Windes ausgesetzt zu sein. Doch selbst hier überfiel sie der Sturm; durchtränkte sie mit immer neuen Salven aus Wasser und Gischt, packte ihr Haar und klatschte ihr die Strähnen ins Gesicht.

Vhanu pflügte durch seine Leute, bis er vor ihr stand; in seinen Augen lag ein Ausdruck, vor dem sie am liebsten weggelaufen wäre.

Doch sie wich keine Handbreit zurück; sie behauptete ihren Platz, selbst als er sich ihr bedrohlich näherte, angeblich, um sich Gehör zu verschaffen, doch in Wahrheit wollte er sie körperlich einschüchtern.

»Was wollen Sie von mir?« fragte sie; sie mußte schreien, um das Tosen des Windes zu übertönen. »Wieso bin ich hier?«

»Deswegen!« schrie er. Er umklammerte schmerzhaft ihren Arm und drehte sie um; dann stieß er sie vor die große Sichtscheibe. Sie erhaschte einen undeutlichen Blick auf den Damm, der nach unten führte und im Ozean zu verschwinden schien. Weder Anlegestellen noch Schiffe waren zu sehen — nur die kochende See, in der bis zur Unkenntlichkeit zerschmetterte Wrackteile umherwirbelten.

Während sie schaute, donnerte der nächste Brecher gegen die Pylonen; der Wellenkamm reichte fast bis an die Wölbung des Sockels, auf dem Karbunkel ruhte, und der fünfzig Fuß über der Normaltide lag. Wieder spürte sie, wie die Stadt unter dem Schlag der heranbrausenden Woge erzitterte; Wasser rauschte die Rampe herauf und ergoß sich in den offenen Schlund der Stadt. Der Wind geißelte das Fenster mit Gischt und nahm ihr die Sicht; als der nächste Schwall kalten Wassers ihre Knöchel umspülte, wich sie zurück.

Doch der Ausdruck von fanatischer Wut, der in Vhanus Augen brannte, machte ihr mehr Angst als das Wüten des Sturms.

»Ich will, daß das aufhört!« brüllte er und deutete nach draußen auf die entfesselten Elemente.

Sie starrte ihn an und merkte, daß die Wachen sich jetzt voll und ganz auf sie beide konzentrierten. »Was?« schrie sie.

»Machen Sie, daß der Sturm sich legt!« Er zerrte sie zur Tür zurück; der Wind neckte sie mit aller Kraft, liebkoste sie, versuchte, sie in seine gnadenlose Umarmung zu locken. Sie wollte kehrtmachen, doch Vhanu hielt sie fest und ließ sie beide vom Sturm malträtieren und halb ertränken. »Sie haben gehört, was ich sagte. Tun Sie es gleich!«

Sie reckte den Hals und bemühte sich, ihm ins Gesicht zu sehen. »Aber ich kann es nicht!«

»Lügen Sie mich nicht an«, tobte er. »Sie steuern die Energiequelle der Stadt nach Ihrem Belieben! Sie haben aus Gundhalinu einen Verräter gemacht! Man sagt sogar, daß Sie die Reinkarnation der alten Königin sind — und jetzt haben Sie das Unwetter entfacht, damit ich die Mers nicht jagen kann! Sie haben die Lebensgrundlage Ihres Volkes vernichtet. Verdammt noch mal, in der Stadt wird ein Chaos herrschen, wenn das Tribunal eintrifft. Sie befinden sich bereits im Orbit, aber sie können nicht einmal landen. Was sind Sie eigentlich eine Art

Hexe? Wie machen Sie das? Woher haben Sie diese Macht?«

Sie schüttelte den Kopf und schlenkerte das klatschnasse Haar zurück; dann schöpfte sie keuchend Atem, als der Wind ihr die Luft aus der Lunge sog. Vor Verblüffung hätte sie fast gelacht, aber sie wußte, daß Vhanu jedes Wort ernst meinte. *O Herrin,* dachte sie, *Herrin, Herrin …* Doch es erfolgte keine Antwort. »Keiner kann diesen Sturm besänftigen!« schrie sie. »Er muß sich von selbst austoben!«

»Dann geben Sie zu, daß Sie ihn verursacht haben?«

»Nein!« brüllte sie.

Wieder umklammerte er ihre Arme. »Wenn Sie nicht dafür sorgen, daß der Sturm aufhört, befehle ich, daß man Karbunkel aus dem Orbit angreift!«

Das können Sie nicht tun! Der Mann war von Sinnen. Sie verbiß sich die Bemerkung, als sie den Ausdruck von Panik auf seinem Gesicht erkannte. »Das geht nicht …«, versetzte sie statt dessen; es sollte kein Protest sein, sondern eine Drohung.

Die wütende Antwort blieb ihm in der Kehle stecken. »Wie meinen Sie das?« brüllte er, während er sie heftig schüttelte. Plötzlich begann die Stadt zu schwanken, kaltes Wasser kroch an ihren Beinen hoch und zog sich wieder zurück, ein Wirrwarr von Treibgut hinterlassend.

»Weil Ihre Waffen nicht funktionieren werden«, sagte sie und starrte ihn entschlossen an. »Sie würden ihr Ziel verfehlen. Wenn Sie auf Karbunkel schießen wollen, könnte der Schlag daneben gehen und statt dessen den Sternenhafen und Ihre eigenen Schiffe treffen …«

Er fluchte. Unvermittelt holte er aus und schlug ihr ins Gesicht; sie stürzte nach draußen auf das wind- und regengepeitschte Pflaster.

Ohne Hilfe rappelte sie sich hoch; vor Schmerzen war sie wie betäubt, und der nächste Windstoß warf sie wieder um. Hinter ihr erhob sich ein heftiger Wortwechsel.

Plötzlich knieten zwei Polizisten neben ihr und bugsierten sie in das relativ geschützte Wachhäuschen zurück.

Während die beiden Männer sie stützten, japste sie nach Luft; in ihrem Mund schmeckte sie Blut. Zwei andere Polizisten hinderten Vhanu daran, sich abermals auf sie zu stürzen. Die Stadt wankte unter dem nächsten Schlag. Beschwörend sprach ein Offizier in Sandhi auf Vhanu ein; was er sagte, konnte sie nicht verstehen, doch allmählich schien sich Vhanu zu beruhigen. Die beiden Polizisten ließen ihn los und rückten ein Stück von ihm ab. Sein wahres Gesicht war zum Vorschein gekommen: ein erbärmlicher, feiger Bürokrat, dessen Spielchen mit der Macht plötzlich zu scheitern drohten. Die nackte Angst höhlte ihn aus. Er war am Ende — und das machte ihn gefährlich. Finster starrte er Mond an, wie wenn er sie mit seinen Blicken ermorden wollte, während er nervös am nassen, steifen Stoff seines Uniformrocks zupfte. »Bringt sie weg!« befahl er mit tonloser Stimme. »Sperrt sie ein!«

Drei Polizisten brachten sie zum Hovercraft, und sie flogen die Straße zurück zum Polizei-Hauptquartier. Man sprach zwar nicht mit ihr, behandelte sie jedoch rücksichtsvoll, beinahe zuvorkommend. Abgekämpft und benommen lehnte sie sich gegen das Fenster und vermied es, die Männer anzusehen.

Die Straßen waren wie ausgestorben. Sie fragte sich, ob es am Kriegsrecht lag oder an dem Sturm, der an den transparenten Wällen am jeden Straßenende rüttelte. Gern hätte sie gewußt, was die Leute gesagt hätten, könnten sie ihre Königin in diesem Zustand sehen ... Doch rasch ließ sie diesen Gedanken wieder fallen. Hinter den reflektierenden Scheiben des Poizeivehikels war sie ohnehin vor Blicken verborgen.

Endlich erreichten sie die Blaue Allee. Man lotste sie durch das Präsidium, vorbei an staunend gaffenden Leuten, bis sie tief im Innern des Gebäudes in einer Zelle landete. Rings um sie her waren noch weitere Arrestzellen, und sie hielt Ausschau nach Jerusha. Doch sie schien die einzige Gefangene zu sein. Die Wächter entfernten die Fesseln von ihren schmerzenden Handgelenken und ließen sie allein; die Zellenwände bestanden aus einem durchsichtigen Material, das Funken versprühte, wenn sie es anfaßte.

In der Zelle war es kalt; sie begann zu zittern, als Reaktion auf das Erlebte, und weil sie in ihrer nassen Kleidung fror. Mit der Hand wischte sie sich das Blut von einem Mundwinkel; dann starrte sie unschlüssig auf den klebrigen roten Fleck. An einer Wand stand eine schmale Pritsche, darauf lag eine einzige, zusammengefaltete Decke. Sie wickelte sich darin ein und legte sich hin, vor Erschöpfung wie benebelt, der Verstand genauso leer wie die Zelle, in die man sie verfrachtet hatte. Dann schloß sie die Augen und schlief ein.

Nach einem unruhigen, von Alpträumen geplagten Schlummer wachte sie auf und schälte sich aus der Dekke; ein paar Träume später wurde sie wieder wach, vor Kälte bibbernd, und deckte sich von neuem zu. Die Zeit, die verging, ließ sich nicht messen; allmählich wurde ihr Schlaf tiefer und friedvoller, die bösen Träume hörten auf.

Als sie dann aufwachte, war ihr Kopf klar. Sie setzte sich hin und streifte die Decke ab; doch sie war so schwach, daß sie sich gegen die Wand lehnen mußte. Ihr Mund war ausgedorrt, und sie merkte, daß ihre Schwäche teilweise von Hunger und Durst herrührte. In der Zelle, gleich hinter der Barriere, stand jetzt ein Tablett mit Essen. Sie fragte sich, wie lange es wohl schon dort stehen mochte, sie hatte nicht den geringsten Anhaltspunkt, wieviel Zeit verstrichen war.

Sie stand auf und holte sich den Teller und einen Becher mit einem fremdartigen Getränk. Ehe ein Schwächeanfall sie übermannte, setzte sie sich wieder hin und wartete regungslos ab, während ihr Herz wie verrückt hämmerte. Dann aß sie langsam, jeden Bissen des frugalen, einheimischen Mahls auskostend; auf diese Weise zögerte sie den Zeitpunkt hinaus, an dem sie weiter als bis zum nächsten Augenblick denken mußte.

Nachdem sie gegessen hatte, arbeitete auch ihr Verstand wieder. Ihre Kleidung war getrocknet, und sie ordnete sie, so gut es ging. Sie strich sich die zerzauste Mähne nach hinten und flocht sie zu einem langen, adretten Zopf. Plötzlich merkte sie, daß jetzt zwei Dekken auf ihrem Bett lagen; während sie schlief, hatte jemand nach ihr geschaut.

Sie stand auf, ging zur vorderen Zellenwand und rief. Nur Echos antworteten. Vermutlich wurde sie beobachtet, dafür sprach schon Vhanus pathologische Angst vor ihr; aber im gesamten Zellenblock schien sich außer ihr kein Mensch zu befinden. Man hatte sie bestimmt mit Absicht isoliert. Vhanu wollte verhindern, daß jemand ihren genauen Aufenthaltsort erfuhr.

Sie berührte die Verletzung an ihrer Wange, wo er sie geschlagen hatte, und eine eisige Kälte kroch in ihr hoch. Wieso war sie hier? Was hatte er mit ihr vor? Wollte er sie heimlich deportieren lassen wie BZ Gundhalinu? Doch in diesem Fall hätte sie eigentlich schon fort sein müssen ...

Sie hockte sich wieder auf die Pritsche und kämpfte gegen Frustration und Wut an; sie war sich ihrer Hilflosigkeit voll bewußt. Ihr fiel Ariele ein — doch als der Schmerz sie blendete, verdrängte sie den Gedanken wieder. Sie fragte sich, ob auch Jerusha hier festgehalten wurde ... ob Vhanu den Palast durchsuchen ließ ... ob man Reede verhaftet hatte. Jerusha wäre die einzige Person, die noch etwas hätte ändern oder aufhalten, die sie hätte befreien können. Sie krallte ihre Finger in den Stoff ihres Gewands und wiegte sich langsam vor und zurück.

Plötzlich erinnerte sie sich, daß Vhanu gesagt hatte, ein Tribunal sei unterwegs, um darüber zu befinden, wer die Wahrheit sprach, sie oder er. Was hatte er ihr noch entgegengeschleudert, als er drunten im Sturm den Schwall von Anschuldigungen gegen sie vorbrachte? — *Sie seien bereits da, könnten aber nicht landen?*

Hielt er sie fest, um sie dem Tribunal als Feindin der Hegemonie vorzuführen, die Gundhalinu zu Fall gebracht hatte? Oder wollte er sie einfach eingesperrt lassen, ihr nicht einmal die Möglichkeit zur Rechtfertigung geben, bis die Abordnung wieder abreiste und ihn als offiziellen Machthaber zurückließ? Was würden sie mit ihr machen, wenn er versuchte, ihr gewaltsam die Wahrheit zu entreißen? — Sie gab sich ihren Vorstellungen hin, ließ die sinnlosen, beängstigenden Visionen auf sich einwirken, beschäftigte ihre Phantasie mit allen möglichen Szenarien. Sie tastete die Bilder ab, wie Perlen in einer Kette, und versuchte eine Lösung zu finden; denn Grübeln war das einzige, was ihr noch geblieben war.

Endlich hörte sie den Widerhall von Stimmen und Schritten, und sie wußte, daß sie ihr weiteres Schicksal bald erfahren würde.

Sie stand auf und ordnete ihre zerknitterte Kleidung, so gut es ging; in dem Augenblick betraten Wächter die Zelle, um sie herauszuholen; aber es waren nicht die Männer, die gesehen hatte, wie ihr Kommandant eine wehrlose Gefangene schlug.

»Wohin bringt ihr mich?« fragte sie mit möglichst neutraler Stimme, als man ihr die Hände auf dem Rükken fesselte.

»Zum Sternenhafen.«

»Und wozu?«

»Der Kommandant hat es so befohlen.« Ohne weitere Erklärungen führte man sie durch die trostlosen Korridore und aus dem Polizeipräsidium hinaus.

Der Orkan war vorbei; durch die Sturmwälle am Ende der Allee stahl sich helles Tageslicht. Besorgt fragte sie sich, wie ihr Volk mit dieser Katastrophe fertigwürde — wie viele Menschen außerhalb der schützenden Stadt von dem Unwetter überrascht worden waren und wie viele Leben die tosende See gefordert haben mochte. Sie dachte daran, wie es an den Ankerplätzen drunten ausgesehen hatte: nichts als weißschäumendes, kochendes Wasser, in dem Wrackteile umeinanderwirbelten. Wahrscheinlich waren viele Menschen bereits zu den Docks und an den Strand hinuntergelaufen, um die Schäden abzuschätzen und nach noch Verwertbarem zu suchen. Sie fragte sich, was man wohl zu ihrem Verschwinden mitten in diesem Chaos sagte. Im Palast wußte man, daß die Polizei sie abgeholt hatte; und die Konstabler mußten darüber informiert sein, daß Jerusha ebenfalls eine Gefangene der Hegemonie war. Die Nachrichten würden sich verbreiten ...

Aber der Sturm, der die Mers gerettet und Vhanu zu diesem Racheakt getrieben hatte, konnte sich letzten Endes doch noch zu seinem Vorteil auswirken, denn jetzt mußten die Tiamataner alle ihre Kräfte darauf konzentrieren, die Schäden des Unwetters zu beseitigen; für etwaige Proteste blieb nicht mehr viel Energie übrig. Außerdem war sie fest davon überzeugt, daß Vhanu schleunigst eine neue Königin einsetzen lassen würde, vermutlich eine Angehörige des Wintervolks. Kirard Set war heimgegangen zu Ihrer Aller Mutter, aber in der Stadt gab es noch genug Leute, die nur darauf lauerten, die Winter wieder an die Macht zu bringen. Und es war niemand mehr da, der über genug Autorität und Einfluß verfügte, um die Interessen der Sommerleute zu schützen.

Sie befanden sich bereits im Transittunnel, in einem Shuttle, das wie eine Nadel Lichtkreise durch die Dunkelheit zog. Aus Erfahrung wußte sie, daß sie nur noch wenige Minuten von Starport entfernt waren. Und dann ... »Soll ich deportiert werden?« fragte sie, als sie die Ungewißheit nicht länger aushielt. »Werde ich einfach verschwinden wie der Oberste Richter? Wohin bringt ihr mich? Ich bin die Königin, ich habe ein Recht,

Bescheid zu wissen. Und ich will wissen, wohin ihr mich bringt.«

Ihre Bewacher, die bei ihr im Shuttle saßen, blickten einander an. »Der Kommandant hat befohlen, daß man Sie zum Sternenhafen bringt, Herrin. Den Grund hat er nicht genannt.« Der Mann, der ihr diese Erklärung gab, hob die Schultern und schaute zur Seite. Sonst sagte niemand etwas, und alle vermieden es, sie anzusehen.

Das Shuttle gelangte ans Ziel; durch die Anlage des Starports führte man sie in die Empfangshalle, wo sie damals den Premierminister und die Hegemonische Gesellschaft kennengelernt hatte. Durch das riesige Fenster sah sie die leuchtenden Gitter des Landefelds.

Sie war überrascht; sie entdeckte Vhanu, der sich umdrehte und sie anstarrte. Bei ihm stand ein kleines Grüppchen von Regierungsbeamten, von denen sie die meisten wiedererkannte. Als sie näher kam, ließ er sie nicht aus den Augen; sein Blick wirkte halb nervös, halb zufrieden. Auf den anderen Gesichtern malten sich die unterschiedlichsten Gefühlsregungen.

Die Wächter führten sie vor Vhanu hin und salutierten; er grüßte zurück. Als Mond an ihm vorbeischaute, sah sie zu ihrer Verwunderung, daß noch weitere Leute aus einer anderen Richtung die Halle betraten.

Als Vhanu ihre Miene bemerkte, drehte er sich um. Ungefähr ein Dutzend Kharemoughis, unterschiedlichen Alters und beiderlei Geschlechts, wurden in den Raum eskortiert; die Neuankömmlinge zeichneten sich allesamt durch die aristokratische Erscheinung und das unbewußt arrogante Auftreten der Techniker aus. Einige trugen Uniformen, andere die dezent elegante Kleidung vornehmer Bürger. Bei einem entdeckte Mond ein Sibyllenmedaillon. Das mußte das von Vhanu erwartete Tribunal sein.

Alle schienen müde zu sein, aber auch erleichtert, daß die Reise endlich zu Ende war. Über das große Empfangskomitee schien man sich zu freuen, und die Kharemoughis ließen eine gelinde Neugier durchblicken.

Mond schielte zu Vhanu hinüber. Auf seinen Zügen malte sich freudiges Erkennen. »Pernatte-sadhu!« rief er und eilte vor, um den Anführer der Gruppe zu begrüßen.

Der Mann, auf den er zusteuerte, hielt lächelnd die Hand hoch. Vhanu berührte sie zu einem Gruß unter Gleichgestellten. Sie führten einen raschen Wortwechsel auf Sandhi; Mond hörte das informelle *Ihr* und *Euch* heraus und dachte sich, die beiden müßten miteinander befreundet, möglicherweise sogar verwandt sein.

Sie wartete ab. Welche Rolle sie spielen sollte, war ihr mittlerweile klar. Ihre Hoffnung sank, als Vhanu die Mitglieder des Tribunals zu ihr lotste. Man hatte sie hierhergebracht, damit sie die Funktion des Sündenbocks übernähme. Aber Vhanu hatte es nicht gewagt, sie knebeln zu lassen, deshalb konnte sie noch etwas zu ihrer Verteidigung sagen. Während das Tribunal näher kam, faßte sie sich.

»... mit Verlaub gesagt, könnten wir diese Angelegenheit nicht auf später verschieben? Wir sind alle übermüdet«, protestierte Pernatte, dessen anfängliche Lebhaftigkeit bereits erlahmte.

»Verzeiht mir meine Ungeduld«, wandte Vhanu ein. »Aber seit unserer letzten Kommunikation hat sich hier etwas ereignet, das Eurer sofortigen Beachtung bedarf; es ist lebenswichtig, daß wir darüber sprechen, ehe wir die Stadt betreten.« Seine Gesichtszüge verhärteten sich, als er Mond anblickte.

»Tatsächlich?« erwiderte Pernatte mit einem Anflug von schlechter Laune. Er folgte Vhanus Blick. »Wer ist das?« fragte er und runzelte die Stirn.

»Diese Frau«, Vhanu deutete auf Mond, »ist der Grund, weshalb ich Euch inkommodieren muß.«

Vor Mond blieb Pernatte stehen. »Diese bleiche, verdreckte Kreatur? Ist sie eine Tiamatanerin? Eigentlich sieht sie nicht so aus, als könnte sie jemandem Scherereien machen ...«

»Sie spricht Sandhi«, erklärte Vhanu.

»Ach was!« Pernatte gaffte sie an.

»Sie ist die Sommerkönigin.«

»Im Ernst?«

»Ja«, bekräftigte Mond förmlich. »Und ich brauche Kommandant Vhanu nicht, ich kann für mich selbst sprechen.«

Pernatte zog abermals die Stirn kraus und sah Vhanu an. »Und Ihr habt sie als Gefangene hierherbringen lassen? Ist das nicht ein ziemlich drastischer Schritt? Was, im Namen von tausend Vorfahren, geht hier vor?«

»Das wollte ich Euch gerade erklären«, versetzte Vhanu grimmig.

Pernatte nickte. »Aber bitte kurz und bündig.« Mond würdigte er keines Blickes mehr. Die anderen Mitglieder des Tribunal-Komitees fächerten sich hinter ihm auf und lauschten resigniert.

»Gewiß, Sadhu, ich werde mich kurz fassen.« Vhanu stellte sich in Positur. Die Spannung, die von ihm und seinen Gefolgsleuten ausging, konnte man beinahe als Hitzestrahlung spüren.

»Das ist also die Frau, wegen der Gundhalinu Verrat begangen haben soll?« vergewisserte sich Pernatte, als könne er es immer noch nicht glauben.

Vhanu nickte. »In ihr steckt mehr, als es den Anschein hat. Ich empfehle dringend, daß man sie schleunigst von Tiamat entfernt und ihre Rückkehr nach hierher unmöglich macht. Man sollte sie zum intensiven Verhör und zu eingehenderen Ermittlungen nach Kharemough schaffen. Sie hat Gundhalinu veranlaßt, sich von seinesgleichen abzuwenden und mit ihr Rassenschande zu begehen; außerdem beeinflußte sie ihn dahingehend, daß er die Politik der Hegemonie pervertierte, um ihren primitiven Aberglauben zu unterstützen ...«

Mond erstarrte und machte einen Schritt nach vorn; die Wachen hielten sie zurück. Pernatte erwiderte indessen: »Ja ja, das alles stand doch schon im Bericht. Aber sie ist das souveräne Oberhaupt einer unabhängigen Regierung, und egal, wie abstoßend wir ihre Handlungsweise finden, wir sind eigentlich nicht berechtigt, sie als Geisel ...«

»Das ist noch längst nicht alles«, fiel Vhanu ihm ins Wort, was er mit einem überraschten Stirnrunzeln quittierte. Vhanus Stimme klang so scharf, daß alle ihn ansahen. »Diese Frau kontrolliert ... Mächte, eine verborgene Energiequelle, von der wir nichts wissen; sie ist in der Lage, Dinge zu tun, die von rechts wegen gar nicht möglich sind.«

Pernatte blickte ein bißchen skeptisch drein. »Zum Beispiel?«

»Sie steuert willkürlich Karbunkels Energiezufuhr. Sie kann einen Sturm herbeihexen. Sie hat sogar unsere Orbitalwaffen sabotiert, so daß ich es nicht wagte, sie einzusetzen ...«

»*Was?*« staunte Pernatte.

»In der Stadt herrscht ... Verwirrung«, sagte Vhanu mit beschwörender Stimme. »Ich konnte die versprochene Menge vom Wasser des Lebens nicht beschaffen, obwohl — und hier hat sie abermals gelogen — der Ozean von Mers nur so wimmelt. Sie verführte Gundhalinu, damit er die Jagd auf die Mers einstellte; als ich dann das Kommando übernahm, wiegelte sie ihre Leute gegen uns auf. Als ihr das immer noch nicht reichte, sperrte sie die Energiezufuhr für die ganze Stadt, so daß wir vollauf damit beschäftigt waren, für Ordnung zu sorgen.

Nachdem ich sie gezwungen hatte, die Energie wieder fließen zu lassen, rief sie eine Sturmflut herbei, die buchstäblich jedes Boot im Hafen zerschmetterte. Ich drohte ihr, mit unseren Waffen Karbunkel anzugreifen, falls sie den Sturm nicht umgehend wieder weghexte;

daraufhin sagte sie mir, unsere Waffen würden ohnehin nicht funktionieren und statt der Stadt würden wir höchstens unseren eigenen Starport treffen ...« Er brach ab, als er Pernattes Gesichtsausdruck und das laute Stimmengemurmel registrierte. »Ich weiß, daß Euch das absurd vorkommt, es klingt ja auch höchst unwahrscheinlich; aber es ist wirklich passiert!« fügte er nervös hinzu.

Pernatte sog tief den Atem ein, als hätte jemand seinen Kopf unter Wasser gedrückt. »Das alles kommt ziemlich ... ah ... unverhofft, Vhanu-sadhu.« Er wandte den Blick von Vhanu ab und musterte die angespannten, wachsamen Mienen der Männer, die hinter ihm standen. »Waren Sie alle Zeuge dieser Ereignisse?«

»Wir haben nicht alles mit eigenen Augen gesehen, Onkel«, warf Tilhonne vorsichtig ein. »Aber es steht fest, daß die Königin uns daran gehindert hat, das Wasser des Lebens zu beschaffen; und Gundhalinus Beziehung zu ihr beeinflußte sein Urteilsvermögen als Oberster Richter, besonders bezüglich der Mers.«

»Ich verstehe.« Pernatte schürzte die Lippen. Widerstrebend drehte er sich zu Mond um. Dieses Mal blickte er ihr direkt in die Augen, als er fragte: »Und was haben Sie zu diesen Vorwürfen zu sagen ...?«

»... Herrin«, korrigierte sie ihn auf Sandhi, als sie merkte, daß er nicht den leisesten Schimmer hatte, wie ihre korrekte Anrede lautete. »Zu diesen Vorwürfen habe ich eine ganze Menge zu sagen, Bürger Pernatte«, fuhr sie fort; mit ›Bürger‹ wurden die Kharemoughis auf ihrer Heimatwelt von Fremden angeredet. »Wo soll ich beginnen?« Sie spürte, wie ihr das Blut ins Gesicht stieg, als sämtliche Umstehenden ihr plötzlich ihre Aufmerksamkeit zuwandten. Auf Vhanus Gesicht sah sie den eingefrorenen Haß, und Pernatte schien nur widerwillig zu akzeptieren, daß sie nun im Mittelpunkt des allgemeinen Interesses stand. Er sagte: »Ich habe immer nur gehört, daß Karbunkels Energiequelle völlig unabhängig arbeitet. Sind Sie tatsächlich in der Lage, das Kraftwerk zu steuern?«

»Nein«, antwortete sie.

»Wie erklären Sie dann einen Blackout, der volle drei Tage dauerte?« mischte sich Tilhonne ein. »In keinem Bericht wird ein derartiger Vorfall erwähnt.«

»Einmal in jedem Hohen Jahr schaltet sich Karbunkels Energiesystem selbsttätig ab«, sagte sie vorsichtig, »weil eine Wartung stattfinden muß. Das passiert nur während des Hohen Sommers; zu dieser Zeit war die Hegemonie noch nie auf Tiamat.«

»Und woher wissen Sie dann davon?« fragte Pernatte, »wenn es nur einmal in zweihundertundfünfzig Jahren passiert?«

»Die Traditionen meines Volks enthalten Überlieferungen, die Tausende von Jahren alt sind.«

»Ich habe mit meinen eigenen Augen gesehen, wie Sie die Energie in der Stadt wieder einschalteten«, behauptete Vhanu.

Sie starrte Pernatte unverwandt an. »Ich wußte, daß es passieren würde, die Lichter wären so oder so wieder angegangen, ganz von selbst. Ich tat nur so, als sei ich dafür verantwortlich, es war ein Trick.«

»Stimmt es, daß eine Sturmflut die Stadt heimgesucht hat?« vergewisserte sich Pernatte.

Sie nickte: »Aber es geschah nach dem Willen der Meeresmutter ... Es war eine Tat der Götter, wie Sie sagen würden.«

Abermals runzelte er die Stirn. »Und können Sie unser orbitales Waffensystem wirklich beeinflussen?«

Lächelnd schaute sie Vhanu an; sie konnte sich nicht erinnern, jemals auf diese Weise gelächelt zu haben. »Das war eine Lüge.«

»Was?« Vhanu wollte nach vorn stürzen, besann sich aber. »Nein! Sie sagte ...«

»Habt Ihr das System getestet, Vhanu?« wollte Pernatte wissen.

»N ... nein, dazu hatte ich viel zuviel Angst um unsere ... Ich«

»Sie haben geglaubt, was Sie glauben wollten, Kommandant«, sagte Mond, ohne aus ihrem Abscheu ein Hehl zu machen. »Sie wollten doch glauben, daß ich eine ... — was war es doch noch? — eine *Hexe* sei. Für Gundhalinus Liebe zu mir hatten Sie Krämerseele nur eine Erklärung: ich müsse ihm irgendeine sexuelle Besessenheit angehext haben. Und nur, weil er mir hörig sei, hätte er die Jagd auf die Mers abgelehnt. Mir unterstellten Sie Aberglauben, wenn ich mich gegen dieses Gemetzel wandte. Und Sie waren fest davon überzeugt, daß ich ihn nur deshalb in mein Bett lockte, um ihn zu benutzen und ihm meinen Willen aufzuzwingen. Nichts ...« Sie brach ab, holte tief Luft und sah wieder Pernatte war. »Nichts«, fuhr sie mit weicher Stimme fort, »könnte weiter von der Wahrheit entfernt sein.«

Pernatte glotzte sie verständnislos an. Doch zu ihrer Überraschung schien er ihr zu glauben. »Sie behaupten also, daß alles, was Sie und Gundhalinu taten, lediglich dem Schutz der Mers diente, die angeblich eine intelligente fremdartige Lebensform sind und keine Tiere?«

»Ja.«

Sein Blick flackerte. »Offen gestanden«, sagte er nach einer Weile, »kommt es mir ziemlich unwahrscheinlich vor, daß die Mers eine intelligente Spezies sind.«

Mond klappte den Mund auf.

»Aber ...« — Pernatte hob die Hand — »ich muß es wohl akzeptieren ... Wir alle müssen uns damit abfinden.« Er zeigte auf die anderen Mitglieder des Tribunals.

Sie wußte nicht, wer verdutzter dreinschaute, Vhanu oder sie. »Was sagt Ihr da?« ereiferte sich Vhanu. »Daß Ihr dieser ausländischen Frau mehr glaubt als mir?«

»Nein.« Bekümmert sah Pernatte ihn an. »Ich wollte sagen, daß wir gewisse neue Erkenntnisse gewonnen haben, die von äußerster Relevanz sind und aus Quellen stammen, die über jeden Zweifel erhaben sind.« Auf jedes einzelne Wort legte er eine sorgfältige Betonung. »Daraufhin hat die Hegemonie ihre ... ah ... Kolonialpolitik geändert. Das Zentrale Koordinations-Komitee ist bezüglich der Mers zu neuen Schlüssen gekommen, man hat sie zu einer eigenständigen intelligenten Spezies erklärt. Sie dürfen weder bejagt noch getötet werden; folglich wird es auch kein Wasser des Lebens mehr geben.« Bei den letzten Worten verfinsterte sich sein Blick.

»*Was?*« fragte Vhanu entgeistert. »Das ist unmöglich! Das glaube ich einfach nicht, beim Urvater aller meiner Vorfahren!«

Pernattes säuerlicher Gesichtsausdruck schlug in Mißbilligung um. »Ich weiß, daß das ein schwerer Schock für Euch ist, wir waren alle außer uns. Falls Ihr wollt, könnt Ihr euch selbst überzeugen — wir haben eine Sibylle mitgebracht.« Er deutete auf das Tribunalmitglied, das ein Kleeblattmedaillon trug.

Vhanu schüttelte den Kopf und atmete tief durch. »Nein, das ist nicht nötig. Euer Wort genügt, mir, Pernatte-sadhu ... Aber, wenn es kein Wasser des Lebens mehr gibt — welchen Sinn hätte es dann, den Kontakt mit einer Welt wie dieser aufrechtzuerhalten?«

»Das frage ich mich auch«, räumte Pernatte ein. »Aber es wurde darauf hingewiesen, daß in Anbetracht der Knappheit an bewohnbaren Welten jeder Planet, auf dem Menschen existieren können, unserer Aufmerksamkeit würdig ist. Noch bevor Gundhalinu Oberster Richter wurde, dokumentierte er in ausführlichen Berichten, daß auf lange Sicht die Entwicklung von Tiamats natürlichen Ressourcen ein lohnendes Ziel sein könnte ... daß wir Tiamat durch technischen Beistand und wirtschaftliche Hilfe für eine ... ah ... Partnerschaft gewinnen könnten, die für beide Seiten äußerst profitabel sein dürfte ...« Er wandte sich wieder Mond zu. »Im

Licht dieser neuen Entwicklung, Herrin, scheint es, daß Sie den Gesetzen der Hegemonie zu Recht getrotzt haben. Manche mögen es sogar als eine ehrenhafte Tat bezeichnen.« Er hob die Hand. »Nehmt ihr endlich die Fesseln ab!« befahl er den Wachen.

Die Männer blickten Vhanu an und warteten auf seine Bestätigung. Auch Mond beobachtete ihn, und sie sah, wie sich sein Gesicht verzerrte. »Nein!« rebellierte er. »Bei allen Göttern, das darf nicht geschehen. Diese Frau muß entmachtet werden! Man muß sie zum Verhör nach Kharemough bringen! Sie steht mit einer Gruppe oder irgendwelchen Mächten im Bunde ...«

Pernatte trat vor und hielt Vhanus wild gestikulierende Hände fest. »Vhanu ...«, sagte er mit leiser, aber eindringlicher Stimme. »Ich weiß, daß Ihr unter großem Stress gestanden habt. In den letzten Monaten mußtet Ihr viele schwierige Entscheidungen treffen, und Ihr habt Euch bemüht, ehrenvoll zu handeln. Aber verrennt Euch nicht länger in diese fixe Idee! Die Situation hier hat sich geändert. Diese Frau ist nicht nur eine Sibylle, sondern auch die Herrscherin ihres Volks.«

»Sie muß abgesetzt werden!« beharrte Vhanu.

»Aber nicht von Euch ... und nicht von uns«, hielt Pernatte ihm energisch entgegen. Seine Halsmuskeln spannten sich. »Vhanu, ich finde es genauso unverständlich und abstoßend wie Ihr, daß ein Mann wie Gundhalinu sich mit einer solchen ...« — er maß Mond mit einem abschätzigen Blick — »... ah ... fremdländischen Frau eingelassen hat, und ihr ... ah ... verfallen ist. Trotzdem ist nun eben mit einem Schlag alles anders geworden. Was Gundhalinu getan hat, gilt nicht länger als verräterischer Akt, sondern ...« — er schüttelte den Kopf — »... als weise Voraussicht, an der Sie es, mein lieber Vhanu-sadhu, haben ein wenig ... ah ... fehlen lassen. Wie soll man die Veränderungen erklären, die sich in einem Mann abspielen, der ein Fremder, fern von seiner Heimatwelt, ist?«

Vhanu erstarrte, und plötzlich fiel jede Spur von Widerspenstigkeit von ihm ab.

»Ich glaube, für Euch wäre es das beste, wenn Ihr mit mir nach Kharemough zurückkehrt, Vhanu-sadhu«, meinte Pernatte leise. »Ihr braucht Ruhe und eine Gelegenheit, Eure Perspektive zurechtzurücken. Ich bin sicher, daß es irgendwo einen … ah … weniger aufreibenden Posten gibt, für den Ihr besser geeignet seid.«

Vor Überraschung verschlug es Vhanu die Sprache. Schweigend, mit zusammengekniffenen Lippen, wandte er sich Mond zu. Ohne sie eines Blickes zu würdigen, gab er seinen Leuten das Zeichen, ihr die Handschellen abzunehmen.

Sich die Handgelenke massierend trat sie nach vorn. Pernatte huldigte ihr mit einer tiefen Verbeugung. »Meine Regierung hat Ihnen Unrecht zugefügt, Herrin, und ich bitte Sie, die Demütigungen und Härten, die man Ihnen zugemutet hat, zu verzeihen«, sagte er glattzüngig und gewandt. »Seien Sie versichert, daß wir alles tun werden, um die alte partnerschaftliche Beziehung zu Ihrem Volk, die auf Vertrauen und gutem Willen basierte, wiederherzustellen.«

Mond schöpfte tief Atem; sie hielt die Luft an, bis ihre Lunge schmerzte. Erst dann konnte sie mit der gleichen Selbstsicherheit antworten: »Ich nehme Ihre Entschuldigung an, Bürger Pernatte … unter der Bedingung, daß man die Anklage gegen den Obersten Richter Gundhalinu fallenläßt und ihn wieder in seine frühere Position als Haupt der Hegemonischen Regierung auf Tiamat einsetzt.«

Pernatte nickte, ohne die geringste Überraschung zu verraten. »Ihrer Bitte wird nachgekommen, so rasch es die Stardrive-Technologie ermöglicht, Herrin. Ich bin sicher, daß Ihr Vorschlag den ungeteilten Beifall sämtlicher Parteien finden wird.« Lediglich das leichte Zucken einer Augenbraue deutete eine Spur von Emotionen an.

»Danke«, sagte Mond, und ihr Lächeln kam von Herzen. »Morgen abend möchte ich Ihnen und den anderen Mitgliedern des Komitees zu Ehren im Palast ein Bankett geben. Wenn Sie die Einladung annehmen, können wir uns in einer angenehmeren Umgebung über die Grundzüge der neuen Politik weiter unterhalten.«

Zögernd, beinahe widerstrebend, erwiderte Pernatte ihr Lächeln. »Es wird uns ein Vergnügen sein.« Er wandte sich an Vhanu. »Wenn Ihr uns jetzt freundlicherweise unsere Quartiere zeigt, Vhanu, dann können wir uns endlich zur wohlverdienten Ruhe legen.«

Vhanu nickte steif. Mit maskenhaft starrem Gesicht, das ein Abbild hochwohlgeborener Schicklichkeit war, und völlig leeren Blicken, kehrte er ihnen den Rücken zu und lotste sie aus der Halle.

Syllagong. Strafkolonie # 7

Ist das alles?« fragte der Pirat, als Gundhalinu und der Polizistenkiller ihre Tagesausbeute in die Grube kippten.

Der Polizistenkiller hob die Schultern und kniff die Brauen zusammen. »Der Verräter hat sich den Knöchel verstaucht. Das hat uns behindert.«

Gundhalinu fischte ein in Lumpen gewickeltes Päckchen Janka aus seiner Tasche. Er hielt es hoch. »Hier«, sagte er. »Jemand aus der Gang Nummer vier hat damit für eine Auskunft bezahlt.« Mittlerweile ließ er sich für jede Reparatur, die er durchführte, und für jede Frage, die er beantwortete, mit Waren wie in einer Art Tauschhandel bezahlen. Anfangs widerstrebte es ihm, sich seine Tätigkeit als Sibyl entlohnen zu lassen, doch der Pirat hatte darauf bestanden.

Die Männer, die ihn umringten, grunzten interessiert. Beliebt war er immer noch nicht, aber er wurde wenigstens akzeptiert; das spürte er, als er dem Piraten das Päckchen zuwarf. Janka war ein mildes Narkotikum, das manche Männer kauten, wenn sie es in die Finger bekamen.

»Nimmst du auch eine Prise?« fragte der Pirat.

Gundhalinu schüttelte den Kopf. »Nein, ich ... doch, ja.« Im Schneidersitz hockte er sich auf den Boden, weil er plötzlich merkte, wie schwer ihm das Stehen fiel. »Ja, ich nehme auch eine Prise.« Vielleicht konnte er danach besser einschlafen. Je länger er hier war, um so schlechter schlief er.

Der Pirat warf ihm einen neugierigen Blick zu, dann schaute er wieder nach unten. »Okay ...«, sagte er. »Ihr habt gehört, was der Verräter gesagt hat. Wer noch was will, muß zuerst löhnen.«

Ein halbes Dutzend verschorfte, schmutzige Hände warfen Anteile von den kärglichen Proviantrationen vor dem Piraten auf den Boden. Mit einem Messer teilte der Pirat das Janka in präzise abgezirkelte Stücke, die er dann herumreichte. Das letzte Stück und das Häufchen Proviant schob er mit feierlichem Ernst Gundhalinu zu.

Gundhalinu sammelte alles ein; seine Hände waren genauso verkrustet und verdreckt wie die der übrigen Männer. Ohne viel Umstände begann er zu essen, egal, was er da in sich hineinstopfte, und ohne groß auf den Geschmack zu achten.

Die Sonne schob ihr glühendes Gesicht über den Horizont und ließ ihn blinzeln. Die Männer, die nicht bereits saßen, ließen sich auf den Boden plumpsen und holten ihre eigenen Essensrationen hervor, während der Pirat den Deckel der Grube zuklappte und mit den Füßen Asche und Schlacke darüberscharrte.

Kaum jemand sagte etwas, wie immer, wenn eine Arbeitsschicht zu Ende war. Man hatte sich ohnehin nur noch wenig zu erzählen, und für das bißchen reichte die Kraft nicht mehr aus. Doch sie aßen immer in der Gemeinschaft, jeder gierte nach menschlicher Nähe, auch wenn keiner es eingestanden hätte. Das gemeinsame Essen war für Gundhalinu zum wichtigsten Ereignis des ganzen Tages geworden, das einzige, worauf er sich freute: im eiskalten Wind hockte er auf dem Boden zwischen diesen Männern, die ihn soeben noch tolerierten, ohne die er jedoch verloren gewesen wäre.

Manchmal führte er mit dem Piraten sogar ein richtiges Gespräch. Der Pirat verfügte über eine sonderbare, eklektizistische Anhäufung von Wissen, wobei er sich das meiste selbst beigebracht hatte. Während sich Gundhalinu in seiner Bude von den Blessuren erholte, die man ihm zur Begrüßung zugefügt hatte, unterhielten sie sich mitunter stundenlang. Doch nun riskierte es der Pirat nicht mehr, ihn allzu oft anzusprechen; und anstatt selbst mit ihm auf Beutezug zu gehen, schickte er ihn mit dem Polizistenkiller los; er hatte Angst, ein freundschaftlicher Umgang mit einem ehemaligen Blauen könnte seine Position bei den anderen untergraben.

Der Boden erzitterte; Gundhalinu verschluckte sich und mußte krampfhaft husten.

»Die Grube ist beinahe voll, Pirat«, sagte jemand nach einer Weile. »Bald können wir einen Ausflug zum Posten unternehmen.«

Über seine Feldflasche hinweg sah der Pirat den Mann an. Grinsend setzte er die Flasche ab. »Tjah ...«, sagte er, »du hast recht. Vielleicht sollten wir schon mal aussuchen, wer geht.« Die Luft schien vor Spannung zu knistern, als er in seiner Joppe herumkramte und den alten, rissigen Würfel hervorholte, den er hütete wie ein Juwel. »Die drei, die am nächsten dran sind, gewinnen, wie üblich. Diejenigen, die die beiden letzten Male beim Posten waren, spielen nicht mit.«

Man hatte Gundhalinu die Regeln dieses Auswahlverfahrens erklärt, doch nun erlebte er es zum erstenmal. Plötzlich kam Leben in die abgekämpften, stumpfsinnig dreinblickenden Männer. Mit einem Eifer, den sie sonst nie an den Tag legten, beugten sie sich vor und riefen Zahlen. Die drei Gewinner verschafften sich eine Pause von der erbärmlichen Schinderei und durften eine Nacht an einem Ort verbringen, wo es einigermaßen zivilisiert zuging; dort gab es richtige Betten, Duschen und anständiges Essen. Im Posten tauschten sie die Ernte gegen die kleinen Dinge ein, die ihnen das Leben erträglicher machten, bis sie aus dieser Hölle erlöst wurden.

»Was ist, Verräter«, sprach der Pirat ihn an. »Hast du dir eine Zahl ausgedacht?«

Erschrocken blickte Gundhalinu hoch; er hatte nichts gesagt, wie immer. Er war sich nicht einmal sicher gewesen, ob man ihn überhaupt mitspielen ließ. Plötzlich übermannten ihn Hoffnung und Erregung, bis er genauso strahlte wie die anderen. Er befeuchtete seine aufgesprungenen Lippen und sagte: »Dreiundzwanzig.«

Der Pirat nickte und stemmte sich auf die Knie. Er hielt den Würfel in den hohlen Händen und schüttelte ihn, den ekstatischen Moment verlängernd, in dem alles möglich war. In diesem Augenblick verstand Gundhalinu, warum diese Männer ihn zu ihrem Anführer gewählt hatten. Wenn der Würfel fiel, hatten drei Männer nicht nur eine Reise gewonnen — sie durften sich auch noch tagelang darauf freuen. Selbst den Verlierern blieb noch die Vorfreude, die Zeitspanne, in der sie überlegen konnten, welches kleine, kostbare, nicht lebensnotwendige Mitbringsel sie sich wünschen sollten.

Der Pirat streckte die Hände aus, die in ein goldenes Licht getaucht wurden, und ließ den Würfel fallen.

Triumphgeheul und enttäuschte Schreie hallten wie eine betäubende Kakophonie in Gundhalinus Ohren, die sich an die Stille gewöhnt hatten. Gespannt beugte er sich vor, sah die Zahl und wußte, daß er zu den Verlierern gehörte. Sein Pech schmerzte ihn wie ein Stachel in der Brust, und er fluchte. Die anderen zuckten die Achseln und akzeptierten ihre Niederlage, wie sie sich in alles andere fügten. Er war selbst überrascht, wieviel ihm die Gewinnchance bedeutet hatte.

Als der Pirat die Gewinner aufrief, versuchte er, sich auf ein Adhani zu konzentrieren; doch ihm fiel keines ein. Die Verlierer gratulierten den Siegern, derber als nötig, aber mit einer Art Galgenhumor. Rings um ihn her standen die Männer auf, rempelten ihn im Vorbeigehen an und verzogen sich zum Schlafen in ihre Hütten. Es wurde mehr und lebhafter gesprochen als sonst, mitunter sogar gelacht. Er zwang sich zum Aufstehen und spürte, wie jeder Muskel in seinem Körper schmerzte. Wieso war er der einzige, der sich schlechter fühlte, und nicht besser? Vielleicht, weil alle anderen wußten, daß sie diese Welt eines Tages verlassen würden; nur er hatte keine Hoffnung.

»Heh«, rief jemand. »Seht euch mal den Verräter an!«

Gundhalinu erstarrte und wandte sich dem Hehler zu, der mit dem Finger auf ihn zeigte.

»Sein Licht ist auf einmal grün«, sagte der Hehler. »Schaut doch!«

Die anderen kamen zurück und beobachteten interessiert, wie Gundhalinu sich auf den Hehler stürzte und ihn zu Boden warf.

Gundhalinu hockte auf der Brust des Hehlers und umklammerte seinen Hals. »Noch ein Witz darüber, du Dreckskerl, und ich stopfe dir das Maul mit deiner eigenen Zunge!«

»Aber es ist wahr!« kreischte der Hehler und zerrte an Gundhalinus Händen. Andere Männer waren zur Stelle und sorgten dafür, daß Gundhalinu von seinem Opfer abließ; dann hielten sie ihn fest.

»Er sagt die Wahrheit, Verräter«, bekräftigte der Pirat. Er baute sich vor Gundhalinu auf, der ihn wütend anstarrte. Als er ein Stückchen poliertes Metall hochhob, sah Gundhalinu im flammenden Widerschein der Sonne sein Spiegelbild; das grüne Licht an seinem Halsblock blitzte wie ein Stern.

Gundhalinu hörte auf, sich zu wehren, und seine Kinnlade klappte herunter. Sobald die Männer ihn losließen, faßte er an seinen Kragen; hinter den Piraten scharte sich ein Grüppchen Gefangener, die ihn staunend anglotzten.

»Du sagtest doch, er sei ein Lebenslänglicher«, knurrte der Hehler, während er sich hochrappelte. »Ich dachte, das grüne Licht bekäme er nur für den letzten Marschbefehl ...«

»Ich war ... ich bin ...«, flüsterte Gundhalinu, sein Spiegelbild anstarrend; er sah einen Mann, den er kaum wiedererkannte, wie er seine schmutzigen Finger gegen den Hals preßte. Er fühlte die leichte Wärme, die von dem Licht an seinem Kragen abstrahlte.

»Vielleicht ist es ein Irrtum«, mutmaßte jemand. Gundhalinu wirbelte herum und funkelte ihn zornig an.

Der Pirat legte eine Hand auf Gundhalinus Schulter. »Bei so was irren sie sich nie, Verräter«, sagte er ruhig. »Ich setze gleich einen Funkspruch an den Posten ab. Schätze, daß du den Ausflug jetzt doch mitmachst — aber ohne den Rückweg.« Sein Mund zuckte etwas. »Gratuliere. Vielleicht vermissen wir dich sogar ein bißchen ...«

Gundhalinu nickte leicht und sah dem Piraten fest in die Augen. »Ich werde bestimmt an euch denken. Ich werde nichts von alledem hier vergessen.«

Der Pirat maß ihn mit einem langen Blick und zuckte die Achseln. »Es wäre aber besser, du würdest es vergessen, Verräter. Viel besser sogar.«

Gundhalinu schüttelte den Kopf und schaute zu Boden. »Ich könnte es nicht, selbst wenn ich wollte«, flüsterte er.

»Dann ging dein Traum doch in Erfüllung, Verräter«, meinte der Polizistenkiller.

Gundhalinu sah wieder hoch. »Es scheint so«, murmelte er und lachte gekünstelt. Als er einen Schritt nach vorn ging, hatte er plötzlich Angst, er befände sich in einem Traum. Die Männer machten ihm Platz, wie sie damals, bei seiner Ankunft, beiseite gerückt waren, um einen Mann mit dem grünen Licht durchzulassen. Er ging an ihnen vorbei, und sein Schatten wanderte in der Morgendämmerung auf einem goldenen Pfad. Als er seine Hütte erreichte, kroch er hinein, unter der Anteilnahme der Männer, wie wenn er plötzlich eine besondere Art von Held geworden sei. Seufzend ließ er sich auf seine Bettstatt aus Lumpen nieder. Wider Erwarten schlief er sofort ein.

Karbunkel

Reede Kullervo stand auf dem verborgenen Balkon, der die Empfangshalle überblickte. Fasziniert wie ein Voyeur lehnte er sich über die Brüstung und beobachtete die Versammlung drunten; schon seit Stunden verharrte er auf seinem Beobachterposten, ungesehen, obwohl er selbst alles mitbekam. Überall im Palast gab es geheime Zimmer und Winkel, von denen aus man spionieren konnte. Nachdem die Königin verhaftet worden war, hatten Mitglieder des Sibyllen-College ihm alles gezeigt. Die ältere blinde Frau, die dem College vorstand, hatte befohlen, ihn zu schützen, als die Blauen kamen, um ihn abzuholen. Jeder half ihm, sogar die Eltern von Tammis Dawntreaders Witwe. Er entsann sich, mit welcher Sachlichkeit und Ruhe Merovy Bluestone ihn während seiner Krankheit behandelt hatte; er erinnerte sich an ihre Augen ...

Seufzend wandte er seine Aufmerksamkeit wieder dem farbenfrohen Trubel drunten in der Halle zu. Er wußte nicht mehr, ob er für Karbunkels schrullige Architektur verantwortlich war oder ob man die kapriziösen Verzierungen später, im Laufe der Jahrhunderte, hinzugefügt hatte.

Jetzt war er jedoch dankbar für die verwunschenen Winkel des Palastes, denn sie hatten sein Leben gerettet. Und nun durfte er ungehindert zusehen, wie sich ein Kreis schloß, den er selbst in Gang gesetzt hatte. Das Fest, auf dem sich Außenweltler und Tiamataner zu einem heiklen diplomatischen Reigen vermischten, wurde anläßlich der Rückkehr des Obersten Richters BZ Gundhalinu gegeben.

Solange noch ein einzige Kharemoughi dort drunten herumlungerte, wagte er es nicht, in Erscheinung zu treten; er befürchtete, jemand könne ihn als den Schmied erkennen, und er wollte nicht die Aufmerksamkeit der Goldenen Mitte auf sich ziehen. Deshalb sah er von hier oben aus zu, wie sich der Saal langsam füllte; er studierte die unterschiedlichsten Schattierungen von Haut- und Haarfarben, die verschiedenen Kleidermoden und das Verhalten der Menschen, das von ostentativer Zurschaustellung bis zu schlichter Zurückhaltung reichte; das Beobachten bereitete ihm einen geradezu sinnlichen Genuß.

Unter den Gästen bewegte sich die Königin, wie zufällig, doch in ihrem Verhalten erkannte er ein bestimmtes Muster. Immer wieder schlenderte sie am Eingangsportal vorbei, ständig blickte sie dorthin, mit wachsender Nervosität strich sie sich das Haar glatt oder prüfte die Uhrzeit.

Und endlich war er da, der große Augenblick, dem beide halb unbewußt entgegengefiebert hatten — Gundhalinu traf ein. Die Musik verstummte; die Menschen, die soeben noch getanzt, geschmaust, getratscht und politisiert hatten, erstarrten wie zu einem prächtigen Tableau.

Gundhalinu wurde von Jerusha PalaThion begleitet, die die Uniform und die Insignien ihrer Position als neue Polizeikommandantin trug. Die Stille wurde durch hochbrandenden Applaus unterbrochen. Gleich hinter dem Eingang blieb Gundhalinu stehen, wie wenn er vor dem Lärm zurückprallte. Mit hocherhobenem Kopf stand er da, ohne von der Begrüßung Notiz zu nehmen; sein Blick wanderte suchend über die Menge.

Dann fand er sie — als sich die Schar teilte, und die Königin hindurchließ; ihr Haar glänzte wie frischer Schnee, und sie trug ein Gewand aus einem moosgrünen Stoff, der mit durchsichtigen himmelblauen Schleiern drapiert war. Die Robe war ganz mit Kristallperlen besetzt, die wie Sterne glitzerten — oder wie die Tränen des Meeres. Statt einer Krone trug sie nur einen schlichten Blumenkranz; mit ausgestreckten Armen ging sie Gundhalinu entgegen.

Gundhalinu trat vor und nahm ihre Hände in die seinen. Von Angesicht zu Angesicht standen sie sich gegenüber, wagten es jedoch nur, sich mit den Fingerspitzen zu berühren; aber in diesem Augenblick des Kontakts, als ihre Finger sich zu einer intimen Liebkosung ineinander verflochten, lag eine Ekstase von solcher Reinheit, daß sie einem Sakrament glich.

Schließlich ließen sie die Hände wieder sinken, so langsam, wie wenn es um sie herum keine Schwerkraft gäbe. Gundhalinu wandte sich kurz um und sagte etwas zu Jerusha PalaThion, während er auf eine Stelle hinten im Raum deutete. PalaThion nickte und drängte sich durch die Menge; unterdessen lotste die Königin Gundhalinu an den Gratulanten und Beifallklatschern vorbei, wobei ehemalige Feinde und Freunde wenigstens vorläufig nicht zu unterscheiden waren. Pernatte und die anderen Mitglieder des Hegemonischen Tribunals begrüßten Gundhalinu als erste; Vhanu, der frühere Kommandant, glänzte durch Abwesenheit.

Plötzlich fingen die Musikanten wieder an zu spielen; es war eine wunderschöne Melodie, die Reede nicht kannte, auf die Gundhalinu aber nur gewartet zu haben schien. Bis jetzt hatte er keine Miene verzogen, doch nun lächelte er. Er beugte sich über die Königin und raunte ihr etwas ins Ohr. Überrascht sah sie zu ihm auf. Er schien diese Geste als Zustimmung zu deuten, denn er nahm sie wieder bei der Hand, zog sie an sich und führte sie zum Tanz.

Die Gäste machten ihnen Platz und schauten tuschelnd zu, während sich die beiden anmutig zu den Klängen der Musik drehten. Auch Reede riß die Augen auf. Er dachte sich, daß selbst die engstirnigsten Kharemoughi-Techs dort unten nicht erstaunter sein konnten als er, Gundhalinu in aller Öffentlichkeit mit der Frau, die er liebte, tanzen zu sehen. Ein Paar nach dem anderen gesellte sich zu ihnen aufs Parkett, bis sie sich inmitten eines farbenprächtigen, wogenden Meers befanden.

Reede sah, daß Gundhalinu und Mond nur Augen füreinander hatten; ihre Gesichter bildeten einen krassen Kontrast, ein Symbol für die unterschiedlichen Welten, denen sie angehörten; doch in ihren Augen las er die einzige Wahrheit, die er kannte.

Er entsann sich an Mundilfoere und ließ in seinem Geist das Bild ihrer mitternachtsschwarzen Schönheit erstehen ... Er dachte an alles, was sie ihm bedeutet, und was sie ihm angetan hatte. Zum Schluß hatte sie sich für ihn geopfert. Er erinnerte sich auch an Ilmarinen, den er einst liebte ... und dann weinte er, allein auf seinem einsamen Posten.

Nach dem Tanz beobachtete er, wie Gundhalinu und die Königin speisten, sich unterhielten, und sich zwischen den Gästen bewegten. Sie blieben immer zusammen und dokumentierten damit, daß sie zueinander gehörten.

Schließlich zerstreuten sich die Gäste. Als erste entschuldigten sich die Angehörigen der Hegemonischen Elite; sie verließen das Fest, sobald es die Höflichkeit erlaubte; nur Gundhalinu verriet keine Anzeichen von Ungeduld. Reede trat von einem Bein aufs andere, als er sah, wie die Blauen sich nach und nach aus dem Saal verkrümelten; plötzlich packte ihn eine Anwandlung von Energie, als ob eine erdrückende Last von ihm genommen worden wäre.

Bei einem Geräusch erschrak er und drehte sich um. Mit dem Rücken am Geländer spähte er ins Dunkel. »Ariele?« sagte er, als sie plötzlich still vor ihm erschien. Sie war jetzt anders gekleidet als früher; statt des hauteng sitzenden, knallbunten, aufreizend sinnlichen Bodystocking, den die Außenweltlerfrauen bevorzugten, trug sie nun ein langes, weites Gewand, wie die meisten Tiamatanerinnen. Die Ärmel und das Vorderteil waren bestickt. Um ihren Hals hingen Ketten mit dicken Perlen, die aus Karbunkeln, Achaten und polierten Muscheln bestanden.

Plötzlich schien sie unsicher zu werden, und sie zögerte. In diesem Moment wurde sich Reede seiner eigenen Reaktion bewußte; er stand in Hab-Acht-Stellung da und umklammerte das Geländer, wie wenn er Angreifer erwartete ... oder einen Geist.

Er ließ die Balkonbrüstung los und nahm eine lockere Haltung ein. »Wo warst du?« fragte er. »Als die Gäste kamen, sah ich dich in der Halle; auf einmal warst du verschwunden.«

Gesenkten Blicks stellte sie sich neben ihn, als er die Hand nach ihr ausstreckte. Er legte den Arm um sie, doch sie wandte das Gesicht ab; so wie er es vorhin getan hatte, starrte sie hinunter auf das bunte Treiben. Er spürte, wie sie ihre warme Hand sachte über die seine legte. Seit sie wachgeworden war, seit ihre Mutter sie von den Toten zurückgeholt hatte, fühlte sie sich irgendwie schwerelos, wie wenn sie keinen stofflichen Körper mehr besäße. »Ich tat, was man von mir erwartete«, murmelte sie. »Ich habe die Außenweltler mit gespielter Freundlichkeit begrüßt und ihnen Aufmerkamkeit vorgeheuchelt. Dann ging ich in mein altes Spielzimmer und sah mir die Spielsachen an, die mir gehörten und ... und Tammis ... Ihre Stimme erstarb, und sie schwieg eine geraume Weile. »Ich las in ein paar Büchern, trank Tee und aß dazu Honigküchlein — wie früher, als ich noch ein kleines Mädchen war. Es war sehr friedlich in meinem Zimmer.« Sie sah ihn an. »Hast du den ganzen Abend von hier aus zugeschaut?«

»Ich bin ein Außenweltler«, sagte er und streichelte ihr Gesicht. Es war keine Antwort auf ihre Frage.

»Du bist nicht wie sie.« Mißbilligend spähte sie in den Saal, wo sich zwar keine Außenweltler mehr aufhielten, deren Schatten aber immer noch lauerten und ihre Zukunft verfinsterten.

»Dein Vater ist auch ein Außenweltler«, sagte er, und voller Kummer und Trauer drehte sie sich wieder zu ihm um. »Das heißt, er war einer«, korrigierte er sich leise. Er schaute über die Brüstung und sah die Königin und Gundhalinu, die immer noch Seite an Seite gingen, wie wenn sie durch ein unsichtbares Band miteinander verknüpft wären. Sie folgte seinem Blick und runzelte die Stirn. »Laß sie doch glücklich sein ... Er wollte, daß sie zusammenkommen, und sie haben es verdient.«

Reglos stand sie da und beobachtete die beiden, bis ihre Stirn sich wieder glättete, und ihr Gesicht völlig ausdruckslos wurde. Schließlich nickte sie.

»Hier.« Reede nahm den Arm von ihrer Schulter und holte etwas aus seiner Gürteltasche, das ihm gerade wieder eingefallen war. »Er wollte, daß du sie bekommst.« Er gab ihr Dawntreaders Muschelflöte, ein zierliches spiralig geschraubtes Gebilde, das haarfeine Risse und uralte Reparaturen aufwies.

Sie machte den Mund auf, doch kein Ton kam heraus; dann nahm sie die Flöte, preßte sie gegen ihre Wange und schloß die Augen. »Ich möchte von hier fortgehen — die Stadt verlassen — und nie wieder zurückkommen. Tante Jerusha sagt, daß wir auf ihrer Plantage wohnen können. Dort wären wir ganz allein — nur mit den Mers ...«

»Das hat sie gesagt?« Plötzlich fühlte er sich federleicht, und abermals umklammerte er das Geländer. »Eine tolle Idee«, flüsterte er, »das wäre wirklich phantastisch.«

Ihre aschfahlen Wangen röteten sich ein bißchen, und sie lächelte.

Er nahm ihre Hand und betrachtete die langen, schlanken Finger, die sich bleich gegen die seinen abhoben; am Daumen trug sie den Solii-Ring, das Gegenstück zu seinem. Er versuchte etwas zu sagen, doch seine Kehle war wie zugeschnürt; er zog sie an seine Brust und drückte sie an sein Herz. In den alten, modrigen Geruch der Wände mischte sich Arieles süßer, warmer Duft. Nach einer Weile fragte er: »Warum bist du hier heraufgekommen?«

Sie rückte ein Stück von ihm ab und lächelte; in diesem Augenblick begann die Musik drunten wieder zu spielen. Einen vollkommen anderen Rhythmus als vorher, als man sich dem kultivierten, überkritischen Geschmack der Techniker anpaßte. Reede lugte über die Brüstung, um sich davon zu überzeugen, daß es immer noch dasselbe Orchester war. Nun spielten sie zu einem mitreißenden, traditionellen Sommertanz auf. »Das richtige Fest beginnt erst jetzt«, erklärte Ariele. »Ich wollte dich holen, damit du mit mir feierst.« Zögernd streckte sie die Hand nach ihm aus; sie strahlte, als er bereitwillig, beinahe eifrig, mit ihr ging.

Nebeneinander stiegen sie die Treppe hinab und mischten sich in das Gewirr aus Menschen, die von ihrer Ankunft kaum Notiz nahmen. Die meisten Leute kamen ihm fremd vor, hin und wieder glaubte er, ein Gesicht zu erkennen. Er sah Merovy Bluestone, und ihre Blicke kreuzten sich, ehe er wieder fortschaute. Als sie den Saal drunten erreichten, hatte er Gundhalinu und die Königin aus den Augen verloren.

Ariele lotste ihn an eine Stelle, wo die Menschen so spontan tanzten, wie sich die Musik anhörte. Sie zog ihn einfach mit und animierte ihn zum Tanzen. Die Schritte waren simpel; er kam sich tapsig und unbeholfen vor, denn noch hatte er sich nicht daran gewöhnt, daß sein Körper ohne das Wasser des Todes keine perfekt funktionierende Maschine mehr war. Aber tapfer machte er weiter, und dann entdeckte er, daß das Tanzen ihm Spaß machte — er hatte immer gern getanzt, fiel ihm ein, obwohl er sich nicht deutlich daran erinnern konnte, jemals getanzt zu haben.

Sie tanzten zusammen, nicht nur als Paar miteinander, sondern im verbindenden Rhythmus, der sämtliche Tänzer einschloß. Die Musik war abwechselnd lebhaft und ruhig, und sie tanzten, bis sie beide vor Begeisterung strahlten.

Doch sein Körper, der früher keine Erschöpfung gekannt hatte, ermüdete rasch, und er mußte eine Pause einlegen; er aß eingelegten Fisch und trank einen sonderbar gewürzten Wein, bis sein Schädel brummte. »Daran erinnere ich mich ...«, murmelte er und lachte unsicher, als ihm der Wein zu Kopf stieg.

»Was ist?« fragte Ariele.

Jemand rief seinen Namen und rette ihn davor, gleich eine Antwort geben zu müssen. Er überblickte die Menge und sah drei Gestalten auf sich zukommen, die dem Aussehen nach nicht unterschiedlicher hätten sein können: die Tiamatanerin, der der Starhiker-Club gehörte, sein Pilot und seine Crew.

»Heh, Boss«, grüßte Niburu, und sein Grinsen verriet Reede, daß er vermutlich auch zuviel getrunken hatte.

»Bei den Göttern«, sagte Reede und blickte sie der Reihe nach an. Er spürte, wie es in seinem Gesicht arbeitete. »Wo, zum Henker, seid ihr gewesen?«

Sie hatten im Gefängnis gehockt, bis PalaThion zur Polizeikommandantin ernannt wurde und sie freiließ. Seitdem war er ihnen kaum begegnet, und nun, wo er vor Wein und Müdigkeit halbtrunken war, konnte er sich seine Sorge um sie eingestehen.

Niburu sah abwechselnd ihn und Ariele an. »Wir haben uns in der Stadt herumgetrieben und geholfen, die Sturmschäden zu beseitigen«, erklärte er. Vertraulich legte er den Arm um Tor Starhikers Taille. Sie faßte um seine Schultern und streichelte zärtlich seine Brust.

Reede hob die Brauen. »Offenbar lohnt es sich doch, wenn man ein netter Mensch ist.«

Niburu zuckte die Achseln und grinste. »Sie mag meine Kocherei.«

Tor lächelte. »Seine Sachen sind einfach, aber herzhaft ...« Niburu wurde rot. Ananke stand hinter ihnen, trug den Quoll in einer Schlinge und lächelte still in sich hinein, ein geheimnisvoller Schatten, wie immer. »In letzter Zeit hattest du wohl nicht viel Verwendung für einen Fährmann«, meinte Niburu.

»Das stimmt«, murmelte Reede und schaute dabei Ariele an; er berührte ihre Hand.

»Und wie soll es weitergehen?« fragte Niburu nach kurzem Schweigen.

»Eßt, trinkt, amüsiert euch«, schlug Reede vor.

Niburu schüttelte den Kopf. »Ich meine, was hast du morgen vor? ... oder nächste Woche? ... oder in ein paar Monaten?«

Reede zögerte und schaute sie alle drei an; jeder von ihnen machte eine andere Miene, dennoch war der Ausdruck irgendwie derselbe. »Wir — Ariele und ich«, er senkte den Blick, »ziehen an die Südküste. Wir wollen dort etwas finden ...« Er brach ab. *Vergessen wollten sie finden.* »... was wir verloren haben.«

Niburu nickte — zufrieden, kam es Reede vor. »Dann brauchst du ja keinen Piloten mehr.«

»Wohl kaum«, bestätigte Reede. »Magst du eigentlich Boote?«

»Boote mag ich nicht«, erklärte Niburu. »Sie können untergehen. Schon damals auf Samathe konnte ich Boote nicht ausstehen, und daran hat sich bis heute nichts geändert. Er denkt genauso wie ich.« Er zeigte auf Ananke.

Reede maß die beiden mit einem eigentümlichen Blick. »Ihr wollt abhauen«, stellte er fest.

»Jetzt hast du ja jemanden, der auf dich aufpaßt, Boss.« Niburu schmunzelte. »Uns brauchst du nicht mehr.« Er zögerte. »Wir waren eine ziemlich lange Zeit zusammen. Vielleicht wird uns allen etwas fehlen.«

Tor sah auf ihn hinunter. »Das klingt ja, als kämst du nie wieder zurück«, sagte sie.

»Das habe ich nicht gesagt, mein Schatz.« Breit lächelnd blickte er zu ihr auf. »Ich sage niemals nie. Wenn ich etwas von ihm gelernt habe ...« — er deutete auf Reede, und sein Lächeln wurde um eine Spur säuerlich —, »dann ist es, niemals nie zu sagen ...« Sie drückte ihm einen Kuß auf den Scheitel, und er küßte ihren entblößten Bauchnabel. Ananke verdrehte die Augen.

Ein diffuser Schmerz übermannte Reede. Er führte ihn auf den Wein zurück und stellte das Glas auf einen Tisch. »Und wann brecht ihr auf?« fragte er, ohne die drei anzusehen.

Eine Zeitlang blieb Niburu ihm die Antwort schuldig, wie wenn er eine andere Reaktion erwartet hätte. »Sobald alles mit der Fracht geregelt ist ... in ein paar Tagen.«

»Dann haben wir also noch ein paar Nächte für uns?« fragte Tor und zauste ihm liebevoll das Haar.

»Und ob«, erwiderte Niburu. »Also«, murmelte er zu Reede gewandt, »bevor wir losdüsen, kommen wir noch mal vorbei und verabschieden uns.«

»Ich hasse Abschiede«, sagte Reede und blinzelte. »Kommt also lieber nicht.« Er wischte sich die Nase am Ärmel ab. »Muß mich wohl erkältet habe«, brummte er und hüstelte.

»Kurier dich gut aus«, riet ihm Niburu, während er Reede halb ungläubig, halb staunend ansah.

»Und ihr müßt gut auf euch aufpassen.« Reede streckte die Hand aus, und Niburu ergriff sie, wobei sich ihre Brandmale übereinanderlegten.

Niburu grinste von einem Ohr zum anderen. »Jetzt, wo wir nicht mehr für dich arbeiten, dürfte uns das nicht schwerfallen.«

Reede lachte. »Danke ...«, murmelte, und er wußte, daß Niburu ihn richtig verstand. Er streckte den Arm aus und tätschelte den Quoll, der, zufrieden wie immer, in seiner Schlinge lag. Zum erstenmal, seit er ihn auf Ondinee aus dem Brunnen gefischt hatte, streichelte er ihn. Freudig überrascht fing der Quoll an zu schnurren und sah ihn aufmerksam mit einem schwarzglänzenden Auge an. »Gebt auch gut auf dieses Ding acht. Du hast sein Leben gerettet, Ananke, deshalb bist du immer für ihn verantwortlich; du kennst die Regeln.«

Ananke streichelte nun auch den Quoll, so daß ihre Finger sich flüchtig berührten. »Ich weiß Bescheid, Boss«, sagte er mit leiser, aber gepreßter Stimme. »Auf Wiedersehen.« Auf seinem Gesicht lag ein Ausdruck, den Reede unter anderen Umständen als sehnsuchtsvoll bezeichnet hätte; doch wie er Ananke kannte, ergab es keinen Sinn.

Die Musik wechselte abermals den Rhythmus, und alle blickten hoch. Ein neues Lied begann, und über dem Gemisch aus einheimischen und Außenweltler-Instrumenten schwebte ein neuer, hoher, zauberhafter Ton; etwas Ähnliches hatte Reede noch nie gehört, aber plötzlich fühlte er sich an die Gesänge der Mers erinnert.

Erst als er sich nach Ariele umsah, merkte er, daß sie nicht mehr neben ihm stand.

Tor berührte seinen Arm und zeigte auf das Orchester. Mitten unter den Musikanten entdeckte er Ariele, und sie spielte auf der Flöte ihres Vaters. Er wußte, daß sie musikalisch war, aber er hatte keine Ahnung gehabt, daß sie das Instrument beherrschte.

Wie gebannt lauschte er der Musik. Nach einer Weile fiel ihm auf, daß die anderen dabei waren, sich zu verkrümeln. Ananke hob abschiednehmend die Hand und blickte sich um, dann waren sie verschwunden.

Reede ging näher an das Orchester heran. Dabei sah er Merovy Bluestone, die neben der Königin stand. Mond hatte den Arm um sie gelegt, und regungslos hörten die beiden Frauen Arieles Spiel zu, während sich Staunen und Kummer auf ihren Gesichtern malten. Er entsann sich, daß Tammies immer eine Flöte bei sich getragen hatte, und vermutlich konnte er sie genauso virtuos spielen wie seine Schwester — und Funke Dawntreader. Er grübelte darüber nach, welche seltsamen Muster Tradition, Erbe und die Umgebung woben, welche Einflüsse Liebe und Traurigkeit hatten; plötzlich wünschte er sich, er wäre entweder noch betrunkener oder ganz nüchtern.

»Kullervo«, sagte eine Stimme. Er drehte sich um und erkannte Gundhalinu, der neben der Königin gestanden hatte und nun zu ihm kam.

»Willkommen daheim«, sagte Reede ernst. »Ich gratuliere zu Ihrer Rückkehr ins Land der Lebenden.«

Gundhalinu schaute überrascht drein, als hätte er sinnloses Zeug geredet. Doch dann nickte er mit dem gleichen Ernst. »Ja ...«, sagte er leise. »Und vielen Dank auch. Ich danke Ihnen für den Beitrag, den Sie dazu geleistet haben.«

Reede zuckte leicht die Achseln. Jetzt, wo er Gundhalinu aus der Nähe sah, erschrak er über seine verhärmten Züge. Die Strapazen in der Strafkolonie hatten ihre Spuren hinterlassen, und die kurze Zeit seit seine überstürzten Befreiung hatte die tiefeingekerbten Falten in seinem Gesicht noch nicht glätten können. Die schlichte, schwarz-silberne Uniform, die blitzenden Orden und Medaillen, dazwischen das mit grausamen Spitzen versehene Kleeblatt, unterstrichen nur den Ausdruck bitterer Desillusionierung in seinen Augen. »Vielleicht sind wir jetzt quitt«, meinte Reede.

Gundhalinu lächelte dünn, wie wenn sein Mund das Lächeln verlernt hätte.

Als die Königin ihre Stimmen hörte, drehte sie sich zu ihnen um. Merovy hatte sich entfernt; Reede nahm an, daß er der Grund für ihr Weggehen war. Die Königin stellte sich neben Gundhalinu, und der Anblick dieser beiden Menschen verschlug Reede momentan die Sprache: Die zwei waren wie Spiegel, wobei einer die Leiden des anderen reflektierte, und nur im Zusammenhang gesehen ergaben ihre individuellen Qualen einen

Sinn. Erst jetzt fiel ihm auf, wie stark sich die Königin verändert hatte, so sehr hatte er sich mit seinen eigenen Problemen beschäftigt. Er fragte sich, was die beiden in seinen Zügen lesen mochten.

»Ich wußte gar nicht, daß sie Flöte spielt«, sagte er und blickte zu Ariele hin, die sich ganz der Musik hingab. Eine Sehnsucht erfüllte ihn, die der süßen, halb traurigen, halb fröhlichen Melodie glich, die sich hoch in die Lüfte aufschwang.

»Ich auch nicht ...«, murmelte Gundhalinu.

»Ich auch nicht ...« Die Stimme der Königin schwankte wie das Lied zwischen Freude und tiefer Traurigkeit. Gundhalinu legte seinen Arm um sie und zog sie an sich.

Sie sah zu ihm auf und nickte, wie wenn er etwas gesagt hätte; zwischen ihnen bedurfte es keiner Worte mehr. Dann wandte sie sich wieder Reede zu, und in ihren Augen sammelten sich die Erinnerungen. Reede rückte zur Seite, damit sie vorbeigehen konnten. Er sah ihnen hinterher, wie sie durch die spärlicher werdende Menge schritten; sie steuerten auf die Treppe zu, auf der er nach unten gekommen war. Indem er ihr Eintreffen und ihr Fortgehen beobachtete, schloß sich der Kreis.

Er kehrte der leeren Treppe den Rücken zu, ihre Privatsphäre achtend; statt dessen widmete er sich wieder dem Orchester und Ariele. Eine sanfte Melodie verscheuchte seine Gedanken, und Reede Kullervo verlor sich in der Menge.

Mond führte BZ durch die stille Halle, dann eine andere Treppe hinauf und weitläufige Korridore entlang; sie hielten sich bei den Händen. Er stellte ihr keine Fragen, sondern folgte ihr so fügsam, als sei er immer noch ein Gefangener. Als sie ihn von der Seite anschaute, spürte sie in ihrem Innern einen Schmerz. Sie hatte gedacht, sie brächte ihn in ihr Schlafzimmer; doch sie gingen daran vorbei. Neugierig sah BZ sie an, fragte jedoch nicht.

In den endlosen Wochen, die von der Ankunft des Tribunals bis zu BZs Rückkehr vergangen waren, hatte sie täglich bis tief in die Nacht hinein gearbeitet; von allen Seiten drängten Pflichten auf sie ein, denn Tiamats Beziehung zur Hegemonie mußte neu definiert und die katastrophalen Schäden der Sturmflut beseitigt werden. Aber jede Nacht, wenn sie endlich allein in ihrem Bett lag, stellte sie sich vor, er läge neben ihr; sie malte sich dann aus, wie er atmete, wie sein Herz schlug, wie seine wärmende Umarmung ihren kalten, gramgebeugten Körper wieder zum Leben erweckte.

Nun jedoch, wo sie endlich miteinander allein waren, wußte sie, daß sie das weder wollte noch brauchte. Die erste Aufwallung von Freude, die sie beide bei ihrem Wiedersehen empfanden, hatte sie mit Würde über das Fest gebracht. Aber hier, in diesen leeren Hallen, verblaßte die Begeisterung. Zurück blieben Erinnerungen, Gespenster und Schatten. Und als sie in sein müdes, gezeichnetes Gesicht blickte, verstand sie, daß auch er nicht zu Intimitäten gedrängt werden wollte.

Deshalb hatte sie ihn durch die Säle und schließlich die Wendeltreppe hinaufgeführt, in ihr privates Zimmer in der Spitze des Palastes, die zugleich die Spitze der Stadt war. Rings um sie her öffnete sich der Himmel und glühte im Feuer zahlloser Sterne. Das kühle, blausilberne Gesicht von Tiamats einzigem, riesigem Mond schwebte mit geheimnisvollem Leuchten über dem Meer.

BZ holte verblüfft Luft, als er sah, welches Bild sich ihnen darbot. »Ich hatte ja gar keine Ahnung, daß es so etwas gibt.« flüsterte er. Sie wußte nicht, ob er dieses Zimmer oder die Schönheit des Ausblicks meinte. Sie lehnte den Kopf an seine Schulter, während sie dastanden und schauten; einander in den Armen haltend, vergaßen sie ihre eigene Existenz.

Weit draußen auf dem ruhigen, schwarzglänzenden Meer durchbrach etwas die Wasseroberfläche; eine Silhouette, gefolgt von anderen, schnellte hoch; gemeinsam zogen sie Spuren durch den schimmernden Ozean und erinnerten an all das, was sich unter der trügerischen Stille verbarg. »Sind das Mers?« fragte er.

»Ich glaube ja«, antwortete sie leise. »Aber auf die Entfernung bin ich mir nicht sicher.«

Er seufzte. »Ich hatte nicht mehr damit gerechnet, diese Welt noch einmal wiederzusehen ... oder dich ...« Während er ihr in die Augen blickte, streichelte er ihr Gesicht mit seiner rauhen, schwieligen Hand. »Sie haben versucht, mich umzubringen ...«, murmelte er schließlich.

»Wer?« Gern hätte sie seinen Blick erwidert, aber er schaute bereits wieder hinaus aufs Meer.

»Dieselben Menschen, die die Mers töten wollten.« Seine Züge verhärteten sich. »Vermutlich sogar diejenigen, die mir heute abend zu meiner Rückkehr gratulierten und mir am liebsten die Stiefel geleckt hätten. Sie hatten nicht den Einfluß oder den Mut — mich offen zu ermorden. Deshalb verfrachteten sie mich an diesen Ort ...« Er brach ab. »Und hofften, die Zeit würde das Problem für sie erledigen. Aber du hast mir zum zweitenmal das Leben gerettet.« Seine Miene erhellte sich, und er drückte ihr einen zärtlichen, brüderlichen Kuß aufs Haar.

Sie gab keine Antwort, und sie rührte sich nicht; ihr gefühlloser Körper konnte nicht reagieren. Sie dachte daran, wie schmal die Grenzlinie zwischen Leben und Tod war, und sie erinnerte sich an die vielen Dinge, die sich nicht mehr ändern ließen.

»Mond ...« In einer plötzlichen Anwandlung von Leidenschaft schloß er sie in die Arme. »Es tut mir leid, es tut mir ja so schrecklich leid ...« An seiner brüchigen Stimme merkte sie, daß er ihren Kummer teilte.

Sie schüttelte den Kopf, und ihre erhitzte Wange

streifte das kühle, harte Tuch seines Uniformrocks; als er sie fest an sich drückte, gruben sich die scharfkantigen Orden und Medaillen in ihren Rücken. Sie empfand keine Spur von Trost. »Unser Aller Mutter«, flüsterte sie, aufs Meer schauend, »eher wäre ich gestorben, als daß ich mir das Herz hätte herausreißen lassen.« Voller Grausen und Mitleid dachte sie an Arienrhod, deren Gebeine bis in alle Ewigkeit in den finsteren Tiefen des Ozeans rollten.

Dieses Mal blieb er die Antwort schuldig; er hielt sie nur fest, bis sie fühlte, daß seine Körperwärme ihre Haut durchdrang wie ein heilender Balsam. »Schau«, sagte er schließlich, »es sind Mers; jetzt kann man sie ganz deutlich erkennen.« Seine Arme umfingen sie immer noch; nur seine Stimme drängte sie, aufs Wasser zu blicken.

Sie hob den Kopf und entdeckte die Mers; eine ganze Kolonie tollte an der Grenze zwischen zwei Welten durch die Nacht. Ihr Dasein war wieder komplett, der Grund für ihre Existenz gesichert. Aber an ihrem ausgelassenen Tanz, mit dem sie einander umwarben, erkannte sie, daß in der zeitlosen Welt der Mers das Leben zum Selbstzweck wurde. Sie hatten viel mehr gemeinsam mit dem Sibyllengeist als mit den menschlichen Dienerinnen und Dienern, die geistig mit dem Netz verknüpft waren. Sie sah zu, wie die Mers hochsprangen und wieder in das von Sternen übersäte Wasser hineintauchten, ihr Bild ihrem Gedächtnis einprägend. »Ich beneide sie«, flüsterte sie. »Sie leben ohne Reue.«

»Durch uns werden sie keines gewaltsamen Todes mehr sterben«, murmelte Gundhalinu in ihr Haar. »Und kein Mensch wird durch ihr Sterben sein eigenes Leben verlängern können. Das Gleichgewicht ist wiederhergestellt ... Vielleicht können wir jetzt in Ruhe leben. Zusammen. Wir beide haben viel Zeit verloren, die uns nichts mehr zurückbringt.«

Mond schloß die Augen und erinnerte sich an eine

Ewigkeit, in der der Pfeil der Zeit in alle Richtungen zugleich wies.

Sie öffnete die Augen und blickte auf das Meer und den im Sternenfeuer brennenden Himmel. Die Trennlinie, wo eine Welt endete und die andere begann, vermochte sie nicht zu finden; es war, als sei alles eine große Einheit, als ging der Ozean direkt in das Weltall über. »›Die Zeit erledigt alle Probleme‹«, wiederholte sie leise, als ihr seine bitteren Worte einfielen. »So muß es sein — und so wird es sein. Wir haben ein Recht auf unser Leben.« Sie schaute zu ihm auf und sah, daß sich die Nacht in seinem schwarzen Augen widerspiegelte.

Endlich lächelte er und nickte; er hielt sie umfangen und wärmte sie. »Ich freue mich darauf«, sagte er, »mit dir zusammen alt zu werden.«

Prajna, Planetarischer Orbit

Bei den Göttern.« Kedalion lehnte sich im Pilotensessel der *Prajna* zurück und streckte die Finger, bis die Knöchel knackten. »Ich hab immer noch Angst, ich könnte aufwachen und merken, es war alles nur ein Traum.« Er blickte zu Ananke hinüber. »Sag mir, daß ich nicht träume.«

Ananke lächelte. »Du träumst nicht; es sei denn, wir beide träumen dasselbe.« Sie zuckte die Achseln und streichelte die knubbelige Nase des Quolls, während sie die Kontrolldaten studierte. »Antriebssysteme, check. Fracht, check. Lebenserhaltungssysteme, check. Abfluggenehmigung erteilt, das errechnete Fenster zum Verlassen des Orbits hat sich nicht verändert. Wir sind frei, Kedalion, endlich können wir abhauen.« Sie machte es sich auf dem Platz des Co-Piloten bequem und setzte den Quoll in eine gemütliche Kiste unter dem Instrumentenpaneel.

»Alles bereit zum Abflug?« Kedalion stellte die rituelle Frage und sah sie dabei an.

»Bereit«, antwortete sie ohne zu zögern.

Kedalion spähte nach hinten über die Schulter. »Bereit Dawntreader?«

Funke Dawntreader erwiderte seinen Blick und nickte leicht mit dem bandagierten Kopf. Danach betrachtete er wieder die Monitore, auf denen seine Heimatwelt Tausende von Kilometern entfernt majestätisch vorbeiglitt. »Mache ich auch wirklich keinen Fehler, Niburu?« murmelte er.

»Woher soll ich das wissen?« entgegnete Kedalion. »Aber auf alle Fälle ist es eine gute Tat. — Bist du bereit?« wiederholte er nach einer Weile. Auf sein Kommando hin verwandelte sich das Bild auf den Monitoren in ein Sternenmeer.

Dawntreader holte tief Luft. »Ich bin bereit«, antwortete er, dieses Mal einen Blick auf die Zukunft werfend. Lächelnd hob er eine Hand, wie zur Bestätigung — oder zum Abschied.

Kedalion rückte sich auf seinem Platz zurecht. Er meldete sich beim Starport tief drunten, sprach mit dem Bordcomputer und aktivierte die Abflugsequenzen.

In gespannter Vorfreude wartete er, während die *Prajna* zum Leben erwachte und lospreschte in die Dunkelheit.

HEYNE BÜCHER

Neuland

Heyne Science Fiction Band 2000
Autoren der Weltliteratur schreiben über die Welt von morgen.

Die Zukunft hat schon seit jeher die besten Autoren der Weltliteratur fasziniert. Gerade in jüngster Zeit hat sich dieses Interesse deutlich verstärkt. Etablierte Schriftsteller wie Doris Lessing, Patricia Highsmith, Fay Weldon, Lars Gustafsson, Friedrich Dürrenmatt oder Italo Calvino haben sich ebenso mit der Welt von morgen auseinandergesetzt wie die führenden Kultautoren der jüngeren Generation, z. B. Ian McEwan, Paul Auster, Martin Amis, Peter Carey oder T. C. Boyle.
Der vorliegende Sammelband bietet erstmals einen repräsentativen Überblick über einen bisher, sehr zu Unrecht, wenig beachteten Bereich der Weltliteratur. Erzähler aus Australien, Brasilien, Deutschland, Großbritannien, Italien, Kanada, Rußland, Schweden, der Schweiz und den USA versammeln sich hier zu einem Gipfeltreffen literarischer Imagination. Neuland – in jeder Beziehung.

Karl Michael Armer/Wolfgang Jeschke
Neuland
06/5000

Wilhelm Heyne Verlag
München